中国古典文学观止丛书

ZHONGGUO GUDIAN WENXUE GUANZHI CONGSHU

宋词观止

SONGCI GUANZHI

丛书主编 尚永亮

本书主编 杨恩成

陕西新华出版传媒集团

陕西人民教育出版社

·西安·

撰搞人（以姓氏笔画为序）：

文　祥　　卞　岐　　王兴康　　王宜瑷　　毛时安　　孙琴安

孙光道　　冯志贤　　汝　东　　刘明浩　　刘耿大　　吉明周

西　坡　　邬国平　　朱惠国　　陈　元　　陈仲年　　陈澍璟

陈怀良　　宋心昌　　陆昕　　张　兴　　沈习康　　吴宝祥

郑麦　　郑小宁　　赵义山　　杨文德　　姜汉椿　　顾伟列

徐欢欢　　耿百鸣　　聂世美　　高克勤　　陶湘生　　黄　明

夏咸淳　　梦　君　　韩焕昌　　董如龙

总　序

物华天宝,人杰地灵。在中华文明古国五千年的历史进程中,数不清的文人才士,经过代复一代顽强持续的努力,创作出了难以数计的各种体裁的文学精品,宛如取之不竭、用之不尽的昆山邓林。这些文学精品不仅极大地丰富了中华民族的文化宝库,而且以其超越时空的永恒魅力,在世界范围内发生着越来越深远的影响。作为当代的文化人,我们无比珍视这笔财富,为了做到既对得起昨日的历史,又无愧于今日的时代,使古典文学从高雅的殿堂走向千家万户,我们特在全国范围内约请数百位专家学者,共同编纂了这套大型《中国古典文学观止》丛书。

《中国古典文学观止》丛书分诗骚、先秦两汉文、历代小赋、历代小品文、汉魏六朝乐府、唐诗、唐宋八大家文、宋词、元曲、明清小说十册,收录作品2000余篇,总计约500万字。在编写体例上,它不同于时下流行的各类文学选本和鉴赏辞典,除传统的作者简介、注释外,另辟【今译】【点评】【集说】诸栏目。【今译】力求信、达、雅,便于读者对原作的阅读理解;【点评】避免了长篇赏析的空泛,抓住要点难点,既单刀直入、抽笋剥蕉,又提纲挈领、点到为止,给读者留下了广阔的思考空间;【集说】则荟萃了历代对每一作品的具体评说,便于人们从多角度、多层面理解原作,并具有较强的资料性。总之,通过这些方法,我们力争做到探幽抉隐,快人耳目,画龙点睛,开启思维,使得一册在手,专业读者不觉其浅,一般读者不嫌其深,雅俗共赏,老少咸宜。

丛书的顺利完成和出版，得力于各分册主编和作者的协作努力，也得力于陕西人民教育出版社的领导和综合编辑室诸位编辑的无私帮助。值此丛书修订、再版之际，我们谨对参与其事的各位同仁一并致以真诚的感谢！并希望广大读者能在这套丛书数千篇文学精品的游弋中，获得"观止"的感受。

尚永亮

2017 年岁首于珞珈山麓

目　录

1

2

3

5

6

8

9

11

前　言

　　在源远流长的中国古代文化宝库中,宋词犹如一颗璀璨的明珠,放射出夺目的光彩,千百年来一直受到人们的喜爱。

　　词,是"曲子词"的简称。它是一种配合着音乐歌唱的艺术形式。唐初,随着社会的稳定和经济的繁荣,中外文化交流空前活跃。唐朝本土的民族音乐和域外音乐的相互融合,产生了一种新的音乐:燕乐。它是专供人们在宴会上欣赏的,在燕乐流行的同时,一些乐工、文人根据乐曲的旋律填上歌词,在歌舞宴会上演唱。这就是"曲子词"。唐崔令钦的《教坊记》收录了唐玄宗时代教坊演唱的324首曲名,其中有70多首就属于词牌。由于是"按谱填词",词就受到音乐的严格限制,因此,人们把作词称作"倚声填词",词也就有了"乐府""歌曲""琴趣"等别名。加之,词的句式长短不齐,少者一字;多者十字,于是,人们又把词称作"长短句"。由于是律句的"变体",词又有了"诗余"(这是南宋宁宗庆元以后的称呼)的别称。词在形式上还有一个显著特征:除了个别的小令,一般都分段。多数词分二段,也有三段、四段的,每一段称作"片"或"阕",它是音乐上的专门术语。下片开头如果和上片开头的节奏(字数)相同,称作"过片";如果不同,则称作"换头"。上片的结尾称"歇拍";下片的结尾称"煞拍"。词在发展过程中,形式上不断完善。习惯上把词调分成"令""引""近""慢"四类。"令",也称"小令",源于唐五代时的酒令,形式上和格律诗相近。小令字少调短,像《十六字令》仅十六个字。"引"是从大曲中截取一段而作为词调,"引"就是"曲"。"近",也称"近拍",它的曲调比"小令"长而比"慢词"短。"慢"是"慢曲子"的简称,其特点是曲调长而节奏缓慢,悠扬动听,明以后则称其为"长调"。

　　词虽然兴起于唐初,但在唐代它还无法和传统的格律诗分庭抗礼。李白、常建、刘禹锡、张志和、白居易等诗人也填词,但只不过是作诗之余的兴

1

之所至而已。像晚唐至五代初期的温庭筠、韦庄那样，花不少精力填词的专业作家毕竟寥寥无几。词在社会上引起文人们的普遍重视并且广泛流传开来，蔚为大观，取得空前绝后成就的时期，是在宋代。

词在宋代能够脱颖而出，大放异彩，原因是多方面的。就客观条件而言，宋王朝虽然不像唐王朝那样，曾经有过称雄世界的黄金时代，但它毕竟结束了近六十年的社会动乱和分裂局面。宋建国之初所实行的一系列政策也促进了社会经济的繁荣，尤其是宋王朝的最高统治者对官僚阶层所实行的优厚待遇政策，刺激了这批人在精神生活上的享乐欲念，这就为娱宾遣兴、倚红偎翠的词的发展提供了气候与土壤。就文学发展的内部规律而言，晚唐及五代时期，温庭筠、韦庄、冯延巳、李煜等作家的创作实践已经为词在宋代的发展提供了可资借鉴的宝贵经验。词在社会上不仅倍受达官贵人的青睐，而且也受到迅速发展起来的城市市民阶层的普遍喜爱。种种因素促进了词在宋代的发展和繁荣。

北宋初期词坛上的代表作家是晏殊、欧阳修、张先。他们基本上沿袭晚唐及五代"花间派"、南唐冯延巳的词风，以婉约词为主，像欧阳修，就被冯煦誉为"北宋倚声家初祖"。晏殊词，在形式上多以小令和中调为主；内容上多是伤春悲秋、羁旅行役之愁以及歌舞宴席上的征歌逐欢，青年男女们花前月下、卿卿我我、两地相思。这类词并没有融入多少属于作者自己的情感因素，而是代他人立言传情，抒情主人公几乎全是多愁善感的女性。那些伤时叹老、金钱买笑的作品，又较真实地反映了达官显贵的心理状态。总之，晏殊和张先的词作并没有超出以艳情"娱宾遣兴，用佐清欢"的范围。然而，晏殊也并非亦步亦趋地追踪花间和南唐诸家，而是有所扬弃。这主要表现在他们改变了"花间派"的"冶艳"为"典雅"。同样是表现儿女情长，但格调却高雅了许多。南宋的王灼说晏殊"长短句，风流蕴藉，一时莫及，而温润秀洁，亦无其比"，在格调上"左宫右徵，和婉而明丽"（冯煦语）。欧阳修的词作和晏殊又稍有不同：受冯延巳的影响较明显，深婉之外，又别具疏隽明快之美，对后来的苏轼、秦观产生了较深的影响。张先的词呈现出古雅、含蓄的特点，被清代的词学家陈廷焯视为"古今一大转移"。所谓"转移"，是针对早于他的晏殊、后于他的秦（观）柳（永）而言的。张先词依然没有摆脱词是上流社会的消遣品的束缚，而摆脱了这种束缚的，则是另外一位词人，柳永。

柳永登上词坛之前，词是宫廷和达官贵人的专利品。柳永仕途坎坷，沉沦不遇，歌楼酒馆成了他经常出没的场所。他精通音律，"善为歌辞，教坊乐工，每得新腔，必求永为辞，始行于世，于是声传一时"(叶梦得《避暑录话》)。由于他的努力，词终于走出了宫廷和上流社会的歌舞宴席，成为广大民众，特别是市民阶层喜闻乐见的艺术形式，"凡有井水处即能歌柳词"。柳永的这一功绩是其他词人所不可企及的。柳永还是第一个大量创作慢词和长调的作家。词的篇幅的扩大，相应的也就增加了感情容量，这对提高词的艺术表现力无疑是一大促进。柳永的慢词和长调呈现出"铺叙展衍，备足无余"(李之仪《姑溪词跋》)、"曲折委婉而中具浑沦之气"(宋翔凤《乐府余论》)的特征。像他的那些表现个人身世的作品，尽情铺写，虚实相间，回环往复，确有摇荡人心、一唱三叹的艺术感染力。柳词还以白描见长，而且广泛吸收民间口语入词，"细密而妥溜，明白而家常"，它和以晏殊为代表的"雅词"对比，柳词被称作"俚词"。"俚"除了语言通俗的特点外，还有另一层含义：柳词表现的是社会下层民众的喜怒哀乐，"俚"中就夹杂着某些迎合市民欣赏趣味的成分。

晏几道在时代上稍后于柳永。他是晏殊的小儿子，词史上把他们父子合称"二晏"。晏几道虽属婉约派，但由于仕途不得意和家道中落，他把个人境遇的大起大落融入了辞章。昔日的繁华乐事与今日的萧条冷落造成他创作心理上的强烈反差。"良辰美景奈何天，赏心乐事谁家院！"这是小晏词的情感基调。怀旧、伤今、沉醉、梦境常常出现在他的笔下，因此被冯煦称为"古之伤心人"。晏几道的词措辞婉妙，娉娉袅袅，秀气胜韵，得之天然，语言淡雅而情意绵渺。

王安石虽然不以词著称于世，但是，他的词已经摆脱了五代旧习，显得淡雅疏放，透露出词风革新的新鲜气息。

苏轼是宋代词坛上的一颗巨星。从晚唐、五代直到宋初，词坛几乎是婉约派的天下。范仲淹、欧阳修、苏舜钦等人虽也创作过一些格调高旷的作品，但却没有形成风气。自苏轼登上词坛以后，"一洗绮罗香泽之态，摆脱绸缪宛转之度，使人登高望远，举首高歌，而逸怀浩气，超乎尘垢之外。于是'花间'为皂隶，而耆卿为舆台矣。"(胡寅《酒边词序》)给当时的词坛"指出向上一路，新天下耳目，弄笔者始知自振。"(王灼《碧鸡漫志》)在苏轼笔下，词已经不再是消遣的文学;抒情言志,咏史怀古,谈玄说道,田园风光,山水胜境……凡是诗能反映的题材,苏轼都写入词中,彻底把词从"艳科"的藩篱中解放出来,引向了广阔的社会生活。所以,刘熙载说:"东坡词颇似老杜诗,以其无意不可入,无事不可言也。若其豪放之致,则时与太白为近。"(《艺概·词概》)豪放是苏轼词的基本格调。儒家的进取精神,道家的超脱无羁,释教的清静淡泊,三者的融合,形成苏词飘逸旷达、洒脱不羁的风格。同样是抒写个人身世不幸的作品,苏轼一反前人愁山怨水,伤春悲秋,凄凄惨惨的故态,读其词,可以想见其飘然不群的人格。常见的爱情词、酬答词,在苏轼写来,清新雅淡,面貌一新。在艺术手法上,苏轼以诗境入词,提高了词的境界。经过苏轼的努力,词在传统的柔媚之外,又勃发出一股"阳刚"之气。正如元好问在《新轩乐府论》中所说:"自东坡一出,情性之外,不知有文字。真有'一洗万古凡马空'气象。"

黄庭坚、秦观、晁无咎、张耒,人称"苏门四学士"。黄庭坚与晁无咎的词风接近苏轼;秦与张则属于婉约一派。黄庭坚词,历来褒贬不一。褒之者誉为"今代词手","唐诸人不逮也"(陈师道语)。贬之者则认为,黄庭坚"故以生字俚语,侮弄世俗,若为金元曲家滥觞。"(刘熙载《艺概·词概》)客观的说,黄庭坚是一位较有个性的词人。他的词用意深厚,格调疏宕,于倔强中见姿态,有"重""拙"之美。苏轼称誉:"山谷词"超诣绝尘,独立万物之表;驭风骑气,与造物者游。"苏轼的话有过誉之嫌,黄庭坚的早期词并未"绝尘",而是有点"亵诨"。他听了他的好友法秀和尚的警告,怕死后下地狱受割舌之苦,于是在词风上渐渐趋向高古朴雅。

晁无咎不服气黄庭坚,说黄词"不是当行家语,是著腔子唱好诗"。他的词风最接近苏轼,给人以坦易、磊落之感,"所为诗余,无子瞻之高华,而沉咽则过之"(冯煦语)。近人张尔田甚至说:"学东坡者,必自无咎始,再降则为叶石林,此北宋正轨也。"

秦观是继柳永之后使婉约词别开天地的优秀词人。他的词,多寄慨身世,源于柳永,但又不同于柳永,在婉约派中,属于"雅词"。格调俊逸深婉,措辞含蓄精妙,清丽与淡雅兼而有之。词论家们常把他和黄庭坚相提并论,但如胡仔所说,"词虽婉美,然格力失之弱。"

贺铸与秦观是同一时期的词人。贺铸的词风雄快有类苏轼,而其婉约词，往往从楚骚中借鉴，加之他常常运用融景入情的手法，形成了其"秾丽"风格。与秦观相比，自成一家。张耒评贺铸词说："盛丽如游金张之堂，妖冶如揽嫱施之祛，幽索如屈宋，悲壮如苏李。"

周邦彦是北宋末期成就最高的作家，被词学界称为"前收苏秦之终，后开姜史之始"的格律词派"巨擘"。周词注重于声律的"清妍和雅"，下字运意，皆有法度。所以，他的词"律最精审"，被王国维称为"词中老杜"，言情体物，穷极工巧，缜密典丽，富艳精工。人们常用珠圆玉润概括其词风。遗憾的是周邦彦"创调之才多，创意之才少"（王国维语）。

1127年靖康之变以后，中原沦落，宋室南渡。时代的巨变，直接影响了词坛风气的转变。由苏轼开创的豪放词风在南宋初期词坛上大放异彩。苍凉悲壮，慷慨愤激的词风代替了北宋末年词坛上的柔弱风气，为收复中原失地的引吭高歌代替了花前月下的浅斟低唱。陈与义、张元幹、张孝祥以及抗金名将岳飞等人的作品正是新形势下对苏轼豪放词风的继承和发扬。

南渡初期，以朱敦儒、李清照为代表，又反映了当时词坛的另一种倾向。国家的不幸，身世的巨变又直接影响了他们的创作。朱敦儒在南渡前以孤高自许，词作多尘外之想。南渡后，辗转流离，其词风一变而沉郁悲凉。

李清照的创作以南渡为界分为前后两个时期。前期词作以表现闺阁生活为主，委婉细腻，曲尽人情，措辞命意，清巧尖新，格调清丽；南渡后的作品则充满了流离失所的悲苦和丧夫之后的孤独哀怨。李清照的词以平易晓畅、明白如话而饮誉词坛，以至于词学界把她的这种词风誉为"易安体"。

陆游以诗著称文坛。他的词一如其诗，或激昂感慨，或飘逸高妙，格调可与辛弃疾相颉颃。有些作品，又呈现出流丽绵密的特征。

辛弃疾是苏轼豪放词风的发扬者。这位"负管乐之才，不能尽展其用"的爱国志士，在中原沦丧和抗金之志屡屡受挫的现实面前，把一腔忠愤寄之于词，因此沉郁悲壮是辛弃疾词的主旋律。辛弃疾现存的620多首词，多是抚时感事之作。山水草木、春花秋云、文物古迹、田园风光、友朋交际等，无不引发作者感时之情。他的词"大声镗鞳，小声铿锵，横绝六合，扫空万古；其秾丽绵密处，亦不在小晏、秦郎之下"（刘克庄《后村诗话》）。为抒情需要，辛词"驱使庄、骚、经、史"，笔力峭折，恣肆无羁，在苏轼以诗为词之后，另辟以文为词的新天地。但有时词中用典太多，被人讥为"掉书袋"。在辛弃疾的影响下,形成了以陈亮、刘过、刘克庄为代表的"辛派词人"。

与"辛派词人"相对,南宋中后期词坛上出现了以姜夔、吴文英、史达祖、高观国为代表的"姜派词人"。他们面对宋金对峙、光复无期、南宋朝廷文恬武嬉的沉闷局面,逐渐失去了辛弃疾及"辛派词人"们慷慨雄健、苍凉悲壮之气,转而师法周邦彦的"格律词",并直接影响到南宋末年的蒋捷、王沂孙、周密、张炎等人。

姜夔词追求古雅峭拔的风格。尽管他的词大量涉及爱情生活,但却没有丝毫的浮艳与轻佻,更少脂粉气息,而是"清气盘空,如野云孤飞,来去无迹"(张炎《词源》)。从而在周邦彦珠圆玉润词风之外另树"清空"一帜。"清者,不染尘埃之谓;空者,不著色相之谓。清则丽,空则灵,如月之曙,如气之秋"(沈祥龙《论词随笔》)。在这一艺术观的支配下,姜词"词意浑脱超妙,看似平淡,而义蕴无尽",就词的艺术发展而言,姜夔无疑是做出了巨大贡献的,难怪冯煦说姜夔词"超脱蹊径,天籁人力,两臻绝顶,笔之所至,神韵俱到"。

史达祖的词,以咏物见长,风格奇秀清逸。但由于他过分注重雕琢字面,往往多涉尖巧。吴文英则不然。他崇尚绵丽幽邃的艺术境界,被誉为"词中的李商隐"。他很注意炼字炼句,"奇思壮采,腾天潜渊,返南宋之清泚,为北宋之秾挚"(周济《宋四家词选》)。张炎主"清空"之说,所以,他不满意吴词的秾艳,说吴文英词"如七宝楼台,炫人眼目,拆碎下来,不成片段"。其实,张炎仅仅看到了吴文英词风中"密致"的一面,而忽视了吴词的另一面,即"清疏""超逸"。

南宋灭亡前后,词坛呈现出两种截然不同的倾向。以文天祥、刘辰翁为代表的一派词人继承辛词的爱国精神,面对时局动荡、国将不国的局面,悲歌慷慨,淋漓痛快,显示了不屈不挠的民族气节。另一派以蒋捷、王沂孙、周密、张炎为代表。他们面对风雨飘摇的国势和亡国的既成事实,一筹莫展。特别是宋亡以后,他们只能用一腔幽怨回忆过去,审视未来。最后不得不终老林泉,成了南宋的忠诚遗民。像蒋捷,只能在研炼字句中抒发故国之思。虽然"炼字精深,音词谐畅"(《四库提要》),但却难免"纤艳"之嫌。而有些作品,以散文笔法入词,明白如话,有类稼轩。

王沂孙是被张炎称为"有白石意度"的词人,因为他"胸次恬淡,故《黍离》《麦秀》之感，只以唱叹出之，无剑拔弩张习气"（周济《介存斋论词杂著》）。特别是他的咏物词，托意遥深，浑化无痕，历来受到人们的赞誉。

周密与吴文英并称"二窗"。他的词，格调清丽，无靡曼之态，有绵渺之思。一些抒写亡国之痛的作品，又给人以苍凉凄怨之感。

张炎不仅是著名的词人，而且是著名的词论家。历来把他与姜夔并称"姜张"。他的词在艺术上受姜的影响较深，且又有所创获。情景交融，返虚入浑，空灵婉丽，含蓄蕴藉，是其词风的主要特征。但是，张炎作为名公后裔，前期词"有周清真雅丽之思，未脱承平公子故态"（舒阆《〈山中白云〉序》）。南宋灭亡后，他曾一度北游元都谋职，结果落魄南归。所以，他的词充满了对昔日贵族生活的眷恋以及对亡国破家的忧怨。他对国耻似乎较淡漠，更多的是愁山怨水、怀旧伤别。他多用瘦硬笔法，抒写骚雅之趣。贵仕无望，而又不甘心于栖隐的矛盾心理，使得他的词吞吞吐吐，欲说还休，悱恻缠绵。用王国维的话说，张炎词风可用他本人的词句来概括："玉老田荒"。其实，更确切地说，应该是"玉老田荒张孤雁"。宋词正是在孤雁的哀鸣声中结束的。

自南宋初期曾慥选编《乐府雅词》以来，各种宋词选本陆续问世。但是，由于时代原因和选编者审美观的不同，入选词作各有侧重，确有难窥全豹之憾。这本《宋词观止》在遍览各种总集、别集和选本的基础上，披沙拣金，共选录两宋一百一十四家、三百八十二首作品。旨在向读者提供一个全面了解宋词的最新选本。由于我们的水平有限，书中难免有错误之处，敬祈广大读者不吝赐教。

杨恩成

東風夜放花千樹

鳳

寶馬雕車香滿路
鳳簫聲動
玉壺光轉
一夜魚龍舞

眾裏尋他千百度
暮然回首
那人卻在
燈火闌珊處

王 禹 偁

王禹偁(954—1001),字元之,济州巨野(今属山东)人。出身农家,九岁能文。宋太宗太平兴国八年(983)进士。历任长洲知县、右拾遗、翰林学士、知制诰等。在朝敢于直言讽谏,故屡遭贬谪,作《三黜赋》以见志。其诗文以反映现实为主,风格平易畅达,对改变宋初的浮靡文风不无贡献。著有《小畜集》,存词一首。

点 绛 唇[1]

感 兴

雨恨云愁,江南依旧称佳丽[2]。水村渔市,一缕孤烟细。 天际征鸿,遥认行如缀[3]。平生事,此时凝睇[4],谁会凭栏意!

【注释】(1)王禹偁举进士后,曾作长洲(今江苏苏州)知县,与友人"日相与赋咏,人多传诵"(《宋史》本传)。考王禹偁一生仅此期在江南,故本词亦当作于是时。 (2)佳丽:风景秀丽。南齐谢朓《入朝曲》:"江南佳丽地"

为王词所本。 （3）行（háng）如缀：行列整齐，宛如缀在一起。 （4）凝睇（dì）：凝神注视。

【今译】云未散，雨滴沥，云雨中凝聚几多愁绪。江南依旧好风景，别是一种清丽。水村渔市上，飘荡着一缕孤烟，那样轻，那样细。 遥望远飞的鸿雁，一行行，一点点，宛如缀在苍茫天际。平生多少伤心事，此时都在凝视中，谁人能解，我登高凭栏的深意！

【点评】起笔为全词染色，"雨"而曰"恨"，"云"而曰"愁"，盖与后来晏殊之"槛菊愁烟兰泣露"同一机杼，由外射于景物之情感见出词人内心之抑郁。"依旧"二字扳转一笔，使词人从抑郁中暂作超拔，而瞩目于江南佳丽之景，天际如缀之雁，神与物游，情随景迁，词境至此益趋开阔、辽远。细味诸景语，极疏淡、清新、高旷，堪称写生高手。"平生事"三字由远而近，再度兜转，逼出"谁会凭栏意"的题旨，使词情遥应开篇，趋于沉重。而在此一开一合、一扬一抑的变化中，词人那无可告语、充满感伤的一腔意绪，便都在不言之中了。所谓"言有尽而意无穷"，于此可见。

【集说】王元之有《小畜集》，其《点绛唇》词"水村渔市，一缕孤烟细"之句，清丽可爱，岂止以诗擅名。（冯金伯《词苑粹编》引《词苑》语）

（尚永亮）

宋词观止

4

寇　准

寇准(961—1023),字平仲,华州下邽(今陕西渭南)人。太平兴国五年(980)进士,真宗时官至宰相,封莱国公,誉为一代名相。后被谗遭贬,迁徙至雷州(今广东海康)等地。著有《寇莱公集》,存词五首。

踏　莎　行

春　暮

春色将阑(1),莺声渐老(2)。红英落尽青梅小(3)。画堂人静雨濛濛(4),屏山半掩余香袅(5)。　　密约沉沉(6),离情杳杳(7)。菱花尘满慵将照(8)。倚楼无语欲销魂(9),长空黯淡连芳草。

【注释】(1)阑:晚、尽之意。　(2)老:此指黄莺鸣声衰涩,不如初春时那么脆亮动听。　(3)红英:这里泛指花。　(4)画堂:华丽的居室。(5)屏山:屏风。袅:炉烟上升貌。　(6)沉沉:深沉。指重大之事

(7)杳杳:幽远。 (8)菱花:即镜。古时用铜镜,背面铸菱形图案。慵:懒貌。 (9)销魂:悲伤貌。

【今译】春色将尽,初夏就要来到,往日清脆的莺声呀,衰涩了。艳丽的红花已经落尽。初露的青梅,又嫩又小。窗外飘着濛濛细雨,堂舍里静静悄悄。半掩的屏风耐着寂寞,香头吐青烟,徐徐缭绕。 我和他幽会的日子是如此迢遥,离情缠身呀,惹出无尽的苦恼。菱花镜落满了尘土,懒得去照,只是落寞地倚在栏杆上,心里纵万语千言,却又向谁人说起?唯有无语凝噎,暗自销魂。天淡了……暗了,可它的尽头却是无边的春草。

【点评】这是一首闺怨词。上片起笔,写暮春残景;接下来由户外景写到室内景,如电影的跟镜头,由远及近,那凄然伤春的女主人公呼之欲出了。下片描画了女主人公的情思和意态之后,又以写景收束全篇。景是暮春的景,不管是听觉形象还是视觉形象,都明显地带有一种衰残、迟暮的情调。堂外细雨蒙蒙,堂内宁静沉寂,都巧妙地烘托出女主人公惆怅的情怀。而"屏山半掩",更是富有暗示性:半掩,欲隔开那恼人的暮春残景;半开,欲待心上人翩然赴约。寄情于景,赋形于境,实是神来之笔。

【集说】郁纡之思,无所发泄,惟借闺情以抒写,古人用意多如是。"春色"二句,喻年渐老也;"梅小"喻职卑也;"屏山""香袅",见香气徒郁结也;……至末句总而言,见离间者多也。文情郁勃,意臻沈沉。(黄苏《蓼园词选》)

(陈绪万)

钱 惟 演

钱惟演(962—1034),字希圣,钱塘(今浙江杭州)人。吴越忠懿王钱俶之子。归宋后,历右神武将军,累迁翰林学士、枢密使,后因事出任崇信军节度使。在台阁时,与杨亿、刘筠多唱和之诗,人称"西昆体"。亦能词。《全宋词》录其词二首。

木 兰 花

城上风光莺语乱。城下烟波春拍岸。绿杨芳草几时休,泪眼愁肠先已断。　　情怀渐变成衰晚。鸾鉴朱颜惊暗换(1)。昔年多病厌芳樽(2),今日芳樽惟恐浅。

【注释】(1)鸾镜:镜子或谓背面饰有鸾鸟的镜子。　(2)芳樽:对酒杯的美称,这里指饮酒。

【今译】城上一派明媚春光,黄鹂的叫声婉转。城下烟波淡淡,春水轻吻着河岸。绿杨芳草何时衰败?看到它们让人伤感。　　如今我才感觉到自

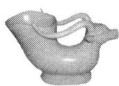

己已至衰暮。镜中的年轻容貌,不知何时已变!从前因病不愿喝酒,今日唯恐酒杯不满。

【点评】这是一首伤春词。上片起二句,先写春光之美好,莺声燕语,春水拍岸,明丽温馨。"绿杨"二句,一转,抒写恋春之情,想起绿杨芳草,便泪眼愁肠。词人不就眼前景色落笔,却从他日暮春之景命意,跳过一层,更觉情悲。下片起二句,叹时光流逝,青春不再,故情怀已非昔日可比。"昔年"二句,今昔对比,极言眼前之景的珍贵。语浅情深,催人泪下。

【集说】此公暮年之作,词极凄惋。(黄昇《花庵词选》)

妙处俱在末结语传神。(李攀龙《草堂诗余隽》)

(结句)不如宋子京"为君持酒劝斜阳,且向花间留晚照"更委婉。(杨慎《词品》)

芳樽恐浅,正断肠处,情尤真笃。(沈际飞《草堂诗余正集》)

(杨恩成)

林逋

林逋(967—1028),字君复,钱塘(今浙江杭州)人。他一生不做官,过着隐逸生活。《宋史·隐逸传》称其"性格淡好古,弗趋荣利","初放游江、淮间,久之,归杭州,结庐西湖之孤山,二十年足不及城市"。种梅养鹤,人称"梅妻鹤子",终生未娶。死后赐谥"和靖先生"。林逋以诗著称于北宋文坛,留下的词仅有三首。其作品风格淡逸,语言清新流美,善于托情于物,以物抒情,表现孤高自许、清心寡欲的情怀。有《林和靖诗集》。

长相思[1]

吴山青[2],越山青[3]。两岸青山相送迎。谁知离别情? 君泪盈[4],妾泪盈。罗带同心结未成[5]。江头潮已平[6]。

【注释】(1)长相思:又名《双红豆》《相思令》,原是唐教坊乐曲。白居易、刘禹锡都有依此调填写的佳作。林逋这首《长相思》,就词牌立意,托为一位女子声,叙写她的爱情波澜。 (2)吴山:指今浙江杭州市钱塘江北岸

的山。 （3）越山：指今钱塘江南岸的山。这一带地方旧属越国，故有此名。 （4）泪盈：两眼含泪，盈盈欲滴。 （5）罗带：香罗带。古人以香罗带打成同心结表示永远相爱。结未成：表示爱情受挫。 （6）潮已平：潮水已涨到与岸相齐，表示船将开行。

【今译】吴山青青，越山青青，钱塘江两岸的青山啊，把多少远行的人儿送迎。谁能知这离别的心情？ 你的眼泪盈盈，我的眼泪盈盈。只说是我和你永远相亲相爱，哪想到这离别使你我各分西东。潮水已涨满，船儿即将远行。

【点评】这是一首离别词。写一女子与情人诀别的悲叹。开头以民歌传统的谐音技巧起兴，山之"青"，谐爱情之"情"，情以景出。"谁知"一句，顿然一跌，引出离别情。至此，居者与行者之神情融入画面，可谓妙于以景传情。下片直抒爱情受挫之情。以江头潮平作结，愈见其心之不平。透过一层，倍觉忧伤。

【集说】林处士妻梅子鹤，可称千古高风矣。乃其《长相思》惜别词……何等风致！闲情一赋(即陶渊明所作《闲情赋》，不少人认为文中艳语不类渊明之为人)，讵必玉瑕珠颣耶？（彭孙遹《金粟词话》）

（傅美琳）

点 绛 唇

金谷年年⁽¹⁾，乱生春色谁为主。余花落处。满地和烟雨。 又是离歌，一阕长亭暮。王孙去⁽²⁾。萋萋无数⁽³⁾。南北东西路。

【注释】(1)金谷：即金谷园，为晋代石崇在洛阳修建的一座园林，曾盛极一时。 (2)王孙：贵族公子，代指出门远游之人。 (3)"萋萋"句：白居易《赋得古原草送别》："又送王孙去，萋萋满别情。"萋萋：草盛貌。

【今译】你年年萌生出春色，不知道为了谁？当花儿落尽的时候，又是你——陪伴着遍地烟雨。　一曲离别的歌，回响在日暮长亭。朋友一旦离去，望不尽萋萋芳草，南北东西路。

【点评】此词《蓼园词选》题作"咏草"。上片叹小草不为人所重视，下片借萋萋芳草叹怅与故人别离。一腔离思，俱蕴于无边芳草。情思婉妙。

【集说】林和靖不特工于诗，尤工于词，如作《点绛唇》，乃咏草耳，终篇不出一"草"字，更得所以咏之情。（阮阅《诗话总龟》）

按罗邺诗"不似萋萋南浦见，晚来烟雨正相和"，和字草入细。"南北东西路"句，宜缓读，一字一读，恰是"无数"二字神味。（黄苏《蓼园词选》）

张子野《过和靖隐居》一联："湖山隐后居空在，烟雨词亡草自青。"自注云：先生尝著《春草曲》，有"满地和烟雨"之句。（张宗橚《词林纪事》引《艺苑雌黄》）

（杨恩成）

潘 阆

潘阆(？—1009)，字逍遥，大名(今属河北)人。宋太宗时赐进士及第，为国子博士，后获罪去官。真宗时，复起为滁州(治所在今安徽滁州)参军。有《逍遥词》，今仅存词十首。以描写钱塘胜景为主。

酒 泉 子

长忆观潮，满郭人争江上望(1)。来疑沧海尽成空。万面鼓声中。 弄潮儿向涛头立。手把红旗旗不湿(2)。别来几向梦中看(3)。梦觉尚心寒。

【注释】(1)满郭：全城。 (2)把：持。 (3)几：多次。

【今译】常想起观潮的情景，全城人都聚到江边。所有的海水都仿佛随潮涌来，仿佛大海已经变干。那惊天动地的涛声，就像万面战鼓齐鸣。弄潮儿手擎红旗，在潮头奋勇搏击。手中的红旗，竟一点儿也不沾湿。梦中几番回忆，醒来时还心有余悸。

酒 泉 子

长忆西湖,尽日凭阑楼上望(1)。三三两两钓鱼舟。岛屿正清秋(2)。　　笛声依约芦花里(3)。白鸟成行忽惊起。别来闲整钓鱼竿。思入水云寒。

【注释】(1)凭:依,依靠。　(2)屿:指湖里突起的小土堆。　(3)依约:隐隐约约,听不清楚。

【今译】我常常忆起西湖的风光,在高楼整日凭栏远望。看那渔舟点点,水面徜徉,秋深了,小岛屿露出萧索的景象。　　悲凉的笛声似从芦花里飘起,惊吓得白鸟们向高空飞翔。我仰慕那隐者悠闲执钓,有一日,也许我也会隐居在这浩渺的湖上。

【点评】一个清秋的季节里,诗人在凭栏远眺中,听到了芦苇丛里扬起的笛声,笛声惊起了成行的白鸟,也勾起了诗人退隐江湖的念头,诗人仿佛已融进了这水天云色之中了。此处有听觉,有视觉,也有触觉,诗人写出了秋色如画的一种立体感觉。唯其如此,就大大增强了词的形象性和直感性。"石曼卿见此词,使画工彩绘之,作小景图。"诗中有画,这首词运用多种感官描写西湖景色,艺术手法高超。

【集说】石曼卿见此词,使画工彩绘之,作小景图。(杨湜《古今词话》)
翛然自远,不愧语带烟霞之目。(许昂霄《词综偶评》)

（陈绪万）

13

宋词观止

夏 竦

夏竦(984—1050),字子乔,江州德安(今属江西)人。真宗景德四年(1007)举贤良方正,除光禄丞。仁宗朝,累擢知制诰,拜同中书门下平章事,判大名府。后为言者所攻,改枢密使。封英国公,后改封郑。卒赠太师、中书令,谥文庄。能诗词。有《夏文庄集》。今不传。

喜 迁 莺

霞散绮,月沉钩。帘卷未央楼[1]。夜凉河汉截天流[2]。宫阙锁清秋。　瑶阶曙[3]。金盘露[4]。凤髓香和烟雾。三千珠翠拥宸游[5]。水殿按凉州[6]。

【注释】(1)未央楼:西汉有未央宫,故址在今陕西省西安市未央区。此代指宋宫殿。　(2)河汉:银河。　(3)瑶阶:美玉砌成的台阶,喻其华丽。　(4)金盘露:汉武帝于建章宫作承露盘,立铜人舒掌以接甘露,以为饮之可以延年。　(5)珠翠:妇女饰物,代指美女。宸游:帝王的巡游。　(6)水殿:建于水上的殿宇。凉州:乐曲名。杜牧《河湟》,"唯有凉州歌舞曲,流传天下乐闲人。"

【今译】晚霞渐渐消散,隐去了最后的绚烂;水中映着新月,如沉钩弯弯。美人卷起珠帘遥望:那一带清清的天河,在浩瀚的夜空缓缓轻流。又是秋天了,凉意笼罩着京都。　　朦胧的晨雾里,玉砌的台阶迎来曙光。远处金铜仙人的露盘,闪耀着晶莹透亮的露珠儿。宫内凤髓香飘飘袅袅,烟雾缭绕在人的身旁。圣驾一早巡游,如云而从的佳丽,闪起一片宝气珠光。水面上玲珑的殿宇,传来悠悠扬扬凉州曲。

【点评】这首词描写宫中生活,雍容华丽中不乏清婉。上片写景,从黄昏的余霞写到初生的新月,以及卷帘眺望之人。"夜凉"二句,当为卷帘之所见,境界空阔,万籁俱寂,星汉灿烂。在这浩瀚的天宇之下,人倍觉孤单。再看四周,楼宇宫殿,层层叠叠,都笼罩在清寒的秋意之中。此处"秋"前著一"锁"字,既点出时序,又有秋意清寒的心理感受。下片转写清晨景象,"瑶阶"三句,极写宫中静谧气氛。结拍两句写帝王之游,富丽豪华的场面与上片的凄清寂寥形成对照。

【集说】景德中,水殿按舞时,公翰林内直。上遣中使取新词,公援毫立成以进,大蒙天奖。(黄昇《花庵词选》)

富艳精工,诚为绝唱。(杨慎《词品》)

(卓苏榜)

15

宋词观止

范 仲 淹

范仲淹(989—1052),字希文,苏州吴县(今属江苏)人。宋真宗大中祥符八年(1015)进士,官至枢密副使、参知政事。他是北宋初期著名政治家和文学家,曾积极推行"庆历新政",为人廉洁公正,奉行"先天下之忧而忧,后天下之乐而乐"的做人准则,著有《范文正公集》。

渔 家 傲⁽¹⁾

秋 思

塞下秋来风景异⁽²⁾,衡阳雁去无留意⁽³⁾。四面边声连角起⁽⁴⁾。千嶂里,长烟落日孤城闭。　　浊酒一杯家万里,燕然未勒归无计⁽⁵⁾。羌管悠悠霜满地⁽⁶⁾。人不寐,将军白发征夫泪。

【注释】(1)这是范仲淹镇守延安时创作的一首词。　(2)塞下:边塞上。　(3)衡阳雁去:衡阳有回雁峰,传说大雁至此不再向南飞。
(4)边声:指边境上羌管、胡笳、画角等音乐声音。　(5)燕然未勒:《后汉书·窦宪传》载窦宪追北单于,登燕然山,刻石勒功而还。后世遂以登燕然山勒石指代取得战争胜利。燕然山即今杭爱山。勒:刻。　(6)羌管:即羌笛,因笛出自羌地,故名。

【今译】秋色降临边塞,风景顿时异变。大雁连头也不回,向衡阳飞去。秋风夹着号角声,从四面涌起。万山深处,孤烟直上碧空,夕阳下孤城紧闭。

举起淡淡的浊酒,勾起思家的情意。燕然山上,还未刻石记功,将士们如何能归乡去? 悠悠笛曲吐怨,夜来寒霜满地。不眠的边塞秋夜啊,将军白发苍苍,征夫泪水滴滴。

【点评】这是一首抒怀词。作者以边塞秋景为抒情环境,上片着力描绘边塞秋景,下片抒发守边将士思家与保国的内心矛盾。景象苍莽辽阔,感情慷慨悲壮,是宋初词坛上著名的豪放词。

【集说】庐陵讥范希文《渔家傲》为"穷塞主词",自矜"战胜归来飞捷奏,倾贺酒,玉阶遥献南山寿",为真元帅之事。按宋以小词为乐府,被之管弦,往往传于宫掖。范词如"长烟落日孤城闭""羌管悠悠霜满地""将军白发征夫泪",令"绿树碧帘相掩映,无人知道外边寒"者听之,知边庭之苦如此,庶有所警触。此深得采薇出车、杨柳雨雪之意。若欧词止于谀耳,何所感也。(贺裳《皱水轩词筌》)

一幅绝塞图,已包括于"长烟落日"七字中。唐人塞下诗最工、最多,不意词中复有此奇境。(程洪《词洁辑评》)

沈际飞曰:希文道德未易窥,事业不可笔记。"燕然未勒"句,悲愤郁勃,穷塞主安得有之。(黄苏《蓼园词评》引)

沉雄似张巡五言。(谭献《复堂词话》)

(杨恩成)

苏　幕　遮

怀　旧

碧云天,黄叶地。秋色连波,波上寒烟翠[1]。山映斜

阳天接水。芳草无情,更在斜阳外。　黯乡魂⁽²⁾,追旅思⁽³⁾。夜夜除非,好梦留人睡。明月楼高休独倚。酒入愁肠,化作相思泪。

【注释】(1)寒烟翠:水色与天光相映而显得景象迷蒙。　(2)黯(àn)乡魂:黯淡凄楚的思乡情怀。　(3)追旅思:追,追随,可引申为纠缠。旅思:羁旅之思。追旅思:纠缠不已的羁旅之思。

【今译】秋空一片湛蓝,黄叶铺满了大地。秋色融入秋水,秋水流向远天,苍翠水上寒烟。远山衔着夕阳,山外水天相连,无情的衰草,一直伸向天边。
　　思乡的忧伤,旅途的愁苦,一天连着一天,除非夜里有好梦,才能叫人安眠。月儿映照高楼时,不要独自凭栏。喝杯酒儿想解愁,却化作泪珠点点。

【点评】这是一首思乡词。作者以碧云、黄叶、远水、寒烟、夕阳、苍山勾勒出一幅清旷辽远的秋景图,紧接着用"芳草无情",带出一缕思乡之情。下片陡然一转,用"好梦留人睡"映衬出旅人夜夜难以安睡的孤苦情怀。结尾二句,构思奇妙、精绝。

【集说】范希文《苏幕遮》一调,前段多入丽语,后段纯写柔情,遂成绝唱。(彭孙遹《金粟词话》)
　　"酒入愁肠"二句,铁石心肠人,亦作此销魂语。(许昂霄《词综偶评》)
　　公之正气塞天地,而情语入妙至此。(冯金伯《词苑粹编》)
　　文正一生并非怀土之士,所为乡魂旅思以及愁肠思泪等语,似沾沾做儿女想,何也?观前阕可以想其寄托。开首四句,不过借秋色苍茫以隐抒其忧国之意。"山映斜阳"三句,隐见世道不甚清明,而小人更为得意之象。"芳草"喻小人,唐人已多用之也。第二阕,因心之忧愁,不自聊赖,其实忧愁非为思家也。文正当宋仁宗之时,扬厉中外,身肩一国之安危。虽其时不无小人,究系隆盛之日,而文正乃忧愁若此,此其所以先天下之忧而忧矣。(黄苏《蓼园词评》)

(杨恩成)

御 街 行

秋 日 怀 旧

纷纷坠叶飘香砌⁽¹⁾。夜寂静、寒声碎⁽²⁾。真珠帘卷玉楼空⁽³⁾，天淡银河垂地。年年今夜，月华如练⁽⁴⁾，长是人千里。　　愁肠已断无由醉。酒未到、先成泪。残灯明灭枕头敧⁽⁵⁾。谙尽孤眠滋味⁽⁶⁾。都来此事⁽⁷⁾，眉间心上，无计相回避。

【注释】(1)香砌(qì)：砌是台阶，因上有落花，所以称为香砌。　(2)寒声碎：寒风吹动落叶，发出细碎的声音。　(3)"真珠"句：珠帘高卷，人去楼空。真珠：珍珠。　(4)月华如练：月光如同洁白的丝绸那样轻柔。　(5)枕头敧(qī)：斜靠在枕头上。　(6)谙(ān)尽：尝够了。　(7)都来：算来。

【今译】纷纷飘落的黄叶，给宁静的凉夜，送来细碎的秋声。珍珠帘儿高卷，人去楼已空。只有淡淡的银河，还是那么朦胧。年年的今夜，月光一样澄明。相思的人儿，总隔着千里路程。　　柔肠寸断无法醉，酒还没到唇边，泪珠儿已成。残灯忽暗忽明。斜倚在枕边，尝够了寂寞离情。想赶走这孤独，怎奈愁眉难展，心绪烦闷，什么法儿都不行。

【点评】这是一首怀人之作。上片写景。词人以疏淡之笔，勾勒出一幅冷寂清幽的境界。至"年年"三句，点出"人千里"的离情。下片抒情。词人不言以酒浇愁，却说肠断"无由醉"，运思奇妙。"残灯"二句，形象历历在目，极富情致。结尾三句，写相思之深，不落常格。可谓是一篇"情景两到"(李攀龙《草堂诗余隽》)的佳作。

【集说】"天淡"句空灵。(沈际飞《草堂诗余正集》)

范希文"都来此事，眉间心上，无计相回避"，类易安而少逊之；其"天淡银河垂地"语却自佳。(王世贞《艺苑卮言》)

淋漓沈著，《西厢·长亭》袭之，骨力远逊，且少味外味，此北宋所以为

19

宋词观止

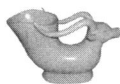

高。小山、永叔后,此调不复弹。(陈廷焯《白雨斋词话》)

范希文"珍珠帘卷玉楼空,天淡银河垂地"及"芳草无情,又在斜阳外"虽是赋景,情已跃然。(沈谦《填词杂说》)

(杨恩成)

剔 银 灯
与欧阳公席上分题

昨夜因看蜀志。笑曹操、孙权、刘备。用尽机关[1],徒劳心力,只得三分天地。屈指细寻思,争如共、刘伶一醉[2]。　　人世都无百岁。少痴騃、老成尪悴[3]。只有中间,些子少年,忍把浮名牵系。一品与千金[4],问白发、如何回避?

【注释】(1)机关:此指计谋。　(2)刘伶:西晋沛国(治所在今安徽宿县)人,"竹林七贤"之一,嗜酒,曾作《酒德颂》。　(3)尪(wāng)悴:瘠病憔悴。　(4)一品:中国古代时期官阶的最高品阶。

【今译】昨夜因为看《蜀志》,笑曹操、孙权、刘备,用尽了计谋,只是枉费心力:偌大的天下,只得了三分之一!扳着指头寻思:还不如和刘伶一样,喝个烂醉如泥。　　人世谁也难活百岁,小时候糊里糊涂,到老又弯腰驼背。只有有限的青春年少,怎忍心被浮名摆布牵系。一品高官,千金俸禄,去问问这些人:满头白发,你能回避?

【点评】此词由读史而发,大有看破红尘之感慨。全是赋体,款款道来,于北宋初期词坛,确不多见。

【集说】范文正与欧阳文忠,席上分题作《剔银灯》,皆寓劝世之意。(张宗橚《词林纪事》引龚明之《中吴纪闻》)

(杨恩成)

滕 宗 谅

滕宗谅（990—1047），字子京，洛阳（今河南洛阳）人。大中祥符八年（1015）进士，累官大理寺丞、天章阁待制，出知庆州、虢州、岳州、苏州等地。《全宋词》存词一首。

临 江 仙

湖水连天天连水，秋来分外澄清。君山自是小蓬瀛⁽¹⁾。气蒸云梦泽，波撼岳阳城⁽²⁾。　　帝子有灵能鼓瑟⁽³⁾，凄然依旧伤情。微闻兰芝动芳馨。曲终人不见，江上数峰青⁽⁴⁾。

【注释】（1）君山：一称湘山、洞庭山。在湖南省洞庭湖中。蓬瀛：神话中的海上仙山蓬莱、瀛洲。　　（2）"气蒸"两句：用孟浩然《临洞庭》中成句。（3）"帝子"句：屈原《楚辞·远游》，"使湘灵鼓瑟兮，令海若舞冯夷。"又《湘夫人》，"帝子降兮北渚，目眇眇兮愁余。"帝子：传说为尧之二女娥皇、女英，嫁给舜，死于湘江，称湘君。　　（4）"曲终"两句：钱起《省试湘灵鼓瑟》中成句。

【今译】洞庭湖,天水相连,在秋光里,它越发澄清。那湖中的君山,恰似海上的蓬瀛。无边的水汽,在浩渺的湖面上蒸腾。万顷的波涛,摇撼着古老的岳阳城。　　我仿佛听到了湘君的琴声,依旧那么悲凉感伤,像兰花芝草吐出的幽幽芳馨。琴声悠然而止,却不见弹琴的娥皇、女英,只有山峰依旧默然青青。

【点评】这是一首吟咏洞庭湖词。上片描绘洞庭湖潋滟雄奇的风光:秋天的洞庭,一望无涯,水天莫辨,澄澈清碧;湖中君山如仙境蓬瀛,湖面水汽弥漫,波澜壮阔,摇撼着岳阳城。下片写洞庭湖神奇迷离的传说:湘灵鼓瑟,凄然伤情,如兰芝吐散出微茫的暗香,然而曲终人远,唯留一湖如镜,数峰清冷。上片为实景描绘,境界阔大,有尺幅万里之势;下片为虚拟想象,如梦如幻,令人神思远游,将洞庭湖的风光节物描写得瑰丽多姿。上下片的末尾皆袭用唐诗成句,恰如其分,浑然天成。

(储兆文)

沈邈

沈邈，生卒年不详。字子山，信州弋阳（今属江西）人。进士及第，庆历初为侍御史，历知澶州、河北、陕西都转运使。知延州卒。能词，仅存两首。

剔银灯

途次南京忆营妓张温卿⁽¹⁾

江上秋高霜早。云静月华如扫。候雁初飞，啼螀正苦⁽²⁾，又是黄花衰草⁽³⁾。等闲临照⁽⁴⁾。潘郎鬓⁽⁵⁾、星星易老。　　那堪更⁽⁶⁾、酒醒孤棹。望千里、长安西笑⁽⁷⁾。臂上妆痕，胸前泪粉，暗惹离愁多少。此情谁表。除非是、重相见了。

【注释】(1)原词共有两首，此处选一。　(2)啼螀(jiāng)：鸣叫的寒螀。寒螀，蝉的一种。　(3)黄花：菊花。　(4)等闲：无端，白白地。　(5)潘郎鬓：潘岳《秋兴赋序》，"余春秋三十有二，始见二毛。"后以"潘鬓"代指鬓发

宋词观止

斑白。　（6）那堪：哪能。　　（7）长安西笑：长安，代指宋都汴京。桓谭《新论·琴道》，"人闻长安乐，则出门向西笑；知肉味美，则对屠门而大嚼。"这里指对过去艳情的留恋。

【今译】秋天时节，江南高阔旷远，初霜来得早。风静云闲，月华皓皓。大雁从北方飞来，寒蝉苦吟。菊花开放的时节，又是遍地衰草。偶然照镜，两鬓已见星星白发，伤情让人容易老。　　谁能忍受——酒醒后孤船水上漂！回首望京城，只能发出苦笑。看臂上妆痕犹在，泪珠儿洒在胸前，心中的离愁知多少！这苦衷向谁流露？除非你我团圆了。

【点评】这首词写离愁，凄婉低回，缠绵动人，具有独特的美感。词从秋江夜景落笔，极力渲染秋江夜景的静寂与凄清。"候雁"三句，抓住深秋的季节特征，有声有色，进一步烘托凄凉气氛。"等闲"三句，转到词人自己，悲叹年华易老。下片正面写离情。酒醒孤舟，倍感凄凉，而上片所述，尽是醒后所见所思。"望千里"二句，借"长安西笑"典故，点出怀人的本意。一个"望"字，透出心中无限依恋。以此反观上句的"孤"字，犹觉沉着。"臂上"三句，承"望千里"而来，尽是想象之词，从对方落笔，抒发自己的离愁。结拍两句是重见的企盼。语气决绝，舍此无他。

【集说】宿州营妓张玉姐，字温卿，本蕲泽人。色技冠一时，见者皆属意。沈子山为狱掾，最所钟爱。既罢，途次南京，念之不忘，为《剔银灯》二阕。（吴曾《能改斋漫录》）

（朱惠国）

柳　永

　　柳永(约987—约1053),原名三变,字耆卿,崇安(今属福建)人。仁宗景祐初进士,官至屯田员外郎,世称柳屯田。柳永一生落拓不遇,遂流连坊曲,属意于词,所作多羁旅行役之愁,伤春悲秋之怨。他不仅是大量创作慢词的第一人,而且是把词从宫廷引向民间的第一个词人。其词以铺叙见长,曲折委婉,状难状之景,达难达之情,而出之以自然,被誉为北宋巨手。有《乐章集》。

雨　霖　铃

　　寒蝉凄切⁽¹⁾,对长亭晚,骤雨初歇。都门帐饮无绪⁽²⁾,留恋处、兰舟催发。执手相看泪眼,竟无语凝噎⁽³⁾。念去去千里烟波⁽⁴⁾,暮霭沉沉楚天阔。　　多情自古伤离别,更那堪、冷落清秋节⁽⁵⁾。今宵酒醒何处?杨柳岸、晓风残月。此去经年⁽⁶⁾,应是良辰好景虚设。便纵有千种风情⁽⁷⁾,更与何人说?

【注释】（1）寒蝉：秋蝉。　（2）都门帐饮：在京城门外设帐饯行。（3）凝噎：喉咙哽塞，说不出话。　（4）念：想。　（5）那堪：哪能经受得住。（6）经年：年复一年。　（7）风情：男女之间的情思。

【今译】秋蝉叫得多么凄厉。黄昏时，长亭外，刚下过一场骤雨。眼前是饯行的宴席，人，没有一点心绪。正相偎相依，船夫早把帆儿扯起。紧握着手互相瞧着，哽咽得说不出话语，只有离别的泪水。想到那烟波渺渺的南国，暮云低沉，征途千里，真不想让他离去。　　多情的人儿，自古都怕别离。更何况，你我分手，是在冷清的秋季！今夜酒醒以后，船儿该行到哪里？杨柳岸边，一弯残月，晓风凄凄。此去一年又一年，应该是：良辰好景空有！纵然有千万种柔情，该向谁倾诉？

【点评】这是一首话别词。"凄切"二字为全词之目。上片，写饯行。"寒蝉"三句，点出离别时的节令、地点、景物。寓情于景。"都门"三句，写宴席间心绪之不佳。"执手"二句，写临别之际，难舍难离。"无语""凝噎"，可谓无声胜有声。"念去去"二句，设想旅途之遥远、寂寞。虚景实写，历历如画。下片，抒发离情，愈转愈深，层层波折。"多情"句，宕开一笔，泛写人情；"更那堪"句，更翻进一层，写出今日离别之不堪忍受。"今宵"三句，设想酒醒之后所见之景象，既照应上片"都门帐饮"，又于疏淡中见出别离之苦，更富神韵。"此去"以下，倾吐别后心事，愈见离怀之寂寞。尺幅短札，胜过江淹《别赋》。铺叙、白描，兼而用之。情景妙合无垠。

【集说】"千里烟波"，惜别之情已骋；"千种风情"，相期之愿又赊。真所谓善传神者。（李攀龙《草堂诗余隽》）

"今宵酒醒何处？杨柳岸，晓风残月"与秦少游"酒醒处，残阳乱鸦"，同一景事，而柳尤胜。（王世贞《艺苑卮言》）

词有点染，耆卿《雨霖铃》云："多情自古伤离别……杨柳岸晓风残月"上二句，点出离别冷落；"今宵"二句，乃就上二句染之。点染之间，不得有他语相隔，隔则警句亦成死灰矣。（刘熙载《艺概》）

送别词清和朗畅,语不求奇,而意致绵密,自尔稳惬。(黄苏《蓼园词选》)

(杨恩成)

望 海 潮

东南形胜⁽¹⁾,三吴都会⁽²⁾,钱塘自古繁华。烟柳画桥,风帘翠幕,参差十万人家⁽³⁾。云树绕堤沙。怒涛卷霜雪⁽⁴⁾,天堑无涯⁽⁵⁾。市列珠玑,户盈罗绮竞豪奢。　　重湖叠巘清嘉⁽⁶⁾。有三秋桂子,十里荷花。羌管弄晴,菱歌泛夜,嬉嬉钓叟莲娃⁽⁷⁾。千骑拥高牙⁽⁸⁾。乘醉听箫鼓,吟赏烟霞。异日图将好景,归去凤池夸⁽⁹⁾。

【注释】(1)形胜:形势险要。　(2)三吴都会:钱塘古属吴郡,又是三吴(吴兴郡、吴郡、会稽郡)等地的重要都市,故云。　(3)参差(cēn cī):高低不齐。　(4)霜雪:白色的浪花。　(5)天堑(qiàn):天然屏障。堑:坑。(6)重湖叠巘清嘉:宋时,西湖有外湖、里湖之分,故称重湖。叠巘(yǎn):重叠的山峰。清嘉:秀美。　(7)莲娃:采莲姑娘。　(8)千骑(jì)拥高牙:千骑:指随从。高牙:军前大旗,借指高级将领。　(9)凤池:凤凰池。唐宋时代多用以指中书省(最高行政机构),这里借指朝廷。

【今译】东南形胜,三吴重镇,杭州自古繁华。行行杨柳含烟惹雾,座座小桥饰着彩画。风儿吹拂竹帘翠幕,高高低低十万户人家。绿树环抱着幽径,钱塘江卷起雪白的浪花,天险无边无涯。街市上琳琅满目,物阜民丰,竞比豪华。

青山映入碧水,湖光山色甲天下。深秋,桂花飘香;仲夏,十里荷花。笙歌在晴空回荡,老翁垂钓,姑娘采莲,夜泛小舟,悠然戏耍。雄旗簇拥着将军,乘醉吟赏山水烟霞。请画下这杭州风光,日后荣升进京华,好向同僚夸!

【点评】这首词描绘了杭州的都市风光。作者以层层铺叙的手法,概括了钱塘江的壮观,西湖的清景,街市的繁华。可谓"承平气象,形容尽致"。

宋词观止

【集说】孙何帅钱塘，柳耆卿作《望海潮》词赠之。此词流播，金主亮闻歌，欣然有慕于"三秋桂子，十里荷花"，遂起投鞭渡江之志。近时谢处厚诗云："谁把杭州曲子讴？荷花十里桂三秋。那知卉木无情物，牵动长江万里愁！"余谓此词虽牵动长江之愁，然卒为金主送死之媒，未足恨也。至于荷艳桂香，妆点湖山之清丽，使士大夫流连于歌舞嬉游之乐，遂忘中原，是则深可恨耳！（罗大经《鹤林玉露》）

柳耆卿与孙相何为布衣交，孙知杭州，门禁甚严。耆卿欲见之不得，作《望海潮》词，往诣名妓楚楚曰："欲见孙相，恨无门路，若因府会，愿朱唇歌于孙相公之前。若问谁为此词，但说柳七。"中秋夜会，楚楚婉转歌之，孙即日迎耆卿预坐。（杨湜《古今词话》）

（杨恩成）

八声甘州

对潇潇暮雨洒江天，一番洗清秋。渐霜风凄紧，关河冷落，残照当楼。是处红衰翠减(1)，苒苒物华休(2)。惟有长江水，无语东流。　　不忍登高临远，望故乡渺邈(3)，归思难收(4)。叹年来踪迹，何事苦淹留。想佳人、妆楼颙望(5)，误几回、天际识归舟。争知我、倚阑干处(6)，正恁凝愁(7)！

【注释】(1)是处：到处。　(2)苒苒物华休：景物渐渐凋残。苒苒：渐渐。　(3)渺邈：遥远。　(4)归思：归家心情。　(5)颙（yóng）望：凝望，抬头呆望。　(6)争：怎。　(7)恁（nèn）：如此，这样。凝愁：愁思难解。

【今译】一场渐渐沥沥的暮雨洒向辽阔的江天，洗出了高爽的清秋。渐渐地，秋霜肃杀，秋风凄凄，山河冷落，一缕残阳斜照楼头。红花谢了，绿草凋了，大地一片萧疏。只有长江水，默默地向东流。　　不忍心登高远眺，故乡多么遥远，望不见，归心却难收。这些年，到处漂流，究竟为了什么缘由？害得她整日楼头呆望，好多次，把天边的来船，误认作我乘的归舟！你可知道，我独倚栏杆，正和你一样忧愁！

【点评】这首词写羁旅行役之苦，诚如李之仪所说："铺叙展衍，备足无余。"起二句，总写雨后江天，清爽如洗。"渐霜风"三句，大笔勾勒，境界苍凉，情更凄惨。"是处"二句，借叹物华凋残，传悲秋之情。"惟有"二句，以江水"无语东流"反跌出行役之人不能东归之情思，殊觉沉痛。过片三句，敞开心扉，倾诉"不忍登高"之缘由。"叹年来"二句，低首沉吟，自悲自叹自伤。"想佳人"四句，从对方落笔，更见出二人心心相印。与杜甫"今夜鄜州月，闺中只独看"同一笔法。结尾二句，归到自己倚阑凝愁，回应起首。层层波折，回环往复。

【集说】人皆言柳耆卿词俗，然如"霜风凄紧，关河冷落，残照当楼"，唐人佳处，不过如此。（赵令畤《侯鲭录》引苏轼语）

词有与古诗同妙者，如"问甚时同赋，三十六陂春色"，即灞岸之兴也。"关河冷落，残照当楼"，即敕勒之歌也。（刘体仁《七颂堂词绎》）

飞卿词："照花前后镜，花面交相映。"此词境颇似之。（梁令娴《艺蘅馆词选》）

（杨恩成）

鹤 冲 天

黄金榜上[1]，偶失龙头望[2]。明代暂遗贤[3]，如何向[4]？未遂风云便[5]，争不恣游狂荡[6]，何须论得丧[7]，才子词人，自是白衣卿相[8]。　　烟花巷陌[9]，依约丹青屏障[10]。幸有意中人，堪寻访。且恁偎红倚翠[11]，风流事，平生畅。青春都一饷[12]，忍把浮名，换了浅斟低唱。

【注释】(1)黄金榜：古代科学制度殿试后录取进士名单。　(2)龙头：指状元。　(3)明代：政治清明的时代。　(4)如何向：怎么办。　(5)风

云:叱咤风云之志。　(6)争:怎。　(7)得丧:得失。　(8)白衣:平民装束。　(9)烟花巷陌:妓女集中的地方。　(10)丹青屏障:画了图画的屏风。　(11)恁:如此。偎红倚翠:指狎妓。　(12)一饷:一顿饭的时间,喻短暂。

【今译】黄金榜上无姓名,失去了状元的希望。这政治清明的时代,我却暂时被遗忘。怎么办? 远大抱负难实现,怎不纵情游荡,又何必将得失思量。倚声填词,一身才气横溢,自是民间的卿相。　烟花女云集的楼馆,美丽的画图,点缀着屏障。我的心上人儿,可以到这地方寻访。暂且在这儿偎红倚翠,也可以让人风流欢畅。青春多么的短暂,不如把空名抛去,在低婉的歌声中,尽情饮酒歌唱。

【点评】这是词人落第后自我解嘲的词。起首两句开门见山,点出科场不利、金榜落名,但著一"偶"字,又有几分自负。"明代"则是反话正说,隐含满腹牢骚。"如何向"一句,承上启下,转到今后打算。"未遂"两句具体作答:既然仕路被阻,不如恣意纵欢。"何须"三句,貌似旷达,实际却反映内心的牢骚与不平。过片写青楼行乐生活,对"恣游狂荡"四字做具体展开。"烟花"两句是环境描写,为下面的艳情做气氛烘托。"幸有"两句,补出作者来此的另一原因,是这里有他的"意中人",结拍三句表达今后取向,流露出及时行乐的思想,但用一"忍"字,又饱含无限辛酸。词以第一人称写,直接抒发科场失意的不平和冶游的欢乐,无丝毫的掩饰与做作。

【集说】仁宗留意儒雅,务本问道,深斥浮艳虚华之文。初,进士柳三变好为淫冶讴歌之曲,传播四方,尝有《鹤冲天》词云:"忍把浮名,换了浅斟低唱。"及临轩放榜,特落之,曰:"且去浅斟低唱,何要浮名。"景祐元年方及第。后改名永,方得磨勘转官。(吴曾《能改斋漫录》)

《艺宛雌黄》云:"柳三变喜作小词,薄于操行,当时有荐其才者,上曰,'得非填词柳三变乎?'曰,'然',上曰,'且去填词'。由是不得意,日与偎子纵游娼馆酒楼间,无复检约。自称云,'奉圣旨填词柳三变'。"(胡仔《苕溪渔隐丛话》引)

耆卿"忍把浮名,换了浅斟低唱",荒谬语耳,何足为韵事。稼轩"悲莫悲生离别,乐莫乐新相识,儿女古今情。富贵非吾事,归与白鸥盟"。愤激语而不离乎正,自与耆卿迥别。然读唐人"忽见陌头杨柳色,悔教夫婿觅封侯"之句,情理两融,又婉折多矣。(陈廷焯《白雨斋词话》)

(朱惠国)

浪淘沙慢

梦觉透窗风一线,寒灯吹息。那堪酒醒,又闻空阶,夜雨频滴。嗟因循⁽¹⁾、久作天涯客。负佳人、几许盟言,便忍把、从前欢会,陡顿翻成忧戚⁽²⁾。　　愁极。再三追思,洞房深处,几度饮散歌阑,香暖鸳鸯被。岂暂时疏散⁽³⁾,费伊心力。殢云尤雨⁽⁴⁾,有万般千种,相怜相惜。　　恰到如今,天长漏永⁽⁵⁾,无端自家疏隔⁽⁶⁾。知何时、却拥秦云态⁽⁷⁾,愿低帏昵枕⁽⁸⁾,轻轻细说与,江乡夜夜,数寒更思忆。

【注释】(1)因循:此处作不振作意。引申漂泊。　(2)陡顿:突然。(3)疏散:分离、散开。　(4)殢(tì)云尤雨:贪恋欢情。殢:困极。　(5)漏永:时间漫长。漏:古代滴水计时的器具。　(6)疏隔:分隔。　(7)秦云:即秦楼云雨,指男女欢情。　(8)昵:亲近。

【今译】梦中醒来了,一丝寒风透窗,把昏昏的灯光吹灭。受不了酒醒以后,听窗外声声雨滴,落在寂寂的空阶。往事历历,叹自己消沉不振,长在天涯逆旅。白白地辜负了心上人多少情意。更把那从前的欢乐,突然变成更深的悲戚。　　愁绪没有终极,又把过去的时光记起:在洞房深处,多少次浅斟慢饮,歌罢舞散以后,你的香肌,温暖了鸳鸯被。怎忍心一时分手,耗费得你心力交瘁!欢会尤觉情浓,细语呢喃时,有千种风情万般甜蜜。　　想不到如今——相隔千万里。寂寞旅途中长长的白天难熬,冷清的长夜难眠,无缘无故地分离。不知什么时候,再能和你相逢,两人欢梦再现。那时低垂的帐幔里,相依相偎着,细声细语,诉说今天这样的寒夜,数着更点怀念你。

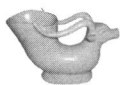

【点评】这是一首怀人之作,同时也流露了自己的身世之悲。上片四句,写永夜愁思,用酒醒灯灭、夜阑雨滴极力渲染凄楚的氛围。"嗟因循"两句落到身世之感。"负佳人"四句,由身世飘零转到往事成空,一个"忍"字,尤觉今昔对比之苦。过片转入回忆,"洞房"句以下具体写当日的欢情。第三叠又回到今夜,"无端"两字,暗示两人疏隔乃词人出游造成,如今苦捱时光,充满失落与自责之感。"知何时"两句又转,写再聚的企盼。"愿低帏"四句,俱是想象之词,用将来的相聚反转出今夜的思忆,其构思与李商隐"何当共剪西窗烛,却话巴山夜雨时"有异曲同工之妙。

【集说】阴铿有"夜雨滴空阶",柳耆卿用其语,人但知为柳词耳。(龚颐正《芥隐笔记》)

柳永耆卿《乐章词》……今传者多有舛缺,如……《浪淘沙慢》之"几度饮散歌阑","阑"乃"阕"之误。(胡薇元《岁寒居词话》)

(朱惠国)

戚　氏

晚秋天,一霎微雨洒庭轩⁽¹⁾。槛菊萧疏⁽²⁾,井梧零乱惹残烟。凄然,望江关,飞云黯淡夕阳闲。当时宋玉悲感⁽³⁾,向此临水与登山。远道迢递⁽⁴⁾,行人凄楚,倦听陇水潺湲⁽⁵⁾。正蝉吟败叶,蛩响衰草⁽⁶⁾,相应喧喧。　　孤馆,度日如年。风露渐变,悄悄至更阑。长天净,绛河清浅⁽⁷⁾,皓月婵娟。思绵绵,夜永对景,那堪屈指,暗想从前。未名未禄,绮陌红楼⁽⁸⁾,往往经岁迁延⁽⁹⁾。　　帝里风光好⁽¹⁰⁾,当年少日,暮宴朝欢。况有狂朋怪侣,遇当歌、对酒竞留连⁽¹¹⁾。别来迅景如梭,旧游似梦,烟水程何限。念利名、憔悴长萦绊。追往事、空惨愁颜。漏箭移⁽¹²⁾、稍觉轻寒。渐呜咽、画角数声残⁽¹³⁾。对闲窗畔,停灯向晓,抱影无眠。

【注释】(1)一霎:一阵。庭轩:有窗的长廊或小屋。 (2)萧疏:稀稀落落。 (3)宋玉:屈原的弟子,有《九辩》,首四句云,"悲哉秋之为气也,萧瑟兮草木摇落而变衰;憭慄兮若在远行,登山临水兮送将归。" (4)迢递:远貌。 (5)陇水:河流名。汉乐府《陇头歌》:"陇头流水,流离山下,念吾一身,飘然旷野。" (6)蛩:蟋蟀。 (7)绛河:银河。 (8)绮陌:繁华的街道。宋人多用以指花街柳巷。元稹《羡醉诗》:"绮陌高楼竞醉眼,共期憔悴不相怜。" (9)迁延:拖延。 (10)帝里:京都。 (11)留连:留恋不愿离开。 (12)漏箭:漏壶上指时的部件。 (13)画角:古乐器,军中多用以警昏晓。

【今译】深秋时节,一阵渐沥的秋雨洒落在庭院。花圃中菊花萧疏,梧桐叶纷纷飘落,在似消未消的薄烟笼罩下,了无生气。望关山大河,一片凄惨。夕阳西下的黄昏,几缕浮云黯淡。当年宋玉对此伤感,曾临水登山。遥远的旅途,让行人心情凄楚,已经不愿听见那陇头流水潺潺。如今正是——蝉在败叶下悲吟,衰草中秋虫声凄切,寒风里混成一片哀怨。 孤寂的旅舍里,我度日如年。秋风和寒露,悄悄伴我到更残。望浩邈星空万里,银河淡淡,美好的月夜啊,我的思绪绵绵。长夜对此景,不愿想已逝的岁月,也不愿意想起从前。功名利禄无成,酒楼中日日消磨,蹉跎了一年又一年。 当时少年意气,追逐京城的风光,终日有歌舞欢宴。更有豪放不羁的朋友,在酒楼歌榭里流连。岁月如水匆匆流去,往事如梦似烟,迷迷离离竟那样遥远。如今为着功名,憔悴常常把我陪伴。想起当年往事,一片愁绪空绕心间。秋夜里时光悄悄流去,凄楚中渐渐感到微寒。呜咽的画角,渐渐声残。闲倚在孤窗畔,对着灯儿等天亮,陪着孤影不眠。

【点评】词共三叠,第一叠抒发悲秋之感。起首两句,写秋雨庭院。"槛菊"三句,描写院内秋景,略带苍凉。"凄然"三句转向更为广阔空间,继续烘托秋意。"当时"一句,转到古人悲秋。紧接四句隐括宋玉《九辩》和《陇头歌》诗意,以秋日远行渲染秋的悲凉。"正蝉吟"三句落到秋声,用秋虫悲吟进一步托出秋日的肃杀之气。第二叠转到词人自身。"孤馆"三句,点出时间、地点和人的愁绪。"长天净"三句,写秋夜之景,暗寓人的未眠。"思绵绵"四句由景伤怀,落到身世之悲。"未名"三句,回忆过去,直抒悲慨,点出

宋词观止

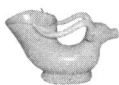

"思绵绵"之因由。第三叠起首承上叠而来,仍是回忆,紧接着用"别来"三句,一笔收住,由回忆中的狂放落到今日的寂寞与凄然,词情陡然直落,倍觉沉着。"念利名"一句,放笔直写,点出今日痛苦与无奈之因。"追往事"二句,回旋一笔,突出一个"空"字。"漏箭移"四句,从心理活动回到秋夜描写,而时间已是凌晨。结拍三句正面写人物形象,"无眠"两字总收,表示从黄昏到清晨,所述俱是抱影无眠的愁思。全词以时间为线,从傍晚、深夜,最后写到破晓,从词情看,先是悲秋情绪,次是深夜幽思,最后落到对征逐名利的厌倦,脉络井井,针线细密。

【集说】《戚氏》为屯田创调,"晚秋天"一首,写客馆秋怀,本无甚出奇,然用笔极有层次。初学慢词,细玩此章,可悟谋篇布局之法。第一遍,就庭轩所见,写到征夫前路。第二遍,就流连夜景,写到追怀昔游。第三遍,接写昔游经历,仍落到天涯孤客,竟夜无眠情况,章法一丝不乱。惟第二遍自"夜永对景"至"往往经岁迁延",第三遍自"别来迅景如梭"至"追往事空惨愁颜",均是数句一气贯注。屯田词,最长于行气,此等处甚难学。后人遇此等处,多用死句填实,纵令琢句工稳,其如恹恹无生气何。(蔡嵩云《柯亭词论》)

前辈云:"《离骚》寂寞千年后,《戚氏》凄凉一曲终",《戚氏》,柳所作也。(王灼《碧鸡漫志》)

(朱惠国)

红 窗 迥

小园东,花共柳。红紫又一齐开了。引将蜂蝶燕和莺,成阵价⁽¹⁾、忙忙走⁽²⁾。 花心偏向蜂儿有。莺共燕、吃他拖逗⁽³⁾。蜂儿却入、花里藏身,胡蝶儿、你且退后。

【注释】(1)成阵价:成群成片地。 (2)忙忙走:飞来飞去。 (3)拖逗:宋元时口语,惹引、勾引。吃:被。

【今译】春到小花园,柳丝慢慢绿了。花儿渐渐开了,万紫千红绚烂一片。引来了蜂儿蝶儿,还有黄莺飞燕。密密地围着花儿,飞来飞去真不闲。

花儿偏向蜂儿开,惹来黄莺和飞燕,白白飞舞繁花前。蜂儿嗡嗡叫着,钻到娇嫩的花蕊边。恋花的小蝴蝶呀,你还是退后一点。

【点评】起笔点出地点,紧接两句写树木花卉,展示一片浓郁春意。"引将"三句借蜂、蝶、燕、莺,渲染春景之绚丽。换头具体写蝴蝶戏花。"花心"两句赋生物以人的情态,生动有趣,"拖逗"两字,活画出莺、燕为花吸引却又无可奈何的神态。"蜂儿"两句写蜜蜂采蜜,"藏身"二字,活灵活现。结拍两句以蜜蜂口吻写,更有妙趣。词写春景,从蜂蝶莺燕绕花飞舞落笔,热闹生动、充满情趣;用口语、俗语入词,在以雅为主的词坛上别具一格,表现出另一种美学趣味。

(朱惠国)

少 年 游

参差烟树灞陵桥⁽¹⁾,风物尽前朝⁽²⁾。衰杨古柳,几经攀折,憔悴楚宫腰⁽³⁾。　夕阳闲淡秋光老,离思满蘅皋⁽⁴⁾。一曲阳关⁽⁵⁾,断肠声尽,独自凭兰桡⁽⁶⁾。

【注释】(1)灞陵桥:即灞桥,在长安东。古人送客出长安,常于此地折柳赠别,故灞桥又称销魂桥。　(2)风物:风光,景物。前朝:以前的朝代。　(3)楚宫腰:《韩非子·二柄》,"楚灵王好细腰,而国中多饿人。"后世遂以"楚腰"称细腰,代指女子清瘦轻盈之体态。这里以憔悴之"楚腰"代指衰残之柳枝。　(4)蘅皋:长满杜蘅的水边高地。蘅,即杜蘅,香草名,俗称马蹄香。　(5)《阳关》:唐代诗人王维《送元二使安西》诗中有"劝君更尽一杯酒,西出阳关无故人"之句,唐人遂据此制成送别之《阳关曲》,甚为流行。而后《阳关》就成了送别曲的代名词。　(6)兰桡(ráo):划船的桨,这里代指船。

【今译】茫茫烟霭,笼罩着参差的枯柳,笼罩着古老的灞桥。所有的景物啊,一如前朝。衰残的杨柳,经不起太多的攀折,多么憔悴萧条。　夕阳惨淡,秋色已老。浓浓的离愁别绪,溢满了江边的蘅皋。歌一曲《阳关》,

声声令人肠断。我独自倚在船边,任船儿飘摇。

【点评】这首词,是柳永宦游长安离开时的作品。灞桥,汉唐以来就是著名的送别之地,人们在此折柳送别,难分难舍,以致灞桥又被称为销魂桥。柳永此次出长安,大概也由此而别,故上片便专写灞桥之景物。起二句总览灞桥之景,于如烟之柳色中掺入历史之感慨,"衰杨"三句描绘桥边的衰杨古柳。暗寓多少离情别恨。过片承上启下,于衰残的秋光中引出己身之"离思"。末了,独凭兰桡,黯然欲行之时又忽闻《阳关》古调,不由得肠断魂伤。于静中见出心情之不平静。

【集说】屯田此词,居然胜场,不独"晓风残月"之工也。(先著、程洪《词洁辑评》)

(刘锋焘)

夜　半　乐

　　冻云黯淡天气⁽¹⁾,扁舟一叶,乘兴离江渚。渡万壑千岩,越溪深处⁽²⁾。怒涛渐息,樵风乍起⁽³⁾,更闻商旅相呼。片帆高举。泛画鹢⁽⁴⁾、翩翩过南浦⁽⁵⁾。　　望中酒旆闪闪⁽⁶⁾,一簇烟村⁽⁷⁾,数行霜树。残日下,渔人鸣榔归去⁽⁸⁾。败荷零落,衰杨掩映,岸边两两三三,浣沙游女。避行客、含羞笑相语。　　到此因念,绣阁轻抛⁽⁹⁾,浪萍难驻⁽¹⁰⁾。叹后约⁽¹¹⁾丁宁竟何据。惨离怀,空恨岁晚归期阻。凝泪眼、杳杳神京路⁽¹²⁾。断鸿声远长天暮⁽¹³⁾。

【注释】(1)冻云:冬天浓重凝聚的云。　(2)越溪:指浙江会稽南之若耶溪。当年越国美人西施曾于此浣纱。　(3)樵风:《后汉书·郑弘传》注引《会稽记》,谓采薪人郑弘求仙人曰,"常患若耶溪载薪为难,愿旦南风,暮北风",而后果然如愿。因称若耶溪之风为樵风。后因以樵风指顺风。　(4)画鹢(yì):即船。鹢是一种水鸟,善飞,不惧风。古人常于船头画鹢以图吉利。　　(5)翩翩:轻快的样子。南浦:南面的水边,古诗词中常用以指代水边送别之地。　　(6)酒旆(pèi):酒旗。　　(7)簇:丛集。　　(8)鸣榔:"鸣根",捕鱼时用木条(榔)敲击船舷作声,使鱼吃惊而入网。　　(9)绣阁:妇女的闺房。　　(10)浪萍:波浪中漂浮不定的浮萍。此处喻漂泊无定的流浪生活。　　(11)后约:约定的后会之期。　　(12)神京:京城。　　(13)断鸿声远:谓音讯断绝。

【今译】冬天的云凝聚浓重,一个十分黯淡的天气。我乘着一叶扁舟,乘兴离开江泊万壑千岩,从船边掠过,前面就是美丽的若耶溪。狂涛已渐渐平息,好风也刚刚刮起。又听见一片呵喊声,那是过往的商旅。云帆高高地挂起,船儿轻快地向南浦驶去。　　遥望河岸之上,酒帘儿飘拂,袅袅炊烟从村落里升起,暮霭迷蒙,笼罩着几行霜染的大树。夕阳映照,渔人鸣榔归去。残荷零落,衰杨稀疏。啊,好一幅秋日的萧肃之景!岸边三三两两的浣纱女,害羞似的避开行客,一边说说笑笑地归去。　　看到那浣纱的村姑,牵动了我的愁思,悔当初,轻率别爱妻,像浮萍一样没有落脚之地。不由得悲叹:当初的约定有什么凭据?离怀凄惨,空恨岁晚无归期。凝泪眼,望神京遥远,暮色慢慢降临,孤雁的哀鸣回荡在遥远的天幕。

【点评】这首词抒写作者"浪萍难驻"之感受。词分三叠。第一叠写扁舟轻快,行色匆匆。第二叠写旅途所见:酒旆闪闪,渔舟轻移,浣纱游女,活泼娇羞,为第三叠抒写愁怀蓄势。第三叠由景入情,抒发对爱人的怀念。长天日暮,断鸿声远。境界凄迷。一片离情,全寓景中。

【集说】胜处在气骨,不在字面。其写景处,远胜其抒情处,而章法大开大合。……写羁旅行役中秋景,均穷极工巧。(蔡嵩云《柯亭词论》)

(刘锋焘)

37

宋词观止

采 莲 令

月华收(1),云淡霜天曙(2)。西征客(3)、此时情苦。翠

娥执手⁽⁴⁾送临歧⁽⁵⁾，轧轧开朱户⁽⁶⁾。千娇面⁽⁷⁾、盈盈伫立⁽⁸⁾，无言有泪，断肠争忍回顾⁽⁹⁾？　　一叶兰舟，便恁急桨凌波去⁽¹⁰⁾。贪行色⁽¹¹⁾、岂知离绪。万般方寸⁽¹²⁾，但饮恨⁽¹³⁾，脉脉同谁语。更回首⁽¹⁴⁾、重城不见⁽¹⁵⁾，寒江天外，隐隐两三烟树。

【注释】(1)月华:月光。 (2)曙:天亮。 (3)西征客:西去的人。(4)翠娥:女子的眉。这里代指女子。 (5)临歧:歧路分别。 (6)轧轧:开门声。 (7)千娇面:形容女子面容之俏丽娇美。 (8)盈盈:形容女子仪态、身姿之美好。 (9)争忍:怎忍,不忍。 (10)恁(nèn):这样,如此。(11)贪行色:急着赶路的样子。 (12)方寸:指心。 (13)但:只。饮恨:含恨而无从倾诉。 (14)更:再。 (15)"重城"句:这里明写城不见,实是说人不见。

【今译】月华渐渐收去,晓云淡淡,银霜满地。西去的旅客,这时多么的伤悲。缓缓打开朱红的大门,手拉着手儿来到大路口,临歧执手心已碎。多么美丽的姑娘,孤零零站在那里。说不出一句话儿,只有惜别的泪水。不忍心回头看——她那般伤悲。　　扁舟一叶,急桨匆匆凌波去。只顾贪图赶路,谁知道行客的愁绪?万般离愁和别恨,只能压抑在心里,这脉脉情怀向谁语?回首处,雾霭迷离,城郭早已看不见,只有空阔的江天,三两处烟树凄迷。

【点评】这是一首别离词。起二句写景,点出月落天明之时辰。"西征客"一句点明行客身份及其"情苦"之心境。"翠娥"三句,叙写情人忍痛送别。词笔凝重。"千娇面"三句,写惜别之后"翠娥"伫立目送之情形。此乃行客"回顾"之所见。此情此景,彼此皆已痛断情肠。过片,写别后舟行之速,嫌怨之情涌上心头。"万般"二句,再写心中之孤寂与无人可言之幽恨。末了,又以景作结,无限沉痛之情寓于浑茫苍凉之景中,愈觉离情绵渺不绝。

(刘锋焘)

卜 算 子 慢

江枫渐老，汀蕙半凋⁽¹⁾，满目败红衰翠。楚客登临⁽²⁾，正是暮秋天气。引疏砧⁽³⁾、断续残阳里。对晚景、伤怀念远，新愁旧恨相继。　脉脉人千里⁽⁴⁾。念两处风情，万重烟水。雨歇天高，望断翠峰十二⁽⁵⁾。尽无言、谁会凭高意？纵写得、离肠万种，奈归云谁寄。

【注释】(1)汀：水边平地。　(2)楚客：作者自称。　(3)疏砧(zhēn)：断断续续的砧杵之声。　(4)脉脉：当作"眽眽"，相视之貌。古诗有"盈盈一水间，脉脉不得语"之句。　(5)翠峰十二：指巫山十二峰。

【今译】冷落的江边，枫叶已衰残，蕙草已凋零，满眼是一片败绿残红。在这暮秋的天气里，羁旅的我登高凝眸，残阳下，传来杵砧声声。面对着这衰秋晚景，所有愁绪涌上心头。　遥遥千里，烟水重重，隔断了两处风情。雨后的江天多么高旷，遮断巫山十二峰，望不见心上人的倩影。真堪恨，无人理解，我此时的心情。纵然能写出万种愁绪，谁人为我去传递？

【点评】这是一首伤高怀远之作。起三句，从视觉入笔，写出秋日衰败景象。"楚客"二句，正面点出时令。"登临"二字，为全篇之枢纽，词中所写的一切皆为登临所见、所闻、所感。"引疏砧"句便于视觉中又加入听觉感受，面对肃杀秋景，耳闻疏砧声声，羁旅之愁愈发浓郁。这一切，逼出歇拍二句，凝成"伤怀念远"之"新愁旧恨"。过片承上，写愁恨之由，乃是遥遥千里，万重烟水隔断了两处风情。以下便一层进似一层抒写这种愁恨：相隔遥远，望而不见，已是堪伤；念远之意，无人会得，又添哀怨；离肠万种，纵然付诸纸笔，也无从寄予，更是凄然。此种表述，诚如周济所谓"一气转注，连翩而下"，而又曲折回顾，极具感染力。

【集说】胜处在气骨，不在字面。其写景处远胜其抒情处，而章法大开大

宋词观止

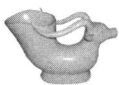

合……写羁旅行役中秋景,均穷极工巧。(蔡嵩云《柯亭词论》)

(刘锋焘)

安公子

远岸收残雨,雨残稍觉江天暮。拾翠汀洲人寂静[1],立双双鸥鹭。望几点、渔灯隐映蒹葭浦。停画桡、两两舟人语。道去程今夜,遥指前村烟树。　　游宦成羁旅,短樯吟倚闲凝伫。万水千山迷远近,想乡关何处[2]。自别后、风亭月榭孤欢聚。刚断肠、惹得离情苦。听杜宇声声,劝人不如归去[3]。

【注释】(1)拾翠:原指女子拾取翠鸟的羽毛以为装饰,后即以"拾翠"指妇女春日郊游。　(2)乡关:故乡。　(3)"听杜宇"二句:杜宇即杜鹃鸟,鸣声凄苦,其叫声听起来像"不如归去",故最易唤起羁旅之人的思乡之情。

【今译】辽阔的岸边,残雨已经停息。雨后的江天,溶入淡淡的暮色中。拾翠佳人已归去,鸥鹭双双,汀洲上一片寂静。芦荡里,闪闪烁烁,晃动着几点渔灯。船工遥指前方的村落,商量着今夜的行程。　　游宦成羁旅,倚船吟罢黯销凝。万水千山故乡遥,前程山远水迷蒙。自别后,错过了多少良辰美景,辜负了熟悉的月榭风亭。人断肠,离情苦,"不如归去""不如归去",杜鹃悲啼一声声。

【点评】这是一首宦游思归之作。起二句,写江天雨过之景,阴沉压抑。"拾翠"二句写静寂之汀洲,人去鸥立,极见其静;而鸥乃是双鸥,使独处之人倍觉孤寂。"望几点"句,写远处之渔火。实际上此前数句亦皆为"望"中所见。此数句,由暮至夜,由江天至汀洲,至江面,场景变换,井然有序。"停画桡"三句,明写舟人对去程之安排,实为作者对去程之迷茫。透过一层,更觉意深。过片直接吟出羁旅之叹,"短樯吟倚闲凝伫",极见其百无聊赖、茫然若失之状。于是,生出乡关之思,念昔日风亭月榭之欢聚。正当愁思难解之时,蓦然传来

"不如归去"的杜鹃啼鸣,使人又陷入肠断魂伤之中。余音袅袅,乡愁无限。

【集说】后阕音节态度,绝类《拜星月慢》。清真"夜色催更"一阕,全从此脱化出来,特更较跌宕耳。(周济《宋四家词选》)

(刘锋焘)

倾　杯

鹜落霜洲⁽¹⁾,雁横烟渚⁽²⁾,分明画出秋色。暮雨乍歇,小楫夜泊⁽³⁾,宿苇村山驿⁽⁴⁾。何人月下临风处,起一声羌笛。离愁万绪,闻岸草、切切蛩吟如织⁽⁵⁾。　　为忆芳容别后,水遥山远,何计凭鳞翼⁽⁶⁾。想绣阁深沉⁽⁷⁾,争如憔悴损、天涯行客?楚峡云归⁽⁸⁾,高阳人散⁽⁹⁾,寂寞狂踪迹。望京国⁽¹⁰⁾。空目断、远峰凝碧。

【注释】(1)鹜:野鸭。 (2)烟渚:烟气笼罩的水中陆地。 (3)小楫:小船。 (4)驿:驿馆。 (5)蛩:蟋蟀。 (6)何计凭鳞翼:谓无法通书信。鳞翼:指鲤鱼、大雁。古时有鲤鱼、雁足传书之传说。 (7)绣阁深沉:谓爱人居处深闺,与外界阻隔,难通消息。绣阁:妇女的闺房。 (8)楚峡云归:用高唐神女之典,指与爱人离散。 (9)高阳人散:谓与朋友离散。高阳人《史记·郦生陆贾列传》载,郦生求见汉高祖时自称,"吾高阳酒徒也,非儒人也"。这里指能一起喝酒谈论的朋友。 (10)京国:京城。

【今译】野鸭落在秋水边,大雁从烟霭中飞过,清楚地勾画出了一幅秋色图。一阵秋雨刚停。天黑了,一叶小舟靠岸停泊,寄宿在荒村驿店。不知是谁,月光下,在风中吹起羌笛。千万缕离愁别绪,听岸边草丛中——蟋蟀声切切凄凄。　　只为思恋。我想起和她别后,水迢迢,山不断,这一片相思情,鲤鱼能捎去?大雁能捎去?想起那深冷的闺房,怎知道:愁坏了——我这天涯行客。与妻子分离,纵有狂放情怀,也是冷冷寂寂。翘首望京城,也是枉费心机,远方山峰凝碧!

宋词观止

【点评】这首词写旅愁。上片起三句,画出一幅秋江暮色图。"暮雨"三句,记泊舟之时与地,引出行客。"何人"二句,犹如碎石击水,羌笛悠悠,引发万般愁绪。歇拍三句,笛声之外又加蛩吟,使人更觉凄恻。过片,忆芳容一别,音讯渺茫。"想绣阁"三句,念闺阁孤深,伊人凄苦,透过一层写自己的思念。"楚峡"三句,借与佳人友朋分散,写旅途之孤独。煞拍,以景作结,怅惘不尽,余味不尽。

【集说】耆卿正锋,以当杜诗。"何人"二句,扶质立干。"想绣阁深沉"二句,忠厚悱恻,不愧大家。"楚峡云归"三句,宽处坦夷,正见家数。(谭献《谭评词辨》)

(刘锋焘)

定 风 波

　　自春来、惨绿愁红(1),芳心是事可可(2)。日上花梢,莺穿柳带,犹压香衾卧。暖酥消(3),腻云亸(4)。终日恹恹倦梳裹(5)。无那(6)!恨薄情一去(7),音书无个(8)。　　早知恁么(9),悔当初、不把雕鞍锁(10)。向鸡窗(11),只与蛮笺象管(12),拘束教吟课(13)。镇相随(14),莫抛躲,针线闲拈伴伊坐(15)。和我,免使年少光阴虚过。

【注释】(1)惨绿愁红:指经风雨摧残的绿叶红花。　(2)是事可可:对什么事情都没有心思,都不关心。　(3)暖酥消:肌肤消瘦。或谓脸上所搽之香脂消散了。　(4)腻云亸(duǒ):头发散乱了。亸:下垂的样子。　(5)恹恹:精神委顿的样子。梳裹:梳妆。　(6)无那:无可奈何。　(7)薄情:薄情郎。　(8)音书无个:一点音讯也没有。　(9)恁(nèn)么:这样,如此。(10)不把雕鞍锁:谓没有阻止爱人的远行。　(11)鸡窗:书房。据说晋人宋处宗买得一长鸣鸡,置鸡笼于窗间,鸡遂作人语,与处宗谈论,终日不辍,处宗因此巧言大进。后人遂以鸡窗代指书窗、书室。　(12)蛮笺象管:指纸和笔。蛮笺:本指蜀地所产之彩色笺纸。象管:象牙做的笔管。　(13)吟课:以吟咏为功课,即作诗。 (14)镇:即整日。 (15)针线闲拈:一作"彩线慵拈"。意谓懒做针线活。

【今译】自春天以来,风也急,雨也伧,绿叶红花不堪经受,一片惨愁。孤孤单单的我,什么事都没有心思做。日头升上了花梢,黄莺在柳枝上鸣叫,我还拥衾裹被在床上躺卧。人消瘦,鬓发乱,整天都懒得梳妆打扮,无可奈何。那薄情的人儿挥手一去,问候的书信也不来一个。 早知如此,真后悔当初没把他的宝马锁起来。让他乖乖地坐在书房里,一心一意与笔墨为伍,让他吟诗作诗,寸步不离。我可以整天地守着他,手拈针线陪他坐。有他厮守,免得让青春年华虚过。

【点评】这首词写离情,是柳永俚词中的一首代表作。词写少妇独守空房的孤苦难熬之心境,铺叙展衍,毫不雕饰,十分直率,非常露骨,全然不类于传统文人词的含蓄文雅,所以当时就受到宰相晏殊的鄙视讥嘲(见宋张舜民《画墁录》)。从这首词中,我们可以看到柳永词通俗化的特点,看到市民意识在柳词中的反映。

【集说】柳三变既以词忤仁庙,吏部不放改官。三变不能堪,诣政府。晏公曰:"贤俊作曲子么?"三变曰:"只如相公亦作曲子。"公曰:"殊虽作曲子,不曾道'彩线慵拈伴伊坐'。"柳遂退。(张舜民《画墁录》)

(刘锋焘)

玉 蝴 蝶

望处雨收云断,凭阑悄悄,目送秋光。晚景萧疏,堪动宋玉悲凉(1)。水风轻、蘋花渐老(2),月露冷、梧叶飘黄。遣情伤。故人何在,烟水茫茫。 难忘。文期酒会(3),几孤风月,屡变星霜(4)。海阔山遥,未知何处是潇湘(5)!念双燕、难凭远信,指暮天、空识归航(6)。黯相望,断鸿声里,立尽斜阳。

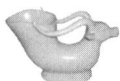

【注释】(1)宋玉悲凉:宋玉《九辩》,"悲哉秋之为气也。" (2)蘋:一种大的浮萍。夏秋间开小白花,也称白蘋。 (3)文期:朋友相约一定的日期做文章。 (4)屡变星霜:谓过了数年。 (5)潇湘:原指湘水,后泛指所思之处。 (6)归航:归船。

【今译】凭栏远望,雨收云断,四野悄悄,一派萧疏秋光。晚秋的景象,牵动多少人间悲凉。水风轻,白蘋微微晃动,月露冷,梧叶缓缓飘黄。故人在何处?烟水茫茫,令人情伤。 难忘岁月蹉跎,错过了多少佳约欢会,辜负了几许花月风光。水阔山遥,不知故人在何方。怨双燕,难传远信,暮色中,多少次误识归航。空伫立,断鸿声声,目送斜阳。

【点评】这是一首怀人词。起句"望处"二字,统摄全篇。凭栏远望,但见秋景萧疏,蘋花老,梧叶黄,烟水茫茫,故人不见,悲秋伤离之感充盈心头。下片,回忆昔日文期酒会、相聚之乐,慨叹今日相隔遥远,消息难通。结尾,"黯相望,断鸿声里,立尽斜阳",回应起首"望处"。立尽斜阳,足见词人伫立之久;断鸿哀鸣,愈见其怅惘孤独。

【集说】与《雪梅香》《八声甘州》数首,蹊径仿佛。(许昂霄《词综偶评》)

(刘锋焘)

满 江 红

暮雨初收,长川静(1)、征帆夜落。临岛屿、蓼烟疏淡,苇风萧索。几许渔人飞短艇(2),尽载灯火归村落。遣行客、当此念回程,伤漂泊。 桐江好,烟漠漠。波似染,山如削。绕严陵滩畔(3),鹭飞鱼跃。游宦区区成底事(4),平生况有云泉约(5)。归去来(6)、一曲仲宣吟,从军乐(7)。

【注释】(1)长川:桐江,在今浙江境内。 (2)几许:三三两两。短艇:

小船。　（3）严陵滩：在桐江边。东汉初隐士严光（字子陵）曾在这里钓鱼，故称严陵滩。　（4）成底事：成就了什么事情。　（5）云泉约：归隐的打算。白居易诗云，"惟当早归去，收取云泉身。"　（6）归去来：陶渊明《归去来辞》，"归去来兮，田园将芜，胡不归？"　（7）"一曲"二句：建安诗人王粲，字仲宣，曾作《从军行》五首，写军士行役之辛苦及对故乡之怀念，其第一首首句为"从军有苦乐"，本词中"从军乐"即指此诗。因平仄韵律之要求，改"行"为"乐"字，用以表达漂泊之苦及思归之情。

【今译】一场秋雨刚过，暮色中，桐江一片寂静，航船靠岸停泊。望那河岸之上，缕缕轻烟自蓼丛升起，簇簇枯苇伴着西风萧瑟。夜幕降临，江面上灯火闪烁，那是渔人行驶的小船飞快地回归村落。看到这情景，行客思归程，悔不该离乡苦漂泊。　桐江一派好风光，长烟漠漠，碧波似染山如削。严陵滩畔，白鹭飞，鲤鱼跃。游宦生涯跋涉辛苦一事无成，何况早就有归隐云山泉石的心愿。归去吧，归去！

【点评】景祐元年（1034），柳永中进士，授睦州（今浙江桐庐）团练推官，这首词即为作者赴任时所作。"暮雨"三句，写雨后天晴，船泊江边。"临岛屿"三句为所见所感，萧索凄清。"几许"两句，亦为眼中所见，一个流水写出了渔人归家的急切与喜悦之情。歇拍三句，写词人触景伤怀，引出"伤漂泊"之感，收结上片。下片写桐江一带的绝佳风景，奇山异水中缀以严子陵钓台，更加引发词人倦于游宦的心绪及渴望归隐的愿望。

【集说】换头数语最工。（黄昇《唐宋诸贤绝妙词选》）

（刘锋焘）

曲　玉　管

陇首云飞(1)，江边日晚，烟波满目凭阑久。立望关河萧索(2)，千里清秋，忍凝眸(3)？　杳杳神京(4)，盈盈仙子(5)，别来锦字终难偶(6)。断雁无凭，冉冉飞下汀洲(7)，思

45

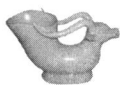

悠悠。　　暗想当初,有多少、幽欢佳会,岂知聚散难期,翻成雨恨云愁⁽⁸⁾?阻追游。每登山临水,惹起平生心事,一场消黯⁽⁹⁾,永日无言⁽¹⁰⁾,却下层楼。

【注释】(1)陇首:山头,高丘顶上。　(2)关河:关山河流。　(3)忍:怎忍心。凝眸:全神贯注地注视。　(4)杳杳:遥远的样子。神京:指汴京。(5)仙子:喻美女。　(6)锦字:《晋书·窦滔苏氏传》载,窦滔被流徙。他的妻子很想念他,于是作了一首回文诗,织于锦上寄给他。后世遂将妻子寄给丈夫的书信称为"锦字"。难偶:难以相会。　(7)汀(tīng)洲:水中的小块陆地。　(8)雨恨云愁:指俩人爱情遭到破坏,不得欢聚的愁与恨。　(9)消黯:黯然销魂。　(10)永日:一整天。

【今译】山头云卷,江边残照。久久凭栏怎忍心看见:烟波浩渺,关河冷落,千里清秋萧索。　　望京城遥遥,自从分手以后,美丽的姑娘杳无音讯。孤雁也没有凭信,静静地飞下汀洲,离恨长悠悠。　　回想起当初,多少次幽欢佳会,只道是人生乐无忧,哪知聚散太匆匆,从来没有定数,反而变成今日的无限愁怨。长久地耽延在旅途,每一次登山临水,都勾起平生心事,教人暗自伤心,终日沉默无言,满腹惆怅下层楼。

【点评】此词写离愁别恨。第一叠乃凭栏所见,引出满腹惆怅,逼出"忍凝眸"三字。第二叠承"忍凝眸"写思念远方佳人,思而不可见,又杳无音讯,便只有"思悠悠"。第三叠铺写"思悠悠",追想昔日幽欢佳会及别后相思。末了,"永日无言,却下层楼",回应前"凭栏久"。全词层层铺写,针线细密。

(刘锋焘)

少　年　游

长安古道马迟迟⁽¹⁾,高柳乱蝉嘶。夕阳鸟外⁽²⁾,秋风原上,目断四天垂⁽⁴⁾。　　归云一去无踪迹⁽⁴⁾,何处是前期⁽⁵⁾?狎兴生疏⁽⁶⁾,酒徒萧索⁽⁷⁾,不似少年时。

【注释】(1)马迟迟:马行缓慢的样子。　(2)夕阳鸟外:飞鸟在极远的空中隐没,而夕阳之隐没更在飞鸟之外。　(3)目断四天垂:极目远处,天地相接。　(4)归云:飘逝的云彩。这里比喻作者所思念的人,观下文"无踪迹""前期"可知。　(5)前期:从前约定的相会之期。　(6)狎(xiá)兴:冶游之兴。　(7)酒徒:酒友。萧索:零散,稀少。

【今译】踏着疲惫的步子啊,我的马儿,在长安古道上挪动。路边高高的柳枝上,蝉儿扯破嗓门地嘶鸣。飞鸟变作山际的几粒黑点,夕阳化为天边的一抹残红。秋风在冷落的原野上掠过,放眼四周是一片寂静的虚空。

我不由得想起了她,匆匆一别便不知踪影。昔日的盟誓期约自然成虚,只剩下了我,孤零零一个人儿,也没了从前的狎兴。更少了当年的酒伴,独行在茫茫的天涯旅程!

【点评】这是柳永授西京灵台令,宦游长安时的作品。起二句,写马行迟迟,乱蝉嘶噪,透露出人的烦闷倦怠。"夕阳"三句,写秋日郊野之萧瑟景象,苍茫浑厚。上片写景,但景中已明显传示出词人的落寞寂寥与烦闷。过片,写"归云"一去无消息,前期佳约无从觅。这是落寞烦闷之原因,而落寞之时这种感喟也就更加强烈。结尾三句,写年事已衰,所欢离散,酒徒凋零,而已身亦无少年时之狎兴与豪情,无可奈何的落寞、苍凉与悲哀,溢于纸面。

(刘锋焘)

47

宋词观止

张　先

　　张先(990—1078)，字子野，乌程(今浙江湖州)人。宋仁宗天圣八年(1030)进士。初为京兆府通判，后至吴江县，官至都官郎中。晚年退居乡里，以诗酒垂钓为乐。能诗善词，与王安石、苏轼等有酬赠之作。其词"凝重古拙，有唐五代之遗音，慢词亦多用小令做法，在北宋诸家中，可云独树一帜。"(夏敬观《手批张子野词》)。有《子野词》。

天　仙　子
时为嘉禾小倅(1)、以病眠不赴府会

　　水调数声持酒听(2)。午醉醒来愁未醒。送春春去几时回，临晚镜。伤流景(3)。往事后期空记省(4)。　　沙上并禽池上暝(5)。云破月来花弄影。重重帘幕密遮灯，风不定。人初静。明日落红应满径。

【注释】(1)时为嘉禾小倅：嘉禾，今浙江嘉兴。倅(cuì)：副职。小倅：小

官。 （2）水调:曲调名,传为隋炀帝所作,唐宋时很流行。 （3）流景:流水年华。 （4）后期:以后的期约。省(xǐng):醒悟,明白。 （5）并禽:成对鸟儿,此指鸳鸯。

【今译】饮着美酒听《水调》,午醉醒来的时候,愁绪依旧萦绕心间。送走了春天,一去不返。每当黄昏照镜,谁不伤叹似水流年？往日曾有相约,后会却如同云烟。 对对鸳鸯栖息沙滩,风儿把流云吹散,明月下花儿顾影自怜。重重帘幕遮住了灯,风儿依旧吹,人声渐渐悄然。等到明天,园中大道旁,小径边定是落花一片。

【点评】这是一首送春词。上片云"送春""临晚镜""伤流景",透露出叹老消息。唯其如此,方有"往事后期空记省"的怅恨。下片即直抒心中幽怨。"云破"一句,精于锤炼。"破""弄"二字,不仅写出月照花、花有影,且暗示有风。一句之中,含不尽情思。

【集说】有客谓子野曰:"人皆谓公'张三中',即心中事、眼中泪、意中人也。"公曰:"何不目之为'张三影'？"客不晓,公曰:"'云破月来花弄影';'娇柔懒起,帘压卷花影';'柳径无人,堕飞絮无影'。此余平生所得意也。"（胡仔《苕溪渔隐丛话》引《古今诗话》语）

张子野长短句"云破月来花弄影",往往以为古今绝唱。然予读古乐府唐氏谣《暗别离》云:"朱弦暗度不见人,风动花枝月中影。"意子野本此。（吴开《优古堂诗话》）

"云破月来"句,心与景会,落笔即是,着意即非,故当脍炙。（沈际飞《草堂诗余正集》）

"云破月来花弄影",景物如画,画亦不能至此,绝倒绝倒。（杨慎《词品》）

（杨恩成）

江 南 柳

隋堤远[1],波急路尘轻。今古柳桥多送别,见人分袂

亦愁生⁽²⁾。何况自关情。　　斜照后,新月上西城。城上楼高重倚望,愿身能似月亭亭⁽³⁾。千里伴君行。

【注释】(1)隋堤:隋炀帝时修筑的汴河大堤。　(2)分袂(mèi):分别。袂:衣袖。　(3)亭亭:高貌。

【今译】送君到隋堤,一程又一程。堤下波涛奔涌,堤上尘土频频扬起。古往今来啊,柳桥便是送别处,见人分手愁暗生,何况身在别离中,怎能不动情!　　夕阳收起残晖,新月爬上西城。城上楼高,登楼再望,不见人踪影怅惘不已。愿此身,能似夜空高悬月,清光洒千里,千里伴君行。

【点评】一层景,一层情,层层推进;由见人分袂生愁,到自己送别之关情,再到登楼远望,直至愿身似月,千里伴君,将人物内心复杂幽微之情感活动依次展露,真切形象之至。至于对景物妙笔点染、时间由日而昏而夜、空间由堤而城而楼的变化,无不饱含情韵,荡人心魄。末句远绍沈约"亭亭似月"与李白"我寄愁心与明月,随风直到夜郎西"之句,而又能别出手眼。令人读来,词境凄清高远,词情悠扬不尽。

(尚永亮)

浣　溪　沙

楼倚春江百尺高。烟中还未见归桡。几时期信似江潮⁽¹⁾。　　花片片飞风弄蝶,柳阴阴下水平桥⁽²⁾。日长才过又今宵。

【注释】(1)期信:信期,预先约定的时间。这里借潮水之有信期,反喻人之归期无定。　(2)阴阴:形容柳阴幽暗貌。水平桥:春水上涨,水与桥平。

【今译】春江边,有楼百尺高。登楼远眺,还未见归船,只有烟缭绕。信期无定准,不如江潮。　　蝶飞舞,花在风中飘。碧柳低低垂,春水欲上桥。

白天虽长还好过,漫漫长夜怎么熬!

【点评】词写思妇怀人,登江楼远眺归船情景,显受温庭筠与李益影响。温之《望江南》云:"梳洗罢,独倚望江楼。过尽千帆皆不是,斜晖脉脉水悠悠,肠断白蘋洲。"李之《江南曲》云:"嫁得瞿塘贾,朝朝误妾期。早知潮有信,嫁与弄潮儿。"而本词曰:"春江",曰"烟中",曰"几时期信似江潮",则不仅善于变化,且饶烟水迷离之致。下片转写花飞、蝶舞、柳垂、水涨,见出春光大好,而人反孤寂,盖用以景衬情之法,景愈丽而情愈悲也。

(尚永亮)

一丛花令

伤高怀远几时穷。无物似情浓。离愁正引千丝乱,更东陌⁽¹⁾、飞絮濛濛。嘶骑渐遥,征尘不断,何处认郎踪。

双鸳池沼水溶溶⁽²⁾。南北小桡通⁽³⁾。梯横画阁黄昏后,又还是、斜月帘栊。沉恨细思,不如桃杏,犹解嫁东风⁽⁴⁾。

【注释】(1)陌:田间的小路,这里泛指道路。 (2)双鸳:一对鸳鸯。(3)小桡(ráo):小桨,此引申指小船。 (4)"不如"二句:此句将桃杏拟人化,谓桃杏犹懂得"嫁"与春风,与之为伴,而人反不如桃杏!

【今译】登高望远,伤怀无限,不知这境况何时是终?天下物有千万种,没一样能比爱情更强烈!随风摆动的千条柳丝,勾引起我无尽的离愁,看那向东延伸的道路,飞絮乱舞,凄离迷蒙。马的叫声渐渐远去了,一路不断扬起的尘土,哪里能够辨认郎君的踪影! 一双鸳鸯在戏水,池水溶溶。小小船儿,在南池北池中穿行。楼梯闲靠在画阁边,又是黄昏光景。又见那明月斜挂,清光照帘栊。千愁万恨,细细思量,真不如那桃花杏花,它们也还知道嫁给春风,随风而去呢!

【点评】词写女子怨情极真切。上片以"伤高怀远"领起,借"无物似情

宋词观止

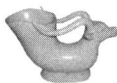

浓"笼罩全篇。举凡"千丝乱""飞絮濛濛""何处认郎踪"等送别时所见所感之"离愁",皆为"情浓"之远因;而下片所睹之"双鸳""小桡""斜月",则为"情浓"之催化剂。前者在广远的场景中使人产生强烈失落感,后者瞩目现实环境,由物之双与人之乐,益感己之孤单、悲苦。"又还是"三字,更进一层,将人物孤寂之况、难遣之情和盘托出。人生至此,情焉得不浓?浓而生怨,愈浓则愈怨,怨到极点,遂有冲口而出之末三句,而在此看似无理的三句话中,该包含有主人公多少爱心、痴情与深怨!前人谓此"无理而妙",诚然。

【集说】子野郎中《一丛花》词云:"沉恨细思,不如桃杏,犹解嫁东风。"一时盛传。永叔尤爱之,恨未识其人。子野家南地,以故至都谒永叔,阍者以通,永叔倒屣迎之曰:"此乃'桃杏嫁东风'郎中。"(范公偁《过庭录》)

唐李益诗曰:"嫁得瞿塘贾,朝朝误妾期。早知潮有信,嫁与弄潮儿。"子野《一丛花》末句云:"沉恨细思,不如桃杏,犹解嫁东风。"此皆无理而妙。吾亦不敢定为所见略同,然较之"寒鸦数点",则略无痕迹矣。(贺裳《皱水轩词筌》)

(尚永亮)

青 门 引

春 思

乍暖还轻冷[1]。风雨晚来方定。庭轩寂寞近清明[2],残花中酒[3],又是去年病[4]。　　楼头画角风吹醒[5]。入夜重门静。那堪更被明月,隔墙送过秋千影。

【注释】(1)乍暖:忽然变暖。　(2)庭轩:庭院。　(3)中(zhòng)酒:喝醉酒。　(4)去年病:即去年醉酒。　(5)画角:古代军中的号角。其声凄厉。

【今译】天气刚刚变暖,时而还透出一丝丝的微寒。一整天风雨交加,直到傍晚方才停。庭院一片冷清,节令又是近清明。面对残花落叶更令人伤情,不觉借酒消愁竟然大醉酩酊,这又是和去年一样的情景。　　戍楼上画角声声,晚风把醉意吹醒。入夜后深院更寂静。正心烦意乱,心绪不宁,哪料到那轮明月,把邻院中荡秋千的少女倩影送入我的眼里。

【点评】这是一首伤春词。起二句,以天气的"乍暖还轻冷"映衬心境之不佳,大有风雨黄昏叹暮春之情境。"庭轩"句,更补出节令之让人伤怀。"残花"二句,今昔合写。虚实相间,感慨无穷。过片,以景托情,境界寂寥。"那更堪"二句,点出怀人之旨。"明月"与"秋千影"含不尽情思。

【集说】怀则自触,触则愈怀,未有触之至此极者。(沈际飞《草堂诗余正集》)

落寞情怀,写来幽隽无匹,不得志于时者,往往借闺情以写其幽思。角声而曰风吹醒,"醒"字极尖刻。末句那堪送影,真是描神之笔,极希微宵渺之致。(黄苏《蓼园词选》)

(赵常安)

木 兰 花
般 步 调

人意共怜花月满,花好月圆人又散。欢情去逐远云空,往事过如幽梦断[(1)]。 草树争春红影乱,一唱鸡声千万怨。任教迟日更添长[(2)],能得几时抬眼看。

【注释】(1)幽梦:隐隐约约的梦境。李商隐《银河吹笙》:"重衾幽梦他年断,别树羁雌昨夜惊。" (2)迟日:春日。杜审言《渡湘江》:"迟日园林悲昔游,今春花鸟作边愁。"

【今译】一起欣赏花儿盛开时月儿又圆满的美景是情人们共同的心愿。看如今,花好月圆人却离散。空留下欢情,追逐天空远去的云团。往事过,如同幽梦飘断。 草木争春红花影乱,雄鸡一唱,引起我心头千万重怨。任凭春日长久啊,心中忧伤,懒得抬眼观看。

宋词观止

【点评】此词写伤春离情。起二句，"满""散"相对，由花好月圆触景生情，感恨至深。"欢情"二句，用宋玉《高唐赋》典，旧日欢情远逐云空，留下一片空寂；往事已过，如同梦断，留下离恨绵绵。此二句暗示旧欢已去，音讯难通，无可挽回。过片二句，由夜间转写白昼。草木争春，红花绿叶，空添许多幽怨。结尾二句，直陈懒散之情，"更"字极佳！纵有千般万般风光，又"能得几时抬眼看"？语言平淡淳美，熨帖自然。

（张强）

惜 双 双
溪 桥 寄 意

　　城上层楼天边路[(1)]。残照里、平芜绿树。伤远更惜春暮[(2)]。有人还在高高处。　　断梦归云经日去[(3)]。无计使、哀弦寄语。相望恨不相遇。倚桥临水谁家住。

【注释】(1)层楼：高楼。　(2)伤远：因怀念远人而忧伤。　(3)经日：一天天。

【今译】站在高高的楼上，遥望天边的小路。夕阳残照里，无边的芳草，无尽的绿树。怀念远方的亲人，更怜惜青春将暮。有个人也站在遥远的高处。　　美梦消逝了，欢情一天天远去。无法用琴弦传达我的心曲。能看得见你，却不能和你相遇。在溪桥水边，不知你在谁家住？

【点评】所谓"寄意"，乃怀念情人。层楼、残照、平芜、绿树，乃望中所见；伤远、惜春，虽就自己落笔，然歇拍一句又点出"有人"，更觉伤远之情切。下片，纯就心灵苦衷落笔，缠绵悱恻；一"恨"字绾合"相望"而"不相遇"，乃知所怀之人近在咫尺。煞拍景、情合一，绵渺有致。

（赵常安）

千　秋　岁

　　数声鶗鴂(1)。又报芳菲歇。惜春更把残红折。雨轻风色暴,梅子青时节。永丰柳(2),无人尽日飞花雪。

　　莫把幺弦拨(3),怨极弦能说。天不老,情难绝。心似双丝网,中有千千结。夜过也,东窗未白凝残月。

【注释】(1)鶗鴂(tí jué):杜鹃。　(2)永丰柳:永丰:唐洛阳永丰坊。白居易《杨柳词》云:"永丰坊里东南角,尽日无人属阿谁。"　(3)幺弦:指琵琶第四弦,即细音之弦,小弦,危弦。

【今译】杜鹃开始叫了,又报告春将去的消息。惜春人更想将那残花折。春雨渐渐风狂暴,转眼到了梅子青的时节。街头的杨柳啊,在无人的园中整日撒飞絮如飘雪。　　切莫把琵琶的细弦拨动,我深深哀怨细弦色难倾诉。只要青天不衰老,情也难绝断。两心好比双丝交织的网,情结有千千万万。不觉春宵已过去,东方未白夜色在,窗外一弯残月相伴。

【点评】此词为伤春怀人而作。起二句,言春之将去。衬以鶗鴂之鸣,则闻之使人生哀。"惜春"句,写对春之依恋。以"把残红折"之举措,抒写恋春之情,痛极,悲极。"雨轻"四句,言风雨葬春,杨花似雪,极凄迷哀怨。过片二句,抒写怨情。曰"莫把",实乃已拨琵琶,却故意宕开,是拨之无益也!"天不老"四句,以浅淡之语,倾诉对爱情之执着。结尾二句,痴情如画。以景传情,收得含蓄。

(傅美琳)

醉　桃　源(1)

　　仙郎何日是来期(2)。无心云胜伊。行云犹解傍山飞。郎行去不归。　　强匀画(3),又芳菲(4)。春深轻薄衣。桃

55

宋词观止

花无语伴相思。阴阴月上时。

【注释】(1)醉桃源:词调名,又名宴桃源、阮郎归。　(2)仙郎:此处代指意中人。　(3)匀画:匀粉画眉。　(4)芳菲:指繁花似锦。

【今译】心中的恋人啊,何日才是你的归期?那随风飘荡的云彩,远远胜过了你。行云还知道傍山游弋,你一去不归,我何处寻觅。　勉强匀粉画眉,人间又是芳菲。春意正浓,换上轻薄的罗绮。艳艳桃花无语啊,长伴着相思令人心悸。隐隐间,一轮明月升起。

【点评】这是一首闺怨词。上片直抒胸臆,盼郎归情切切。"无心云"极佳,既写眼前景,又委婉地表达出责备之意。"行云"二句,紧承上意,深化离别后的怨情。过片三句,具体写女主人公焦急不安的情状,点明时令。"桃花"二句,宕开一笔写景,景语皆情语,其离情别恨,绵绵不绝。

(张强)

满江红

初春

飘尽寒梅,笑粉蝶游蜂未觉(1)。渐迤逦、水明山秀(2),暖生帘幕。过雨小桃红未透,舞烟新柳青犹弱。记画桥深处水边亭,曾偷约。　多少恨,今犹昨。愁和闷,都忘却。拚从前烂醉,被花迷著。晴鸽试铃风力软,雏莺弄舌春寒薄。但只愁、锦绣闹妆时,东风恶。

【注释】(1)未觉:不知道。　(2)迤逦:曲折连绵。

【今译】梅花飘落,春天悄悄来到,可笑蝴蝶蜜蜂却未觉察。山青水碧绵延环绕,人间大地春意闹。浴雨的桃花尚未红透,舞烟的新柳青青袅袅。还记得画桥深处水亭边,曾与你偷偷相约。　往日的欢恋已逝去,只留下无穷无尽的怀念;醉心于旧日美好的一段,忘却了眼前的凄凉愁怨。当时被她深深地迷恋,常开怀痛饮喝得烂醉。她的歌声像鸽铃在春风中回荡,她的歌声像幼莺在林间啼鸣。怕的是这春光烂漫时候,又遭到东风的摧残。

【点评】这是一首追念旧日爱情之作。起二句,写春的萌动,"渐迤逦"以下是对春意渐浓的追忆,尤其是对小桃新柳的描写,隐喻少女的柔媚多情。换头四句,写今日之愁闷。曰"忘却",乃因沉醉于春景而已。"拚从前"二句,今昔合写,感慨无端。"晴鸽"两句,虚实相间。虚,赞美对方歌舞超群;实,眼前春景之美好,回应"忘却"愁闷。一波三折。结尾二句,是对爱情能否长久的担忧,依旧从春色落笔,语丽情悲。

(傅美琳)

诉　衷　情

　　花前月下暂相逢,苦恨阻从容。何况酒醒梦断,花谢月朦胧。　　花不尽,月无穷。两心同。此时愿作,杨柳千丝,绊惹春风。

【今译】花前月下,我们暂时相逢。却因苦闷愤恨而保持不了从容之色。何况酒醒以后,梦断了、花谢了、月色朦胧。　　只希望花儿不落,月盈无缺,我们两个同心同愿。这个时候,我们都愿作柳丝,这样就可以一直和春风伴随了。

【点评】这是一首爱情词。全词抒写爱情被阻的怅恨。旖旎缠绵,欢愁并举。愿作柳丝的奇想,妙入心灵,极隽永。

(赵常安)

菩　萨　蛮

　　哀筝一弄湘江曲⁽¹⁾,声声写尽湘波绿⁽²⁾。纤指十三

57

宋词观止

弦,细将幽恨传⁽³⁾。　　当筵秋水慢⁽⁴⁾,玉柱斜飞雁⁽⁵⁾。弹到断肠时,春山眉黛低⁽⁶⁾。

【注释】(1)弄:弹奏乐器。　(2)写:描摹。　(3)幽恨:幽愁,埋藏心底的幽怨。白居易《琵琶行》:“别有幽愁暗恨生,此时无声胜有声。”　(4)秋水:喻眼波。白居易《筝》:“双眸剪秋水,十指剥春葱。”　(5)玉柱:指筝柱。斜飞雁:因筝柱斜行排列,形似雁阵,故云。　(6)春山:妇女之眉。

【今译】弹起哀伤的古筝,一曲《湘江》调,宛如湘江起碧波,一声声传遍万里江天。纤长的手指抚摸琴弦,将心头幽怨细细传。　　筵席上凝神睇思,筝柱斜列如同飞雁。弹到伤心断肠处,紧锁双眉,似有无限的幽怨。

【点评】这是一首怨词。“哀”字总领全篇。“一弄”“写尽”,悲情迎面扑来,传达出凄清的意境。三、四句,寄情于琴,点出“幽恨”。过片二句,“慢”字传神,写尽女主人公全神贯注的神态。“斜”字颇佳,既言筝柱斜列如雁,又画出筝的无穷魅力。结尾二句直入“断肠”情状。全篇言衷但不点明哀之所指,极尽含蓄之致。

【集说】写筝耶?寄托耶?意致却极凄婉。末句意浓而韵远,妙在能蕴藉。(黄苏《蓼园词选》)

“断肠”二句俊极,与“一一春莺语”比美。(沈际飞《草堂诗余正集》)

宋时善筝之妓,有轻轻,有伍卿,每拂指登场,座客皆为痴立。客有赠诗者曰:“轻轻殁后便无筝,玉腕红纱到伍卿。座客落筵都不语,一行哀雁十三声。”此诗出而伍卿之名益著。子野新遇筝妓,观其“肠断”“眉低”二句,当亦深于情者。为鸣筝能手,不在玉腕、红纱之下也。(俞陛云《宋词选释》)

(张强)

晏 殊

晏殊(991—1055),字同叔,抚州临川(今江西抚州)人。宋真宗景德初以神童荐,赐同进士出身。仁宗朝,累官至宰相。卒谥元献。能诗,尤工词。为北宋初著名文学家。其词"风流蕴藉,一时莫及,而温润秀洁,亦无其比。"(冯煦《宋六十一家词选·例言》)被誉为"北宋倚声家初祖"。有《珠玉词》。

蝶 恋 花

槛菊愁烟兰泣露(1)。罗幕轻寒,燕子双飞去。明月不谙离别苦(2),斜光到晓穿朱户。　　昨夜西风凋碧树。独上高楼,望尽天涯路。欲寄彩笺兼尺素(3),山长水阔知何处。

【注释】(1)槛(jiàn):窗户下或长廊旁的栏杆。　(2)谙(ān):熟悉,了解。　(3)彩笺、尺素:指书信。

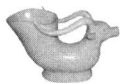

【今译】薄雾弥漫的花园里,菊花面带愁容,兰花在悄悄流泪。燕子也嫌这儿凄寒,双双穿过帘幕飞去。明月不知离别苦,直到天亮仍照进窗户。

昨夜西风吹凋了绿树,独自登上高楼,望穿天涯路。想写封信儿寄出,万水千山道路长,不知人在何处!

【点评】这是一首怀人之作。上片以情境描绘为主。"槛菊"句,移情于物,以"菊愁烟""兰泣露",寓人愁、人泣,极富情韵。"罗幕"二句,以燕子双飞反衬人的孤独。"明月"二句,怨月无情,于无理中见情。下片抒写愁怀。"昨夜"句,追思夜听秋声而不寐之情事,坐实上片"斜光"一句。"独上"二句,承前句,写登高怀远人,境界寥廓。"欲寄"二句,情景合一,尤见思念之切。

【集说】《诗·蒹葭》一篇,最得风人深致。晏同叔之"昨夜西风凋碧树,独上高楼,望断天涯路"意颇近之,但一洒落,一悲壮耳。(王国维《人间词话》)

(杨恩成)

浣 溪 沙

一曲新词酒一杯。去年天气旧亭台。夕阳西下几时回。
无可奈何花落去,似曾相识燕归来。小园香径独徘徊[(1)]。

【注释】(1)香径:花间小路。

【今译】天气和去年一样,又登临去年的亭台,唱一曲新词,饮一杯美酒。西下的夕阳,何时曾回过头? 我无力挽留春天,任凭花儿凋残。似曾相识的燕子,又飞回了我的小园。我,孤孤单单,在花间小路上,久久徘徊、怅叹。

【点评】这是一首春恨词。然已脱去晚唐五代脂粉气。虽写达官显宦对荣华富贵之留恋,去无哀怨颓靡之嫌。优游娴雅,风流蕴藉。"无可奈何"一联,对仗工丽而又不失天然。

【集说】实处易工,虚处难工,对法之妙无两。(卓人月《古今词统》)

元献尚有《示张寺丞王校勘》七律一首:"元巳清明假未开,小园幽径独徘徊。春寒不定斑斑雨,宿醉难禁滟滟杯。无可奈何花落去,似曾相识燕归来。游梁赋客多风味,莫惜青钱选万才。"中三句与此词同,只易一字。细玩"无可奈何"一联,意致缠绵,语调谐婉,的是倚声家语,若作七律,未免软弱矣。(张宗楠《词林纪事》)

或问诗词、词曲分界。予曰:"无可奈何花落去,似曾相识燕归来",定非香签诗。"良辰美景奈何天,赏心乐事谁家院?"定非草堂词也。(王士禛《花草蒙拾》)

(杨恩成)

破 阵 子
春 景

　　燕子来时新社⁽¹⁾,梨花落后清明。池上碧苔三四点,叶底黄鹂一两声。日长飞絮轻⁽²⁾。　　巧笑东邻女伴⁽³⁾,采桑径里逢迎。疑怪昨宵春梦好⁽⁴⁾,元是今朝斗草赢⁽⁵⁾,笑从双脸生。

【注释】(1)新社:指春社。古代祭祀土地神以祈丰收,在立春后、清明前。　(2)日长:白天渐渐变长。飞絮:飘扬的柳絮。　(3)巧笑:甜美的笑。(4)疑怪:揣测。　(5)元:同原。斗草:古代妇女以百草作比赛的游戏。

【今译】正是春社的时候,燕子从南方飞来;梨花凋谢,又临近清明。池塘上碧苔点点,叶底黄鹂声声。白天渐渐变长了,柳絮轻盈飞舞。　　姑娘们在采桑的小道上相逢,揶揄取笑东邻女子。是昨夜的春梦好,还是今天斗草又赢?红扑扑的脸蛋上,挂满了笑容。

【点评】同叔词多以怨春悲秋、伤逝叹老为题材。这首词却以清新淡雅的笔调描绘欣欣向荣的春景,表现姑娘们在春天里活泼欢快的情态,更为春景增添了诱人的魅力。

【集说】"疑怪"三句,如闻香口,如见冶容。(许昂霄《词综偶评》)

(杨恩成)

蝶　恋　花(1)

　　六曲阑干偎碧树。杨柳风轻,展尽黄金缕。谁把钿筝移玉柱(2)。穿帘海燕双飞去(3)。　　满眼游丝兼落絮。红杏开时,一霎清明雨。浓睡觉来莺乱语。惊残好梦无寻处。

【注释】(1)此词是冯延巳之作。　(2)钿(diàn)筝:嵌金为饰之筝。温庭筠《和友人悼亡》,"宝镜尘昏鸾影在,钿筝弦断雁行稀。"玉柱:指支撑筝弦的小柱。　(3)海燕:燕子的别称。古人认为燕子产于南方,渡海而至,故称海燕。

【今译】弯弯曲曲的栏杆,紧偎着绿树,春风和煦,杨柳轻扬,垂下金黄的丝缕。是谁轻轻弹起了钿筝?春燕欢快地穿帘双双飞去。　　春来了,满眼都是飘动着的游丝,飞落的杨花柳絮。红杏开放的时候,转眼间洒下清明雨。浓睡中,却被黄莺的啼叫声惊醒。美丽的梦中幻境无处找寻。

【点评】起首三句,写春来景色。"偎"熨帖自然,极尽"柳"的缕缕柔条随风飘拂的神态。"谁把"二句,写玉人弹筝,且以燕之"双飞"衬人之孤单。过片三句,借景抒情,"游丝""落絮""红杏""清明雨",意象复杂,其主观感受的形态极为蕴藉和隐秘。结尾二句,"浓睡"写人的百般无奈,"惊残好梦"则言情言春愁。俱从唐人"打起黄莺儿"一诗化出,殊觉微妙。全词思深辞丽,音律谐婉,是有所寄托的怀春佳作。

【集说】金碧山水,一片空濛,此正周氏所谓有寄托入,无寄托出也。"满眼游丝兼落絮"是感,"一霎清明雨"是境,"浓睡觉来莺乱语"是人,"惊残好梦无寻处"是情。(谭献《谭评词辨》)

"浓睡觉采莺乱语,惊残好梦无寻处。"忧谗畏讥,思深意苦。(陈廷焯《白雨斋词话》)

《蝶恋花》"六曲阑干偎碧树""莫道闲情抛弃久""几日行云何处去",三词忠爱缠绵,宛然骚辩之义。(张惠言《论词》)

(张强)

望 江 梅⁽¹⁾

闲梦远,南国正清秋⁽²⁾。千里江山寒色远,芦花深处泊孤舟,笛在月明楼。⁽³⁾

【注释】(1)此词为李煜作。 (2)南国:泛指南方。 (3)笛:指笛声。

【今译】闲梦悠悠,南方正是清爽的凉秋。千里江山一片寒色,芦花放白深处,停泊一叶孤舟。笛声响在明月楼。

【点评】"闲""远"呼应,其"梦"安闲、绵长,悠悠不尽之感和盘托出。"清"字,空灵,曰"孤舟",实写人的孤独寂寞。"笛"字,含蓄,是吹笛人,还是听笛人,不必道破,方意味无穷。月下吹笛,化用唐人赵嘏"长笛一声人倚楼"诗句,顿觉境界清旷。

(张强)

踏 莎 行

小径红稀⁽¹⁾,芳郊绿遍⁽²⁾。高台树色阴阴见⁽³⁾。春风不解禁杨花,濛濛乱扑行人面⁽⁴⁾。 翠叶藏莺,朱帘

隔燕。炉香静逐游丝转⁽⁵⁾。一场愁梦酒醒时,斜阳却照深深院。

【注释】(1)红稀:花儿稀少。红:泛指花。 (2)绿遍:郊外遍地绿草。(3)阴阴见(xiàn):暗暗地显露。见:同现。 (4)濛濛:这里形容杨花乱飞的样子。 (5)游丝:指蜘蛛吐的丝在空中闪烁、飘荡。

【今译】小道两边的红花愈来愈少,绿色染遍了暮春的芳郊。高高的楼台隐约可见,树叶儿纷披,欲把楼台笼罩。春风是这般的不解人意,将那柳絮满天地飞飘。飘向人间,扑向行人面庞。 不见黄莺儿,翠叶里却传来悦耳的鸣叫;活泼泼的小燕儿,在那帘外嬉闹。空中微微荡着的游丝儿,那炉中的香烟偏偏恋着它绕。一场愁梦催醒了我的醉酒,此刻啊,一抹斜阳正在深深院里照。

【点评】从格局上说,晏殊的这首《踏莎行》与寇准的同题词(见本书寇准《踏莎行》)大致相仿。由户外的晚春景色写到户内的环境,末句,同样以景作结。但从意境上看,两首又不一样,晏词着在一个"愁"字上,而寇词重在一个"伤"字上。后者的伤比较实在,是那个相约的人儿没有来,前者有"愁"则虚灵,春的匆匆归去,人的无端离散,斜阳在转瞬间坠没,都包孕在这个"愁"字中了。这样的情的差异也就反射到景中去了。一幅晚春景色,虽含有春之将尽的感伤,却是生长中的谢落,繁茂中的凋零,而眼前所见的,也不是"屏山半掩",而是缕缕不绝、丝丝回旋、袅袅上升的炉香——反映了词人对即将归去的春天的关切和眷恋。

【集说】景物不殊,运掉能奇离天矫。结"深深"妙,换不得实字。(沈际飞《草堂诗余正集》)

晏殊珠玉词极流丽,能以翻用成语见长。如"垂杨只解惹春风,何曾系得行人住",又"春风不解禁杨花,濛濛乱扑行人面"等句是也。翻覆用之,各尽其致。(李调元《雨村词话》)

首三句,言花稀而叶盛,喻君子少而小人多也。"高台"指帝阍。"东风"

二句,言小人如杨花之轻薄,易动摇君心也。"翠叶"二句,喻事多阻隔。"炉香"句,喻己心郁纡也。"斜阳却照深深院",言不明之日难照此渊衷也。臣心与闺意双关,写去细思,自得之耳。(黄苏《蓼园词选》)

刺词。"高台树色隐隐见",正与斜阳相映。(谭献《谭评词辨》)

(陈绪万)

浣　溪　沙

　　一向年光有限身[(1)]。等闲离别易消魂[(2)]。酒筵歌席莫辞频[(3)]。　　满目山河空念远,落花风雨更伤春。不如怜取眼前人[(4)]。

【注释】(1)一向:一晌,片刻,形容时光疾迅。　(2)等闲:平常。消魂:哀伤。　(3)莫辞频:不要过分地推辞。　(4)怜取眼前人:语本唐元稹《会真记》崔莺莺诗,"还将旧来意,怜取眼前人。"怜取:爱怜的意思。

【今译】有限的生命短暂如一瞬时光,极平常的离别,也易引起悲哀、惆怅。应及时行乐呀,酒筵席上莫要过分推让。　　壮美的山河令我常常怀念,这怀念,又似乎太虚渺,太遥远。那风狂雨骤,落红满地,更勾起我对春的悲伤,对春的爱怜。不如好好爱怜眼前人。

【点评】这首词的上片写时光倏然,生命有限以及蓦然别离间的人生怅恨,几乎是诗词的俗套。但读到下片时,境界就豁然了,变得开阔空远,情调高亢悲凉。念来日之远隔,感分别之在即,风雨落花,情景映照,凄美感人。篇末笔致摇曳,和上片的别宴离歌场面紧相呼应。

【集说】"满目山河空念远,落花风雨更伤春"二语,较"无可奈何"胜过十倍,而人未之知,可云陋矣。(吴梅《词学通论》)

(陈绪万)

宋词观止

玉 楼 春

春 恨

绿杨芳草长亭路⁽¹⁾。年少抛人容易去⁽²⁾。楼头残梦五更钟,花底离愁三月雨。 无情不似多情苦。一寸还成千万缕⁽³⁾。天涯地角有穷时,只有相思无尽处。

【注释】(1)长亭:一名"官亭",设在大道上,便利旅客休息;各亭之间距离不一,所以有"长亭""短亭"之称。 (2)容易:轻易。 (3)一寸:此处指愁肠。

【今译】绿杨垂柳,碧草连天,长亭古道,蜿蜒天边。他说声走,头也不回。而今,楼头夜夜相思梦,五更钟声,声声敲得梦儿残。花下耳鬓离情语,细雨蒙蒙,暮春三月愁难遣。 无情不像多情那么苦,多情苦啊,苦得似黄连。一寸情丝莫小看,可化情缕千千万。天涯海角也有个穷尽,只有那相思啊,如丝似缕永远抽不完。

【点评】这首词的最精彩处,是下片的抒情主人公的内心独白:无情的你抛下我而去了,多情的我却苦苦相思。怎样将这无限相思诉说出来呢? 词人在这里巧妙地运用了比喻和比衬的手法。独白,本是戏剧、电影和小说等表现人物内心、刻画人物性格及推动情节发展的艺术表现手段,但言为心声,以抒情为主要目的的诗歌,在倾吐人物的内心世界时,同样也运用独白。这首词的人物独白,追求了凝练和形象,且和整体叙述、抒情融为一体。

【集说】爽快决绝,他人含糊不得。(沈际飞《草堂诗余正集》)

言近指远者,善言也。"年少抛人",凡罗雀之门,枯鱼之泣,皆可作如是观。"楼头"二语,意致凄然,挈起多情苦来。末二句,总见多情之苦耳。妙在意思忠厚,无怨怼口角。(黄苏《蓼园词选》)

(陈绪万)

张 昇

张昇(992—1077),字呆卿,韩城(今属陕西)人,宋真宗大中祥符年间进士。仁宗时,官至参知政事、枢密使。今存词二首。

离 亭 燕⁽¹⁾

一带江山如画。风物向秋潇洒⁽²⁾。水浸碧天何处断,翠色冷光相射。蓼岸荻花中⁽³⁾,掩映竹篱茅舍。　　天际客帆高挂。门外酒旗低亚⁽⁴⁾。多少六朝兴废事,尽入渔樵闲话。怅望倚危栏,红日无言西下。

【注释】(1)此词一说为孙浩然之作。　(2)风物:景物。潇洒:爽朗,清丽。　(3)蓼屿:蓼花丛生的水边高地。　(4)低亚:低低地飘动。

【今译】金陵的风光如同一幅天然画图。每当秋高气爽,风光更清疏。碧水倒映蓝天,秋水与长天一色,芦花荡的深处,隐约有竹篱茅屋。　　天边白帆点点,轻烟渺渺处,有酒旗儿飘拂。六朝兴亡的故事,成了渔翁樵夫

宋词观止

的闲话。登上层楼高处，放眼金陵河山，只有夕阳默默西下。

【点评】这是一首怀古词。"风物""潇洒"是全词之目。词以景物描写为主，用秋水长天、霁色冷光、蓼岸荻花、竹篱茅舍、云帆、酒旗、寒日等景物构成一幅清疏旷远的金陵秋晚图。其吊古伤怀之情全凭境界托出。

【集说】"一带江山如画……寒日无言西下"，此孙浩然《离亭宴》词也，悲壮可传。(杨慎《词品》)

(杨恩成)

石 延 年

石延年(994—1041),字曼卿,一字安仁,其先幽州人,家宋城(今河南商丘)。累举进士不第。仁宗明道元年(1032)以大理评事召试,授馆阁校勘,历太子中允,同判登闻鼓院。景祐二年(1035)落校勘,同判差遣。与欧阳修友善。文宗韩(愈)柳(宗元),格调劲健,诗俊爽,亦能词,有《扪虱庵长短句》,今不传。

燕 归 梁

春 愁

芳草年年惹恨幽。想前事悠悠。伤春伤别几时休。算从古、为风流。　　春山总把,深匀翠黛⁽¹⁾,千叠在眉头。不知供得几多愁。更斜日、凭危楼⁽²⁾。

【注释】(1)翠黛:古时女子用螺黛(一种青黑色矿物颜料)画眉,故称眉为翠黛。　(2)危楼:高楼。

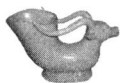

【今译】芳草年年萌发,引起对往事的怀想之情也不断,不知何时是个头。伤春伤别的情怀,不知何时罢休! 这些离恨别愁的情怀,从古至今都因男女之情而产生。　　春山将自己的青色,均匀地涂在女子眉上,层层深叠,颇有愁容。那些往事之离情别恨,又没有止境;夕阳西下,人倚高楼。

【点评】题为"春愁",起首两句,由芳草引发春愁,曰"年年"谓春愁深长,曰"悠悠"谓前事遥远。"伤春"二句,承上而来,直接点到伤春伤别,"休"字呼应"年年""为风流"落实"前事"。下片前四句,将春山人格化,山人合写亦虚亦实。结拍文简意永,宛然有一黄昏登楼的女子形象在。

(朱惠国)

李 冠

李冠,字世英,历城(今山东济南)人。约生于北宋初年,生卒年不详。曾官乾宁主簿,以文学著称,与王樵、贾同齐名。有《东皋集》,不传。《全宋词》存词五首。

蝶 恋 花
春 暮

遥夜亭皋闲信步⁽¹⁾。才过清明,渐觉伤春暮。数点雨声风约住⁽²⁾。朦胧淡月云来去。　　桃杏依稀香暗度⁽³⁾。谁在秋千,笑里轻轻语。一寸相思千万绪。人间没个安排处。

【注释】(1)遥夜:长夜。亭皋:水边的高地。　(2)风约住:下了点雨又停住了,就像被风管束住似的。　(3)桃杏依稀:由于淡月朦胧,所以桃花、杏花看不真切。依稀:不清晰。

【今译】春夜真够漫长,独自在水边徜徉。才过了清明节,就为春之将逝

感伤。刚听到几点雨声，又被风儿遮挡。一片淡云飘过，月光朦朦胧胧。

　　静悄悄的春夜，送来桃花的幽香。秋千上轻声笑语，不知是谁家的姑娘。心底的相思情啊，化作千万缕思绪，想赶走这烦恼，人间没个地方放。

　　【点评】此词为抒写春愁而作。词以春夜为背景，一切都蒙上一层幽暗的气氛。"谁在秋千"四句，为东坡《蝶恋花》"墙里秋千""墙外行人"所本。

　　【集说】王安石语："张子野'云破月来花弄影'，不如冠之'朦胧淡月云来去'也。"（《历代诗余·词话》引）

（杨恩成）

宋词观止

宋 祁

宋祁(998—1061),字子京,开封雍丘(今河南杞县)人。仁宗朝,与兄庠同举进士,累官知制诰、工部尚书、翰林学士承旨。卒,谥景文。与欧阳修主修《新唐书》。近人赵万里辑有《宋景文公长短句》六首。

玉 楼 春
春 景

东城渐觉风光好。縠皱波纹迎客棹⁽¹⁾。绿杨烟外晓寒轻,红杏枝头春意闹。　浮生长恨欢娱少⁽²⁾。肯爱千金轻一笑。为君持酒劝斜阳,且向花间留晚照⁽³⁾。

【注释】(1)縠(hú)皱:绉纱,此处用来比喻水的波纹。棹(zhào):船桨,代指船。　(2)浮生:世事无定,人生短促。　(3)晚照:晚霞。

【今译】东城风光渐渐变得美好,绸纹般轻柔的水波,迎接客船到。杨柳刚绽出新绿,烟岚在枝头萦绕。怒放的红杏花儿,带来了春的喧闹。　　常

宋词观止

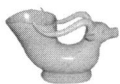

恨人生欢乐少,就不该为追求利禄,放弃歌舞欢笑!举杯呼唤夕阳:且莫匆匆落下,请在百花丛中,为我们留下晚照。

【点评】词以惜春为宗旨,所以词人着意于对大好春光的描绘。上片,"东城"句,总说春光渐好;"縠皱"句,专写春水之轻柔;"绿杨烟"与"红杏枝"相互映衬,层次疏密有致;"晓寒轻"与"春意闹"互为渲染,更显出春的生机勃发!下片,直抒惜春情怀。"浮生"二句,点出珍惜年华之意;"为君"二句,明为怅怨,实是依恋春光,情极浓丽。

【集说】张子野郎中以乐章擅名一时。宋子京尚书奇其才,先往见之,遣将命者,谓曰:"尚书欲见'云破月来花弄影'郎中乎?"子野屏后呼曰:"得非'红杏枝头春意闹'尚书耶?"遂出,置酒尽欢,盖二人所举,皆其警策也。(胡仔《苕溪渔隐丛话》引《遁斋闲览》语)

"红杏枝头春意闹尚书",当时传为美谈。吾友公戬极叹之,以为卓绝千古,然实本《花间》"暖觉杏梢红",特有青蓝、冰水之妙耳。(王士禛《花草蒙拾》)

"红杏枝头春意闹",着一"闹"字,而境界全出。(王国维《人间词话》)

(杨恩成)

浪淘沙近

少年不管。流光如箭。因循不觉韶光换[1]。至如今,始惜月满、花满、酒满。 扁舟欲解垂杨岸。尚同欢宴。日斜歌阕将分散[2]。倚兰桡[3],望水远、天远、人远。

【注释】(1)韶光:美好年华。 (2)歌阕:歌尽。乐终曰"阕"。 (3)兰桡:精美的船桨。此代指船。

【今译】年轻时不珍惜时间,任光阴流逝,如飞逝的箭。一年又一年,不觉得岁月变换。如今分外珍惜,明亮的圆月,烂漫的春花,杯中把酒斟满。

想撑起小船，荡离垂杨岸边。还想着刚才的欢宴。太阳已经西下，歌也尽，席也散。倚在船边，望远处水遥远，天也遥远，人愈行愈远。

【点评】这是一首送别词，在抒发友情的同时，还流露了对岁月逝去，青春不再的感叹。起首三句，突如其来，既是对不知珍惜青年时代的惋惜，又是对"韶光换"的感伤。"至如今"三句，承上而来，幡然省悟。过片两句，通过分手前迟迟不散的离宴写朋友间的真挚情感。"倚兰桡"几句，是设想之词，连用三个"远"，进一步渲染朋友深情和离别的感伤。全词感情真挚，文字明畅，音节舒缓优美。

【集说】侍读刘原父守维扬，宋景文赴寿春，道出治下，原父为具以待宋，又为《踏莎行》词以侑欢云："蜡炬高高，龙烟细细，玉楼十二门初闭。疏帘不卷水晶寒，小屏半掩琉璃翠。　　桃叶新声，榴花美味，南山宾客东山妓。利名不肯放人闲，忙中偷取工夫醉。"宋即席为《浪淘沙近》，以别原父。（吴曾《能改斋漫录》）

此《浪淘沙》变调，绵丽中见凄戚。（陈廷焯《词则·别调集》）

（朱惠国）

75

宋词观止

尹洙

尹洙(1001—1047),字师鲁,河南(今河南洛阳)人。仁宗天圣二年(1024)进士,官至起居舍人直龙图阁。其文多论西北军政,风格简古,摆脱宋初华靡的文风。亦能诗,词仅存一首。有《河南先生文集》。

水调歌头

和苏子美⁽¹⁾

万顷太湖上,朝暮浸寒光。吴王去后⁽²⁾,台榭千年锁悲凉。谁信蓬山仙子⁽³⁾,天与经纶才器⁽⁴⁾,等闲厌名缰。敛翼下霄汉⁽⁵⁾,雅意在沧浪。　　晚秋里,烟寂静,雨微凉。危亭好景,佳树修竹绕回塘。不用移舟酌酒,自有青山渌水,掩映似潇湘⁽⁶⁾。莫问平生意,别有好思量。

【注释】(1)苏子美:苏舜钦,字子美。有《水调歌头·沧浪亭》。(2)吴王:指夫差,春秋末吴国国君。初大败越国,迫使越王勾践屈服,后越王任用范蠡、文种等人,卧薪尝胆,励精图强,终于灭亡吴国。夫差最后自杀。 (3)蓬山仙子:喻指苏舜钦。蓬山,传说中仙山。 (4)经纶:整理丝缕,引申为治理国家。 (5)敛翼:收缩翅膀。霄汉:高空。 (6)潇湘:本指广西、湖南交界处的潇、湘二水,因其水清竹美,风景秀丽,常借指为风景优美之地。

【今译】太湖浩渺无涯,终日散发清凌凌的水光。自夫差湖边消去,古老的楼台水榭,笼罩着云雾悲凉。有谁能信:你这样的高洁儒雅,身怀着治国的才能,摆脱了名锁利缰。飘然来到湖畔,筑一处精致园林,雅趣全在沧浪。

深秋时光,烟雾弥漫湖上。一丝丝细雨,带来微微秋凉。登上沧浪亭,四下林木葱茏,青青翠竹绕水塘。不用泛舟饮酒,这里绿水映着青山,有一番潇湘景象。不用问你在想什么,你自有平生的志向。

【点评】这是一首和词。起首两句,写太湖远景,既应合原唱,又顾及苏舜钦湖边闲居的生活。"吴王"两句,怀古,含有世事难料、兴衰复迭的感叹。"谁信"三句,笔触收回,通过对苏舜钦才华、风姿的赞美,从"厌名缰"的角度对他罢官一事进行劝慰。"敛翼"二句,承"蓬山仙子"而来,引出了沧浪亭。下片围绕沧浪亭展开。"晚秋里"三句,描写沧浪亭远景,清空淡远,极其幽静。"危亭"两句,是近景描写,点出亭下典雅优美的环境。"不用"两句针对原唱中"拟借寒潭垂钓"而发,通过对景色的赞美,暗劝苏不必移舟他处,以致自讨没趣。结拍,以议论而收,语意含蓄。

【集说】刘仲芳上曹玮《水调歌头》第三句云"六郡酒泉",苏子美亦有此曲,则云"鱼龙隐处",尹师鲁和之,亦云"吴王去后",其平仄与苏同而音与刘异。尝问晓音者,乃曰:"以平仄言之,其文稍异,然不脱律,皆可用也。"(龚鼎臣《东原录》)

(朱惠国)

宋词观止

欧　阳　修

　　欧阳修(1007—1072),字永叔,自号醉翁,晚号六一居士,庐陵(今江西吉安)人。宋仁宗天圣中举进士,累官至枢密副使、参知政事,以太子少师致仕。卒谥文忠。工诗文,词亦著称于世。冯煦谓其词"与(晏)元献同出南唐,而深致则过之","词家遂有西江一派"。"即以词论,亦疏隽开子瞻,深婉开少游。"有《六一词》。

玉　楼　春

　　樽前拟把归期说[1]。未语春容先惨咽[2]。人生自是有情痴,此恨不关风与月[3]。　　离歌且莫翻新阕[4]。一曲能教肠寸结。直须看尽洛城花,始共春风容易别。

【注释】(1)拟:打算。　(2)春容:美丽的容貌。　(3)风与月:自然风光。　(4)离歌:饯行时所唱的歌。

【今译】花丛中摆下宴席,想告诉她归来的日期。话儿还没说出口,她已经悲悲凄凄。痴情是人的本性,和风月没有关系。　且莫唱新的离别歌,免得让人悲痛欲绝。还是留在洛阳城,直到看尽百花时,再和春天告别。

【点评】这是一首离别词。作者在春天与情人分手,不由得产生一种沉痛的失落感,词人的一片依恋之情更加婉转缠绵。"直须"二句,又平添一股豪宕之气。

【集说】永叔"人生自是有情痴,此恨不关风与月","直须看尽洛城花,始共春风容易别",于豪放之中有沈著之致,所以尤高。(王国维《人间词话》)

（杨恩成）

踏 莎 行

候馆梅残[1],溪桥柳细。草薰风暖摇征辔[2]。离愁渐远渐无穷,迢迢不断如春水。　寸寸柔肠,盈盈粉泪。楼高莫近危阑倚。平芜尽处是春山[3],行人更在春山外。

【注释】(1)候馆:旅馆。　(2)草薰:春草散发出的清新气息。摇征辔(pèi):策马前行。　(3)平芜:平坦的草地。

【今译】旅馆旁一树残梅,小桥边柳丝柔细。春风吹绿了小草,我骑着马儿上路去。路在脚下延伸,离愁也在心头迭起,就像那流不尽的春水。我想她的心和我一样悲凄,娇嫩的脸庞上,定挂着伤心的珠泪。莫要登上高楼望,原野的尽头是青山,我已在青山那边。

【点评】这首词抒发的是羁旅行役之愁。上片写行人在路途上的所见所感。作者把人渐远、愁渐深的离愁比作迢迢不断的融融春水,虽无柳永词大笔点染的强烈艺术氛围,倒也细腻有味。下片写行人推想女方居家的情态,透过一层,更显出离愁之浓厚。"平芜"二句,把想象更推进一层,于清淡中

宋词观止

透出一股绵绵不绝的情思。

【集说】欧阳公词："平芜尽处是春山,行人更在春山外。"石曼卿诗："水尽天不尽,人在天尽头。"欧与石同时,且为文字友,其偶同乎? 抑相取乎? (杨慎《词品》)

"平芜尽处是春山,行人更在春山外。"又:"郴江幸自绕郴山,为谁流下潇湘去。"此淡语之有情者也。(王世贞《艺苑卮言》)

上片言时物暄妍,征辔之去,自是得意,其如我之离愁不断何? 下片言不敢远望,愈望愈远也。语语倩丽,情文斐亹。(黄苏《蓼园词选》)

(杨恩成)

采 桑 子

　　群芳过后西湖好⁽¹⁾,狼藉残红⁽²⁾。飞絮蒙蒙。垂柳阑干尽日风。　　笙歌散尽游人去,始觉春空。垂下帘栊⁽³⁾。双燕归来细雨中。

【注释】(1)西湖:此指颍州(在今安徽阜阳)西湖。作者晚年退居于此。(2)狼藉:零乱。　(3)帘栊:窗帘。栊:窗。

【今译】百花开过以后,西湖依旧情浓。花随风舞,碧草落英。杨柳袅袅通幽径,风微飞絮蒙蒙。　　笙歌宴席散尽,西湖一片幽静。这时,才顿然醒悟:春色已经空空。放下帘栊,细雨中,只有双燕匆匆。

【点评】阳春三月,姹紫嫣红,固然可爱,但词人笔下的西湖晚春景象,同样富于诱人的魅力。作者着力描绘"群芳过后"西湖上清疏淡雅的景致,虽然流露出"春空"的惆怅,却能以清淡之景出之,自胜花间一筹。

【集说】"始觉春空"语拙,宋人每以春字替人与事,用极不妥。(先著、程洪《词洁辑评》)

"群芳过后"句,扫处即生。"笙歌散尽游人去"句,悟语是恋语。(谭献《谭评词辨》)

(杨恩成)

蝶 恋 花

　　面旋落花风荡漾。柳重烟深,雪絮飞来往。雨后轻寒犹未放。春愁酒病成惆怅。　　枕畔屏山围碧浪。翠被华灯,夜夜空相向。寂寞起来褰绣幌[(1)]。月明正在梨花上。

【注释】(1)褰(qiān):撩起。

【今译】落花在面前飘舞,春风在心头荡漾。柳色苍翠,烟霭深深,柳絮轻轻,自来自往。雨后寒气透心凉,春愁难用美酒消,病后心情惆怅。枕畔屏风上,青山禁锢着碧浪。独对着锦被华灯,夜夜守空床。寂寞啊,寂寞,撩起绣帘张望:明月照在梨花上。

【点评】这是一首闺怨词。上片写春去愁生,全以迷离幽淡之景出之。下片写空室独处,寂寞难禁。"屏山围碧浪",含不尽心潮;空向华灯、翠被,禁不住独褰绣幌,极哀艳。然以明月梨花收束全篇,于秾丽处忽生清淡,自是欧公本色。

【集说】欧公《蝶恋花》"面旋落花"云云,字字沉响,殊不可及。(王国维《人间词话》)

(杨恩成)

蝶 恋 花

　　谁道闲情抛弃久。每到春来,惆怅还依旧。日日花前常病酒。不辞镜里朱颜瘦。　　河畔青芜堤上柳[(1)]。为问新愁,何事年年有。独立小桥风满袖。平林新月人归后。

81

【注释】(1)青芜:青草。古诗:"青青河畔草"。

【今译】谁说我把无谓的烦恼长久地抛在一边了呢?每当春天来临时,惆怅依然如旧。天天在花前沉醉,不顾镜里容颜消瘦。 河畔的青草,堤上的垂柳,请问为何新愁年年都有?独自站立在小桥任风吹拂,直到月上柳梢人散后。

【点评】此词为伤春而作。上片起首三句,自问自答,点醒词旨。"日日"二句,叙写花间沉醉,叹息韶华消逝,回应"惆怅""依旧",情意连绵而下。过片三句,以提顿代却直接抒怀,问而无答,妙在含蓄。结尾二句,独立怅望,以景收束,疏淡如画,一片伤春之情融入平林新月,令人生出无限遐思。全词只是娓娓叙说,令伤春词别开生面。

【集说】稼轩《摸鱼儿》起处从此夺胎,文前有文,如黄河伏流,莫穷其源。(梁令娴《艺蘅馆词选》)

(杨恩成)

望　江　南

　　江南柳,叶小未成阴。人为丝轻那忍折,莺嫌枝嫩不胜吟。留著待春深。 十四五,闲抱琵琶寻。阶上簸钱阶下走[1],恁时相见早留心[2]。何况到如今。

【注释】(1)簸钱:一种掷钱赌输赢的游戏。 (2)恁(nèn)时:那时,当时。

【今译】江南的新柳啊,细叶鲜嫩尚未成荫。行路的人儿不忍把她攀折,爱唱歌的黄莺鸟,怜惜那柔嫩的枝条,也不愿落上去婉转鸣吟。留着吧,等待景好春深。 十四五岁的人儿,闲抱琵琶最可亲。台阶上掷钱做游戏,阶下倩影尤可人。记得当时初相见,早已为她那纯稚而动心。更何况,妙龄芳年到如今。

【点评】这首词咏物写人。上片写江南新柳之鲜嫩可爱,人怜莺惜;下片写江南少女之纯稚可爱,令人着迷。花柳风流,向来是骚人墨客们所惯于玩弄的话题。今观此词,婉丽柔媚,惜柳怜人之意昭然在目,也就难怪欧公曾因此词而遭谤。不过欧公写作是否确有此意,所咏何人,甚至此词是否确为欧公所作,因无实据可考,故不敢妄言耳。

【集说】《词苑》曰:"王铚《默记》载欧阳公《望江南》双调云:(词略)。初奸党诬公盗甥,公上表自白云,'丧厥夫而无托,携孤女以来归。'张氏此时年方十岁。钱穆父素恨公,笑曰:'此正学簸钱时也。'欧知贡举,下第举人复作《醉蓬莱》讥之。按欧公此词,出钱氏私志,盖钱世昭因公《五代史》中多毁吴越,故丑诋之。其词之猥弱,必非公作,不足信也。"按此词极佳,当别有寄托,盖以尝为人口实,故编集去之。然缘情绮靡之作,必欲附会秽事,则凡在词人,皆无全行,正不必为欧公辩也。(宋翔凤《乐府余论》)

(刘锋焘)

蝶 恋 花

庭院深深深几许(1)。杨柳堆烟(2),帘幕无重数。玉勒雕鞍游冶处(3)。楼高不见章台路(4)。　　雨横风狂三月暮(5)。门掩黄昏,无计留春住。泪眼问花花不语。乱红飞过秋千去(6)。

【注释】(1)深几许:犹言"有多深""深多少"。　(2)杨柳堆烟:形容杨柳浓密。　(3)玉勒雕鞍:指华贵的车马。游冶处:指歌楼妓馆。　(4)章台:汉代长安有章台街,是妓女所居之地。后世遂以章台代称妓女之住所。　(5)雨横:急雨、骤雨。　(6)乱红:指零乱的落花。

【今译】空寂的庭院多么幽深,杨柳笼罩着烟雾,帘幕重重。独立高楼远

宋词观止

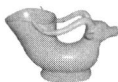

望,看不到薄情郎冶游的地方。　　暮春三月,雨骤风狂。门儿掩住了黄昏,却不能留住青春。含着泪水问落花,花儿不说话。随风飘过秋千,落到别人家。

【点评】这是一首伤春词。起三句写出主人公所处环境的幽深冷清,"玉勒"二句,写女子之痴望与男子之游冶,对比鲜明。过片,叹青春难留。暮春、黄昏、孤寂、冷落;加之雨横风狂,更添凄苦。"无计留春住"既叹春光消逝,又悲青春不再,极悲极痛。结拍两句出自严恽《落花》诗:"尽日问花花不语,为谁零落为谁开。"但严诗较为笼统、空泛,而此词则实在、具体,肝肠欲断。毛先舒评此二句曰:"语愈浅而意愈入","层深而浑成",信然。

【集说】毛先舒云:"词家意欲层深,语欲浑成,作词者大抵意层深者,语便刻画;语浑成者,意便肤浅,两难兼也。或欲举其似,偶拈永叔词云:'泪眼问花花不语,乱红飞过秋千去。'此可谓层深而浑成。何也?因花而有泪,此一层意也;因泪而问花,此一层意也;花竟不语,此一层意也;不但不语,且又乱落,飞过秋千,此一层意也。人愈伤心,花愈恼人,语愈浅而意愈入,又绝无刻画费力之迹,谓非层深而浑成耶?"(王又华《古今词论》)

庭院深深,闺中既以邃远也;楼高不见,哲王又不悟也。章台游冶,小人之径。雨横风狂,政令暴急也。乱红飞去,斥逐者非一人而已。殆为韩、范作乎?(张惠言《词选》)

首阕因杨柳烟多,若帘幕之重重者,庭院之深以此,即下句章台不见亦以此。总以见柳絮之迷人,加之雨横风狂,即拟闭门,而春已去矣。不见乱红之尽飞乎?语意如此,通首诋斥,看来必有所指。第词旨浓丽,即不明所指,自是一首好词。(黄苏《蓼园词评》)

(刘锋焘)

青玉案

　　一年春事都来几,早过了、三之二。绿暗红嫣浑可事[1]。绿杨庭院,暖风帘幕,有个人憔悴。　　买花载酒长安市,又争似家山见桃李⁽²⁾?不枉东风吹客泪⁽³⁾,相思难表,梦魂无据,惟有归来是。

【注释】(1)浑:全。可事:赏心悦目之事。　(2)争似:怎似。　(3)不枉:不责怪。

【今译】一年春光过了多少?早去了一多半。姹紫嫣红绿阴浓,满目尽是赏心事。暖风拂柳过庭院,有个人儿独憔悴。　买花品酒京城中,怎及家乡赏桃李。莫怪东风吹客泪,相思难寄、梦魂无依,不如早日归去。

【点评】上片抒写伤春情绪。上片两句感叹春天将过。"绿暗"句说虽值深春,但风光依然让人赏心悦目。"绿杨"三句言春光美好如斯,却有人为之憔悴,一正一反,起伏跌宕。下片抒发归情。过片二句先言一己之客居京城,再言思念家乡之情。"不枉"句,故意推开一层,"相思"三句,接着翻进客愁之本意,表明自己归去之心。这首词抒写仕途不得志,全由曲笔道出,感情缠绵宛转而又不失毅然果断。

【集说】"一年"二句,言年光已去也。"绿暗"四句,言时芳非不可玩,而自己心绪憔悴也。所以憔悴,以不见家山桃李,苦欲思归耳。(黄苏《蓼园词选》)

(田耕宇)

浪　淘　沙

　　把酒祝东风⁽¹⁾,且共从容⁽²⁾。垂杨紫陌洛城东⁽³⁾。总是当时携手处,游遍芳丛⁽⁴⁾。　　聚散苦匆匆。此恨无穷。今年花胜去年红。可惜明年花更好,知与谁同?

【注释】(1)祝东风:向春风表白心迹。　(2)从容:留恋。　(3)紫陌:帝都的道路。　(4)芳丛:花丛。

【今译】手持酒杯向春风表白心迹,不要带走好春光,姑且留恋莫匆匆。洛阳城东繁花似锦,当年曾留下我们的游踪。　　人生聚散苦匆匆,此恨何日是尽穷!今年花比去年好,明年花比今年红,赏花不知和谁同?

【点评】这首词是作者与友人春日重游洛阳城东有感而作。起首二句写持酒祷祝,愿与春光从容。一"共"字便将东风与人事融在一起。"垂杨"句补出地点,歇拍二句叙携手游赏,缀以"当时"二字,便将昔日之游与今日之游绾合起来,场景叠合,虚中有实,实中有虚。过片,叹人生聚散匆匆,故又弥觉今日时光之可贵、景致之可爱,连花也似比去年更红也。结拍,推测明年之花应更红更好于今年今日,而人却未必能复如今日之相聚。无限之惆怅,不尽之感慨,自在不言之中。

【集说】意自"明年此会知谁健"中来。(李攀龙《草堂诗余隽》)

欧阳公云:"把酒祝东风,且共从容。"与东坡《虞美人》云:"持杯邀劝天边月,愿月圆无缺"同一意致。(沈雄《古今词话》)

末二句,忧盛危明之意,持盈保泰之心,在天道则亏盈益谦之理,俱可悟得。大有理趣,却不庸腐。粹然儒者之言,令人玩味不尽。(黄苏《蓼园词评》)

(刘锋焘)

蝶　恋　花

几日行云何处去⁽¹⁾?忘了归来⁽²⁾,不道春将暮⁽³⁾。百草千花寒食路⁽⁴⁾。香车系在谁家树?　　泪眼倚楼频独语。双燕来时,陌上相逢否⁽⁵⁾?撩乱春愁如柳絮。依依梦里无寻处。

【注释】(1)行云:宋玉《高唐赋》中神女说自己"且为朝云,暮为行雨",后人常用指女性,此处引申指冶游的男子。　(2)忘却:忘掉。　(3)不道:不想想。　(4)寒食:清明前三日,古人常在这天扫祭或游春。百草千花,既照应"春暮",又暗喻花街柳巷的妓女。 (5)陌上:路上。

【今译】那如行云般的荡子,如今不知去了何方,也不好好想想:旖旎的春光转瞬即逝,寒食清明游春路上,绿草如茵,百花竞放,他的车又系在了谁家树旁? 含着泪水倚在楼旁,一边自言自语,一边向远处眺望。远处飞来的双燕子,你可曾在途中看见他?春愁纷乱犹如满天飞絮,即使在梦中也难找到他。

【点评】这是一首闺怨词。全词借春景触目伤怀,抒写女子的哀怨和伤感。上片用一问句点出对丈夫久出不归的猜疑和怨忧。接着用两句写其有感于春深而引起的伤怀。"百草"二句分承"春将暮""何处去",猜想对方荡游的踪迹,用独白口吻,揭示心中的不满。过片用一单句,传神地写出女子爱恨并织,期待与失望交错的复杂心态,举止恍惚的神情。"双燕"二句,既是触目生情的描写,也是对上面"独语"内容的揭示,以双燕呢喃相亲反衬自己独处的凄清寂寞。结尾两句使全词在纷纷春愁中收束,由满天飞絮写到无边春愁,再写到梦中难寻荡子,怨嗟之情一层深似一层。

(田耕宇)

望 江 南

江南蝶,斜日一双双。身似何郎全傅粉[1],心如韩寿爱偷香[2],天赋与轻狂。 微雨后,薄翅腻烟光。才伴游蜂来小院,又随飞絮过东墙,长是为花忙。

【注释】(1)何郎全傅粉:何郎即何晏。《世说新语·容止》谓,"何平叔(晏)美姿仪,面至白,魏明帝疑其傅粉"。又《三国志·魏志·曹爽传》注引《魏略》,称何晏平日喜修饰,粉白不去手,行步顾影,人称"傅粉何郎"。
(2)韩寿爱偷香:《晋书·贾充传》载,"韩寿美姿容。贾充辟为司空掾。充少女贾午见而悦之,使侍婢潜通音问,厚相赠结,寿逾垣与之通。午窃充御赐西域奇香赠寿。……充秘之,遂以女妻寿。"

宋词观止

【今译】夕阳中,江南蝴蝶舞双双。长得像何晏那样美,心思像韩寿那样爱偷香,在花丛中流连,吸吮花蜜,生性轻浮放浪。　微雨后,蝴蝶沾水的薄翅在夕阳的照耀下发出微光。它刚伴游蜂来小院,又随飞絮越过东墙,经常为鲜花奔忙。

【点评】这首词咏蝴蝶。起二句,一幅蝴蝶双飞图。"身似"二句,言其外表及其心性,"傅粉""偷香"尤显传神。歇拍一句收束上片,概括蝶之天性。下片就"轻狂"二字展衍铺写,极见其轻狂之态。小词咏蝶,生动传神,已臻上乘。而以轻薄之蝴蝶,隐喻轻薄之荡子,恐怕使此词更见成功。

(刘锋焘)

渔 家 傲

花底忽闻敲两桨,逡巡女伴来寻访⁽¹⁾。酒盏旋将荷叶当⁽²⁾。莲舟荡,时时盏里生红浪⁽³⁾。　花气酒香清厮酿⁽⁴⁾,花腮酒面红相向⁽⁵⁾。醉倚绿阴眠一饷⁽⁶⁾,惊起望,船头阁在沙滩上。

【注释】(1)逡(qūn)巡:顷刻,一会儿。　(2)当(dàng):作;代替。(3)盏里生红浪:谓荷花映入酒杯之中显出红色浪纹。　(4)清厮酿:谓清香之气混成一片。厮:相。　(5)花腮:花容。指荷花。　(6)一饷:同"一晌",片刻。

【今译】荷花深处桨声响,忽见女伴来寻访。一同荡舟湖面上,权将荷叶做酒杯,杯中时时翻红浪。　清新的荷香、醇美的酒味,搅在一起;粉红的脸蛋,同映酒缸。酣醉且向绿阴眠,睡中惊起睁眼望,船头搁在沙滩上。

【点评】这首词,写一群水乡女子的一次水上嬉游,活泼而清新。上片二句写女伴荡舟来访,一"敲"字清脆悦耳,使人物的出场显得有声有色。再加一"闻"字把自己也摆进了画面。"酒盏"直至过片二句写水上的嬉戏:以荷叶当酒杯,争相饮酒,彼此逗闹,荷花的清香与美酒的醇香融为一体,花之红晕与脸之红晕交相辉映。姑娘们的天真活泼,纯真可爱于此表现得活灵活现,使人如闻其声,如见其人,如入其境。"醉倚"三句写酒醉而眠,莲舟自荡以至滩头搁浅。"惊起望",十分传神地表现出姑娘们被惊醒后的憨态,其天真可爱的形象显得更加丰满而完美。全词格调清新、活泼,在写法上也打破了上下片的分疆,亦很值得注意。

（刘锋焘）

渔 家 傲

一夜越溪秋水满⁽¹⁾,荷花开过溪南岸。贪采嫩香星眼慢⁽²⁾,疏回眄⁽³⁾,郎船不觉来身畔。　　罢采金英收玉腕⁽⁴⁾,回身急打船头转。荷叶又浓波又浅⁽⁵⁾,无方便,教人只得抬娇面。

【注释】(1)越溪:泛指江南的溪渠。　(2)星眼:即星眸,明亮的眼睛。(3)回眄(miǎn):回头看。　(4)金英:金黄色的莲蕊,代指荷花。(5)浓:稠密。

【今译】一夜秋雨涨满了条条小溪,溪南溪北开遍了芙蓉。少女正忙着采莲。少年看得痴迷,自己在不知不觉中来到了少女身畔。　　姑娘连忙缩回纤纤素手,急急忙忙拨转船头。稠密的荷叶挤满了荷塘,困住了小船,娇憨的少女再也无处躲藏。万般无奈——只好抬起娇羞含情的脸庞。

【点评】此词写儿女情事,曲尽采莲少女的娇憨情态。格调清丽明快,艳而不妖,秾而不冶,且充满了水乡生活情趣。

（刘宏）

宋词观止

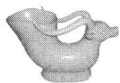

生 查 子

元 夕

去年元夜时⁽¹⁾，花市灯如昼⁽²⁾。月上柳梢头，人约黄昏后。今年元夜时，月与灯依旧。不见去年人，泪湿春衫袖。

【注释】(1)元夜:正月十五为元宵节,是夜称为元夜、元夕。 (2)花市:繁华的街市。

【今译】去年今日元宵夜,人喧月明灯如昼。月亮爬上了柳梢头,在那静谧的黄昏后我俩相约见面。 如今又是元宵夜,花灯依旧,明月依旧,却不见心爱的人儿,泪水沾湿了衣袖。

【点评】这首词,写去年与情人相会的甜蜜与今日不见情人的痛苦,明白如话,饶有韵味。"月上柳梢头,人约黄昏后",疏淡与艳丽糅合。这种朴素淳美的词风,很可以看出韦庄《女冠子》联章词的影响,也很容易体味到民歌的自然流畅风味。

【集说】此六一居士词,世有传为朱秋娘作,遂疑朱为失德女子,亟为辨之。秋娘名希真,与朱敦儒之字正同。(叶申芗《本事词》)

(刘锋焘)

朝 中 措

送刘仲原甫出守维杨⁽¹⁾

平山阑槛倚晴空⁽²⁾,山色有无中。手种堂前垂柳⁽³⁾,别来几度春风。 文章太守,挥毫万字,一饮千钟。行乐直须年少,樽前看取衰翁。

【注释】(1)刘原甫:名敞,时将出知扬州,欧公作此词送之。 (2)平山:平山堂,在扬州西北蜀冈上,庆历八年(1048)欧阳修任郡守时所建。(3)堂前垂柳:欧公在扬州时,曾于平山堂前植柳一株,人谓之"欧公柳"。

【今译】高高的平山堂矗倚着晴空,似有若无的山色一片空濛。想起了堂前亲手栽的垂柳,又经历了几度秋雨几度春风。 看眼前这位即将上任的新太守,挥毫万字,酒兴正浓一饮千杯。趁着年少且行乐,别像我这酒樽前的衰翁。

【点评】这是一首送别词。起笔便直写平山堂凌空矗立之气势,及凭栏眺望时所见之山色空蒙,若有若无。三、四句委婉而深情地表现了作者对亲手所植杨柳之眷恋。过片,扣写题目中之刘原甫,写其卓荦超群之才华与倜傥豪迈之气度。末了,以衰颓之已身,劝对方"行乐直须年少"。表现出一种及时行乐的思想,也寄托着作者的人生感慨,蕴含着一股豪放旷达之气概。

【集说】"山色有无中",欧阳公咏平山堂句也。或谓平山堂望江南诸山甚近,公短视故耳。东坡为公解嘲,乃赋《快哉亭》词云:"记得平山堂上,鼓枕江南烟雨,杳杳没孤鸿。认得醉翁语,山色有无中"。盖山岗色有无,非烟雨不能也。然公词起句是"平山栏槛倚晴空",安得烟雨,恐东坡终不能为公解矣。(王弈清《历代词话》引《词苑》)

末句感慨之意见于言外。按君子进德修业欲及时也,无事不须在少年努力者。现身说法,神采奕奕动人。(黄苏《蓼园词选》)

(刘锋焘)

宋词观止

阮 郎 归

南园春早踏青时(1)。风和闻马嘶。青梅如豆柳如眉。日长蝴蝶飞(2)。 花露重,草烟低(3)。人家帘幕垂(4)。秋千慵困解罗衣(5)。画堂双燕归(6)。

【注释】(1)踏青:旧时风俗,寒食、清明节去郊外春游,称之踏青。(2)日长:谓春天昼长。 (3)草烟低:烟雾低沉,笼罩在草地上。 (4)帘幕垂:垂下帘子和帷幕。 (5)秋千慵困:打过秋千,感到有些困倦。(6)画堂:彩画装饰的堂屋。"归":一作"栖"。

【今译】南园春色过了一半,相携去郊外踏青。春风多么宜人,马儿在嘶鸣。青梅才一点点,柳叶像美人的细眉。暖日下蝴蝶双双飞。 含露的鲜花,低低地把头垂下。嫩绿的原野上,烟霭低低。楼上的人家帘幕垂。懒洋洋离开秋千,欲眠却见燕双栖。

92

【点评】这是一首闺情词。起句点明时令及"踏青"。次句从触觉与听觉着笔,写风和日丽,宝马嘶鸣,可见游人之欢悦。"青梅"一句从视觉入手,写梅之小,柳叶之细,愈见春之明媚。歇拍转入静境,暗生惆怅之情。过片,以露重烟低,帘幕低垂,见出环境之冷寂。结尾二句,写女主人公之愁情,以燕之双暗示人之单。以情作结,余音袅袅。

【集说】景物闲远。又曰:"帘垂"则"燕栖","栖"则在"梁",妙甚。(沈际飞《草堂诗余正集》)

按是人是物,无非化日舒长之景。望而知为治世之音,词家胜象。(黄苏《蓼园词评》)

(刘锋焘)

浣 溪 沙

堤上游人逐画船,拍堤春水四垂天[1]。绿杨楼外出秋千。 白发戴花君莫笑,六么催拍盏频传[2],人生何处似樽前。

【注释】(1)四垂天:天幕四面垂地。 (2)六么:一名"绿腰",琵琶曲名,节奏繁急。

【今译】碧汪汪的湖水接连着远天,绿杨掩映的红楼矗立于岸边。满堤的游人追逐着画船,欢快的水波拍打着堤岸。一串串笑声飘过来,绿杨楼外佳人荡秋千。　　鲜花插戴在白发上,莫笑老翁太狂颠。趁着这良辰美景设席宴,急管繁弦中杯盏频频传。人生本没有太多的欢愉,什么地方的快活比得上酒席之间。

【点评】此词记春日泛舟之欢娱及感慨。起句写堤上游人之众,一"逐"字将游人如织、傍水而行之情状描绘得形象而生动。次句写堤下春水之盛,"拍堤"二字赋予春水以欢快活泼的生命活力。"绿杨"句写临水之家,"出秋千"让人可以想见荡秋千之佳人。过片写词人陶醉其中,童心大发,与同游诸人趁急管繁弦而频频举杯、觥筹交错之情形,活脱脱一幅湖上宴乐图。煞拍一句突发议论"人生何处似樽前"! 看似"及时行乐",然"醉翁"借酒遣闷之心境也于此隐隐托出。

【集说】"楼上晴天碧四垂"本韩侍郎"泪眼倚楼天四垂",不妨并佳。欧文忠"拍堤春水四垂天",柳员外"目断四天垂",皆本韩句,而意致少减。(王士禛《花草蒙拾》)

欧阳公《浣溪沙》云:"堤上游人逐画船,拍堤春水四垂天,绿杨楼外出秋千",只一"出"字,自是后人道不到。(王弈清《历代词话》引晁补之语)

第一阕,写世上儿女多少得意欢娱。第二阕"白发"句,写老成意趣,自在众人喧嚣之外。末句写得无限凄怆沉郁,妙在含蓄不尽。(黄苏《蓼园词选》)

欧九《浣溪沙》词"绿杨楼外出秋千",晁补之谓只一"出"字,便后人所不能道。余谓此本于正中《上行杯》词"柳外秋千出画墙",但欧语尤工耳。(王国维《人间词话》)

(刘锋焘)

93

宋词观止

苏 舜 钦

苏舜钦(1008—1048),字子美,梓州铜山(今四川中江)人,迁居开封。仁宗景祐元年(1034)进士,历官蒙城、长垣县令、大理评事、集贤校理等。因"议论稍侵权贵",被借故劾免,退居苏州沧浪亭多年。后复召为湖州长史,未至而卒。工诗文,是北宋诗文革新运动倡导者之一。亦能词,但仅留存一首。有《苏学士文集》。

水 调 歌 头

沧 浪 亭[1]

潇洒太湖岸[2],淡伫洞庭山[3]。鱼龙隐处,烟雾深锁渺弥间。方念陶朱张翰[4],忽有扁舟急桨,撇浪载鲈还。落日暴风雨,归路绕汀湾[5]。　　丈夫志,当景盛[6],耻疏闲。壮年何事憔悴,华发改朱颜[7]。拟借寒潭垂钓,又恐鸥鸟相猜,不肯傍青纶[8]。刺棹穿芦荻[9],无语看波澜。

【注释】(1)庆历四年(1044),范仲淹荐苏舜钦为集贤校理,监进奏院。他援例赛神,用卖旧纸钱举行宴会,被御史王拱辰等劾为监守自盗,除名为民。迁居苏州后买水石,作沧浪亭以自适,但心中"愤懑之气,不能自平"。词即作于此时。 (2)潇洒:洒脱,无拘束。 (3)淡伫(zhù):悠闲。洞庭山:在太湖中。 (4)陶朱:即范蠡,春秋末越国大夫。助越王勾践灭吴后,以为勾践为人不可共安乐,弃官远去,一度泛舟太湖。张翰:晋吴郡人,字季鹰。齐王司王囧任命他为大司马、东曹掾,因秋风起,想到家乡莼羹、鲈脍,弃官而归吴。 (5)汀:水边平地。 (6)景盛:奋发有为。 (7)华发:头发斑白。 (8)青:指青缓,佩系官印的青色丝带。纶:钓鱼的线。 (9)棹:划船用具,状如桨。

【今译】无拘无束,走在太湖岸边。悠闲地眺望着,远方的洞庭山。鱼龙隐没的湖面,烟波浩渺无边。正想起范蠡、张翰时,忽然有一只小舟,冲开波浪,载着鲈鱼归来,在落日时的暴风雨中,驶向不远处的汀湾。 大丈夫应当奋发有为,怎能虚耗时光!正当壮年,为什么如此憔悴,头发白了,容颜衰老?想借一湾寒潭垂钓,又怕水鸟儿嫌弃,不肯与我为伴。还是荡起孤舟,驶向芦花深处,默默地看尘世波澜。

【点评】这首词为抒发愤懑不平之气而作。起二句,写自己洒脱无拘之生活。"鱼龙"二句,大笔勾勒太湖远景。"方念"四句,一气贯注,从历史上与太湖有关的两位人物,转到眼前所见,隐隐带出个人之不幸。下片抒情,"丈夫志"三句,一扬,直抒个人的志向和抱负。"壮年"二句,一跌,转写个人遭受打击的痛苦。"拟借"三句,借鸥鸟相猜表达自己蒙冤后的孤寂与悲凉。末尾以景作结,将千愁万绪融入起伏不定的波澜之中,于平淡中见深沉。

【集说】苏子美谪居吴中,欲游丹阳。潘师旦深不欲其来,宣言于人,欲拒之。子美作《水调歌头》,有"拟借寒潭垂钓,又恐鸥鸟相猜,不肯傍青纶"之句,为是也。(魏泰《东轩笔录》)

(朱惠国)

95

宋词观止

王　琪

王琪,字君玉,生卒年不详。华阳(今四川成都)人,徙居舒州(今安徽安庆)。主要生活于真宗、仁宗朝。曾任江都主簿。天圣三年(1025)召试,授大理评事、馆阁校勘。历集贤校理、知制诰,加枢密直学士。以礼部侍郎致仕,卒年七十二。《全宋词》所收词十余首,多咏物抒情之作,风格缠绵清丽,体现了北宋抒情小词的婉约本色。有《谪仙长短句》,今不传。

望　江　南⁽¹⁾

江　景

江南雨,风送满长川。碧瓦烟昏沉柳岸,红绡香润入梅天⁽²⁾。飘洒正潇然⁽³⁾。　　朝与暮,长在楚峰前⁽⁴⁾。寒夜愁敧金带枕⁽⁵⁾,暮江深闭木兰船⁽⁶⁾。烟浪远相连。

【注释】(1)王琪《望江南》词共十首,每首咏江南一物,首句点明题意。此为第六首,《唐宋诸贤绝妙词选》题为《江景》。　(2)红绡:红色薄绢。古时常被仕女用作手帕、头巾、衣裙等。　(3)潇然:形容凄凉冷落的景象。

（4）楚峰:楚地的山峰。此处暗含男女欢会的"巫山云雨"典故。　（5）敧
（qī）:斜靠着。　（6）木兰船:言船之华贵。

【今译】初夏的风吹送着江南梅雨,如烟如雾,笼罩着江河长堤。青青岸
柳掩映着碧瓦楼台,茫茫烟雨迷迷离离。温润的梅雨染湿了红绡,潇潇洒洒
却是凄凉无比。　朝朝暮暮围绕着巫山神女峰,斜靠着金带香枕欲睡不
能。暮江上寻不见木兰芳舟,烟波浩渺使人思绪悠悠。

【点评】这是一首怀人词。大处落笔,渲染江南梅雨景象,暗含萧然落寞
之情。下片"朝""暮""楚峰"诸语暗用巫山云雨典故,即景抒情,妙在含蓄。

【集说】陈辅之曰:君玉有《望江南》词十首,自谓谪仙。王荆公酷爱其
"红绡香润入梅天"句。(沈雄《古今词话·词评》)

(刘宏)

望　江　南

　　江南月,清夜满西楼。云落开时冰吐鉴⁽¹⁾,浪花深处
玉沉钩⁽²⁾。圆缺几时休。　星汉迥⁽³⁾,风露入新秋。丹
桂不知摇落恨⁽⁴⁾,素娥应信别离愁⁽⁵⁾。天上共悠悠。

【注释】(1)冰吐鉴:指圆月。　(2)玉沉钩:沉玉钩。玉钩,指缺月。
(3)星汉:指银河。　(4)丹桂:传说月中有丹桂,高五百丈,四时不谢。后人
遂以桂魄代指月。　(5)素娥:嫦娥,为月宫仙子。

【今译】清冷的月辉,在这江南的秋夜,洒满了西楼。流云散尽,月像一弯
明镜;浪花涌处,它又似沉水的玉钩。月升月落,月圆月缺,几时是个尽头。
　　银汉迢迢,又是金风玉露的新秋。月中的丹桂,总是四季常青,没有落叶飘
零的秋恨;但是蟾宫的嫦娥,却饱尝了分别的离愁。人间天上,此恨悠悠。

【点评】这是一首咏月词。上片写月,生动精微,下片抒情叙怀,借月之

阴晴圆缺,写人之聚散悲欢。全词意境清幽静谧,月夜之景,月下之思,全笼罩在幽静的氛围之中,给人以澄澈宁静,情思杳然之感。

(储兆文)

斗 百 花⁽¹⁾

江 行

一叶扁舟前去,经过乱峰无数。渔村返照斜阳,鸟道高悬疏雨⁽²⁾。危坐中流,堆起雪浪如山,尽被橛头冲破⁽³⁾,胸次廓千古。　雁阵惊寒⁽⁴⁾,乱落平沙深处。投至十里芦花,暂时修羽⁽⁵⁾。低问篙师⁽⁶⁾,萧萧江上何声,风触两边红树。

【注释】(1)《斗百花》,一作明人词。　(2)鸟道:谓险绝的山路,仅通飞鸟。李白《蜀道难》,"西当太白有鸟道,可以横绝峨眉巅。"　(3)橛(jué)头:小木船。(4)雁阵惊寒:此系借用王勃《滕王阁序》成句,"渔歌唱晚,响穷彭蠡之滨;雁阵惊寒,声断衡阳之浦。"　(5)修羽:梳理羽毛。　(6)篙师:撑船熟手。

【今译】一叶小舟行进在秋江之上,两岸掠过无数重峦叠嶂。险绝的山路上飘洒着疏雨,渔村沐浴着返照的阳光。旅人端坐船上泛舟中流,眼前堆起小山一般的雪浪。小船乘风破浪前行,旅人情怀有囊括千古的宽广。

南迁的雁群因寒冷而惊叫,纷纷落在平软的沙滩上。在密密的十里芦花深处,休整一下劳累的翅膀。旅人低声询问船夫:"什么声音像风雨骤至一样?""那是两岸经霜的红树,在萧瑟秋风中沙沙作响。"

【点评】此系秋江纪行之作。首句扣题落笔以叙事开篇。继之描景,写旅途所见所感。以"乱"字写山峰极富表现力,给人远近高低、参差错落之感。"堆起雪浪如山"一句极写浪涛气势;紧接着用一"尽"字,突出小舟轻捷,淋漓痛快! 接以"胸次"句,可谓水到渠成。过片,写雁群,化用前人成句,不落痕迹。收尾处就"红树"一问一答,情趣盎然,境界全出。

(刘宏)

王 安 石

王安石(1021—1086),字介甫,号半山,临川(今江西抚州)人。仁宗庆历初进士。神宗时,官至宰相,封荆国公,世称王荆公。曾实行变法。晚年退居金陵。工诗,尤擅文,亦能词,其词风"一洗五代旧习"。有《临川先生歌曲》。

桂 枝 香

金 陵 怀 古

　　登临送目。正故国晚秋[1],天气初肃[2]。千里澄江似练。翠峰如簇[3]。征帆去棹残阳里[4],背西风、酒旗斜矗[5]。彩舟云淡,星河鹭起,画图难足。　　念往昔、繁华竞逐。叹门外楼头[6],悲恨相续。千古凭高,对此漫嗟荣辱[7]。六朝旧事随流水,但寒烟、芳草凝绿。至今商女[8],时时犹唱,后庭遗曲[9]。

宋词观止

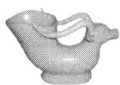

【注释】(1)故国:指金陵(今江苏南京)。 (2)天气初肃:天气开始变得清肃萧条。 (3)如簇(cù):如同尖尖的箭头。 (4)征帆去棹:往来的船只。 (5)斜矗(chù):斜竖着。 (6)门外楼头:语出杜牧《台城曲》,"门外韩擒虎,楼头张丽华。"韩擒虎是隋朝大将,当他带兵攻到金陵城朱雀门时,陈后主还和宠妃张丽华在结绮阁寻欢作乐。指南朝陈后主亡国。 (7)漫嗟荣辱:空叹兴亡。 (8)商女:歌女。 (9)《后庭》:《玉树后庭花》,陈后主所作。其词甚为哀怨:"玉树后庭花,花开不复久。"后人把它视为亡国之音。

【今译】登高远眺,正是金陵晚秋,天气刚开始清肃。千里长江,像一条白色的丝绸。青翠的远山,隐约见其顶峰仿佛尖尖的箭镞。江上夕阳残照,船儿往来不休。金陵城里,酒旗儿到处斜竖。流云映衬着彩船,江洲上白鹭起舞。纵有高明的画家,也难把这美景入画图。

当年的金陵,是一代代帝王竞比豪华的国都。可叹门外敌兵压境,宫内歌舞依然照旧。亡国悲恨代代延续,千年后登高怀古,空叹人世盛衰兴亡。六朝的繁华,已被流水荡去,只有寒烟衰草无际。直到今天,达官显贵们,还爱听那首亡国之曲——《玉树后庭花》。

【点评】作怀古词,或纵横古今,或缩龙成寸,终须有雄视千古之气魄。荆公此词,上片写金陵秋景,囊天括地,境界宏阔。下片抒发怀古之情,不粘于故事,不滞于遗迹,唯以高屋建瓴之势,纵览六朝兴亡。结尾又归到"今",于峭劲中见沉郁,颇能振聩发聋。

【集说】金陵怀古,诸公寄调《桂枝香》者,三十余家,惟王介甫最为绝唱。东坡见之,不觉叹息曰:"此老乃野狐精也。"(杨湜《古今词话》)

词以意为主,不要蹈袭前人语意。如东坡中秋水调歌、夏夜洞仙歌,王荆公金陵桂枝香,姜白石暗香赋梅,此数词,皆清空中有意趣,无笔力者未易到。(张炎《词源》)

李易安谓:"介甫文章似西汉,然以作歌词,则人必绝倒。"但此作却颉颃清真、稼轩,未可漫诋也。(梁令娴《艺蘅馆词选》)

(杨恩成)

渔 家 傲

　　平岸小桥千嶂抱。柔蓝一水萦花草。茅屋数间窗窈窕(1)。尘不到,时时自有春风扫。　　午枕觉来闻语鸟,敧眠似听朝鸡早(2)。忽忆故人今总老。贪梦好。茫然忘了邯郸道(3)。

【注释】(1)窗窈窕:窗子小巧玲珑。　(2)敧眠:斜靠着睡觉。　(3)邯郸道:典出《枕中记》,此指追求官禄。

【今译】群山环抱着小桥,碧蓝的溪水,从桥下流过。一簇簇野花,点缀着两岸春草。几间茅屋临溪水,窗户儿玲珑小巧。这里没有一点灰尘,殷勤多情的春风,还常来替我清扫。　　鸟声惊醒了午梦,听来像雄鸡报晓,似乎在催我上朝。斜靠在床榻上,想起在朝的朋友,纷纷扰扰的世事,肯定催他们衰老。比不上我自在逍遥。贪婪那美好的春梦,竟忘了求官那一套。

【点评】荆公词,恬淡娴雅处,有类王摩诘诗。古调独弹,令人心旷神怡。此词写远离官场后悠闲自适的隐居生活。小桥流水,茅屋春风,鸟语鸡声,煞似一方世外乐土。词人超尘绝俗之情怀跃然纸上。

【集说】荆公此词,略无尘土思。(黄苏《蓼园词选》引《雪浪斋日记》语)
　　半山老人此词,极能道闲居之趣。(黄昇《花庵词选》)
　　此必荆公退居金陵时所作也。借渔家乐以自写其恬退。首阕笔笔清奇,令人神往。次阕似讥故人之恋位者。然亦不过反笔,以写其幽居之乐耳。情词自超隽无匹,运用入化。(黄苏《蓼园词选》)

　　　　　　　　　　　　　　　　　(杨恩成)

宋词观止

千秋岁引

秋　景

　　别馆寒砧⁽¹⁾，孤城画角⁽²⁾。一派秋声入寥廓。东归燕从海上去，南来雁向沙头落。楚台风⁽³⁾，庾楼月⁽⁴⁾，宛如昨。　　无奈被些名利缚。无奈被他情担阁⁽⁵⁾。可惜风流总闲却⁽⁶⁾。当初谩留华表语⁽⁷⁾，而今误我秦楼约⁽⁸⁾。梦阑时，酒醒后，思量著。

【注释】(1)别馆：旅馆。寒砧：捣衣时用的砧石，此指捣衣声。　(2)画角：饰以彩色的号角，此指号角声。　(3)楚台风：宋玉《风赋》，"楚襄王游于兰台之宫，宋玉景差侍。有风飒然而至，王乃披襟而当之，曰，'快哉此风！寡人所与庶人共者邪！'宋玉对曰，'此独大王之风耳，庶人安得而共之？'"后用此典代风，多指清爽之风。　(4)庾楼月：刘义庆《世说新语·容止》，"庾太尉(亮)在武昌，秋夜气佳景清，使殷浩、王胡之之徒登南楼理咏。音调始遒，闻函道中有履声甚厉，定是庾公。俄而率左右十许人步来，诸贤欲避之。公徐云，'诸君少住，老子于此处兴复不浅。'因便据胡床，与诸人咏谑，竟坐甚得任乐。"后以此典指代文人雅士聚会，吟玩赏乐，也用以指月夜美景。
(5)担阁：即耽搁。　(6)闲却：落空了。　(7)谩：轻易、轻率。华表语，《搜神后记》卷一，"丁令威，本辽东人，学道于灵虚山。后化鹤归辽，集城门华表柱。时有少年，举弓欲射之，鹤乃飞，徘徊空中而言曰，'有鸟有鸟丁令威，去家千年今始归。城郭如故人民非，何不学仙冢累累。'遂高上冲天。"此处指重返故里。　(8)秦楼约：与情人的约会。秦楼，女子居处。

　　【今译】驿馆里传来急促的捣衣声，孤寂的城中画角声冷。组成一曲凄清的秋声，送入空旷的荒城。东归的燕子飞向大海，南来的大雁，在寒寂的沙洲上栖落。身边的秋风，楼头的明月，依旧如昨。　　这名缰利锁，缚住了我的手脚，又被这"情"字，耽搁了生活，文士的风流也被抛却。当时我轻易许下了诺言，如今却负了密约。梦境里，酒醒时，应当细细揣摩。

【点评】词的上片写秋声、秋景，并追忆昔日美景乐事，下片感怀自己在名利、私情中挣扎，以致当初轻谩、如今误约，将正事耽搁。蓦然惊悟，不禁忧从中来。表面上为旅羁秋思、儿女私情，实则隐含着对宦海功名的厌倦，对自由适意生活的向往。全词意境高古旷远，情感沉郁苍凉。

【集说】荆公此词，大有感慨，大有见道语。既勘破乃尔，何执拗新法，铲灭正人哉？（杨慎《词品》）

不着一愁语，而寂寂景色，隐隐在目，洵一幅秋光图，最堪把玩。（李攀龙《草堂诗余隽》）

介甫有游仙之意，悟矣悟矣。必待"梦阑""酒醒""思量着"，又何迟也。又：媚出于老，流动出于整齐，其笔墨自不可议。（沈际飞《草堂诗余正集》）

是必其退居金陵时作也。意致清迥，翛然有出尘之致。（黄苏《蓼园词评》）

（储兆文）

菩 萨 蛮

数间茅屋闲临水[1]，窄衫短帽垂杨里[2]。花是去年红[3]，吹开一夜风。　　梢梢新月偃[4]，午醉醒来晚[5]。何物最关情[6]，黄鹂三两声[7]。

【注释】(1)刘禹锡《送曹璩归越中旧隐》："数间茅屋闲临水，一盏秋灯夜读书"。　(2)窄衫短帽：普通人的装束。　(3)唐诗人殷益《看牡丹》诗："发从今日白，花是去年红"。　(4)韩愈《南溪如泛》："点点暮雨飘，梢梢新月偃"。梢梢：树梢。偃：本意"倒下"，指处描绘月亮被云半遮半掩的景象。

(5)唐人方械失题诗句："午醉醒来晚，无人梦自惊"。　(6)关情：牵动情思。　(7)"黄鹂"句：冯贽《云仙杂记》引《高隐外书》说，"戴颙携黄柑斗酒，人问何之，曰，'往听黄鹂声。此俗耳针砭，诗肠鼓吹，汝知之乎？'"用此典故不只在表现寄情闲适，更主要表现作者的孤介耿直品格。

103

宋词观止

【今译】临水搭起几间茅屋,多么静谧、悠闲。在绿杨荫中漫步,头戴短帽,身着窄衫。夜风吹开遍地鲜花,和去年一样娇艳。　　　树梢上挂着新月,午间喝醉了酒,醒来时间已经很晚。什么东西最能牵动我的心情? 黄鹂鸟的两三声啼鸣。

【点评】这是一首寄托着词人襟怀的集句词。上片两句直接写自己目前的身份和淡泊闲适的生活环境。接下去的两句貌似闲适,却微露不甘寂寞的慨叹。过片,一腔无可奈何之叹,溢于言表。结尾两句抒写无法参与政治,只有寄情逸逸的现实状况。集句词最易落入前人窠臼,成为拾掇他人破衣之作,本词却于信手拈来之际,驱使古人为之奔走,达到抒情写意,如出己手之臻境,难怪苏轼、黄庭坚、辛弃疾等大手笔亦竞相效法,由此可见此词成就。

【集说】苕溪渔隐曰:"鲁直(黄庭坚)书荆公集句《菩萨蛮》词碑本云……因阅《临川集》,乃云:'今日是何朝? 看余度石桥。'余谓不若'花是去年红,吹开一夜风'为胜也"。(《苕溪渔隐丛话后集》)

（田耕宇）

浪淘沙令

伊吕两衰翁⁽¹⁾。历遍穷通⁽²⁾。一为钓叟一耕佣⁽³⁾。若使当时身不遇,老了英雄。　　汤武偶相逢⁽⁴⁾。风虎云龙⁽⁵⁾。兴王只在谈笑中⁽⁶⁾。直至如今千载后,谁与争功!

【注释】(1)伊吕:即伊尹、吕尚。伊尹传说本是奴隶,后为有莘氏女的陪嫁奴仆,汤发现并用他的才智灭夏桀,成为商朝的开国功臣。吕尚,或称太公望,姜姓,故称姜太公,早年穷困,后被周文王任用,助周文王、武王灭商,封于齐,为周代齐国的始祖。　　(2)穷通:人的处境的困窘和通达。　　(3)钓叟:传说姜太公直到晚年都困顿不堪,在渭水边钓鱼,逢周文王,才得以成就事业。耕佣:伊尹早年曾做奴隶在莘(古国名)耕作。 (4)汤:成汤,商朝的建立者。武:周武王姬发,周朝的建立者。 (5)风虎云龙:《易·乾·文言》,"云从龙,风从虎,圣人作而万物睹。"本意说龙起生云,虎啸生风,事物间是相互感应的。后来喻指君臣遇合。 (6)这句说圣君贤臣在谈笑风生中兴起帝业。

【今译】伊尹,吕尚曾是农夫和渔翁,饱经人生失意,才宏愿亨通。有谁知:伊尹曾是奴隶,吕尚本是老渔翁。当时若不逢明君,沟壑埋英雄。困顿之中遇汤武二帝,龙腾云霄虎啸生风,谈笑中兴王道、建社稷。直到今日,谁能与他们争雄!

【点评】这是一首咏史词。作者通过赞颂伊尹和姜太公适遇明君,成就兴邦大业,暗寓个人在政治改革失败后的寂寞之感和生不逢明君的伤悲。全词从穷、通两个方面落笔,而处处旨在表现"遇"与"不遇"带来的不同结果。这种借史抒怀的方式最能体现作者当时的心境。

【集说】"假使当时俱不遇,老了英雄",舒王自负语也。仆则谓彦回幸作中书郎而死,故当不失名士。(王士禛《花草蒙拾》)

"但起山东谢安石,为君谈笑净胡尘",太白诗也,人或讥其大言不惭。然其时邺侯、汾阳均未显用,殆有所指,非自况也。至王荆公《浪淘沙》云:"伊吕两衰翁,历遍穷通""兴王只在笑谈中。及至而今千载后,谁与争功?"则隐然欲与争雄矣。乃新法一行,卒蒙世诟,何哉?公学问卓绝,缘好更张,好立异,好人谀己。有此三好,遂致病国殃民,而不自觉。后世以经济自负者,当以公为鉴。(丁绍仪《听秋声馆词话》)

(田耕宇)

105

宋词观止

王安国

王安国(1030—1076)字平甫,王安石弟,抚州临川(今江西抚州)人。赐进士出身,除西京国子教授、崇文院校书,改秘书校理。因谏新法为人所陷,夺官放归田里。能诗善文,亦工词。今仅存词三首。

清平乐

春 晚⁽¹⁾

留春不住,费尽莺儿语。满地残红宫锦污,昨夜南园风雨。 小怜初上琵琶⁽²⁾,晓来思绕天涯。不肯画堂朱户⁽³⁾,春风自在杨花。

【注释】(1)此词一作王安石词。 (2)小怜:原指北朝冯淑妃,这里泛指歌妓。 (3)画堂朱户:指富贵人家。

【今译】任凭黄莺儿费尽口舌,也无法将春天留住!满地狼藉的落花,像被污损的宫锦,都是因为昨夜的风风雨雨。 小怜姑娘弹起伤春曲,无尽的情思,把我带向天涯。骀荡的春风,不肯进入富豪大户,只愿吹起漫天的杨花。

【点评】这是一首伤春词。上片写晚春景致,有声有色。"费尽莺儿语",写暮春风物,贴切入妙。下片抒发伤春之情。赋予春风以高洁品格,自有妙谛。

【集说】"满地"二句,倒装见笔力;末二句,见其品格之高。(谭献《谭评词辨》)

(储兆文)

减字木兰花
春　情

　　画桥流水(1),雨湿落红飞不起。月破黄昏,帘里余香马上闻。　　徘徊不语,今夜梦魂何处去。不似垂杨,犹解飞花入洞房(2)。

【注释】(1)画桥:饰有花纹、图案的小桥。　(2)解:能够,会。

【今译】画桥,流水,春雨渐渐,落花满地飞不起。明月驱走了黄昏,我骑在马上,闻到了从帘中飘出的幽香缕缕。　　我徘徊不语,不知今宵梦魂归向哪里?只恨我不像杨花,能够悄悄地,悄悄地,飞进她的洞房里。

【点评】词写单相思者的举止、心态。上片,先描绘暮春景色,后以"帘里余香马上闻",转入正题,曲吐隐衷。过片,写徘徊伊人楼下,却又无计相见,因而无所适从。结拍二句承上写心曲难通而情不能已,故发为"不似垂杨"的哀叹与痴想,见出情之真挚痴迷。全词绘景清丽,表情细腻,出语温婉,设想痴奇。

(储兆文)

晏　几　道

晏几道,生卒年不详,字叔原,号小山,抚州临川(今江西抚州)人。晏殊第七子。为人磊隗权奇,疏于顾忌,一生落拓不遇。能诗,尤工词,为北宋大家。其词"所记悲欢离合之事,如幻如电,如昨梦前尘""感光阴之易迁,叹境缘之无实"《〈小山词〉自序》。词风典雅清隽,轻柔流丽中饶有迷离婉曲之至,虽步温韦而精力尤胜。有《小山词》。

临　江　仙

梦后楼台高锁,酒醒帘幕低垂。去年春恨却来时⁽¹⁾。落花人独立,微雨燕双飞⁽²⁾。　记得小蘋初见⁽³⁾,两重心字罗衣⁽⁴⁾。琵琶弦上说相思。当时明月在,曾照彩云归⁽⁵⁾。

【注释】(1)却:又。　(2)"落花"二句:原为五代翁宏《春残》诗中的第二联。(3)小蘋:歌妓名。　(4)心字罗衣:衣领呈心字状。　(5)彩云:指小蘋。

【今译】从醉与梦中醒来,依旧是帘幕低垂,门户高锁的楼台。去年春天的离恨涌上心头时,只有落花陪着我,细雨中,一对燕子双双翱飞。　　我还清晰地记得:第一次见到小蘋,她身穿心字罗衣,身姿是那样轻盈。弹起怀中的琵琶,向我诉说衷情。当时明月如今犹在,曾照着她彩云般的身影回归。

【点评】这是一首怀旧词。起二句,从"梦后""酒醒"入笔,抒写人去楼空之惆怅,直是叹境缘之无实。"去年"句,今昔合写,点醒春恨之绵长。"落花"二句,专写今日旧地重游之孤独,化原诗之平淡为神奇。过片忆初见小蘋,为独立于落花、细雨中的痴想,虽是浅语,却亦有致。"琵琶"一句,更进一层,写小蘋弹琵琶而倾诉相思。神思缥缈,不绝如缕。结尾二句,望月生愁,月在而人不在,情在景中,婉曲缠绵。

【集说】按《小山词跋》:"始时沈十二廉叔、陈十君宠家有莲、鸿、蘋、云,品清讴娱客,每得一解,即以草授诸儿,吾三人持酒听之,为一笑乐而已。而君宠疾废卧家,廉叔下世,昔之狂篇醉句,遂与两家歌儿酒使俱流转人间。"此词当是追忆蘋、云而作。(张宗橚《词林纪事》)

"落花"两句,名句千古,不能有二。末二句正以见其柔厚。(谭献《谭评词辨》)

小山词如:"去年春恨却来时。落花人独立,微雨燕双飞。""当时明月在,曾照彩云归",既闲婉,又沉着,当时更无敌手。(陈廷焯《白雨斋词话》)

康有为云:起二句纯是华严境界。(梁令娴《艺蘅馆词选》)

(杨恩成)

蝶 恋 花

　　醉别西楼醒不记,春梦秋云(1),聚散真容易。斜月半窗还少睡(2),画屏闲展吴山翠。　　衣上酒痕诗里字,点点行行,总是凄凉意。红烛自怜无好计,夜寒空替人垂泪。

宋词观止

【注释】(1)春梦秋云:白居易诗,"来如春梦不多时,去似秋云无觅处。"(2)少睡:没有一点睡意。

【今译】沉醉中我和你分离,醒了,一点都记不起。团聚,像春梦般短暂,分离,像秋云般无迹,人生啊,离合真容易!斜月已经照进孤窗,人,还没有一丝睡意。呆望着画屏上的吴山——连绵不断,重峦叠翠。 衣上洒满点点酒痕,笔下泄出行行诗句。一点点,一行行,诉说着凄凉心意。多情的红烛,也看出了我的心事,但却想不出好计。凄凄的寒夜里,空洒下一滴滴红泪。

【点评】这首词抒写离恨。上片即迷惘而不堪言。"春梦"二句,喟叹离散。所谓"容易",直是无可奈何之叹。"斜月"二句,写夜深无寐,痴望画屏,而与亲人相违之恨全借"画屏闲展"四字传出。过片写借诗、酒消愁。"点点"二句,把无限心事和盘托出。"红烛"二句,化用杜牧"蜡烛有心还惜别,替人垂泪到天明"诗句,曰"无好计""空""垂泪",更觉凄然惨然。

(杨恩成)

鹧 鸪 天

　　彩袖殷勤捧玉钟(1),当年拚却醉颜红(2)。舞低杨柳楼心月,歌尽桃花扇底风(3)。　　从别后,忆相逢。几回魂梦与君同!今宵剩把银釭照(4),犹恐相逢是梦中。

【注释】(1)彩袖:代指佳人。 (2)拚(pàn)却:心甘情愿。 (3)桃花扇:画着桃花的扇子。扇底:扇里。 (4)剩(shèng)把:仅把。银釭(gāng):灯。

【今译】你殷勤地向我劝酒,我也心甘情愿,喝个一醉方休。你翩翩起舞,直到月儿低过楼头。歌儿也渐渐停了,桃花扇里,依旧余韵悠悠。
自从分别以后,我一直回忆那——初次相逢的情景。曾经有过多少回,我们梦中相逢。今宵骤然团聚,好好用灯照照你,只怕又是在梦中。

【点评】这首词写一对情人久别重逢。但词人并未着眼于描写重逢时的喜悦,而是着重于对昔日相逢之喜和别后相思的回忆,所以倍觉词情婉丽。"舞低"一联,写昔日相聚之欢乐,秾丽与疏淡相间,对仗工丽,虚实相间,为历来传诵的名句。

【集说】《雪浪斋日记》云:晏叔原工于小词,"舞低杨柳楼心月,歌尽桃花扇底风",不愧六朝宫掖体。(胡仔《苕溪渔隐丛话》)

晏叔原"今宵腾把银釭照,犹恐相逢是梦中",盖出于老杜"夜阑更秉烛,相对如梦寐",戴叔伦"还作江南梦,翻疑梦里逢",司空曙"乍见翻疑梦,相悲各问年"之意。(王楙《野客丛谈》)

(下半阕)曲折深婉,自有艳词,更不得不让伊独步。(陈廷焯《白雨斋词话》)

"舞低"二句,比白香山"笙歌归院落,灯火下楼台",更觉浓致。唯愈浓,情愈深,今昔之感,更觉凄然。(黄苏《蓼园词选》)

(杨恩成)

清 平 乐

留人不住,醉解兰舟去。一棹碧涛春水路,过尽晓莺啼处。 渡头杨柳青青,枝枝叶叶离情。此后锦书休寄⁽¹⁾,画楼云雨无凭⁽²⁾。

【注释】(1)锦书:书信。 (2)画楼:华丽的堂舍。

【今译】留都留不住,你终于带着醉意起程。桨儿荡起碧波,春水陪你上路,还有多情的黄莺,迷人的阳春烟景。 渡口杨柳青青,一枝枝一叶叶,都勾起离情。以后还是别写信,逢场作戏的欢爱,从来就没有真诚。

【点评】这是一首闺怨词。行者一路春风得意,居者伫立渡口,望青青杨柳而生出无限依恋之情。以幽怨结尾,殊觉凄然。

【集说】结语殊怨,然不忍割。(周济《宋四家词选》)

(杨恩成)

留 春 令

画屏天畔,梦回依约,十洲云水[1]。手捻红笺寄人书[2],写无限、伤春事。　　别浦高楼曾漫倚,对江南千里。楼下分流水声中,有当日、凭高泪。

【注释】(1)十洲:神仙所居之地。汉东方朔《十洲记》,祖洲、瀛洲、玄洲、炎洲、长洲、元洲、流洲、生洲、凤麟洲、聚窟洲。　(2)捻(niān):用手拈取物。

【今译】画屏上的风光,带走了我的心,直到遥远的天畔。当我省悟过来,还记得那仙境般的流水白云。顺手取来信笺,写我的孤独,写我的伤春。　　还要写上我经常去渡口,登上高高的望江楼,我们是在这儿分手。遥望千里外的江南,寄去我的思念。楼下的江水,带着我的相思泪,永远流不断。

【点评】这首词,以词代信,寄托主人公的相思之情,饶有韵致。上片由画屏之景触发天畔之思,点出"无限伤春事";下片纯是信中言语,而主人公倚楼痴望之形象呼之欲出。冯煦谓小山词"浅语皆有味,淡语皆有致",此词当之无愧。

【集说】晁元忠诗:"安得龙湖潮,驾回安河水。水从楼前来,中有美人泪。人生高唐观,有情何能已!"晏小山《留春令》全用其语。(杨慎《词品》)

晏小山《留春令》:"楼下分流水声中,有当日、凭高泪"二语,亦袭冯延巳

《三台令》，"流水、流水，中有伤心双泪"。宋人所承如是，但乏质茂气耳。（郑文焯《评小山词》）

（杨恩成）

木 兰 花

　　秋千院落重帘暮，彩笔闲来题绣户[(1)]。墙头丹杏雨余花，门外绿杨风后絮。　　朝云信断知何处。应作襄王春梦去[(2)]。紫骝认得旧游踪[(3)]，嘶过画桥东畔路。

【注释】(1)彩笔：生花妙笔。　(2)襄王春梦：宋玉《高唐赋》云，楚襄王游高唐，梦与神女欢爱。临去，襄王不胜眷恋，神女曰，"妾旦为行云，暮为行雨。朝朝暮暮，阳台之上。"　(3)紫骝：指骏马。

【今译】深院秋千，重重幕帘。生花的妙笔啊，写出多少相思依恋，在黄昏华丽的窗前。墙头一株红杏，雨后只剩下残花几点。门外是青青杨柳，飞絮扬扬满天。　　你已不遵守诺言。人也不知在哪边。我像多情的楚襄王，做个春梦，多么短暂！只有紫骝马儿，还认得旧时的游踪，载着我，一路嘶鸣，驰向画桥东畔。

【点评】这是一首怀旧词。上片忆旧。起二句，追忆昔日双方欢聚时的乐事。景清而情丽。"墙头"二句，明为写景，实为喻人。一别之后，对方如雨后之花，不知去向；自己则如杨花柳絮，随风漂泊。忧人叹己，一往情深。下片抒情。"朝云"句，怨对方无信；"应作"句，写己之沉湎旧情。"紫骝"二句，写旧地重游，不言人之依恋，专说马儿尚且认得旧时游踪。以物之有情，反衬自己不忘旧情。幽怨至极。

【集说】填词结句，或以动荡见奇，或以迷离称隽著一实语，败矣。康伯可"正是销魂时候也，撩乱花飞"，晏叔原"紫骝认得旧游踪，嘶过画桥东畔路"，秦少游"放花无语对斜晖，此恨谁知"深得此法。（沈谦《填词杂说》）

宋词观止

雨余花、风后絮,入江云、粘地絮,如出一手。(沈际飞《草堂诗余正集》)

首二句,别后想其院宇深沉,门阑紧闭。接言墙内之人,如雨余之花;门外行踪,如风后之絮。下片起二句,言此后杳无音信。末二句言重经其地,马尚有情,况于人乎!(黄苏《蓼园词选》)

(杨恩成)

阮 郎 归

　　旧香残粉似当初。人情恨不如。一春犹有数行书。秋来书更疏[1]。　　衾凤冷,枕鸳孤[2]。愁肠待酒舒。梦魂纵有也成虚。那堪和梦无。

【注释】(1)书更疏:信更稀少。　(2)衾凤:绣着凤凰的被子。枕鸳:绣着鸳鸯的枕头。

【今译】你的缕缕温馨,依然留在我的记忆。一想到你的薄情,我就要恨你。春天分手以后,你还寄过片言只语,到了冷清的秋季,书信便越来越少。
　　锦被上的凤凰,都感到冷凄。枕上的鸳鸯,更感到孤寂。愁闷要用酒驱散,梦里相逢,到底是虚。更何况我连梦都杳无踪迹。

【点评】薄情寡义之事,未必皆是男儿所为。此词便是写一位男子被女子抛弃后的种种伤心情事。起句,从恋旧入笔,已让人神情恍惚。"人情"句,恨女子薄情。"一春"二句,举书信往来之疏,坐实"人情恨不如",殊觉怨极。过片写一己之冷孤。"梦魂"二句,更进一层:梦中相会,已属虚幻难忍,更何况连梦都无。回应冷孤,层层折进,难怪冯煦云:小山乃古之伤心人也。

(杨恩成)

鹧 鸪 天

　　小令尊前见玉箫[1]。银灯一曲太妖娆。歌中醉倒谁能恨,唱罢归来酒未消。　　春悄悄,夜迢迢。碧云天共楚宫遥⁽²⁾。梦魂惯得无拘检⁽³⁾,又踏杨花过谢桥。⁽⁴⁾

【注释】(1)玉箫:指歌女。　(2)楚宫:用巫山神女典故,暗示其"神女"之身份。　(3)无拘检:无拘无束。　(4)谢桥:谢娘家之桥。唐时有一名妓谢秋娘。后人遂以谢娘代指妓女。

【今译】在那银灯辉煌的筵席上,我第一次见到了玉箫。清歌一曲,多么妩媚妖娆。歌声中我不觉沉沉醉去,回到家里,酒意仍未消退。　　春天如此静悄,春夜如此漫长,迟迟不见破晓。

【点评】这是一首怀人之作。上片写初逢之欢乐,下片写别后之相思。写初逢,极尽富艳之态、狂放之情。写别后相思,以静衬动,愈显出思念之深切。"梦魂"二句,非过来人不能有此语。

【集说】伊川闻诵叔原词:"梦魂惯得无拘检,又踏杨花过谢桥"。笑曰:"鬼语也!"意颇赏之。(冯金伯《词苑萃编》引)

(刘锋焘)

浣 溪 沙

日日双眉斗画长⁽¹⁾。行云飞絮共轻狂。不将心嫁冶游郎⁽²⁾。　　溅酒滴残歌扇字⁽³⁾,弄花熏得舞衣香。一春弹泪说凄凉。

【注释】(1)"日日"句:言为了与别人争妍比美,每日里精心描画眉毛,打扮自己。　(2)冶游郎:玩弄女性的公子哥儿。　(3)歌扇:歌女手中的扇子。本是一种道具,也可在上面抄写歌词以备忘。

【今译】每日精心描眉,梳妆争妍邀宠,在行动上像行云飞絮一样轻狂。但

我的内心决不嫁轻薄浪荡的男子。　　在酒席上,溅出的酒汁弄湿了我歌扇上的题字。把舞衣熏得香香的,在众人面前翩翩起舞。人前欢乐人后苦。

【点评】这首词代歌女诉说心事。起二句,写其刻意装扮,与轻荡子弟极尽"轻狂"之态,一"斗"字,写出了其争妍取宠的心情,但却饱含辛酸。"不将"一句,便坚决地道出了其内心之坚贞与决绝。下片前两句与上片同,也是写平日之声色生涯,"溅酒"句,很能令人想起白乐天"钿头银篦击节碎,雪色罗裙翻酒污"之名句。结拍"一春弹泪说凄凉",笔力沉重,凄凉之极。

（刘锋焘）

生　查　子

金鞭美少年,去跃青骢马。牵系玉楼人,绣被春寒夜。　　消息未归来,寒食梨花谢。无处说相思,背面秋千下。

【今译】英俊少年执金鞭,临别跨上青骢马,从此牵走了她的心神,日日夜夜牵挂他。夜夜觉得绣被寒,春夜更寒。　　天天等他,竟连封信儿也不来,寒食节过了,梨花又谢了。思他念他无处说,秋千架下默默伫立,背过脸暗自哭泣。

【点评】这是一首怀人词。上下片各描绘两幅画面。上片起二句,描绘意中人临别时,留给思妇的英俊潇洒形象;三、四句,写思妇独守空闺,心系伊人的孤苦处境。过片写少年一去音讯全无。结拍最具情味:心念伊人,而又无处诉说,故背面秋千,独立落花。语淡情深。

【集说】晏叔原小词:"无处说相思,背面秋千下"。吕东莱极喜诵此词,以为有思致。此语本李义山诗云:"十五泣春风,背面秋千下"。（曾季狸《艇斋诗话》）

（储兆文）

玉 楼 春

东风又作无情计。艳粉娇红吹满地⁽¹⁾。碧楼帘影不
遮愁,还似去年今日意。　谁知错管春残事。到处登临
曾费泪⁽²⁾。此时金盏直须深⁽³⁾,看尽落花能几醉!

【注释】(1)艳粉娇红:艳丽娇娆的花。　(2)费泪:浪费眼泪。　(3)金
盏:精美的酒杯。直须:只管。

【今译】东风无情地吹来,嫩蕊娇花随风飘逝,落满大地。碧玉般的高
楼,帘幕重重,遮挡不住我伤春的浓愁,一如去年的今日,我满怀愁绪。
我呀我,本不该去管那花落春残之事,每次春游登临,我为落花伤情,徒然浪
费了我的眼泪。我只愿酒杯更深,看尽花儿落尽,也用不了几回沉醉!

【点评】这是一首伤春词。起句便恼怒东风无情,着意算计,故意与春花
作对。一"又"字,表明东风年年如此无情,而诗人亦年年伤春。"艳粉"句,
先言花之姹紫嫣红,艳丽娇娆,接以"吹满地",坐实东风无情。"碧楼"二句,
正面伤春。帘幕数重,却"不遮愁",足见其愁之深,且年年如此。过片宕开
一笔,不怨东风,而反怨自己。曰"错管""费泪",从反面着笔,语虽旷达,而
情益沉郁,极得深婉之致。结拍二句,蕴藏着无可奈何、郁结难伸之愁怀。
此词起始突兀,收束内潜,中间既写浓愁难遮,又自悔错管春事,正反相间,
极跌宕顿挫之美。

(储兆文)

117

宋词观止

蝶 恋 花

梦入江南烟水路,行尽江南,不与离人遇。睡里消魂
无说处。觉来惆怅消魂误。　欲尽此情书尺素⁽¹⁾。浮
雁沉鱼⁽²⁾,终了无凭据。却倚缓弦歌别绪。断肠移破秦

筝柱⁽³⁾。

【注释】(1)书尺素:写信。　(2)浮雁沉鱼:古代有"雁足传书""鱼传尺素"的传说,此处指无人传信。　(3)移破:移遍。秦筝柱:古筝的弦、柱各十三,弦用柱支撑,移动支柱可以调节音高。

【今译】梦中,我踏上了烟波浩渺的江南。走遍江南,却没有找到我心中的依恋。这伤感无处诉说,醒来满腹惆怅,才知道那伤感,是误人的虚幻。

我想写信给她,倾诉我的思念。可是,我知道这信即使寄出,也不会有答案,只好用低缓的琴声来寄托我的幽怨。弹断琴弦,令人肠断。

【点评】词写离愁别绪。上片,从梦境入笔。行遍江南,却不见伊人入梦,醒来越发惆怅难脱,进而迁恨于那梦中的销魂意绪。"江南""消魂"反复运用,一虚一实,往复缠绵。下片,承梦中无法寻觅而下,便想到写信,而又音讯难通,于是便只有借筝声寄托相思。层层递进,节节顿挫,依恋之情,深沉绵邈。

(储兆文)

阮　郎　归

天边金掌露成霜⁽¹⁾。云随雁字长⁽²⁾。绿杯红袖趁重阳⁽³⁾。人情似故乡。　兰佩紫,菊簪黄。殷勤理旧狂。欲将沉醉换悲凉⁽⁴⁾。清歌莫断肠。

【注释】(1)金掌:指汉建章宫中的金铜仙人。　(2)雁字:大雁飞行时,总是排成"人"字形或"一"字形,故称"雁行"或"雁字"。　(3)绿杯:指酒。红袖:指歌女。　(4)将:用。

【今译】承露仙人的金掌上,清露已经成霜。云悠悠,雁南翔;美酒、佳人,又赶上佳节重阳。人情和故乡一样。　佩紫兰、簪黄菊,殷勤的歌女,帮我恢复了往日疏狂。想用沉醉赶走乡思，请歌声不要太感伤。

【点评】这首词为抒发羁旅之愁而作。上片，起二句，点醒节令。"云随"一句，明写云、雁，实写旅人思乡，神思缥缈。"绿杯"二句，虽能逢场作戏，却无法摆脱故乡之情。一"趁"字，下得凝重。过片，归到重阳节。貌似疏狂，只一"旧"字，便见今日无可如何之情态。"欲将"二句，紧承"狂"字而来，欲以"沉醉"替却流落他乡之"悲凉"，又恐"清歌""断肠"，真是欲罢不忍。

【集说】"绿杯"二句，意已厚矣。"殷勤理旧狂"五字三层意。狂者，所谓"一肚皮不合时宜"，发现于外者也。狂已旧矣，而理之，而殷勤理之，其狂若有甚不得已者。"欲将沉醉换悲凉"，是上句注脚。"清歌莫断肠"，仍含不尽之意。此词沈著厚重，得此结句，便觉竟体空灵。小晏神仙中人，重以名父之贻，贤师友相与沆瀣，其独造处，岂凡夫肉眼所能见及？"梦魂惯得无拘检，又踏杨花过谢桥"，以是为至，乌足论小山词耶？（况周颐《蕙风词话》）

（刘锋焘）

虞美人

曲阑干外天如水。昨夜还曾倚。初将明月比佳期[(1)]。长向月圆时候、望人归[(2)]。　　罗衣著破前香在。旧意谁教改。一春离恨懒调弦。犹有两行闲泪、宝筝前。

【注释】(1)初：刚分别时。　(2)长：同常。

【今译】曲折的栏杆外，晴空净如碧水。闺中的思妇，昨晚还在这儿独倚栏杆，望月神飞。回想当年月下别，指月盟誓——月圆时刻再相会。　　昔日的绣衣已穿破，衣上仍留着香气。试问远行人，是谁让你改了主意？一春都在为离恨伤神，更懒得把弦儿调理。一张宝筝前，两行伤心泪。

【点评】全词将无限的离恨浓缩到春夜月圆这一特定的抒情背景中。"曲栏干外天如水",一写栏杆之美,一写亭下春月之娇,一写亭外圆月之明,一语三景,上下天光,浑然一体。"圆月"是一词之眼,它既是女主人公企盼的希望,又是引发她无穷伤感的根源。作者借"圆月",将过去和现在结合在一起,突出女主人公的深情和愁怨,感慨深沉,耐人回味。

(傅绍良)

虞　美　人

秋风不似春风好。一夜金英老(1)。更谁来凭曲阑干。唯有雁边斜月、照关山。　　双星旧约年年在(2)。笑尽人情改。有期无定是无期。说与小云新恨、也低眉。

【注释】(1)金英:秋花。　(2)双星:牵牛、织女两星。

【今译】凛冽肃杀的秋风,怎似温暖和煦的春风,一夜间残花落尽,香魂早无踪。楼台上栏杆曲曲,如今有谁傍依? 只有那南飞的大雁声中,一轮惨淡的斜月,冷冷地照映重重关山。　　分别时曾约期重会,但年年佳期空误,倩影终难再现。可叹欢笑过后,人情早如流水云烟。约期不定,和无期一般! 一片幽恨诉向小云,姑娘轻轻叹息,低下了纤纤的蛾眉。

【点评】词写作者与情人分别后苦苦相思却又相见无期的哀怨与幽恨,并流露出对人情淡薄、欢情难续的深深感伤。上片,从秋入笔,通过秋风不似春风的感叹,倾吐出浓郁的感伤;这两句,表面上明白如话,叙写人皆共知的事理,但由于是词人真实感受,尤见其真挚与痴情,此种笔法,乃小山词的"痴语"。"更谁"一句,转入人事。阑干曲曲,或是两人携手共眺之处,直是人去楼空之叹,著一"更"字,愈觉沉重。"唯有"两句,是自答,雁影冷月,空照关山。不言寂寞而寂寞之情自现。

【集说】"有期无定是无期,说与小云新恨也低眉"……皆寓诸伎之名也。

（郭麐《灵芬馆词话》）

（卓苏榜）

采 桑 子

西楼月下当时见，泪粉偷匀[(1)]。歌罢还颦。恨隔炉烟看未真。　　别来楼外垂杨缕，几换青春。倦客红尘[(2)]，长记楼中粉泪人。

【注释】(1)泪粉偷匀：偷偷地抹去脸上的泪痕。　(2)倦客：作者自称。

【今译】记得那年月夜，在西楼相会。你偷偷地抹去脸上的泪水，唱罢了歌儿，还皱着双眉。只恨香炉烟袅袅，你的容貌未看仔细。　　别来光阴逝如水，楼外的柳丝，几次生绿。在尘世中奔波，我已很累。唯有你的娇容，时时萦绕在脑际。

【点评】这是一首怀旧词。上片以"月"和"烟"为中介物，烘托歌女的温柔多情；下片以"垂杨"和"红尘"为参照，反衬自己对歌女的深切思念。首尾两次用"泪"字，与"倦客红尘"相呼应，深有"同是天涯沦落人"之感。

（傅绍良）

鹧 鸪 天

醉拍春衫惜旧香。天将离恨恼疏狂[(1)]，年年陌上生秋草，日日楼中到夕阳。　　云渺渺，水茫茫。征人归路许多长。相思本是无凭语，莫向花笺费泪行[(2)]。

【注释】(1)疏狂：狂放不羁。　(2)花笺：书信。

【今译】醉中拍拍春衫，依然爱着，衣上昔日的芳香。上天故意和我作

宋词观止

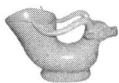

对,用离恨惹恼我的疏狂。一年年秋草满原野,一日日窗口洒夕阳。　　云渺渺,水茫茫,征人的归路,不知有多长!相思本来就没有凭据,请不要在信中洒泪,诉说衷肠。

【点评】首二句,以淡写浓。自称"疏狂",故时时畅饮至醉,酣醉之中拍春衫,睹物伤情,引发出无穷的相思。不言己相思,反谓"天"使其"恼",以显"离恨"之深,可谓妙笔。

(傅绍良)

少　年　游

　　离多最是,东西流水,终解两相逢。浅情终似,行云无定,犹到梦魂中。　　可怜人意[1],薄于云水,佳会更难重。细想从来,断肠多处,不与者番同[2]。

【注释】(1)可怜:可叹。　(2)者:同"这"。

【今译】饱尝别离的人,最向往东西的流水,总会再相逢。薄情的人,就像天上的行云,飘忽不定。却常常化作幽灵,进入我的梦中。　　人情可叹,可叹人情,还不如云水情浓!欢会难再逢。细细回想过去,虽然处处令人肠断,都比不上今天伤痛。

【点评】此词以自然和人事相对比,用无情之物比有情之人,表达情人离别之苦和相思之怨。上片"解"字、"到"字,将云和水人格化,并通过"行云"特定的含义,把两种自然之物写得颇富柔情;下片从"人意"展开,直陈久别的怨恨和难耐的相思,倍见深情。

【集说】云水意相对,上分述而又总之,做法变幻。(夏敬观《夏评小山词跋尾》)

(傅绍良)

王　观

王观,生卒年不详,字通叟,或作达叟,如皋(今属江苏)人。仁宗嘉祐二年(1057)进士。神宗时官至翰林学士,因作词得罪,被罢职,遂自号"逐客"。有《冠柳集》。

卜 算 子
送鲍浩然之浙东[1]

　　水是眼波横,山是眉峰聚[2]。欲问行人去那边,眉眼盈盈处[3]。　　才始送春归,又送君归去。若到江南赶上春,千万和春住。

【注释】(1)鲍浩然:仕履不详。浙东:今浙江东南部,宋时属浙江东路。(2)"水是眼波横"二句:古人历来把美人的眼睛比作水波,把美人的眉比作山峰。如"眼如秋水""眉色如望远山"等,这里翻过来说,意在赞美江南山水如多情的美人。　　(3)盈盈:美好。

【今译】水像姑娘的眼波那样多情，山像美女的蛾眉一般柔媚。要问老朋友去哪里，他去的地方山水秀丽。　　刚送走美好的春天，又要和你分离，如果在江南追上了春天，请千万和春住在一起。

【点评】此词为送别而作。虽有不忍与朋友分离之意，却无临歧洒泪之忧伤，格调明快清丽。起二句，赞美浙东山水之美好。一反常格，将山水人化，变景语为情语。接着，用"欲问"二字呼起，点出送别；随即用"眉眼盈盈处"作答，点出友人所去之浙东山水柔媚多情。情景两到，含而不露。下片，抒发送别之意。"才始"与"又送"相呼应，微露不忍离别之心。"春归""君去"，略带忧伤。"若到"二句，惜别惜春。祝愿友人追踪春天脚步，与春常住。回应起首二句，情韵绵绵不绝。

【集说】山谷词云："春归何处，寂寞无行路。若有人知春去处，唤取归来同住。"王逐客云，"若到江南赶上春，千万和春住。"体山谷语也。（胡仔《苕溪渔隐丛话》）

（杨恩成）

临江仙
离　怀

别岸相逢何草草，扁舟两岸垂杨。绣屏珠箔绮香囊[(1)]。酒深歌拍缓，愁入翠眉长[(2)]。　　燕子归来人去也，此时无奈昏黄。桃花应是我心肠。不禁微雨，流泪湿红妆。

【注释】(1)绣屏：精美、华丽的屏风。珠箔，用珍珠缀成或饰有珍珠的帘子。香囊：盛香料的小囊，佩于身或悬于帐以为饰物。　(2)翠眉：古代女子用黛螺画的眉。

【今译】河岸边匆匆相逢，从此铭心刻骨难忘。小舟荡离垂杨河岸，引发无尽的别离忧伤。华堂中摆下离宴，忧郁伴随着馨香。酒过量，歌声咽，离愁入翠眉，又细，又长。　　春燕双双归来，人却渐渐远去，孤单单黄昏斜阳。只有行将飘坠的桃花，就像我破碎的衷肠。禁不住雨的侵袭，我望着雨中桃花，不觉泪湿衣裳。

【点评】词写离情，却由相遇切入，从两人河边偶然邂逅转出河边扁舟催别，物似情异，更觉沉痛。"绣屏"一句，回忆以前欢情，同时说明正是这座曾充满欢情的楼馆，如今设酒饯行，将一别天涯。"酒深"两句，正面写离筵，用"缓""长"两字极写凄怨低缓的感伤气氛，从中传出离别的依恋与愁苦。下片，写女子别后愁态。"燕子"两句，以燕的归来反衬人的远去，又以燕的双飞托出人的孤单。"桃花"一句，从花开花落想到青春渐失，红颜难驻，由伤别转入伤春，情感更加深沉。结拍两句，由"桃花"而来，以雨珠花瓣带出自己泪湿衣襟的孤苦形象，花人融合，犹觉凄凉。

（朱惠国）

宋词观止

张 舜 民

张舜民,生卒年不详,字芸叟,自号浮休居士,邠(今陕西彬县)人。英宗治平初年举进士。元祐初召试,授秘阁校理,除监察御史。徽宗朝,以龙图阁待制知同州,坐元祐党人,贬商州。能诗,有《画墁集》。

卖 花 声⁽¹⁾

题岳阳楼⁽²⁾

木叶下君山⁽³⁾。空水漫漫。十分斟酒敛芳颜。不是渭城西去客⁽⁴⁾,休唱阳关⁽⁵⁾。　　醉袖抚危栏。天淡云闲。何人此路得生还。回首夕阳红尽处,应是长安⁽⁶⁾。

【注释】(1)《卖花声》通称《浪淘沙》。元丰六年(1083),张舜民诗歌涉嫌讥议边事,被贬监郴州酒税,途经岳阳时,填了两首《卖花声》,此即其中一首。　(2)岳阳楼:在湖南岳阳城西门上,面对洞庭湖。唐朝初年建。宋仁宗时,滕宗谅为巴陵郡守,曾经重修,并请范仲淹作记,即著名的《岳阳楼记》。　(3)木叶:树叶。君山:在洞庭湖中。　(4)渭城:古县名,本秦都咸阳县,因南临渭水而得名。唐王维《送元二使安西》即创作于此。中有"劝君更尽一杯酒,西出阳关无故人"诗句。张舜民被贬之地在南方,故云"不是渭城西去客"。　　(5)《阳关》:根据王维《送元二使安西》这首诗谱写的《阳关三叠》。　　(6)长安:借指宋都汴京。

【今译】落叶纷纷飘下君山,长空湖水茫茫无边。歌女收敛笑容,替我把酒杯斟满。我不是去西边大漠,不要给我唱《阳关》。　　醉倚在岳阳楼头,天空高远,白云悠然。从这条路南去的人,有几个能够生还?眺望晚霞绚丽的西天,汴京城应该在那边。

【点评】此词为仕途失意而作。起二句,写洞庭秋色,境界清旷衰杀。"十分"句,以歌女"敛芳颜"而"斟酒"映照出己之愁闷落拓。"不是"二句,故作豁达,愈见沉郁凄怆。过片,写倚楼眺望,情景合一。"何人"句,自叹仕途凄凉多艰,感慨遥深。"回首"二句,抒写去国离京之思,以景作结,意脉不断,愈觉凝重沉厚。

【集说】张芸叟词云:"回首夕阳红尽处,应是长安。"人喜诵之。乐天《题岳阳楼》诗云,"春岸绿时连梦泽,夕波红处近长安。"盖芸叟用此换骨也。(费衮《梁溪漫志》)

岂无去国流离之思,殊觉婉而不伤也。(周辉《清波杂志》)

声可裂石。(梁令娴《艺蘅馆词选》引麦孺博语)

(杨恩成)

江　神　子
癸亥陈和叔会于赏心亭[1]

七朝文物旧江山[2]。水如天。莫凭栏。千古斜阳,无处问长安[3]。更隔秦淮闻旧曲,秋已半,夜将阑[4]。

争教潘鬓不生斑[5]。敛芳颜[6]。抹幺弦[7]。须记琵琶,子细说因缘[8]。待得鸾胶肠已断[9],重别日[10],是何年。

【注释】(1)癸亥:即元丰六年(1083),是年作者被贬监郴州酒税。南行

途中,写了一些抒发失意情感的词作。这首词即途经南京时所作。陈和叔,即陈睦,作者朋友。赏心亭,亭名。在今南京市南,"下临秦淮,尽观览之胜"。 (2)七朝:指东吴、东晋、宋、齐、梁、陈、南唐。 (3)长安:汉唐国都,此代指北宋都城汴京。 (4)夜将阑:夜将深。 (5)争教:怎教。潘鬓:西晋潘岳《秋兴赋》,"斑鬓发以承弁兮",后以"潘鬓"作为鬓发斑白的代名词。 (6)敛芳颜:收敛起笑容。 (7)抹幺弦:指琵琶演奏。抹,琵琶指法;幺弦,琵琶第四弦。 (8)因缘:佛家语,指产生结果的原因或促成结果的条件。 (9)鸾胶:传说中的一种胶,能黏合断弦。刘兼《秋夕书怀呈戎州郎中》,"鸾胶处处难寻觅,断尽相思寸寸肠。" (10)重别日,犹言重见又别时。

【今译】七朝文物江山,几经衰落兴旺。莫去凭高远眺,水天苍茫处,勾起无限惆怅。又是血红的夕阳,不知京城在何方!隔着秦淮河,传来旧曲新唱。秋已过半,夜沉沉,赏心亭上。 忧思袭人,怎不两鬓斑斑。敛起笑容,凝神拨弦。琵琶弦上,正诉说后果前缘。纵然得到了鸾胶,肝肠早已寸断,重新见面又分别,是何月,何年?

【点评】词从眼前景物入手,着力于江山依旧,人事尽非的兴衰之感。"莫凭栏"一句,从李后主"独自莫凭栏、无限江山,别时容易见时难"翻出。"千古"两句,落到自身,"斜阳"隐含对北宋朝廷的眷恋。"更隔"句,从杜牧"隔江犹唱后庭花"一句化出,既有历代兴亡的感叹,又有一己今昔变化的哀伤。"秋已半"两句,点出时序,渲染气氛。过片,总收上片,借歌女演奏琵琶,抒发个人遭际之不幸,颇有"弦弦掩抑声声思,似诉平生不得志"之意。"待得"一句,言自己因琵琶声而伤心肠断。结拍两句,是告别友人之语,但不言今日聚会而言他日重逢又别,意犹深沉。

(朱惠国)

章 楶

章楶（1027—1102），字质夫，蒲城（今属陕西）人。英宗治平初进士，元祐初知庆州，迁渭州。在泾原四年，以边功著称。徽宗初，拜同知枢密院事。卒谥庄简。今存词二首，轻婉流丽，情致深柔蕴藉。其《水龙吟》咏杨花，苏轼和之。

水 龙 吟

杨 花

燕忙莺懒芳残，正堤上、柳花飘坠。轻飞乱舞，点画青林[1]，谁道全无才思。闲趁游丝，静临深院，日长门闭。傍珠帘散漫，垂垂欲下，依前被、风扶起。　　兰帐玉人睡觉[2]，怪春衣，雪沾琼缀。绣床旋满，香球无数，才圆却碎。时见蜂儿，仰粘轻粉，鱼吹池水。望章台路杳[3]，金鞍游荡[4]，有盈盈泪。

【注释】(1)点画:点染,点缀。　　(2)睡觉(jué):睡醒。　　(3)章台:汉代长安街道名,为妓女聚集之地。　　(4)金鞍:借指王孙公子。

【今译】燕儿忙,莺儿懒,芳菲世界开始凋残。河堤上柳花飘坠,有时轻轻飘飞,有时匆匆翻舞,点缀在青青沭间。她悠闲地追逐着游丝,悄悄地光临深深庭院。长长的白昼,门儿常关。漫不经心地倚着珠帘,正想静静地落回地上,一阵风儿吹来,又被轻轻地扶上珠帘。　　兰花帐里美人刚睡醒,还以为昨夜一场春雪,把琼枝玉树妆点。渐渐落满了绣床,刚看到无数圆的香球,一瞬间又破碎飞散。蜂儿追逐着她,想采取她的轻粉,春水中鱼儿张开小口,把她吞下,又吐向水面。望着遥远的章台街,贵游公子音讯渺茫,禁不住伤心泪儿点点。

【点评】此词为咏杨花而作。全篇借残春景象,展衍铺叙,摹写杨花神态,浓淡相间,情思绵渺。上片起三句,写残春景象,特以"燕忙莺懒"四字涵盖,可谓别出心裁。"轻飞"三句,承前"飘坠"二字,写杨花飘舞、散漫,而以"全无才思"四字概括杨花之气质,更增"轻飞乱舞,点画青林"之意趣。"闲趁"六句,写杨花"趁游丝""临深院""傍珠帘"之身姿,"闲""静""傍"三字,赋予杨花以人格,极尽"轻飞"之神态。"垂垂欲下,依然被风扶起",活画出杨花娇柔轻盈之风韵。下片起三句,以"兰帐玉人"之惊怪,写杨花散漫无际。"绣床"以下俱从"兰帐玉人"眼中、心中写来,借杨花传玉人心事。"绣床"三句,明写杨花落满绣床,暗写"玉人"暮春之冷寂无聊;"时见"三句,明写蜂逐杨花,鱼吞坠絮,暗写春末夏初之景,别有情味;"望章台"三句,将玉人心事和盘托出。"盈盈泪"三字,花人合写。情思绵渺不绝。

【集说】"傍珠帘散漫"数语,形容尽矣,体会入微。(黄昇《花庵词选》)

章楶质夫作《水龙吟》,咏杨花,其命意用事,清丽可喜。东坡和之,若豪放不入律吕,徐而视之,声韵谐婉,便觉质夫词有织绣工夫。(朱弁《曲洧旧闻》)

章质夫咏杨花词,东坡和之。晁叔用以为"东坡如王嫱、西施,净洗却面,与天下妇人斗好,质夫岂可比"? 是则然矣。余以为质夫词中所谓:"傍珠帘散漫,垂垂欲下,依然被风扶起",亦可谓曲尽杨花妙处。东坡所和虽高,恐未能及。诗人议论不公如此耳。(魏庆之《诗人玉屑》)

东坡《水龙吟》咏杨花,和韵而似原唱;章质夫词,原唱而似和韵。才之不可强也如是。(王国维《人间词话》)

(杨恩成)

131

宋词观止

王　诜

　　王诜(1036—?),字晋卿,太原(今属山西)人,徙汴京(今河南开封)。熙宁二年(1069)娶英宗女蜀国长公主,拜左卫将军、驸马都尉。任利州防御使。元丰二年(1079)坐与苏轼交往落驸马都尉,贬为昭化军节度行军司马,均州安置。元祐元年(1086)复登州刺史、驸马都尉。卒赠昭化军节度使,谥荣安。能诗善画;词清丽幽远,今存十余首。

行　香　子

　　金井先秋⁽¹⁾,梧叶飘黄。几回惊觉梦初长。雨微烟淡。疏雨池塘。渐蓼花明,菱花冷,藕花凉。　　幽人已惯⁽²⁾,枕单衾冷,任商飙⁽³⁾、催换年光。问谁相伴,终日清狂⁽⁴⁾。有竹间风,尊中酒,水边床。

【注释】(1)金井:井栏上有雕饰的井。王昌龄《长信秋词》,"金井梧桐秋叶黄,珠帘不卷夜来霜。"　(2)幽人:幽居之人,此指隐士。　(3)商飙:秋风。 (4)清狂:放荡不羁。

【今译】一阵秋风吹过庭院,梧桐叶儿枯黄。几度从梦中惊醒,更觉秋夜漫长。细雨淡烟秋气凉,点点秋雨落池塘。蓼花儿泛白,菱花儿清冷,荷花清凉。 我已经习惯了孤独,习惯了枕单衾冷,听凭秋风,偷偷换走时光。如果问我:谁和你为伴?和你一起清狂?有竹林里的清风,杯中的美酒,水边的睡床!

【点评】首二句总写秋意。"几回"一句,转到秋的感受。"雨微"两句,一笔宕开,落到水边秋雨景致,清雅淡远,韵味悠长。"渐蓼花"三句由"渐"领起,用三种秋花点出池塘秋意,"冷""凉"两字既点出时令特征,又具人的感受,渲染出一种悲凉气氛。过片以一"惯"字表示"枕单衾冷"的时日之长,呼应上片的"几回惊觉",带有无奈之意。"任商飙"二句承"惯"而来,极其悲切。"问谁"两句,由无奈、悲切转而为旷达。结拍三句自答,具体写放逸清旷的幽居生活。全词以秋意入笔,以自适收尾,颇见峭折之气。

(朱惠国)

蝶 恋 花

钟送黄昏鸡报晓(1)。昏晓相催,世事何时了。万恨千愁人自老。春来依旧生芳草。 忙处人多闲处少。闲处光阴,几个人知道。独上高楼云渺渺(2)。天涯一点青山小。

【注释】(1)钟:钟声。 (2)渺渺:悠远貌。

【今译】悠悠的晚钟声中,送走一个个黄昏;雄鸡的啼叫,又迎来新的拂晓。黄昏黎明相催,纷繁的世事,何时能了?万恨千愁催人老,每年春风袭来,依然是连天芳草。 忙处人多,闲处人少。闲居的情味,能有几个人知晓?独自登楼远眺,只见白云缥缈天涯一片迷茫,远处的青山,很小,很小。

【点评】词写闲居的寂寞与苦闷。起三句以晨鸡暮钟表示日子的周而复始，又以"何时了"落到更长的时间概念。"万恨"两句正面写愁。过片词意不断，由自己的闲居想到别处的忙碌，并由此引出世态炎凉之感。"闲处"两句，直是世无知音之叹。结拍两句，以景作结，暗寓着前途茫然之感慨。全词简洁明快，但意蕴深厚。

【集说】"斜阳只送平波远"，又"春来依旧生芳草"，淡语之有致者也。（王世贞《艺苑卮言》）

王晋卿得罪外谪，后房善歌者名"啭春莺"，为密县马氏所得。晋卿还朝，赋一联云："佳人已属沙吒利，义士曾无古押衙"。有客为足成之云："回首音尘两沉绝，春莺休啭沁园花。"晋卿凄然赋《蝶恋花》词云。（冯金伯《词苑萃编》卷十二引《西清诗话》）

王晋卿得罪外谪，后房善歌者名"啭春莺"，乃东坡所见也，亦遂为密县马氏所得。后晋卿还朝，寻访微知之，作诗云："佳人已属沙吒利，义士今无古押衙"。仆在密县与马缙辅游甚久，知之最详。缙辅在其兄处犹见之，国色也。《西清诗话》中载此事，云过颍昌见之，传误也。（许凯《彦周诗话》）

朱颜绿鬓变为鸡皮老人，能不感慨系之？又，后段占多许地步，开多许眼光？词之得致，亦在此。（沈际飞《草堂诗余正集》）

前阕言世事无穷，忙者自相促迫，人自催老，而物自循环也。次阕言天下惟闲中日长耳，"登楼望青山一点"，正是闲处所。此词似属阅历有得之言。（黄苏《蓼园词选》）

（朱惠国）

忆　故　人

烛影摇红向夜阑⁽¹⁾，乍酒醒、心情懒。尊前谁为唱阳关⁽²⁾，离恨天涯远。　　无奈云沉雨散⁽³⁾。凭栏干、东风泪眼⁽⁴⁾。海棠开后，燕子来时，黄昏庭院。

【注释】(1)夜阑:夜深。 (2)阳关:王维诗:"劝君更尽一杯酒,西出阳关无故人。"后全诗入乐府,以为送别曲。 (3)云沉雨散:指男女欢别。(4)东风:春风。

【今译】夜已深了,烛焰微微摇动着,发出昏昏的红光。醉梦中刚刚醒来,懒懒的更觉哀伤。樽前谁为我唱送别曲,离恨带我到遥远的地方。雨收云散,昔日的欢情已成梦幻。春风中泪眼蒙眬,久久地依凭着栏杆。院中的海棠花开了,燕子也从南方归来,我却依然孤孤单单,伫立在黄昏庭院。

【点评】上片写别宴醉醒后的离恨。"烛影"二句,写醒后的情态。"尊前"两句,回到离宴,直写离恨,落实"懒"之缘由。下片写别后相思。"无奈"两句,以登楼眺望,托出别后的思念和重聚的企盼。"海棠"三句转入所居庭院,通过三组相关的春日景象,婉曲表达女子的寂寞与惆怅,句子全是写景,但又融入人的情思,以此作结,更觉文浅意永,韵味悠长。

【集说】王都尉有《忆故人》词云"烛影摇红……"徽宗喜其词意,犹以不丰容宛转为恨,遂令大晟别撰腔。周美成增损其词,而以首句为名,谓之"烛影摇红"云。(吴曾《能改斋漫录》)

原词甚佳,美成增益,真所谓续凫为鹤也。(朱彝尊、汪森《词综》)

(朱惠国)

宋词观止

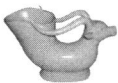

苏　轼

苏轼（1037—1101），字子瞻，号东坡居士，眉山（今属四川）人。仁宗嘉祐二年进士。初签判凤翔，入朝召直史馆。因与王安石政见不合，出任杭州通判，历知密、徐、湖等州。因作诗讽新法，贬黄州团练副使。哲宗朝，召为翰林学士，新党再度执政，又贬惠州，再贬琼州（今海南岛）。徽宗立，赦还，道卒于常州（今属江苏）。轼工诗善文，词别开风气，为豪放派鼻祖。其词高爽朗健，飘逸清隽而又绵邈深蕴。王灼谓其词作"指出向上一路，新天下耳目"；胡寅则云："眉山苏氏一洗绮罗香泽之态，摆脱绸缪宛转之度，使人登高望远，举首高歌，而逸怀浩气，超然乎尘垢之外。"有《东坡乐府》。

念　奴　娇[1]

赤 壁 怀 古[2]

大江东去，浪淘尽、千古风流人物[3]。故垒西边[4]，人道是，三国周郎赤壁[5]。乱石穿空，惊涛拍岸，卷起千堆雪[6]。江山如画，一时多少豪杰。　　遥想公瑾当年，小乔初嫁了[7]，雄姿英发[8]。羽扇纶巾[9]，谈笑间、樯橹灰飞烟灭⁽¹⁰⁾。故国神游⁽¹¹⁾，多情应笑我⁽¹²⁾，早生华发。人生
如梦，一樽还酹江月⁽¹³⁾。

【注释】(1)此词作于宋神宗元丰五年(1082)，当时作者被贬在黄州(今
湖北黄冈)。　(2)赤壁:周瑜击败曹操的赤壁在今湖北蒲圻县西北、长江南
岸(一说在今湖北武昌西)。苏轼所游的赤壁在今黄冈城西，又名赤鼻山。
作者不过借古抒怀罢了。　(3)风流人物:有丰功伟绩的杰出人物。
(4)故垒:旧营垒。　(5)周郎:周瑜，字公瑾，赤壁之战时，他为孙吴大将，年
仅24岁。吴人称为周郎。　(6)雪:浪花。　(7)小乔:周瑜的妻子。她姐
姐大乔嫁给了孙策。　(8)英发:言论超绝不凡。　(9)羽扇纶(guān)巾:
古代儒将的装束。纶巾:青丝带的头巾。　(10)樯橹:樯与船桨，在此指曹操
率领的船舰。　(11)故国神游:即神游于古战场。　(12)"多情"二句:应
笑我多情善感，头发早地变得花白了。　(13)酹(lèi):把酒倒在地上祭
奠。因作者把酒倒在江中，故说酹江月。

【今译】滚滚东去的长江，把历史上的英雄人物，一个个淘洗得净光。只
有那旧营垒的西边，人们说:那是三国时代，周瑜战胜曹操的地方。陡峭的
绝壁刺破长空，江水咆哮，奔腾，浪涛扑向江岸，激起浪花千重，又纷纷扬扬
洒落在江中，令人魄动心惊。在这如画的江山里，一时汇集了多少英雄!
　　我的思绪飞得很远，仿佛看见:年轻的周公瑾，戴着青丝头巾，手摇着羽
扇，英姿勃勃，谈笑之间，就烧毁了曹操的无数战船。假如周瑜和我相见，一
定会笑我多愁善感。还没有建功立业，却早已两鬓斑斑。啊! 人生就像变
幻的梦，我只能用酒把江月祭奠，只有它们永恒、无限。

【点评】这首词，借古战场而发怀古之情。起首二句，响遏行云，旷绝千
古。"故垒"二句，点出赤壁。曰"周郎赤壁"，已含对周瑜敬仰之情。"乱
石"三句，写赤壁景色，壮观之至，豪情溢于笔端，令人惊心动魄。"江山"二
句，折到赤壁之战。曰"一时多少豪杰"，已不是单纯赞颂周瑜，显出词人不
以成败论英雄的卓越胆识。下片，以神来之笔，触景生情。"遥想"五句，追
怀周瑜业绩。词人避实就虚，只写周瑜雄姿英发，运筹帷幄，克敌制胜。纯

宋词观止

是《左传》笔法。"故国"三句,叹息自己功业无成,华发早生。大起大落,感慨遂深。"人生"二句,更为"神游"张目,吊古伤己,兼而有之。江水、明月,此情何限。

【集说】东坡"大江东去"赤壁词,语意高妙,真古今绝唱。(胡仔《苕溪渔隐丛话》)

昔人谓铜将军、铁绰板,唱苏学士"大江东去",十七八岁好女子唱柳屯田"杨柳外晓风残月",为词家三昧。然学士此词,亦自雄壮,感慨千古。果令铜将军于大江奏之,必能使江波鼎沸。(王世贞《艺苑卮言》)

题是"怀古",意是谓自己消磨壮心殆尽也。开口"大江东去"两句,叹浪淘人物,是自己与周郎俱在内也。"故垒"句至次阕"灰飞烟灭"句,俱就赤壁写周郎之事。"故国"三句是就周郎拍到自己。"人生如梦"二句总结,以应起二句。总而言之,题是"赤壁",心实为己而发。周郎是宾,自己是主;借宾定主,寓主于宾;是主是宾,离奇变幻。细思方得其主意处,不可但诵其词,而不知其命意所在。(黄苏《蓼园词选》)

(杨恩成)

水 调 歌 头 [1]

丙辰中秋 [2],欢饮达旦,大醉作此篇,兼怀子由 [3]。

明月几时有?把酒问青天 [4]。不知天上宫阙 [5],今夕是何年?我欲乘风归去,又恐琼楼玉宇 [6],高处不胜寒。起舞弄清影,何似在人间！ 转朱阁,低绮户,照无眠。不应有恨,何事长向别时圆?人有悲欢离合,月有阴晴圆缺,此事古难全。但愿人长久 [8],千里共婵娟 [9]。

【注释】(1)这首词作于密州(今山东诸城),当时,作者任密州知州。(2)丙辰:熙宁九年(1076)。 (3)子由:苏轼的弟弟苏辙,字子由。当时,苏辙任齐州(今山东济南)掌书记。 (4)"明月"二句,化用李白《把酒问月》诗:"青天有月来几时？我今停杯一问之。" （5）天上宫阙:指月宫。
（6）琼楼玉宇:指月宫里的宫殿。 （7）何似:哪儿像。 （8）但愿:只希望。
（9）婵娟:月亮。

【今译】明月从何时出现？我举酒询问苍天；不知天宫是否知晓,今晚是
何年何月？我想乘风回到天上,又恐怕在那琼楼玉宇中,经受不住孤寒。在
月下翩翩起舞,影子陪伴着我,真是飘飘欲仙,哪儿像是在人间！　　明月
转过楼阁,低低地照进窗户,把不眠的人窥探。明月不该对人们有什么怨恨
吧,为什么偏在人们离别时才圆呢？人生有悲欢离合,月儿有阴晴圆缺,称
心的事自古难全。只希望大家都平安,纵然相隔千万里,同看明月心相连。

【点评】这首中秋怀人词,久负盛名,横绝今古。胡仔云:"中秋词自东坡
《水调歌头》一出,余词尽废。"诚为不妄之言。起首,逸怀浩气,望月而生。虽
化用太白诗句,而举止超逸,气韵终胜一筹。"不知"二句,承前句之问,折入遐
思。所谓"不知"者,正见宇宙奥秘之冥冥难测。"我欲"三句,写中秋月之皎
洁,但词人并不直接道出,而是忽生奇想,神飞天外,直到琼楼玉宇。"我欲"与
"唯恐"呼应,写中秋之清爽高旷,空灵蕴藉,略无纤尘。"起舞"二句,落到题中
"欢饮"二字。既"不胜"高处之寒,于是在月下起舞,也大有飘飘欲仙之致。换
头,实写中秋赏月,坐实题中"达旦"二字。唯其"欢饮达旦",方能看到明月"转
朱阁,低绮户,照无眠"。"不应"二句,怨月圆而人不团圆,带出"怀子由"本意。
"人有"三句,再一折,写天道、人事,自古难全。由怨而折入彻悟,足见坡公之
不为环境所拘束的豁达品格。"但愿"二句,忧患俱释,唯以善保天年,藉明月
而寄相思互相劝勉。绵渺不绝之情,殊觉深厚。

【集说】此词前半自是天仙化人之笔,唯后半"悲欢离合","阴晴圆缺"
等字,苛求者未免指此为累,然再三读去,挜拗运动,何损其佳！少陵《咏怀
古迹》诗云:"支离东北风尘际,漂泊西南天地间。"未尝以风尘、天地、西南、
东北等字窒塞,有伤是诗之妙。诗家最上一乘,固有以神行者矣,于词何独
不然！（先著、程洪《词洁》）
　　词以不犯本位为高,东坡《满庭芳》:"老去君恩未报,空回首,弹铗悲

宋词观止

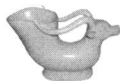

歌。"语诚慷慨，然不若《水调歌头》："我欲乘风归去，又恐琼楼玉宇，高处不胜寒。"尤觉空灵蕴藉。（刘熙载《艺概》）

通首只是咏月耳。前阕是见月思君，言天上宫阙，高不胜寒，但仿佛神魂归去，几不知身在人间也。次阕，言月何不照人欢洽，何事有恨，偏于人离索之时而圆乎？复又自解，人有离合，月有圆缺，皆是常事，唯望长久共婵娟耳。缠绵悱恻之思，愈转愈曲，愈曲愈深。忠爱之思，令人玩味不尽。（黄苏《蓼园词选》）

此老不特兴会高骞，直觉有仙气缥缈于毫端。（继昌《左庵词话》）

（杨恩成）

望 江 南[1]

超 然 台 作[2]

春未老，风细柳斜斜。试上超然台上看，半壕春水一城花。烟雨暗千家。　寒食后，酒醒却咨嗟。休对故人思故国，且将新火试新茶[3]。诗酒趁年华[4]。

【注释】(1)此词作于密州任上。　(2)超然台：在密州，苏轼修造。(3)新火：古代习俗：清明节前三天禁火，称寒食。寒食后所燃之火称新火。(4)趁：赶上。

【今译】春色还没有衰老，轻柔的春风，吹得柳丝吐出新芽。如果登上超然台，一定会看到：半壕春水，一城繁花。烟雨笼罩着万户千家。　送走寒食，迎来清明，酒醒后又一阵叹嗟。面对着知心朋友，别想那些伤心的事情。还是点燃新火，沏上一杯新茶，饮酒赋诗，要趁好年华。

【点评】一如题目所示，词人在寒食清明时节，虽有一丝淡淡的惆怅，却很超然。词人笔下的春景，柔风细柳，烟花迷离，宛如一幅浓淡有致的春光烟雨图，令人赏心悦目。

（杨恩成）

定 风 波⁽¹⁾

三月七日,沙湖道中遇雨⁽²⁾,雨具先去,同行皆狼狈,余独不觉。已而遂晴。故作此词。

莫听穿林打叶声,何妨吟啸且徐行⁽³⁾。竹杖芒鞋轻胜马⁽⁴⁾。谁怕?一蓑烟雨任平生⁽⁵⁾。　　料峭春风吹酒醒,微冷。山头斜照却相迎。回首向来萧瑟处⁽⁶⁾,归去,也无风雨也无晴。

【注释】(1)此词作于黄州。　(2)三月七日沙湖道中:宋神宗元丰五年(1082)三月七日。沙湖:在黄冈东面。　(3)吟啸:吟诗、长啸,表示意态悠闲。　(4)芒鞋:草鞋。　(5)蓑:蓑衣。一种草编的雨具。　(6)萧瑟处:指遇雨的地方。萧瑟:风雨吹打树林发出的声音。

【今译】请不要去听风吹林木、雨打树叶的响声。不妨冒着风雨,吟诗长啸慢慢行。拄根竹杖穿着草鞋,比骑马还要轻松。披件蓑衣,顶着风雨,我就可以度过一生。　　东风带着几分寒气,把我从醉中吹醒,感到有点微冷。前面的山头上,一缕斜阳将我迎。回头看看来时路,已把风雨抛在身后,只有毅然向前走,不管是风雨还是晴。

【点评】这是一首抒怀词。一件途中遇雨的小事被词人借题发挥,用来寄托自己的处世态度。"一蓑烟雨任平生",体现了词人听任风雨的开阔胸襟。可谓快人快语,冲口而出。

【集说】此足征是翁坦荡之怀,任天而动。琢句亦瘦逸,能道眼前景,以曲笔直写胸臆,倚声能事尽之矣。(郑文焯《手批东坡乐府》)

(杨恩成)

宋词观止

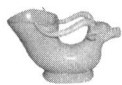

水 龙 吟

次韵章质夫杨花词(1)

似花还似非花,也无人惜从教坠(2)。抛家傍路,思量却是,无情有思(3)。萦损柔肠,困酣娇眼(4),欲开还闭。梦随风万里,寻郎去处,又还被、莺呼起。 不恨此花飞尽,恨西园、落红难缀。晓来雨过,遗踪何在?一池萍碎(5)。春色三分,二分尘土,一分流水。细看来,不是杨花,点点是离人泪。

【注释】(1)章质夫:章楶,字质夫。他曾和苏轼同在京城供职。次韵:依照原韵。 (2)惜:怜惜。从:听任。 (3)"抛家"二句:韩愈《晚春》诗,"杨花榆荚无才思,唯解漫天作雪飞。"无情:没有多少情韵。思:深意。 (4)"萦损"二句:"萦损"句,写杨柳柔嫩的枝条。"困酣"句,写杨柳的嫩芽。 (5)萍碎:原注,"杨花落水为浮萍,验之信然。"

【今译】杨花像花,又不像花,也没人怜惜,听任她随风飘洒,像游子离家走天涯。想一想杨花,虽然缺少风韵,到底有一缕情思,包蕴着她。她,留恋那纤细的枝条,娇嫩的新芽,半开半闭着眼睛,流露出依依不舍的神情。随风,做着好梦,千里迢迢,去寻找她的情郎,却又被黄莺唤醒。 不用去恨——杨花无影无踪。只恨:百花凋残,遍地落英。拂晓,雨停,哪儿还有杨花的身影?她,落入一池春水,化作一池浮萍。她带走了三分春色,二分变成了尘土,一分随水飘零。伫立在池边细看:点点滴滴的浮萍,不是杨花衍化,是流落异乡的人,洒下的泪水化成。

【点评】此词咏杨花,却如沈谦所说"幽怨缠绵,直是言情,非复赋物"。起二句,直咏杨花,贴切。杨花名为花,而实非花,故而无人"惜",任其飘坠。"惜"字为全篇之"眼"。以下皆由"惜"字生发。"抛家"三句,承"坠"字,惜杨花飘零而无着落。"萦损"三句,摄出杨花之神,惜其脉脉含情。"梦随风"

三句,摹写杨花随风飞舞。一片神行。下片,写杨花归宿。"不恨"二句,惜杨花飞尽,春事已了。"晓来"三句,惜杨花受风雨摧残。"春色"三句,惜杨花命运之不幸,或零落成尘,或随水流逝。"细看"二句,写杨花落泪。全篇咏杨花,遗貌取神,空灵蕴藉。

【集说】章质夫《杨花词》,命意用事,潇洒可喜。东坡和之,若豪放不入律吕,徐而视之,声韵谐婉,反觉章词有织绣功夫。(朱弁《曲洧旧闻》)

后段愈出愈奇,真是压倒今古。(张炎《词源》)

如虢国夫人不施粉黛,而一段天姿,自是倾城。(李攀龙《草堂诗余隽》)

东坡《水龙吟》起云:"似花还似非花",此句可作全词评语,盖不离不即也。(刘熙载《艺概·词概》)

首四句是写杨花形态;"萦损"以下六句,是写望杨花人之情绪;二阕用议论,情景交融,笔墨入化,有神无迹矣。(黄苏《蓼园词选》)

(杨恩成)

蝶 恋 花⁽¹⁾
春 景

花褪残红青杏小,燕子飞时,绿水人家绕。枝上柳绵吹又少,天涯何处无芳草⁽²⁾! 墙里秋千墙外道,墙外行人,墙里佳人笑。笑渐不闻声渐悄,多情却被无情恼⁽³⁾。

【注释】(1)这首词,《宋六十名家词·东坡词》题作"春景"。(2)"天涯"句:春光已晚,芳草长遍天涯。 (3)"多情"句:魏庆之《诗人玉屑·词话》,"盖行人多情,佳人无情耳。"

【今译】花儿已经凋谢,枝头上青杏很小。燕子飞过天空,清澈的河流围绕着村落人家。枝上的柳花已经被吹得越吹越少,处处是萋萋芳草。墙里一架秋千,墙外一条小道。墙外一位行人,听见墙里少女动听的笑声。笑声渐渐消失,墙里静悄悄。姑娘啊,姑娘,你惹得人好烦恼!

143

宋词观止

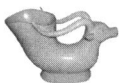

【点评】这是一首妙趣横生的小词。上片写暮春景象,笔调轻快,疏淡有致。下片写"行人"被"佳人"引出一段烦恼。虽无理,却有趣。直是"无可奈何花落去"。

【集说】"枝上柳绵",恐屯田缘情绮靡,未必能过。孰谓东坡但解作"大江东去"耶?髯(东坡)直是轶伦绝群。(王士禛《花草蒙拾》)

"柳绵"自是佳句,而次阕尤为奇情四溢也。(黄苏《蓼园词选》)

(杨恩成)

永 遇 乐 (1)

彭城夜宿燕子楼 (2),梦盼盼 (3),因作此词。

明月如霜,好风如水,清景无限 (4)。曲港跳鱼,圆荷泻露,寂寞无人见。纮如三鼓 (5),铿然一叶 (6),黯黯梦云惊断 (7)。夜茫茫,重寻无处,觉来小园行遍 (8)。 天涯倦客,山中归路,望断故园心眼 (9)。燕子楼空,佳人何在,空锁楼中燕。古今如梦,何曾梦觉,但有旧欢新怨 (10)。异时对,黄楼夜景 (11),为余浩叹。

【注释】(1)此词作于宋神宗元丰元年(1078),当时苏轼任徐州知州。(2)彭城:今江苏徐州市。燕子楼:唐徐州刺史张建封在徐州有府第,其中有一小楼名燕子。 (3)盼盼:张建封晚年宠爱的一名歌妓。张死后,盼盼感张建封知遇之恩,不嫁,居燕子楼十余年。白居易曾作《燕子楼三首》,其一云,"满窗明月满帘霜,被冷灯残拂卧床。燕子楼中霜月夜,秋来只为一人长。" (4)清景:清丽之景。 (5)纮(dǎn):击鼓声。 (6)铿(kēng)然:形容声音浑厚沉雄。 (7)"黯黯"句:从梦中惊醒,黯然伤心。 (8)觉来:醒来。 (9)望断:望眼欲穿。 (10)但有:只有。 (11)黄楼:在徐州东门城楼上,苏轼建造。

【今译】月光皎洁，风儿轻柔，景致无限清丽。在这寂静的夜里，一弯池塘，鱼儿嬉戏，圆圆的荷叶上，滚落露珠儿几滴。一片叶子落下，也铿然有力，像是把更鼓撞击。梦被惊醒，心里一阵阵悲凄。茫茫夜色中，在小园走来走去。想找回失落的梦，哪儿有梦的踪迹！　　漂泊天涯，心力交瘁，望尽群山，寻找归路，回到田园隐居，归路又在哪里？燕子楼，空空荡荡，佳人在哪里？空有几只燕子，守着这历史陈迹。古往今来一场梦，能从梦中醒来的人，却是寥寥无几。就因为有旧欢新怨，还紧紧缠着自己。后世的人也一定会对着黄楼夜景，为我长长叹息。

【点评】此词怀古，迷离疏宕，动人心魄。起首三句，总写燕子楼夜景。清朗疏淡。"曲港"三句，写池塘月夜。动静相生。曰"寂寞"者，伤小园之清冷；曰"无人见"，反跌出己见。"统如"三句，闻叶落而惊梦，亦实亦虚，亦真亦幻。因其凝神眄思于"寂寞""清景"，故一叶之落，亦浑如更鼓之声，惊醒幽梦。至此方知前六句所写之景乃词人梦游燕子楼所见。迷离缥缈，令人叫绝。"夜茫茫"三句，写词人徘徊小园，欲寻回梦境。梦中"清景无限"，梦醒却夜色"茫茫"，前者清爽，后者暗淡。正见梦境之可留恋，现实之令人伤感。下片抒发吊古伤今之情。"天涯"三句，直写自己倦于仕途奔波，欲归隐田园之意。"燕子"三句，抒发物是人非之感慨。"古今"三句，叹梦醒者稀。"异时"二句，设想后人夜临黄楼而浩叹自己亦非梦醒者。

【集说】词，用事最难，要体认着题，融化不涩。如东坡《永遇乐》云："燕子楼空，佳人何在？空锁楼中燕"。用张建封事。……用事不为事所使。（张炎《词源》）

野云孤飞，去留无迹，石帚之词也，此词亦当不愧此品目。仅叹赏"燕子楼空"十三字者，犹属附会浅夫。（先著、程洪《词洁》）

东坡问少游别作何词，秦举"小楼连苑横空，下窥绣毂雕鞍骤。"坡云："十三个字，只说得一个人骑马楼前过。"秦问先生近著，坡云："亦有一词说楼上事。"乃举"燕子楼空，佳人何在？空锁楼中燕。"晁无咎在座云："三句说尽张建封燕子楼一段事，奇哉！"（黄昇《花庵词选》）

宋词观止

公以"燕子楼空"三句语淮海,殆以示咏古之超宕,贵神情不贵迹象也。(郑文焯《手批东坡乐府》)

(杨恩成)

沁园春⁽¹⁾

赴密州,早行,马上寄子由。

孤馆灯青,野店鸡号,旅枕梦残。渐月华收练,晨霜耿耿⁽²⁾,云山摘锦⁽³⁾,朝露漙漙⁽⁴⁾。世路无穷,劳生有限⁽⁵⁾,似此区区长鲜欢⁽⁶⁾。微吟罢,凭征鞍无语,往事千端。　　当时共客长安⁽⁷⁾。似二陆初来俱少年⁽⁸⁾。有笔头千字,胸中万卷,致君尧舜,此事何难。用舍由时⁽⁹⁾,行藏在我⁽¹⁰⁾,袖手何妨闲处看。身长健,但优游卒岁,且斗尊前⁽¹¹⁾。

【注释】(1)宋神宗熙宁七年(1074)九月,苏轼罢杭州通判,调任密州知州。十月赴任,此词写于赴任途中。　(2)耿耿:微明。　(3)摘(chī)锦:铺开锦缎。　(4)漙漙(tuán tuán):露水很盛。　(5)劳生:辛劳的一生。(6)区区:谦辞。鲜:少。　(7)长安:代指北宋首都汴京(今河南开封)。(8)二陆:西晋的陆机、陆云兄弟。　(9)用舍:任用和舍弃。　(10)行藏:用世和退隐。　(11)斗:戏乐。

【今译】一盏孤灯,忽暗忽明。荒村、野店,拂晓传来讨厌的鸡鸣,惊残了客梦。渐渐地,月光越来越淡,晨霜泛着微明,群山披上了云霞,露珠儿晶莹。世路多么漫长,人生又那样短暂。像这样苦苦奔波,有什么欢乐可言!倚着马鞍沉思,往事一件件。　　当年,兄弟同赴汴京,像陆机陆云一样年轻。凭着横溢的才华,胸中渊博的学问,让君王成为尧舜一样的圣人,这事一点不难。受重用还是被抛弃,就看时代是否清明。入世,还是出世,却由我自己决定!既然不被重用,不妨袖手旁观。希望我们身体健康,悠闲度日,把酒言欢。

【点评】此词写羁旅行役。起首三句,以逆挽法点明"早行"之早。枕梦未残,却被鸡鸣惊醒,但见"孤馆"中还亮着灯光。"孤馆""野店""鸡号"抒写旅途之伤怀,极贴切。接下来,用一"渐"字领起四句,写早行途中所见之景象。"世路"三句,"世路""劳生""无穷""有限",两两对举,"似此"句,收合。潜气内转,感慨殊深。"微吟"三句,承上启下,转折自然浑成。过片二句,追忆当年入京城事。"有笔头"四句,回忆当年雄心勃勃,踌躇满志。"用舍"三句,顿然一跌,抒写仕途失意。"身长健"三句,以旷达作自我解脱。

(杨恩成)

南 乡 子
重九涵辉楼呈徐君猷[1]

霜降水痕收,浅碧鳞鳞露远洲。酒力渐消风力软,飕飕,破帽多情却恋头[2]。　　佳节若为酬,但把清尊断送秋[3]。万事到头都是梦,休休,明日黄花蝶也愁[4]。

【注释】(1)这首词作于宋神宗元丰五年(1082)重阳节。涵辉楼:一名栖霞楼,为黄州名胜。徐君猷:徐大受,君猷系其字。徐当时任黄州知州,与苏轼友善。　(2)"破帽"句:翻用孟嘉重九龙山落帽故事。　(3)清尊:指酒。(4)黄花:菊花。

【今译】当秋霜降临的时候,江水失去了往日的滔滔,渐渐向江中回收。浅碧的江水荡起微波,露出了江中的小洲。秋风吹散了酒意,破帽对我似乎有情,依旧牢牢戴在头。　　如何酬答重阳佳节?只有一樽清酒,送走这高旷的深秋。人间的得失荣辱,到头都是一场梦幻,不要为这纠缠不休。放开襟怀畅饮,明天就是蝶绕残菊愁。

【点评】题为"重九涵辉楼呈徐君猷",实为重九登高抒怀。上片起二句,写登高望中所见,重点写水,借以映衬秋气澄明清爽,疏淡有致。"酒力"三

句,写饮酒。"酒力渐消",因"风力软"而渐渐清醒,直从"酒力消"写起,省去重九登高饮酒的繁枝冗节,简洁之至。又翻用"龙山落帽"故事,抒发胸中牢骚,妙在用"破帽多情""恋头"这种诙谐幽默的语言,可谓嬉笑怒骂,皆成文章。下片抒情。"佳节"二句,一问一答,似有对重九恋恋不舍之情。"万事"三句,点明"但""送秋"之原因在于自己已经看破世间万事之虚幻,唯有眼前佳节能豁人心胸;倘若把梦境当真,便会失去眼前之乐,明日望残菊而生愁了。高旷之秋气引发了作者豁达之情怀,可谓一反悲秋之常调。

【集说】自来九日多用落帽,东坡不落帽,醒目。又:东坡升沉去住,一生莫定,故开口说梦。如云"人间如梦","世事一场大梦","未转头时皆梦","古今如梦,何曾梦觉","君臣一梦,古今虚名",屡读之,胸中鄙吝自然消去。(沈际飞《草堂诗余正集》)

九日诗词,无不使落帽事者,总不若坡仙《南乡子》词更为翻新。(张宗橚《词林纪事》引楼敬思语)

"破帽恋头",语奇而稳。"明日黄花"句,自属达观。凡过去未来,皆几非,在我安可学蜂蝶之恋香乎?(黄苏《蓼园词选》)

(杨恩成)

少 年 游

润 州 作(1)

　　去年相送,余杭门外(2),飞雪似杨花。今年春尽,杨花似雪,犹不见还家。　　对酒卷帘邀明月(3),风露透窗纱。恰似姮娥怜双燕(4),分明照、画梁斜。

【注释】(1)润州:今江苏镇江。此词作于熙宁七年(1074)。 (2)余杭门:宋代杭州城北三座城门之一。 (3)"对酒"句:李白《月下独酌》云:"花间一壶酒,独酌无相亲。举杯邀明月,对影成三人。"此化用李白诗意。(4)姮(héng)娥:即嫦娥。传说为后羿之妻,因吞服了王母的"不死之药"飞入月宫。后世常以姮(嫦)娥代指月亮。

【今译】去年分手的时候,余杭门外,飞雪似杨花。今年春尽,杨花漫舞,一似那飞雪迷蒙,仍不见还家。　　轻卷起薄帷,邀请天上明月,共同举杯,任凉风、寒露透窗纱。月儿不解我相邀,把一缕清辉,斜斜洒向画梁;那里有,双燕温暖的小家。

【点评】上片写思归。作者用飞雪与杨花两种物象,巧妙地变换位置,便画出了两种季节和一种心情。暮春本不同于仲冬,润州也不同于杭州,但作者却用联想将它们写成相似,并以"犹不见还家"有力地托出贯通于两种季节、两个场景之间延续不绝的一种思念。景物描写使抽象的感情具象化了,也使思归置于一种优美的环境与气氛之中。下片写当前的境况。作者以动作刻画人的寂寞,以环境渲染夜的凄清,运笔细密,一往情深。

(何依工)

浣　溪　沙⁽¹⁾

　　簌簌衣巾落枣花⁽²⁾,村南村北响缲车⁽³⁾,牛衣古柳卖黄瓜⁽⁴⁾。　　酒困路长惟欲睡,日高人渴漫思茶⁽⁵⁾,敲门试问野人家⁽⁶⁾。

【注释】(1)这首词作于元丰元年(1078)。时苏轼任徐州太守。这年春天久旱而终于普降喜雨,苏轼曾到徐州城东的石潭谢雨,一路上看到旱象解除,十分高兴,遂作一组《浣溪沙》,共五首,这是其中的第四首。　(2)簌簌:象声词,状写枣花飘落时的声响。　(3)缲(sāo)车:抽丝的车。　(4)牛衣:蓑衣之类。　(5)漫思茶:想去哪找点水喝。　(6)野人家:农民家。

【今译】枣花簌簌落满衣巾,村南村北到处是——缲丝车的和鸣。一声吆喝,一幅图画:古柳下一袭蓑衣,有人叫卖黄瓜。　　迢迢路上醉意醺醺,太阳在当空高挂。真想讨一杯清茶解渴,试探着敲门,问问农家。

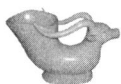

【点评】这是一首田园词。上片,写行经村庄所见。充满泥土味十足的枣花、缲车的响声以及古柳下披着蓑衣卖黄瓜的人,绘声绘色,又和谐又鲜明地表现出乡村生活的古朴淳美。下片,写事。作者将自己融入乡村生活之中,给人以淳朴、亲切感。以词来表现农村生活始自苏轼。虽然他走的仍是传统的田园诗人的路子,反映农村的安宁祥和,但他毕竟拓展了词的领域和视野,给予后来者如辛弃疾等以启示。

【集说】东坡长短句云:"村南村北响缲车";参寥诗云:"隔林仿佛闻机杼,知有人家住翠微";秦少游云:"菰蒲深处疑无地,忽有人家笑语三声",三诗大同小异,皆奇句也。(曾慥《高斋诗话》)

东坡在徐州作长短句云:"半依古柳卖黄瓜",今印本作"牛依古柳卖黄瓜",非是。予尝见东坡墨迹作"半依",乃知"牛"字误也。(曾季狸《艇斋诗话》)

(何依工)

西　江　月 (1)

顷在黄州 (2),春夜行蕲水中 (3),过酒家饮。酒醉,乘月至一溪桥上,解鞍曲肱 (4) 醉卧少休。及觉已晓,乱山攒拥 (5),流水锵然 (6),疑非尘世也。书此语桥柱上。

照野弥弥浅浪 (7),横空隐隐层霄。障泥未解玉骢骄 (8),我欲醉眠芳草。　　可惜一溪风月 (9),莫教踏碎琼瑶 (10)。解鞍欹枕绿杨桥 (11),杜宇一声春晓 (12)。

【注释】(1)这首词作于元丰五年(1082)春。　(2)顷:不久;方才。(3)蕲(qí其)水:水名,在今湖北蕲春境内。元丰五年三月,苏轼经别人介绍,买田于黄州附近蕲水,有终老之计。　(4)肱(gōng公):臂膀。曲肱:弯曲着胳膊。语出《论语·述而》,"曲肱而枕之,乐在其中矣。"　(5)攒(cuán):聚集。　(6)锵(qiāng):金玉相击声。锵然:形容清脆的流水声。

宋词观止

150

(7)弥弥:水盛。 (8)障泥:马鞯,垫在鞍下,垂至马腹以障尘土。骢(cōng):青白色的马。骄:形容马的神态。 (9)可惜:可爱。 (10)琼瑶:美玉。这里用以形容水光月色。 (11)欹枕:斜倚枕上。 (12)杜宇:即杜鹃鸟,传说为古蜀帝杜宇死后所化。

【今译】清浅的溪水,带着春天的饱满,在月光下原野中流淌。夜空里几缕柔云缥缈,青白色的马儿气宇昂扬,我却不胜酒力,在河边下马,等不到解下马鞍,就想醉眠芳草。 水光潋滟,月色空明,莫教惊破这一溪迷人的澄澈。解鞍倚桥睡去,杜鹃声里醒来,已是绿杨垂映的春晓。

【点评】大凡杰出之人,总和大千世界有千丝万缕的联系。此词集中描写一个月白风清之夜给予作者的美好感受,而参错往复的写景、抒情,使那一夜愈写愈美,那种感受也愈转愈深。过片承前,从原野浅浪、横穿柔云写到水月融融,同时也用"可惜""莫教踏碎"等词语点明了作者对自然景致的赏爱。收束两句,写"我"索性在芳郊野外,一溪风月中做起清梦,不觉春晓,更是洒脱、豪迈。小序与词相互掩映生发,各擅其美,也是苏轼对于词体的一种贡献。

(何依工)

定 风 波

南海归赠王定国侍人寓娘⁽¹⁾

常羡人间琢玉郎⁽²⁾,天应乞与点酥娘⁽³⁾。尽道清歌传皓齿,风起,雪飞炎海变清凉。 万里归来颜愈少,微笑,笑时犹带岭梅香。试问岭南应不好,却道:"此心安处是吾乡。"

【注释】(1)此词原序云:"王定国歌儿曰柔奴,姓宇文氏,眉目娟丽,善应对,家世住京师。定国南迁归,余问柔:'广南风土,应是不好?'柔奴曰:'此心安处,便是吾乡。'因为缀词云。"王定国名巩,因受"乌台诗案"之牵连而贬

官岭南,歌女柔奴与其同行。　(2)琢玉郎:指善于相思的多情人。卢仝《与冯异结交诗》云:"白玉璞里琢出相思心,黄金矿里铸出相思泪。"苏轼《次韵王巩独眠》亦云"谁能相思琢白玉"。　(3)乞与:给予。点酥娘:形容柔奴肌肤、姿质的光洁柔美。一说夸赞柔奴的聪明才艺,点酥是一种工艺。

【今译】常美慕那幸运的多情郎,上天赐予他这样一位好姑娘。她那沁人心脾的歌声飘起来,犹如清风吹散了酷暑,炎热的大地也变得清凉。万里归来容颜越发娇美,微笑中还带着岭南的梅香。问她:"贬地风物好不好?"她说:"心安哪儿都是故乡。"

【点评】此词咏王定国之侍儿柔奴(寓娘或为其又一名字)。上片着重写柔奴外在之美,咏其姿态,赞其歌喉;下片则突出咏赞其内在之美:钟情好义,万里随迁。"此心安处是吾乡"一句,树立起了一位柔弱而坚强的女性形象。作者歌颂柔奴与其夫主患难与共的情操与品德,自然也寄寓着作者自己身处逆境之时随遇而安的情怀。

【集说】王定国自岭表归,出歌者柔奴,劝东坡饮。坡问:"广南风土应不好?"柔奴曰:"此心安处便是吾乡。"东坡喜其语,作《定风波》词以纪之。(冯金伯《词苑萃编》引《东皋杂录》)

"柔奴"或作"寓娘"。考《柳州志》:"王巩侍儿柔奴",与词序同。(张宗橚《词林纪事》)

(刘锋焘)

八声甘州

寄参寥子(1)

有情风、万里卷潮来,无情送潮归。问钱塘江上,西兴浦口(2),几度斜晖。不用思量今古,俯仰昔人非(3)。谁似东坡老,白首忘机(4)。　　记取西湖西畔(5),正暮山好处,空翠烟霏(6)。算诗人相得(7),如我与君稀。约它年、东还

海道,愿谢公、雅志莫相违⁽⁸⁾。西州路,不应回首,为我沾
衣⁽⁹⁾。

【注释】(1)参寥子:僧道潜,字参寥。与苏轼交往甚密。 (2)西兴:在
钱塘江南岸,今浙江杭州市萧山区。 (3)俯仰:一俯一仰之间,形容顷刻之
间。王羲之《兰亭集序》说:"向之所欣,俯仰之间,已为陈迹。" (4)忘机:
泯灭尘世机诈权变的心计。 (5)记取:记住。 (6)空翠烟霏:山岚青翠,
云雾迷蒙。 (7)相得:互相之间志趣一致。 (8)谢公雅志:晋代谢安的归
隐之志。 (9)"约它年"五句:用谢安、羊昙典故。谢安虽为大臣,但心存归
隐之志,后病危过西州门时,感叹志向未遂。谢安死后,其外甥羊昙一次醉
中过西州门,回忆谢安,大哭而去。苏轼用此典,是说希望自己能实现归隐
之志,免得参寥以后为他感到遗憾。

【今译】多情的风,携带着江潮万里而来,为何又无情地送潮归去?在钱
塘江畔,西兴浦口,你可记得:夕阳下,我们曾几度观赏潮起潮退?不必去想
古今的兴废,俯仰之间,人事全非。谁能像我东坡老人,面对纷繁的尘世,把
一切机心都抛弃。 还记得西湖西畔,春山风光正明媚。蓝天白云,湖山
空翠。仔细想想诗友交谊,如你我志趣相投,从古到今能有几?让我们约
定:他年相逢时,愿一同隐退的雅志能实现,西州路上,不至于为我洒下遗憾
的眼泪!

153

【点评】这是一首赠友词。以观钱塘江潮起潮落,以及风之无情,突出离
情。"问钱塘"三句,追思往昔共游,深情绵渺。"不用思量"四句,陡然转入
人世兴废,而以"忘机"自宽自负,并向参寥表明归隐心迹。下片从西湖景色
写起,过片三句,追述与友人同赏西湖春色的往事。"记取"二字,叮咛之意
诚挚。"算诗人"二句,以参寥与己志趣相投而自豪。结尾借谢安和羊昙故
事,抒写自己的归隐凤愿。全词无论是写景,还是议论,纯以真情灌注其中,
友人之情、人生感慨、归隐之志,全部发自肺腑。

【集说】突兀雪山,卷地而来,真似钱塘江上看潮时,添得此老胸中数万

甲兵,是何气象雄且杰！妙在无一字豪宕,无一语险怪,又出以闲逸感喟之情,所谓骨重神寒,不食人间烟火气者。词境至此,观止矣！云锦成章,天衣无缝,是作从至情流出,不假烫贴之工。(郑文焯《手批东坡乐府》)

(田耕宇)

江 神 子

恨 别(1)

天涯流落思无穷。既相逢。却匆匆。携手佳人,和泪折残红。为问东风余几许,春纵在,与谁同。　　隋堤三月水溶溶(2)。背归鸿。去吴中。回望彭城(3),清泗与淮通(4)。寄我相思千点泪,流不到,楚江东(5)。

【注释】(1)这首词作于元丰二年(1079)三月,作者由徐州调知湖州。(2)隋堤:隋朝开汴河,沿河筑堤,世称隋堤。　(3)彭城:今江苏徐州。(4)泗、淮:泗水与淮河。泗水经徐州入淮河。　(5)楚江:泛指江东一带。

【今译】天涯漂流忧思无穷！既然命运让我和你相逢,为什么又别离得如此匆匆。手牵着手,折一枝暮春的花,和泪赠送。问春光犹在,一别之后与谁相共?　　隋堤三月春水溶溶,望着北去的大雁,我却要奔向吴中。回望生活了数载的彭城,清澈的泗水与淮河相通。欲寄相思千滴泪,流不到,楚江东。

【点评】这是一首别情词。首句厚积薄发,对身不由己的命运发出深沉感慨。“既相逢,却匆匆”补叙感慨由来,正是“人生到处知何似”的悲哀。“携手”二句回忆离别情景,写得缠绵悱恻,凄婉感人。“为问”三句写途中的孤寂与对伊人的思念,写情极深极细。过片,“三月”接上“残红”,点明暮春时节离别。“背归鸿、去吴中”大有人不如雁之叹。能不令人睹景伤怀！“回望”以下至篇末,由船行想到别后之思念。含情脉脉,情意绵绵。这样哀感顽艳,表现了苏词的又一风格。

(田耕宇)

浣　溪　沙

游蕲水清泉寺,寺临兰溪,溪水西流⁽¹⁾。

山下兰芽短浸溪,松间沙路净无泥,潇潇暮雨子规啼。谁道人生无再少⁽²⁾? 门前溪水尚能西,休将百发唱黄鸡⁽³⁾。

【注释】(1)这首词作于元丰五年(1082)春。蕲水:今湖北蕲水县,宋时为黄州地界。 (2)无再少:不可能重有青春年少。 (3)"休将"句:意谓不要悲叹岁月催人老。

【今译】山下溪边兰草刚生长出来的幼芽浸泡在溪水中,松林间的沙路被雨水冲洗的一尘不染。暮色蒙蒙雨潇潇,空山幽谷杜鹃啼。 谁说青春难复? 门前的溪水还能向西边流淌。不要在老年感叹时光飞逝。

【点评】这是一首抒怀词。上片写景,下片抒情。乐观向上,充满自信。作者游清泉寺,意外发现溪水西流,瞬间感发了"谁道人生无再少"的联想,借溪水西流的特定环境,认为人生只要执着于生命,就会永葆精神的青春。

【集说】徐公师川尝言:东坡长短句有云:"山下兰芽短浸溪,松间沙路净无泥。"白乐天诗云:"柳桥晴有絮,沙路润无泥。""净""润"两字,当有能辨之者。(曾敏行《独醒杂志》)

（田耕宇）

江　神　子
湖上与张先同赋⁽¹⁾

凤凰山下雨初晴,水风清,晚霞明。一朵芙蕖,开过尚

155

盈盈⁽²⁾。何处飞来双白鹭？如有意，慕娉婷。　　忽闻江上弄哀筝⁽³⁾，苦含情⁽⁴⁾，遣谁听？烟敛云收，依约是湘灵⁽⁵⁾？欲待曲终寻问取，人不见，数峰青⁽⁶⁾。

【注释】(1)这首词作于杭州通判任上。　（2)盈盈：姿态美好的样子。下文"娉婷"意同。　（3)哀筝：婉转幽咽的筝声。　（4)苦：甚，极度。(5)湘灵：湘水之神。　（6)"人不见"二句：钱起《湘灵鼓瑟》诗云："曲终人不见，江上数峰青。"

【今译】凤凰山下新雨初晴，清风从水面轻轻拂过，天边的晚霞绚丽鲜明。看那湖面之上，一朵开过的荷花，依然袅袅婷婷。远处飞来一对悠闲的白鹭，倾慕荷花的仙姿，不忍离去，翘立盈盈。　　湖面上传来幽咽的筝声，是如此的深情。却不知是为了弹给谁听？烟收云敛视野明，那抚琴的美人，莫不就是湘灵？想等曲终去询问，不见了弹筝的人儿，唯有数座山峰碧青青。

【点评】此词乃东坡与张先同游西湖而作。起句点出"雨初晴"，以下便写"晴"后湖面之景，写水，写风，写晚霞，而更集中突出水面一朵"开过"仍自盈盈的荷花，十分醒目。一对白鹭的介入也是衬写荷花之可爱迷人。下片扣写"闻弹筝"，先写筝声之婉转深情，再写弹筝人之绰约风姿，而曲罢声歇，正待"寻问取"之际，伊人却飘然而逝，唯见数座山峰悄然静立，空灵之境界中自有万般幽缈之余韵。综观前后阕，会发现：上片之芙蕖与下片之弄筝者，上片之双鹭与下片之闻筝者（东坡与张先）似不能不说没有某种联系。于是，读者又会产生诸多兴趣。

【集说】东坡在杭州，一日游西湖，坐孤山竹阁前，临湖亭上，时二客皆有服，预焉。久之，湖心有一舟渐近亭前。淡妆数人，中有一人尤丽，方鼓筝，年且三十余，风韵娴雅，绰有态度。二客竞目送之，曲未终，翩然而逝。公戏作长短句云。（冯金伯《词苑萃编》卷十一引《墨庄漫录》）

东坡倅钱塘日，忽刘贡父相访，因拉与同游西湖。时二刘方在服制中，至湖心,有小舟翩然至前,一妇人甚佳。见东坡自叙:"少年景慕高名,以在室无由得见。今已嫁为民妻,闻公游湖,不避罪而来。善弹筝,愿献一曲,辄求一小词,以为终身之荣,可乎?"东坡不能却,援笔而成,与之。其词云:"凤凰山下雨初晴。"(袁文《瓮牖闲评》)

(刘锋焘)

虞 美 人
有美堂赠述古(1)

　　湖山信是东南美(2)。一望弥千里(3)。使君能得几回来(4)。便使尊前醉倒,且徘徊。　　沙河塘里灯初上(5)。水调谁家唱。夜阑风静欲归时。惟有一江明月、碧琉璃。

【注释】(1)有美堂:堂名。嘉祐二年(1057)杭州太守梅挚修建。述古:陈襄,字述古。熙宁七年(1074)调离杭州太守任,苏轼作此词以赠之。(2)信:确实。宋仁宗赐梅挚诗有"地有吴山美,东南第一州"句。　(3)弥:满。　(4)使君:太守的别称。此指题中之述古。　(5)沙河塘:在杭州城南,为杭州歌楼酒馆集中之地。

【今译】湖光山色,只有杭州最美,胜景一望弥千里。只因使君难得来,起舞徘徊,樽前醉倒也不惜。　　沙河塘里灯初亮,谁把水调歌头唱?夜阑风静人欲归,皓月当空,满江月色碧琉璃。

【点评】这是一首赠别词。起二句直赋有美堂之形胜,大笔卓荦,气象不凡。三、四两句转写惜别之情,只因"使君"难得再来,故此开怀痛饮,起舞徘徊。有逸兴豪情,也有依依惜别之情。过片,就沙河塘夜景落笔。华灯初上,而正在此时,歌声悦耳,纯是所见所闻。"夜阑"二句,写欲归之时,又流连于江月澄明。表面上写明月,实则烘托有美堂夜景之迷人,唯觉空灵动荡,物我浑然。

宋词观止

【集说】陈述古守杭,已有瓜代,未交前数日,宴僚佐于有美堂,因请贰车苏子瞻赋词。子瞻即席而就,寄《摊破虞美人》。(赵万里据毛斧季校本《东坡词》上引杨元素《本事曲集》)

(刘锋焘)

虞 美 人

波声拍枕长淮晓。隙月窥人小。无情汴水自东流。只载一船离恨、向西州。　　竹溪花浦曾同醉⁽¹⁾。酒味多于泪。谁教风鉴在尘埃⁽²⁾。酿造一场烦恼、送人来。

【注释】(1)竹溪花浦:泛指风景优美的宴游之处。　　(2)风鉴:有二义:一谓高见卓识,一谓以风貌品人,此处兼含两义。

【今译】枕畔听见涛声,醒来正是淮河拂晓。我躺在一叶小舟上,从船篷缝隙中仰望新月是那么小。无情的汴水滚滚东流,载着一船离恨驶向西州。

竹溪畔,花浦前,我们曾同醉。心中的忧郁,多于酒味。谁让我们满腹才华,却沦落不遇! 酿成今日分别这样一场烦恼。

【点评】这是一首留别之作。起二句写淮上所见所感,已见出离后之相思。三、四两句,船载离恨,化虚为实,更显出二人交谊之深厚。过片,由离恨而回味过去之相聚,感喟之情溢于言外。末了,埋怨“风鉴”酿造如许烦恼,看似无理而实则凝聚着深沉的身世遭际之感慨,声、情激越而凄怆,感人良深。

【集说】东坡初未识少游,少游知其将复过维扬,作坡笔语,题壁于一山寺中。东坡果不能辨,大惊。及见孙莘老,出少游诗词数十篇,读之,乃叹曰:“向书壁者,定此郎也。”后与少游维扬饮别,作《虞美人》曰:(词略)。世传此词是贺方回所作,虽山谷亦云。大观中于金陵见其亲笔,醉墨超放,气压王子敬,盖东坡词也。(胡仔《苕溪渔隐丛话》卷五十引《冷斋夜话》)

(刘锋焘)

南 乡 子

送 述 古⁽¹⁾

　　回首乱山横。不见居人只见城。谁似临平山上塔⁽²⁾，亭亭。迎客西来送客行。　　归路晚风清。一枕初寒梦不成。今夜残灯斜照处,荧荧⁽³⁾。秋雨晴时泪不晴。

【注释】(1)述古:陈述古,名襄。与苏轼交往密切。熙宁七年(1072),陈述古由杭州太守调任应天府。苏轼作此词送别。　(2)临平山:在杭州东北。　(3)荧荧:微光闪烁的样子。

【今译】一旦离去,回头眺望,只见乱山纵横,不见故人身影,只有那临平古城。谁能像临平山上的孤塔,耸立山头,饱含送往迎来的深情!　　归路上晚风儿清清,初寒侵袭梦君不成。今夜残灯斜照,昏暗不明。敲窗的秋雨纵然停歇,思念的泪水!却流个不停。

【点评】这是一首送别词。词的上片借塔的送往迎来反衬自己不能目送故人远去。惜别之情,跃然纸上。下片借绵绵秋雨也有晴时,反跌自己别泪难禁。全词语言质朴,一往情深。

(田耕宇)

159

鹧 鸪 天

　　林断山明竹隐墙,乱蝉衰草小池塘。翻空白鸟时时见,照水红蕖细细香⁽¹⁾。　　村舍外,古城旁,杖藜徐步转斜阳。殷勤昨夜三更雨,又得浮生一日凉⁽²⁾。

【注释】(1)红蕖:荷花。　(2)浮生:虚浮不定的人生。

宋词观止

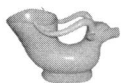

【今译】树林尽头,晚山斜阳,翠竹掩映着一带院墙,蝉声乱,衰草小池塘。鸟儿在天空飞翔,满池荷花,缕缕幽香。　　拄着藜杖,独自漫步,在村舍外,古城旁。昨夜三更殷勤雨,给这虚浮的人生,又添一日惬意的清凉。

【点评】这首词写作者的闲居生活。上片描写夏末秋初景象,极尽闲适之情,林木、青山、翠竹、墙院、蝉鸣、衰草、池塘、百鸟、荷花,绘成一幅优美的初秋田园暝色图。换头三句,似断实连,景美如斯,而出现在其中的作者是"杖藜徐步",这样一种形象寓意何在? 俨然是"策扶老以流憩,时矫首以遐观"的陶潜。结尾两句,直接抒写不愿投闲置散的矛盾心情。如实地反映了苏轼贬居黄州之初人生观发生转变的真实心理。

【集说】渊明诗:"啸傲东轩下,聊复得此生。"此词从陶诗中得来,愈觉清异,较"浮生半日闲"句,自是诗词异调。论者每谓坡公以诗笔入词,岂审音知言者。(郑文焯《手批东坡乐府》)

(田耕宇)

满 江 红

寄鄂州朱使君寿昌[1]

江汉西来,高楼下[2]、葡萄深碧[3]。犹自带、岷峨雪浪[4],锦江春色[5]。君是南山遗爱守[6],我是剑外思归客[7]。对比间、风物岂无情[8],殷勤说。　　江表传[9],君休读。狂处士[10],真堪惜。空洲对鹦鹉,苇花萧瑟。不独笑书生争底事,曹公黄祖俱飘忽[11]。愿使君、还赋谪仙诗[12],追黄鹤[13]。

【注释】(1)这首词作于元丰年间,作者被贬为黄州团练副使时期。(2)高楼:指武昌黄鹤楼。　(3)葡萄深碧:用葡萄酒比长江水色。　(4)岷峨雪浪:岷山、峨眉积雪融化,流入长江,故云。　(5)锦江:在四川成都,岷江支流。杜甫诗云:"锦江春色来天地。"　(6)南山遗爱守:朱寿昌曾任陕州

宋词观止

(属终南山区)通判(亦称通守),有政绩,故云。 （7）剑外:剑南,四川的别称。 （8）风物:风土人物。 （9）江表传:书名,记三国时东吴人物事迹,已佚。 （10）狂处士:汉末祢衡,恃才傲物,为曹操所忌,被黄祖杀死。 （11）曹公:曹操。 （12）谪仙诗:李白诗。 （13）追黄鹤:传说李白游黄鹤楼时,见崔颢《黄鹤楼》诗,叹服不已,以致搁笔。作者用此故事,劝勉朱寿昌写出超过李白的好诗篇。

【今译】滔滔长江和汉江自西奔来,挟带着岷峨雪浪,锦江春色。黄鹤楼下,碧波万顷绿,宛如葡萄美酒。你是卓有政绩的太守,我却想回归故里西蜀。饮巴蜀水长大,面对眼前风物,岂能不乡情悠悠,且听我殷勤向你倾诉。

《江表传》——你不要去读。恃才狂放的祢衡,实在是值得痛惜的人物。疾风吹过寂寞的鹦鹉洲,苇花瑟瑟发抖。不只是嘲笑负才斗气的祢衡,也讥笑曹操和黄祖,像匆匆的历史过客,飘飘忽忽。愿君追踪李白,写出的诗歌千古不朽。

【点评】这是一首寄友人词。词的上片从西来的长江和汉江引出家山万里的乡情。发端大笔勾勒,气势磅礴。"殷勤说"三字牵上带下,充满深情。下片承"岂无情"与"殷勤说",紧扣黄鹤楼与鹦鹉洲,借痛惜祢衡,讥刺曹操、黄祖,追慕太白,层层抒发词人贬居黄州的悲愤勃郁之气,最后以与友人共勉收束。全词纵论古今,直写胸臆,情、景、事、理相融相契。

(田耕宇)

161

宋词观止

满 庭 芳

蜗角虚名,蝇头微利(1),算来著甚干忙(2)。事皆前定(3),谁弱又谁强。且趁闲身未老,尽放我、些子疏狂(4)。百年里,浑教是醉(5),三万六千场。　　思量。能几许,忧愁风雨(6),一半相妨。又何须,抵死(7)说短论长。幸对清风皓月,苔茵展、云幕高张。江南好,千钟美酒,一曲满庭芳。

【注释】(1)蜗角、蝇头:蜗牛角和苍蝇头,比喻极微小的境地和东西。(2)着甚干忙:为何白忙。 (3)事:此指名利得失之事。 (4)些子:一点儿。 (5)浑:全、尽。 (6)风雨:此指政治上的翻覆变化。 (7)抵死:总是、老是。

【今译】蜗角似的虚名,蝇头般的微利,细想来,又何必:汲汲追求,空忙一场! 名利得失自有定数,说什么你弱他强! 姑且趁此无事可做,人还未老,让我也不妨疏狂! 人生百年,醉它三万六千场! 想想人生,能有几日欢乐疏放? 风雨忧患占据了一半时光。 又何必老是斤斤计较,说短论长! 有幸对着清风朗月,绿茵大地,无垠的天宇,云幕高张。面对着江南美景,美酒千杯,高歌《满庭芳》。

【点评】这是一首愤世嫉俗的抒怀词。开篇三句,以议论发端,嘲讽世人追名逐利。"事皆"两句,是作者的自我宽解。虽如此,却也表现出作者不甘受挫的自负。"且趁闲身"五句是失意时的愤激之辞,官场险恶,时与我违,索性沉醉远祸,其中不无"古来圣贤皆寂寞,但愿长醉不愿醒"的悲愤。换头承上而来,忧患人生欢少苦多。"又何须"二句自嘲自解,与上片"事皆前定"二句平行出之,但其中仍不乏牢骚之气。"幸对"以下至结尾,抒写超然于尘垢的豁达之情,笔锋一转,使人心胸顿感豁然。这首词以议论为主,上下片结构平行,表达的意思和感情也是平行的,这种写法便于议论对比,如以清朗无垠的自然与污浊狭小的名利场对比;以世俗汲汲于功名与自己对世俗观念的否定对比;以宦海中的尔虞我诈与自然界的适意对比,又彼此呼应;把作者鲜明复杂的个性和矛盾冲突深刻地展现出来,形象与说理达到完美统一。

(田耕宇)

西江月

平山堂

三过平山堂下[1],半生弹指声中[2]。十年不见老仙翁[3]。壁上龙蛇飞动。　　欲吊文章太守，仍歌杨柳春风[4]。休言万事转头空[5]。未转头时皆梦。

【注释】(1)平山堂：扬州名胜，庆历八年(1048)欧阳修任知州时所建。(2)弹指：佛教名词，指极短暂的时间。(3)"十年"句：苏轼第一次在平山堂见到欧阳修是在熙宁四年(1071)，次年欧阳修去世。到写此词时(元丰二年，即1079)已有九年，举其成数曰"十年"。"老仙翁"指欧阳修。(4)文章太守：指欧阳修。此四字与下句中之"杨柳春风"均出自欧阳修《朝中措》。(5)转头：死去。

【今译】三次途经平山堂，转瞬间便过去了半生。十年不见老恩师，墙壁上留着他的墨迹，仍如龙蛇飞动。　　想凭吊当年的"文章太守"，脑际萦回着"杨柳春风"，忘不掉恩师的笑貌音容。莫道人死万事空，未死之前都是梦。

【点评】元丰二年(1079)，苏轼调知湖州。赴任途中，经扬州，过平山堂而怀念先师欧阳修，遂作此词。起二句因三过平山堂而叹光阴之易逝、人生之匆匆。三、四两句，在"不见"与"见"中，融入深沉的思念。过片耳闻欧公之词句而更添怀念与伤悼之情。末了转回自身，思考人生，发出万事皆梦之感慨，苍凉凄怆，读之令人怅惘不已。

（刘锋焘）

163

满 庭 芳

元丰七年四月一日，余将去黄移汝，留别雪堂邻里二三君子[1]。会李仲览自江东来别，遂书以遗之。

归去来兮，吾归何处，万里家在岷峨[2]。百年强半，来日苦无多[3]。坐见黄州再闰[4]，儿童尽、楚语吴歌[5]。山中友，鸡豚社酒[6]，相劝老东坡。　　云何。当此去，人生

底事,来往如梭(7)。待闲看,秋风洛水清波(8)。好在堂前细柳,应念我、莫剪柔柯(9)。仍传语,江南父老,时与晒渔蓑(10)。

宋词观止

【注释】(1)雪堂:苏轼在黄州的居所名,位于长江边上。 (2)岷峨:四川的岷山与峨眉山,此代指作者故乡。 (3)强半:大半。这年苏轼五十岁。 (4)坐见:空过了。再闰:阴历三年一闰,两闰为六年,作者自元丰二年(1079)贬黄州,元丰三年(1080)闰九月,六年闰六月,故云再闰。 (5)楚语吴歌:黄州一带语言。黄州古代属楚国。此言孩子已经会说当地话。 (6)社酒:原指春秋两次祭祀土地神用的酒,此泛指酒。 (7)底事:何事。 (8)秋风洛水:西晋张翰在洛阳做官,见秋风起,想起故乡吴郡的菰菜,莼羹、鲈鱼脍,便弃官而归,此表示退隐还乡之志。 (9)柔柯:细枝,指柳条。 (10)江南父老:指作者邻里。

【今译】归去啊,归去,我的归宿在哪里? 故乡万里家难归,更何况劳碌奔波,身不由己! 人生百年已过半,剩下的日子也不多。蹉跎黄州岁月,四年虚过。膝下孩子,会说楚语,会唱吴歌。何以依恋如许多? 山中好友携酒相送,都劝我留在东坡。 面对友人一片冰心,我还有什么可说! 人生到底为什么,辗转奔波如梭? 唯盼他年闲暇,坐看秋风洛水荡清波。别了,堂前亲种的细柳,请父老,莫剪柳条。致语再三,晴时替我晾晒渔蓑。

【点评】这是一首留别词。开篇三句仰天长叹,直抒心系故园,身不由己,有家难归的愁思。"百年"二句以岁月蹉跎、时不我待之悲进一层写其失意怀乡之情。"坐见"五句,调转笔锋,描写黄州风土人情,父老好友真诚待己,相劝老东坡。下片承上写离别。"云何"四句,感叹雪泥鸿爪、劳生碌碌,无法掌握自己命运的痛苦。"待闲看"二句,以旷达之情荡开心中哀怨,抒发听任自然之情。"好在"以下,抒写依依惜别之情。全词糅政治牢骚、思乡之情、人生悲哀与故人依依之情于一体,感情复杂,波澜起伏。

(田耕宇)

卜 算 子

黄州定慧院寓居作

缺月挂疏桐，漏断人初静⁽¹⁾。谁见幽人独往来⁽²⁾，缥缈孤鸿影⁽³⁾。 惊起却回头，有恨无人省⁽⁴⁾。拣尽寒枝不肯栖，寂寞沙洲冷。

【注释】(1)漏断：即夜已深。 (2)幽人：独居的人。 (3)缥缈：隐隐约约。 (4)省(xǐng)：理解。

【今译】疏桐枝上挂着一弯新月，夜深人静，万籁俱寂。凄清的月光下幽人独自徘徊，孑然身影，有如缥缈孤鸿。 频频回首，惊疑不定，一腔幽恨谁能深省？拣尽寒冷的枝头，都不是栖息之所！四周的沙滩，又是那么凄寒幽冷。

【点评】这首词借孤鸿述志，吞吐含蓄，空里传恨。上片首句写定慧院幽静环境，次句写时间，以万籁无声进一步烘托环境的幽谧。"谁见"二句极写其一腔孤寂的恨事。人雁合一，曲尽其怨。下片首二句紧承上文，写孤鸿失群后惊恐不安。"有恨"句似写雁，又似写人，人雁一体，雁之恨即人之恨。末二句写雁拣尽寒枝，不肯与燕雀为伍之孤傲之志，实际抒发一己仕途遭挫，仍不肯随俗浮沉的品格，语意虽含蓄，而语气却十分坚定。

【集说】语意高妙，似非吃烟火食人语，非胸中有万卷书，笔下无一点尘俗气，孰能至此！（黄庭坚《跋东坡乐府》）

此东坡自写在黄州之寂寞耳，初从人说起，言如孤鸿之冷落；下专就鸿说，语语双关，格奇而语隽。（黄苏《蓼园词选》）

寓意高远，运笔空灵，措语忠厚，是坡仙独至处，美成、白石亦不能到也。（陈廷焯《词则·大雅集》）

（田耕宇）

165

宋词观止

江 神 子
密州出猎

　　老夫聊发少年狂⁽¹⁾，左牵黄、右擎苍⁽²⁾。锦帽貂裘，千骑卷平冈⁽³⁾。为报倾城随太守⁽⁴⁾，亲射虎，看孙郎⁽⁵⁾。

　　酒酣胸胆尚开张。鬓微霜，又何妨。持节云中，何日遣冯唐⁽⁶⁾。会挽雕弓如满月⁽⁷⁾，西北望，射天狼⁽⁸⁾。

【注释】(1)老夫：作者自称。聊：姑且。　(2)黄、苍：黄犬、苍鹰。(3)千骑(jì)：形容随从人马之多。　(4)为报：为酬答。倾城：全城的人。(5)亲射虎、看孙郎：作者自比孙权，要亲自去射虎。　(6)"持节"二句：作者自比汉代魏尚，希望朝廷能派冯唐宣示诏令，起用自己。　(7)会：将要。(8)天狼：星名。古人认为此星代表灾难。此喻指西夏和辽。

【今译】我姑且像轻狂的少年抒发一下豪情壮志右臂擎着猎鹰，左手牵着黄犬，穿上猎装，带领大队人马，席卷原野山冈。为报答全城百姓随我出猎，我要弯弓搭箭射猛虎，像当年的孙权一样。　酒兴方酣，豪情四溢，鬓角那些许白发，又有何妨！总有一天，我会为朝廷重用。不知什么时候，朝廷能派来冯唐？到那时——我将挽起雕弓，射落西北的天狼。

【点评】这首词描写出猎盛况和豪情，抒发报效国家、建功立业的志向。上片描绘出猎盛况，扣住一个"狂"字：文人打猎是狂，倾城相随是狂，不猎他物，专猎猛虎是狂，自比少年亦是狂。写狂，旨在表明自己正当有为之时，为下片请缨铺垫。下片不惜泼墨，慷慨请战。急切昂扬之情，鼓荡于字里行间。虽是一厢情愿，但不失赤诚之心。全词以意气风发的豪情起笔，以平定边患的英雄形象收束，豪情四溢，壮气逼人，诚如作者所云："颇壮观也！"

(田耕宇)

临 江 仙

送 钱 穆 父(1)

一别都门三改火(2),天涯踏尽红尘。依然一笑作春温。无波真古井,有节是秋筠(3)。　　惆怅孤帆连夜发,送行淡月微云。尊前不用翠眉颦(4)。人生如逆旅,我亦是行人(5)。

【注释】(1)此词作于元祐六年(1091)。钱穆父:名勰。苏轼在翰林院供职时结识的朋友。元祐三年(1088)因罪出知越州(今浙江绍兴),元祐五年十月改知瀛洲(治所在今河北河间),于次年春赴任,途经杭州,苏轼当时为杭州知州,作此词送行。　　(2)三改火:过了三年。古时钻木取火,四时用木不同,新季节到来,钻木改变,称改火。宋时指一年一度的寒食日后清明日的改新火。元祐初钱勰为中书舍人,苏轼为起居舍人,同在朝中。元祐三年钱出知越州,临行二人都门帐饮,苏轼曾有诗赠行,至今日杭州相见,已别三年。　　(3)"无波"二句:从白居易"无波古井水,有节秋竹竿"化来。筠(yún):竹子的青皮,借指竹子。　　(4)翠眉:指代侍宴的歌妓。颦:皱眉,此处指弹唱悲伤的歌曲。　　(5)"人生"二句:李白云:"夫天地者,万物之逆旅也,光阴者,百代之过客也。"

167

【今译】都门一别已三春,你我奔波沉浮,阅尽红尘。今天相聚一笑,依然温馨如春。你的心,我的心,静如无波的古井;你的节操,我的节操,恰似翠竹常青。　　你我惆怅话别,孤帆连夜远去,为你送行,唯有淡月微云。举杯痛饮吧,侍宴的歌声不必低沉。天地似逆旅,人生如过客,我也是匆匆的行人。

【点评】这是一首赠别词。两位有相同政治命运、相同人生遭际的老友话别,因而没有歧路泪沾巾的儿女情长,有的只是对仕途红尘的共同理解,是历经沧桑后的宠辱不惊、旷达为怀而又节操自守的淡泊

宋词观止

情怀,是参透人生、任运而行的宁静与潇洒。不以写情为务,而骨子里全是深情。

(储兆文)

水 龙 吟

闾丘大夫孝直公显尝守黄州,作栖霞楼,为郡中胜绝。元丰五年,余谪居于黄。正月十七日,梦扁舟渡江,中流回望,楼中歌乐杂作。舟中人言:"公显方会客也。"觉而异之,乃作此词。公显时已致仕在苏州。

小舟横截春江,卧看翠壁红楼起。云间笑语,使君高会⁽¹⁾,佳人半醉。危柱哀弦⁽²⁾,艳歌余响,绕云萦水⁽³⁾。念故人老大,风流未减,独回首、烟波里。　推枕惘然不见,但空江、月明千里。五湖闻道⁽⁴⁾,扁舟归去,仍携西子。云梦南州⁽⁵⁾,武昌东岸,昔游应记。料多情梦里,端来见我,也参差是⁽⁶⁾。

【注释】(1)使君:指闾丘孝直,字公显,苏州人,曾为黄州太守,与苏轼往来较密。　(2)危柱哀弦:意为奏乐唱歌。　(3)"绕云"句:歌声萦回不绝。(4)五湖:据说范蠡相越,平吴之后,携西施,乘扁舟,泛五湖而去。(5)云梦:古湖泊名。《一统志》,云梦泽在天门县西。　(6)参差:仿佛。

【今译】小舟悠悠荡荡,横渡碧水潺潺的春江。斜卧在舟中,翠壁红楼遥遥在望。太守在楼中宴客,一片笑语空中回响。美人微微醉酒,丝竹管弦悠扬。萦回于江水之中,缭绕于白云之上。想老朋友年岁日增,风流情怀,和当年一样。回首如烟往事,似江雾一片迷惘。　从梦境中醒来,枕席边空空荡荡。只有一轮皓月,静静地映着千里空江。听说你和范蠡一样,驾一叶扁舟,携心爱的人儿,泛舟五湖上。想当年结伴而游,足迹在云梦、武昌。我想你也会——梦中有情,千里迢迢来看我,和我在梦中见你一样。

【点评】这是一首记梦怀人词。上片写梦境。起二句,风物旖旎。"云间"六句,写梦中宴会之情景。"念故人"二句对老友的豪情大为叹赏。"独回首"二句,宕开,落到现时处境,回首往事,心绪怅然。下片写梦后。"推枕"三句点明梦醒,空江明月,凄清寂寥。"五湖"三句再转,明写闾丘孝直致仕后的归隐生活,亦寓自己对无拘无束生活的向往。"云梦"三句记叙旧日游踪,结尾三句落到别后的友情,而梦中的隐约相见,又多少有几分感慨与怅惘。

【集说】突兀而起,仙乎!仙乎!"翠壁"句奇崭,不露雕琢痕。上片全写梦境,空灵中杂以凄丽,过片始言情,有沧波浩渺之致,真高格也。"云梦"二句,妙能写闲中情景。煞拍不说梦,偏说梦来见我,正是词笔高浑不犹人处。读东坡先生词,于气韵、格律,并有悟到空灵妙境,匪可以词家目之,亦不得不目为词家,世每谓其以诗入词,岂知言哉。(郑文焯《手批东坡乐府》)

(卓苏榜)

如 梦 令[1]
有 寄

为向东坡传语[2],人在玉堂深处[3]。别后有谁来?雪压小桥无路。归去,归去,江上一犁春雨。

【注释】(1)毛氏汲古阁本题作《有寄》。傅翰木注云:"寄黄州杨使君二首,公时在翰苑。"苏轼元祐元年(1086)九月至元祐四年(1089)三月在翰林院,词作于此时。 (2)东坡:苏轼贬黄州时,在城东门外垦荒数十亩,命名为东坡。 (3)玉堂:指翰林院。

【今译】请代我,向东坡问候,就说我——羁绊在玉堂深处。问东坡:自从我走以后,又有谁来过?是否——雪压小桥,遮断了来路?我将归去啊,

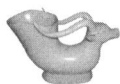

我将归去,徜徉东坡,沐浴催耕的春雨。

【点评】这是一首寄人词。但通首词都是请朋友代向东坡传语。首句统领全篇,以下皆为传语内容。"玉堂深处",于轻描淡写中蕴含向往田园的深意。"别后"两句是对自己走后,东坡冷清景象的揣度,隐含对东坡的眷念。末三句表明自己将归耕东坡的心愿。写归隐,却从春雨催耕写出,以景传情,运思婉曲。

(储兆文)

浣 溪 沙

170

元丰七年十二月二十四日,从泗州刘倩叔游南山⁽¹⁾

细雨斜风作晓寒,淡烟疏柳媚晴滩⁽²⁾,入淮清洛渐漫漫⁽³⁾。 雪沫乳花浮午盏⁽⁴⁾,蓼茸蒿笋试春盘⁽⁵⁾,人间有味是清欢。

【注释】(1)元丰七年(1084),苏轼调任汝州团练副使。此词即赴汝州途中经泗州时所作。刘倩叔:不详。南山:泗州南郊的风景区。 (2)滩:指南山附近的十里滩。 (3)清洛:即洛涧,淮水支流。漫漫:水势浩渺貌。(4)雪沫乳花:茶水上漂浮的白色泡沫,通称"茶乳"。午盏:指午茶。(5)蓼茸蒿笋:蓼芽与蒿茎,均为立春前后的时鲜。春盘:古时风俗,立春时以青菜果物等装盘互相馈赠,号曰"春盘"。此指菜肴。

【今译】斜风吹着细雨飘飘洒洒,化作春日的一阵轻寒。洛涧的水势渐渐漫长,淡烟疏柳装点着十里晴滩。 杯盏中飘浮着雪花般的茶乳,菜蔬鲜果装满了春盘。莫羡豪门华堂宴,人间有味是清欢。

【点评】这是一首记游感怀之作。元奉七年,苏轼调任汝州团练副使,离开谪居四年多的黄州,心情比较轻松,途经泗州时游南山而作此词。起句写清晨景致:细雨斜风,略有寒意。"淡烟"句写向午景物:雨后初晴,十里长滩为淡烟疏柳所点缀,料峭风物中自有春意萌动。"入淮"句转而写水:春天将临,水势渐涨。过片已至晌午,主人公也由游赏景物而改为小憩品茗,但见杯中茶乳漂浮,盘中盛摆着新鲜菜蔬:意趣清雅,情致悠然。于是自然吟出结拍一句:"人间有味是清欢",戛然煞尾,看似淡淡而意味隽永。

(刘锋焘)

临 江 仙⁽¹⁾
夜 归 临 皋⁽²⁾

夜饮东坡醒复醉⁽³⁾,归来仿佛三更。家童鼻息已雷鸣。敲门都不应,倚杖听江声。 长恨此身非我有⁽⁴⁾,何时忘却营营⁽⁵⁾。夜阑风静縠纹平⁽⁶⁾。小舟从此逝,江海寄余生⁽⁷⁾。

【注释】(1)这首词作于元丰五年(1082)九月。 (2)临皋:苏轼初到黄州,先寄寓定慧寺,不久即迁居临皋亭。亭在黄州朝宗门外,下临长江。(3)东坡:苏轼谪居黄州的第二年,友人马正卿替他向官府请得一片数十亩的旧营地,在黄州城东,取名东坡。元丰五年春,苏轼筑雪堂于东坡,并自号东坡居士。 (4)"长恨"句:《庄子·知北游》载,"舜问乎丞曰:'道可得而有乎?'曰,'汝身非汝有也,汝何得有夫道?'舜曰,'吾身非吾有也,孰有之哉?'曰,'是天地之委形也。'"庄子以为,人的身形性命,死生聚散都由不得自身,而由天地主宰。苏轼借用此意而略有不同,近于陶渊明的"以心为形役"。 (5)营营:原意为往来不绝之状,引申为匆匆忙忙地追逐名利。(6)阑:尽;晚。縠(hú):绉纱一类的丝织品。縠纹,形容江水的波纹。(7)"江海"句:战国时越国大夫范蠡帮助越王灭吴之后,便退隐泛舟于太湖。此句表明作者想要像范蠡一样退隐,全身远害。

【今译】夜饮东坡醒来又醉去,归来仿佛已三更,家童酣睡鼻息如雷鸣。敲门都不答应,且从容倚杖,听长夜里大江涛声。 叹人生多艰,我身竟

171

宋词观止

不能归我所有,什么时候,才能摆脱利禄的束缚,夜深了,风平静,江上波纹舒平。我愿驾一叶小舟,在江海中了此余生。

【点评】这是一首言志抒怀词。作者从一件细事引出涵溉广深的思索,给人以空灵隽永的享受。上片记叙一件小事。"敲门都不应,倚杖听江声"两句深得意趣。夜晚、江边、独自一人,正宜于内心反视,奇思妙绪奔涌,为过片的议论埋伏一脉。下片是对人生的顿悟。"夜阑风静縠纹平"一句描写,既挽合了上片的"倚杖听江声",又将过片的议论转为充满了感情与浪漫想象的愿望,而这一转换似乎是由于听从了夜色、风声和江水神秘的呼唤。

【集说】(东坡)与数客饮江上,夜归,江面际天,风露浩然,有当其意,乃作歌辞,所谓"夜阑风静縠纹平,小舟从此逝,江海寄余生"者,与客大歌数过而散。翌日,喧传子瞻夜作此辞,挂冠服江边,挐舟长啸去也。郡守徐君猷闻之,惊且惧,以为州失罪人,急命驾往谒,则子瞻鼻鼾如雷,犹未兴也。(叶梦得《避暑录话》)

(何依工)

贺 新 郎(1)
夏 景

　　乳燕飞华屋(2)。悄无人、桐阴转午,晚凉新浴。手弄生绡白团扇(3),扇手一时似玉。渐困倚、孤眠清熟。帘外谁来推绣户(4),枉教人、梦断瑶台曲(5)。又却是,风敲竹。

　　石榴半吐红巾蹙(6)。待浮花、浪蕊都尽(7),伴君幽独。秾艳一枝细看取,芳心千重似束(8)。又恐被、秋风惊绿。若待得君来向此,花前对酒不忍触(9)。共粉泪,两簌簌(10)。

【注释】(1)这首词是作者知杭州时作。　(2)乳燕:雏燕。华屋:雕饰精美的住宅。　(3)绡:生丝织成的薄绸或薄纱。白团扇,汉成帝时班婕妤失宠,作怨诗一首,曰:"新裂齐纨素,鲜洁如霜雪。裁为合欢扇,团团似明月……常恐秋节至,凉风夺炎热。弃捐箧笥中,恩情中道绝。"云云,自伤身世。　(4)绣户:雕镂精美的门户,多指女子居处。　(5)枉:徒然,白白地。瑶台:玉石砌成的楼台,传说在昆仑山,仙人所居。曲:幽深之处。　(6)蹙(cù):皱。这里形容石榴花半开时像红纱折皱而成。　(7)浮花浪蕊:指春天里一些虽然美丽,但花期短暂的花。　(8)芳心:指花心。石榴花重瓣,半开时花瓣重重簇拥花心。常用来指美人之心。　(9)触:把玩欣赏。(10)簌簌(sù sù):花落之声,流泪之状。

【今译】雕梁画栋的华屋,小燕子细语轻飞。梧桐树影暗移,新浴后晚风习习。一整日的寂静无人,纤手把玩白团扇,凝神睇思,扇如玉,手如玉。渐困倦,斜倚枕畔,孤眠多么甜蜜!帘外谁人敲响彩绣的门户?空让人梦断瑶台深处!细看来却是风儿吹翠竹。

石榴花儿半吐,宛如红纱折皱。且等轻薄的花儿都尽,我来伴你的幽独。细看这一石榴,那样浓丽,那样娇妍,千重芳心似乎被约束。只恐秋风早早降临,惊散了万点飞红,换一片无情的暗绿。想那时怎忍对花对酒,长歌短赋,一定是泪落花飞,萧萧簌簌。

【点评】上片写美人的幽独,笔触细致省净。虽未必为官妓秀兰而作,却有一失意孤独的美人呼之欲出。唯其孤独,故于梦境中才能获得慰藉。然梦被惊醒时,仍心怀企盼,待明白"风敲竹"后,复堕入无限惆怅。下片重点写榴花。作者拟物为人,仰承俯注,处处展现美人孤高的品性和无人知赏的处境。"秋风惊绿"完全是"岁华竟摇落,芳意竟何成?"(陈子昂诗句)的自伤身世。结尾亦花亦人,物我合一,怅叹犹深。

【集说】苏子瞻守钱塘,有官妓秀兰天性黠慧,善于应对。湖中有宴会,群妓毕至,唯秀兰不来。遣人督之,须臾方至。子瞻问其故,具以发结沐浴,不觉困睡,忽有人叩门声,急起而问之,乃乐营将催督之……子瞻作《贺新郎》……(杨湜《古今词话》)

东坡《贺新郎》,在杭州万顷寺作。寺有榴花树,故词中有云石榴。又是

宋词观止

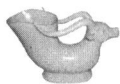

日有歌者昼寝，故词中云："渐困倚孤眠清熟。"（曾季狸《艇斋诗话》）

东坡此词，冠绝古今，托意高远，宁为一娼而发邪？（胡仔《苕溪渔隐丛话》后集）

换头单说榴花。高手作文，语意到处即为之，不当限以绳墨。又云：榴花开，榴花谢，以芳心共粉泪想象，咏物妙境。（沈际飞《草堂诗余正集》）

末四句是花是人，婉曲缠绵，耐人寻味不尽。（黄苏《蓼园词选》）

（何依工）

洞　仙　歌

仆七岁时见眉山老尼[1]，姓朱，忘其名，年九十余。自言尝随其师入蜀主孟昶宫中[2]。一日大热，蜀主与花蕊夫人夜纳凉摩诃池上[3]，作一词，朱具能记之。今四十年，朱已死久矣。人无知此词者，但记其首两句。暇日寻味，岂洞仙歌令乎？乃为足之云。

冰肌玉骨，自清凉无汗。水殿风来暗香满。绣帘开、一点明月窥人，人未寝、欹枕钗横鬓乱[4]。　　起来携素手，庭户无声，时见疏星渡河汉。试问夜如何，夜已三更，金波淡、玉绳低转[5]。但屈指西风几时来，又不道流年，暗中偷换。

【注释】(1)此词作于元丰五年（1082）。其时作者在黄州贬所。(2)孟昶（chǎng）：五代时蜀国后主，与南唐李煜同时。在位三十一年（935—965），国亡降宋。　(3)花蕊夫人：孟昶的贵妃，徐匡璋之女，别号花蕊夫人，取意"花不足拟其色，似花蕊之翾轻也"（陶宗仪《辍耕录》）。亡国后与孟昶一起做了赵匡胤（宋太祖）的俘虏。　(4)欹（qī）：倾斜。　(5)玉绳：星名，是北斗七星中的斗杓，这里代指北斗星。

【今译】熏风从夜的水面飘起，满殿的幽香，吹起绣帘轻柔，月光随风潜入，静静地看那不眠的人：冰一般晶莹，玉一般温润。炎暑时也清凉无汗，凤钗斜斜簪起了黑发，靠着枕儿凝神。　　携手仰望星空，天河上倏然划一道流星，摩诃池畔一片幽静。轻轻问一声：夜可已深沉？月光澹荡，北斗低垂，夜，正是三更。屈指细想秋风几时能来，却不觉年华如水，悄然流转，一去无声。

【点评】这首词根据花蕊夫人纳凉的传闻写成。上片侧重写女主人公的姿态之美，下片侧重写女主人公细致摇曳的内心活动。词中自然景物的表现，不仅创造某种气氛，同时也是人物内在感情的暗示或延伸。"水殿风来暗香满"，花香中不无女主人公的温馨之气；"一点明月窥人""欹枕钗横鬓乱"，宛如一幅月下美人图。而女主人公对流年的眷恋、怅叹在"金波淡、玉绳低转"的描写中暗示，尽得于不言。全词用笔曲折，人物姿态、动作皆含情脉脉，茹而未吐，结尾点破"流年暗中偷换"，却又以"但屈指""又不道"加以转折，纡徐婉转，迥异乎苏轼那些清雄豪迈、笔势如奔之作。

【集说】清丽舒徐，高出人表。（张炎《词源》）

清越之音，解烦涤苛。（沈际飞《草堂诗余正集》）

词韶丽处，不在涂脂抹粉也。诵东坡"冰肌玉骨，自清凉无汗，水殿风来暗香满"句，自觉口吻俱香。（沈祥龙《论词随笔》）

（何依工）

175

江　神　子

乙卯正月二十日夜记梦[1]

十年生死两茫茫[2]，不思量，自难忘。千里孤坟[3]，无处话凄凉。纵使相逢应不识，尘满面，鬓如霜。　　夜来幽梦忽还乡，小轩窗，正梳妆。相顾无言，惟有泪千行。料得年年肠断处，明月夜，短松冈。

【注释】(1)乙卯：宋神宗熙宁八年（1075）。当时作者任密州知州。

(2)"十年"句:作者的妻子王弗于英宗治平二年(1065)病逝于汴京,到作者写这首词时恰好十年。　　(3)千里孤坟:王弗逝世次年归葬于眉山祖茔。作者时在密州,故云。

【今译】十年生离死别,音容茫茫。不用思量,你也让我难忘。你的孤坟远在千里,我去哪儿诉说凄凉？纵然我们见了面,你也不会认识我,岁月的风尘,已使我苍老,两鬓如霜。　　昨夜一场幽梦,我忽然回到故乡。明净的小窗前,你正在梳妆。你我相对无言,只有泪儿千行。我想——你一定是在凄清月夜,长着小松树的山冈上年复一年的悲伤。

【点评】这是为悼念亡妻而作。上片向亡妻诉说人生的凄凉,哽咽悲切,催人泪下。下片前五句记梦,既有见面的喜悦,又有无言的流泪。结尾三句,乃梦醒后的伤感。以景作结,境界凄迷。全词于悼亡中融入个人身世感慨,虚实相间,直有回肠荡气之力。

（杨恩成）

李之仪

李之仪(1038—1117),字端叔,号姑溪居士,沧州无棣(今属山东)人。神宗时进士。尝从苏轼于定州幕府。徽宗初,提举河东常平,坐草范纯仁遗表,编管太平州。能诗文,亦工词。其作品长于淡语、景语、情语。有《姑溪词》。

卜 算 子

我住长江头,君住长江尾。日日思君不见君,共饮长江水。　此水几时休?此恨何时已?只愿君心似我心,定不负相思意。

【今译】我住在长江上游,你住在长江下游。天天想你难见你,饮的同是一江水。　长江几时枯竭?相思几时停息?但愿你心似我心,莫负我的相思意。

【点评】此词为相思而作。上片写思念之切。"日日"二句,饮水思人,立意巧妙。下片写爱之深切,犹如不竭之江水。"只愿"二句,决绝中约略透出

宋词观止

忧郁。全词仿民歌格调,语淡而情深。

【集说】"我住长江头,君住长江尾。日日思君不见君,共饮长江水。"真是古乐府俊语矣。(毛晋《姑溪词跋》)

（杨恩成）

舒亶

舒亶(1041—1103)，字信道，明州慈溪（今属浙江）人。英宗治平二年(1065)进士。神宗时官御史中丞，与李定等网罗罪名，弹劾苏轼。后坐罪除名。徽宗时，复出，除龙图阁待制。能词，王灼谓其词"思致妍密，要是波澜小"。近人赵万里辑其词为《舒学士词》。

虞美人

寄 公 度⁽¹⁾

芙蓉落尽天涵水⁽²⁾。日暮沧波起。背飞双燕贴云寒⁽³⁾。独向小楼东畔、倚阑看。　　浮生只合尊前老。雪满长安道。故人早晚上高台。赠我江南春色、一枝梅⁽⁴⁾。

【注释】(1)公度：作者友人。其人姓名不详。　(2)芙蓉：荷花。　(3)背飞：朝另一个方向飞去。　(4)"赠我"句：南朝宋陆凯与范晔为友，在江南寄一枝梅花给在长安的范晔，并赠诗云，"折花逢驿使，寄与陇头人。江南无所有，聊寄一枝春。"此处即用此典故。

【今译】荷花开败的时候，天像水一样湛蓝。寒波在黄昏涌起，燕子结伴向南飞，高高地贴着云端。登上小楼东畔，独倚栏杆送归燕。　　这苦难的人生，只应老死在酒杯前。京城里更是举步维艰。登高望远的朋友啊，请寄一枝报春的梅花，解脱我对故乡的思念。

【点评】这是一首怀人词。上片写逢秋而倚楼念远。天涵水，沧波起，燕贴云飞，景象凄清，境界高远。下片叹人生之艰及与友朋阻隔。"故人"句，回应"独向小楼"一句，行人思友，友人思客，虚实相间，一往情深。

（杨恩成）

丑 奴 儿
次 师 能 韵

一池秋水疏星动，寒影横斜[1]。满坐风花[2]，红烛纷纷透绛纱[3]。江湖散诞扁舟里[4]，到处如家。且尽流霞[5]。莫管年来两鬓华[6]。

【注释】(1)寒影：指水中花的倒影。　(2)风花：风吹落的花。　(3)绛纱：红色的纱。　(4)散诞：逍遥自在。　(5)流霞：仙酒名。　(6)两鬓华：鬓发花白。

【今译】一池秋水，荡动着几点疏星和花的寒影。身前身后，有落花舞秋风。烛光摇摇，透出绛纱红。　　荡起一叶扁舟，放诞山水江湖，四处为家。开怀畅饮，哪怕明年两鬓华发，也不去管它！

【点评】上片写景，下片抒情。起首两句写秋夜湖景，"秋水""疏星""寒影"着一"动"字，境界全出。"满座"又引出花下之人，虽属写景，却微露人的情感。下片以抒情为主。"江湖"两句，将随遇而安的情怀和盘托出。结拍两句用"且尽""莫管"前后呼应，表达出词人内心的无奈与颓废。全词景物层层收拢，情感渐渐明朗。

（朱惠国）

黄 庭 坚

黄庭坚（1045—1105），字鲁直，自号山谷道人，又号涪翁，洪州分宁（今江西修水）人。治平中进士，曾任国子教授、国史编修官。以修《神宗实录》不实之罪名，贬涪州别驾，黔州安置。徽宗时，再贬宜州，卒于贬所。工诗文，为江西诗派"三宗"之一。亦工词，与秦观齐名，人称"秦黄"。刘熙载云："黄山谷词用意深至，自非小才所能办。唯故以生字俚语侮弄世俗，若为金元曲家滥觞。"有《山谷琴趣外篇》，又名《山谷词》。

鹧 鸪 天
座中有眉山隐客史应之和前韵即席答之

黄菊枝头生晓寒，人生莫放酒杯干。风前横笛斜吹雨，醉里簪花倒著冠[1]。　　身健在，且加餐。舞裙歌板尽清欢。黄花白发相牵挽，付与时人冷眼看[2]。

【注释】（1）倒著冠：倒戴着帽子。孟嘉为桓温参军。九月九日，温与嘉共游龙山，风吹嘉帽落地，嘉竟未察觉。后世以此典形容文士风流倜傥，风

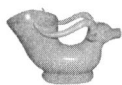

度翩然。倒著冠即翻用其事。　　(2)付与:让,请。时人:世俗之人。

【今译】枝头上绽放的菊花,给秋晨带来寒气。只要不让酒杯常干,就能领略人生真谛。风雨中长笛横吹,醉中给头上插朵黄菊,帽儿戴反了也不在意。　　幸喜老身还健在,就应该努力加餐。听听音乐,看看跳舞,获取人生的清欢。黄菊花,白头发,互相依恋,互相牵挽,任世上庸人冷眼看。

【点评】这是一首重阳节感怀词。面对长期的贬谪生活,作者非但不消沉,反而淡然处之。"风前"二句,写疏狂之态,跃然纸上。

【集说】东坡"破帽多情却恋头",翻龙山事,特新。山谷"风前横笛斜吹雨,醉里簪花倒著冠",尤用得幻。(沈谦《东江集抄》)

菊称其耐寒则有之,曰"破晓寒"更写得菊精神出。曰"斜吹雨""倒着冠",则有傲兀不平气在。末二句尤见牢骚,然自清迥独出,骨力不凡。(黄苏《蓼园词选》)

(杨恩成)

水 调 歌 头
游　　览

　　瑶草一何碧(1),春入武陵溪(2)。溪上桃花无数,花上有黄鹂。我欲穿花寻路,直入白云深处,浩气展虹霓(3)。只恐花深里,红露湿人衣(4)。　　坐玉石,倚玉枕,拂金徽(5)。谪仙何处(6),无人伴我白螺杯(7)。我为灵芝仙草(8),不为朱唇丹脸(9),长啸亦何为。醉舞下山去,明月逐人归。

【注释】(1)瑶草:仙境里的香草。　　(2)武陵溪:用陶渊明《桃花源记》故事。　　(3)虹霓:彩虹。　　(4)红露:花上的露水。　　(5)金徽:定琴音高低的琴徽。　　(6)谪(zhé)仙:指李白。因贺知章称其为天上谪仙人。(7)白螺杯:用白色螺壳制的酒杯。　　(8)"我为"句:作者以仙境的灵芝草自喻。　　（9）"不为"句：不愿涂脂抹粉，取媚于人。

【今译】香草多么碧绿，踏着春天的脚步，来到武陵溪。溪边桃花盛开，花枝上唱着黄鹂。我想沿着桃花林，直向白云深处走去，敞开我的胸怀，让浩气化作彩虹，又怕深深的花海中，花露打湿人衣。　　坐玉石，倚玉枕，抚弄我心爱的瑶琴，弹一曲——李白，你在何处？无人陪我痛饮，辜负了白螺酒杯。我是灵芝仙草，不愿向庸人献媚。为什么要长长叹息！醉悠悠，下山去，明月身后追。

【点评】山谷人格，差似东坡，亦时作超然远举之想，虽疏狂，然终乏东坡飘逸超旷之气。上片，神入桃源仙境。秾丽中不乏清疏。"瑶草"二句，点题。一"入"字，既写春到武陵，亦写人游武陵，含不尽情思。"溪上"二句，写武陵春色，笔调清新。"我欲"五句，再进一层，写武陵春色之令人神往，直是东坡"我欲乘风归去"笔法。虚实相间。下片抒发游览之疏狂情趣。"坐玉石"二句，倚石望云，拂琴弹曲，悠兴备极。"谪仙"二句，呼出李白，反跌己之嗜酒傲世。"我为"三句，吐露己之不肯媚世求荣之人格。"醉舞"二句，因武陵春色媚人，故醉饮桃源，踏月而归。不言人归途恋月，而言"明月逐人"，超宕之至。

【集说】东坡《水调歌头》："我欲乘风归去，只恐琼楼玉宇，高处不胜寒。起舞弄清影，何似在人间！"一时词手，多用此格。如鲁直云："我欲穿花寻路，直入白云深处，浩气展虹霓。只恐花深处，红露湿人衣。"（李冶《敬斋古今黈》）

《水调歌头》："瑶草一何碧，春入武陵溪。溪上桃花无数，花上有黄鹂。"世传为鲁直于建炎初见石耆翁，言此莫少虚作也。莫此词本始，耆翁能道其详。（王灼《碧鸡漫志》）

一往深秀，吐属隽雅绝伦。（黄苏《蓼园词选》）

曩疑山谷词太生硬，今细读，悟其不然。"超轶绝尘，独立万物之表；驭风骑气，以与造物者游。"东坡誉山谷之语也，吾于其词亦然。（夏敬观《手批山谷词》）

（杨恩成）

浣 溪 沙
渔 父

新妇滩头眉黛愁⁽¹⁾。女儿浦口眼波秋⁽²⁾。惊鱼错认月沉钩。 青箬笠前无限事,绿蓑衣底一时休。斜风吹雨转船头。

【注释】(1)矶(jī):水边突出的岩石。 (2)眼波秋:比喻水柔媚多情。秋波:比喻美女的眼睛像秋水一样清澈明亮。

【今译】临水的山啊,像新妇的修眉在凝愁;恋山的水啊,像姑娘的眼波般清秀。就连鱼儿也大吃一惊,把水中的一弯月牙儿,当作渔翁的钓钩。

戴着青色的斗笠,披一件绿蓑衣,令人神往的潇洒,转眼却化为乌有!因为斜风刮起,细雨洒落,我得赶快调转船头。

【点评】此词抒发词人依山恋水而不可得之失望情怀。上片,赞美山光水色,以新妇凝愁、少女怀春、月如沉钩,极尽声色情态。下片,抒怀。正欲放情山水,却又是斜风细雨,调转船头。翻用张志和《渔歌子》结尾一句,殊觉遗憾。

【集说】黄鲁直作此词,清新婉丽,闻其得意,自以水光山色,替却玉肌花貌,此乃真得渔父家风也。然才出"新妇矶",又入"女儿浦",此渔父无乃大澜浪也。(黄苏《蓼园词选》引苏轼语)

前一阕写得山水有声、有色、有情、有态,笔笔称奇;第二阕,"无限事""一时休",写渔父情怀,未免语含愤激。涪翁一生坎凛,托兴于渔父,欲为恬适,终带牢骚。结句与张志和"斜风细雨不须归"句亦自神理迥别。张句是无心任运,涪翁句是有心避患也。细味当自得之。(黄苏《蓼园词选》)

(杨恩成)

清 平 乐

　　春归何处？寂寞无行路(1)。若有人知春去处，唤取归来同住(2)。　　春无踪迹谁知？除非问取黄鹂(3)。百啭无人能解(4)，因风飞过蔷薇(5)。

【注释】(1)春归二句：言春已归去，但没有留下踪迹。　(2)唤取：唤来。　(3)问取：问。黄鹂：黄莺。因黄莺啼鸣于春夏之间，该知晓春之去向，故有此说。　(4)百啭：形容黄莺婉转的鸣叫声。　(5)因风：顺着风势。

【今译】春天去了哪里？空空荡荡，四处没有她的行迹。如果有人知道她的去处，请唤她归来，再与我们同住！　　渺渺茫茫，春之踪迹有谁知？除非问问黄鹂。黄鹂婉转啼鸣，谁也不明白它说了什么，还趁着风远远飞去。

【点评】这是一首惜春词。起二句自问自答。三、四两句忽发奇想：若有人知春天的去处，唤她归来，与其同住。然这终究只是想象而已，诗人亦自知绝无可能，于是又想也许黄鹂鸟知道春天的去处，因为她与春天同来，又鸣叫着送春归去。岂料黄鹂鸟的叫声竟无人能解，且其竟不顾人之企盼，飞过蔷薇而去，使得诗人益发怅惘不已，而那渐开的蔷薇花也仿佛在告诉诗人：夏已来临，春天确乎难觅其踪影了。

　　有人曾认为"黄九于词，直是门外汉"（《白雨斋词话》卷一），但观这首小词，新颖而隽永，诚为佳作，可见黄九之词并非"门外汉"之作。

【集说】山谷词云："春归何处？寂寞无行路。若有人知春去处，唤取归来同住。"王逐客云："若到江南赶上春，千万和春住。"体山谷语也。（胡仔《苕溪渔隐丛话》）

（刘锋焘）

念奴娇(1)

八月十七日,同诸甥步自永安城楼(2),过张宽夫园待月。偶有名酒,因以金荷酌众客(3)。客有孙彦立,善吹笛。援笔作乐府长短句,文不加点。

断虹霁雨(4),净秋空,山染修眉新绿(5)。桂影扶疏(6),谁便道,今夕清辉不足(7)。万里青天,姮娥何处,驾此一轮玉。寒光零乱,为谁偏照醽醁(8)。　　年少随我追游,晚凉幽径,绕张园森木。共倒金荷家万里,难得尊前相属(9)。老子平生(10),江南江北,最爱临风曲。孙郎微笑(11),坐来声喷霜竹(12)。

【注释】(1)词作于谪居戎州时。　(2)永安:白帝城,在今四川奉节县西。　(3)金荷:莲花形金杯。　(4)断虹:彩虹消失。霁雨:雨止天晴。(5)修眉:长眉,喻山峰。　(6)桂影:相传月上有桂树,故以之名月。　(7)"谁便道"句:杜甫诗:"斫却月中桂,清光应更多。"(8)醽醁(líng lù):美酒。(9)相属(zhǔ):互相劝酒。　(10)老子:作者自称。　(11)孙郎:指孙彦立。　(12)坐来:立时,登时。声喷霜竹:吹奏竹笛。

【今译】骤雨渐渐地停了,带出了一弯彩虹,秋空一望碧净,山峰如美人的细眉,染一带新绿。桂影摇曳不定,谁说今晚月辉不足?青天万里,月中嫦娥,从何处——驱驾一轮明月?寒光零乱,映照美酒为了谁?　　一群年轻人跟随我,寻找晚凉幽径。绕张园幽幽小路,出没在茂盛的林木。举起金杯痛饮,都是漂泊万里的人,难得欢聚在一起。我一生走南闯北,最喜爱晚风中吹起竹笛。孙郎微笑着,登时奏起美妙乐曲。

【点评】上片写月夜。从虹断起笔,直写到月照酒杯、天上、人间,思绪超然。"桂影"二句,写中秋以后之月,疏朗有致!"寒光"二句,承上启下,见出词人月下疏放之情。过片,点醒寻幽追游之意。进而转到人事,推出幽径寻凉的词人形象。"共倒"二句遥接上片"醺酽",隐露羁旅思家愁怀。"老子"三句一转,将一片愁意淡化在爱听临风之笛的悠然兴趣中。结拍以笛而收,寄托清旷之怀。全词围绕"月""酒""笛"落笔。虽流露几分客居异地的愁怀,但却旷达豪放,境界阔大,笔力刚健。

【集说】鲁直在叙州,作乐府曰:"老子平生,江南江北,最爱临风笛。孙郎微笑,坐来声喷霜竹。"予在蜀,见其稿。今俗本改"笛"为"曲"以协韵,非也。然亦疑笛字太不入韵。及居蜀久,习其语言,乃知泸戎间"笛"为"独",故鲁直得借用,亦因以戏之耳。(陆游《老学庵笔记》)

山谷云:"八月十七日,与诸生步自永安城,入张宽夫园待月,以金荷叶酌客,客有孙叔敏善长笛,连作数曲。诸生曰:'今日之会乐矣,不可以无述。'因作此曲记之,文不加点,或以为可继东坡赤壁之歌……"苕溪渔隐曰:"山谷谓此词可继东坡赤壁之歌。"(胡仔《苕溪渔隐丛话》后集)

(朱惠国)

虞 美 人
宜州见梅作

天涯也有江南信⁽¹⁾,梅破知春近⁽²⁾。夜阑风细得香迟,不道晓来开遍向南枝⁽³⁾。 玉台弄粉花应妒⁽⁴⁾,飘到眉心住。平生个里愿杯深,去国十年老尽少年心⁽⁵⁾。

【注释】(1)天涯:指作者所在的贬地宜州(在今广西)。 (2)梅破:梅花的花苞绽开。 (3)不道:不知不觉。开遍向南枝:伸向南边的枝头上花苞全都绽开了。 (4)玉台:梳妆台。 (5)"平生"二句:往常遇到这种美景,总是尽兴喝酒;但经过十年的贬谪生涯之后,再也没有这种兴致了。个里:这里,此中。去国:离开京城。

【今译】这偏僻的天涯,也有江南的信息,欲绽的梅蕾,报道着春天就要

宋词观止

来临。昨夜里轻风送来缕缕幽香,今晨已见南枝开遍满树春。 想起了那梳妆台前的故事,百花怎能不生嫉妒之情?平日里遇此良辰,总愿酒美杯又深。十年的贬谪生涯,消磨尽赏爱梅花的少年心。

【点评】这是徽宗崇宁三年(1104)作者被贬到宜州时的作品。起二句写意外见梅的喜悦。于是便有了三、四两句,看到开遍"向南枝"的梅花,才悟出昨夜所嗅到的一缕清香由此而来。一个"也有",一个"不道",使人乐而忘忧,童心大发,竟联想到寿阳公主梅额之典,从而进入一个想象的美好天地。然想象之后毕竟仍要回到现实,顾影自怜,方觉十年贬谪已使"少年心"消磨殆尽,不由大生感慨,诗人之情绪一扬一抑,起伏跌宕。末句点出去国之忧,极沉郁。

(刘锋焘)

定 风 波⁽¹⁾
次高左藏使君韵

万里黔中一漏天⁽²⁾,屋居终日似乘船。及至重阳天也霁⁽³⁾,催醉,鬼门关外蜀江前⁽⁴⁾。 莫笑老翁犹气岸⁽⁵⁾,君看。几人黄菊上华颠⁽⁶⁾?戏马台南追两谢⁽⁷⁾,驰射,风流犹拍古人肩。

【注释】(1)宋哲宗绍圣二年(1095),黄庭坚以《神宗实录》"多诬",贬涪州别驾,黔州安置,词即作于这时期。 (2)黔中:黔州,治所在今四川彭水。漏天:意谓连日阴雨,如天漏一般。 (3)霁:雨过天晴。 (4)鬼门关:即石门关,四川奉节东,两山相峙如门,天下至险。蜀江:此指流经彭水县的乌江。 (5)气岸:气概。 (6)华颠:白头。 (7)戏马台:台名,项羽所筑,在今江苏铜山县南。晋安帝义熙十二年(416),刘裕北征,至彭城(今江苏徐州),九月九日会将佐群僚于戏马台,赋诗为乐。当时著名诗人谢瞻和谢灵运均有诗纪盛。

【今译】阴雨绵绵不绝,黔州仿佛漏了天。我困居屋中,一天到晚如乘船。周围依然是险恶荒远,到了重阳节,云开雨也散。晴日催人醉,面对滔滔的江流,鬼门关外蜀江边。　　别笑我年迈但气概仍在,你们看:几人簪菊白发颠?我要学学二谢,重阳日骑马射箭,和古人相比豪情一点也不减。

【点评】这是一首重阳节即事词。起首两句写谪居之地环境恶劣。"万里"言其荒远,"漏天"言其阴湿。"及至"两句借天气变化笔势一转,将压抑沉闷之气一扫而空。过片意脉不断,继续抒发豪情。"莫笑"三句用黄菊簪白发的狂举,表明人虽已老,而少年豪气并未消歇。结拍两句,借刘裕重阳欢集戏马台的典故,抒发自己欲追随古人的豪情。词作于贬所,但格调昂扬,意气超迈,绝无半点愁苦之言。

(朱惠国)

宋词观止

朱 服

朱服(1048—?),字行中,乌程(今浙江湖州)人。神宗熙宁六年(1073)进士。哲宗朝,历中书含人、礼部侍郎。徽宗朝,加集贤殿修撰,知广州,以事黜知袁州,再贬蕲州安置,改兴国军,卒。《全宋词》存词一首。

渔 家 傲[1]

小雨廉纤风细细。万家杨柳青烟里。恋树湿花飞不起。愁无比。和春付与西流水。　　九十光阴能有几[2]。金龟解尽留无计[3]。寄语东阳沽酒市。拚一醉。而今乐事他年泪。

【注释】(1)方勺《泊宅篇》云:朱行中自右史出典数郡,是时年尚少,风采才藻皆秀整。守东阳日,尝作《渔家傲》"春词"云云。予门下士,每或从公。公往往乘醉大言,"你曾见我'而今乐事他年泪'否?"盖公自谓好句,故夸之也。予尝心恶之而不敢言。行中后历中书舍人,帅番禺,遂得罪,安置兴国军以死。流落之兆,已见于此词。方勺曾为朱服僚佐,其言当不妄。据此可知此词作于"守东阳"任上。　（2）九十光阴：原指人到老年，所剩光阴无几。此指人之一生。　（3）金龟：三品以上官员佩金龟。此指官爵显赫。

【今译】春雨渐渐沥沥，风儿细细，千家万户在杨柳青烟里。该凋谢的雨中花儿，还紧紧地恋在枝头，不肯随风飘飞。把春和无边的愁，托东流水带去。　　　人生太短暂，纵有高官厚禄，一旦失去——想留都留不住！请捎句话儿给东阳酒市的人，人，应该常醉！眼下应该快乐，哪怕将来伤心流泪！

【点评】此词为伤春而作。起二句，写暮春景象，清淡迷离。"恋树"二句，由花之恋枝而生出人之伤春。"湿花恋树"，以我观物，化无情为有情，尤觉荡人心魄。"和春"句，束上启下，不言春随流水消逝，却言将春付与东流之水，大有无可奈何之叹。下片抒情。"九十"句，叹人生短暂。"金龟"句，伤富贵难久。"寄语"三句，一气呵成，劝人及时行乐，以免"他年"追悔莫及。

【集说】朱行中坐与苏轼游，贬海州，至东郡，作《渔家傲》词。读其词，想见其人不愧为苏轼党也。（《乌程旧志》）

白石词："少年情事老来悲"，宋朱服句："而今乐事他年泪"，二语合参，可悟一意化两之法。宋周端臣《木兰花慢》云："料今朝别后，他时应梦今朝。"与"而今"句同意。（况周颐《蕙风词话》）

（杨恩成）

191

宋词观止

秦　观

秦观(1049—1100),字少游,一字太虚,扬州高邮(今属江苏)人。元丰末举进士,初除秘书省正字兼国史院编修官,绍圣初,坐党籍削秩,徙郴州,编管横州,又徙雷州。工词。张炎谓其词"体制淡雅,气骨不衰,清丽中不断意脉,咀嚼无滓,久而知味"。其作品以情辞相称、沉挚蕴藉、格调高雅而享誉词坛。有《淮海居士长短句》。

点　绛　唇
桃　源

醉漾轻舟,信流引到花深处⁽¹⁾。尘缘相误⁽²⁾,无计花间住。　　烟水茫茫,千里斜阳暮。山无数,乱红如雨⁽³⁾,不记来时路。

【注释】(1)信流:任随船儿漂流。　(2)尘缘:纷繁的世事。　(3)乱红:落花。

【今译】醉悠悠荡出小舟,任船儿载着我,在百花深处漫游。尘世把我耽误,无法在花间居留。　　烟水茫茫无边,晚霞望不见尽头。山连着山,落花纷纷如雨,竟忘了来时路。

【点评】上片,乘醉出游,见丽景而悔不该为尘缘所误,一往情深。下片,归途景致,更令人流连忘返。"乱红"句,写落花,其景艳丽,构思精妙,一反睹落花而伤春归之旧习。

【集说】如画。(沈际飞《草堂诗余正集》)

(杨恩成)

踏 莎 行

郴 州 旅 舍⁽¹⁾

　　雾失楼台,月迷津渡⁽²⁾。桃源望断无寻处⁽³⁾。可堪孤馆闭春寒,杜鹃声里斜阳暮。　　驿寄梅花,鱼传尺素。砌成此恨无重数⁽⁴⁾。郴江幸自绕郴山⁽⁵⁾,为谁流下潇湘去⁽⁶⁾。

【注释】(1)此词作于绍圣四年(1097),时作者被贬郴州(今属湖南)。(2)津渡:渡口。　(3)"桃源"句:用陶渊明《桃花源记》典故,此处喻世外乐土。　(4)砌(qì):堆积。　(5)郴(chēn)江:即郴水,在郴州境内。北流入湘江。幸自:本来。　(6)潇湘:湘江与潇水合流后称潇湘。

193

宋词观止

【今译】浓雾隐没了楼台,在朦胧的月夜,更看不见渡口小船。望穿双眼,也找不到,令人神往的世外桃源。独自一人住在旅舍,谁能经受早春的清寒?还有那杜鹃的叫声,眼前的夕阳惨淡!　　一封封书信,堆砌成无数重幽怨,沉重地压抑在心间。郴江啊,郴江,你本来绕着郴山流,可是,你为什么头也不回,一直流向潇湘,流向天边?

【点评】此词托兴桃源之不可寻,寄寓贬谪之郁闷。起三句,将心中之悲苦化作一片幻境。曰"雾失""月迷",正流露出独处之迷惘,故下句曰人间并无乐土可寻。境界凄迷,感伤至深。"可堪"二句,由幻境跌入现实。唯其希望破灭,愈觉孤馆、春寒、杜鹃哀啼、斜阳日暮境况之不堪忍受。哽咽悲切,一片血泪。过片怀念故人。言故友情深,然而书信"砌"恨。一"砌"字,化无形之恨为有形之物,足见其心情之抑郁与愁恨之深、重。结尾二句,言郴江之不解离人之恨,绕山而去,直入潇湘,于字面之情景中暗寓无限韵致,哀怨之极,悲苦之极,隐曲之极。

【集说】诗眼云:后诵淮海小词云:"杜鹃声里斜阳暮。"公(指黄庭坚)曰:"此词高绝,但既云'斜阳',又云'暮',则重出也。"欲改'斜阳'作'帘栊'。余曰:"既言'孤馆闭春寒',似无帘栊。"公曰:"亭传虽未必有帘栊,有亦无害。"余曰:"此词本写牢落之状。若曰'帘栊',恐损初意。"先生曰:"极难得好字,当徐思之。"然余因此晓句法不当重叠。(胡仔《苕溪渔隐丛话》)

秦少游《踏莎行》"杜鹃声里斜阳暮",极为东坡所赏。而后人病其"斜阳暮"似重复,非也。见斜阳而日暮,非复也。(杨慎《词品》)

"郴江幸自绕郴山,为谁流下潇湘去?"千古绝唱。秦殁后,坡公尝书此于扇,云:"少游已矣,虽万人何赎。"高山流水之悲,千载而下,令人腹痛。(王士禛《花草蒙拾》)

少游坐党籍,安置郴州。首一阕是写在郴,望想玉堂天上,如桃源不可寻,而自己意绪无聊也。次阕言书难达意,自己同郴水自绕郴山,不能下潇湘以向北流也。语意凄切,亦自蕴藉,玩味不尽,雾失月迷,总是被谗写照。(黄苏《蓼园词选》)

有有我之境,有无我之境。"泪眼问花花不语,乱红飞过秋千去","可堪孤馆闭春寒,杜鹃声里斜阳暮",有我之境也。"采菊东篱下,悠然见南山","寒波淡淡起,白鸟悠悠下",无我之境也。有我之境,以我观物,故物皆着我之色彩;无我之境,以物观物,故不知何者为我,何者为物。少游词境,最为凄婉,至"可堪孤馆闭春寒,杜鹃声里斜阳暮",则变而凄厉矣。东坡赏其后二语,尤为皮相。(王国维《人间词话》)

(杨恩成)

鹊　桥　仙

　　纤云弄巧⁽¹⁾，飞星传恨⁽²⁾，银汉迢迢暗度⁽³⁾。金风玉露
一相逢⁽⁴⁾，便胜却、人间无数⁽⁵⁾。　　柔情似水，佳期如梦，
忍顾鹊桥归路⁽⁶⁾。两情若是久长时，又岂在、朝朝暮暮。

【注释】(1)纤云弄巧：云彩变幻成各种华丽的图案。　　(2)飞星传恨：
流星替牛郎织女传递着心中的怨恨。　　(3)银汉：银河。迢迢：遥远。暗度：
在人们不知不觉中悄悄渡过银河。　　(4)金风玉露：秋风白露。　　(5)胜却：
胜过，超过。　　(6)忍顾，不忍心回头看。鹊桥：喜鹊架的桥。韩鄂《岁华记
丽》卷三引《风俗通》，"织女七夕当渡河，使鹊为桥。"

【今译】彩霞点缀着天宇，银河隔开了牛郎织女，流星替他们传递消息。
七月初七的夜晚，夫妻才在鹊桥相会。玉露晶莹，金风习习，在这清爽的秋
夜团圆，胜过尘俗夫妻多少倍！　　绵绵的温情，像水一样柔美。相逢的喜
悦，把人带进美的梦里，怎忍心匆匆离去。只要二人真诚相爱，又何必朝朝
暮暮在一起！

【点评】此词咏七夕，不落前人窠臼。起三句，就牛郎织女双方落笔。
句句是景，句句有人。纤云、飞星、银汉，艳而哀。曰"暗度"，正见其相逢
乃不为人所见。"金风"二句，一转，其景清丽，其情超尘绝俗。过片，咏佳
期相逢，如梦似幻，不忍分离。"两情"二句，乃牛郎织女互相劝慰之辞，哀
怨、洒脱。

【集说】相逢胜人间，会心之语。两情不在朝暮，破格之谈。七夕歌以双
星会少别多为恨，独少游此词谓"两情若是久长"二句，最能醒人心目。（李
攀龙《草堂诗余隽》）

　　七夕以双星会少别多为恨，独谓情长不在朝暮，化臭腐为神奇。（沈际
飞《草堂诗余正集》）

195

宋词观止

七夕歌以双星会少别多为恨,少游此词谓两情若是久长,不在朝朝暮暮,所谓化臭腐为神奇。凡咏古题,须独出心裁,此固一定之论。少游以坐党被谪,思君臣际会之难,因托双星以写意;而慕君之念,婉恻缠绵,令人意远矣。(黄苏《蓼园词选》)

(杨恩成)

行 香 子

　　树绕村庄。水满坡塘[(1)]。倚东风、豪兴徜徉[(2)]。小园几许,收尽春光。有桃花红,李花白,菜花黄。　　远远围墙,隐隐茅堂。飏青旗、流水桥傍。偶然乘兴,步过东冈。正莺儿啼,燕儿舞,蜂儿忙。

【注释】(1)陂(bēi)塘:池塘。　(2)徜徉(cháng yáng):自由自在地来回走。

【今译】绿树绕村庄,春水满池塘。沐浴着东风,豪兴徜徉。小园并不大,收尽了春光。你看——桃花儿正艳,李花儿雪白,菜花儿金黄。　　远远一带围墙,隐约有几座草房。酒旗儿斜飘,小桥流水旁。游兴正浓,信步踏上东岗。你看——黄莺啼鸣,燕儿飞舞,蜜蜂采花忙。

【点评】此词咏田园春光,笔调流畅欢快,写景清新,有声有色,宛如一幅田园春色图,明丽之极。

(杨恩成)

如 梦 令[(1)]
春 景

　　门外绿阴千顷,两两黄鹂相应。睡起不胜情,行到碧梧金井[(2)]。人静,人静。风弄一枝花影。

【注释】(1)曾慥《乐府雅词》、黄昇《花庵词选》以为曹组作。 (2)金井:雕饰华丽的井栏。

【今译】门外绿荫正浓,一对对黄鹂,在枝头和鸣。睡起心情舒畅,走到庭院,金井旁,梧桐影。真幽静! 春风抚弄花枝,花儿袅袅颤动。

【点评】题为"春景",情因景生。"风弄一枝花影",以动写静,妙绝。

【集说】优游自得,此境还疑是梦醒中悟来。(李攀龙《草堂诗余隽》)

"不胜情"三字,包裹前后。(沈际飞《草堂诗余正集》)

秦少游又有"春景"一阕曰:"莺嘴啄花红溜,燕尾点波绿皱。指冷玉笙寒,吹彻《小梅》春透。依旧,依旧,人与绿杨俱瘦。"沈际飞深赏其琢句奇峭,然细玩,终不如此首韵味清远。(黄苏《蓼园词选》)

"不胜情",从"千顷"字、"相应"字生出,因"不胜情"而行行而无人,只见"风弄一枝花影",更难为情。"一枝"字幽隽。(黄苏《蓼园词选》)

(杨恩成)

眼儿媚(1)
春 景

楼上黄昏杏花寒,斜月小阑干。一双燕子,两行归雁,画角声残。 倚窗人在东风里,洒泪对春闲。也应似旧,盈盈秋水(2),淡淡春山(3)。

【注释】(1)清代黄了翁认为此词为"久别忆内"之作。 (2)盈盈秋水:形容佳人眼睛如秋水一样清澈。 (3)淡淡春山:眉如春山一样秀美。

【今译】黄昏,小楼边,一株杏花寒。弯弯的月儿,斜挂小阑干。小燕子翩翩,天边两行大雁,画角声声,愁思绵绵。 佳人倚在小窗前,任东风吹

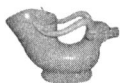

来,终日无言。这一春啊,只有冷清相伴。一双明亮的眼睛,淡如春山的秀眉,依旧像从前。

【点评】这是一首怀人词。上片,写所怀之人所处境况,景中含情;下片,全从对面落笔,写佳人思念远人。深得杜少陵"今夜鄜州月,闺中只独看"笔法。神思飞动,情辞相称。

【集说】字字清丽,集中不多得。(徐渭《淮海词评》)

对景兴思,一唱三叹,画出秋水春山图。又云:写景欲鸣,写情如见,语意两到。(李攀龙《草堂诗余隽》)

此久别忆内词耳,语语是意中摹想而得,意致缠绵中绘出,尽是镜花水月,与杜少陵"今夜鄜州月"一律同看。(黄苏《蓼园词选》)

(杨恩成)

浣 溪 沙

漠漠轻寒上小楼[(1)]。晓阴无赖似穷秋[(2)]。淡烟流水画屏幽。　　自在飞花轻似梦,无边丝雨细如愁。宝帘闲挂小银钩。

【注释】(1)漠漠:云气弥漫貌。　(2)穷秋:秋末。

【今译】一丝淡淡的轻寒悄悄地爬上小楼,阴郁的清晨,无赖的天气,像阴冷的深秋。淡淡的晨雾,悠悠的流水,像一幅画屏,淡雅,清幽。　　自在的飞花,轻飏似梦,无边的雨丝,细密如愁。宝帘无精打采,挂在小巧的银钩。

【点评】这首词着意描写春日的寂寞与淡淡的闲愁。词人以心象熔铸物象,在幽邈寂静的环境中,表现一种无形有实的心灵感受和内心体悟。"自在飞花轻似梦,无边丝雨细如愁"用"梦"与"愁"采比喻"花"与"雨",将人带入一种幽邈的境界,新奇之至。全词落笔轻柔,意境幽微,思致恰似一缕暗香飘忽在微风之中。

【集说】"自在"二语,夺南唐席。(卓人月《词统》)

奇语。(梁令娴《艺蘅馆词选》)

境界有大小,不以是而分优劣。……"宝帘闲挂小银钩",何遽不若"雾失楼台,月迷津渡"也?(王国维《人间词话》)

(储兆文 樊如一)

满 庭 芳

　　山抹微云⁽¹⁾,天连衰草⁽²⁾,画角声断谯门⁽³⁾。暂停征棹⁽⁴⁾,聊共引离尊⁽⁵⁾。多少蓬莱旧事⁽⁶⁾,空回首、烟霭纷纷。斜阳外,寒鸦万点,流水绕孤村⁽⁷⁾。　　销魂⁽⁸⁾。当此际,香囊暗解⁽⁹⁾,罗带轻分⁽¹⁰⁾。谩赢得、青楼薄幸名存⁽¹¹⁾。此去何时见也,襟袖上、空惹啼痕⁽¹²⁾。伤情处,高城望断,灯火已黄昏⁽¹³⁾。

【注释】(1)抹:萦绕。　(2)连:粘连。　(3)谯门:谯楼,城上的瞭望楼。　(4)征棹:指远行的船只。　(5)共引离尊:钱别时共同举杯劝饮。引:持,举。尊:酒杯。　(6)蓬莱旧事:指昔日的欢乐情事。蓬莱:传说中的海上仙山。这里借指作者昔日的欢乐场所。　(7)"寒鸦"二句:化用隋炀帝诗:"寒鸦千万点,流水绕孤村。"　(8)销魂:因痛苦忧伤而心神恍惚。(9)香囊暗解:暗地解下香囊以为临别的纪念品。香囊:装有香料的小袋,古人佩以为饰。　(10)罗带轻分:谓别离。古人用结带象征相爱。　(11)谩:空、徒然。青楼:妓女居住的地方。薄幸:薄情。　(12)啼痕:泪痕。(13)"高城"二句:回看高城,迷迷蒙蒙,唯有一片黄昏的灯火。

【今译】无边的枯草,粘连在遥远的天际,苍色的远山,抹上了几缕淡云。谯楼上号角已吹过,迷蒙蒙天色近黄昏。让船儿再停一停,共同举杯劝饮,

宋词观止

聊以话别。回首欢乐的往事啊,如茫茫暮霭、纷纷烟云。几点寒鸦,在夕阳中乱舞,一弯溪水,绕过寂寞的小村。 罗带轻分心已碎,离别的滋味,竟如此令人销魂!悄悄地解下身上的香囊,让心上人永远保存。青楼里朝夕相处到如今,却被看作薄情的人。从此一别何时见?襟袖上,空惹啼痕和泪痕。回头望高城,更让人伤心:万家灯火已起,天色已入黄昏。

【点评】此词为抒写离情而作。起二句写景,"抹"字与"连"字写微云绕山,衰草连天,体物细腻生动。"画角"句,渲染离别之氛围。"暂停"二句,写饯别。"暂""聊"二字与"征棹""离尊"相配合,隐含了不忍离别之情。"多少"二句自为开合,感慨昔聚今散。"斜阳外"三句,以景之凄迷,写离情之可伤。换头,点明别情,乃全篇之主旨。"谩赢得"二句,凄怆之情无以复加。"此去"三句推想相见无期,极尽哀痛之情。"伤情处"三句,写别后之依恋。回应起首"画角声断谯门",浑然一体,伤情无限。

【集说】近世以来作者,皆不及秦少游,如"斜阳外,寒鸦万点,流水绕孤村"。虽不识字人,亦知是天生好言语。(魏庆之《诗人玉屑》引晁无咎语)

"寒鸦千万点,流水绕孤村",隋炀帝诗也;"寒鸦万点,流水绕孤村",少游词也。语虽蹈袭,然入词尤是当家。(王世贞《艺苑卮言》)

"空回首,烟霭纷纷",四字引起下文。自起至换头数语,俱是追叙,玩结处自明。(许昂霄《词综偶评》)

将身世之感,打并入艳情,又是一法。(周济《宋四家词选》)

(刘锋焘)

望 海 潮

梅英疏淡[1],冰澌溶泄[2],东风暗换年华[3]。金谷俊游[4],铜驼巷陌[5],新晴细履平沙。长记误随车[6],正絮翻蝶舞,芳思交加[7]。柳下桃蹊[8],乱分春色到人家。

西园夜饮鸣笳[9],有华灯碍月,飞盖妨花[10]。兰苑未空[11],行人渐老,重来是事堪嗟[12]。烟暝酒旗斜,但倚楼极目,时见栖鸦。无奈归心,暗随流水到天涯。

【注释】(1)梅英:梅花。 (2)冰澌溶泄:冰块融化流动。 (3)"东风"句:东风又起,不知不觉又换了一年的春天。 (4)金谷:金谷园,在河南洛阳,著名的宴饮游乐之处。俊游:尽兴游览。 (5)铜驼巷陌:代指洛阳。古代洛阳宫门外置有铜铸的骆驼,夹道相向,后称骆驼陌。巷陌:街道。(6)误随车:错跟别家女眷的车子。 (7)芳思(sì):由春色而引起的情思。(8)桃蹊:桃树下的小径。 (9)西园:宋时洛阳有董氏西园,为著名的园林之一。此处可能实指此园,亦可能泛指风景优美的园林。鸣笳:奏乐助兴。(10)飞盖妨花:百花丛中,车盖簇拥,百花为之减色。 (11)兰苑:指"西园"。 (12)是事:事事。

【今译】残梅正渐渐稀少,寒冰化作流水潺潺。东风又起,年华暗换,又是一个明媚的春天。铜驼街上,金谷园中,新晴的沙路上,曾把我们的足迹印遍。还记得那年春天,柳絮飘飞,蝴蝶翩翩,桃花林下的条条小径,把春色分给家家庭院。沉醉于春色的人儿,竟跟着人家女眷的车子,走了很远很远。　　春夜在西园饮宴,胡笳急促,悠悠管弦,华灯扰乱了月色,奔驰的车盖,让人难把春花细细赏玩。兰苑依旧,人却显衰颜,旧地重游堪嗟叹。暮色中,一帘酒旗斜挑,倚楼望,归巢的乌鸦在盘旋。思归之情,在我心头涌起,随着远去的流水,漫向天边。

201

宋词观止

【点评】这首词,为旧地重游而作。写作者贬谪羁旅之凄凉情怀,表现这位"伤心人"失意思归的绵渺之情。全词不拘于上、下片之分疆而根据情感与思绪的发展安排段落:开首三句为第一段,写眼前节令之变化;一"暗"字,已微露岁月流逝之叹。"金谷俊游"至"飞盖妨花"为第二段,忆昔日游宴之欢乐;由"长记"领起,点明回忆,而此前三句由其欢快愉悦之情调可知亦在"长记"之列。此一段写春光之明媚、景色之宜人以及春游之畅快欢愉。"兰苑"以下,回到眼前,物是人非,触景伤情,一唱三叹。往事不堪回首,眼前所见乃是残阳、栖鸦,苍凉之极。"无奈"二句,抒发羁旅天涯之愁。"暗换"之"暗",惊叹岁月匆匆;"暗随流水"之"暗",则含无穷乡思与苦衷,两"暗"字,极传神。论者只

赏"乱分春色到人家"之"乱"字极写春之喧闹,稍有皮毛之嫌。

【集说】自梅英吐、年华换说到春色乱分处,兼以华灯、飞盖、酒旗,一寓目尽是旅客增怨,安得不归思如流耶?(李攀龙《草堂诗余隽》)

少游词最深厚,最沉著,如"柳下桃蹊,乱分春色到人家",思路幽绝,其妙令人不能思议。(陈廷焯《白雨斋词话》)

两两相形,以整见劲。以两"到"字作眼,点出"换"字精神。(周济《宋四家词选》)

（刘锋焘）

江 城 子

西城杨柳弄春柔。动离忧。泪难收。犹记多情,曾为系归舟。碧野朱桥当日事,人不见,水空流。　　韶华不为少年留。恨悠悠。几时休。飞絮落花时候、一登楼。便做春江都是泪,流不尽,许多愁。

【今译】婀娜的垂柳在春风中起舞,妩媚的柳枝,牵动了深深的离愁,泪珠儿滚滚难收。也是在这赤桥边,多情的柳丝,曾把我的船儿系留。如今不见了送别的人儿,唯有一江春水空自流。　　年少光阴容易去,一腔愁思恨幽幽。此恨何时休?满腹怅惘一登楼:落花遍地风飘絮,一江春水无尽头。滔滔东去的春江啊,即便是把你全部的江水都化作眼泪,也流不尽我心中的忧愁!

【点评】此词写离愁。起三句因见柳色而引出离愁。"犹记"句,怅想昔日欢事。不曰人留,却说柳丝"系归舟",别饶风致。"碧野"三句,慨今日人去,忧思绵绵。过片,因见水空流而感慨光阴易逝、韶华不留,又凭空添出许多烦恼。"飞絮"句,写登楼远眺。但见落英缤纷、飞絮满天。此情此景,逼出结拍三句。以水喻愁,殊觉愁思之无尽。

【集说】只为人不见，转一番思。种种景，种种情，如怨如诉。碧野朱桥，正是离别之处。飞絮落花言其景，春江二句言其情也。（李攀龙《草堂诗余隽》）

前结似谢，后结似苏，易其名，几不能辨。李后主"问君能有几多愁，恰似一江春水向东流"，少游翻之，文人之心，浚于不竭。（沈际飞《草堂诗余正集》）

"飞絮"九字凄咽。以下尽情发泄，却终未道破。（陈廷焯《词则·大雅集》）

（刘锋焘）

千 秋 岁

水边沙外。城郭春寒退。花影乱，莺声碎。飘零疏酒盏，离别宽衣带。人不见，碧云暮合空相对⁽¹⁾。　　忆昔西池会⁽²⁾。鹓鹭同飞盖⁽³⁾。携手处，今谁在。日边清梦断⁽⁴⁾，镜里朱颜改。春去也，飞红万点愁如海。

【注释】(1)"碧云"句：江淹《休上人怨别》诗，"日暮碧云合，佳人殊未来。"　(2)西池：金明池，在汴京西郊。　(3)鹓鹭：两种鸟，飞行有序。常常喻指朝官之行列，此处借指同僚、朋友。　(4)日边：指皇帝身边。

【今译】绿水边，沙滩上，春水静静地漫过，寒气已悄悄地消退。遍地缤纷的花影，树头婉转的莺啼。飘零的人儿已憔悴，酒香也久违。暮云合，挚友不知何日能相会！　　想起西池的盛会，你我携手同参与。当时情形如昨日，故友一别何方去？帝都的美梦已经破灭，容颜衰老人非昔。呵，春色已去，落红万点正飘飞！离愁像大海无边际。

【点评】绍圣元年，哲宗亲政，"元祐党人"悉被贬逐，秦观亦在其中，遂作此词以言身世之感。"水边"四句，写春寒已退，景色明丽。"飘零"四句，写身世之飘零、亲友之离别，化用前人之诗句而不着痕迹。过片，忆昔

宋词观止

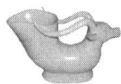

日师友之欢会，一往情深。"携手处"二句写今日之孤寂凄楚，几近啜泣。"日边"二句写帝都无由再居而己身容颜已老，苍凉凄怆。结拍二句，更是凄厉之极。老杜诗曰"一片飞花减却春，风飘万点正愁人"，何况此时已"飞红万点"！

【集说】直用"一江春水向东流"意，而以"海"易"江"，裁长作短，人自莫觉。王平甫之子云："今语例袭陈言，但能转移。"太难为作者。（沈际飞《草堂诗余正集》）

秦少游《千秋岁》后结"春去也"三字，要占胜前面许多攒簇，在此收煞。"落红万点愁如海"，七字衔接得力，异样出精彩。（冯金伯《词苑萃编》引《词洁》）

此乃少游谪虔州思京中友人而作也。起从虔州写起，自写情怀落寞也。"人不见"，即指京中友，故下阕直接"忆昔"四句。"日边"，比京师也。"梦断""颜改""愁如海"，俱自叹也。（黄苏《蓼园词选》）

（刘锋焘）

八 六 子

倚危亭。恨如芳草，萋萋划尽还生[(1)]。念柳外青骢别后，水边红袂分时，怆然暗惊。　无端天与娉婷[(2)]。夜月一帘幽梦，春风十里柔情[(3)]。怎奈向[(4)]、欢娱渐随流水，素弦声断，翠绡香减，那堪片片飞花弄晚，濛濛残雨笼晴。正销凝[(5)]。黄鹂又啼数声。

【注释】(1)"恨如芳草"二句：李煜词云，"离恨恰如春草，更行更远还生。"　(2)娉婷：美貌。亦指美人。　(3)"夜月"二句：化用杜牧诗句，"春风十里扬州路，卷上珠帘总不如"，写欢愉之情。　(4)怎奈向：怎奈何。(5)销凝：因感伤而神情凝滞的样子。

【今译】我站在高高的亭上，离恨就像萋萋春草，绵绵无际伸向远方，枯了又长，铲尽还生。想起小河边垂柳下，依依惜别的情景——强忍痛苦分了手，清泪浸湿皓腕红袖，心情凄怆暗自惊。　　上天无端给了她仙姿芳容，夜月下幽梦中享尽柔情。春风轻拂的十里长街。怎奈欢娱像流水，翠巾儿香减，再听不到她的动人歌声。谁能忍受，片片飞花残雨蒙蒙，黄昏时似晴无晴。正在暗自伤神，又听黄鹂啼数声。

【点评】这是一首怀人之作。起二句直接揭出一"恨"字，并以铲尽还生的芳草为喻，极写其执着凝顽。以下用"念"字领起的两个六字句便补出"恨"之由，而"怆然暗惊"又由昔入今写心头之凄怆。过片三句，忆伊人之美貌多情。"怎奈向"三句写别后之孤寂凄凉。"那堪"二句又回归现实，写落花残雨，愈增悲凄，更添怅惘。结拍写伤神之际，又蓦然而闻莺啼，悲戚之情，更不堪矣。

【集说】离情当如此作，全在情景交炼，得言外意，有如"劝君更尽一杯酒，西出阳关无故人"，乃为绝唱。（张炎《词源》）

恨如刬草还生，愁如春絮相接。言愁，愁不可断；言恨，恨不可已。（沈际飞《草堂诗余正集》）

别后分时，忆来情多。花弄晚，雨笼晴，又是一番景色一番愁。全篇句句写个怨意，句句未曾露个怨字，正是"诗可以怨"。（李攀龙《草堂词余隽》）

起处神来之笔。（周济《宋四家词选》）

寄托耶？怀人耶？词旨缠绵，音调凄婉如此！（黄苏《蓼园词选》）

（刘锋焘）

好事近
梦中作

春路雨添花，花动一山春色。行到小溪深处，有黄鹂千百。

飞云当面化龙蛇，天矫转空碧[1]。醉卧古藤阴下，了不知南北[2]。

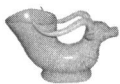

【注释】(1)夭矫:卷曲而有气势。　(2)了:完全。

【今译】一场春雨刚过,添一片百花烂漫。灿烂的鲜花,妆点出满山的娇艳。在那山幽谷深的地方,一条小溪汩汩潺潺。还有那千百黄鹂啼鸣婉转。

白云在春空变幻,化作矫健的飞龙,盘旋在碧空。在这如梦似幻的境地,我酣然醉卧古藤。醉卧于古藤下呵,全然不知南北西东。

【点评】此词写梦境。起二句写春雨刚过,百花绚烂,春色明丽。三、四句承前之"路""山",写梦中山行之所见所闻。过片写空中之云彩盘曲变幻、矫健多姿。景象奇丽,笔势飞舞,一股豪情壮气充溢其间。结拍两句,陶醉于奇景妙境之中,酣然而卧,竟"了不知南北"。全词明亮热烈,色彩明丽。

【集说】(过片)偶书所见。(结尾二句)白眼看世之态。又云:酷似鬼词,宜其卒于藤州。(沈际飞《草堂诗余续集》)

隐括一生,结语遂作藤州之谶。造语奇警,不似少游寻常手笔。(周济《宋四家词选》)

笔势飞舞。(陈廷焯《词则·别调集》)

(刘锋焘)

虞　美　人

碧桃天上栽和露⁽¹⁾。不是凡花数。乱山深处水潆回。可惜一支如画、为谁开。　　轻寒细雨情何限。不道春难管。为君沉醉又何妨⁽²⁾。只怕酒醒时候、断人肠。

【注释】(1)"碧桃"句:化用晚唐诗人高蟾"天上碧桃和露种,日边红杏倚云栽"诗句。　(2)君:指碧桃花。

【今译】碧桃本是天上的仙品,岂是人间的凡花可比?乱山深处,溪水萦回,可爱的碧桃花,艳姿如画,却不知你为谁开放?　　在轻寒隐隐,细雨如烟的暮春,你那盈盈娇花越发含情脉脉,你和春天一样,难以听从人管,转瞬间失去红颜。我愿为你沉醉,只怕酒醒时候,你落红如雨,我柔肠寸断。

【点评】这是一首托物自寓之作。起笔先赞碧桃为天上仙品,非凡花可比。"乱山"二句,叹碧桃托身非所,处于乱山荒凉之境,虽娇艳绽放,但寂寞无主。一扬一抑,见出她的品格之高与遭际之不幸。过片写碧桃的动人情态,又为其红颜难驻而叹惜。结尾二句,以沉痛语气,直接抒惜花之情。词人在咏碧桃而又处处关乎人事,纯用唱叹之笔,虚处传神,含蓄曲折地表现了作者高洁人格与不幸身世。

【集说】秦少游寓京师,有贵官延饮,出宠姬碧桃侑觞,劝酒惓惓。少游领其意,复举觞劝碧桃。贵官云:"碧桃素不善饮。"意不欲,少游强之,碧桃曰:"今日为学士拚了一醉!"引巨觞长饮。少游即席赠《虞美人》词云云,阖座悉恨。贵官云:"今后永不令此姬出来!"满座大笑。(杨湜《古今词话》)

(储兆文)

宋词观止

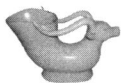

程 垓

程垓,字正伯,号书舟,眉山(今属四川)人,生卒年不详。是苏轼的中表亲,以词著称,词风深受柳永影响,凄婉绵丽,别具风格。有《书舟词》。

渔 家 傲

彭 门 道 中⁽¹⁾

独木小舟烟雨湿,燕儿乱点春江碧。江上青山随意觅。人寂寂,落花芳草催寒食。 昨夜青楼今日客⁽²⁾,吹愁不得东风力,细拾残红书怨泣⁽³⁾,流水急,不知哪个传消息。

【注释】(1)彭门:又名天彭山,在今四川彭州市西北。 (2)青楼:妓馆。 (3)"细拾"句:用红叶题诗故事。范摅《云溪友议》载,唐宣宗时,卢渥进京应举,在御沟边拾得一片红叶,叶上题诗云,"流水何太急,深宫尽日闲;殷勤谢红叶,好去到人间。"后宣宗放出部分宫女,嫁与百官,卢渥得一人,正题诗红叶者。

【今译】细雨霏霏,云雾蒙蒙,我乘着独木小舟游弋在碧绿的春江上。燕子翻飞,翠尾剪水,戏闹追逐忙。青山夹岸,风景如画任观赏。落英缤纷,芳草萋萋,寒食节在望。　　旅人孤怀,寂寞神自伤。昨夜青楼欢会,今日天涯飘荡。满腹愁绪何处销?春风软,徒添惆怅!片片落红入舟中,细心拾起,寄题相思数行。春江水急,残红颠沛,不知哪片红叶,能传情远方?

【点评】此词借旅途所见之景,抒写怀人之情。上片以景写情,"小舟烟雨",显旅人之孤;"燕点春江",反衬心之忧;"落花芳草",抒发伤春之慨。丽景哀情,意蕴无穷。下片暗用"红叶题诗"之典,紧扣暮春景色;以情写景,深沉婉转,缠绵隽永。

【集说】正伯词,余所赏者惟《渔家傲》结处云:"细拾残红书怨泣,流水急,不知哪个传消息。"为有深婉之致。(陈廷焯《白雨斋词话》)

(傅绍良　梁瑜霞)

宋词观止

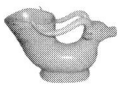

赵令畤

赵令畤(1051—1134)，初字景贶，苏轼为改字德麟，自号聊复翁。赵宋宗室，燕王德昭玄孙。曾签判颍州，坐与苏轼交往，入党籍。南渡初，袭安定郡王。卒，赠开府仪同三司。能词。王灼云："赵德麟、李方叔皆东坡客，其气味殊不近，赵婉而李俊，各有所长。"近人赵万里辑其词为《聊复集》一卷。

菩 萨 蛮

轻鸥欲下春塘浴，双双飞破春烟绿。两岸野蔷薇，翠笼薰绣衣(1)。　　凭船闲弄水(2)，中有相思意。忆得去年时，水边初别离。

【注释】(1)翠笼薰绣衣：两岸的花香笼罩着她，像是为她薰衣服似的。绣衣：女子穿的衣服。　(2)凭船：俯身靠在船边。

【今译】轻捷悠闲的白鸥，想落进春塘沐浴。双双飞来飞去，弄破春烟的碧绿。两岸绽放的蔷薇，为她薰着绣衣。　　她懒懒地靠在船边，拨弄着池中春水。春水荡起轻波,像她相思的涟漪。记得去年这个时候,和他在这儿分离。

【点评】此词为抒写春愁而作。上片写暮春景象,白鸥、春水、绿烟,疏淡有致。蔷薇花香,伊人独自出游,清丽之致。下片怀人,淡淡道来,情意绵绵。"双双"句,着一"破"字,暗含伊人凝眸望春绿而生孤独之思,尤觉委婉。

(杨恩成)

乌 夜 啼
春 思

楼上萦帘弱絮,墙头碍月低花。年年春事关心事[1],肠断欲栖鸦。　　舞镜鸾衾翠减,啼珠凤蜡红斜[2]。重门不锁相思梦,随意绕天涯。

【注释】(1)关心事:与心事相关。　(2)啼珠凤蜡:凤蜡啼珠。

【今译】楼上柳絮挂满帘,墙头花儿满枝,遮住了望月的视线。伤心的事儿在春景,一年又一年发生。听着外归巢的鸦哑哑啼叫,使我肝肠欲断。

镜儿蒙上了灰尘,翠被也颜色褪减。红红的凤蜡,泪珠儿滴个没完。一道道的门儿,锁不住相思梦,跟随你到天边。

【点评】题是闺怨,一起先怨"弱絮萦帘",再怨墙头低花碍月,接着以栖鸦欲归点明"肠断"之因皆在于年年伤春。"舞镜"二句,写人之伤感,却以镜蒙尘、衾"翠减"、凤蜡"啼珠"出之,以物情见人情,含蓄婉转。末二句,自怨自叹,怨得无理,愈见思念之切。

【集说】赵德麟"重门不锁相思梦,随意绕天涯";徐师川"门外重重叠叠山,遮不断,愁来路",两词造语不同,其意绝相类。(胡仔《苕溪渔隐丛话》)

休问梦中不识路,何以慰相思。反其指而用之,情思缠绵动人。又:齐己诗:"重门不锁梦,每夜自归山。"(沈际飞《草堂诗余正集》)

絮扑帘而情动,花碍月而望沉,"年年心事"最难处者,"日落栖鸦"时耳。末二句尤写得沉挚,情到处不觉神魂飞动矣。(黄苏《蓼园词选》)

(杨恩成)

蝶 恋 花[1]

　　卷絮风头寒欲尽,坠粉飘香,日日红成阵。新酒又添残酒困,今春不减前春恨。　　蝶去莺飞无处问,隔水高楼,望断双鱼信[2]。恼乱横波秋一寸[3],斜阳只与黄昏近。

【注释】(1)此词一作晏几道词。　(2)双鱼信:书信。　(3)横波:目光如闪动的水波,亦指代眼睛。

【今译】东风卷起漫天柳絮,纷纷扬扬,如同寒雪飘尽。坠落的花儿,送来香气阵阵。残酒未醒,新酒又添困。今年的春恨,同去年一样深。　　蝶儿飞了,莺儿飞了,我到哪里询问? 只有独倚高楼,空望流水,企盼着他的来信。我望穿秋水,眼看斜阳逝去,黄昏又一次向我走近。

【点评】这是一首春恨词。上片写晚春景色,从纷乱的柳絮与落花中,引出春恨,并将思绪的触角延伸到前春,以示春恨由来已久,新酒、残酒均无法解脱此恨。下片正面写怀人,借"蝶去莺飞"写韶华易老,光阴难留,无限落寞迟暮之感,全凭"恼乱横波秋一寸"传出,景情相生,契合无垠。

【集说】妙在写情语,语不在多,而情更无穷。(李攀龙《草堂诗余隽》)

　　恨春日又恨黄昏,黄昏滋味更觉难尝耳。又云:斜阳在目,各有其境,不必相同。一云"却照深深院",一云"只送平波远",一云"只与黄昏近",句句沁人毛孔皆透。(沈际飞《草堂诗余正集》)

(储兆文)

蝶　恋　花

欲减罗衣寒未去,不卷珠帘,人在深深处。红杏枝头花几许? 啼痕止恨清明雨[1]。　　尽日沉烟香一缕[2],宿酒醒迟[3],恼破春情绪。飞燕又将归信误,小屏风上西江路。

【注释】(1)止:同只。　(2)尽日:整天。　(3)宿酒:隔夜喝的酒。

【今译】春天来了,想减一件罗衣,寒冷却迟迟不肯离去,我不卷珠帘,躲进庭院深处。也不知,枝头红杏花还剩几许? 带着哭泣的泪痕,只憎恨无情的清明雨。　　我枯守空闺,燃起一炷沉香,看轻烟一缕。从昨夜的沉醉中醒来,又添了恼春情绪。飞燕又一次忘了送来他的消息。我只好对着屏风,看西江淡烟流水,去追寻他的踪迹。

【点评】这是一首闺怨词。起三句从人对气候的感受写起,进而写到珠帘不卷,深居宅院,现出女主人情绪之低沉。"红杏"二句,一问一答,写户外景色,是设想揣测之笔,饱含伤春惜春的悲凉情怀。过片三句写枯坐空闺,望一缕沉香,心事重重,故借酒浇愁,而浓醉醒来,更觉凄凉。着一"恼破",便将女主人公无法逃避春愁的心情表现得淋漓尽致。结拍,点醒愁源,别开境界,余味见于言外。

【集说】托杏写兴,托燕传情,怀春几许衷肠。(李攀龙《草堂诗余隽》)

开口淡冶松秀。又:末路情景,若近若远,低徊不能去。(沈际飞《草堂诗余正集》)

(储兆文)

213

宋词观止

清　平　乐[1]

春风依旧,著意隋堤柳。搓得鹅儿黄欲就[2]。天气清明

时候。　　去年紫陌青门⁽³⁾,今宵雨魄云魂。断送一生憔悴,只销几个黄昏。

【注释】(1)该词一作刘弇词,文字略有出入。清叶申芗《本事词》卷上:刘弇伟明,丧爱妾,颇深骑省(按指徐铉)之悼。赵德麟戏赋《清平乐》……此说似可信。　(2)鹅儿黄欲就:喻谓给柳树染色。　(3)紫陌青门:指游冶之处。紫陌:帝都大道。青门:本指汉长安东门。后泛指京城城门。

【今译】春风和往年一样,袅袅吹起,有意要吹绿烟柳笼罩的长堤。它把柳枝儿搓成鹅儿黄的颜色,转眼间又值清明天气。　　去年今日,你我还畅游在汴梁城郊,今年风雨如晦的夜晚,却让人落魄失魂。断送一生的憔悴,用不了几个凄凉黄昏。

【点评】这是一首替人悼亡之作。上片以写景为主,情寓其中。起句中"依旧"一语已为下文追忆去岁游冶埋下伏笔。"著意"一句运用拟人手法,言东风善解人意,吹绽堤柳。"搓"字耐人寻味,含故意搓揉之意。下片怀人。"去年""今宵"两偶句通过对比,表达了情人离去之后的极度失落感。结尾两句极写愁思折磨之甚,感人至深。

【集说】对景伤春,至"断送一生"语,最为悲切。(李攀龙《草堂诗余隽》)
"断送一生憔悴,能销几个黄昏。"此恒语之有情者也。(王世贞《艺苑卮言》)

(刘宏)

贺 铸

贺铸(1052—1125),字方回,祖籍山阴(今浙江绍兴),移居卫州(今河南汲县)。晚年退居苏州(今属江苏),自号庆湖遗老。铸为人豪侠尚气,早年曾任武职,后弃武习文,曾官泗州(今安徽泗县)通判。"诗文皆高,不独工长短句也。"(陆游语)其词风格多样,有秾丽深婉、情韵绵邈者;亦有气势纵横、一泻无余者。张耒称其词"盛丽如游金张之堂,而妖冶如揽嫱施之祛,幽洁如屈宋,悲壮如苏李。"有《东山寓声乐府》。

青 玉 案
横 塘 路

凌波不过横塘路⁽¹⁾。但目送、芳尘去。锦瑟华年谁与度⁽²⁾。月桥花院,琐窗朱户⁽³⁾。只有春知处。　　飞云冉冉蘅皋暮。彩笔新题断肠句⁽⁴⁾。试问闲情都几许⁽⁵⁾。一川烟草,满城风絮。梅子黄时雨⁽⁶⁾。

【注释】(1)凌波：形容女子步态轻盈。曹植《洛神赋》，"凌波微步，罗袜生尘。"横塘：地名。在苏州城外。贺铸曾在此居住过。　(2)锦瑟华年：青春年华。李商隐《无题》，"锦瑟无端五十弦，一弦一柱思华年。"　(3)琐窗：雕花的窗户。　(4)彩笔：生花妙笔。《南史·江淹传》，"淹少以文章显，晚节才思微退。……尝宿于冶亭，梦一丈夫自称郭璞，谓淹曰，'吾有笔在卿处多年，可以见还。'淹乃探怀中得五色笔一以授之。尔后为诗，绝无美句。时人谓之才尽。"　(5)都几许：总共有多少。　(6)"一川"三句：一川：满地。风絮：随风飘扬的杨花柳絮。梅子黄时雨：江南农历四五月间多雨，此时梅子成熟，称梅雨。

【今译】你从不踏进横塘，我只能目送你，消失在远方。这美好的年华，和谁一同消遣？明月、小桥、鲜花、雕梁画栋的深院，只有关不住的春风，年年给你做伴。　暮云笼罩着芳草洲，满腹的才华，新近只能写写相思苦。要问我闲居的愁情有多少？遍地的绿草烟雾，满城飘浮的柳絮，令人生厌的梅雨，都融入我的愁绪。

【点评】此词为幽居伤怀而作。起首二句，写一己之孤独寂寞，用曹植《洛神赋》"美人不来，竟日凝伫"之意。仅一"但"字，便写出无限孤独、惆怅。"锦瑟"三句，以美人之寂寞，反衬己之向往之情。虽为想象之辞，却虚实兼备，哀怨孤独之情，藉"谁与"二字唤起，又以"只有"呼应，愈显出美人与己难以遇合之苦闷。过片，以景传情，再从对方落笔，人既不见，唯有"云冉冉"而"蘅皋暮"，思念之情，凝伫之态，历历在目。"彩笔"句一转，写己之相思，只能诉诸"断肠句"，聊以慰藉。"试问"句，以问句提顿，束上而启下，点出闲处之愁。"一川"三句，以景作结，写己之闲愁无处不有。其景疏淡，含蓄隽永，耐人回味。

【集说】诗家有以山喻愁者，杜少陵云："忧端如山来，澒洞不可掇"，赵嘏云："夕阳楼上山重叠，未抵闲愁一倍多"是也。有以水喻愁者，李颀云："请量东海水，看取浅深愁"，李后主云："问君能有几多愁？恰似一江春水向东流"，秦少游云："落红万点愁如海"是也。贺方回云："试问闲愁都几许？一川烟草，满城风絮，梅子黄时雨。"盖以三者比愁之多也，尤为新奇，兼兴中有

比,意味更长。(罗大经《鹤林玉露》)

贺方回初在钱塘(按应作横塘),作《青玉案》。鲁直喜之,赋绝句云:"解道江南断肠句,只今唯有贺方回。"……予故谓语意精新,用心甚苦。(王灼《碧鸡漫志》)

方回《青玉案》词工妙之至,无迹可寻,语句思路,亦在目前,而千人万人不能凑泊。(先著、程洪《词洁》)

所居横塘断无宓妃到,然波光清幽,亦常目送芳尘;第孤寂自守,无与为欢,唯有春风相慰藉而已。后段言幽居肠断,不尽穷愁,唯见烟草风絮,梅雨如雾,共此旦晚,无非写其境之郁勃岑寂耳。(黄苏《蓼园词选》)

(杨恩成)

鹧 鸪 天⁽¹⁾

　　重过阊门万事非⁽²⁾。同来何事不同归⁽³⁾。梧桐半死清霜后⁽⁴⁾,头白鸳鸯失伴飞。　　原上草,露初晞⁽⁵⁾。旧栖新垅两依依⁽⁶⁾。空床卧听南窗雨,谁复挑灯夜补衣⁽⁷⁾。

【注释】(1)此词一名《半死桐》。　(2)阊门:苏州有名的城门。词中代指苏州。　(3)"同来"句:贺铸初娶赵宋宗室女为妻。夫妻曾寓居苏州,后来妻子死在那里。故云。　(4)梧桐半死:比喻丧偶。　(5)露初晞(xī):露水被太阳晒干。古乐府《薤露歌》,"薤上露,何易晞!露晞明朝更复落,人死一去何时归?"薤(xiè):草名。　(6)旧栖:从前住过的房屋。新垄:新坟墓。(7)挑灯:把灯拨亮。

【今译】当我重新经过城门,万事都面目全非。为什么——当年我们同来此地,却没有一同归去?半死的梧桐遇秋霜,实指望夫妻偕老,想不到一对鸳鸯,头白时竟然分离!　　人生就像草上的露水,霎时就被晒得无踪迹。昔日的旧居,眼前的新坟,勾起我多少回忆!躺在空空的床上,听着窗外的风雨,再没人拨亮灯儿,夜深时为我补衣!

217

宋词观止

【点评】这是一首悼亡词。起二句,重经旧地,感慨万端,以"何事"二字牵挽"同来"与"不同归",叹惋之深,几痛不欲生!"梧桐"二句,悠悠怅叹,既哀且伤,全落于"失伴"二字。过片三句,望旧居而兴叹,睹新垄而生哀!"草""露"二字,比中有兴。"空床"二句,叹今日之凄凉,忆昔时夫妻之谐和,直欲催人泪下。

【集说】掇拾人所遗弃,少加隐括,皆为新奇。按名娼徐月英《送人诗》:"惆怅人间万事违,两人同去一人归。生憎平望亭前水,忍照鸳鸯相背飞。"蔡确悼亡妾《琵琶诗》:"鹦鹉言犹在,琵琶事已非。伤心瘴江水,同渡不同归。"贺词即从徐、蔡诗脱胎而来。(叶梦得《贺铸传》)

(杨恩成)

踏 莎 行[1]

杨柳回塘[2],鸳鸯别浦[3]。绿萍涨断莲舟路。断无蜂蝶慕幽香,红衣脱尽芳心苦[4]。　　返照迎潮,行云带雨。依依似与骚人语。当年不肯嫁春风[5],无端却被秋风误。

【注释】(1)《彊村丛书·东山词》题为《芳心苦》,乃取上片歇拍末尾三字以为词牌名。　(2)回塘:弯曲的池塘。　(3)别浦:通大河的水渠。(4)"红衣"句:荷花开败了,所结的莲子其心味苦。红衣:指荷花。　(5)骚人:忧郁失意的文人。　(6)嫁春风:指花儿在春天开放。张先《一丛花令》,"沉恨细思,不如桃杏,犹解嫁春风。"

【今译】杨柳环抱的池塘,偏僻的水渠旁,又厚又密的浮萍,挡住了采莲姑娘。就连蜜蜂和蝴蝶,都不知道荷花开在什么地方!荷花渐渐地衰老,结一瓣苦心自己尝。　　潮水带着夕阳,涌进荷花塘;行云夹着雨点,无情地打在荷花上。随风摇曳的她呀,像是向骚人诉说衷肠:当年不肯在春天开放,如今却无端地在秋风中受尽凄凉。

【点评】此词咏荷花,花人合一,比兴无端,幽怨缠绵。起三句,写荷花所处环境之偏僻及荷花之寂寞,已露出怀才不遇之端倪。"断无"二句,写荷花寂寞冷落,自开自谢,芳心独苦。"断无"二字,痛之极,苦之极。过片,先状荷花所处环境之险恶,再写荷花内心之苦衷。荷花骚人,息息相通。"当年"二句,写荷花之悔恨,所谓"被秋风误",不只因无人赏识荷花之高洁,其孤芳自赏的性格亦是酿成悲剧之因由。全词含蓄,托意遥深。

【集说】方回词极沉郁,而笔势却又飞舞,变化无端,不可方物,吾乌乎测其所至。……《踏莎行》(荷花)云:"断无蜂蝶慕幽香,红衣脱尽芳心苦。"下云:"当年不肯嫁春风,无端却被秋风误。"此词骚情雅意,哀怨无端,读者亦不自知何以心醉,何以泪堕。(陈廷焯《白雨斋词话》)

(杨恩成)

薄　幸

艳真多态,更的的、频回眄睐[1]。便认得、琴心先许[2],与写宜男双带。记画堂、风月相迎,轻颦微笑娇无奈。便翡翠屏开,芙蓉帐掩,与把香罗偷解。　　自过了收灯后[3],都不见、踏青挑菜[4]。几回凭双燕,丁宁深意,往来翻恨重帘碍。约何时再。正春浓酒暖,人闲昼永无聊赖。厌厌睡起[5],犹有花梢日在。

【注释】(1)的的(dì):明亮貌。眄睐(miǎn lài):斜视。此处指代目光。(2)琴心:喻男女灵犀相通,产生爱慕情意。　(3)收灯:灯节,正月十五日。(4)踏青挑菜:节日名,称踏青节或挑菜节,在农历二月二日。是日,男男女女,三五成行,外出游春。　(5)厌厌:精神不振貌。

【今译】初见你时,你薄施粉黛风情万种,更有那多情的眼睛,对我的青睐。我知道,你我已一见钟情,急切地想与你系结合欢双带。记得那次画堂相见,风轻月淡,你微嗔浅笑的娇态让我无法按捺。睡鸭炉边,翔鸾屏里,你

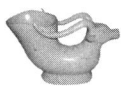

羞怯怯解开香罗带。　　自灯节相见之后，既没见你踏青，也没见你挑菜，我几次给你写信，倾诉我的思念，可你的庭院深深，我无法越过重重阻碍。亲爱的，你我的相约是否今生难再？如今春意正浓，我却只能借酒浇愁；日长难尽，百无聊赖。我颓然昏睡，一觉醒来，花梢上的日影仍在。想你的时候，时光真是难挨。

【点评】这是一首怀旧词。上片，回忆昔日两人的相依相恋。淡妆多态，频回眄睐，活现出与美人一见钟情，目成心许的初恋。艳而妖，浓而丽。下片，写别后相思，音容难再，一片怅惘。

【集说】“无奈”是“娇”之神。又云：一派闲情，闲里着忙。（沈际飞《草堂诗余正集》）

凡闺情之词，淡而不厌，哀而不伤，此作当之。（李攀龙《草堂诗余隽》）

耆卿于写景中见情，故淡远。方回于言情中布景，故秾至。（周济《宋四家词选》）

（储兆文）

石　州　引

薄雨初寒，斜照弄晴，春意空阔。长亭柳色才黄，远客一枝先折。烟横水际，映带几点归鸦，东风销尽龙沙雪(1)。还记出关来，恰而今时节(2)。　　将发。画楼芳酒，红泪清歌，顿成轻别。已是经年，杳杳音尘多绝。欲知方寸(3)，共有几许清愁，芭蕉不展丁香结(4)。枉望断天涯，两厌厌风月(5)。

【注释】(1)龙沙：指塞外。　(2)恰：恰好。　(3)方寸：指心。　(4)丁香结：丁香花蕾丛生，比喻人的愁思不解。李商隐《代赠》诗，“芭蕉不展丁香结，同向春风各自愁。”　(5)厌厌（yān yān）：恹恹，烦恼，愁苦。

【今译】雨住寒收,夕阳晚晴,带来无边春意。长亭柳色初黄,正是折柳送别时节。水天接处,云烟漫漫,几点归鸿渐去渐远,飞向积雪清融的塞外。记得当年我出关,正是眼前时节。　　回想别时,高楼美酒,珠泪盈盈,离歌凄清,竟轻易离你而去。一别经年,音信杳杳两情隔绝。一种相思,两处离忧,想知道:你我心中,共有多少愁结?恰似丁香花儿千万重,就像芭蕉心儿紧紧束。天涯望断尽是愁,唯有两心相念望月消忧。

【点评】这首词抒写离别相思之情。上片由眼前景写起,触春伤怀。前八句,铺写眼前景物,情景相糅,为"还记出关来"和"顿成轻别"伏笔,此乃凌空作势笔法。下片以"将发"二字提起,追叙当时离别情景。"顿成轻别",一顿,是追悔,也是写不曾料到一别经年,音讯断绝的伤感。"欲知方寸"五句一气而下,先是一问,接以"芭蕉不展丁香结"作答,既照应眼前"春色",又写出愁思不解,堪称妙笔。结拍写两地相思之苦。全词从目前追忆往日,再由往日回到眼前,进而想到日后,交织以写景、抒情,曲折还复,韵味悠长。

【集说】方回眷一妹,别久,妹寄诗云:"独倚危栏泪满襟,小园春色懒追寻。深恩纵似丁香结,难展芭蕉一寸心",贺因赋石州引词。(吴曾《能改斋漫录》)

贺方回《石州慢》,予旧见其稿,"风色收寒,云影弄晴",改作"薄雨收寒,斜照弄晴"。又"冰垂玉箸,向午滴沥檐楹,泥融消尽墙阴雪",改作"烟横水际,映带几点归鸿,东风销尽龙沙雪"。(王灼《碧鸡漫志》)

(田耕宇)

减字浣溪沙

楼角初销一缕霞。淡黄杨柳暗栖鸦。玉人和月摘梅花。　　笑捻粉香归洞户[1],更垂帘幕护窗纱。东风寒似夜来些[2]。

【注释】(1)洞户:室与室之间相通的门户。　(2)些(suò):语助词。

【今译】楼角那一缕晚霞,渐渐消去,淡黄的柳枝上,有几只晚归的栖鸦。玉人在月下,轻轻摘一枝梅花。　　含笑搓转着梅枝,回到房中,把帘儿放下。东风犹寒夜更甚,是护花,护人,还是护窗纱?

【点评】这首小词通篇只写景和描述人物细部表情和动作,不着一句情语,风格近于花间词。上片写美人月下摘梅,首句点明时间,由黄昏渐进暮色,次句以"淡黄杨柳"点出时令——初春,再以暮鸦栖息,点出时光的推移,"玉人"句写得极空灵而极有情韵。下片写美人归户后的情态,"笑""捻""归""垂",以动作传情。末句写其对春夜清寒的感受,是全篇的关键所在。全篇空灵含蓄,虽不言情,而情自外溢,是"一切景语皆情语"的佳作。

【集说】贺方回"淡黄杨柳暗栖鸦",秦处度"藕叶清香胜花气"二句,写景咏物,可谓造微入妙。(胡仔《苕溪渔隐丛话前集》)

此词句句绮丽,字字清新,当时赏之,以为《花间》《兰畹》不及,信然。(杨慎《词品》)

(田耕宇)

忆 秦 娥

　　晓朦胧,前溪百鸟啼匆匆。啼匆匆,凌波人去,拜月楼空[1]。　　去年今日东门东,鲜妆辉映桃花红[2]。桃花红,吹开吹落,一任东风。

【注释】(1)凌波:形容女子走路轻盈,后代指美人。　(2)"鲜妆"句:化用唐诗人崔护诗句,"去年今日此门中,人面桃花相映红。"

【今译】清晨,雾朦胧,小溪边百鸟啼鸣。百鸟啼鸣,佳人一去,拜月楼儿空空。　　去年今日东门东,人面桃花相映红。相映红,吹开桃花,吹落桃花,都是东风。

【点评】这首词,从唐人崔护《题都城南庄》诗:"去年今日此门中,人面桃花相映红。人面不知何处去,桃花依旧笑东风"化出。上片景色敷染,已给人一种伤感不已的情绪,复以结句"吹开吹落"再申此意,读后更令人愁情萦绕,悲感深婉超过原诗。

(田耕宇)

减字浣溪沙

　　　　梦想西池辇路边。玉鞍骄马小辎轺[1]。春风十里斗婵娟[2]。　　临水登山漂泊地,落花中酒寂寥天[3]。个般情味已三年[4]。

【注释】(1)辎轺(zī píng):辎车和轺车,古代贵族妇女乘坐的有帷幕的马车。　(2)春风十里:形容大都市十里长街花团锦簇、美女如云的景象。杜牧《赠别》诗,"春风十里扬州路,卷上珠帘总不如。"婵娟:形态美好。(3)中酒:醉酒。　(4)个般:这般。

【今译】梦中又见到了西池路边那套着骄马的小篷车,在春风中驶过十里长街,仕女如云,争奇斗妍。　　辗转漂泊,登山临水,不忍看纷纷落花,只好独自沉醉,这滋味已整整三年。

223

【点评】这是一首旅羁他乡者的怀人之作。词的上片描写思念的对象。首句以"梦想"二字发端,极写思念之深,朝思暮想,以致积思成梦。接下来用"玉鞍""骄马""小辎轺"三个形容词,写出了词人那番怜爱的深情,车美、马骄,伊人的美好自不在话下,何况其眷恋地乃春风十里、游女如云的繁邑大都。词的下片情绪感受与景物描写与上片判若天壤。温馨的往日与凄凉的今日形成强烈的反差,词人无法摆脱愁思的困扰,只有沉醉以解愁。以"三年"结尾,犹见其苦之深长。

(田耕宇)

宋词观止

将 进 酒

　　城下路,凄风露,今人犁田古人墓。岸头沙,带蒹葭,漫漫昔时流水今人家(1)。黄埃赤日长安道,倦容无浆马无草(2)。开函关,掩函关,千古如何不见一人闲?　　六国扰(3),三秦扫(4),初谓商山遗四老(5)。驰单车,致缄书,裂荷焚芰接武曳长裾(6)。高流端得酒中趣(7),深入醉乡安稳处。生忘形,死亡名,谁论二豪初不数刘伶(8)?

【注释】(1)"城下路"六句:化用顾况《悲歌》,"边城路,今人犁田昔人墓。岸上沙,昔日沙水今人家"诗句。　(2)"黄埃"二句:化用顾况《长安道》,"长安道,人无衣,马无草"诗句。　(3)六国:指战国后期齐、楚、燕、韩、赵、魏六个诸侯国。　(4)三秦:秦末农民起义后,项羽破秦入函谷,将关中土地分为三份,封给章邯、司马欣、董翳,后以"三秦"指关中。　(5)商山四老:即商山四皓。西晋皇甫谧《高士传》云,"四皓者,皆河内轵人也,或在汲。一曰东园公,二曰甪里先生,三曰绮里季,四曰夏黄公。皆修道洁己,非义不动。秦始皇时,见秦政虐,乃退入蓝田山。……乃共入商洛,隐地肺山,以待天下定。"　(6)裂荷焚芰:南朝齐孔稚珪《北山移文》讽刺那种沽名钓誉的假隐士,一旦坐官的机会到来,便"焚芰制而裂荷衣,抗尘容而走俗状。"芰制、荷衣本自屈原《离骚》,"制芰荷以为衣",原表示超越流俗,洁身自好。接武:即接踵,一个接着一个。曳长裾:行路时用手提起衣服前襟,指小心翼翼地寄食于王侯之门。李白《行路难》,"弹剑作歌奏苦声,曳裾王门不称情。"(7)高流:高尚脱俗之士。端得:须知,应该懂得。　(8)二豪:指西晋刘伶《酒德颂》里描写的贵介公子、缙绅处士两人。刘伶:西晋沛国(今安徽宿县)人,"竹林七贤"之一。嗜酒,蔑视礼法,生活放诞,热衷老庄。

【今译】古城下的道路,凄风冷露,今人犁耕的地方,恰是古人的坟墓。河岸边的白沙,长满青青的蒹葭,昔日漫漫流水的地方,今日已居住着人家。尘土飞扬,赤日炎炎,长安大道上,人困马乏。函谷关开了又闭闭了又开,千古以来,你争我夺,不见有一人歇下！　　六国纷纷扰扰,最终被秦一一清扫。起初还以为超尘脱俗的只有商山四老。岂知皇帝派人下诏,车子一来,他们便脱去粗服,曳起衣襟,争先恐后地一一来了。啊,高尚之士,都深谙酒中之趣,沉浸到安稳的醉乡,生忘形,死忘名,谁还去计较二豪最初不赞成刘伶！

【点评】这是一首咏史抒怀词。先写世事沧桑,更变无常,接下来,写千古之间,人们奔波忙碌,你争我夺,永无止境。下片写在纷纷扰扰的世事中,连人们称道的商山四皓也不能免俗,一有机会,便撕去隐士的伪装,奔走于权门。真正能忘形骸、绝名利的是那些深谙酒趣的高流。全词融说理于形象中,对伪善的隐士,极尽嘲讽。

（储兆文）

望　湘　人⁽¹⁾

春　恩

　　厌莺声到枕,花气动帘,醉魂愁梦相半。被惜余薰⁽²⁾,带惊剩眼⁽³⁾。几许伤春春晚。泪竹痕鲜⁽⁴⁾,佩兰香老⁽⁵⁾,湘天浓暖。记小江、风月佳时,屡约非烟游伴⁽⁶⁾。　　须信鸾弦易断⁽⁷⁾。奈云和再鼓⁽⁸⁾,曲终人远。认罗袜无踪,旧处弄波清浅。青翰棹舰⁽⁹⁾,白蘋洲畔。尽目临皋飞观⁽¹⁰⁾。不解寄、一字相思,幸有归来双燕。

【注释】(1)《唐宋诸贤绝妙词选》调后有题曰:"春思"。　(2)余薰:余香。　(3)带惊剩眼:《南史·沈约传》云,"百日数旬,革带常应移孔。"言身体日渐消瘦,衣带外留下的孔渐多。泪竹痕鲜:传说娥皇、女英为舜妃,舜死后,二女洒泪湘竹,成为斑竹。　(5)佩兰:屈原《离骚》,"纫秋兰以为佩"。　(6)非烟:唐武公业妾,事见皇甫枚《非烟传》。　(7)鸾弦:《汉武外传》云,"西海献鸾胶,武帝弦断,以胶续之,弦两头遂相著。"　(8)云和:古代琴瑟类乐器的总称。　(9)青翰舰:船。　(10)临皋飞观:泛指高处。

【今译】我最恨细碎的莺声,飘到我的枕畔。馥郁的花香掀动户帘,我的所有日子,沉醉占去一半,愁梦占去一半。红粉被中,还留有你的余香,腰间的皮带,又向里移了几个孔眼,几次伤春春已晚,斑竹上又添了新泪点点。佩兰香老,南天春浓日暖。还记得每当风轻月淡时,我俩多次相约,漫步在小江之畔。　　早该相信,我们最终会分手,但我还是奏起企盼的心曲,尽管曲中人遥远。还认得你的芳踪,留在一湾溪水边。白蘋洲畔,没了你的倩影,你已荡起舟,扬起帆,空让我登高望远。你不愿寄来相思字,幸亏有双双归燕。

【点评】此为念旧怀远之作。落笔便见情绪,物色撩人,牵动无限醉魂愁梦。被香犹在,人已憔悴,斑竹泪新,而心香已老,昔日小江风月佳时,携手并游之景,屡来脑际,拂之不去。早知此情易断,却念念不能自已。登高所见,景是人非,欢情难再。时燕双来,却未曾带来相思一字。"幸有"两字,逗开词人无限凄凉之嗔怪。全词往复于前尘昨梦与今日之孤寂思慕之间,文心委曲,措意深婉。

【集说】莺自声而到枕,花何气而动帘,可称葩藻。"厌"字嶙峋。曲意不断,折中不折。又云:厌莺而幸燕,文人无赖。(沈际飞《草堂诗余正集》)

词虽婉丽,意实展转不尽,诵之隐隐如奏清庙朱弦,一唱三叹。(李攀龙《草堂诗余隽》)

意致浓腴,得骚、辩之韵。又云:张文潜称其乐府"妙绝一世"、"幽索如屈、宋,悲壮如苏、李",断推此种。(黄苏《蓼园词选》)

(储兆文)

仲 殊

仲殊,生卒年不详。俗姓张,名挥,安州(今湖北安陆)人。进士出身,后弃家为僧,居杭州宝月寺。与苏轼有交游。性嗜蜜,苏轼称之"蜜殊"。能诗文,善词,其词风俊逸爽利,黄升谓其词"高处不减唐人风致"。有《宝月集》。

柳 梢 青

吴 中⁽¹⁾

岸草平沙。吴王故苑⁽²⁾,柳袅烟斜。雨后寒轻,风前香软,春在梨花。　　行人一棹天涯。酒醒处、残阳乱鸦。门外秋千,墙头红粉⁽³⁾,深院谁家。

【注释】(1)吴中:泛指春秋时吴地,包括今江苏、上海及浙江、安徽的一部分。　(2)吴王故苑:春秋时吴王建筑过殿苑的旧地。　(3)红粉:原指粉黛之类,此指女子。

【今译】春草,沙岸,柳丝轻柔,袅袅炊烟。这竟是当年吴王的宫苑!雨

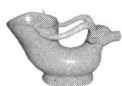

后阵阵轻寒,风送来一缕清香,梨花唤来春天。我荡起小舟,行迹遍天涯。酒醒的时候,残阳照群鸦。一架秋千,墙头上露出姑娘的娇颜,这是谁家的小院?

【点评】此为春景词。上片写舟行所见春景,格调爽利轻快,"雨后"三句,字字清婉。下片抒写行役之愁,"残阳乱鸦"与"墙头红粉"相映衬,起伏跌宕,别有一番情趣。

(杨恩成)

南 歌 子

忆 旧

十里青山远,潮平路带沙。数声啼鸟怨年华[1]。又是凄凉时候、在天涯。　白露收残暑,清风衬晚霞。绿杨堤畔闹荷花。记得年时沽酒、那人家[2]。

【注释】(1)怨年华:怨年光易逝。　(2)年时:去年此时。

【今译】远处十里青山,浪静潮平,一路上无尽的平沙。几声鸟儿啼鸣,像是感叹逝去的年华。又是凄凉时候,我独自流落天涯。　拂晓时的白露,驱走了残暑,一阵阵清风,吹散了朝霞。绿杨堤畔,盛开着荷花。你可记得去年沽酒的那户人家?

【点评】这是一首重经旧地的感怀词。起句借景兴感,略定基调。起首三句,写旅途跋涉时所见所闻所感,以境衬情,啼鸟怨叹,实乃词人叹年华易逝心曲的流露。歇拍由前三句的写景转到抒情,一"又"字,足见漂泊旅途次数之多。下片情境渐转,其妙处不仅在于景致描写的真切、细致,而且在于情景相融。"闹"字用得极佳,赋中寓兴。结尾轻轻宕开,故作慰藉,大有错认他乡是故乡之感。

(沈文凡)

诉衷情
寒　食

涌金门外小瀛洲⁽¹⁾，寒食更风流。红船满湖歌吹⁽²⁾，花外有高楼。　　晴日暖，淡烟浮。恣嬉游。三千粉黛，十二阑干，一片云头。

【注释】(1)涌金门：杭州城西门。小瀛洲：指西湖中的一座小岛。　(2)红船：即画船。

【今译】涌金门外的西湖，宛如仙境瀛洲，寒食节的时候，它越发风流。满湖的红船，满湖的歌吹，繁花似锦，花外掩映高楼。　　丽日和煦，淡烟轻柔，人们恣意嬉游。仕女如云，偎依栏杆，花团锦簇。

【点评】此词赞美西湖寒食之风物。词人一反寒食节令人伤神之传统写法，极力描绘西湖晴日、淡烟、红船、歌吹之喧闹景象。格调清丽，荡人心魂。

【集说】仲殊之词多矣！佳者固不少，而小令为最，小令之中《诉衷情》一调，又其最。盖篇篇奇丽字字清婉，高处不减唐人风致也。（黄昇《花庵词选》）

宋之南渡，西湖号为销金锅，一时繁华游冶之盛，有心者能不忧之！不谓物外缁流，已于冷眼中觑之。"一片云头"四字，真力弥满，杰句也。（黄苏《蓼园词选》）

（储兆文）

宋词观止

张　耒

张耒(1052—1114),字文潜,楚州淮阴(今属江苏)人。耒少有雄才,才情富赡,工于诗文,为东坡称道,赞其文汪洋冲淡,有一唱三叹之声,为"苏门四学士"之一。弱冠中进士,官至起居舍人。绍圣中,谪黄州酒税,后居陈州。作词甚少,赵万里辑得《柯山诗余》六首。

风　流　子

　　木叶亭皋下[1],重阳近,又是捣衣秋[2]。奈愁入庾肠[3],老侵潘鬓[4],谩簪黄菊[5],花也应羞。楚天晚,白蘋烟尽处,红蓼水边头。芳草有情,夕阳无语,雁横南浦,人倚西楼。　　玉容、知安否,香笺共锦字[6],两处悠悠。空恨碧云离合[7],青鸟沉浮。向风前懊恼,芳心一点,寸眉两叶,禁甚闲愁。情到不堪言处,分付东流。

【注释】(1)木叶亭皋下:皋,水边高地。此句意谓临水的亭旁树叶纷纷飘坠。　(2)捣衣秋:古人在初秋时即以杵槌洗寒衣,以备冬时,故曰捣衣秋。　(3)庾肠:庾信流寓北周,不得南返,作《哀江南赋》,词甚凄苦。此指悲秋思人之怀。　(4)潘鬓:潘岳三十二岁时便两鬓发白。此为作者自况。

(5)谩簪黄菊:把菊花随便插在头上。　(6)香笺:女子的信札。锦字:书信的美称。　(7)碧云离合:以云之离合喻人之离别。

【今译】又是重阳佳节,树叶纷纷飘零,传来一片捣衣声。怎奈我愁肠百结,霜染两鬓,随便向头上插朵菊花,花儿也感到难为情。望中南天日暮,水绕红蓼,烟笼白蘋,芳草有情,夕阳无语,南浦雁阵横空,人倚西楼伤情。你的玉容是否依旧? 一封香笺,满纸锦字,两地相思心悠悠。恨苍天白云离去,又不见青鸟,谁替我传递忧愁! 只好在风前懊恼,一点芳心,两叶细眉,怎能锁住千般离愁。心情到了难言时候,只得凝望滚滚东流的流水。

【点评】这是一首怀人词。起三句,点明节令,一“又”字,含无穷秋恨。“奈愁入”四句,写人在他乡之悲苦,“簪黄菊”应前“重阳”,“花也应羞”,透过一层,写心绪之不佳,应前“谩”字,针线尤为细密。“楚天晚”三句,乃词人在亭皋远眺之景,“白蘋”“红蓼”,对比鲜明,亦见人情逢秋而悲,应前“愁入庾肠”。“芳草”四句,望中所感、所想,“人倚西楼”,乃思伊人此时亦在思念远人,束上启下,转换自然。过片,承歇拍,遥问对方可否平安。“空恨”以下,一气流转,虽是伊人所答,实乃作者心声。“芳心”三句,造语新奇,耐人回味。空里作结,遗恨绵绵。

【集说】张文潜《风流子》:“芳草有情,夕阳无语,雁横南浦,人倚西楼。”景语亦复寻常,惟用在过拍,即此顿住,便觉老当浑成。换头,“玉容知安否?”融景入情,力量甚大。此等句有力量,非深于词,不能知也。“香笺”至“沉浮”,微嫌近滑,“向风前”四句,深婉入情,为之补救,而“芳心”,“翠眉”,又稍稍刷色。下云“情到不堪言处,分付东流”,盖至是不能不用质语为结束矣。虽古人用心,未必如我所云,要不失为知人之言也。“香笺共锦字,两地悠悠。”吾人填词,断不堪如此率意,势必绾两句为一句,下句更添一意,由情中、景中生出皆可,情景兼到,又尽善矣。虽然突过前人

231

宋词观止

不易,或反不逮前人,视平昔之功力、临时之杼轴何如耳。(况周颐《餐樱庑词话》)

(杨恩成)

秋蕊香

　　帘幕疏疏风透,一线香飘金兽[(1)]。朱阑倚遍黄昏后。廊上月华如昼。　　别离滋味浓于酒。著人瘦[(2)]。此情不及墙东柳。春色年年如旧。

【注释】(1)金兽:兽形的铜香炉。　　(2)著(zhuó):让,使。

【今译】帘幕稀疏,风儿轻轻吹来,缕缕香烟飘出香炉。黄昏时分,把阑干倚遍,清冷的屋廊上,月光如同白昼。　　别离的滋味比酒更浓,它让人空瘦。人情比不得墙东垂柳,年年春来,青青如旧。

【点评】这是一首触景思人的小词。上片写景,由风帘到一缕细烟,于极细微处起笔,极见伊人心绪不宁,"朱阑"二句疏淡。过片以酒喻离愁,新人耳目,再以离愁不能排解和柳树当春重绿相比,别出心裁。全词体情细腻真切,耐人寻味。

(匡少家)

陈 师 道

陈师道(1053—1102),字履常、无己,号后山居士,彭城(今江苏徐州)人。元祐时因苏轼推荐,为徐州教授,后任太学博士、秘书省正字等职。家境困窘,爱苦吟,工诗,与黄庭坚、陈与义并为江西诗派三宗。其词妙处如诗,但用意太深,时有僻涩。有《后山词》。

菩 萨 蛮
七 夕

行云过尽星河烂,炉烟未断蛛丝满。想得两眉颦,停针忆远人。　　河桥知有路,不解留郎住。天上隔年期,人间长别离。

【今译】行云散尽,星河灿烂,袅袅的炉烟,似蛛丝布满。在这七夕的夜晚,她一定双眉紧皱,停下手里的针线,思念远方的人。　　天河上有鹊桥相通,我却不知道留郎长住。天上的牛郎织女,一年一次相会,我在人间,却忍受着长久的别离。

宋词观止

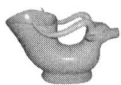

【点评】这是一首七夕怀人词。起句描写七夕夜空景色。"炉烟"句，写女子秋夜独处。"想得"两句用颦眉、停针来显示女主人公的深挚思念。下片先从天上鹊桥写起，诉说心中愁思。"不解留郎住"，悔恨不已。结尾从对"天上隔年期"的欣羡中，反映主人公对"人间长别离"的幽怨。后山词向有"用意太深，有时僻涩"之嫌，而这首词却浅近晓畅，抑或别有寓意？

（储兆文）

晁 补 之

晁补之(1053—1110),字无咎,济州巨野(今属山东)人。元丰初举进士,历秘书省正字、著作佐郎,坐党籍,贬监信州盐酒税,后卒于知泗州任上。补之为"苏门四学士"之一,善词。风格高朗爽健,可踵武东坡。冯煦云:无咎"所为诗余,无子瞻之高华,而沉咽则过之。"有《晁氏琴趣外篇》。

盐 角 儿[1]
亳社观梅

　　开时似雪。谢时似雪。花中奇绝。香非在蕊,香非在萼[2],骨中香彻。　　占溪风,留溪月。堪羞损、山桃如血。直饶更、疏疏淡淡[3],终有一般情别。

【注释】(1)此词作于亳州(今安徽亳县)通判任上。　(2)萼:花的外托。　(3)直饶:再加上。

【今译】开放的时候像雪,凋谢的时候像雪,在花中,梅花奇绝无比。你

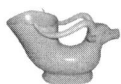

的芳香,不在花蕊,也不在花萼,在你的铮铮铁骨里。　　你独占一湾小溪,风月是你的伴侣。羞得鲜红的山桃花,没有容身之地,再加上你那疏淡的身姿,终究别有一种情味。

【点评】此词咏梅。上片先赞梅之品格始终如一,再赞梅香彻骨。直是赋体,吐露无余。下片赞梅之风姿,"占溪风,留溪月",勾勒出一幅溪月梅韵图。纯是天然,不见人工,而梅之占风月,亦是词人脱俗品格之写照。

(杨恩成)

洞 仙 歌

泗州中秋作⁽¹⁾

　　青烟幂处⁽²⁾,碧海飞金镜。永夜闲阶卧桂影。露凉时、零乱多少寒螀⁽³⁾,神京远,惟有蓝桥路近⁽⁴⁾。　　水晶帘不下,云母屏开⁽⁵⁾,冷浸佳人淡脂粉。待都将许多明,付与金尊,投晓共、流霞倾尽⁽⁶⁾。更携取、胡床上南楼⁽⁷⁾,看玉做人间,素秋千顷。

【注释】(1)泗州中秋:指大观四年(1110),晁补之出党籍,起知达州,改泗州,这首词是这年中秋在泗州任上作。　(2)幂(mì):遮盖。(3)寒螀(jiāng):寒蝉。　(4)蓝桥:在陕西蓝田县东南,唐裴航遇仙女云英的地方。这里泛指与歌妓相往来。　(5)云母屏:云母屏风。　(6)流霞:仙酒名。(7)胡床:古代一种轻便坐具,可以折叠。

【今译】夜幕降临,烟霭迷茫,万顷碧波之上,飞起一轮明镜,月华朗朗,布满闲庭。夜深露凉,寒蝉声声,京城遥远难归去,只有翠楼歌妓能体谅我的苦衷。　　水晶帘卷,云母屏开,月华中,佳人盈盈。我要让许多月光,流满金樽,等到拂晓,与流霞一并喝空。再带上胡床登楼台,欣赏人间的素秋千顷。

【点评】这是一首咏月词。上片写中秋夜景。首二句,写碧空秋月,清旷无比。"永夜"句轻轻宕开,由天上转写人间月下,桂影婆娑。"露凉"三句,再写中秋之夜所见、所感。一"远"一"近",写出仕途失意之情。下片抒发月下饮酒,极尽超脱之致。"水晶"三句,从李白诗化出,明写佳人淡著脂粉,冰清玉洁,暗写一己之放浪形骸。"待得"以下,转写饮酒赏月,又以"更"领出明日欣赏千里清景之疏放情怀。虽疏放,却少一股飘逸之气。

【集说】凡作诗词,要当如常山之蛇,救首救尾,不可偏也。如晁无咎作中秋《洞仙歌》辞,其首云:"青烟幂处,碧海飞金镜,永夜闲阶卧桂影。"固已佳矣,其后云:"待都将许多明,付与金尊,投晓共流霞倾尽。更携取胡床上南楼,看玉做人间,素秋千顷。"若此可谓善救首尾者也。(胡仔《苕溪渔隐丛话》)

此词前后照应,如织锦然,真天孙手也。(李攀龙《草堂诗余隽》)

前阕从无月看到有月,次阕从有月看到月满人间,层次井井,而词致奇杰。各段俱有新警语,自觉冰魂玉魄,气象万千,兴乃不浅。(黄苏《蓼园词选》)

(魏玉侠)

忆 少 年

别 历 下[1]

无穷官柳,无情画舸,无根行客。南山尚相送,只高城人隔。　罨画园林溪绀碧[2],算重来、尽成陈迹。刘郎鬓如此,况桃花颜色[3]。

【注释】(1)历下:在山东济南西,因南对历山而得名,词中的"南山"即指历山。　(2)罨(yǎn)画:杂有色彩的画。绀(gàn):黑红色。　(3)"刘郎"二句:刘禹锡《戏赠看花诸君子》,"紫陌红尘拂面来,无人不道看花回。玄都观里桃千树,尽是刘郎去后栽。"他因此诗被贬,十四年后,再回京师,复题诗一首《再游玄都观》,"百亩庭中半是苔,桃花净尽菜花开。种桃道士归何处,前度刘郎今又来。"后用此典表示人去而复来,多有沧桑追怀之感。

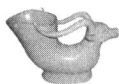

【今译】古渡口，成排的杨柳，直通天边。无情的画船，又要起航，我这无根的行客，没个固定的落脚点。南山尚且为我送行，高城内的人，早已望不见。　　如画的园林碧溪，等我重返时，恐怕都已成了陈迹。那时我已是两鬓白霜，更何况桃花，岂能永葆艳色？

【点评】这是一首羁旅行役词，但它不是情侣间"儿女共沾巾"的柔肠寸断，也不是朋友间"劝君更尽一杯酒"的宴饮壮行之别，更不是"君向潇湘我向秦"的各奔前程之别，而是表现对曾宦游过的历下城及这里山山水水的离别之情，并将浓重的天涯漂泊之感、人世沧桑之慨融注其间。上片连用三个"无"字，语极沉痛。词人此时来到渡口，撑一支长篙，在南山的相伴下，顺流而去，他与高城挥手告别了。下片写词人站在船头，最后看一眼历下如此多娇的山川，一种"此去何时见也"的感叹油然而生。词人没有胶着于离别时具体的情事，而是在更深的层面上着意渲染抒写"无根行客"的心理感受和人生感慨，语短而意深。

【集说】"花无人戴，酒无人劝，醉也无人管"与此词起处同一警绝。唐以后特地有词，正以有如许妙语，诗家收拾不尽耳。（先著、程洪《词洁辑评》）

结句如《水龙吟》之"作霜天晓""系斜阳缆"亦是一法，如《忆少年》之"况桃花颜色"，《好事近》之"放珍珠帘隔"，紧要处，前结如奔马收缰，须勒得住，又似住而未住；后结如泉流归海，要收得尽，又似尽而不尽者。（沈雄《古今词话》）

谢逸《柳梢青》"无限离情，无穷江水"类此。（卓人月《古今词统》）

（储兆文　樊如一）

西 江 月

似有如无好事，多离少会幽怀。流莺过了又蝉催[1]。肠断碧云天外。　　不寄书还可恨，全无梦也堪猜。秋风吹泪上楼台。只恐朱颜便改[2]。

【注释】(1)流莺:黄莺。　(2)朱颜:指美好的青春。

【今译】我所等待的,往往似有又无;我所思恋的,往往离多会少。流莺随春去,蝉鸣催秋来。料想佳人在天外,应是柔肠寸断。　　没有情书来,真可恨;一点不入梦,也容我好猜。我在秋风中,和泪上楼台;如此春去秋来,只怕朱颜早改。

【点评】这首词写离愁别绪。起句写事,是说"好事""幽怀"总得之甚难。"流莺"句,以莺鸣与蝉催暗示季节的替换,春去秋来,离多会少,自然引出"肠断"一句,情随物换,感慨殊深。过片以情起,写双方阻碍,魂牵梦绕。"秋月"二句,明知情人不可望,仍在风中和泪上楼台,可谓无限痴情。全词语淡而情深,令人回味无穷。

(魏玉侠)

水 龙 吟
次韵林圣予惜春

　　问春何苦匆匆,带风伴雨如驰骤。幽葩细萼,小园低槛,壅培未就(1)。吹尽繁红,占春长久,不如垂柳。算春常不老,人愁春老,愁只是、人间有。　　春恨十常八九。忍轻辜、芳醪经口(2)。那知自是,桃花结子,不因春瘦。世上功名,老来风味,春归时候。纵樽前痛饮,狂歌似旧,情难依旧。

【注释】(1)壅培:把土或肥料培在植物根部。　(2)芳醪(láo):醇美芳香的酒。

【今译】问春天,为何这般匆匆,伴着风雨飞驰而过?绿萼纤细香花清幽,小园里栏槛低矮,刚刚壅土培苗,一花枝尚未挺秀。那婉紫嫣红的花朵,

一经风雨，便已打扫净尽，不如垂柳长久。细想起来，春是不会老的，只是因为人有忧愁，才怕青春老去，这也只是人间才有。　　春恨十有八九，人人都有，怎忍心轻易辜负了，到口的美酒？哪里知道，不是春故意无情，造成绿肥红瘦，桃花儿落了，是因为她要结子枝头。世上功名无成，老来风操未就，已到春归时候。纵然能举杯痛饮，狂歌依旧，但逝去的青春豪情，却难依旧。

【点评】这是一首次韵词。命意在于"惜春"，但它没有依照传统的对自然之春的伤悼，而是从自然之理的寻绎中，消除人们对花落春老的感性上的愁怨。虽春归匆匆，但风雨中吹落的只是嫩花娇朵，继之尚有垂柳青青，且年复一年，春来有信，春天常在，未曾老去，又花儿飘落，正是为了果实满枝，春华秋实，自然之理。春未曾老，花亦非无情，惜春悼春之伤感纯属人情赋予，实与自然无涉。而"世上的功名，老来风味"，才是真正堪悲的"春归时候"，因为虽能痛饮狂歌似旧，却难能激情澎湃如初。至此乃切入本篇正题，词人先用大片文字来解释自然界的春归，以此作为人生的春归的反衬，最后轻宕笔锋，点醒题旨。以析理入词，然能融理于情，以景见理，故无枯涩匠气。

（储兆文）

摸 鱼 儿

东 皋 寓 居

买陂塘[(1)]、旋栽杨柳，依稀淮岸江浦。东皋嘉雨新痕涨，沙嘴鹭来鸥聚。堪爱处，最好是、一川夜月光流渚。无人独舞。任翠幄张天，柔茵藉地，酒尽未能去。　　青绫被[(2)]，莫忆金闺故步[(3)]。儒冠曾把身误。弓刀千骑成何事[(4)]，荒了邵平瓜圃[(5)]。君试觑。满青镜、星星鬓影今如许。功名浪语。便似得班超[(6)]，封侯万里，归计恐迟暮。

【注释】(1)陂(bēi)塘：池塘。　(2)青绫被：汉代尚书郎入值，官府供给青缣白绫被。此指在朝做官的优厚享受。　(3)金闺：金马门，汉武帝时，学士草拟文稿的地方。　（4）弓刀千骑：指侍卫队伍，太守以上的规制。（5）邵平瓜圃：东陵侯邵平在秦亡后，归隐长安城东种瓜。　（6）班超（32—102）：东汉名将，字仲升，扶风安陵（今陕西咸阳）人，曾投笔从戎，平定西域三十六国，封定远侯，回京时年已七十一，不久病死。

【今译】买一块池塘，随即栽上杨柳，仿佛便是淮水之岸，湘江云浦。好雨滋润东岗，池塘水涨了，新添的水痕依稀可见，一群白鹭伴着沙鸥，飞到小洲上。更令人流连的是，一川明月照流光。夜阑人静，我独自起舞。任碧天张开帷幕，躺在如茵的芳草地，虽然酒杯已空，我仍不忍离去。　　金马门的草拟文稿，夜值时供给的新被，所有这些都不用回顾。儒冠竟把我耽误。弓刀千骑又有何用？只是荒芜了邵平的瓜圃。君试看，满镜的青丝，都变成了星星白发，功名是骗人的谎话。即便是像班超，虽能封侯万里，最后还要回乡居住，只是归来已迟暮。

【点评】这首词作于作者决绝官场、归耕田园之时。上片写田园之景，表现归隐生活的自由闲逸。下片议论兼抒怀，表现词人毅然归隐的决心。自然景物的静谧明丽，词人心境的怡然自适与官场的拘束、功名的虚幻形成对照。写景历历如画，情生画外。全词充溢着"识尽愁滋味"后的超拔潇洒与游刃有余的文士风流。

【集说】晁无咎《摸鱼儿》真能道急流勇退之意，真西山极爱赏之。（黄昇《花庵词选》）

观"休忆金闺故步"句，是由翰林迁谪后作也。语意峻切，而风调自清迥拔俗，故真西山极赏之。（黄苏《蓼园词选》）

（储兆文）

晁 冲 之

晁冲之,生卒年不详,字叔用,一字用道,济州巨野(今属山东)人。晁补之从弟。擅音律,工诗文,举进士不第。绍圣初,以党籍废居具茨山下。词已佚,近人赵万里辑得《晁叔用词》十六首。

临 江 仙

忆昔西池池上饮,年年多少欢娱。别来不寄一行书。寻常相见了,犹道不如初。　　安稳锦屏今夜梦[1],月明好渡江湖。相思休问定何如[2]。情知春去后,管得落花无。

【注释】(1)锦屏:妆饰华丽的屏风。　(2)何如:如何,怎么样。

【今译】当年在西池开怀畅饮,年年有多少欢娱。自从分别以后,你也不捎来一点消息。假如有一天我们突然相见,那滋味肯定不如当初得意!　　今晚我要睡个安稳觉,做个温馨的梦,趁着明月当空,飞渡江湖去寻找你。不要问相思深浅。你明明知道,春天消失以后,哪管落花有无?

【点评】这是一首怀人词。精警别致,令人怦然心动。以"忆昔"起,以"别来"续,昔日欢聚,今日寂寞,俱到眼前。"寻常"二句,不写他日相见之惊喜,反说纵然见面,也不如当日西池池上之欢娱!多少人生苦痛,尽在其中。过片承前,不言梦中相会之惊喜,却劝对方休问别后相思如何。"情知"二句,补出"休问"原因。跌宕转折,出人意料。

【集说】淡语有深致,咀之无穷。(许昂霄《词综偶评》)

(叶汉雄)

宋词观止

毛　滂

毛滂,生卒年不详,字泽民,衢州(今属浙江)人。元祐初曾官杭州法曹。苏轼曾以文章典丽可备著述科荐之。官至祠部员外郎,知秀州。其词多为应酬之作,以清疏潇洒见长。有《东堂词》。

惜　分　飞

富阳僧舍代作别语赠妓琼芳

泪湿阑干花著露[1],愁到眉峰碧聚[2]。此恨平分取,更无言语空相觑[3]。　　断雨残云无意绪,寂寞朝朝暮暮。今夜山深处,断魂分付潮回去。

【注释】(1)阑干:泪水纵横。白居易《长恨歌》:"玉容寂寞泪阑干,梨花一枝春带雨。"　(2)眉峰碧聚:愁眉不展。　(3)觑(qù):细看。

【今译】泪珠儿滚滚,像花含露一样娇艳;展不开的愁眉啊,像凝碧的峰峦。这离恨啊,你分了一半,我分了一半,无法用语言表达,只能含泪细看。

雨停云也散，心情更难堪。从此以后，寂寞伴着我，从早到晚。今夜行到山深处，拜托潮水，把我的魂儿，捎到你身边。

【点评】此词为赠妓而作。上片追忆临别情景。起二句，写临别洒泪凝愁。"花著露"，可以想见其人之娇美；"眉峰碧聚"，可以想见其人愁思难解，不忍分离之情态。"此恨"二句，纯用赋法，写二人心心相印之真挚情感。"更无言语空相觑"，与耆卿"执手相看泪眼，竟无语凝咽"同一韵致，省去多少笔墨。下片写别后之相思。"断雨"二句，写行人百无聊赖，寂寞孤独。"今夜"二句，写相思之苦，以致魂断，"深山""潮水"，境界凄凉，愈显出相思之凝重、深沉，托潮水寄断魂，尤觉凄伤。李太白云："我寄愁心与明月，随风直到夜郎西。"此云"断魂分付潮回去"，前者清旷，后者深沉，异曲而同工。

【集说】语尽而意不尽，意尽而情不尽，何酷似少游也！（周煇《清波杂志》）

楼敬思书毛滂《惜分飞》词后云：《东堂集》"泪湿阑干"词，"花庵"词客采入《唐宋绝妙词》。其词话云："元祐中，东坡守钱塘，泽民为法曹掾，秩满辞去。是夕宴客，有妓歌此词，坡问谁所作？妓以毛法曹对。坡语坐客曰，'郡寮有词人不及知，某之罪也。'翌日，折柬追还，留连数日。泽民因此得名。"余谓黄升宋人，其援据不应若是之疏也。[按苏轼知杭州在元祐四年（1089）至六年（1091），而毛滂于元祐三年已出任饶州司法参军，至元祐七年仍在饶州任上。故张宗橚谓黄升"援据"有"疏"]按苏公诗集有《次韵毛滂法曹感雨诗》："公子岂我徒，衣钵传一箪。定非郊与岛，笔势江湖宽。悲吟古寺中，穿帷雪漫漫。他年记此味，芋火对懒残。"所谓古寺，度即富阳之寺也。公以郊、岛目滂，以韩自况，衣钵云云，倾倒者至矣。然则苏公知滂不在《惜分飞》词，而滂之受知于苏公，又岂待《惜分飞》哉！（张宗橚《词林纪事》引）

第一个相别情态，一笔描来，不可思议。（沈际飞《草堂诗余正集》）

（杨恩成）

宋词观止

相 见 欢

秋 思

　　十年湖海扁舟。几多愁。白发青灯今夜[1]、不宜秋。中庭树。空阶雨[2]。思悠悠。寂寞一生心事、五更头。

【注释】(1)青灯：油灯，其光青荧。　(2)"中庭树"二句,化用温庭筠《更漏子》"梧桐树,三更雨,不道离情正苦"之句。中庭：即庭中。

【今译】湖海漂泊十多年,我就像一叶扁舟,曾有过多少忧愁,今夜,孤灯伴着,双鬓斑白的我,怎堪忍受,这凄凉萧瑟的秋。　风过庭院树嗖嗖,叶落纷纷；雨打空台阶,点点滴滴；我情思悠悠。一生寂寞的往事,涌上心头,不觉已是五更头。

【点评】从"白发""不宜秋""空阶雨""思悠悠"等词句中,就可看出这首词的凄苦情调。上片一开始就点出词人苦于漂泊,"几多愁"的"愁"显然不是一般离别之愁,而是包含了生事之愁。"白发"二句,有人有景。"不宜"二字,即逢秋而悲之意,却缓缓道出,包含多少感慨！过片写秋树秋雨,秋雨空阶,庭中秋树,缘情布景。"寂寞"二句,直接抒情,一生心事,此夜一齐涌上心头。"五更头"点明词人彻夜未眠。上下片皆写愁景愁情,格调凄婉,体现了毛滂词"情韵特胜"的特点。

（魏玉侠）

宋词观止

周 邦 彦

周邦彦（1056—1121），字美成，号清真居士，钱塘（今浙江杭州）人。因上《汴都赋》受到宋神宗赏识，擢为太学正。历秘书省正字、校书郎，以直龙图阁知河中府，徽宗朝，提举大晟乐府。美成精通音律，尤工词，为北宋后期之大家。其词富艳精工，章法严密，珠圆玉润。状物言情，曲尽其意。历来词家奉为圭臬。王国维《人间词话》云："美成深远之致不及欧秦，唯言情体物，穷极工巧，故不失为第一流之作者。但恨创调之才多，创意之才少耳。"著有《清真居士集》已佚，今存《片玉集》。

苏 幕 遮

般　涉

燎沉香(1)，消溽暑(2)。鸟雀呼晴，侵晓窥檐语(3)。叶上初阳干宿雨(4)、水面清圆，一一风荷举。　故乡遥，何日去。家住吴门(5)，久作长安旅(6)。五月渔郎相忆否。小楫轻舟，梦入芙蓉浦(7)。

【注释】(1)燎(liáo)沉香:燃起香。沉香:一名沉水,一种香气很浓的香料。 (2)消溽暑:驱走潮湿的暑气。溽(rù):潮湿。 (3)侵晓:天刚拂晓。 (4)宿雨:昨夜的雨。 (5)吴门:原指苏州,这里指作者的故乡钱塘。因钱塘原属吴郡。 (6)长安:代指宋都汴京。 (7)芙蓉浦:开满荷花的池塘。

【今译】燃起一支沉香,驱散闷热的湿气。鸟雀鸣叫呼唤着晴天,拂晓时分我偷偷听它们在屋檐下报告天晴的消息。朝阳晒干叶上的雨水,荷叶圆圆,一池碧绿。一阵风儿吹过来,朵朵荷花亭亭玉立。 故乡多么遥远,不知何日归去?家住在钱塘,却长久流落京城里。五月啊,五月,渔郎们是否把我提起?梦中驾起一叶扁舟,一直划进荷花塘里。

【点评】此词写于词人寓居汴京时,睹荷花而生乡思,由实景入梦境,一往情深。上片写景。起二句,燎香驱暑,已露不堪郁闷之情。"鸟雀"二句,倒插一笔,追写拂晓情事。鸟雀"窥檐""呼晴",细琐中见新巧。"叶上"三句,写雨后新荷,风姿绰约。一"举"字,振起荷之风采。下片抒发思乡之情,明白如话,不假雕饰。"梦入"一句,尤觉神思超宕,虚幻莫测。

【集说】上阕,若有意,若无意,使人神眩。(周济《宋四家词选》)

不必以词胜,而词自胜。风致绝佳,亦见先生胸襟恬淡。(陈廷焯《云韶集》)

"叶上初阳干宿雨,水面清圆,一一风荷举。"此真能得荷之神理者。觉白石《念奴娇》《惜红衣》二词,犹有隔雾看花之恨。(王国维《人间词话》)

(杨恩成)

蝶 恋 花

秋 思

月皎惊乌栖不定。更漏将残(1),辘轳牵金井(2)。唤起两眸清炯炯(3)。泪花落枕红棉冷。 执手霜风吹鬓影。去意徊徨(4),别语愁难听。楼上阑干横斗柄(5)。露寒人远鸡相应(6)。

【注释】(1)更漏将阑:天快亮了。 (2)辘轳:辘轳,汲水的器具。(3)炯炯:明亮。 (4)徊徨:彷徨不定。 (5)"楼上"句:北斗星斜挂在楼头栏杆上,表示夜色将尽。 (6)"露寒"句:从温庭筠《商山早行》"鸡声茅店月,人迹板桥霜"二句化出。

【今译】月色多么澄明,乌鹊游移不定。壶漏快要滴残,院里传来汲水声。她把他唤醒,只见她两眼泪盈盈。泪花滴到红绵枕上,他心里一阵凄冷。　手拉着手儿话别情,霜风吹拂她的鬓影。临别时本来就难过,多情的嘱咐,更叫人不忍心听。栏杆上斜挂斗柄,远近雄鸡报晓,他披露踏上征程。

【点评】题为"早行",实写离情别绪。上片,起句明写月明惊乌,游移不定,实写行人于临别之夜难以安眠,妙在此情透过一层道出。"更漏"二句,婉转点出"早行"。"唤起"二句,行者与居者两到。行人被"唤起",则居者一夜未眠自是情理中事;"两目清炯炯"乃行者被唤醒之后所见——居者眼含泪水;"泪花落枕","红绵"尚且心冷,更何况"行人"! 婉转细腻,往复曲折。过片,写话别。因其出行早,故而唯见"风吹鬓影",曰"执手",曰"霜风",愈见临别之凄怆。"楼上"二句,从居者一方落笔,写别后之凄凉心境。北斗斜挂,露寒人远,鸡声相应,境界清疏旷远,淡而有致。

249

【集说】美成能作景语,不能作情语;能入丽字,不能入雅字,以故价微劣于柳。然至"枕痕一线红玉生",又"唤起两眸清炯炯,泪花落枕红绵冷",其形容睡起之妙,真能动人。(王世贞《艺苑卮言》)

"唤起"句,形容睡起之妙。(沈际飞《草堂诗余正集》)

首一阕言未行前闻乌惊漏残,辘轳响而惊醒泪落。次阕言别时情况凄楚,玉人远而唯鸡相应,更觉凄婉矣。(黄苏《蓼园词选》)

(杨恩成)

宋词观止

玉　楼　春

　　桃溪不作从容住⁽¹⁾，秋藕断来无续处。当时相候赤栏桥⁽²⁾，今日独寻黄叶路。　　烟中列岫青无数⁽³⁾，雁背夕阳红欲暮⁽⁴⁾。人如风后入江云，情似雨余粘地絮。

【注释】(1)桃溪：刘义庆《幽明录》载刘晨、阮肇共入天台山，遥望山上有一桃树，溪边有二女子，姿质绝妙，相见欣喜，遂留居半年。既出，亲旧零落，无复相识，问讯得七世孙，传闻上世入山，迷不得归。　(2)赤栏桥：红漆栏杆的桥。唐顾况《题叶道士山房》，"水边杨柳赤栏桥，洞里仙人碧玉箫。"　(3)岫：山。　(4)雁背夕阳红欲暮：化用李商隐诗，"虹收青嶂雨，鸟没夕阳天。"

【今译】为什么当初，不在桃溪多住些时候，秋藕断了再没有续处。那时我在赤栏桥边等你，今天我却独自寻觅，在铺满黄叶的小路。　　烟雾中有无数青山起伏，雁背上的夕阳，越来越不清楚，人一去杳无踪迹不能留住。我的心如雨后粘地的柳絮，再也无飘处。

【点评】本词从仙凡恋爱故事入手，描写和情人分别后旧地重游引起的怅惘之情。全篇通为记叙，以偶句立干，排偶工整，语句精炼，铺设浑厚，意境传神。首句点出桃溪，引用刘、阮遇仙之典故自怜缘浅。轻写一笔，委婉动人，"秋藕"句重顿一笔。而"桃溪""秋藕"一暗一明，分点春秋，暗寓昔今不同。"当时""今日"，对比强烈，情深意切。而"赤栏桥""黄叶路"又是一暗一明，分点春秋。"人如""情似"之结尾句，一说人不能留，一说情不能已，工整合情。全词八句四韵，四对偶，句句含情，字字含情，前后照应，累累如贯珠。

【集说】美成词有似拙实工者，如《玉楼春》结句云"人如风后入江云，情似雨余粘地絮"，上言人不能留，下言情不能已，呆作两譬，别饶姿态，却不病

其板,不病其纤,此中消息难言。(陈廷焯《白雨斋词话》)

只纵笔直写,情味愈出。(陈廷焯《云韶集·宋词选·周词评》)

(杨敏)

拜星月慢

秋 思

夜色催更,清尘收露[1],小曲幽坊月暗[2]。竹槛灯窗,识秋娘庭院[3]。笑相遇,似觉琼枝玉树[4],暖日明霞光烂[5]。水眄兰情[6],总平生稀见。　　画图中、旧识春风面[7]。谁知道、自到瑶台畔。眷恋雨润云温,苦惊风吹散。念荒寒、寄宿无人馆。重门闭、败壁秋虫叹。怎奈向、一缕相思,隔溪山不断。

【注释】(1)清尘收露:露水收尽了灰尘。　(2)幽坊:偏僻幽静的巷子。(3)秋娘:唐金陵歌妓。杜牧有《赠杜秋娘》诗及序。后多以"秋娘"称以歌舞为职业的女子。　(4)"琼枝"句:言其容颜像琼枝玉树交相辉映,明洁耀眼。(5)"暖日"句:其容光神采照人,像阳光彩霞一般光辉灿烂。　(6)水眄兰情:本于韩琮《春愁》"水眄兰情别来久"。水眄:指眼神明媚如流水。兰情,指性情幽静像兰花。　(7)"画图"句:杜甫《咏怀古迹五首》,"画图省识春风面",意即在和其人会面之前就已经知道她的声名,见过她的画像了。

251

【今译】夜色催促着更点,清露收尽了尘埃,曲折幽静的巷子,月色半明半暗。栏槛外翠竹竿竿,窗户里灯光闪闪,这就是秋娘的庭院。与笑盈盈地她一照面,仿佛是面对琼枝玉树,明洁耀眼,又像是面对太阳和彩霞,光辉灿烂。她的眼睛像流水,她的性情像幽兰,这一切都是平生少见。　　未见之前,早就从画像中熟悉了她的容颜。谁能知道,自从到了她的小小庭院,对相会情事更加眷恋,痛苦的是惊风把我俩折散。我独自住在无人的旅馆,关上重重的房门,听破墙中秋虫哀叹。怎奈何,一缕深深的相思隔不断,不管她离我多么遥远。

【点评】这是一首因神驰旧游而抒发相思之情的作品。词人追思昔日之欢,无限伤感。昔日之乐与今日之哀,对比之中更加突出。起三句,写小径幽坊之夜色、地点。"竹槛"两句,写具体的环境。"笑相遇"以下至片尾,极尽描写秋娘的容颜、容光、神韵、性情,表现了二人相会之缠绵。"似觉"两句贯下,"总平生"一句总承上。过片处从神驰之境落入现实。"画图"一句宕开,"谁知道"一句收合。从情感上说,"谁知道"句是全词的转折点。"苦"点出别之凄惨。"念荒寒"之后抒独居之哀怨。结尾总写一缕相思不断。全词摹境描情,细腻生动,缠绵悱恻而又深沉厚重。

【集说】虫曰叹,奇。实甫草桥店许多铺写,当为此一字屈首。(卓人月《古今词统》)

上相遇间,如琼玉生光;下相思处,浑如溪山隔断。(李攀龙《草堂诗余隽》)

全是追思,却纯用实写。但读前阕,几疑是赋也。换头再为加倍跌宕之,他人万万无此力量。(周济《宋四家词选》)

前一晌留情,此一缕相思,无限伤感。(潘游龙《古今诗余醉》)

"惊风"句,怨有所归也,可以怨矣;"隔溪"句,饶有敦厚之致。(黄苏《蓼园词选》)

(杨敏)

解　连　环[1]

怨怀无托。嗟情人断绝,信音辽邈。信妙手、能解连环[2],似风散雨收,雾轻云薄。燕子楼空,暗尘锁、一床弦索[3]。想移根换叶。尽是旧时,手种红药[4]。　　汀洲渐生杜若[5]。料舟依岸曲,人在天角。漫记得、当日音书,把闲语闲言,待总烧却[6]。水驿春回,望寄我、江南梅萼。拚今生,对花对酒,为伊泪落。

【注释】（1）《解连环》：本名《宝梅》《望梅》，因周邦彦此首词中有"妙手能解连环"句，本于此意，遂以之为词牌名。　（2）信妙手、能解连环：语出《战国策·齐策六》，秦昭王尝使使者遗君王后五连环，曰"齐多智，而解此环否？"君王后以示群臣，群臣不知解。君王后引锥椎破之，谢秦使曰，"谨以解矣。"这里借用典故表示感情的联结。　（3）一床弦索：床，案架。弦索：各类乐器。　（4）红药：红芍药花。　（5）杜若：香草名。《楚辞·九歌·湘夫人》，"搴汀洲兮杜若，将以遗兮远者。"　（6）待总烧却：暗用汉乐府《有所思》中句子"拉杂摧烧之，当风扬其灰"，表决绝之意。

【今译】怨恨感怀无所寄托。叹息情人一别之后，连音信也无法知晓。即使有能解连环的妙手，我的情结也无法解脱。往日的一切，风雨散尽，云轻雾薄。燕子楼已空无人迹，厚厚的一层灰尘，封盖了满案的瑶瑟玉箫。当年亲手种下的红色芍药，早已长出了重播的新苗。　　汀洲渐渐长满了香草杜若。我想，你的船儿，这时正停在天涯海角。往日的缠绵书信，而今看来，不过是闲言碎说。我要一同把它烧掉，免得它再骗我。但等春天重回水驿的时候，别忘了寄我一束江南的梅花。注定了，今生今世，我因他对花诉情，对酒说愁，为他泪落。

【点评】此词首句即是题旨。"怨"字统摄全篇，以下依次写"怨怀无托"之故和别后之情。"嗟情人"两句承上，言人去信杳。"信妙手"三句，巧用解连环典故，暗示对方的负心。"燕子"以下，直至歇拍，都是即景伤情。过片推开。"人在天角"与上片"情人断绝"相应。"漫记得"以下续写旧情。"待却总烧"，言"愁"之深刻、"情"之无望。"水驿"两句，用寄梅赠友之事再表相思之意。末句，述平生绵绵无绝期的"怨怀"。全词以写情为主，略及景物，朴素畅晓，真挚动人。从句法上说，每一个领起下文的单字都用得极妙，如"信""想""料""望""拚"诸字，都使感情深化，文势转折，有助于达难达之情。

【集说】形容闺妇哀情，有无限怀古伤今处，至末尤见词语壮丽，体度艳冶。（李攀龙《草堂诗余隽》）

宋词观止

"拼今生,对花对酒,为伊泪落。"此等语愈朴愈厚,愈厚愈雅,至真之情由性灵肺腑中流出,不妨说尽而愈无尽。(况周颐《蕙风词话》)

（杨敏）

菩 萨 蛮

梅　雪

银河宛转三千曲[1],浴凫飞鹭澄波绿。何处是归舟?夕阳江上楼。　　天憎梅浪发[2],故下封枝雪。深院卷帘看,应怜江上寒。

【注释】(1)银河:天河。借指人间的河。　(2)浪发:在这里指梅花开得茂盛烂漫。

【今译】河水曲折,河水弯弯,飞鹭双双对对,在那碧波上回旋。哪儿有他乘坐的归舟?在夕阳的余晖里,我独立于江边小楼。　　上天都憎恨梅花,开得太多太盛,用大雪封盖梅的枝头。在幽凄的深院,卷帘看外边,真痛惜寒江上,正在归来的那条船。

【点评】这首词通过咏梅花雪景,表现思妇念远的深情。上片写春天景色,触景生情;下片写春景中深情,借题发挥。梅花盛开使老天大怒而大雪,大雪天气丈夫不便回归,思念已到痴情绝处。全词篇无累句,句无累字,浑然天成,含蓄不尽,思妇神韵跃然纸上。

【集说】造语奇险。(周济《宋四家词选》)

美成《菩萨蛮》上半阕云"何处望归舟,夕阳江上楼。"思慕之极,故哀怨之深。下半阕云"深院卷帘看,应怜江上寒。"哀怨之深,亦忠爱之至,似此不必学温、韦已与温、韦一鼻孔出气。(陈廷焯《白雨斋词话》)

（杨敏）

六　丑(1)

蔷薇谢后作

　　正单衣试酒，怅客里、光阴虚掷。愿春暂留，春归如过翼(2)。一去无迹。为问花何在(3)，夜来风雨，葬楚宫倾国(4)。钗钿堕处遗香泽(5)。乱点桃蹊(6)，轻翻柳陌。多情为谁追惜。但蜂媒蝶使，时叩窗隔(7)。　　东园岑寂(8)。渐蒙笼暗碧(9)。静绕珍丛底(10)、成叹息。长条故惹行客。似牵衣待话，别情无极(11)。残英小、强簪巾帻(12)。终不似一朵，钗头颤袅，向人欹侧(13)。漂流处、莫趁潮汐(14)。恐断红、尚有相思字，何由见得(15)。

【注释】(1)六丑：词牌名，周邦彦自创。周密《浩然斋雅谈》记载，宋徽宗曾问《六丑》是什么意思，周邦彦回答说，"此词犯六调，皆声之美者，然绝难歌。昔高阳氏有子六人，才而丑，故以此比之。"　(2)春归：即春景流逝。翼：鸟翅膀，此代指鸟。　(3)为问：问。　(4)楚宫倾国：喻指蔷薇花。(5)钗钿：首饰，此指飘落在地上的花瓣。　(6)桃蹊：桃树下的小路。下句"柳陌"，即柳树下的小路。此二句描写花瓣四处飘散的情景。　(7)窗隔：窗棂、窗格子。　(8)岑寂：静寂。　(9)暗碧：茂密而幽暗的叶子。(10)珍丛：此指蔷薇花丛。　(11)无极：无限。　(12)强（qiǎng）：勉强。簪：名词作动词用，此为插上。巾帻：头巾。　(13)欹（qī）侧：倾斜。(14)潮汐：早潮和晚潮。　(15)"断红"二句：用唐人卢渥和宫女在红叶上题诗的典故。联系前句，意指红花飘零时，对人间充满了依恋之情。

【今译】正是身穿薄衣，品尝新酒的暮春时节。我客旅在外，虚度春光，惆怅悲切。春天啊！请你暂留片刻，却为何如飞鸟一般，瞬间即逝，踪影皆灭？蔷薇花今在何处？昨夜风吹雨打，艳丽动人的花朵，已被无情摧折。红红的花瓣，纷纷坠落，犹带香泽。桃蹊上撒满了无数落红，柳陌旁娇柔的花瓣随风翻飞。你如此多情，不知为谁惋惜。只有蜜蜂蝴蝶，偶尔敲窗探望

你。　　我步入寂静的东园,往日的繁花已不复存在,满园绿叶浓荫。静绕着昔日的花丛,寻觅芳踪,怅然叹息。长长的枝条,牵住我的衣襟,像是对我倾诉,无限的别离情意。枝上还剩下一朵小花,我细心摘取,轻轻簪在头巾上聊慰蔷薇的悲凄。可她毕竟不如往日,美人钗头上那娇艳的花朵,情意盈盈,向人偎依。啊! 美丽的蔷薇花,你虽已随着流水飘走,千万不要卷入潮汐。说不定那花瓣上,有相思的诗句。

【点评】这是一首咏物词。作者用细腻的笔触,将蔷薇花凋谢的经过以及凋谢后的寂寞描绘得形象生动,同时融进自己惜春、伤春的复杂感情,把生活中常见的春逝花谢的景象表现得情意深挚,引人入胜。全词以美人喻鲜花,用爱的柔笔抒发自己的迟暮之感,使花园的寂寞与人世的幽独有机地结合在一起,诗人惜花伤春的同时,也在自怜自伤。上片写花谢,极尽想象;下片写追惜,极缠绵之致。

【集说】自叹年老远宦,意境落寞,借花起兴。以下是花,是自己,比兴无端,指与物化,奇情四溢,不可方物,人巧极而天工生矣! 结处意致尤缠绵无已,耐人寻绎。(黄苏《蓼园词选》)

　　"愿春暂留,春归如过翼。一去无迹"十三字千回百折,千锤百炼,以下如鹏羽自逝。不说人惜花,却说花恋人。不从无花惜春,却从有花惜春。不惜已簪之残英,偏惜欲去之断红。(周济《宋四家词选》)

　　首句摆开言意。"钗钿"句芳香泥入。真爱花者,一花将萼,移枕携襆,睡卧其下,以观花之由微至盛、至落,至于萎地而后已。善哉! 又云:"漂流"一段,节起新枝,枝发奇萼,长调不可得矣。(沈际飞《草堂诗余正集》)

　　"为问家何在",上文有"怅客里光阴虚掷"之句,此处点醒题旨,既突兀,又绵密,妙只五字束住。下文反复缠绵,更不纠缠一笔,却满纸是羁愁抑郁,且有许多不敢说处,言中有物,吞吐尽致。(陈廷焯《白雨斋词话》)

　　蔷薇谢后作"愿春"二句,逆入平出,亦平入逆出。"为问"三句,搏兔用全力。"静绕"三句,处处断,处处连。"残英"句,即愿春暂留也。"漂流"句,即春归如过翼也。末二句仍用逆境,此《片玉》所独。(谭献《谭评词辨》)

(傅绍良)

虞　美　人

　　　疏篱曲径田家小。云树开清晓。天寒山色有无中。野外一声钟起、送孤篷[1]。　　添衣策马寻亭堠[2]。愁抱惟宜酒[3]。菰蒲睡鸭占陂塘[4]。纵被行人惊散、又成双。

【注释】(1)篷:船帆,此代指船。　(2)亭堠:古时观察敌情的岗亭。此借指驿馆。　(3)愁抱:愁怀。　(4)菰蒲:两种水草名。

【今译】一轮朝阳,悠悠地爬上树梢,将浓浓的晨雾驱散。茂密的树林,环抱几间低小的农舍,篱笆稀疏,小路弯弯,写下多少安逸和悠闲。晨风裹着寒气,远山若隐若现,一声晨钟,划破村野的宁静,唤醒征人扬帆。　　添件衣服,扬起马鞭,一路走去,一路寻找驿馆。满怀愁情,只有用酒驱散。一弯池塘,菰蒲丛中,鸭子睡去,那么安闲。纵然被行人惊散,一会儿又双双结伴。

【点评】此词妙在以景寓情,含而不露。上片以田家的闲逸幽静,暗示自己的思乡之情,以远山和晨钟,烘托自己漂泊天涯的孤独。下片以陂塘睡鸭,反衬自己离恨之苦。全词虽然只有一处明写"愁抱",但处处皆是愁景。

　　　　　　　　　　　　　　　　　（傅绍良　梁瑜霞）

257

少　年　游
感　旧

　　　并刀如水[1],吴盐胜雪[2],纤手破新橙[3]。锦幄初温[4],兽香不断[5],相对坐调笙。　　低声问向谁行宿[6],城上已三更。马滑霜浓,不如休去,直是少人行[7]。

【注释】(1)并刀:并州出产的剪刀。如水:形容剪刀锋利。　(2)吴盐:吴地所产的洁白细盐。　(3)纤手:纤细的手指。　(4)锦幄:华贵的帷帐。

（5）兽香：兽形香炉中腾起的细烟。 （6）谁行(háng)：何处。 （7）直是：确实是。

【今译】锋利的剪刀，水一般明亮；精细的玉盘，雪一样晶莹。她纤细的巧手，破开鲜黄的新橙。锦帐里，荡漾着宜人的温暖，兽形的鼎炉，飘绕着袭人的馨香。吹起悠扬的笙，我俩深情地凝望…… 她粉脸低垂，细语问情郎："夜已三更，君将宿何方？路上霜厚马易滑，不如留下，再说夜已深，路上也少行人。"

【点评】这是一首表现妓馆艳情的小词。词人细腻地描写了妓女待客、留客的过程，着意突出其纯真和深情。"锦幄"三句，极写他们的亲昵之态，温丽之至。"马滑霜浓"并非实景，而是女子留客的托词，只此一句，屋外之寒与室内之暖相对映，写尽女子温情。

【集说】冬景大不寂寞，"低声"数语，妮妮婉娈，足以移情而夺嗜。（沈际飞《草堂诗余正集》）

起句"并刀如水"四字，若掩却下文，不知何为陡着此语。"吴盐""新橙"写境清晰，"锦幄"数语，似为上下太淡宕，故着浓耳。后阕绝不作了语，只以"低声问"三字贯彻到底，蕴藉袅娜，无限情景，都自纤手破橙人口中说出，更不必别着一语。意思幽微，篇章奇妙，真神品也。又："马滑霜浓，不如休去，直是少人行。"何等境味！若柳七郎，此处如何煞得住。（王又华《古今词论》引毛稚黄语）

"马滑霜浓，不如休去，直是少人行"言马、言他人，而缠绵偎依之情自见，若稍涉牵裾，鄙矣。（沈谦《填词杂说》）

《少年游》情景如绘。（许昂霄《词综偶评》）

美成艳词，如《少年游》《点绛唇》《意难忘》《望江南》等篇，别有一种姿态，句句洒脱，香奁泛话，吐弃殆尽。（陈廷焯《白雨斋词话》）

丽极而清，清极而婉，然不可忽过"马滑霜浓"四字。（谭献《谭评词辨》）

（傅绍良　梁瑜霞）

李廌

李廌(1059—1109)字方叔,华州(今陕西华县)人。少年以文章谒苏轼,为"苏门六君子"之一,屡试不第,中年绝意仕途,寓居长社(今河南长葛东)。存词四首。

虞美人

玉阑干外清江浦。渺渺天涯雨。好风如扇雨如帘。时见岸花汀草、涨痕添。　　青林枕上关山路⁽¹⁾。卧想乘鸾处⁽²⁾。碧芜千里信悠悠⁽³⁾。惟有霎时凉梦、到南州。

【注释】(1)"青林"句:化用杜甫《梦李白》"魂来枫林青,魂返关塞黑"诗句。此处指梦游关山路。　(2)乘鸾处:指游仙处。　(3)碧芜:芳草。

【今译】独倚栏杆,望清江渡口,无边的丝雨,弥漫天涯。好风如扇,雨丝如帘,只见江洲芳草江岸的春花。　　我的梦魂,飞过关山大河,想故人乘鸾游仙。芳草萋萋,千里悠悠,带着我的思念。只有一枕凉梦,飞向遥远的南天。

259

宋词观止

【点评】这是一首念远词。上片就眼前景落笔,下片抒怀,词人梦魂远游,"卧想"故人游仙,不尽情思,唯有托诸"凉梦"。曰"凉梦",足见其心情之沉痛!

（储兆文）

谢　逸

谢逸(？—1113)，字无逸，号溪堂，临川(今属江西)人。屡试不第，以布衣终老。工诗文，风格隽拔，为江西派骨干。曾作三百多首蝴蝶诗，中多佳句，人称"谢蝴蝶"。所作小词，亦清新可喜。有《溪堂词》。

渔　家　傲

秋水无痕清见底，蓼花汀上西风起(1)。一叶小舟烟雾里。兰棹舣(2)，柳条带雨穿双鲤。　　自叹直钩无处使，笛声吹彻云山翠。鲙落霜刀红缕细(3)，新酒美，醉来独枕莎衣睡(4)。

【注释】(1)蓼花汀：长满蓼花的小洲。　(2)兰棹舣：精美的船。(3)红缕：指鱼肉丝。　(4)莎(suō)衣：莎草编织的草衣。

【今译】又逢清秋时节，河面上波平浪静，河水清澈见底；阵阵西风吹

过，小洲上蓼花纷飞。一只小船儿，荡漾在万顷烟雾里。带水的柳枝条，穿着两条鲜活的肥鲤。　　只叹息笔直的钓鱼钩，如今该垂钓在哪里？悠扬的笛声，在远山近水间响起。把鲤鱼切成细肉丝，新酒香醇味美，开怀畅饮，醉了，枕着莎衣睡。

【点评】起二句，写秋江景色，历历如画，凄清淡远。接下来三句，写烟雾归舟，由远而近，既富诗情画意，又寓生活情趣。宛如一幅渔翁归舟图。过片，笔锋一转，陡然跌宕。用姜尚磻溪垂钓、向秀闻笛思旧典故，寓友朋凋零、时命难待之深意。词意转深。"鲙落"三句，承上抒写疏放情怀。"独"字有力，独来独往，形影相吊，孤独无依，寂寞凄凉，有无限苦痛。全词清淡含蓄，言浅意深。

【集说】沈际飞曰：两条穿鲤，霜刀落脍，冷中取热，渔父不落寞也。又曰：古之渔隐，大抵感时愤事，胸中有大不得已者也，岂在渔哉，自叹直钩，老渔知心。（黄苏《蓼园词选》引）

无逸第进士后，郁郁不得志，尝作《花心动》词，中有句曰："香饵悬钩，鱼不轻吞，辜负钩儿虚设"，其即"直钩无处使"之意乎？此词借渔父以写其牢落，自慰自解，亦不得已有托而逃者乎？可思其志。（黄苏《蓼园词选》）

（叶汉雄）

江　神　子

　　一江秋水碧湾湾。绕青山。玉连环[(1)]。帘幕低垂，人在画图间。闲抱琵琶寻旧曲，弹未了，意阑珊[(2)]。　　飞鸿数点拂云端。倚阑看。楚天寒。拟倩东风，吹梦到长安。恰似梨花春带雨，愁满眼，泪阑干。

【注释】(1)玉连环：此指山水相绕、连绵不断。　(2)阑珊：将尽，将残。

【今译】一条江水澄静碧绿，曲曲弯弯流向远方；温情脉脉缠绕青山，就像精巧的玉连环。绣帘低垂,佳人如在画图间。闲情无限,欲借琵琶重温旧梦;一曲未终啊,禁不住心酸手懒。　　寄书的鸿雁又南飞,在云端一点两点。倚着栏杆久久远眺,南国又将寒。想请温柔的东风,把梦儿送到长安,想着,看着,越来越心酸,早已是满腹含愁,泪流满面。

【点评】这是一首怀人词。起笔三句写景,清丽宜人。"帘幕"二句,写伊人之可爱,隐含着阻隔之哀怨。"闲抱"三句,怀念情人。闲抱琵琶,落寞孤独,故不能终曲。过片,承上而来,转写出户倚栏,怀念远人。"拟倩"二句,欲将一腔幽思,托诸东风,感人至深。"恰似"三句,从痴想中清醒,禁不住满眼愁,满眼泪。

(叶汉雄)

宋词观止

谢逸

谢逸(1070—1116),字幼槃,号竹友,临川(今属江西)人。谢逸从弟,少逸七岁,从逸读书,兄弟以诗文媲美,时称"二谢"。屡试进士不中,老死布衣。诗词清新俊逸,名列江西一派。有《竹友词》。

鹊 桥 仙

月胧星淡,南飞乌鹊,暗数秋期天上[1]。锦楼不到野人家[2],但门外、清流叠嶂。　　一杯相属[3],佳人何在,不见绕梁清唱[4]。人间平地亦崎岖,叹银汉、何曾风浪。

【注释】(1)秋期:指牛郎织女相会之事。相传每年七月七日夜间,牵牛织女过鹊桥会于银河东侧。　(2)锦楼:指锦缎扎成的乞巧楼,亦叫彩楼。《东京梦华录》:"至初六日七日晚,贵家多结彩楼于庭,谓之乞巧楼。"野人:喻作者本人。因词人隐居金溪跃马泉边,地处山阿,傍山面溪,故自称"野人"。　(3)相属:敬酒。　(4)绕梁清唱:形容歌声美妙。《列子·汤问》记载,韩娥过雍门,唱歌求食,走后,余音绕梁,三日不绝。

【今译】一弯眉月，朦朦胧胧，点点星光，淡淡如烟。忽见，乌鹊惊起南飞，我心头一颤。屈指暗数，已是七月初七日，牛郎织女相会鹊桥畔之时。乞巧的锦楼，难入穷人家庭院。门外只有，一湾清流，几座青山。　　我独自举起酒杯，把自己相劝。不知佳人在何方？也听不到美妙的歌唱。人间的平地，也是崎岖，天上的银河，几曾有过风浪？

【点评】这首词咏"鹊桥仙"本事，但词人并未倾诉儿女之情，而是借以咏怀。起三句，写七夕新月朦胧，月下乌鹊南飞，正是牛郎织女相会的佳期。一"暗"字，直有许多心事不敢明言。"锦楼"二句转写人间，豪门搭锦楼乞巧，而词人隐居溪山，虽无锦楼，却有"清流叠嶂"。二者对举，词人之气节蕴含其中。下片直抒感慨。过片，七夕有美酒而无佳人，孤身逢佳节，情感凄戚。这里的"佳人"当另有所指。"人间"二句，叹人生变化无常，前途难卜，"叹银河"一句，反衬出词人饱受红尘风浪之感喟，更觉其感慨之绵渺深沉。

（魏玉侠）

如 梦 令

陈虚中席上作，赠李商老

人似已圆孤月。心似丁香百结[1]。不见谪仙人[2]，孤负梅花时节。愁绝。愁绝。江上落英如雪。

【注释】(1)丁香结：丁香的花蕾。唐宋诗人多用丁香花蕾丛生郁结比喻愁思固结不解。　(2)谪仙：谪居世间的仙人。

【今译】今夜相聚，明朝分离，多像夜空中的孤月才圆又缺。依依惜别的心情，像丁香的花蕾固结不解。见不到下凡的神仙，辜负了梅花时节。愁啊，愁啊！江梅飘落如雪。

【点评】这是一首怀人之作。起首二句用比。首句写相聚而又离别之情。次句顺接,以丁香花蕾丛生郁结喻指双方的固结不解之愁。"不见"二句,写别后之相思。以"梅花"隐见二人志趣之高洁。"愁绝"以下复沓咏叹别后的痛苦。情寄梅花,情韵悠悠。

（沈文凡）

秦 湛

秦湛,生卒年不详,字处度。秦观之子,曾官宣教郎,南渡初,添差通判常州。绍兴四年(1134)致仕。今存词一首。

卜 算 子

春 情

　　春透水波明,寒峭花枝瘦。极目烟中百尺楼,人在楼中否。　　四和袅金凫[^(1)],双陆思纤手[^(2)]。拟倩东风浣此情,情更浓于酒。

【注释】(1)四和:香名,四和香。据《壶中杂录》载,四和香以荔枝壳、甘蔗滓、干柏叶、黄连和焚,又加松球、枣核、梨核而成。金凫(fú):鸭形的铜香炉。　(2)双陆:古时的一种游戏。

【今译】明明的春水,泛起阵阵涟漪,是春把水儿浸透。料峭春寒还在,花枝儿依然消瘦。放眼春烟淡淡处,不知道她是否还在那淡烟轻笼的高楼?

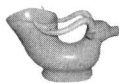

金鸭炉里，四和香儿烟袅袅，看见闲着的双陆盘儿，想起你纤嫩的小手。想唤来东风，把心头的思念荡去，这思念的情怀，反而浓得像酒。

【点评】这是一首怀人词。上片起二句，写早春景象，清新淡雅。"花枝瘦"，以人情体物情，活画出早春神韵。"极目"二句，思念情人。凝神远眺，神思缥缈。淡烟高楼，朦胧中含不尽情思。歇拍一问，顿使景语化作情语。过片，转到眼前，因睹物而思人。结尾二句，于痛苦中忽生奇想——欲请东风冲淡愁情，而东风吹来之时，愁情更浓于酒。于奇中见缠绵，直发前人之未发。

【集说】"春未透""花枝瘦"，山谷句也，极为学者称赏，秦盖法此。"人在否"从"宛在水中央"悟出。(沈际飞《草堂诗余正集》)

怀人之作，自饶清微淡远之致，自是俊才，可药纤浓恶俗之病。(黄苏《蓼园词选》)

(杨恩成)

惠 洪

惠洪(1071—1128?),一作慧洪,字觉范,后易名德洪,俗姓彭(一说喻),筠州新昌(今属江西)人。元祐四年(1089)试经于汴京天王寺,得度,后入清凉寺为僧。以医识张商英,又往来郭天信之门。政和元年(1111),张、郭得罪,洪发配朱崖,旋北还。能画梅竹,尤好诗词,与苏轼、黄庭坚为方外交。其词情思婉约,受时人推重。有《石门文字禅》《冷斋夜话》《天厨禁脔》。

浪 淘 沙⁽¹⁾

　　城里久偷闲。尘浣云衫。此身已是再眠蚕⁽²⁾。隔岸有山归去好,万壑千岩。　　霜晓更凭阑。减尽晴岚⁽³⁾。微云生处是茅庵⁽⁴⁾。试问此生谁作伴,弥勒同龛⁽⁵⁾。

【注释】(1)浪淘沙:《冷斋夜话》云,"予留南昌,久而忘归,独行无侣,意绪萧然,偶登秋屏阁望西山,于是浩然有归志,作长短句寄意。"　(2)再眠蚕:蚕在生长过程中要蜕皮三四次,每次蜕皮前不食不动,李白《寄东鲁二稚子》,"吴地桑叶绿,吴蚕已三眠。"这里用"再眠",借喻自己人生过半。

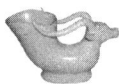

(3)晴岚:晴日山中雾气。　　(4)微云:此句化用杜牧《山行》"白云生处有人家"句。　　(5)龛:供奉神佛的小阁子。

【今译】留居城中偷闲已久,世俗的风尘,落满出家人的衣衫。人生已经过半,看对岸云山一片,我应当回归山林。那里云烟缥缈,万壑千岩。晓天霜重,我依然凭栏远眺,日出云归,山岚淡淡。微云生出的地方,有我寄身的茅庵。要问我今生谁做伴? 与谁为友? 和弥勒佛祖同在一龛。

【点评】淮南小山《楚辞·招隐士》有"王孙兮归来,山中兮不可以久留。"这首词反其意,是说城中不可久留,而要归回山林。上片首三句流露出厌倦世俗生活之情。四五句向往云林溪山。"万壑千岩"四字,境界阔大,整个词情为之一振。面对挺拔秀美的崇山峻岭,词人情绪也由萧然变为豪爽。下片写登高远眺所思。"霜晓"三句,写凭栏远眺,似看到白云生处的茅庵。这里的"茅庵"是词人神思所得,并非实见。但词人"归回"的迫切心情,跃然纸上。"试问"二句,表明归志,与上片"归去好"呼应。流露出对山林的向往与对世俗的否定。词意明朗,词情婉约,手法上不事雕饰,可谓僧人之语。

(魏玉侠)

青玉案
和贺方回韵(1)

绿槐烟柳长亭路(2)。恨取次、分离去(3)。目永如年愁难度。高城回首,暮云遮尽,目断人何处。　　解鞍旅舍天将暮。暗忆丁宁千万句。一寸柔肠情几许。薄衾孤枕,梦回人静,彻晓潇潇雨(4)。

【注释】(1)这首词是同黄庭坚兄弟的唱和之作。　　(2)长亭:古代设在官道边供人歇脚的亭子,也是饯别之处。　　(3)取次:有随便、匆促之意。(4)彻晓:直到天亮。

【今译】长亭路上，槐绿柳暗，与朋友分离，只恨太仓促随便。长日如年，愁思难断。回首望高城，暮云无边。望穿双眼，不知人在哪边？　　黄昏时，旅舍解鞍。暗暗想起分别时，叮咛一遍又一遍。一寸柔肠，离情千万。被儿薄，枕头孤，梦醒人悄悄，一场潇潇雨，直到拂晓天。

【点评】这是一首旅途怀人词。首句点明别离的时间地点，"绿槐烟柳"，已透出伤春之情。次句恨离别太匆匆。"日永"句，一收，点醒愁字。"高城"三句，设想别后相互依恋之情。虚景实写，深情绵渺。下片写别后旅途之寂寞。"解鞍"二句，写独处旅舍，犹忆别时。一"暗"字，写尽孤寂之情态。"一寸"句，一提顿。"薄衾"三句，自答。"薄衾""孤枕""梦回""人静""潇潇"夜雨，境界凄清，人情何堪！

（沈文凡）

宋词观止

赵 子 发

赵子发,字君举,生卒年不详,赵宋宗室,燕王德昭五世孙,官保义郎。

望 江 南

　　新梦断,久立暗伤春。柳下月如花下月,今年人忆去年人。往事梦中身。

【今译】一场好梦醒来,一切都成空。长久伫立,伤春伤别愁又生。柳下的月儿和花下的月儿相同。今年的人,还记得你的芳容。往事如云在梦中。

【点评】这是一首怀旧词。起句从"梦断"写起,突兀而来。"久立"句,写梦醒后之伤怀。"柳下"二句,今昔合写,虚实相间,往复回环。煞拍,陡然一声长叹,凄迷之至,怅惘之至。

(沈文凡)

叶 梦 得

叶梦得(1077—1148),字少蕴,号石林居士。哲宗绍圣中进士。徽宗时,以蔡京荐,累官至龙图阁直学士。南渡初为江东安抚大使,兼知建康府,晚年居吴兴。工词。前期词风轻柔工丽,南渡后则多家国之恨、身世之悲。风格颇近苏轼。关注谓其词"绰有温李之风",晚岁"能于简淡中时出雄杰,合处不减靖节、东坡之妙"。有《石林词》。

水 调 歌 头

九月望日,与客习射西园,余偶病不能射[1]

霜降碧天静,秋事促西风[2]。寒声隐地[3],初听中夜入梧桐。起瞰高城回望,寥落关河千里,一醉与君同。叠鼓闹清晓[4],飞骑引雕弓[5]。　　岁将晚,客争笑,问衰翁。平生豪气安在,沈领为谁雄。何似当筵虎士[6],挥手弦声响处,双雁落遥空[7]。老矣真堪愧,回首望云中[8]。

【注释】(1)曾慥《乐府雅词》题作:"九月望日,与客习射西园。余偶病不能射。客较胜相先。将领岳德,弓二石五斗,连三发中的。观者尽惊。因作此词示坐客。前一夕大风,是日始寒。"望日:农历每月十五日。 (2)秋事:秋天的农事。 (3)隐地:隐隐约约的。 (4)叠鼓:连续不断的鼓声。 (5)引雕弓:拉开弓。雕弓:雕有彩绘的弓。 (6)虎士:指岳德。 (7)落遥空:从高空落下。 (8)回首望云中:指抬头望双雁落处。一说指地名,即汉时的云中郡,魏尚、李广都曾镇守此地,威震匈奴。

【今译】初降的秋霜,洗净了碧空;繁忙的农事,催唤着西风。起初只能隐隐听到,半夜已是飒飒扫梧桐。登上高城环望,千里山河寥落,醉心秋色与君同。更鼓唤来了黎明,朋友们跃马弯弓。 我临近衰暮之年,朋友争着问我:"你平生豪气满怀,跃马扬鞭够英雄!如今习武场上,为什么不见你逞雄?哪儿像席间的勇士,扬手弓弦一响,双雁坠落长空!"人到老年真惭愧,只能回头望边城。

【点评】这是一首抒怀词。上片写景,点出清晓习武事。下片借友朋的讥笑,喟叹自己不能走马弯弓。进而以回望云中作结,大有"烈士暮年,壮心不已"之气概。诚如关子东所云:"能于简淡中时出雄杰"。

(杨恩成)

点 绛 唇
绍兴乙卯登绝顶小亭(1)

缥缈危亭(2),笑谈独在千峰上。与谁同赏。万里横烟浪(3)。 老去情怀,犹作天涯想(4)。空惆怅。少年豪放。莫学衰翁样。

【注释】(1)这首词作于宋高宗绍兴乙卯(1135)年,作者时年59岁,闲居吴兴卞山。绝顶:指卞山山顶。 (2)缥缈:高远、隐约。 (3)烟浪:云海。 (4)天涯想:立功边塞的念头。

【今译】小亭耸立云中,独自登上卞山山顶,笑问世人:谁和我,共赏万里云海奇景? 人老雄心未减,还想在疆场驰骋。空留下满腹惆怅。青年人朝气蓬勃,不要像我这样。

【点评】此词为登高抒怀而作。上片写景,缥缈危亭,万里烟浪,境界开阔,自有一股旷达之气在胸。下片抒怀,虽叹息一己功业未成,却寄希望于豪放少年,尤觉有一片光明在目前。

(杨恩成)

虞 美 人
雨后同幹誉、才卿置酒来禽花下作⁽¹⁾

落花已作风前舞。又送黄昏雨。晓来庭院半残红。惟有游丝千丈、罥晴空。 殷勤花下同携手。更尽杯中酒。美人不用敛蛾眉。我亦多情、无奈酒阑时⁽²⁾。

275

【注释】(1)幹誉、才卿:作者的朋友。来禽:林檎,一种落叶小乔木。又名花红、沙果。 (2)酒阑:酒尽。

【今译】落花在风中起舞,又送走一场黄昏雨。清晨的院子里遍地残红,唯有那游丝千丈,袅袅舞晴空。 残花下,且和友朋同携手,劝他们喝尽杯中酒。美人莫把蛾眉皱,酒尽人散后,我也自伤情。

【点评】这首词乃暮春雨后所作。上片写花遭风摧,又经暮雨,次日清晨

则是残花满地,一片狼藉,唯有长长的游丝随风摆舞。写景幽怨而不悲凉,空寂而不凄清。过片二句,花虽残败,但毕竟尚未凋谢殆尽,故不妨与友人于此尽兴痛饮。显得洒脱、豪健,明劝侍女不要愁眉不展,实写自己同样留恋伤感。寥寥数句,看似平淡却自曲折。

【集说】下场头话偏自生情生姿,颇播妙耳。(沈际飞《草堂诗余正集》)

(刘锋焘)

八声甘州

寿阳楼八公山作⁽¹⁾

故都迷岸草⁽²⁾,望长淮⁽³⁾、依然绕孤城。想乌衣年少⁽⁴⁾,芝兰秀发⁽⁵⁾,戈戟云横⁽⁶⁾。坐看骄兵南渡,沸浪骇奔鲸。转盼东流水,一顾功成。　　千载八公山下,尚断崖草木,遥拥峥嵘。漫云涛吞吐,无处问豪英。信劳生、空成今古,笑我来、何事怆遗情。东山老,可堪岁晚,独听桓筝⁽⁷⁾!

【注释】(1)寿阳:今安徽寿县。八公山:在今寿县城北,淝水绕经此山入淮。　(2)故都:指寿春。公元前241年,曾为楚国之首都,故云。　(3)长淮:淮河。此处兼指从寿县城东流入淮河之淝水。　(4)乌衣年少:指在淝水之战中战功卓著的谢氏子弟谢石、谢玄等。晋时,王、谢诸名族居于乌衣巷(今南京东南),人称其子弟为乌衣郎。　(5)芝兰秀发:"芝兰",《晋书·谢玄传》载,谢玄形容谢安管教子侄,"譬如芝兰玉树,欲使其生于庭阶耳"。后人即以"芝兰"比喻人的才华谋略。"秀发",才华横溢。　(6)戈戟云横:谓谢玄等人统率的军队,阵容整齐。　(7)桓筝:桓伊之筝。《晋书·桓伊传》载,谢安晚年被晋孝武帝疏远。一次,陪孝武帝饮酒,曾参与淝水之战的名将桓伊弹筝助兴,边弹边唱曹植《怨歌行》,歌曰,"为君既不易,为臣良独难。忠信事不显,乃有见疑患。"谢安听了"泣下沾巾",孝武帝亦"甚有愧色"。

【今译】荒蔓的野草,迷掩着故都,古老的淮河,依自东流绕孤城。想那谢家子弟,韬略满腹,神采照人尽豪英!坐看骄兵南渡,气势汹汹。谈笑间,强敌溃败大功告成。　　千载到如今,八公山下,草木依旧山峥嵘。空有云涛吞吐,无处问英雄。人生啊,人生,从古到今,劳碌尽成空。真该笑我,为什么悲怆又伤情?谢安啊,谢安,年龄老大时,怎堪听桓伊弹筝!

【点评】这是一首怀古词。一起便写荒草迷漫、水绕孤城,一派荒凉落寞之景象。"想乌衣"以下,从江水与孤城引出昔日的淝水之战。寥寥数字,便概括了谢氏子弟的勃勃英姿、满腹韬略及其赫赫功绩。换头承上片,时过千载而八公山依旧,然昔日"草木皆兵"而今朝则徒有山苍草盛。"漫云涛"二句更是直接道出"无处问豪英"之感喟。于是,"信劳生,空成今古";煞拍,笔锋陡转,东山老与己身融而为一。东山老之听桓筝已自难堪,而今日则是自己"独听",更是几多落寞,几多惆怅。

(刘锋焘)

南 乡 子

自后圃晚步湖上

　　小院雨新晴。初听黄鹂第一声。满地绿阴人不到,盈盈。一点孤花尚有情。　　却傍水边行。叶底跳鱼浪自惊。日暮小舟何处去,斜横。冲破波痕久未平。

【今译】春雨过,天放晴,独立小院,喜听黄鹂第一声。绿阴满地人未到,袅袅又娉婷,孤花朵一枝自有情。　　又傍水边行,叶底鱼跳浪花动。扁舟一叶何方去?迎着夕阳,斜里穿行,波痕泛起久未平。

【点评】这首词,写春日雨后之情景。上片静幽而清新,下片幽静而娴雅,合而观之,情调闲婉,风味隽永,使人如品佳茗,清心爽目而又回味无穷。

(刘锋焘)

水 调 歌 头

秋色渐将晚,霜信报黄花[1]。小窗低户深映,微路绕欹斜。为问山翁何事[2],坐看流年轻度,拚却鬓双华[3]。徙倚望沧海,天净水明霞。　　念平昔,空飘荡,遍天涯。归来三径重扫[4],松竹本吾家。却恨悲风时起,冉冉云间新雁,边马怨胡笳[5]。谁似东山老,谈笑净胡沙[6]。

【注释】(1)霜信:降霜的信息。　(2)山翁:晋时山简好酒易醉,时人称为山公,作者借以自称。　(3)拚(pàn)却:甘愿;不顾,不惜。　(4)三径:汉蒋诩隐居时于庭院内辟小路三条,只与求仲、羊仲二人往来。后人遂称隐居者庭院之小径为三径。　(5)胡笳:古代北方少数民族的一种乐器,此处指敌人军中的号角。　(6)"谁似"二句:化用李白诗"但用东山谢安石,为君谈笑净胡沙"。

【今译】菊花报霜信,秋色渐将暮。花木掩映着小屋,窗外是蜿蜒的小路。要问我为何轻度年华,两鬓霜华竟不顾?只因这湖太美,彩霞明丽水天净。　　想从前,空飘荡,足迹遍天涯,归来重新扫三径,苍松翠竹本我家。恨只恨,悲风时时起,云雁传新声,强敌又入境。空怅叹,有谁能似东山老,谈笑间,尽扫胡尘逐强虏!

【点评】此词乃词人晚年退隐后所作。起四句,通过"黄花""小窗低户""微路"等景象,勾绘出一个十分幽雅的居处环境。作者写秋景,明丽清洁、诗意盎然而无半点衰飒之感。"为问"五句,自问自答,词人之所以流年轻度,只因为流连太湖风光,与起四句相承。下片,"念平昔"五句自为开合,先悔平生之飘荡,坚定归隐信念。"却恨"陡然一转,言及国事,"谁似东山老,谈笑净胡沙"二句,悲慨深沉。全词从悠然自得开始而以急切沉痛的感喟作结,反差强烈,震荡人心。

(刘锋焘)

贺 新 郎

　　睡起啼莺语[1]。掩青苔、房栊向晚[2],乱红无数。吹尽残花无人见,惟有垂杨自舞。渐暖霭、初回轻暑。宝扇重寻明月影,暗尘侵、尚有乘鸾女[3]。惊旧恨,遽如许。

　　江南梦断横江渚[4]。浪黏天、葡萄涨绿[5],半空烟雨。无限楼前沧波意,谁采蘋花寄取。但怅望、兰舟容与[6]。万里云帆何时到,送孤鸿、目断千山阻。谁为我,唱金缕[7]?

【注释】(1)流莺:即黄莺。　(2)房栊:窗户。　(3)乘鸾女:《龙城录》载:"九月望日,明皇游月宫,见素娥千余人,皆皎衣乘白鸾。"此处指扇面上所画之仙女。　(4)横江:水名,在今安徽和县东南。　(5)葡萄涨绿:江水上涨,绿如葡萄。　(6)容与:起伏徐动的样子。　(7)金缕:《贺新郎》之调,又名《金缕歌》《金缕衣》《金缕曲》等。

【今译】黄莺唱,午睡醒。小窗外,青苔满阶天色暝,风儿吹尽了落花无数。静寂的庭院中,只有垂杨袅袅空自舞。天转暖,暑气生,回身寻取旧团扇,抖落尘灰见月影。月中仙女仍如旧,牵旧恨,思情影。　　登楼望,半空烟雨,白浪连天溪水绿。望断沧波意凄迷,谁采蘋花频寄取?空怅望,兰舟荡漾,何日驶向那边去?远山重重,孤雁难传心中意,谁为我唱《金缕曲》?

宋词观止

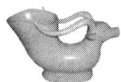

【点评】这首词,写夏日午睡之后的惆怅落寞情怀。起首五句为睡起后之所闻所见,境界空寂,情怀落寞。"渐暖霭"三句,因天气转暖而引出宝扇,又因宝扇上之仙女而勾起心中"旧恨"。下片承上写"旧恨"。"江南"二句,境界凄迷,以景托情。"无限"二句,睹沧波而恨无人寄取蘋花,情由境生。"但怅望"二句,恨己之漂泊难归。"送孤鸿"三句,伫立怅望,遗恨绵绵。

【集说】石林叶少蕴"睡起流莺语"词,人人能道之,集中未有胜此者,盖得意之作也。(魏庆之《诗人玉屑》引《中兴词话》)

一意一机,自语自话。草木花鸟,字面迭来,不见质实。受知于蔡元长,宜也。(沈际飞《草堂诗余正集》)

(刘锋焘)

汪　藻

汪藻(1079—1154),字彦章,饶州德兴(今属江西)人。崇宁二年(1103)进士。高宗朝,累官中书舍人,兼直学士院,擢给事中,迁兵部侍郎,拜翰林学士。以尝为蔡京、王黼客,夺职、居永州。有《浮溪词》。

小　重　山
秋　闺

月下潮生红蓼汀[1]。残霞都敛尽,四山青。柳梢风急堕流萤。随波去,点点乱寒星。　　别语寄丁宁。如今能间隔,几长亭。夜来秋气入银屏[2]。梧桐雨,还恨不同听。

【注释】(1)红蓼汀:开满红色蓼花的水边平地。　(2)银屏:以白银、云母等镶饰的屏风。

【今译】月光下,红蓼婆娑潮水生。晚霞收尽了最后的光彩,四山现出一片黛青。急风吹动着柳梢,夜空一串串流萤。水波荡漾的江面,晃动着点点

寒星。　　想起了别离的时候,嘱托的话儿反复叮咛。如今已是分两地,中间多少长亭又短亭。秋夜的凉气透屏风,秋雨打梧桐,只恨不能一同听。

【点评】这首词,写秋夜念远之情。起三句写入夜之景。"柳梢"三句加入秋风与流萤,顿增凄冷之感,"急""堕""寒"乃秋闺人之情感所至。过片,忆分别之时。"如今"二句,乃秋闺之悬念。结拍三句,独处念远,本已难堪;又加秋气袭来,淅淅秋雨,敲打梧桐,自然更觉凄冷孤单,然秋闺之恨不在已之孤单,而在不能同听秋雨梧桐。自出机杼,妙绝。

【集说】梧桐雨有恨,独听者恨不同听,趣味尤笃。(沈际飞《草堂诗余正集》)

前阕不过写闺中寂寞耳。次阕始入怀人,末句妙在"梧桐"二字。(黄苏《蓼园词选》)

(刘锋焘)

点　绛　唇[1]

新月娟娟,夜寒江静山衔斗[2]。起来搔首。梅影横窗瘦。　　好个霜天,闲却传杯手。君知否。乱鸦啼后。归兴浓于酒。

【注释】(1)《唐宋诸贤绝妙词选》作苏过词。　(2)斗:星斗。

【今译】一弯新月挂在天空,远山衔着星星,江天一片寂静。人不寐,起搔首,窗前横一枝,梅影消瘦。　　好一个霜天,今日却不想饮酒。你知道吗?乱鸦啼后,回家的兴致,浓过美酒。

【点评】此词为静夜感怀之作。起二句,宛如一幅江山新月图。"起来"二句,言夜不能寐,"梅影横窗瘦",与"竹外一枝斜更好"有异曲同工之妙。换头,承上赞叹"霜天"之好,曰:"闲却传杯手",突兀!"君知否",点醒不想饮酒的原因:归兴浓于酒。落寞情怀,涣然冰释。

【集说】霜天无酒,落寞可知,写来却蕴藉。(黄苏《蓼园词选》)

此乃"月落乌啼霜满天"景。(潘游龙《古今诗余醉》)

(刘锋焘)

宋词观止

刘 一 止

刘一止(1079—1161),字行简,湖州归安(今浙江吴兴)人。九岁能文,宣和三年(1121)中进士,历官秘书省校书郎、给事中等。为人正直敢言。有《苕溪乐章》。

喜 迁 莺

晓 行

晓光催角。听宿鸟未惊,邻鸡先觉。迤逦烟村[1],马嘶人起,残月尚穿林薄[2]。泪痕带霜微凝,酒力冲寒犹弱。叹倦客、悄不禁,重染风尘京洛。 追念,人别后,心事万重,难觅孤鸿托[3]。翠幌娇深,曲屏香暖,争念岁寒飘泊[4]。怨月恨花烦恼,不是不曾经著。这情味,望一成消减,新来还恶[5]。

【注释】(1)迤逦(yǐ lǐ):曲折连绵。 (2)林薄:林边。 (3)"难觅"

句:找不到传音信的使者。　　(4)争念:怎念。　　(5)恶:甚。

【今译】曙光催响了画角,鸟儿还未惊醒,雄鸡已在歌唱。晨曦笼罩着烟村,马嘶鸣人忙起,一弯残月,斜挂在林梢上。晨风中含泪凝望,酒力弱,寒风难挡。疲倦的行客,简直经受不住,还得去京城,重染尘世的风霜。追念相别之后,万千心事,找不到一点寄托!翠幌曲屏,人娇情暖,怎能想起,孤苦的漂泊?怨明月,恨娇花,处处是烦恼,这离情,不是没有尝过。只希望,这情味,能减轻一点儿,想不到,此刻它却是那样的强劲。

【点评】题为“晓行”,上片写晓行所闻所见,下片写宦游时的凄凉情怀。“晓光”三句,写晓色,别致而不落俗格。“迤逦”三句,写黎明之景,历历如画。“泪痕”二句,晓行之感怀;“叹倦客”三句,点出伤情之由。“重染”见出作者不得已而宦游的无可奈何之情。过片,以“追念”领起三句,承前再写伤怀之由。“翠幌”三句,就“念”字进一步生发,想象伊人闺房独守。“争念”句,将居者与行者绾合,“怨月”以下专写自己常年漂泊之不佳情绪,“望”“消减”而“新来还恶”,语极哀伤。

【集说】行简是词盛传京师,号“刘晓行”。(陈振孙《直斋书录解题》)

“宿鸟”以下七句,字字真切,觉晓行情景,宛在目前,宜当时以此得名。(许昂霄《词综偶评》)

前半晓行景色在目,虽不及竹山之工,正是雅词。(先著、程洪《词洁辑评》)

(刘锋焘)

曹　组

曹组,字元宠,颍昌(今属河南)人。生卒年不详。徽宗宣和三年(1121)赐同进士出身。官阁门宣赞舍人、睿思殿应制。工词。近人赵万里辑有《箕颍词》,得词三十六首。

忆　少　年

年时酒伴[1],年时去处[2],年时春色。清明又近也,却天涯为客。　念过眼、光阴难再得。想前欢、尽成陈迹。登临恨无语,把阑干暗拍。

【注释】(1)年时:过去,从前。　(2)去处:到过的地方。

【今译】去年相聚的地方,春色也和去年一样,去年的酒友啊,又是临近清明节,想不到,我们却天各一方。　光阴从眼前消逝,再也难找得回。想想从前的欢乐,今天都变成记忆。登临默默无言,恨来时,暗拍栏杆。

【点评】这是一首怀人词。起首从忆旧入笔,连用三个"年时",恋春怀旧之思一泻无余。"清明"二句,陡转,点醒今日天涯为客、友朋阻隔之恨。换头,一"念"、一"想",悲叹光阴易逝,前欢难再。"登临"二句,以"无语""暗拍""阑干"收束,结得含蓄深沉。孤独落寞之情笼罩全篇。

(杨恩成)

蓦 山 溪
梅

　　洗妆真态,不在铅华御[(1)]。竹外一枝斜[(2)],想佳人、天寒日暮。黄昏院落,无处著清香,风细细,雪垂垂[(3)],何况江头路。　　月边疏影,梦到销魂处。结子欲黄时,又须著、廉纤细雨[(4)]。孤芳一世,供断有情愁,消瘦却,东阳也[(5)],试问花知否。

【注释】(1)铅华:搽脸的粉。御:原指治理,此处指修饰。曹植《洛神赋》,"芳泽无加,铅华弗御。"　(2)竹外一枝斜:苏轼诗,"竹外一枝斜更好。"　(3)垂垂:渐渐。杜甫《和裴迪逢早梅》,"江边一树垂垂发,朝夕催人自白头。"　(4)廉纤:雨下得很小。韩愈《晚雨》,"廉纤晚雨不能停,池岸草间蚯蚓鸣。"　(5)东阳:南朝梁沈约曾任东阳太守。他曾致信徐勉,"百日数句,革带(腰带)常应移孔。"移孔指人慢慢消瘦。这里化用其事,说梅很清瘦。

287

【今译】天然姿态,根本用不着搽脂抹粉。竹篱外,斜斜的一株梅,多像天寒日暮时,幽独的佳人! 黄昏院落,无处寄托香魂。更何况,江边,路旁,风嗖嗖,雪纷纷!　　月光映衬着,你淡淡的身影,正做着伤感的梦。等到花落结子时,又会遇到,绵绵细雨天不晴。梅花啊,梅花,你这孤傲的一生,不断地,把情愁向人提供。难怪你,越来越消瘦,花儿,你是否清楚?

【点评】这是一首咏梅词。起二句,赞梅之天然多姿,不假雕饰。"竹外"二句,以人喻梅,更见其绰约风姿,令人神往。体物细腻,极富形象。"黄昏"句,由此及彼,一气贯下。此处之梅,已是香魂无托;更何况江头路旁之梅沐

宋词观止

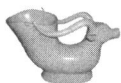

雨栖风。托兴遥远,神韵毕至。黄昏清香,暗用林逋"暗香浮动月黄昏"诗句,而用"无处著"三字,愈觉幽怨。过片又从眼前黄昏院落入笔,写梅之梦,构思奇巧。"月边疏影",何等清淡!梦却销魂,直钩出梅之魂魄。且引出下二句:"结子欲黄时,又须作廉纤细雨",点醒梅命运之不幸,坐实梅梦销魂。"孤芳"五句,乃梅花月下自悲自叹,苦于销魂之梦不被花儿理解。情语、景语,互为映衬,直摄出梅之魂魄。咏物寄情,浑然一体。

【集说】曹元宠《梅词》"竹外一枝斜,想佳人天寒日暮。"用东坡"竹外一枝斜更好"之句也。徽宗时禁苏学,元宠又近幸之臣,而暗用苏句,其所谓掩耳盗铃者。噫,奸臣丑正恶直,徒为劳尔。(杨慎《词品》)

白玉为骨冰为魂,耿耿独与参黄昏,其国色天香,方之佳人,幽趣何如?(李攀龙《草堂诗余隽》)

微思远致,愧粘题装饰者。结句自清俊脱尘。(沈际飞《草堂诗余正集》)

此词佳处不在"一枝斜"句,佳在前后段跳脱处,情景交融,语多隽永耳。前段言梅不御铅华,如佳人亦安于寂寞院落也。人尚不自见,况风雨江头,谁知其清香乎?次阕言不独花开冷淡,即结子欲黄,尚多如尘之雨。盖伊一生,惟供人之有情者见而生愁,今我亦瘦如东阳,花知之乎?语语超隽,自是一篇拔俗文字。(黄苏《蓼园词选》)

(杨恩成)

青　玉　案

碧山锦树明秋霁[1]。路转陡、疑无地。忽有人家临曲水。竹篱茅舍,酒旗沙岸,一簇成村市。　凄凉只恐乡心起[2]。凤楼远、回头谩凝睇[3]。何处今宵孤馆里。一声征雁[4],半窗残月,总是离人泪。

【注释】(1)秋霁:秋雨初晴。　(2)乡心:思乡之心。　(3)谩:徒然。凝睇:凝神而望。　(4)征雁:远飞的大雁。

【今译】青山碧,霜叶红,雨后的秋日天空分外明朗。山转陡,疑无路,豁然开朗又一境:沙岸酒旗斜斜挂,茅舍临水边,一簇村市有人家。　　又是凄凉秋景,只怕又起思乡情。凤楼远,凝望也是空。不知今宵,何处孤馆慰寂寥! 大雁一声声,半窗残月明,离人泪如倾。

【点评】这首词写旅愁乡思。起三句,写旅途之秋景,明丽清淡。"忽有"四句,疏淡如画,陆放翁"山重水复疑无路,柳暗花明又一村"诗句抑或受曹组此四句之启发。下片暗承上文,因欣羡所见之村市,不觉触动乡心。"何处"句,一顿,"一声"四句,收合,极似屯田"今宵酒醒何处,杨柳岸,晓风残月"笔法。

(刘锋焘)

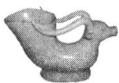

万俟咏

万俟咏,生卒年不详,字雅言,自号大梁词隐。徽宗崇宁(1102—1106)时,充大晟乐府制撰,按月律进词。高宗绍兴五年(1135)补下州文学。能词。黄庭坚谓其为一代词手。其词"发妙音于律吕之中,运巧思于斧凿之外,平而工,和而雅,比诸刻琢句意而求精丽者远矣。"(黄昇语)其作品多散佚。近人赵万里辑有《大声集》,得词二十七首。

诉衷情
送　春

一鞭清晓喜还家。宿醉困流霞⁽¹⁾。夜来小雨新霁⁽²⁾,双燕舞风斜。　　山不尽,水无涯。望中赊⁽³⁾。送春滋味,念远情怀,分付杨花。

【注释】(1)宿醉:昨夜的醉意。流霞:仙酒名。此处代指美酒。　(2)新霁:天刚放晴。　(3)赊(shā):渺茫。

【今译】鞭儿在清晨甩响，心儿早已飞回故乡，带着昨夜的醉意，一路上喜气洋洋。昨夜的小雨已停，天也刚刚放晴，对对燕子舞东风。　　　山连山，水无边，故乡太遥远，望也望不见。送春的滋味，思家的情怀，只有吩咐杨花先替我捎回家。

【点评】题为送春，却一反低回哀怨之旧习，以轻快流畅之笔调道出。唯觉平而工，和而雅。虽新巧而无斧凿之痕。

（杨恩成）

长 相 思
山 驿

短长亭⁽¹⁾。古今情。楼外凉蟾一晕生⁽²⁾。雨馀秋更清。　　暮云平。暮山横。几叶秋声和雁声。行人不要听。

【注释】(1)短长亭：古代驿路旁五里有一亭，称短亭；十里设一亭，称长亭。　(2)凉蟾：月亮。晕：月亮周围的光环。古人有"月晕而风"的说法。

【今译】一座座短亭，一座座长亭，连着古往今来情。凉月挂在楼外，一圈月晕儿生。雨后的秋啊，显得更冷清。　　暮云接地平，暮山眼前横。几片叶儿飘落，带着秋声，伴着雁鸣。漂泊旅途的人，谁愿意聆听！

291

【点评】此词为抒发旅途之思而作。上片起二句，切"驿"字，借长亭短亭之不尽，抒写世路漫漫，旅思悠悠。"楼外"二句，借月之凉、秋之清，写旅途之清苦，情景交汇，清淡之极。过片，从暮景入笔。"云平"，见其骋目遥远，思接天地；"山横"，暗寓险阻重重之叹。结尾二句，逢秋闻雁而悲。"不要听"三字，于淡语中写心情之孤凄。全词纯是天然，不见人工，于平易处见功夫。

【集说】雅言之词，词之圣者也。发妙音于律吕之中，运巧思于穿凿之外；平而工，和而雅。比诸刻琢句意而求精丽者远矣。(黄昇《花庵词选》)

"一晕生"三字，仍带有"古今情"之意；末句"不要听"三字，含无限惋恻。(黄苏《蓼园词选》)

（杨恩成）

朱 敦 儒

朱敦儒(1081—1159),字希真,洛阳(今属河南)人。南渡前以清高自许,不愿做官。南渡后,辗转流离于两广、江西。绍兴初,应召入朝,任秘书省正字,因与指斥秦桧"怀奸误国"的李光要好,被罢职。晚年却投于秦桧门下,任鸿胪少卿。工诗,亦能词。其前期词"天姿旷逸,有神仙风致"(黄昇《花庵词选》);后期因遭社会变故,词风苍凉悲慨。有《樵歌》,一名《太平樵唱》。

好 事 近
渔 父 词

摇首出红尘[1],醒醉更无时节[2]。活计绿蓑青笠[3],惯披霜冲雪。　晚来风定钓丝闲,上下是新月。千里水天一色,看孤鸿明灭[4]。

【注释】(1)红尘:指喧嚣的尘世。　(2)醒醉更无时节:醒和醉根本没有固定的时间。　(3)活计:生计。　(4)明灭:忽隐忽现。

【今译】掉头离开喧嚣的尘世,想醉就醉,想醒就醒,根本没有时间规定。头戴一顶斗笠,身披一件蓑衣,顶霜冒雪,江边垂钓,这就是我的营生。夜来江上风浪静,钓丝一动不动。天上一弯新月,水中一弯新月,江天一片琉璃世界。看天地之间,一只孤雁忽隐忽现。

【点评】此词写隐居乐趣,悠闲自适。起首二句,超然出世,无拘无束。"活计"二句,逸世独立,乐在其中。"晚来"二句,物我两忘。"千里"二句,以孤鸿自况,清旷高远。占尽江天,何人留得!

(杨恩成)

鹧 鸪 天
西 都 作⁽¹⁾

我是清都山水郎⁽²⁾。天教分付与疏狂⁽³⁾。曾批给雨支风券⁽⁴⁾,累上留云借月章。 诗万首,酒千觥。几曾着眼看侯王。玉楼金阙慵归去⁽⁵⁾,且插梅花醉洛阳。

【注释】(1)西都:北宋以洛阳为西京。 (2)清都:传说中天帝所居的宫阙。山水郎:掌管山水胜景的侍从官。 (3)疏狂:不受拘束,疏旷狂放。(4)券(quàn):凭证。 (5)玉楼金阙:双关天上宫阙和汴京朝廷。慵:懒。

【今译】我是清都掌管山川胜景的郎官,老天给我一身无拘无束的清狂。天帝曾经批给我支风使雨的凭证,我也曾屡次呈上留云借月的奏章。清诗万首,美酒千觥,不愿看那些自夸富贵的侯王。纵然是人间天上的玉楼金阙也懒得归去,不如插满幽洁的梅花醉在洛阳。

【点评】这是一首自抒个性志趣的词。起二句表明自己远离尘俗、爱好自然的个性,"疏狂"二字为全篇点眼。三四句承"清都山水郎"说自己得以支使风雨、流连云月乃是天帝所赐,也是自己一再要求的结果,这是把他在北宋末固辞学官,自乐闲旷的志事诗化了。过片二句,用杜牧"千首诗轻万户侯"句意而加发挥,于"几曾着眼"的强调语气中透出狂傲的意态。结拍遥承开篇"清都"，勾画出对富贵荣华的无所系恋，唯乐于诗酒风流的放逸生活的词人自我形象。"梅花"与"醉"表现了高洁狷傲的性格，又传出了潇洒脱俗的风神。全篇直抒情怀，不假雕饰，而字里行间溢出一股疏狂不羁之气。"清都山水郎"的构想贯串全词，给本来平常的向往隐逸与自由的思想主题增添了浓郁的浪漫色彩。

【集说】希真东都名士，以词章擅名，天资旷远，有神仙风致。（黄昇《花庵词选》）

朱敦儒字希真……诗词独步一世。秦丞相晚用其子某为删定官，欲令希真教秦伯阳作诗，遂落致仕，除鸿胪少卿，盖久废之官也。或作诗云："少室山人久挂冠，不知何事到长安。如今纵插梅花醉，未必王侯着眼看。"盖希真旧曾有《鹧鸪天》最脍炙人口，故以此讥之。（周必大《二老堂诗话》）

（刘学锴）

朝中措

红稀绿暗掩重门(1)。芳径罢追寻。已是老于前岁，那堪穷似他人。　　一杯自劝，江湖倦客，风雨残春。不是酴醿相伴(2)，如何过得黄昏。

【注释】(1)红稀绿暗：花疏叶茂，春事已阑。　(2)酴醿(tú mí)：花名，暮春初夏开放。苏轼《酴醿花菩萨泉》诗，"酴醿开最晚，寂寞不争春。"

【今译】花疏叶茂，春事已阑，重重叠叠的门户紧闭。布满落花的小路上，不再有寻春的足迹。比起上一年，已经又老了一岁；哪能再禁受得住，比旁人更穷困的生计！　　我这江湖漂泊的倦客，只能一杯浊酒，自斟自饮，送走风雨落花的残春。如果没有晚开的酴醿花，相依相伴，又怎能挨过，暮春风雨中的黄昏！

【点评】这首词抒写因春残日暮触发的身世飘零之慨与穷愁寂寞之感。起二句写春芳已尽，意兴阑珊。三四句就势点出"老""穷"之慨，"已是""那

堪",层递抒感,正见情之难堪。过片三句,承上"那堪",转写面对自然与人生的"风雨残春",唯有以酒遣愁。"江湖倦客"正透露其时词人已历尽国破之痛与漂泊之苦。结拍收归暮春现境,以酴醾相伴,聊度黄昏,写出无可慰藉中之慰藉,愈显情之寂寞。词以暮春衰残景物作为抒情的凭借,以"红稀绿暗"起,以酴醾寂寞相伴结,中间以"老""穷""倦客"等点明自己的身世处境,情景相浃,首尾呼应。

（刘学锴）

相 见 欢

金陵城上西楼(1)。倚清秋。万里夕阳垂地、大江流。
中原乱。簪缨散(2)。几时收。试倩悲风吹泪、过扬州(3)。

【注释】(1)金陵:宋建康府,今江苏南京。靖康乱起后,作者南渡登金陵楼览眺感怀而作。　(2)簪缨:发簪和帽带,借指官僚士大夫。　(3)过扬州:扬州是当时抗金前线,说"过扬州",暗含对抗金战事的关切和对金人占领区的怀念。

【今译】登上金陵城头的西楼,倚栏远眺,一派萧瑟的清秋。江天万里夕阳垂地,大江奔流。　　中原离乱,仕宦流散,何时能收? 试请秋风为我吹送悲泪直到扬州。

【点评】这首词为登临览眺感怀之作。上片写望中之景,境界阔远悲壮,声情顿挫抑扬,极富沉雄之致。"万里"句融情入景,兴在象外。"万里悲秋常作客""夕阳尽处是长安"以及"大江流日夜,客心悲未央"等意均寓其中,虽不言悲愁而悲情之广远浩渺、心事之迷茫忧伤可想。下片抒登览之情。由万里极望引出对中原乱离、士大夫流散的悲痛和收复中原的渴望。三个短句蝉联而下,逼出结拍九字长句。就眼前万里悲风生出对抗金前线与沦陷故国的深切怀念,想象新奇,感情沉痛。此词虽为小令,但境界阔远,风格悲壮,感慨深沉,具有大篇之浑茫气象。

（刘学锴）

念 奴 娇

　　插天翠柳,被何人,推上一轮明月。照我藤床凉似水,飞入瑶台琼阙⁽¹⁾。雾冷笙箫,风轻环佩,玉锁无人掣⁽²⁾。闲云收尽,海光天影相接⁽³⁾。　　谁信有药长生,素娥新炼就⁽⁴⁾、飞霜凝雪。打碎珊瑚⁽⁵⁾,争似看、仙桂扶疏横绝。洗尽凡心,满身清露,冷浸萧萧发。明朝尘世,记取休向人说。

【注释】(1)瑶台琼阙:指月宫。　(2)掣(chè):拽。　(3)海光:碧海的波光。李白《把酒问月》,"但见宵从海上来,宁知晓向云间没?"古人认为明月出碧海,历青天而复归碧海,循环往复不已。　(4)素娥:月中嫦娥。传说月中有玉兔捣药。这里把嫦娥窃不死之药奔入月宫的传说与玉兔捣药的传说合为一体,说成是嫦娥炼出了长生药。　(5)打碎珊瑚:王恺与石崇斗富,石崇用铁如意击恺珊瑚树,应手而碎,另出更高大者还他,以相夸耀。

【今译】直插青天的翠柳梢头,被什么人,推上了一轮明月?月照藤床,清凉似水,恍惚之中,已飞进月宫的瑶台玉阙。雾气迷漫,笙箫声冷,风声轻盈,环佩丁丁,宫门玉锁,寂寂关钥。轻云渐渐收尽,碧海波光,青天云影,遥遥相接。　　谁相信有长生不死之方,请看嫦娥仙子,刚炼成了仙药,像洁白的飞霜凝雪。人世间打碎珊瑚的豪举,又哪能赶得上欣赏月中仙桂,树影扶疏,枝柯横绝。洗尽了凡心俗虑,满身清露泠泠,浸着我萧疏的白发。明朝又对尘世,可千万记着,别向凡人述说。

【点评】这首词写神游月宫的感受。起三句化平为奇,将仰卧藤床所见月上柳梢的情景,想象为不知谁人将一轮明月推上"插天翠柳",起势如奇峰突起。"照我"二句,申上起下,由奇入幻,神思飞扬。"雾冷"三句,写飞入月宫所闻所见,境界缥缈清寂,可谓幻中之幻。"闲云"二句,忽转出万里碧空、海光天影相接的阔远明净之境,遥启下片"洗尽凡心"。过片三句,糅合嫦娥窃药与玉兔捣药传说,进一步写月宫所见,以"飞霜凝雪"状仙药,极符月宫

高寒之特征。"打碎"二句，以尘世夸富斗靡之宝物珊瑚树与月中仙桂树影扶疏、枝柯横绝作对照，以示天上仙品远胜人间俗物。故"洗尽"三句，就势写出神游高寒澄洁仙境的总体感觉，不仅"满身清露"，而且"洗尽凡心"，全身心都经历了彻底的洗礼。至此，神游已毕，却又摇漾出"明朝"休向尘世述说的妙想，以示仙境之美，诚不足与尘世道，将词人对此幻想中纯净高洁境界之珍爱更进一层表现出来。此词造境，与苏轼《水调歌头·明月几时有》、张孝祥《念奴娇·洞庭青草》有相似处。但苏词重在借"乘风归去"之想反衬热爱"人间"之情，张词则重在借月下洞庭阔远清澄之境表现自身"表里俱澄澈"的人格美，与朱氏此词重在表现对幻想中澄清绝尘境界的向往，对尘世鄙俗纷扰的厌弃有别。而其浪漫情调、新奇想象与豪放潇洒风神则与前苏后张一脉相通。

【集说】朱希真，南渡以词得名。月词有"插天翠柳，被何人、推上一轮明月"之句，自是豪放。赋梅词如不食烟火人语。"横枝消瘦一如无，但空里疏花数点"，语意奇绝。（张端义《贵耳集》）

（刘学锴）

陈 克

陈克(1081—1137),字子高,自号赤城居士,天台(今属浙江)人,侨居金陵(今南京)。绍兴年间为敕令所删定官。词风"婉雅闲丽",接近温、韦、晏、周。赵万里辑有《赤城词》。

菩 萨 蛮

绿芜墙绕青苔院[1],中庭日淡芭蕉卷。蝴蝶上阶飞,烘帘自在垂[2]。　　玉钩双语燕[3],宝甃杨花转[4]。几处簸钱声,绿窗春睡轻[5]。

【注释】(1)绿芜:丛生的绿草。　(2)烘帘:李商隐《无题四首》之三,"帘烘欲过难"。《石城》,"帘烘不隐钩"。"烘帘"语本此,此处形容帘在暖日晴光映照下所呈现的透明温煦感。　(3)玉钩:指帘钩。　(4)宝甃(zhòu):华美的井。甃本指井壁,此借指井。　(5)簸钱:古代的一种游戏。王建《宫词》,"暂向玉华阶上坐,簸钱赢得两三筹。"

【今译】爬满了绿藤的墙垣，围绕着青苔遍地的庭院。院子里洒下一片淡淡的阳光，芭蕉叶子还没有舒展。蝴蝶在台阶上翻飞，透明温煦的帘幕闲闲低垂。　　帘钩上一双细语呢喃的春燕，井栏边点点杨花随风翻转。好几处传来簸钱的嬉闹声，绿窗里的人儿春睡正轻。

【点评】这首词着意描写女子春眠未醒的娴静境界。起二句由围墙至庭院又至院内景物。"日淡蕉卷"，点明时间在上午，时令在仲春。三四句由院而阶而帘，于蝴蝶翻飞与帘幕闲垂的动静对映中传出弥漫于院中的闲静气氛。"自在垂"三字，写闲寂之态入神。过片头二句先由帘而钩，由蝶而燕，复由内而外，由帘钩而井栏，以双燕呢喃与杨花飞转暗指女主人公的孤寂处境与飘零身世，亦以反衬庭院之幽寂。结拍二句别出心裁，以不远处少女簸钱嬉戏之声反衬绿窗内女子的轻眠。"春睡轻"尤能传出一种轻柔香倩的境界。此词纯用景物烘染，笔触细腻，绿窗中人仅篇末一点，尤动人遐想。在写法上前五句由外而内，由墙至院至阶至帘至钩，逐步逼近绿窗中人，第六句稍稍宕开，七八句又由外折回室内，步骤井然中有曲折变化。

【集说】最喜子高《菩萨蛮》云："几处簸钱声，绿窗春睡轻。"……我殊觉其香蒨。(沈雄《古今词话》引卢祖皋语)

一"轻"字全首俱灵。(卓人月《古今词统》)

风帘自在垂，以见不闻不见之无穷也。(谭献《谭评词辨》)

(刘学锴)

宋 徽 宗

宋徽宗,名赵佶(1082—1135)。靖康二年(1127)与其子宋钦宗一起被金人掳去,后死在五国城(在今黑龙江境内)。善书法,人誉为"瘦金体"。能词。其作品多写深宫生活。有《宋徽宗词》。

燕 山 亭

北行见杏花[1]

　　裁剪冰绡,轻叠数重,淡淡胭脂匀注[2]。新样靓妆[3],艳溢香融,羞杀蕊珠宫女[4]。易得凋零,更多少、无情风雨。愁苦。问院落凄凉,几番春暮。　　凭寄离恨重重[5],这双燕,何曾会人言语。天遥地远,万水千山,知他故宫何处。怎不思量,除梦里、有时曾去。无据。和梦也、新来不做[6]。

【注释】(1)北行见杏花:这首词作于被掳北行途中。　(2)"裁剪"三

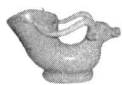

句:写杏花的形状、色彩。冰绡:白色的丝绸。　（3）靓(jìng)妆:涂上胭脂。

　（4）蕊珠宫女:仙女。蕊珠宫:道教传说中的仙宫。　（5）凭寄:托寄。
（6）和:连。新来:近来,近日。

【今译】仿佛用白绡剪成,轻轻地叠合起来,用胭脂淡淡涂上一层。这娇美的装束,艳灿灿,香融融,羞得仙女无地自容。又那么容易凋零,何况还有无情风雨。愁苦袭来的时候,问院落凄凉暮春,有几番花落无声？　凭着这杏花,寄托离恨重重。暮春里的双燕子,何曾体谅人的心情！天遥地远,万水千山,何处是我的故园？怎能不令人思念！除非在梦里,有时候置身其中。如今竟然,连梦也做不成。

【点评】此词托杏花寄寓故国之思,凄凉哀艳。起首三句,写杏花形色,不脱宫体华艳。"新样"三句,写杏花香艳绝俗,羞得蕊珠仙女无地自容,极尽华赡。"易得"五句,突然跌落,叹杏花易凋零,恨风雨之无情。并以"问"字作提顿,点明"北行见杏花"所引出的"凄凉"之意。下片起三句,由眼前之景顿生凭花寄离恨之心。紧承上片歇拍,意脉不断。"天遥"三句,遥思故宫,绵渺不绝。"怎不"二句,再申故国难忘之情,与范希文"夜夜除非,好梦留人睡"有异曲同工之妙。"无据"二句,以"新来"无梦,曲尽故国之思。情极哀怨。

【集说】徽宗此词北狩时作也,词极凄惋,亦可怜矣。（杨慎《词品》）

　南唐主《浪淘沙》曰:"梦里不知身是客,一晌贪欢。"至宣和帝《燕山亭》则曰:"无据,和梦也有时不做。"其情更惨矣。（贺裳《皱水轩词筌》）

　尼采谓一切文学,余爱以血书者。后主之词,真所谓以血书者也。宋道君皇帝《燕山亭》词略似之。（王国维《人间词话》）

（杨恩成）

周　紫　芝

周紫芝(1082—?)，字少隐，号竹坡居士，宣城(今属安徽)人。从李之仪、吕本中游。绍兴进士，曾任枢密院编修官，知建康府、兴国军。晚年曾谀颂秦桧父子。词风接近晏几道，晚年去其秾丽，自成一格。有《竹坡词》。

鹧　鸪　天

一点残红欲尽时(1)。乍凉秋气满屏帏(2)。梧桐叶上三更雨，叶叶声声是别离(3)。　　调宝瑟(4)，拨金猊(5)。那时同唱鹧鸪词。如今风雨西楼夜(6)，不听清歌也泪垂。

【注释】(1)一点残红：指将要熄灭的灯焰。　(2)乍凉：气温骤然变凉。(3)"梧桐"两句：化用温庭筠《更漏子》词："梧桐树，三更雨，不道离情正苦。一叶叶，一声声，空阶滴到明。"　(4)调：调弦，这里指抚弄乐器。　(5)拨金猊(ní)：拨去狮形香炉中的灰烬。　(6)风雨西楼：许浑《谢亭送别》："日暮酒醒人已远，满天风雨下西楼。"西楼指词人住处，并关合离情。

【今译】一点暗红色的残焰,将尽未尽之时,骤然感到萧瑟的秋气,充满了居室床帏。夜深人静,梧桐叶上雨声潇潇,一叶叶,一声声,透出了别离滋味。 抚弄起华美的琴瑟,拨动着香炉的寒灰。不由得想起当年拥炉弹瑟,同唱《鹧鸪天》的清词。如今西楼风雨之夜,即便不听往年的清歌,也不能不泪垂!

【点评】这首伤离怀远的小词,以雨为兴感之由,以歌为今昔对照的凭借。起二句写夜阑灯残,秋气袭人,暗透室中人心头的凄寂。三四句化用温词,写梧桐夜雨声所触发的深长别离之悲,而格调更为清疏流利。换头由今夜独处转忆往昔双栖,调瑟拥炉,同唱清歌的温馨旖旎与今日的凄凉孤寂适成鲜明对照。故逼出结拍二句,折回今日之悲。"不听清歌也泪垂",转进一层,事取对照,语含奇悲。全篇用清疏之笔抒浓郁之情,以流畅之调达凄凉之感,相反相成,颇耐讽咏。

【集说】紫芝尝评王次卿诗云:"如江平风霁,微波不兴,而汹涌之势,澎湃之声,固已隐然在其中。"其词约略似之。(毛晋《宋六十名家词·竹坡词序》)

竹坡乐章,清丽婉曲,非苦心刻意为之。(孙竞《竹坡词序》)

(刘学锴)

江 城 子

夕阳低尽柳如烟。淡平川。断肠天。今夜十分[(1)],霜月更娟娟[(2)]。怎得人如天上月,虽暂缺,有时圆。 断云飞雨又经年[(3)]。思凄然。泪涓涓。且做如今[(4)],要见也无缘。因甚江头来处雁,飞不到,小楼边。

【注释】(1)十分:指月正圆。 (2)霜月更娟娟:杜甫《船下夔州郭宿,雨湿不得上岸,别王十二判官》,依沙宿舸船,石濑月娟娟。娟娟,美好,柔美。 (3)断云飞雨:喻情人离别而去。 (4)且做:且使,就使。

【今译】夕阳西沉，柳色如烟，平川逐渐暗淡，又是让人肠断的秋天。今夜一轮满月，容态更加鲜妍。怎么能够让人像天上的月亮，虽然暂时缺了，总有时团圆。　　断云飞雨，一别经年。离思别恨凄然，禁不住珠泪涟涟。更何况到如今，即便想相见也无缘。为什么飞来江边的大雁，飞不到，伊人的小楼边。

【点评】这是一首中秋怀远之作。起三句从傍晚着笔。夕阳沉西，柳色如烟，平川暗淡，景物渲染中正暗透"断肠"之情。"今夜"二句写中秋满月之美好，正可以反托人的离别。故接下"怎得"三句转就圆月生慨，绾合到人的离别，而深慨人不如月之缺而复圆。过片三句承上"断肠""暂缺"，写与情人一别经年，"断云飞雨"暗用云雨高唐故事。"且做"二句，写如今欲见无缘，进一步申"断肠"之情。结拍转就江边来雁抒慨，谓不但欲见无缘，而且音讯无凭，较前又进一层。全词以"断肠"为中心，上片侧重于景物的渲染烘托，下片侧重于情感的直接抒写；上片由傍晚到月夜，下片由一别经年到欲见无缘，再到音讯无凭，层层推进。

（刘学锴）

宋词观止

李 元 膺

李元膺,生卒年不详,东平(今属山东)人。曾任南京教官。哲宗绍圣(1094—1098)间,李孝美作《墨谱法式》,元膺作序,当为此时人。近人赵万里辑有《李元膺词》一卷。

洞 仙 歌

一年春物,唯梅柳间意味最深[1]。至莺花烂漫时,则春已衰迟,使人无复新意。予作《洞仙歌》,使探春者歌之[2],无后时之悔。

雪云散尽,放晓晴池院。杨柳于人便青眼[3]。更风流多处,一点梅心,相映远。约略颦轻笑浅[4]。 一年春好处,不在浓芳,小艳疏香最娇软[5]。到清明时候,百紫千红花正乱。已失春风一半。蚤占取韶光、共追游[6],但莫管春寒,醉红自暖。

【注释】(1)意味:韵味,情韵。 (2)探春者:寻找春天的人。 (3)青眼:亲昵的目光。《晋书·阮籍传》,"籍又能为青白眼。见礼俗之士,以白眼对之。及嵇喜来吊,籍作白眼,喜不怿而退;喜弟康闻之,乃赍酒挟琴造焉,籍大悦,乃见青眼。"后以"白眼"表示对人藐视,以"青眼"表示对别人喜爱或器重。 (4)约略:似乎,好像。颦:皱眉。 (5)娇软:娇柔多情。 (6)韶光:美好的时光,常指春光,亦指青春年华。追游:游赏。

【今译】云也散,雪也停,小池,庭院,清晓,天气刚刚放晴。杨柳才吐出新芽,就对人那样多情。更有美妙处——点点含苞的春梅,远远地映衬着,杨柳多姿的身影。像轻轻地皱着眉头,又像是带着一丝笑容。 一年中最好的春光,不在百花香浓。几朵报春的小花,缕缕淡淡的幽香,才是春的芳龄。到清明,姹紫嫣红,繁花乱,春无娇容。应及早把握住青春,不要理睬春寒,醉心春天的人,心中自会暖融融。

【点评】此词赞赏早春,自是慧眼独具。盖早春可给人以生命勃发之激励,不像万紫千红时节,一味向人炫耀。杨柳青眼,一点梅心,体物最深。情韵幽远。"小艳疏香最娇软"一句,荡人心魄。

【集说】南唐潘佑尝应后主令作词云:"楼上春寒山四面,桃李不须夸烂漫,已失了春风一半。"盖讽其地渐侵削也,李元膺词用之。(杨慎《词品》)

"于人"二字,本杜诗"竹叶于人既无分,菊花从此不须开。""一半"句似黄玉林"夜来能有几多寒,已瘦了梨花一半。"(卓人月《古今词统》)

不在浓芳,在疏香小艳,独识春光之微;至已失一半句,谁不猛省。(沈际飞《草堂诗余正集》)

梅心映远,一字一珠;春寒醉红自暖,得旸谷初回趣。(李攀龙《草堂诗余隽》)

(杨恩成)

宋词观止

廖 世 美

廖世美,北宋末期词人,生卒年及字号仕履皆不详。《唐宋诸贤绝妙词选》《乐府雅词拾遗》各录其词一首。

好 事 近

夕 景

落日水熔金,天淡暮烟凝碧。楼上谁家红袖[1],靠阑干无力。　　鸳鸯相对浴红衣,短棹弄长笛[2]。惊起一双飞去,听波声拍拍。

【注释】(1)红袖:指少妇。　(2)短棹(zhào):原指划船用的短桨,此指小船。

【今译】落日给水面撒满金辉,长空多么恬淡,薄雾像轻柔的幕帷。不知谁家的少妇,倚在楼头凝神思虑?　　一对鸳鸯在水上游戏,一条小船划来,有人吹起长笛。惊得鸳鸯拍打着水面,双双匆匆飞起。

烛影摇红

题安陆浮云楼(1)

霭霭春空,画楼森耸凌云渚(2)。紫薇登览最关情(3),绝妙夸能赋。惆怅相思迟暮。记当日、朱阑共语(4)。塞鸿难问,岸柳何穷,别愁纷絮。　　催促年光,旧来流水知何处。断肠何必更残阳,极目伤平楚。晚霁波声带雨,悄无人、舟横野渡(5)。数峰江上(6),芳草天涯,参差烟树。

【注释】(1)安陆:宋代郡名,郡治在今湖北安陆。浮云楼:浮云寺楼。唐杜牧有《题安州浮云寺楼寄湖州张郎中》诗。　(2)凌云渚:高高地耸立在江渚边。凌:超出。　(3)紫薇:杜牧。唐宋时称中书舍人为紫薇郎。杜牧曾任中书舍人,故云。　(4)"记当日"句:杜牧《题安州浮云寺楼寄湖州张郎中》诗,"去夏疏雨余,同倚朱栏语。当时楼下水,今日到何处?恨如春草多,事与孤鸿去。楚岸柳何穷,别愁纷若絮。"此词多隐括杜牧诗句。　(5)"悄无人"句:隐括韦应物《滁州西涧》"野渡无人舟自横"诗句。　(6)数峰江上:钱起《省试湘灵鼓瑟》诗,"曲终人不见,江上数峰青。"

【今译】春云舒卷,浮云楼耸立在江边。当年杜牧到此,曾留下最动人的诗篇,那绝妙的佳作,确实令人惊赞。满腹的惆怅,相思在春天;只因为记得,当年共倚栏杆。那愁思深沉辽远,简直不敢问,北飞的大雁!无穷的江边杨柳,又飘下带愁的柳绵。　　岁月被流水催赶,从前的流水,如今不知流向何方?本来就愁肠欲断,何必再添一道残阳!放眼眺望南国天,只有忧伤。黄昏天放晴,波声似乎还带着,飒飒暮雨的声响。

309

宋词观止

渡口静悄悄,无人摆渡,任船儿悠悠自晃。数点青山送大江,芳草遍天涯,烟树参差迷茫。

【点评】这首怀人词,隐括杜牧《题安州浮云寺楼寄湖州张郎中》诗。上片起二句,点题,春空淡淡,画楼耸立江渚,境界清丽。"紫薇"二句,引出杜牧当年登临赋诗事,曰"最关情",亦人亦己,神理暗通。"惆怅"二句,由今及昔,曰"相思"、曰"迟暮",皆因"当日"曾"朱栏共语",如今唯一人登临之故!"塞鸿"三句,写眼前景,道心中情,"塞鸿难问",见音讯之不通;柳无穷,别愁亦无穷,托兴遥远。过片喟叹流水催促光阴,伤岁月之一去无回。"断肠"二句,写极目伤怀,"何必"二字,问得无理,却意趣倍增。"晚霁"二句,以静景状心之不静,而"波声带雨"愈见其凝神睇思之神态。"数峰"三句,以景结情,弥觉其情之不尽。全词起伏跌宕,更胜小杜原诗一筹。

【集说】廖世美《烛影摇红》过拍云:"塞鸿难问,岸柳何穷? 别愁纷絮。"神来之笔,即已佳矣。换头云:"催促年光,旧来流水知何处? 断肠何必更残阳,极目伤平楚。晚霁波声带雨,悄无人舟横野渡。"语淡而情深,令子野、太虚辈为之,容或未必能到。此等词一再吟诵,辄沁人心脾,毕生不能忘。花庵绝妙词选中,真能不愧"绝妙"二字,如世美之作,殊不多觏。(况周颐《蕙风词话》)

（杨恩成）

魏 夫 人

魏夫人,史失其名,襄阳人,宋徽宗时宰相曾布之妻。

菩 萨 蛮

溪山掩映斜阳里,楼台影动鸳鸯起。隔岸两三家,出墙红杏花。　　绿杨堤下路,早晚溪边去。三见柳绵飞,离人犹未归。

【今译】小溪环抱着青山,鸳鸯在水面戏游。楼台披上了晚霞,对岸两三户人家,墙头上,伸出几朵红杏花。　　溪边绿杨小路,我早晚都去那边。三次看见柳飘绵,离家的人儿,还不见回还。

【点评】这是一首闺情词。上片写景,清疏淡雅,明丽如画。下片抒情,特举出"三见柳绵飞",语意双关,情思绵绵。

【集说】魏夫人有《江城子》《卷珠帘》诸曲,脍炙人口。其尤雅正者,则

宋词观止

《菩萨蛮》云云，深得《国风·卷耳》之遗。（张宗橚《词林纪事》引《乐府雅词》评语）

（杨恩成）

李 清 照

李清照(1084—1151?),自号易安居士,历城(今山东济南)人。父李格非,与苏轼有交往。靖康之变,与夫赵明诚一同南渡。建炎三年(1129)夫死,流落江浙皖赣一带,晚年寓居临安(今浙江杭州),贫病而亡。善诗文,尤工词,世称词坛女杰。前期词风清丽隽秀,明白如话;后期凄怆悲郁,极尽缠绵之悲、黍离之忧。王灼谓其词"能曲尽人意,轻巧尖新,姿态百出"。沈谦《填词杂说》云:"男中李后主,女中李易安,极是当行本色。"世称"易安体"。有《漱玉词》。

点 绛 唇

蹴罢秋千⁽¹⁾,起来慵整纤纤手⁽²⁾。露浓花瘦,薄汗轻衣透。 见有人来,袜刬金钗溜⁽³⁾,和羞走。倚门回首,却把青梅嗅。

【注释】(1)蹴(cù)罢秋千:荡完秋千。蹴:踩,踏。 (2)慵整纤纤手:懒洋洋地搓揉着细嫩的小手。 (3)袜刬(chǎn):不穿鞋,穿着袜子走路。

【今译】荡完了秋千，轻轻地揉揉，酸困的小手。露珠儿很浓，花儿还很娇瘦。微微出了汗，竟把罗衣浸透。　　有人朝这边走来，叫人好害羞！穿着袜子跑回门口，头上的金钗也脱溜。回头靠在门边，顺手拉过一枝青梅嗅一嗅。

【点评】此词为易安少女时代之作。词人以流利轻快的笔调，表现了少女生活的无忧无虑，活泼欢快。"倚门回首，却把青梅嗅"，天真而又带几分调皮的少女形象跃然纸上。

（杨恩成）

一　剪　梅

红藕香残玉簟秋⁽¹⁾，轻解罗裳，独上兰舟⁽²⁾。云中谁寄锦书来⁽³⁾？雁字回时⁽⁴⁾，月满西楼。　　花自飘零水自流，一种相思，两处闲愁。此情无计可消除，才下眉头，却上心头。

【注释】(1)红藕香残：荷花已经开败。玉簟(diàn)：精美的竹席。玉簟秋：使用竹席子已经感到有点凉意。　(2)兰舟：船的美称。　(3)谁：实指作者的丈夫赵明诚。锦书：家信。　(4)雁字：大雁飞行时，常常排成"一"字形或"人"字形，故名。

【今译】当荷花飘尽，最后一缕幽香也消失了，精美的竹席，已经凉飕飕。换下薄薄的罗衣，驾起我的兰舟，一个人出游。天上白云悠悠，准会将锦书寄来？大雁回来的时候，明月映照着西楼，我，多么孤独。　　花儿去追逐流水，流水却那样薄情，任花儿漂流。一样的相思情啊，你有，我也有！天各一方，你愁，我也愁。这相思情啊，没法儿消除，眉头刚刚舒展，它又涌上心头。

【点评】此词为怀念远在外地做官的丈夫而作。通篇语淡情深，曲尽离别之情。起三句，写逢秋而生孤独之感。"红藕"句中含无限凄凉之意，而兰舟独上，重在突出一个"独"字。"云中"句，提顿，怨丈夫久疏音讯。"雁字"二句，借月之清朗映衬心境之不佳。境界凄清，愈显出其心情之悲伤。下片抒写愁怀。"花自飘零"三句，怨中生哀。花随流水而逝，弥见青春之足惜；"两处闲愁"皆因"一种相思"扰人，既伤己，又悯人，非笃于伉俪者，不能有此语。"此情"三句，写愁思难解，凄婉之至。

【集说】离情欲泪。读此词始知高则诚、关汉卿诸人又是效颦。（杨慎《词品》）

李易安"此情无计可消除，才下眉头，却上心头。"可谓憔悴支离矣。（王世贞《弇州山人词评》）

俞仲茅小词云："轮到相思没处辞，眉间露一丝。"视易安"才下眉头，却上心头"，可谓此子善盗。然易安亦从范希文"都来此事，眉间心上，无计相回避"脱胎，李特工耳。（王士禛《花草蒙拾》）

易安佳句，如《一剪梅》起七字云："红藕香残玉簟秋"，精秀特绝，真不食人间烟火者。（陈廷焯《白雨斋词话》）

（杨恩成）

醉 花 阴(1)

薄雾浓云愁永昼(2)。瑞脑消金兽(3)。佳节又重阳，玉枕纱厨(4)，半夜凉初透。　　东篱把酒黄昏后(5)。有暗香盈袖(6)。莫道不消魂，帘卷西风，人似黄花瘦(7)。

【注释】(1)这首词是词人在重阳节为怀念丈夫而作。　(2)永昼：长长的白天。　(3)瑞脑消金兽：铜香炉中的龙脑香燃尽了。　(4)玉枕：瓷枕。纱厨：纱帐。　(5)东篱：菊花圃。晋陶渊明《饮酒》诗："采菊东篱下，悠然见南山。"　(6)暗香：幽香。　(7)黄花：菊花。

【今译】多么漫长的白昼，雾漾漾，云厚厚，让人整日生忧。思绪就像那

315

宋词观止

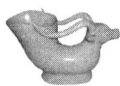

铜香炉中的轻烟,悠悠,悠悠！又是重阳佳节,玉枕凉,纱帐冷,把人心儿伤透。　　在菊花园里饮酒,只有菊花做伴,一直到黄昏以后。菊花的幽香,竟装满了衣袖。这情景谁能说不苦？帘儿被西风卷起,人比菊花清瘦。

【点评】此词为怀念丈夫而作。上片,由昼入夜,思绪悠悠。起二句,以黯淡之景,烘托愁思。"佳节"三句,写辗转反侧,夜不能寐。妙在以玉枕之凉、纱帐之凉,映带心境凄凉。下片,先忆白天对菊饮酒。"把酒黄昏后",遥应上片起句,足见其在花间流连之久,唯其如此,故而才有"暗香盈袖"。接下来,用"莫道"二字轻轻荡开,点出重阳独饮花间令人销魂之情,再用"帘卷西风,人比黄花瘦"将怀人之情委婉带出。将人比花,新巧之至。词以怀人为主旨,却不写离情、不道别苦。诚如司空图所言:"不着一字,尽得风流。"

【集说】"帘卷西风,人比黄花瘦",此语亦妇人所难道也。（胡仔《苕溪渔隐丛话》）

易安作此词,明诚叹绝,苦思求胜之,乃忘寝食三日夜,得五十阕,杂易安作,以示友人陆德夫。德夫玩之再三,曰:"只有'莫道不销魂'三句绝佳。"（伊世珍《嫏嬛记》）

康伯可"人瘦也,比梅花,瘦几分"与李清照"帘卷西风,人比黄花瘦"同妙。（冯金伯《词苑萃编》）

幽细凄清,声情双绝。（许宝善《自怡轩词选》）

（杨恩成）

声声慢[1]

寻寻觅觅,冷冷清清,凄凄惨惨戚戚。乍暖还寒时候,最难将息[2]。三杯两盏淡酒,怎敌他、晚来风急[3]。雁过也,正伤心,却是旧时相识。　　满地黄花堆积,憔悴损,如今有谁堪摘？守着窗儿,独自怎生得黑[4]？梧桐更兼细雨,到黄昏、点点滴滴。这次第[5],怎一个愁字了得[6]！

【注释】(1)张端义《贵耳集》认为这首词是李清照晚年寡居时的作品。(2)将息:调养、休息。 (3)敌:抵挡。 (4)怎生:怎样,如何。 (5)这次第:这情景。 (6)了:概括。

【今译】我多么想,找回失落的过去!不断地寻觅,寻觅。四周一片冷清,只有愁闷、凄凉,和难忍的悲戚。这忽冷忽热的天气,最难让人调养休息。三两杯淡酒,抵不住晚秋的寒气。就在我伤心的时候,大雁,从长空悄悄飞去,回想起过去寄给丈夫赵诚明的词中,曾设想雁足传书,但现丈夫去世,书信无人可寄,雁已是老相识了,更感到伤心。 满院盛开的菊花,也只能任其枯萎。饱经忧患的我,如今已心力交瘁,哪有心思摘取?一个人守着孤窗,不知怎样挨到天黑!黄昏好不容易降临,却又是秋雨梧桐,一点点,一滴滴,像是滴不完的泪水,这情景啊,怎能用一个愁字说过去!

【点评】此词为述写身世流离之苦而作。起三句,连用十四个叠字,道尽其心态之落寞、黯淡、忧伤。千回百折,宛转而出,直欲催人下泪。"乍暖"二句,写气候冷暖不定,令人不堪将养。"三杯"二句,言寒风袭人,愁思难解。"雁过"三句,叙生死隔绝,音容渺茫,尤为堪伤。层层深入,愈入愈悲。"满地"二句睹菊花憔悴,伤身世之飘零。曰"如今",伤今怀旧,愈觉沉痛。"守着"二句,叙终日之无所适从,一"黑"字,韵极险而情更惨。"梧桐"二句,言境况之凄凉,妙在出神入化。末二句,总束前景前情。通首纯用赋法,景语全作情语。身世之悲,溢于言表。

317

宋词观止

【集说】此乃公孙大娘舞剑手。本朝非无能词之士,未曾有一下十四叠字者,用《文选》诸赋格。后叠又云:"梧桐更兼细雨,到黄昏、点点滴滴",又使叠字,俱无斧凿痕。更有一奇字云"守着窗儿,独自怎生得黑?""黑"字不许第二人押。妇人中有此文笔,殆间气也。(张端义《贵耳集》)

易安以词专长,挥洒俊逸,亦能琢炼。最爱其"草绿阶前,暮天雁断",极似唐人。其《声声慢》一阕,张正夫称为"公孙大娘舞剑手",以其连下十四叠字也,此却不是难处,因调名《声声慢》而刻意播弄之耳;其佳处在后又下"点点滴滴"四字,与前照应有法,不是草草落句。玩其笔力,本自矫拔,词家少

有，庶几苏辛之亚。（吴灏《历朝名媛诗词》）

易安居士"最难将息""怎一个愁字了得"，深妙稳雅，不落蒜酪，亦不落绝句，真此道本色当行第一人也。（刘体仁《七颂堂随笔》）

后幅一片神行，愈唱愈妙。（陈廷焯《白雨斋词话》）

（杨恩成）

凤凰台上忆吹箫

香冷金猊⁽¹⁾，被翻红浪⁽²⁾，起来人未梳头。任宝奁闲掩⁽³⁾，日上帘钩。生怕闲愁暗恨⁽⁴⁾，多少事、欲说还休。新来瘦，非干病酒⁽⁵⁾，不是悲秋。　　明朝，这回去也，千万遍阳关⁽⁶⁾，也即难留。念武陵春晚⁽⁷⁾，云锁重楼⁽⁸⁾。记取楼前绿水，应念我、终日凝眸⁽⁹⁾。凝眸处，从今更数几段新愁。

【注释】（1）金猊（ní）：猊（suān）猊形的铜香炉。狻猊：狮子。　（2）被翻红浪：红锦被乱摊在床上，呈现出起伏状。　（3）宝奁（lián）：精美的梳妆镜、匣。　（4）生怕：最怕。　（5）非干：无关。　（6）阳关：即《阳关曲》。（7）武陵人远：心爱的人（多指男方）要离开了。东汉刘晨、阮肇入天台山采药，迷路不得返。采山上桃食之，下山以杯取水，见芜菁叶流下甚鲜妍，复有胡麻饭一杯流下。二人相谓曰："去人家不远矣。"乃渡水又过一山，见二女，容颜妙绝，呼晨肇姓名，问："郎来何晚也？"因相款待，行酒作乐，被留半年。求归，至家，子孙已七世矣。（事见《幽明录》）　（8）重楼：即凤台。相传秦穆公女弄玉与夫萧史曾住在此。此处代指女子的居所。　（9）凝眸：注视，呆望。

【今译】熏炉中香已熄灭，散乱在床上的锦被，像起伏的红浪，人虽然已经起床，却懒得梳头。听任梳妆台上落满灰尘，太阳慢慢地挂上帘钩。最怕离别的痛苦，多少心事，想说又不愿开口。近来人也变瘦，既和饮酒无关，也不是因为悲秋。　你一定要走，我一点办法也没有。即便是《阳关曲》唱上千万回,也难以把你挽留。心上的人儿要远去,留给我孤独。让人整日呆望,在淡烟环绕的楼头。只有楼前的流水,同情我凝眸。思念啊思念,从今又添一种新愁。

【点评】此词为别情而作,却又不同于耆卿、秦观的话别词,全从女性内心的细腻感触出发,把不愿亲人离去之情表述得婉转细密。上片就离前的百无聊赖入笔,曲尽离怀别苦;下片设想别后的相思。"烟锁秦楼""楼前流水",一片凄迷伤感。

【集说】写其一腔临别心神,新瘦新愁,真如秦女楼头,声声有和鸣之奏。(李攀龙《草堂诗余隽》)

清风朗月,陡化为楚雨巫云;阿阁洞房,立变为离亭别墅,至文也。(沈际飞《草堂诗余正集》)

"惟有楼前流水,应念我、终日凝眸。"痴语也。如巧匠运斤,毫无痕迹。(张祖望《古今词论引》)

此种笔墨,不减耆卿、叔原,而清俊疏朗过之。"新来瘦"三语,婉转曲折,煞是妙绝。笔致绝佳,余韵尤胜。(陈廷焯《云韶集》)

(杨恩成)

念 奴 娇
春 情

萧条庭院,又斜风细雨,重门须闭。宠柳娇花寒食近,种种恼人天气。险韵诗成[1],扶头酒醒[2],别是闲滋味。征鸿过尽,万千心事难寄。　　楼上几日春寒,帘垂四面,玉阑干慵倚。被冷香消新梦觉,不许愁人不起。清露晨流,新桐初引[3],多少游春意。日高烟敛,更看今日晴未[4]。

【注释】(1)险韵诗:用生僻难押的字做韵脚的诗。　(2)扶头酒:易醉

人的酒。 （3）"清露"二句：《世说新语·赏誉》云，"于时清露晨流，新桐初引。"写春晨景象。引：生长。 （4）更：再。

【今译】萧条的庭院，又是斜风细雨，一层层的院门紧紧关闭。柳枝是春风的娇儿，花儿也娇艳美丽。临近寒食的时候，不管是晴还是阴，都是恼人的天气。写一首险韵诗，在酒醉醒来以后，别有一种郁闷的滋味。北归的大雁飞远了，我的重重心事，难叫大雁传递。　　　连日的春寒，笼罩着妆楼，四面垂下帘幕，倚栏远眺都懒得去。锦被冰冷，香气已消，梦境也消失得无踪迹。不管有多少春愁，床也不能不起。清晨珠露儿滚滚，梧桐吐出了新芽，我多少有一点游春意。烟霭散去的时候，太阳已经高高的，还要看看今天是晴是雨。

【点评】此词抒写夫妇离别之怅怨。上片起三句，写自己寂寞独处的境况，一"又"字，更增添对"斜风细雨"之恼恨。而衬以萧条庭院，重门紧闭，直使人感到压抑。"宠柳"二句，又是怨天尤人。因丈夫远在他乡，故而怨柳之得宠于春天，亦恨春花之娇美，且又在临近寒食之时。情景相悖，妙在言外。"险韵"三句，写自己闲处孤寂，赋诗寄情，饮酒消愁。"征鸿"二句，写遥思远人之心切。一"尽"字，传出终日痴望之神。下片起三句承前"恼人天气"，写情怀之落寞。"玉阑干慵倚"，乃因望而无益，便心灰意冷。"被冷"二句，写尽百无聊赖之神态。"清露"以下，写梦觉、起床后所见之景，所生之情，并欲外出游春，却又以"今日晴未"忽然荡开，将孤寂之情于婉转曲折中款款道出，情景兼至。

【集说】前辈尝称易安"绿肥红瘦"为佳句。此篇"宠柳娇花"之语，亦甚奇俊，前此未有能道之者。（黄昇《唐宋诸贤绝妙词选》）

结云："多少游春意""更看今日晴未？"忽尔拓开，不但不为题束，并不为本意所苦，直如行云舒卷自如，人不觉耳。（王又华《古今词论》引毛稚黄语）

上是心事，难以言传；下是新梦，可以意会。（李攀龙《草堂诗余隽》）

（杨恩成）

临 江 仙

欧阳公作《蝶恋花》[1]，有"深深深几许"之语，予酷爱之。用其语作"庭院深深"数阕。其声即旧《临江仙》也。

庭院深深深几许？云窗雾阁常扃[2]。柳梢梅萼渐分明。春归秣陵树[3]，人老建康城[4]。　　感月吟风多少事，如今老去无成。谁怜憔悴更凋零。试灯无意思[5]，踏雪没心情。

【注释】(1)欧阳公：北宋著名的政治家、文学家欧阳修。　(2)扃(jiǒng)：门环、门口。　(3)秣陵：今江苏南京。　(4)建安：今福建建瓯。别本一作"建康"。　(5)试灯：元宵节灯会之前的张灯预赏。

【今译】庭院深深，不知有多少层深，雾阁云窗常关。柳眼朦胧，梅花渐露，一点春色，渐染渐浓。春天回到了秣陵，人漂泊在建康城。　　明月下的徘徊，春风中的独立，带去了多少年华，到而今却一事无成。谁知道我的憔悴，谁体谅我的飘零！试灯无意思，踏雪没心情。

【点评】易安一生，历览家国盛衰，人情冷暖。"柳梢梅萼渐分明"的春日，人却自闭在深深庭院；往日"感月吟风"多少浪漫的情怀，而今都随年华凋零。心境转为苍凉。其《永遇乐》之结尾"如今憔悴，风鬟雾鬓，怕见夜间出去。不如向帘儿底下，听人笑语"数句，与此词的"试灯无意思，踏雪没心情"一样，都是繁华落尽之后极苍凉老成之语，铅华一重重洗剥，感情一层层深埋，感人至深。

（何依工）

宋词观止

如 梦 令

常记溪亭日暮[1]，沈醉不知归路[2]。兴尽晚回舟，误入藕花深处。争渡，争渡[3]，惊起一滩鸥鹭。

【注释】(1)溪亭:临水的亭台。 (2)沈:同"沉"。 (3)争:同"怎"。

【今译】常常想起,荡着轻快的小舟,漫游在溪亭的深处,直到黄昏日暮。陶醉那迷人的景色,竟忘了回去的路。结果却是误入荷塘深处,怎么办啊,怎么办,惊飞了一群栖息的鸥鹭。

【点评】这是一首忆昔词。寥寥数语,似乎是随意而出,却又是惜墨如金,句句含有深意。起两句,写沉醉兴奋之情。写"兴尽"归家,又"误入"荷塘深处,别有天地,更令人流连。结句,纯任天真,言尽而意不尽。

(杨恩成)

渔 家 傲

天接云涛连晓雾,星河欲转千帆舞[(1)]。仿佛梦魂归帝所,闻天语,殷勤问我归何处？ 我报路长嗟日暮,学诗谩有惊人句。九万里风鹏正举[(2)],风休住,蓬舟吹取三山去[(3)]。

【注释】(1)星河欲转:天色已近拂晓。 (2)九万里风鹏正举:语出庄子《逍遥游》:"鹏之徙于南冥也。水击三千里,抟扶摇而上者九万里。"(3)蓬舟:轻如蓬草的小船。三山:海上三座神山。

【今译】天宇弥漫着晓雾,晓风掀动起千帆飞舞。黎明的梦中,我来到天帝住处。他关切地问我,你要到哪儿去？ 我说路遥山重水复,更何况如今,已是残阳日暮。学诗能有什么用途？ 不过是徒然写下,惊人的语句。乘着长风驾鹍鹏,把生命的小船向那蓬莱仙境划去。

【点评】此首词写梦境。起二句,天地云雾迷漫,海上千帆竞舞,一起便气势磅礴。"仿佛"三句,魂到天帝处所。曰天帝"殷勤",见出人间之冷酷。

下片是词人对天帝的答话。"我报"二句，写世事艰辛。"九万里"三句，欲脱离尘世，奇情壮采。全词一气贯通，笔墨尽情泼洒，胸中豪气，溢于言表。

【集说】此似不甚经意之作，却浑成大雅，无一毫钗粉气，自是北宋风格。（黄苏《蓼园词选》）

此绝似苏辛派，不类《漱玉集》中语。（梁启超《饮冰室评词》）

（杨恩成）

武　陵　春
春　　晚

　　风住尘香花已尽，日晚倦梳头。物是人非事事休，欲语泪先流。　　闻说双溪春尚好⁽¹⁾，也拟泛轻舟。只恐双溪舴艋舟⁽²⁾，载不动许多愁。

【注释】(1)双溪：水名，双汇于金华县城南，为当地形胜。　(2)舴艋(zé měng)：小船。

【今译】风已摧尽了残红，泥土中只留一缕暗香。太阳高高地升起，我依旧懒得梳妆。景色如旧，人事全非，欲诉说凄凉，泪珠儿先淌。　　听说双溪的春色尚好，也想去那儿泛舟。只是担心，舴艋舟儿太小，载不动我的愁。

宋词观止

【点评】短幅之中贵有曲折。此词上片以两句写春去人愁，以两句直写痛楚，过片逆锋倒接，略作回旋，然后跌出本意。结拍两句以舟载愁的想象，十分别致，前人以为可与苏轼的"欲寄相思千点泪，流不到，楚江东"（《江城子》）相媲美。

【集说】又凄婉，又劲直。（陈廷焯《白雨斋词话》）

悲深婉笃，犹令人感伉俪之重。（吴衡照《莲子居词话》）

感愤时事之作。(梁令娴《艺蘅馆词选》)

(何依工)

永 遇 乐

　　落日熔金,暮云合璧,人在何处。染柳烟浓。吹梅笛怨[1],春意知几许。元宵佳节,融和天气,次第岂无风雨[2]。来相召、香车宝马,谢他酒朋诗侣。　　中州盛日[3],闺门多暇,记得偏重三五[4]。铺翠冠儿[5],撚金雪柳[6],簇带争济楚[7]。如今憔悴,风鬟霜鬓,怕见夜间出去[8]。不如向、帘儿底下,听人笑语。

【注释】(1)梅笛怨:笛曲《梅花落》。　(2)次第:转眼之间。　(3)中州:古代的豫州(今河南中部),因居九州之中,故亦称中州。　(4)三五:即元宵节。　(5)铺翠冠儿:镶有珠翠的帽子。　(6)撚金雪柳:以撚金为装饰的雪柳。雪柳,妇女插戴的妆饰品。　(7)争济楚:竞相媲美。　(8)怕见:当时俗语,意即不愿意,不想。含有无可奈何之意。

【今译】落日金灿灿,暮云像洁白的玉,我心绪茫然,竟不知在何处? 烟霭染浓了嫩柳,一曲《梅花落》,添了多少春意! 又是元宵佳节,天气融和,转眼间——难保不刮风下雨。驾着华丽的车子,朋友来约我出去。我只能婉言谢绝,朋友们的好意。　　中原繁盛的时候,闺中多有闲趣。记得那时候,特别看重元宵节气。戴着华丽的帽儿,插着雪柳,人人都穿得整齐。如今人已憔悴,风尘染白了鬓发,不想夜间出去。不如隔着帘儿,听街上的欢歌笑语。

【点评】这首感怀词,作于词人南渡之后。起二句,写元宵节暮景,明丽之极。"人在何处",陡然一转,见出词人心绪之迷茫。"染柳"三句,乃所见所闻所感。用"知几许"提顿,又一跌宕,透出恋春之情。"元宵"三句,先言天气之好,再担心风雨骤至,亦战战兢兢。"来相召"三句,明写谢绝友朋相

邀出游,实含身世沧桑之悲。过片三句,忆昔,令人无限神往。"铺翠冠儿"三句,忆昔日之繁盛,"如今"三句,写今日之心力交瘁,"怕见"二字,包含无限哀伤。"不如"二句,总收全篇,叙写一己之孤独落寞。全词今昔合写,情与景悖,幽怨哀伤。

【集说】晚年自南渡后,怀京洛旧事,赋元宵《永遇乐》词云:"落日熔金,暮云合璧"已自工致。至于"染柳烟浓,吹梅笛怨,春意知几许",气象更好,后叠云:"于今憔悴,风鬟雾鬓,怕见夜间出去",皆以寻常语度入音律,炼句精巧则易,平淡入妙者难。(张端义《贵耳集》)

(杨恩成)

如 梦 令

昨夜雨疏风骤,浓睡不消残酒。试问卷帘人,却道海棠依旧。知否?知否?应是绿肥红瘦。

【今译】昨夜春雨淅淅,风儿急骤。甜美的酣睡,也没解除醉酒。试问卷帘人儿,她却说,海棠花儿还照旧!你呀,你,你可知道:夜雨急风过后,应该是绿叶密密,红花儿消瘦。

【点评】这是一首伤春词。妙在以问答方式,藏问于答,委婉曲折地抒发心中一缕淡淡忧伤。人谓易安词明白如话,此词即以质朴之口语入词,愈朴愈真。

【集说】近时妇人能文词,如李易安颇多佳句……"绿肥红瘦",此语甚新。(胡仔《苕溪渔隐丛话》)

一问极有情,答以"依旧",答得极淡,跌出"知否"二句来。而"绿肥红瘦",无限凄婉,却又妙在含蓄。短幅中藏无数曲折,自是圣于词者。(黄苏《蓼园词选》)

(杨恩成)

宋词观止

吕 本 中

吕本中(1084—1145),字居仁,祖籍洛阳(今属河南),南渡后居金华(今属浙江)。靖康初为祠部员外郎,绍兴初官起居舍人,累官至中书舍人。以忤秦桧,罢职。工诗,撰《江西诗社宗派图》,以杜甫为一祖,黄庭坚、陈师道、陈与义为三宗。亦能词,词风清新流丽,多天然幽趣。近人赵万里辑有《紫微词》。

南 歌 子
旅 思

驿路斜侵月,溪桥渡晓霜。短篱残菊一枝黄,正是乱山深处过重阳。　　旅枕元无梦[1],寒更每自长。只言江左好风光[2],不道中原归思转凄凉[3]。

【注释】(1)元:同原。　(2)江左:江东。泛指我国东南地区。　(3)不道:没料到。中原:泛指河南、安徽、山东一带。

【今译】踏着月光，冒着晨霜，奔波在漫漫旅途上。残菊傍倚着竹篱，花儿开得正黄，乱山深处正逢佳节重阳。　　旅客本来难有好梦，秋夜就显得更加漫长。只说江南风光好，能驱散行人惆怅，不料一想起中原故土，心情却变得凄凉。

【点评】此词为抒发中原故土之思而作。起二句抒写旅途辛苦。驿路斜月，溪桥晓霜，均是旅途常见之景，词人戴月冲霜之形象历历如在目前。"短篱"二句，点明节令。曰"正是""重阳"，将思亲之情含蓄带出。过片抒发旅途之孤独心情。"元无梦"与"更""自长"相呼应，其孤凄之情可以想见。"只言"二句，抒写故园之思。眼前好风光难慰对中原故土之思恋，语淡情深，读来倍觉伤感。

（杨恩成）

采 桑 子

　　恨君不似江楼月，南北东西。南北东西，只有相随无别离。　　恨君却似江楼月，暂满还亏(1)。暂满还亏，待得团团是几时(2)？

【注释】(1)满：指月圆。亏：指月残。　　(2)团团：月儿又圆又亮。

【今译】人啊人，你怎么不像这江楼上的明月！不管你走到哪里，它都紧紧将你伴随，一刻也不分离。　　人啊人，你怎么和月儿一样，刚刚圆了，却又残缺！团圆，残缺，那永久的欢聚，不知要等到何年何月！

【点评】这首词抒写离愁别恨。全用赋体，不加雕饰。愁与恨，全在"不似"与"似"上生发，构思奇妙，饱含理趣。

（杨恩成）

宋词观止

清 平 乐

柳塘书事

　　柳塘新涨,艇子操双桨。闲倚曲栏成怅望,是处春愁一样⁽¹⁾。　　傍人几点飞花⁽²⁾,夕阳又送栖鸦。试问画楼西畔,暮云恐近天涯。

【注释】(1)是处:到处,处处。　(2)傍人几点飞花:意同杜甫"一片飞花减却春,风飘万点正愁人。"都是借花飞伤春逝。

【今译】绿柳环抱池塘,春水荡漾。一只空空的小艇,在水上悠悠自晃。倚在曲栏杆旁,本想欣赏好春光,却引来满腹惆怅。　　在我身旁,飘动着几片飞花。西下的夕阳,送来归巢的暮鸦。回望画楼西畔,暮云生处,恐怕是海角天涯。

【点评】此词为作者罢职后抒写幽独所作。上片着意于"是处春愁一样",直写闲居之愤懑。下片,飞花傍人,画楼西畔便是天涯,似有君臣阻隔,皆因权奸当道之意。浑然天成,妙在含蓄。

【集说】啸翁词评:居仁直忤柄臣,深居讲道,而小词乃工稳清润至此。(张宗橚《词林纪事》引)

　　　　　　　　　　　　　　　　　　　(杨恩成)

减字木兰花

　　去年今夜,同醉月明花树下。此夜江边,月暗长堤柳暗船。　　故人何处?带我离愁江外去。来岁花前,又是今年忆去年。

【今译】去年今夜,我和你醉倒在烂漫的春花下,明月皎皎,照着你和我。今年今夜,我独自在江边徘徊,月色朦胧,黯淡了长堤、杨柳,也把柳下的船儿掩映。　　朋友啊,你在哪里? 那一天你从这儿离去,把我的愁也带到遥远的天际。你可知道,来年花前,我又要像今年今夜,深深地把你怀念。

【点评】这是一首忆旧思友词。它以时间为线索,在去年、今年、明年三个不同时间段的同一时刻上,展开会与离的对比,抒写自己的孤独寂寞,表达对朋友的思念。上片对比去年与今年,去年与今年之景的变换加深了作者的孤寂痛苦。下片由今夜的孤独想到来年的思念,今年尚有去年的欢会可作回味,聊以自慰,明年呢,只有回忆今年的孤独了! 使情味随之更加悠深长远。

(彭国忠)

宋词观止

韩 疁

韩疁,生卒年不详。字子耕,号萧闲,生平不详。有《萧闲词》一卷,不传。近人赵万里辑得仅六首。

高 阳 台
除 夜

频听银签⁽¹⁾,重燃绛蜡⁽²⁾,年华衮衮惊心⁽³⁾。饯旧迎新,能消几刻光阴。老来可惯通宵饮?待不眠、还怕寒侵。掩清尊,多谢梅花,伴我微吟。　　邻娃已试春妆了,更蜂腰簇翠⁽⁴⁾,燕股横金⁽⁵⁾。勾引东风,也知芳思难禁。朱颜那有年年好,逞艳游⁽⁶⁾、赢取如今。恁登临,残雪楼台,迟日园林。

【注释】(1)银签:指铜壶滴漏,每过一刻时光,则有签铿然自落报时。(2)绛蜡:深红色的蜡烛。 (3)衮衮(gǔn gǔn):连续不断,匆匆而过。

(4)蜂腰簇翠:带着如蜂腰一样的钿翠。 (5)燕股横金:带着如燕尾一样的金钗。 (6)逗艳游:趁艳阳明媚的光景游玩。

【今译】银签的自落声已听了多次,节日的红烛又续点几枝,无情的时光就在这里,匆匆逝去,惊人心扉。辞旧迎新的宴会,能耗费多少光阴?衰老的我,却不习惯通宵达旦畅饮。想不眠守岁,又怕夜寒侵袭。推开酒杯,正感到寂寞,多谢窗外的梅花,伴我写诗守岁。 邻家的姑娘已在试穿春妆,还有那蜂腰般的钿翠,燕尾般的钗佩,用她们的娇美,勾引来东风,春姑娘也觉芳思菲菲。青春不会年年好,尽情地游赏艳丽的春光,重要的是把握住当今。随心所欲地登临游赏,从残雪未消的楼台,到春光荡漾的园林。

【点评】题为"除夜",乃守岁之作。这是除夕之夜一个老来之人百般感触之作。起首三句,从夜半写起。着一"频"字,便见守岁已久。"重燃绛蜡",则是加倍勾勒。"饯旧"二句,是"衮衮""惊心"的延伸。"老来"句则是联系自身此时的几不可堪。"待不眠"正是欲罢不忍、欲续无力。"掩清尊"三句,用寄情于物、以物拟人之法,抒写孤独寂寞之情怀。换头,笔势一宕,丢下己愁,转而写邻家少女的迎春盛妆,正是反衬之法,更衬托出自身的冷清落寞。"勾引"二句,奇思妙想,别有风致。"朱颜"以下至结尾,由己由人由东风归结出一个生活体会:青春美景易逝,重要的是把握住现在,尽情地享受人生。总览全篇,前片几令人担心此作只是伤时叹老之常品,而换头却笔墨一振,以"邻娃"为引,物境心怀,归于重拾青春,一片生机活力,方知寄希望于前程,理情肠于共勉。

331

【集说】此等词语浅情深,妙在字句之表;便觉刻意求工,是无端多费气力。(况周颐《蕙风词话》)

(杨敏)

宋词观止

李邴

李邴（1085—1146），字汉老，济州任城（今山东济宁）人，徽宗崇宁五年（1106）进士，累官翰林学士。南渡后擢兵部侍郎，兼直学士院。高宗绍兴初拜参知政事、资政殿学士，上战阵、守备、措划、绥怀各五事，不报，内心忧郁，闲居十七年。卒于泉州寓所，谥文敏。有《云龛草堂集》百卷，不传。其词清幽雅洁，颇似毛东堂。《全宋词》存词十二首。

汉　宫　春[1]

潇洒江梅[2]，向竹梢疏处、横两三枝。东君也不爱惜[3]，雪压霜欺。无情燕子，怕春寒、轻失花期[4]。却是有、年年塞雁[5]，归来曾见开时。　　清浅小溪如练[6]，问玉堂何似[7]、茅舍疏篱？伤心故人去后，冷落新诗。微云淡月，对江天、分付他谁。空自忆、清香未减，风流不在人知。

【注释】(1)《直斋书录解题》《苕溪渔隐丛话》均以此词为晁冲之撰,只有《乐府雅词》主为李汉老作。　(2)江梅:江南梅花。　(3)东君:古代神话传说中的司春之神。　(4)花期:梅花盛开的佳期。　(5)塞雁:塞外鸿雁。　(6)清浅:暗用林逋《山园小梅》诗句:"疏影横斜水清浅"。　(7)玉堂:指豪华高贵的宅第。

【今译】潇洒的江南梅花,向那高高的竹梢疏处,横斜出两三枝。司春之神毫不怜惜,一任严寒对梅花雪压霜欺。无情的燕子畏惧初春的寒意,轻易放弃了与梅花相会的佳期。只有塞外的鸿雁,年年归来与梅花相聚。
清浅如练的小溪,有梅花的疏影,不知豪华高堂,能否和茅舍疏篱相比?自从好友去后,再也没有吟咏新诗的兴趣。仰望空中一弯淡月几抹微云,面对一色的江天,不知向谁诉说思君的话语。空自回忆,如梅花一样清香馥郁。虽然开在偏僻的山野,俊杰风流未必要人称许。

【点评】这是一篇清幽雅洁的咏梅怀人之作。起首三句,开篇入题,写梅花高洁潇洒的品性和疏朗雅洁之美,赞赏之情溢于言表。"东君"两句,是侧写之法,以司春之神对江梅不加顾惜的埋怨,赞江梅处境的艰难,不屈的铁骨。"无情"三句,嘲讽燕子的无情无义。"却是"三句,一转,礼赞塞雁的恪守信义。下片怀人。过片三句,暗用林逋诗句抒写对友人住所的向往企羡。"伤心"二句,睹梅思友。"微云"二句进一步抒发强烈的思念之情。末尾三句则是对友人的安慰与勉励。全词情景交融,语言清丽,含蓄蕴藉。

【集说】汉老少时作《汉宫春》词,脍炙人口,所谓"问玉堂何似茅舍疏篱"者是也。政和间,自王省丁忧归山东,服终造朝,举国无与谈者,方怅怅无计。时王黼为首相,忽遣人招至东阁开宴,出其家姬十数人,酒半,唱是词侑觞,大醉而归。数日,遂有馆阁之命。(王明清《挥麈录》)

圆美流转,何减美成?(许昂霄《词综偶评》)

(杨敏)

宋词观止

向子諲

向子諲（1085—1152），字伯恭，晚年自号芗林居士，临江（今江西清江）人。恩补假承奉郎，历官潭州知州、徽猷阁直学士、户部侍郎等。亲率军民抵抗金兵。以不拜金诏，忤秦桧意，罢官，卜居五柳坊，绕屋多种岩桂，号所居曰芗林。工词，以南渡为界，分"江北旧词"和"江南新词"，前者多写景、应酬之作，清丽柔婉，风格近似周邦彦；后者多伤时忧国之作，悲慨苍凉，时作清旷语，得苏轼余风。有《酒边词》。

阮 郎 归

绍兴乙卯大雪，行鄱阳道中[1]

江南江北雪漫漫，遥知易水寒[2]。彤云深处望三关[3]，断肠山又山。　　天可老，海能翻，清除此恨难。频闻遣使报平安[4]，几时鸾辂还[5]？

【注释】(1)这首词写于宋高宗绍兴五年（1135）。当时，南宋军队在岳飞、韩世忠、吴玠等的带领下，多次击败伪齐及金的军队，但高宗、秦桧力求议和,遂使北伐大计付诸东流。这年冬天,作者于江州任上,冒雪去鄱阳,途中有感国事,遂作此词。鄱阳:今江西鄱阳。 (2)易水:水名,源出河北易县,此指沦陷区。 (3)三关:宋金交界处信阳军一带的平靖关(西关)、武胜关(东关)、黄砚关(百雁关),当时北方的三个重要关口,为北伐必经之地。 (4)遣使报平安:宋高宗不希望二帝还朝,但为掩人耳目,于建炎三年(1129)、绍兴二年(1132)和绍兴四年(1134)多次分别派洪皓、潘致尧、章谊等人为大金通问使、军前通问使、金国通问使,频频探问徽、钦二帝,以逃避人民的指责。当作者写此词时,徽宗已被囚死。 (5)鸾辂:天子乘坐的车,这里借代指徽、钦二帝和帝后。

【今译】江南江北大雪迷漫,想北国更会凄寒。浓云密布的地方,是战略要地三关,望不见,只有山山相连。 天可以衰老,海可以倒翻,要洗除家国之恨,难上加难。多次听人说:朝廷遣使,问二帝是否平安,究竟什么时候,他们能回中原?

【点评】这是一首感时伤事、怀念故国之作。上片就雪大天寒起兴,于景物描写中表示对形势的深虑。"易水寒",以猜想北地之更寒表示对二帝和帝后的关切。山遮三关,暗指形势恶劣,北伐告吹。下片过片用对比手法含蓄地指斥主和派。末二句以问作结,表现作者对时局的深切忧虑。全词悲凉中充满愤慨,忧郁中见出有为,沉郁顿挫,感人至深。

335

【集说】《酒边词》:"绍兴乙卯大雪,行鄱阳道中"(《阮郎归》)一阕,为二帝在北作也。眷恋旧君,与鹿虔扆之"金锁重门"、谢克家之"依依宫柳",同一辞旨怨乱,不知寿皇见之,亦有慨于心否,宜为贼桧所嫉也。终是爱君,独一"琼楼玉宇"之苏轼哉?彼以词诋宫不可为者,殆第见屯田、山谷诸作,而未见此耳。(冯煦《蒿庵论词》)

(彭国忠)

宋词观止

幼　卿

幼卿，女，生卒年及生平和姓氏不详。徽宗宣和年间在世。《能改斋漫录》卷十六录其词一首，即《浪淘沙·目送楚云空》。

浪　淘　沙

目送楚云空[1]。前事无踪。谩留遗恨锁眉峰[2]。自是荷花开较晚，孤负东风。　　客馆叹飘蓬[3]。聚散匆匆。扬鞭那忍骤花骢[4]。望断斜阳人不见，满袖啼红[5]。

【注释】(1)楚云：浮云，白云。　(2)谩留：谩，望不到边际。谩留：留得太多太多。　(3)飘蓬：随风飘荡的蓬草。　(4)骤花骢：骤，快跑。花骢：青白色的马。　(5)啼红：泪水浸湿衣袖。

【今译】往事一去杳无踪迹，像眼前的白云悠悠飘去。只留下无边的怨恨，无边的愁绪。啊，荷花，正因为你不在春天开放，才辜负了东风的情意。

可叹的是，我俩就像风中的蓬草，竟会在这异乡的客馆不期而遇。你却狠着心，扬鞭策马无情而去。聚也匆匆，散也匆匆！可曾知道。在夕阳的余晖里，我目送你消失在天际，不知不觉中泪下如雨。

【点评】这是一首女子自抒曲衷的闺情词。上片写对往事的追忆。起两句，以飞逝的白云比喻消失的往事，奠定了全词哀怨的基调。"漫留"三句，自怨自艾，天真善良中足见情深，用侧笔之法，以人情体物情，殊觉哀怨。下片写邂逅相逢的悲怆。过片，充满了人生的感喟。"扬鞭"句，写对方无情之举，以典型动作刻画人物复杂的内心世界，可谓传神之笔。结尾二句，直抒"此恨绵绵无绝期"。全词写爱情的痛苦执着，满含身世之愁、飘零之苦、婚姻不幸，哀婉动人。语言明白如话，不事雕饰，纯是一个深情女子的心曲。

【集说】宋徽宗宣和年间，有题于陕府驿壁者云："幼卿少与表兄同砚席，雅有文学之好。未笄，兄欲缔姻。父母以兄未禄，难其请，遂适武弁公。明年，兄登甲科，职教洮房（今甘肃临潭），而良人统兵陕右，相与邂逅于此。兄鞭马，略不相顾，岂前憾未平耶？因作《浪淘沙》以寄情云。"（吴曾《能改斋漫录》）

（杨敏）

宋词观止

蒋兴祖女

蒋兴祖女,生卒年及名不详,宜兴(今属江苏)人,阳武(今河南原武)令蒋兴祖女,聪慧美丽,能诗词。宋钦宗靖康(1126—1127)年间,年方及笄,被金人掳掠,不知所终,传词一首。

减字木兰花

题雄州驿(1)

朝云横度,辘辘车声如水去(2)。白草黄沙,月照孤村三两家。　　飞鸿过也,百结愁肠无昼夜。渐近燕山(3),回首乡关归路难。

【注释】(1)这是作者被金人掳掠北行途中题于雄州驿站墙壁上的一首词。时值1127年。雄州:今河北雄县。　(2)辘辘:车行之声。　(3)燕山:在河北平原北部,由潮白河谷直达山海关。词中代指金国腹地。

【今译】长空中,寒风翻卷,朝云滚滚而过,车声如哗哗流水。白草遍地,黄沙无涯,孤村,残月,三两户人家。　　大雁向南飞去不分昼夜,愁肠百结。渐渐望见燕山,回首来时路,家乡不见,归路更难。

【点评】这首词抒写亡国之痛。上片描写被掳途中所见景象。白草、黄沙,月照孤村,境界凄迷。下片先由雁过引出不得回乡的悲痛。末二句直抒情怀,悲恸哀绝。全词声情并茂,血泪俱下。

【集说】靖康间,金人犯阙,阳武令蒋兴祖死之,其女为所掳去,题字于雄州驿中。叙其本末,仍作此词。蒋令,浙西人。其女方笄,美颜色,能诗词。乡人皆能道之。(韦居安《梅涧诗话》)

此词寥寥数十字,写出步步留恋、步步凄恻之情。(况周颐《蕙风词话》)

(彭国忠)

宋词观止

陈 与 义

陈与义(1090—1139),字去非,号简斋,洛阳(今属河南)人。徽宗政和中进士,累迁太学博士。南渡初,宫中书舍人,出知湖州,后拜翰林学士、知制诰,官至参知政事。工诗能词。为南渡初著名词人。其词语意超绝,可摩坡仙之垒。有《无住词》。

临 江 仙

夜登小阁,忆洛中旧游(1)

忆昔午桥桥上饮(2),坐中多是豪英(3)。长沟流月去无声。杏花疏影里,吹笛到天明。　　二十余年如一梦,此身虽在堪惊。闲登小阁看新晴(4)。古今多少事,渔唱起三更(5)。

【注释】(1)这首词是作者回忆年轻时在洛阳故乡的生活所作。(2)午桥:午桥庄,在洛阳县南十里。(《大清一统志·河南府》)　(3)豪英:

杰出人物。　(4)新晴:此指晴朗的夜色。　(5)渔唱起三更:渔人在深夜唱歌。

【今译】想起过去在午桥庄的生活,交往的都是豪杰英雄。一湾清溪流明月,疏淡的杏花林里,吹笛到天明。　　二十年后的一场噩梦,人虽然健在,回首往事令人心惊。闲来登上小阁,仰望雨后的夜空。古往今来,人世沧桑,都变成渔夫的夜半歌声。

【点评】此词上片忆旧,下片叹今,而以"二十余年成一梦"句承上启下,遂使前后片浑然一体。"杏花疏影里,吹笛到天明",仰承"忆昔",俯注"一梦",故此句不觉豪酣,转成惆怅。景在目前,意余象外。

【集说】去非忆洛中旧游词云:"忆昔午桥桥上饮,坐中多是豪英。长沟流月去无声。杏花疏影里,吹笛到天明。"此数语奇丽。《简斋集》后载数词,惟此词最优。(胡仔《苕溪渔隐丛话》后集)

若陈简斋"杏花疏影里,吹笛到天明"之句,真是自然而然。(张炎《词源》)

流月无声,巧语也;吹笛天明,爽语也;渔唱三更,冷语也。功业则歉,文章自优。(沈际飞《草堂诗余正集》)

笔意超脱,逼近大苏。(陈廷焯《白雨斋词话》)

(杨恩成)

341

宋词观止

虞　美　人
大光祖席,醉中赋长短句(1)

张帆欲去仍搔首,更醉君家酒。吟诗日日待春风,及至桃花开后却匆匆。　　歌声频为行人咽,记著尊前雪。明朝酒醒大江流,满载一船离恨向衡州(2)。

【注释】(1)宋高宗建炎四年(1130)初,作者将离湖南衡山,友人设宴饯

行,作者于席间赋词。大光:作者友人,姓名不详。祖席:设宴送行。 (2)衡州:州名,治所在今湖南衡阳。

【今译】扬帆将要离去的时候,却彷徨不定频频搔首,又在朋友家喝醉了酒。天天都在等待春风,好吟诗作赋,等到桃花真的开了,我却要匆匆上路。

席间的歌声为我而唱,唱得哽哽咽咽,永远记着今日的离别。明天从醉中醒来,已是人在大江上漂流,满载着一船离恨,回望远方的衡州。

【点评】这是一首临行赠友词。起二句,言临行迟迟,不忍离别。"吟诗"二句,承前写不得别。所谓"待春风"者,乃为与朋友吟诗,今桃花盛开,又匆匆离去,言情布景,妙于含蓄,一片依恋之情,充溢行间。过片二句,正面写饯行宴席。唯其结尾二句,化虚为实,构思新奇。

【集说】词之好处,有在句中者,有在句之前后际者。陈去非《虞美人》:"吟诗日日待春风,及至桃花开后却匆匆"。此好在句中者也。(刘熙载《艺概》)

(杨恩成)

张 元 幹

张元幹(1091—1161),字仲宗,自号芦川居士,又号真隐山人,福州永福(今福建永泰)人。徽宗宣和七年任陈留县丞。南渡初,为李纲幕僚,主张抗金,受秦桧迫害。曾因作词送胡铨等,追付大理除名。先后闲居二十余年。北宋末年,即以能词著称于世。其词抒发家国河山之忧,慷慨悲壮,已开辛弃疾先声,而言情寄怀诸作,明丽凄婉,略似欧、秦。毛晋《芦川词跋》云:"人称其长于悲愤,及读《花庵》《草堂》所选,又极妩秀之致,真堪与片玉、白石并垂不朽。"有《芦川词》。

贺 新 郎

送胡邦衡待制⁽¹⁾

梦绕神州路⁽²⁾。怅秋风、连营画角,故宫离黍⁽³⁾。底事昆仑倾砥柱。九地黄流乱注⁽⁴⁾。聚万落、千村狐兔。天意从来高难问⁽⁵⁾,况人情、老易悲如许⁽⁶⁾。更南浦⁽⁷⁾,送君去。　　凉生岸柳催残暑。耿斜河⁽⁸⁾、疏星淡月,断云微

度。万里江山知何处。回首对床夜语⁽⁹⁾。雁不到、书成谁与⁽¹⁰⁾。目尽青天怀今古,肯儿曹、恩怨相尔汝⁽¹¹⁾。举大白,听金缕⁽¹²⁾。

【注释】(1)宋高宗绍兴十二年(1142),胡铨(字邦衡)因忤秦桧,被除名,编管新州。作者作此词为其送行。　(2)神州:原指全国,此指中原沦陷区。　(3)"怅秋风"二句:这是作者设想的中原地区的荒凉景象。故宫离黍:即昔日宋王朝在汴京的宫殿今日已是杂草丛生,破败不堪。　(4)"底事"二句:用砥柱山倾倒,造成黄河泛滥比喻金人南侵给中原地区带来的灾难。底事:为什么。　(5)天意:原指上苍的意念,这里指皇帝的想法。(6)况人情老易悲难诉:化用杜甫《暮春江陵送马大卿公恩命追赴阙下》诗中"天意高难问,人情老易悲"二句。　(7)更:含有更加失望的意思。南浦:泛指送别的渡口。　(8)耿:明朗。斜河:即天河。　(9)回首:回忆。对床夜语:夜里床对床谈心。　(10)"雁不到"二句:意谓胡铨被贬的地方很遥远,别后音讯难通。　(11)肯:怎么肯。儿曹:小孩子们。　(12)大白:酒杯名。《金缕》:《贺新郎》的别名。

【今译】梦中我徘徊在中原大地,秋风萧瑟,军营连成一片,画角声声凄厉,昔日富丽堂皇的宫殿,如今已经荒草离离。不知道为什么,中流砥柱倾倒,九州黄河泛滥,千村万落都成狐兔出没的天地!不知苍天打的什么主意?何况我已经衰老,这悲痛更难向人倾诉。渡口边还要送你远去。
凉风吹拂着岸柳,残暑已渐渐消退,银河朗朗,流云飘动,夜空月明星稀。迢迢万里江山,你究竟落脚哪里?想起我们对床夜话,说不尽的千言万语。放眼古今,人世沧桑,怎么能像没骨气的孩子,尽说些恩恩怨怨。请举起酒杯,听唱一曲《金缕》。

【点评】这是一首赠别词。因为作者和胡铨是志同道合的爱国志士,所以,它不同于一般的赠别词,而是以家国之恨为主。上片既为中原沦陷而悲,又为当政者不思抗金而愤激,歇拍一声长叹,点醒送别主题。下片先写送别时的景象,接写朋友间的深厚友谊及别后音讯难通,"目尽"以下,劝慰胡铨莫以贬谪为怀，大有拍案而起之豪气。全词愤激慷慨而又磊落雄奇。

【集说】平生忠义，见于"梦绕神州路"一词。（李调元《雨村词话》）

其慷慨悲凉，数百年后尚想其抑塞磊落之气。（《四库全书总目提要·芦川词提要》）

（杨恩成）

满 江 红
自豫章阻风吴城山作[1]

春水迷天，桃花浪、几番风恶[2]。云乍起、远山遮尽，晚风还作。绿卷芳洲生杜若[3]。数帆带雨烟中落。傍向来、沙嘴共停桡[4]，伤飘泊。　　寒犹在，衾偏薄。肠欲断，愁难著。倚篷窗无寐[5]，引杯孤酌。寒食清明都过却[6]。最怜轻负年时约[7]。想小楼、终日望归舟，人如削。

【注释】(1)豫章：今江西南昌。　(2)桃花浪：农历二三月春水涨，此时桃花亦开，故称桃花浪或桃花水。　(3)杜若：香草名。　(4)沙嘴：沙洲突入水中的地方。停桡：停船。桡：划船的桨。　(5)篷窗：船窗。　(6)"寒食"句：意谓已经到了暮春时节。　(7)年时约：去年的相约。

【今译】融融春水泛起涟漪，没料到恶风发作。云，刚刚升起，就把远山遮尽，到黄昏风还刮着。绿遍小洲有芳草，烟雨中只好把帆落。在曾经停过船的沙嘴，又把船儿靠拢，这恼人的旅途漂泊。　寒气袭人被儿薄，愁怀难解无倚托。靠着船窗无睡意，端起酒杯独酌。寒食清明都过了，最伤心负了去年的相约。小楼上的她呀，整天盼望我归去，人已清瘦如削。

【点评】此词借晚春之景抒写旅思。上片起二句，春水、桃花浪与恶风并举，已透出心境之波动。"云乍起"三句，点醒题目中"阻风"二字，一"还"字，包含许多怨嗔。"绿遍"二句，以芳洲绿遍、雨中落帆暗中抒写伤怀，意在景中，情寄言外。"傍向来"二句，言旅途屡受阻遏。过片四句，承上片歇拍，抒写旅途之艰难。"犹""偏""欲""难"四字，直传出心中万般苦痛。"倚篷

345

宋词观止

窗"二句,顺承前四句,抒写旅途孤苦。"寒食"二句,由眼前之景宕开,抒写负约之内疚。"想小楼"二句,以"想"字领起,写家人思念自己,于婉转中抒发思归之情。余情绵渺不尽。

【集说】写旅况凄迷、忆家之作,想亦忧世者寄怀也。前阕言浪生风恶,云遮风作,隐然有念乱之意。"芳洲""杜若",有贤人隐之象;帆带雨落,有伤漂泊意;"寒犹在"六句,不过写繁忧独省意;"寒食"二句,见时已逝;末二句,悬想家中念己,不过不得已欲归隐之意。情有难以显言者,隐约言之,自抒怀抱耳。(黄苏《蓼园词选》)

(杨恩成)

鲁 逸 仲

鲁逸仲，真名孔夷，字方平，号滍皋先生、滍皋渔父。生卒年不详。元祐中隐士。鲁逸仲是其隐名。汝州龙兴（今属河南）人。孔旼之子。元祐间，隐居滍阳，与李廌为酒诗侣。其词录于赵闻礼《阳春白雪》者有《惜余》《春慢》《南浦》等，尤以《南浦》一词为最婉约蕴藉，与秦少游《满庭芳》诸作尤其神似。

南 浦

旅 怀

　　风悲画角，听单于、三弄落谯门[1]。投宿骎骎征骑[2]，飞雪满孤村。酒市渐阑灯火，正敲窗、乱叶舞纷纷。送数声惊雁，乍离烟水，嘹唳度寒云[3]。　　好在半胧淡月[4]，到如今，无处不销魂。故国梅花归梦，愁损绿罗裙。为问暗香闲艳，也相思、万点付啼痕。算翠屏应是，两眉余恨倚黄昏。

【注释】(1)听单(chán)于三弄落谯门:单于,乐曲名。唐代的《大角曲》中有《大单于》《小单于》等曲。弄,奏乐。谯门:城楼上望远的门。 (2)駸駸(qīn):马行快速的样子。 (3)嘹唳:雁的高远漫长的叫声。 (4)好在:幸好。

【今译】寒风里送来号角的悲鸣,城楼上吹奏出《单于》之曲。为尽早投宿策马疾驰,漫天飞雪,旷野里有一座孤零的小村。走进酒市已见灯火阑珊,住入客馆,乱叶纷纷敲打着窗扉。静坐倾听,远处传来受惊的雁声,它们窜出落脚的水边芦丛,悲鸣着穿过冰冷的冻云,飞向高远的天空。 风雪已止,朦胧的天野,透出淡月半痕,月华依旧,不禁令人黯然销魂。耳畔响起《梅花落》,勾起思乡的归梦,可想家中的爱人,早已为离愁容颜消损。试问那暗香浮动的花枝,是否也是为相思,落下点点泪痕? 故乡的她,一定会在薄暮时分,斜依画屏,期盼着远方的亲人。

【点评】本词抒写的是羁旅之愁。上片景,下片情,琢字琢句,上片描述凄凉的旅况。从听觉、视觉的交错等多重角度,按时间顺序,依次写出旅行途中、薄暮投宿、饮酒街市、客舍坐听的所见所闻,构成了四幅意味相同的旅夜画图。景象凄凉,衬托出心境的凄惶,景中寓情。下片由景入情,抒写思乡之愁。先写见月销魂,后写忆梅忆人。"为问"以下四句,两承忆悔、两承忆人,都是乡情驱使下的想象之境。言对方念己,更见自己念对方之切。全词由景开端,由情结尾,情景相融又转换自然,格调悲凉沉郁。

【集说】词意婉丽,似万俟雅言。(黄昇《花庵词选》)

上是旅思凄凉之景况,下是故乡怀望之神情。(李攀龙《草堂诗余隽》)

细玩词意,似亦经靖康乱后作也,第词旨含蓄,耐人寻味。(黄苏《蓼园词选》)

此词遣词琢句,工绝警绝,最令人爱,"好在"二语真好笔仗。"为问"二语淋漓痛快,笔仗亦佳。(陈廷焯《白雨斋词话》)

(杨敏)

岳 飞

岳飞(1103—1142),字鹏举,相州汤阴(今属河南)人。南宋初著名抗金将领,曾屡败金兵,战功卓著。因坚持抗金,反对议和,被奸相秦桧构陷,冤死狱中。宋孝宗朝追封鄂王,谥武穆,后改谥忠武。今存词三首。

满 江 红

写 怀

怒发冲冠⁽¹⁾,凭栏处、潇潇雨歇⁽²⁾。抬望眼仰天长啸,壮怀激烈。三十功名尘与土⁽³⁾,八千里路云和月⁽⁴⁾。莫等闲、白了少年头⁽⁵⁾,空悲切。　靖康耻⁽⁶⁾,犹未雪⁽⁷⁾,臣子恨,何时灭!驾长车踏破,贺兰山缺⁽⁸⁾。壮志饥餐胡虏肉,笑谈渴饮匈奴血。待从头、收拾旧山河,朝天阙⁽⁹⁾。

【注释】(1)怒发冲冠:愤怒得头发都竖起来。　(2)潇潇:雨势急猛。
(3)三十功名尘与土:年过三十,取得的那一点功名像尘土一样微不足道。

宋词观止

（4）八千里路云和月：披星戴月，转战千里。　　（5）莫等闲：不要白白地。
（6）靖康耻：靖康，宋钦宗年号。靖康二年（1127），金兵攻陷宋都汴京，俘虏了宋徽宗、宋钦宗父子。靖康耻即指此事。　　（7）雪：洗刷。　　（8）"驾长车"二句：驾着战车，向敌人发动进攻，连贺兰山也要踏平。贺兰山：在今宁夏回族自治区和内蒙古自治区境内。此指金人占据的战略要地。　　（9）朝天阙：朝见皇帝。天阙，皇帝住的地方。

【今译】怒发冲冠，凭栏远眺，暴风雨刚刚停息。昂首向天，大声呼号，雄心壮志冲云霄。披星戴月，转战千里，年过三十才取得一点功业，却像尘土一样微不足道。不要虚度大好年华，到老却留下无穷懊恼。　　国耻还没有洗刷掉！民族恨何日能雪！率领千军万马，踏平贺兰山，攻下一道道要塞，以牙还牙，以血还血！等到山河重归统一，再回到京城，向天下父老报捷。

【点评】此词为抒写壮怀而作。慷慨悲壮，气吞山河。起二句即有振聋发聩之气势。"抬望眼"三句，一腔壮怀，上冲九霄。"三十"二句，叹功业之轻微，述转战之艰辛。情、景、理，浑然一气。"莫等闲"二句，自勉自励，足以振弱立懦。"靖康"四句，立志报国，沉雄激越。"驾长车"三句，更抒同仇敌忾之情，所向披靡之志。"待从头"二句，憧憬山河统一。通篇感情激越，豪情壮志，凌厉千古。

【集说】词有与古诗同义者，"潇潇雨歇"，易水之歌也。（刘体仁《七颂堂词绎》）

胆量、意见、文章悉无今古。（沈际飞《草堂诗余正集》）

何等气概！何等志向！千载下读之，凛凛有生气焉。"莫等闲"二语，当为千古箴铭。（陈廷焯《白雨斋词话》）

文徵明尝和其词云："拂拭残碑，敕飞字、依稀堪读。慨当初倚飞何重，后来何酷？果是功成身合死，可怜事去言难赎。最无辜、堪恨更堪怜，风波狱。

岂不惜、中原蹙；且不念，徽钦辱。但徽钦既返，此身何属？千载休谈南渡错，当时自怕中原复。笑区区、一桧亦何能，逢其欲。"（卓人月《古今词统》引）

（杨恩成）

小　重　山

昨夜寒蛩不住鸣⁽¹⁾，惊回千里梦，已三更。起来独自绕阶行，人悄悄，帘外月胧明。　　白首为功名，旧山松竹老⁽²⁾，阻归程。欲将心事付瑶筝⁽³⁾，知音少，弦断有谁听？

【注释】(1)寒蛩：蟋蟀。　(2)旧山：故乡。　(3)瑶筝：筝的美称。

【今译】秋夜的蟋蟀，不停地哀鸣，把我从梦中惊醒，已经夜半三更。披衣在庭院徘徊，人们都悄然入睡，月色朦朦胧胧。　　一生只为了功名，辜负了故乡翠竹青松对我的一片深情，我还没有踏上归程。想用琴声诉说心事，只因为世上知音少，弹断琴弦有谁听？

【点评】此词为抒发郁闷而作。上片写景，一幅凄凉境界。下片抒情，含无穷幽怨。满腹幽愤，无处可诉。

【集说】武穆《贺讲和敕表》云："莫守金石之约，难充谿壑之求。"故作词云："欲将心事付瑶筝，知音少，弦断有谁听？"盖指和议之非也。（陈郁《藏一话腴》）

351

（杨恩成）

宋词观止

康 与 之

康与之,字伯可,号顺庵,滑州(今河南滑县)人。生卒年不详。南渡初,以词受知于高宗,上《中兴十策》,有名于时。后附秦桧,为其门下十客之一。桧死,受牵连,编管钦州,移雷州,复送新州牢城。能词。风格工丽清婉,有近人赵万里辑本《顺庵乐府》。

诉 衷 情 令
长 安 怀 古

阿房废址汉荒丘⁽¹⁾,狐兔又群游。豪华尽成春梦,留下古今愁。　君莫上,古原头⁽²⁾,泪难收。夕阳西下,塞雁南飞,渭水东流。

【注释】(1)阿房:秦阿房宫。　(2)古原:指乐游原,在唐长安城东南,为游览胜地。

【今译】阿房宫成了废墟,汉长安城也变作荒丘,成群狐狸兔子,在其间漫游。昔日的繁华,就像短暂的春梦,给后人留下许多忧愁。 请你不要登上乐游原头,看到眼前的破败,伤心泪水难收。夕阳西下的时候,秋雁南飞,渭水东流。

【点评】这首怀古词实是有感而发。上片写汉唐豪华,尽成春梦,语极沉痛,而词人企盼恢复盛世之情,尽在言外。下片却陡然一转,以劝慰口吻告诫人们莫要痴想,一股无可奈何之愁流溢于字里行间。掩卷而思,当是对当日每况愈下时局的无限叹惋。

【集说】康与之"长安怀古"《诉衷情》云……如此等词居然不俗。今有晏叔原亦不得独擅。(沈辰垣《历代诗余·词话》引王性之语)

(杨恩成)

江城梅花引

闺　情

娟娟霜月冷侵门[(1)],怕黄昏,又黄昏。手撚一枝,独自对芳樽[(2)]。酒又不禁花又恼,漏声远,一更更,总断魂。

断魂,断魂,不堪闻。被半温,香半薰。睡也睡也,睡不稳,谁与温存[(3)]。唯有床前,银烛照啼痕。一夜为花憔悴损。人瘦也,比梅花,瘦几分。

【注释】(1)娟娟:美好貌。　(2)芳樽:代指美酒。　(3)温存:亲近,安慰。

【今译】本来美好的秋月,却放射出凄冷的光,照进空荡荡的院门。最怕黄昏,偏偏又是黄昏。手拈一枝花儿,独自对着美酒伤神。酒,不断地喝,花越来越恼人。漏声远远传来,挨过一个个更点,总是令人断魂。 断魂的更漏声,让人不愿听闻。锦被半凉半温,薰香也不浓郁。睡吧,睡吧,睡了就可忘掉一切,人却睡不安稳,谁能和我温存?唯有床前红烛照泪痕。一整夜为花儿憔悴,人也瘦了,比梅花还瘦几分。

353

宋词观止

【点评】这首闺情词,纯以细腻的心理感受取胜。上片,以人情观物,物皆着伤心人之感情。境界极静,而人情则波澜起伏。下片,写长夜难眠,仍以心理描写为主。结句措辞婉而妙,分明有一闺阁思妇在。

【集说】康伯可"人瘦也,比梅花,瘦几分",与李清照"帘卷西风,人比黄花瘦"同妙。(王世贞《艺苑卮言》)

此作或其在坐贬时乎?词自凄清,但亦少骨力也。(黄苏《蓼园词选》)

（杨恩成）

韩　元　吉

韩元吉（1118—1187），字无咎，号南涧，许昌（今属河南）人。孝宗隆兴间曾官吏部尚书。与张孝祥、范成大、陆游、辛弃疾等常以诗词唱和。有《南涧诗余》。

霜　天　晓　角

题采石蛾眉亭[1]

倚天绝壁。直下江千尺。天际两蛾凝黛[2]，愁与恨、几时极。　　怒潮风正急。酒醒闻塞笛[3]。试问谪仙何处[4]，青山外[5]、远烟碧。

【注释】(1)采石蛾眉亭：采石矶，在今安徽当涂县西北牛渚山下突出于长江中。蛾眉亭建在绝壁上。　（2）两蛾凝黛：《当涂县志》云："（采石矶）据牛渚绝壁，大江西来，天门两山（即东西梁山）对立，望之若蛾眉然。"这里把东西梁山比作美人的黛眉。　（3）塞笛：边笛。当时采石矶是南宋的边防军事重镇。　（4）谪仙：李白。贺知章曾称李白为天上谪仙人。他晚年曾住

在当涂令李阳冰家,并死在那里。 (5)青山:在当涂东南,李白墓在青山北麓。

【今译】千尺绝壁,从天外飞落,直插大江底。天边东西梁山,像一对凝愁的蛾眉。这愁恨何日能消去? 夕阳黄昏江风急,酒兴正浓时,听见军营吹笛。不知李白在哪里? 只见青山尽头,烟雾迷离。

【点评】这首词,题为题咏山水,实则借山水以抒发对时局之忧虑。上片写采石矶之形胜。"两蛾"凝愁含恨,山之貌与人之情合二而一,妙在含蓄。下片抒怀。风急时闻塞笛声响,已含忧时之心;"问谪仙何处",暗寓徒有壮志而难以施展之忧愤。以景语作结,言尽而意不尽。

【集说】韩南涧题采石蛾眉亭词……未有能继之者。(杨慎《词品》)

(杨恩成)

好 事 近

汴京赐宴[1],闻教坊乐[2]有感。

凝碧旧池头[3],一听管弦凄切。多少梨园声在[4],总不堪华发。 杏花无处避春愁,也傍野烟发。惟有御沟声断,似知人呜咽。

【注释】(1)汴京赐宴:《金史·交聘表》,"世宗大定十三年(1173)三月癸巳朔,宋遣礼部尚书韩元吉、利州观察使郑兴裔等贺万春节。"当时,金人都汴京。赐宴:指金国设宴招待南宋使节。 (2)教坊乐:宫廷音乐。教坊:管理宫廷音乐的官署。唐代开始设置。 (3)凝碧池:在唐东都洛阳的皇宫里。安禄山攻占洛阳后,曾在凝碧池设宴庆功。唐教坊乐工雷海青掷乐器向西大哭,被肢解于试马殿。(见计有功《唐诗纪事》)。王维当时被拘在菩提寺,作《凝碧池》诗,"万户伤心生野烟,百僚何日再朝天? 秋槐叶落深宫里,凝碧池头奏管弦。" (4)梨园:唐玄宗时教练宫廷歌舞艺人的地方。这里指宋朝宫廷歌舞。

【今译】在从前的皇宫里,一听到管弦奏鸣,心里一阵阵悲凄。有多少梨园子弟,如今已经头发斑白,怎能经得起,这沉重的精神压力? 杏花想逃避这春愁,却没有好计,只好开在蒙蒙烟雾里。那皇宫里的小溪,似乎懂人的心意,默默地流淌,不发出一点声息。

【点评】此词有感于江山易主而作。起二句化用王维《凝碧池》诗意,悲慨中来。"多少"二句,梨园旧曲在,华发难为情。下片以我之情观物,物皆着我之情。杏花春愁,御沟声断,情景交融,黍离之悲,跃然纸上。

【集说】麦孺博语:"赋体如此,高于比兴。"(梁令娴《艺蘅馆词选》引)

(杨恩成)

宋词观止

杨 万 里

杨万里(1124—1206),字廷秀,自号诚斋,吉水(今属江西)人。高宗绍兴中进士,历秘书监,出为江东转运副使,改知赣州,以宝谟阁学士致仕。以不附权臣韩侂胄而为后人称道。黄昇即赞扬他"以道德风节,照映一世"。工诗,与陆游、尤袤、范成大并称"中兴四大家"。亦能词,词风清新、活泼、自然,与其诗风相似。有《诚斋乐府》。

好 事 近⁽¹⁾

月未到诚斋⁽²⁾,先到万花川谷。不是诚斋无月,隔一林修竹⁽³⁾。　　如今才是十三夜,月色已如玉。未是秋光奇绝⁽⁴⁾,看十五十六。

【注释】(1)《彊村丛书·诚斋乐府》题作"七月十三日夜登万花川谷望月作"。　(2)诚斋:作者的书斋名。　(3)修竹:高高的竹子。　(4)未是:不是。

【今译】月光还未照到我的书房,先到万花川谷去欣赏。不是明月和我没缘分,是满院修竹把月光遮挡。　　今天才是十三日夜晚,月已像美玉般玲珑透亮。这还不是最美的秋月,到了十五、十六晚上你再看,那才是最好的。

【点评】赏月词历来不离望日。此词却以十三日夜晚的月为欣赏对象。语言流畅自然,格调清新淡雅,别有引人入胜之妙。"不特诗有别才,即词亦有奇致。"(沈辰垣《历代诗余·词话》引《续清言》)

【集说】杨万里不特诗有别才,词亦有奇致。其《好事近》云(略)。昔人谓东坡词是曲子中缚不住者,廷秀词又何多让。乃知有气节人,笔墨自然不同。(冯金伯《词苑粹编》引《续清言》)

(杨恩成)

陆　游

　　陆游(1125—1210)，字务观，自号放翁，山阴(今浙江绍兴)人。孝宗初，赐进士出身，通判建康府，王炎宣抚川陕，辟为干办公事。范成大帅蜀，以其为参议官。嘉泰初，诏同修国史，升宝章阁待制。工诗，为南宋大家，其旷放飘逸之致，有类太白，故人称"小李白"；其忧时伤乱、光复中原之志，发为诗歌，沉郁顿挫，犹如杜甫。亦工词，为南宋名家。神州陆沉、飘零不偶的家国身世之痛贯穿于字里行间。刘克庄云："放翁长短句，其激昂感慨者，稼轩不能过；飘逸高妙者，与陈简斋、朱希真相颉颃；流丽绵密者，欲出晏叔原、贺方回之上。"而其安雅清淡，亦在苏秦间。有《放翁词》。

诉　衷　情[(1)]

　　当年万里觅封侯[(2)]，匹马戍梁州[(3)]。关河梦断何处[(4)]，尘暗旧貂裘[(5)]。　　胡未灭[(6)]，鬓先秋，泪空流。此生谁料，心在天山[(7)]，身老沧洲[(8)]。

【注释】(1)这是作者晚年退居山阴时的作品。　(2)觅封侯：寻找建功立业以取封侯的机会。《后汉书·班超传》，班超少有大志，尝投笔叹曰，"大丈夫无它志略，犹当效傅介子、张骞立功异域，以取封侯。安能久事笔砚间乎？"　(3)梁州：今陕西汉中一带。陆游48岁时曾在汉中川陕宣抚使署任职。　(4)关河：关塞、河防。此指边疆。　(5)尘暗旧貂裘：虽风尘仆仆，却没有建立功业。《战国策·秦策》，"苏秦说(shuì)秦王，书十上而不行，黑貂之裘弊，黄金百斤尽，资用乏绝，去秦而归。"　(6)胡：此指入侵中原的敌人。　(7)天山：此指前线。　(8)沧洲：水边。作者晚年退居镜湖边的三山。

【今译】为了建功立业，当年我曾不远万里，单枪匹马奔赴梁州。那火热的前线生活，却像梦一样短促，风尘仆仆壮志未酬。　敌寇还没有消灭，两鬓已经斑白，空有伤心的泪水流。想不到，我这一生，心在浴血的疆场，人却要老死乡野田头。

【点评】此词为抒发悲愤而作。上片回忆早年"戍梁州"事，已含梦断关河无处寻的悲愤；下片写今日闲居乡野的苦闷。"心在天山，身老沧洲"，一腔忠愤赤诚。

（杨恩成）

卜算子
咏梅

　　驿外断桥边[(1)]，寂寞开无主。已是黄昏独自愁，更著风和雨[(2)]。　无意苦争春，一任群芳妒[(3)]。零落成泥碾作尘，只有香如故。

【注释】(1)驿：驿站。古代供传递书信役使休息的地方。　(2)更著：再加上。　(3)群芳：百花。

【今译】冷清的驿站旁，残断的小桥边，寂寞的梅花啊，为谁开得那么鲜艳？独处黄昏已经够苦，还要经受风雨摧残。　你无心和百花争艳，任随

它们嫉妒攻讦！即便是你飘落道边，又遭受马踏车碾，化作泥土尘埃，你的清香仍像以前。

【点评】题为咏梅，却处处同自身遭际相关。梅即作者，作者即梅。物人化一，神理相通。自有一腔高风亮节在。

【集说】末句想见劲节。（卓人月《古今词统》）

（杨恩成）

钗　头　凤⁽¹⁾

　　红酥手，黄縢酒⁽²⁾，满城春色宫墙柳⁽³⁾。东风恶，欢情薄，一怀愁绪，几年离索⁽⁴⁾。错，错，错。　　春如旧，人空瘦，泪痕红浥鲛绡透⁽⁵⁾。桃花落，闲池阁。山盟虽在⁽⁶⁾，锦书难托⁽⁷⁾。莫，莫，莫。

【注释】(1)宋周密《齐东野语》卷一："陆务观初娶唐氏，闳之女也，于其母夫人为姑侄。伉俪相得而弗获于其姑，既出而未忍绝之……唐后改适同郡宗子(赵)士程。尝以春日出游，相遇于禹迹寺南之沈氏园。唐以语赵，遣致酒肴。翁怅然久之，为赋《钗头凤》一词，题园壁间。实绍兴乙亥岁(1155)也。"据说唐琬看见之后，和了一首词。可见，这首词表现的是一件爱情悲剧。　(2)黄縢(téng)酒：据陈鹄《耆旧续闻》说是"黄封酒"，即官酒。(3)宫墙柳：比喻唐琬已改嫁他人，有如禁宫里的杨柳，可望而不可即。(4)离索：离散，分居。　(5)泪痕红浥鲛绡(jiāo xiāo)透：泪水把手帕都湿透了。鲛绡：此指丝绸织的手帕。　(6)山盟：山盟海誓。　(7)锦书：书信。

【今译】红润白皙的双手，捧给我一杯美酒。满城是明媚的春光，宫墙禁锢着多情的杨柳。可恶的东风啊，摧残了美好的春天，相逢也难叫人开颜。一腔愁绪，几年离散，这苦情从哪儿诉说？都怪我铸成大错！　　春色年年如旧，人却白白地消瘦。泪水像断线的珍珠，粉泪已把手绢儿湿透。桃花随着流水飘落,池塘亭阁都感到寂寞。虽然当初的誓言还记着,想写封信儿寄给你,却不能那样做,不能那样做!

【点评】放翁词虽雄快处似东坡,超爽处更似稼轩,然亦不乏纤丽细密。此词即出于淮海、小山之上。起首三句,写与唐氏重逢,已带出无限惆怅。"东风"四句,怨"东风"之恶,叹离索之苦。意在笔先,神余言外。三"错"字,无限悔恨。过片就唐氏情状落笔,一片怜惜之心,令人落泪。"桃花"二句,写人去园空,难乎为情。"山盟"二句,抒写内心矛盾,愁怀无托。三"莫"字,直是有情人难成眷属。虽情意深厚,而奈婚姻不自由何!

【集说】毛子晋云:"放翁咏《钗头凤》一事,孝义兼挚,更有一种啼笑不敢之情于笔墨之外,令人不能读竟。"(张宗橚《词林纪事》)

(杨恩成)

鹊 桥 仙
夜 闻 杜 鹃 (1)

茅檐人静,蓬窗灯暗(2),春晚连江风雨。林莺巢燕总无声,但月夜常啼杜宇。　催成清泪,惊残孤梦,又拣深枝飞去。故山犹自不堪听,况半世飘然羁旅(3)。

363

宋词观止

【注释】(1)杜鹃:一名杜宇。传说其叫声为"不如归去"。　(2)蓬窗:意谓居处简陋。　(3)羁旅:漂泊于旅途。

【今译】小茅屋寂静冷清,小窗前灯儿不明,晚春江上风声雨声。巢中小燕,林间黄莺,都已经安然睡去,只有那枝上的杜鹃,常在月夜啼鸣。　这叫声催人下泪,还惊断孤独人的梦,人醒了,它却飞了,飞向深深的林中。在故乡我就不忍心听,何况,我这半生,常常在旅途飘零。

【点评】题为"夜闻杜鹃",却与身世相关。上片用"人静""灯暗""连江

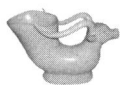

风雨"作陪衬,烘托出夜闻杜鹃的环境凄凉冷清。不言其声之不堪闻,而此情已和盘托出。下片抒写半世飘零的感慨。"催""清泪""惊""残梦",已见闻杜鹃之伤怀,更何况于羁旅行役之中!层折层进,愈转愈深,哀婉动人。

【集说】去国离乡之感,触绪纷来,读之令人于邑。(卓人月《古今词统》)

放翁词唯《鹊桥仙》夜闻杜鹃一章借物寓言,较他作为合乎古。然以东坡《卜算子》雁较之,相去殆不可道里计矣。(陈廷焯《白雨斋词话》)

(杨恩成)

朝 中 措
梅

　　幽姿不入少年场,无语只凄凉。一个飘零身世,十分冷淡心肠。　　江头月底,新诗旧梦,孤恨清香。任是春风不管[(1)],也曾先识东皇[(2)]。

【注释】(1)任是:尽管是。　(2)东皇:司春之神。《尚书纬》:"春为东皇,又为青帝。"

【今译】你那孤傲的身姿,从不进入风月情场。你始终沉默无言,伴你的只有凄凉。一生飘零的身世,造就你十分冷淡的心肠。　　沧江边,明月下,赋写着重温旧梦的诗章。饱含着孤独的怅恨,散发着一缕缕清香。尽管你和春风无缘,也最早认识司春的东皇。

【点评】放翁梅词,无不托物寓兴,抒发不甘寂寞而又自守节操之情怀。此词不重梅之形神的刻画,重在赞叹梅之节操、倾吐梅之"孤恨",结尾以"先识东皇"自慰孤寂。幽怨中不乏清劲之气。

【集说】"一个飘零身世,十分冷淡心肠。"全首比兴,乃更遒逸。(刘体仁《七颂堂词绎》)

(杨恩成)

秋 波 媚

七月十六日晚,登高兴亭,望长安南山⁽¹⁾。

秋到边城角声哀⁽²⁾,烽火照高台。悲歌击筑⁽³⁾,凭高醉酒,此兴悠哉! 多情谁似南山月,特地暮云开。灞桥烟柳⁽⁴⁾,曲江池馆⁽⁵⁾,应待人来。

【注释】(1)这首词是作者四十七岁时作于南郑。当时他在王炎川陕宣抚公署任干办公事。这一年,主战派正积极筹划收复长安,作者作此词以抒发豪情。高兴亭:在南郑子城西北,正对终南山。南山:即终南山。 (2)边城:汉中当时临近宋金分界线,故称边城。 (3)悲歌击筑:筑,古代的一种乐器。《史记·游侠列传》称荆轲日与高渐离等在燕市中饮酒,酒酣兴浓,高击筑,荆唱而和之,悠然相乐。 (4)灞桥:在长安东面灞水上,垂柳很多,古代为送别之地。 (5)曲江:在唐长安城东南,为风景胜地。

【今译】秋来到边城,声声画角哀鸣,烽火照耀高兴亭。击筑悲歌,站在高处把酒洒向国土,引起了收复失地的无限兴致。 谁能像,多情的南山明月,特意把暮云冲开!灞桥的烟柳,曲江池畔的楼台,应该在月下伫立,等候宋军到来。

365

【点评】这首词表达了作者决心收复失地的豪情壮志。上片写登亭所见所感,下片写登亭远望时的畅想。"多情"总领全片,把上片的声、情激越引到下片的旖旎优美上来。"南山"引出灞桥、曲江,"月"引出烟柳和池馆,由此及彼,由实入虚,把光复失地的热情渲染得淋漓尽致。

(彭国忠)

宋词观止

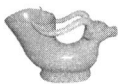

唐 琬

唐琬,陆游的表妹。与陆游结婚后感情很好,但因陆母嫌弃而被迫与陆游离婚,改嫁赵士程。据说她看了陆游的那首《钗头凤》后,不久便在抑郁中死去。

钗　头　凤[1]

世情薄,人情恶,雨送黄昏花易落。晓风干,泪痕残,欲笺心事[2],独语斜栏。难,难,难。　　人成各[3],今非昨,病魂常似秋千索[4]。角声寒,夜阑珊[5]。怕人寻问,咽泪装欢。瞒,瞒,瞒。

【注释】(1)这首词是为和陆游的《钗头凤》而作。　(2)欲笺心事:想写信表白自己的心事。　(3)人成各:意谓二人已经分手了。　(4)"病魂"句:是说自己心神不定,犹如秋千绳子一样,摇摆不定。　(5)阑珊:将尽。

【今译】世风浇薄,人心险恶,送走一个个风雨黄昏,送走一次次花开花落。晨风吹干了泪水,留下泪痕一道道。想写封信儿向你诉说,斜倚着栏杆,心里却又犯难。做人难啊,做人难! 我们已经离散,今天已不是昨天。心神恍惚不定,像晃悠悠的秋千。画角声声催人心寒,长夜寂寞难以安眠。又怕人猜出心事,咽下泪水强装笑脸。这苦衷只能对人隐瞒。

【**点评**】这首词全用赋体,诉说了对前夫陆游的怀念与眷恋。如同放翁的《钗头凤》一样,封建的礼教成了横亘在爱情之路上的一道不可逾越的障碍。

(杨恩成)

宋词观止

陆 淞

陆淞,字子逸,号云溪山人。山阴(今浙江绍兴)人,生卒年及生平不详。有说陆佃之孙,陆游长兄。曾知辰州,晚以疾废,卜居秀野,放傲于世。存词三首。

瑞 鹤 仙

脸霞红印枕。睡觉来、冠儿还是不整。屏间麝煤冷[1]。但眉峰压翠[2],泪珠弹粉。堂深昼永。燕交飞、风帘露井。恨无人,与说相思,近日带围宽尽。　　重省。残灯朱幌[3],淡月纱窗,那时风景。阳台路迥。云雨梦,便无准。待归来,先指花梢教看,却把心期细问。问因循、过了青春,怎生意稳。

【注释】(1)麝煤:墨的别称,这里指画。　(2)眉峰压翠:双眉紧锁的样子。　(3)朱幌:红色的帷幔。

【今译】粉红色的脸庞上，枕痕依稀。梦醒以后，花冠儿纷乱，又不想整理。屏风上的画儿寒意袭人。她双眉紧锁，泪珠儿簌簌落地。闺房幽深，白日漫长，双双乳燕眼前交飞。风吹帘动，窗外露井伴着桃李。可恨的是诉说相思无人听取，近来衣带宽尽人也憔悴。　　回首往日，淡黄的灯光映着红色帷幌，淡淡月华透过如雾的纱窗，都成了过去的时光。两人欢会情事，缥缈若无，总似梦乡。等到他归来的时候，让他先看花梢的变样，探他心底的隐秘。只问他为何虚度了春光，怎么会心安？

【点评】全词刻画了一个为珍惜青春而苦闷的少女形象。开篇先从睡觉醒来写起，枕痕印脸、冠儿不整，初露少女的内心世界：心事重重，精神萎靡。"还是"言不是偶然为之。"屏间"三句，分别从感觉、形象再写愁眉垂泪之态。"冷"字写尽心境凄苦，"压""弹"则言其情不能自抑。"堂深"三句，写少女周围环境，先正后反衬托出少女孤寂情怀。"恨无人"二句再从形体变化描写。换头处，跌入旧情旧景。"残灯"三句，如幻似梦。"阳台"三句，写欢会情事。"待归来"至末，设想情人的归来之际自己撒娇逞痴，刻画出少女的执着、纯真。总观全词，语句家常，情真意切，如泣如诉，哀婉动人。

【集说】南渡初，南班宗子寓居会稽，为近属，士家最盛，园亭甲于浙东，一时坐客皆骚人墨士，陆子逸实预焉。士有侍姬盼盼者，色艺殊绝，公每属意焉。一日宴客，偶睡，不预捧觞之列。陆因问之，士即呼至，其枕痕犹在脸。公为赋《瑞鹤仙》有"脸露红印枕"之句，一时盛传之，逮今为雅唱。后盼盼亦归陆氏。（陈鹄《耆归续闻》）

陆雪窗《瑞鹤仙》，辛稼轩《祝英台近》，皆景中带情，而存骚雅。故其燕酣之乐，别离之愁，回文题叶之思，岘首两洲之泪，一寓于词。若能屏去浮艳，乐而不淫，是亦汉、魏乐府之遗意。（张炎《词源》）

词以弄月嘲风为主，声复出莺吭燕舌之间，不近乎情不可，邻于郑、卫则甚。景而带情，骚而存雅，不在兹乎？委婉深厚，不忍随口念过，汉魏遗意。（沈际飞《草堂诗余正集》）

"待归来"下，迷离婉妮。（贺裳《皱水轩词筌》）

（杨敏）

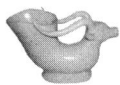

范 成 大

范成大(1126—1193),字致能,号石湖居士,吴县(今属江苏)人。绍兴二十四年(1154)进士。曾任广南西路安抚使、四川制置使、参知政事。孝宗时曾使金,坚强不屈。晚年退居石湖。词风清远。有《石湖词》。

秦 楼 月

楼阴缺⁽¹⁾。阑干影卧。东厢月。一天风露⁽²⁾,杏花如雪。   隔烟催漏金虬咽⁽³⁾,罗帏暗淡灯花结⁽⁴⁾。灯花结。片时春梦,江南天阔⁽⁵⁾。

【注释】(1)楼阴缺:高楼的楼阴缺处,指未被高楼暗影遮蔽的空缺处。(2)一天:满天。 (3)金虬(qiú):铜壶滴漏(古代计时器)上的铜龙(水从龙嘴上滴下)。 (4)罗帏:借指闺房。 (5)灯花结:旧俗认为灯结花预兆喜讯。"片时"两句:末二句化用岑参《春梦》中"枕上片时春梦中,行尽江南数千里。"

【今译】高楼暗影的空缺,一轮高悬;栏杆的影子斜卧着,东厢有素月。东厢有素月,映照满天风露,杏花如雪。　　隔着迷蒙的烟雾,铜龙漏水催促着时间,声声幽咽;罗帏四垂的闺房,光线暗淡灯花正结。灯花正结,枕上春梦,只有片刻;江南路远,水长天阔。

【点评】这是一首闺中月夜怀远之作。上片写夜月映照下楼房庭院之景。起二句写月映高楼,栏杆疏影,境界幽寂。"东厢月"三句,先重叠第二句后三字,为此词调定式,写出月色映照下风露晶莹、杏花如雪的景色,而楼中人莹澈秀洁的风神可想。纯用白描,而饶象外之致。下片转写闺中少妇的思绪离情,仍结合室内景物情事,不作直接抒发。过片先从漏咽帏暗透出其人心情的抑郁与暗淡,又以"灯花结"暗示心中的期待,转接自然,不着痕迹。结拍重叠"灯花结"而慨叹梦短路长,水远天阔,以示期待之落空,会合之无期。虽化用岑参诗语,而表情更为含蓄,风格更为蕴藉,与岑诗之明快清丽有别。

(刘学锴)

宋词观止

谢懋

谢懋(？—1186？),字勉仲,洛师(今属河南)人。仕履无考。以词知名当世。近人赵万里辑有《静寄居士乐章》。

杏花天

春思

海棠枝上东风软,荡霁色⁽¹⁾,烟光弄暖。双双燕子归来晚,零落红香过半。　　琵琶泪揾青衫浅⁽²⁾,念事与、危肠易断。余酲未解扶头懒,屏里潇湘梦远。

【注释】(1)霁:雨后天晴。　(2)"琵琶"句:化用白居易《琵琶行》结尾"江州司马青衫湿"诗意。

【今译】海棠花在枝头轻轻颤动,是温情的东风将她呼唤。雨后的春光烟景,给人间送来温暖。一双双燕子归来太晚,花儿零落,春过了一半。

琵琶泪轻轻浸湿了衣衫,只因为事危心也烦。余醉还没有消除,心情也更加懒散。屏风上的潇湘山水，把我带向很远很远。

【点评】上片伤春。"东风软"与"霁色"荡漾，烟光弄暖，体物细腻传神，而又构思新巧。"双双"二句，伤春逝，语淡情深，自然天成。下片自伤。"琵琶泪"与"事""危"肠断，蕴含无穷，耐人寻味。结尾一句，突然由眼前荡开去，顿使"春思"二字化为无限幽缈，收得空灵。

【集说】谢懋《杏花天》歇拍云："余醒未解扶头懒，屏里潇湘梦远。"昔人盛称之。不如其过拍云："双双燕子归来晚，零落红香过半。"此二语不曾作态，恰妙造自然。（况周颐《蕙风词话》）

（杨恩成）

鹊 桥 仙
七　夕

钩帘借月，染云为幌，花面玉枝交映。凉生河汉一天秋[1]，问此会、今宵孰胜[2]？　　铜壶尚滴，烛龙已驾[3]，泪浥西风不尽。明朝乌鹊到人间[4]，试说向、青楼薄幸[5]。

【注释】(1)一天：满天。　(2)孰胜：谁能超得过。　(3)烛龙：神话传说中的神兽。在西北无日之处，人面龙身，衔烛以照幽阴。　(4)"明朝"句：传说七夕这一天，喜鹊全都飞到银河上搭成桥，牛郎织女在桥上相会。第二天，喜鹊又飞回人间。　(5)青楼薄幸：指忘恩负义的人。

【今译】搭上帘儿借来一弯新月，幔帐用天上的云彩染成，弯弯玉钩映衬着她的花容。凉意从银河里生出，把秋意布满朗朗夜空。试问：今宵鹊桥相会，谁能胜过牛郎织女的深情？　　铜漏还没有滴尽，烛龙已经催促起程。流不完的伤心泪，一滴滴沾湿了西风。明天早晨喜鹊飞回人间，请把银河上发生的事，说给薄情寡义的人听听。

【点评】此词借七夕抒发爱情失意之感慨。上片起三句,从人间落笔,写瞻拜双星之人。"凉生"二句,乃瞻拜双星之人心中情事,一"问"字,已逗出双星之爱胜却人间的惆怅。过片,从天上落笔,写双星不忍离别。西风已凉,而"泪浥西风不尽"更见双星心境之凄凉和瞻拜之久。结尾二句,又归到人间。"试说向青楼薄幸"将上片"问此会今宵孰胜"所隐含之惆怅失意再次点出,妙在并不说破难言之痛苦。绵绵长恨,俱在言外。

【集说】借天上多情,破人间薄幸。题外意妙。(沈际飞《草堂诗余正集》)

此词不贪写双星,惟从人间儿女落笔。首一阕,专就瞻拜双星之人写入。第二阕起三句,言将曙时,双星泣别,尚属有情。末二句,扑到人间,回应前阕。思议清超,是能得避实击虚之法,故自不袭故常,豁人眉宇。(黄苏《蓼园词选》)

(杨恩成)

朱 熹

朱熹(1130—1200），字元晦，自号紫阳、晦翁、晦庵，徽州婺源（今属江西）人，徙居建阳（今属福建）。绍兴中进士，历仕高、孝、光、宁四朝，累官转运副使、焕章阁待制、宝文阁待制、秘阁修撰，卒，谥文，绍定时追封徽国公。一生著述甚丰，工诗文，亦能词。风格自然清畅。有《晦庵词》。

水 调 歌 头

隐括杜牧之齐山诗[1]

江水浸云影，鸿雁欲南飞。携壶结客，何处空翠渺烟霏。尘世难逢一笑，况有紫萸黄菊，堪插满头归。风景今朝是，身世昔人非。　　酬佳节，须酩酊，莫相违。人生如寄，何事辛苦怨斜晖。无尽今来古往，多少春花秋月，那更有危机。与问牛山客[2]，何必独沾衣。

【注释】(1)杜牧之齐山诗：指杜牧《九日齐山登高》诗，"江涵秋影雁初

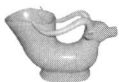

飞,与客携壶上翠微。尘世难逢开口笑,菊花须插满头归。但将酩酊酬佳节,不用登临恨落晖。古往今来只如此,牛山何必独沾衣?"这首词,就是隐括杜牧的这首诗的。　　(2)牛山客:春秋时的齐景公。有一次,他游览牛山,北望国都临淄,不由得流泪,说:"若何滂滂去此而死乎?"后世遂以牛山下泪指感慨人生无常。

宋词观止

376

【今译】江水中有云的倒影,鸿雁想向南天飞去。提上美酒,和朋友们登高,欣赏空蒙的烟岚,满山的青翠。尘世难得遇上一笑,何况我们,有茱萸和菊花,更应该插满头,然后归去。风景还是往年的风景,而人早已不是往昔的人了。　　　　为答谢佳节,应该酩酊大醉,大家都不要推辞。人活着就像寄生在这个世界上,为什么要奔波劳碌难为自己,到最后怨恨夕阳斜晖人生苦短? 古往今来,没有个尽头,也没多少春花秋月,哪能允许,和自己过不去? 你去问问齐景公,何必为人生短暂而泪沾衣襟。

【点评】杜牧《九日齐山登高》诗,于凄恻低回中透出旷放豪宕之气。晦翁稍加改写,又具一番情味。一起四句,写重阳节风光,江天云影,鸿雁南飞,空翠处处,烟霏在目,境界极清旷。"尘世"五句,顿然一宕,抒发人生感喟,抑郁中不乏旷放之致。下片直抒登高感怀,虽有人生短暂之叹,却哀而不伤,更有一股爽利峭拔之气在。

【集说】晦庵先生回文词,几于家弦户诵矣。其隐括杜牧之《九日齐山登高》诗《水调歌头》一阕,气骨豪迈,则俯视辛、苏;音韵谐和,则仆命秦、柳,洗尽千古头巾俗态。(沈辰垣《历代诗余·词话》引《读书续录》)

(杨恩成)

张　孝　祥

张孝祥(1132—1170),字安国,乌江(今安徽和县)人。高宗绍兴二十四年(1154)进士,历中书舍人,直学士、兼都督府参赞军事,领建康留守,出知潭州、荆南湖北路安抚使。能词。其词风清旷高远,潇洒绝俗。而念及故国沦丧、河山腥膻,则悲慨壮烈,健笔纵横,以气势行。有《于湖词》。

浣　溪　沙
荆州约马举先登城楼观塞⁽¹⁾

霜日明霄水蘸空⁽²⁾,鸣鞘声里绣旗红⁽³⁾。淡烟衰草有无中。　　万里中原烽火北,一尊浊酒戍楼东⁽⁴⁾。酒阑挥泪向悲风⁽⁵⁾。

【注释】(1)这首词是作者任荆南湖北路安抚使时作于荆州。其辖境有今湖北松滋至石首间的长江流域,北部兼有今荆门、当阳等县,当时这一带临近抗金前线。马举先,不详。　　(2)霜日明霄水蘸(zhàn)空:秋日的太阳照耀着晴空,水天一色,秋高气爽。霄:天空。　　(3)鸣鞘(shāo)声:挥动马

鞭发出的响声。鞘:通"梢",指鞭梢。　　(4)戍楼:驻有防守军队的城楼。
(5)酒阑:酒喝得已有几分醉意的时候。

【今译】秋阳照耀着长空,长空像水洗过一般明净。将士们扬鞭跃马,高举战旗出征。淡淡的烟雾,无边的衰草,渐渐地隐没他们的身影。　　万里中原大地,在战火纷飞的北方。站在高高的戍楼上,端起一杯浊酒,把中原大地遥望。对着飒飒的秋风,泪如泉涌。

【点评】这首词登高抒怀,感慨悲壮。上片写极目眺望所见之景。长空、绣旗、淡烟、衰草,高旷中蕴含无穷肃杀之气。下片感怀。万里中原乃遥想所至,一樽浊酒乃为慰藉愁怀而饮,而酒阑挥泪,愈见沉痛。

(杨恩成)

念 奴 娇
过 洞 庭(1)

洞庭青草(2),近中秋、更无一点风色(3)。玉鉴琼田三万顷(4),著我扁舟一叶。素月分辉,明河共影(5),表里俱澄澈。悠然心会,妙处难与君说。　　应念岭海经年(6),孤光自照(7),肝胆皆冰雪。短发萧骚襟袖冷(8),稳泛沧溟空阔(9)。尽吸西江(10),细斟北斗,万象为宾客(11)。扣舷独笑,不知今夕何夕。

【注释】(1)宋孝宗乾道二年(1166)八月,张孝祥因受人攻讦,被罢免静江(今广西桂林)知府。北归途中路过洞庭湖时作此词。　　(2)洞庭青草:洞庭湖和青草湖。洞庭湖在湖南岳阳西,青草湖在岳阳西南,与洞庭湖相通。杜甫《夜宿青草湖》诗,"洞庭犹在目,青草续为名。"　　(3)风色:风势。
(4)玉鉴琼田:月下的洞庭湖如同美玉一般透亮晶莹。鉴:镜子。　　(5)明河:银河。　　(6)岭表经年:在岭南度过了一年。岭表:五岭以南,今广东、广西地区。　　(7)孤光:月光。　　(8)短发萧骚:头发稀少。骚:一作"疏"。襟袖冷:处境凄凉。　　(9)稳泛沧溟空阔:夜空倒映于洞庭湖中,水上行船,犹如凌空。　　(10)挹(yì):舀,汲取。　　(11)万象:天上星辰的总称。

【今译】洞庭湖,青草湖,临近中秋的时候,多么清净澄明。在平如明镜的水面,我的小船缓缓前行。明月把它的光辉分给银河,分给洞庭,天空、湖面、水中,澄澈,空灵。这人间仙境,只能神会心领,妙处难用语言说清。

明月应该理解:我在岭南的一年中,明月照肝胆,像冰雪一样洁净。历尽磨难,两袖清风,如今稳坐一叶扁舟,像是遨游太空。把西来的长江当美酒,斟进天上的北斗星,邀请星辰万象作宾朋。手拍船舷,放声高歌,这是何等良辰美景!

【点评】此词借洞庭月夜之景抒写襟怀。上片写洞庭夜景,写景绘情,卓绝千古。下片抒怀,境界开阔,万象尽入胸襟。飘然有欲仙之气,与东坡《前赤壁赋》有异曲同工之妙。较之坡公"中秋词",更无一点尘杂。

【集说】张于湖尝舟过洞庭,月照龙堆,金沙荡射,公得意命酒,唱歌所作词,呼群吏而酌之,曰:"亦人子也。"其坦率皆类此。(叶绍翁《四朝闻见录》)

张于湖有英姿奇气,著之湖湘间,未为不遇。洞庭所赋在集中最为杰特。方其吸江酌斗,宾客万象时,讵知世间有紫微青琐哉。(查为仁、厉鹗《绝妙好词笺》引魏了翁语)

写景不能绘情,必少佳致。此题咏洞庭,若只就洞庭落想,纵写得壮观,亦觉寡味。此词开首从洞庭说至"玉界琼田三万顷",题已说完,即引入扁舟一叶。以下从舟中人心迹与湖光映带写,隐现离合,不可端倪,镜花水月,是二是一。自尔神采高骞,兴会洋溢。(黄苏《蓼园词选》)

飘飘有凌云之气,觉东坡"水调"犹有尘心。(王闿运《湘绮楼词选》)

(杨恩成)

宋词观止

朱 淑 真

朱淑真,女,号幽栖居士,钱塘(今浙江杭州)人。生卒年不详。天资聪慧,能诗善词。由父母主婚,与一俗吏结合,郁郁失意而殁。有《断肠集》。

菩 萨 蛮

山亭水榭秋方半⁽¹⁾,凤帏寂寞无人伴⁽²⁾。愁闷一番新,双蛾只旧颦⁽³⁾。　　起来临绣户⁽⁴⁾,时有疏萤度。多谢月相怜,今宵不忍圆。

【注释】(1)水榭:水边四面敞豁的亭子。　(2)凤帏:绣有凤凰的帐幔。(3)颦:皱眉头。　(4)绣户:雕饰华美的窗户。

【今译】山亭旁,水榭边,秋天刚过一半。空床独寂寞,无人相陪伴。愁闷又涌上心间,暗自皱眉长叹。　　秋夜难安眠,起来倚窗前。时有点点流萤,忽隐还忽现。多谢明月知我苦,今夜不忍圆!

【点评】这是一首秋怨词。词人独倚秋窗,眼前流萤点点,天空一弯残月,境界凄清感人。月怜人而不忍圆,构思新巧,足见词人愁苦无处可托,只能诉诸缺月。

(杨恩成)

江 城 子

赏　春⁽¹⁾

斜风细雨作春寒。对尊前。忆前欢⁽²⁾。曾把梨花,寂寞泪阑干。芳草断烟南浦路,和别泪,看青山。　　昨宵结得梦夤缘⁽³⁾。水云间。悄无言。争奈醒来,愁恨又依然。展转衾裯空懊恼,天易见,见伊难。

【注释】(1)朱淑真在少女时期曾有一段自由恋爱的幸福时光,因为种种原因,他们没能结合,到最后连面也见不到。这首词写的就是这种忘又忘不了,见又见不着矛盾苦恼的心情。　(2)前欢:从前的欢心事。　(3)夤(yín)缘:或作"姻缘",指类似婚姻那样一种缘分或关系。

【今译】风斜雨细送春寒,面对着酒杯,想起了欢乐的从前。曾经持一枝梨花,寂寞伴陪着泪珠点点。断肠最是南浦路,芳草淹没了来路,南浦是迷蒙的云烟,用泪水送别,看一重重青山。　　昨晚梦中与你相会,在白云缭绕的水边,静静地不肯道一言。想不到,醒来恨依然。辗转五更空懊恼,天好见,见你难!

【点评】这首词名为"赏春",实际上是伤春怀人。上片虽有"斜风细雨""梨花""芳草"等春景,全词大半篇幅乃在于写人的孤苦无依和刻骨相思。结构上仅上片首二句和下片末二句为眼前景,余皆为追叙之词,"曾"字贯穿上片末五句,"昨宵"限定下片首五句,表现了作者于凄风苦雨中苦苦追忆"前欢"、愿见伊人的一片苦衷。

(彭国忠)

眼儿媚

迟迟春日弄轻柔,花径暗香流。清明过了,不堪回首,云锁朱楼。　午窗睡起莺声巧,何处唤春愁?绿杨影里,海棠枝畔,红杏梢头。

【今译】丽日迟迟,风儿轻柔,小径上开遍鲜花,花气在暗中轻流。等到清明过后,春事不堪回首,只好深闭重门,让云儿深锁朱楼。　午梦醒来,黄鹂鸟儿声声,唤醒了我的春梦,也唤回了我的春愁。春正躲到绿杨影里,藏在海棠枝畔,爬上红杏梢头。

【点评】这首词写春怨,通过景物描绘,婉转抒发词人的惜春情绪。上片先展现春天风和日丽、百花飘香的繁华景象,"清明过了"四字,笔锋陡转,进入春去物非的描写,却又不忍一一道来,只写了"物非"的那样一种感受和慨叹,"不堪回首"一句包含多少痛惜和哀愁!下片接着写这种"愁",却换个角度,由几声莺啼唤起,以动入静,更显得惊心。词人的"愁"并非全由莺啼唤起,莺啼只不过使其加重而已。"何处唤"三字摄末三句,由叙情再入写景,但仍不忍去写春的破损,春的消逝,却列举了春末夏初的几种物事:绿杨、海棠、红杏,以乐景写哀意,倍增其哀。

(彭国忠)

林 外

林外,生卒年不详,字岂尘,晋江(今属福建)人。高宗绍兴三十年(1160)进士,曾任兴化令。有《懒窟类稿》,不传。《全宋词》录其词一首。

洞 仙 歌

垂 虹 桥[1]

飞梁压水,虹影澄清晓。橘里渔村半烟草。今来古往,物是人非,天地里,唯有江山不老。　　雨巾风帽,四海谁知我。一剑横空几番过。按玉龙、嘶未断,月冷波寒,归去也,林屋洞天无锁。认云屏烟障是吾庐[2],任满地苍苔,年年不扫。

【注释】(1)垂虹桥:在吴江县(今属江苏)东门外。　(2)云屏烟障:以云烟为屏风、幔帐。

【今译】一桥飞架水上,倒影像一道彩虹,卧在清晓澄明的水中。橘林渔

村荒烟衰草,古往今来,天地之间,物换人非,只有那千古江山不老。 披件蓑衣,戴顶风帽,四海没人知道我。一柄长剑横空来去,几次曾到垂虹桥。手按玉龙剑,嘶声不断,凄冷的月光划破清寒。密林深处,洞门无锁,那云烟弥漫的地方,就是我的庐舍。听任石阶生满青苔,也是年年不扫。

【点评】题是"垂虹桥",实是叹息一己不被任用。上片借桥及四近风物兴叹。"物是人非""江山不老"乃一篇的主旨。下片以道家之语,抒发心中不平之气。结尾清旷洒脱,一任天然。

【集说】宋林外字岂尘。题此,作道装,不告姓名,饮醉而去,人疑为吕仙。词传入宫中,孝宗笑曰:"锁"字与"老"字叶,则读"扫",乃闽音也。后访之,果闽人也。(杨慎《词品》)

此词以为仙词,固属无识。第此人必有目击时艰,兴山河今昔之叹,心不能平者,亦奇杰士也。看"一剑横空"句,气亦伟壮,置于无用,亦惜哉。(黄苏《蓼园词选》)

(杨恩成)

辛　弃　疾

辛弃疾(1140—1207),字幼安,自号稼轩居士,历城(今山东济南)人。年轻时参加抗金起义,南归后历任建康府通判,湖北、湖南安抚使等职,以恢复中原为己任,矢志不渝。屡受朝中投降派排挤,曾闲居江西上饶、铅山前后达二十年之久。能诗善文,尤工词,是继苏轼之后的又一位大词人,历来与苏轼并称"苏辛"。其词风格多样,或慷慨豪迈,或沉郁悲壮,或清新自然,或婉转细腻,时融经史,长于用典。开以文为词之一代风气。彭孙遹云:"稼轩之词,胸有万卷,笔无点尘,激昂排宕,不可一世。"有《稼轩长短句》。

水 龙 吟
登建康赏心亭(1)

楚天千里清秋(2),水随天去秋无际。遥岑远目,献愁供恨,玉簪螺髻(3)。落日楼头,断鸿声里(4),江南游子(5)。把吴钩看了(6),阑干拍遍,无人会、登临意。　　休说鲈鱼堪脍,尽西风、季鹰归未(7)。求田问舍,怕应羞见,刘郎才

气⁽⁸⁾。可惜流年⁽⁹⁾，忧愁风雨，树犹如此⁽¹⁰⁾。倩何人，唤取盈盈翠袖⁽¹¹⁾，揾英雄泪⁽¹³⁾。

【注释】(1)赏心亭：《景定建康志》载，"赏心亭在(城西)下水门城上，下临秦淮河，尽观览之胜。"这首词作于乾道五年(1169)任建康通判时。建康：即今江苏南京。 (2)楚天：南方的天空。 (3)"遥岑"三句：意谓放眼远山，恰似美人的玉簪螺髻一般美丽，但却向人们传递着无限的愁与恨。(可见作者所望之山在长江以北、金人占据的地区)遥岑：远山。远目：放眼远望。 (4)断鸿：消失在远方的大雁。 (5)江南游子：作者自称。因作者是北方人，此时客居江南，故云。 (6)吴钩：古时吴地所造的一种弯形的刀，后泛指锋利的宝剑。 (7)"休说"二句：意谓自己不贪图享受，也不愿像张季鹰那样不顾国事。鲈鱼堪脍：《晋书·张翰传》，"翰因见秋风起，乃思吴中(翰之故乡)菰菜、莼羹、鲈鱼脍，曰：'人生贵得适志，何能羁官数千里以要名爵乎？'遂命驾而归。"季鹰，张翰字。 (8)"求田"三句：意谓求田问舍的行径会被有识之士讥笑。《三国志·魏志·陈登传》，"许汜与刘备并在荆州牧刘表坐。表与备共论天下人。汜曰，'陈元龙湖海之士，豪气不除。'……备问汜：'君言豪，宁有事耶？'汜曰，'昔遭乱，过下邳，见元龙。元龙无主客之意，久不相与语，自上大床卧，使客卧下床。'备曰，'君有国士之名，今天下大乱，帝王失所，望君忧国忘家，有救世之意，而君求田问舍，言无可采。是元龙所讳也，何缘当与君语？如小人(刘备谦称)，欲卧百尺楼上，卧君于地。何但上下床之间耶！'"求田问舍：指为个人广置田产而不顾国家多难。刘郎：指刘备。才气：远见卓识。 (9)流年：岁月如流水。 (10)树犹如此：《世说新语·言语》，"桓公(即桓温)北伐，经金城，见前为琅邪时种柳皆已十围，慨然曰：'木犹如此，人何以堪。'攀枝折条，泫然流泪。" (11)倩：请。唤取：唤来。红巾翠袖：代指歌女。 (12)揾(wèn)：揩去。英雄泪：英雄失意的泪水。

【今译】清秋降临千里江南，水随着秋色，流向遥远的天边。放眼江北的群山，如同螺髻，如同玉簪，触发人的愁苦恨怨！夕阳回映着楼头，天边飞来哀鸣的孤雁。漂泊江南的游子，把宝剑看了又看，把楼头栏杆拍遍，却没有人能够理解我登高望远的心愿。　　美味佳肴，我不贪恋。尽管西风又吹起，我并没有退隐田园！趁国难，为自己置田产，这种人，恐怕不敢出现在志士仁人面前！可惜岁月如同流水，流走一年又一年。国家在风雨中飘摇，连树木都有幽怨。谁能够，请来知音，替英雄把泪水揩干！

【点评】此词借登高抒写英雄失路情怀。起二句，总写江南秋景，江天合写，清气盘空，一起便显出雄豪壮阔之气。"遥岑"三句，北望中原。山曰"玉簪螺髻"，正见其妩媚动人；而"献愁供恨"，曲尽山河期待光复之情。人情物情，融为一体。"落日"三句，承前而来，写一己之流落江南，"落日""楼头""断鸿"，陪衬出"江南游子"的失落情怀，境界苍凉。"把吴钩看了"四句，申足英雄失路之情。"看吴钩"，"拍阑干"，不言积愤填膺而其情已跃然纸上。换头三句，反用张翰故事，抒写自己不能忘怀国事。"求田"三句，申斥"求田问舍"之辈。正气凛然，千载而下，令人起敬。"可惜"三句，叹息英雄迟暮，壮志难伸。"倩何人"二句，慨叹世无知音。全词抚时感事，抑郁悲愤之情一吐为快。

【集说】起句破空而来，"秋无际"，从"水随天去"中见；"玉簪螺髻"之"献愁供恨"，从"远目"中见；"江南游子"，从"断肠落日"中见。纯用倒卷之笔。"把吴钩看了，阑干拍遍"，仍缩入"江南游子"上；"无人会"纵开，"登临意"收合。后片愈转愈奇，季鹰未归则鲈脍徒然，一转；刘郎羞见则田舍徒然，一转；如此则江南游子亦惟长抱此忧，以老而已，却不说出，而以"树犹如此"作半面语缩住。"倩何人"以下十三字，应"无人会登临意"作结。稼轩纵横豪宕，而笔笔能留，字字有脉络如此；学者苟能于此求，则清真、稼轩、梦窗，三家实一家，若徒视为真率，则失此贤矣。清真、稼轩、梦窗，各有神采；清真出于韦端己，梦窗出于温飞卿，稼轩出于南唐李主，莫不有一己之性情境地，而平平辙迹，则殊途同归。（陈洵《海绡词说》）

裂竹之声，何尝不潜气内转。（谭献《谭评词辨》）

落落数语，不数王粲《登楼赋》。（陈廷焯《白雨斋词话》）

（杨恩成）

387

宋词观止

388

菩 萨 蛮

书江西造口壁[1]

郁孤台下清江水[2]。中间多少行人泪。西北是长安，可怜无数山[3]。　　青山遮不住。毕竟东流去。江晚正愁予。山深闻鹧鸪[4]。

【注释】（1）这首词是辛弃疾任江西提点刑狱时（1175—1176）作。造口：即皂口，在今江西万安西南六十里。建炎三年，隆祐太后因避金兵的追赶，曾乘船到此。　（2）郁孤台：在今江西赣州西南。据《赣州府志》，"郁孤台，一名贺兰山。隆阜郁然孤峙，故名。"清江：原指袁江与赣江的合流处，此处当指赣江。　（3）可怜：可惜。　（4）闻鹧鸪：听到鹧鸪"行不得也"的叫声。意思是恢复之事施行起来确实困难（罗大经《鹤林玉鹤》认为"谓恢复之事行不得也"）。

【今译】郁孤台下的清江，有多少人的泪水，在江中流淌！抬头向西北眺望，可惜有无数青山，把我的视线遮挡。　　青山能遮住我的视线，为什么，不把含泪的江水阻断？黄昏我正在江边发愁，又传来鹧鸪的叫声，它都感到恢复中原难！

【点评】这是一首登临抒怀之作。上片指斥金兵南侵之暴行，兼及怀念中原故土。下片即景抒情，惜山怨水。结尾沉郁之至。

【集说】忠愤之气，拂拂指端。（卓人月《古今词统》）

稼轩《菩萨蛮》一章（"书江西造口壁"），用意用笔，洗脱温韦殆尽，然大旨正见吻合。（陈廷焯《白雨斋词话》）

"西北"二句，宕逸中亦深炼。（谭献《谭评词辨》）

《菩萨蛮》如此大声镗鞳，未曾有也。（梁令娴《艺蘅馆词选》）

（杨恩成）

破 阵 子

为陈同甫赋壮语以寄⁽¹⁾

醉里挑灯看剑⁽²⁾,梦回吹角连营⁽³⁾。八百里分麾下炙⁽⁴⁾,五十弦翻塞外声⁽⁵⁾,沙场秋点兵。　马作的卢飞快⁽⁶⁾,弓如霹雳弦惊⁽⁷⁾。了却君王天下事⁽⁸⁾,赢得生前身后名,可怜白发生。

【注释】(1)陈同甫:即陈亮。他同辛弃疾一样,力主恢复中原,反对议和。(2)挑灯:把灯拨亮。　(3)梦回:梦中回到。　(4)八百里分麾(huī)下炙:这是作者回忆当年在山东一带参加抗金起义军的生活情景。八百里:牛名。麾下:部下。炙:烤熟的肉。　(5)五十弦翻塞外声:乐器奏出雄壮的战歌。翻:演奏。塞外声:指慷慨豪壮的乐曲。　(6)的卢:烈马名。传说刘备屯兵樊城,刘表惮其为人,欲加害。备察觉,骑的卢马一跃而过檀溪,脱离险境。　(7)霹雳:雷声。　(8)天下事:收复中原。

【今译】我只能,在醉中拨亮灯光,反复看剑;在梦中,回到号角齐鸣的军营。将士们分吃牛肉,军乐奏出雄壮的歌声,战地正举行秋季阅兵。　一匹匹骏马,飞快地奔腾;利箭划破长空,仿佛惊雷轰鸣。实现了收复大业,生前,死后,也能留下英名。可惜头发已经斑白,空有壮志在胸中。

【点评】这首词,借梦境抒发恢复中原的雄心壮志。上片起二句,言时刻不忘恢复大业,却只能在"醉里""梦中"幻想而已。"八百里"以下至"赢得生前身后名",回忆当年火热的抗金斗争及雄心抱负,豪情壮志,溢于言表。"可怜白发生",顿然跌落,极沉痛。

【集说】无限感慨,哀同甫,亦自哀也。(梁令娴《艺蘅馆词选》)

(杨恩成)

宋词观止

祝 英 台 令

晚 春

　　宝钗分⁽¹⁾，桃叶渡⁽²⁾。烟柳暗南浦⁽³⁾。怕上层楼，十日九风雨。断肠片片飞红，都无人管，倩谁唤、流莺声住。

　　鬓边觑⁽⁴⁾。试把花卜心期，才簪又重数。罗帐灯昏，哽咽梦中语：是他春带愁来，春归何处。却不解、将愁归去。

【注释】（1）宝钗分：分钗，表示赠别。　（2）桃叶渡：在南京秦淮河与青溪合流处。据传为晋王献之送别爱姜桃叶的地方。后世即以此作为送别爱人的地方。　（3）南浦：泛指送别之处。江淹《别赋》，"送君南浦，伤如之何！"　（4）鬓边觑：看鬓边斜插的花。

【今译】在桃叶渡口，我们分钗别离，南浦烟柳黯淡，一片凄迷。从此，我最怕登楼，在十日九风雨的天气。黄莺不住地鸣叫，催落飞红满天，也没有人去理会！更不用说，去劝劝黄莺别再啼！　看着鬓边戴的花，取下来仔细端详，用花瓣推算归期。刚戴到头上，又取下重新数一数，这样才心里满意。昏暗的灯光下，还记得梦中哽咽自语：是春天把愁给人带来，春天不知回到哪里，为什么不把愁也带去？

【点评】这是一首抒写别情的闺怨词。起首三句，点明离别的时间、地点，已属柔情缠绵。"怕上"二句，写别后境遇之凄凉冷清。曰"怕上层楼"，实是上楼后令人伤感所致。"断肠"三句，春之迟暮，厌莺之啼老春光。虽无理而更富情趣。过片三句，以花卜归期，细腻逼真，写思念之切，体贴入微。"罗帐"以下，怨春、怀人，极尽幽怨缠绵之致。春带愁来而"不解带将愁去"，运思巧妙。

【集说】辛幼安词："是他春带愁来，春归何处，却不解带将愁去。"人皆以为佳，不知赵德庄《鹊桥仙》词云："春愁元自逐春来，却不肯随春归去。"盖德

宋词观止

390

庄又体李汉老"杨花"词:"蓦地便和春带将归去。"大抵后辈作词,无非前人已道底句,特善能转换耳。(陈鹄《耆旧续闻》)

辛幼安《祝英台》云:"是他春带愁来,春归何处,又不解和愁归去。"王君玉《祝英台》云:"可堪妒柳羞花,下床都懒,便瘦也教春知道。"前一词欲春带愁去,后一词欲春知道瘦。近世春晚词,少有比者。(张侃《拙轩集》)

稼轩词以激扬奋厉为工,至"宝钗分,桃叶渡"一曲,昵狎温柔,魂销意尽,词人伎俩,真不可测。昔人论画云:"能寸人豆马,可作千丈松。"知言也。(沈谦《填词杂说》)

"断肠"三句,一波三过折,末三句托兴深切,亦非全用直语。(谭献《谭评词辨》)

(杨恩成)

念 奴 娇

书东流村壁[1]

野棠花落[2],又匆匆、过了清明时节。刬地东风欺客梦[3],一夜云屏寒怯[4]。曲岸持觞[5],垂杨系马,此地曾轻别。楼空人去,旧游飞燕能说。　　闻道绮陌东头[6],行人长见,帘底纤纤月[7]。旧恨春江流不断,新恨云山千叠。料得明朝,尊前重见,镜里花难折[8]。也应惊问:近来多少华发!

【注释】(1)东流:依邓广铭先生考证,"知东流为其时江行泊驻之所"。据此,则东流在今安徽东流县西北的长江南岸。宋孝宗淳熙五年(1178)春,作者自江西调往临安大理少卿时曾途经此地。东流村:东流境内之某村。(2)野棠:棠梨。　(3)刬地:无端。　(4)云屏:云母屏风。　(5)持觞:饮酒。觞:酒器。　(6)绮陌:繁华的街道。　(7)纤纤月:美人的小脚。刘过《沁园春》咏美人足词,"知何似?似一钩新月,浅碧笼云。"　(8)镜里花难折:如镜里之花,可望而不可即。

宋词观止

【今译】野棠花飘落，又匆匆忙忙过了清明。东风无端地，惊醒旅人的梦。床前，云母屏风，多么阴冷。小河边，垂杨下，你曾经为我饯行。那一别，太匆匆！当我重经此地，已是人去楼空。只有小燕子，能说清当时情景。

有人告诉我，在街市东边那家，曾见你帘后的身影。旧恨如眼前的春江，还没有流尽；新恨又像那千叠云山重重。明天啊，明天，当我们在宴席间重逢，你已像花儿在镜中！"近来你愁白了多少黑发？"我想，你也许应该这么问一声。

【点评】此词是游子他乡思旧之作。从清明花落起笔，折入梦境、怀旧，结尾以设想之词写明朝重见，层层折入，摇曳生姿。稼轩词不但以豪壮著称，即如此词，亦是婉转多态。起三句，点明经东流之时间、物景，已传出惆怅消息。"刬地"二句，写客中独处，风欺客梦，尤妙于不说透寝不安席之意，却怪东风。"曲岸"三句，忆当日饯别，曰"曾轻别"，含无限悔恨意。"楼空"二句，睹物思人。过片，写伊人今日之下落，"闻道""曾见"，显出词人重经东流访旧时的急切心情与失落感，语淡情深。"旧恨"二句，从千锤百炼中出来。"旧恨"者，"此地曾轻别"；"新恨"伊人他适，旧情难续。抚今怀昔，感人至深。"料得"三句，纯属设想之辞，即使重见，亦属镜花难折。"也应"二句，又设想伊人见己之举动，亦是词人痛苦而不能自拔的内心活动。全词笔笔关情，幽怨缠绵。

【集说】悲而壮，是陈其年之祖。"旧恨"二语，矫首高歌，淋漓悲壮。（陈廷焯《白雨斋词话》）

大踏步出来，与眉山同工异曲。然东坡是衣冠伟人，稼轩则弓刀游侠。"楼空"二句，可识其清新俊逸兼之故实。（谭献《谭评词辨》）

此南渡之感。（梁令娴《艺蘅馆词选》）

（杨恩成）

清 平 乐

村　居[1]

茅檐低小。溪上青青草。醉里吴音相媚好[2]。白发谁家翁媪⁽³⁾。　　大儿锄豆溪东。中儿正织鸡笼。最喜小儿亡赖⁽⁴⁾,溪头卧剥莲蓬。

【注释】(1)这是作者退居带湖时的作品。　(2)吴音:泛指南方话。媚好:柔媚动听。　(3)翁媪(ǎo):老公公老婆婆。　(4)亡赖:此指顽皮而又可爱。

【今译】檐儿低低茅屋小,溪水两岸青青草。醉中的吴语真好听,谁家老夫妻在逗笑?　　大儿在溪边锄豆,二儿屋前编鸡笼。最小的儿子真顽皮,趴在溪边剥莲蓬。

【点评】这是一首田园词。作者以清新简淡的口语,描绘出一幅和谐自然的村居图。尤其是小儿"卧剥莲蓬"的形象,更给画面增添了无穷的乐趣。

(杨恩成)

永 遇 乐
京口北固亭怀古⁽¹⁾

千古江山,英雄无觅,孙仲谋处⁽²⁾。舞榭歌台,风流总被,雨打风吹去⁽³⁾。斜阳草树,寻常巷陌,人道寄奴曾住⁽⁴⁾。想当年,金戈铁马,气吞万里如虎⁽⁵⁾。　　元嘉草草,封狼居胥,赢得仓皇北顾⁽⁶⁾。四十三年,望中犹记,烽火扬州路。可堪回首,佛狸祠下,一片神鸦社鼓⁽⁸⁾。凭谁问,廉颇老矣,尚能饭否⁽⁹⁾。

【注释】(1)此词是辛弃疾六十六岁时在镇江知府任上作。京口:今江苏镇江。北固亭:在镇江东北北固山上,北临长江。　(2)孙仲谋:孙权,其字仲谋。　(3)风流:流风余韵。　(4)寄奴:南朝宋武帝刘裕小字寄奴。　(5)"想当年"二句:赞扬刘裕率兵北伐,灭掉南燕、后秦,收复洛阳、长安等地的功业。　(6)"元嘉"三句:宋文帝刘义隆听信王玄谟的大话,遂产生封狼居

宋词观止

脊之意。元嘉二十五年（448），命王玄谟带兵北伐，结果惨遭失败，引得后魏军队兵临长江北岸。草草：马虎、草率。狼居胥：一名狼山，在今内蒙古自治区北。汉代霍去病北击匈奴至狼居胥，封山而还。北顾：原指向北看。此指一边逃跑，一边回头向北望。　　（7）"四十三年"三句：辛弃疾于1162年南归，到写这首词时，正好四十三年。南渡前，作者在山东一带参加农民抗金起义。扬州路：指扬州（与镇江隔江相望）以北广大地区。　　（8）"佛狸"二句：后魏太武帝拓跋焘小字佛狸。他击败王玄谟后，曾带兵追至长江北岸的瓜步山，在山上建立行宫。他死后，这座行宫成了纪念他的祠堂，人称佛狸祠。神鸦：吃祠中供品的乌鸦。社鼓：社日祭神的鼓乐声。　　（9）"凭谁问"三句：廉颇在梁国，赵王欲复用之，派使者去访廉颇。颇为之一饭斗米、肉十斤，披甲上马，以示尚可为赵效力。赵使者受颇仇人贿赂，回报赵王曰，"廉将军虽老，尚善饭。然与臣坐，顷之三遗矢（同屎）矣。"赵王以为老，遂不复用。作者借此事，意在说明：自己虽老，犹如廉颇一样，尚能为国效力。

【今译】眼前千古江山依旧，却再也找不到，称雄一世的孙仲谋当年的歌舞楼台。英雄的流风余韵，早已被历史的风雨，吹打得踪迹全无。夕阳、荒草、杂树，一条普通的小巷，人们说，当年刘裕曾在这里住。想当年，他率领千军万马北伐，雄气威震强虏。　　元嘉年间，草草北伐，梦想庆功狼居胥，却落了个仓皇南逃，还不断地频频北顾。常想起四十三年前的旧事：烽火连天鏖战苦，扬州一带遭荼毒。不堪回首，佛狸祠前，乌鸦的叫声应和着喧闹的社鼓声。谁能问一声：廉颇虽然老了，他的雄心是否如故？

【点评】这是一首怀古词。起三句，慷慨悲壮，思接千古。"舞榭"三句，叹英雄业绩之荡然无存。"斜阳"三句，就眼前之景落笔，点出北伐中原的刘裕，回应"风流总被，雨打风吹去"。"想当年"颂扬刘裕北伐壮举，壮气凌霄，雄壮之至！换头三句，借元嘉草草北伐而败绩，提醒当今之执政柄者勿蹈历史覆辙。"四十三年"三句，叹南归后壮志难伸，却从"望中犹记"带出，英雄失路，其情何堪！"可堪"三句，再望江北，复悲中原沦丧，沉痛之极！"凭谁问"三句，以廉颇自比，慨叹英雄无用武之地。词为怀古，却句句与一己沉沦相关合，悲壮苍凉之气，凌厉千古。

粉 蝶 儿

和晋臣赋落梅[1]

昨日春如十三女儿学绣,一枝枝不叫花瘦。甚无情便下得雨僝风僽[2],向园林铺作地衣红绉。　　而今春似轻薄荡子难久。记前时送春归后。把春波都酿作一江醇酎[3],约清愁杨柳岸边相候。

【注释】(1)晋臣:赵晋臣,敷文阁学士,写有《落梅》词,辛弃疾写这首词唱和。 (2)僝僽(chán zhòu):烦恼,憔悴。 (3)酎(zhòu):醇酒。

395

宋词观止

【今译】昨天春花开时,好似少女学绣;枝枝热烈丰满,不让花儿太瘦。为什么无情的风雨,来得这样猛骤?落花满园,像铺了红色的地毯,层层起皱。　　今日春如荡子,薄情不可挽留。还记得从前送春归去以后,欲把一江春水,酿作解忧的美酒,和那清愁相约,在杨柳岸边等候。

【点评】稼轩词多为慷慨雄豪之作,此词婉约纤秀,别具一格。起首两句,以少女学绣花喻春光烂漫,春花浓艳,比喻奇特。"甚无情"二句,陡转残春衰飒景象,对照鲜明,哀伤惋惜之情浓烈。过片以"而今"二字转入今日春的描写,"荡子"一比,贴切逼真,流露深沉失望与哀怨。接下,一个"记"字,将昨天与今天,希望与失望连成一片,悲酸怨苦,含而不露。"把春波"句,一

反以大海、长河拟愁之故常，只说把一江水都酿成解忧的醇酒，反衬愁情无限。结拍以拟人手法，把不可捉摸的清愁形象化，写成知音、挚友，共饮消愁，极写悲愁浓重，余意不尽。

【集说】连续诵之，如笛声宛转，乃不得以他文词绳之，勉强断句。此自是好词。虽去别调不远，却仍是秾丽一派也。（夏敬观《稼轩词评》）

稼轩《粉蝶儿》起句云："昨日春如十三女儿学绣"，后半起句云"而今春似轻薄荡子难久"，两喻殊觉纤陋，令人生厌。（陈廷焯《白雨斋词话》）

（武首良）

鹧 鸪 天
代 人 赋

陌上柔条初破芽。东邻蚕种已生些。(1)平冈细草鸣黄犊，斜日寒林点暮鸦。　　山远近，路横斜。青旗沽酒有人家(2)。城中桃李愁风雨，春在溪头野菜花。

【注释】(1)生些(sā)：生出。些：句末语助词。　(2)青旗：酒招儿。

【今译】田间的小路上，桑树发出了嫩芽，可爱的蚕宝宝，已经生出在邻家。山坡上细草青青，小黄牛犊欢快地叫着，夕阳辉耀的树林，有几只归巢的乌鸦。远远近近的山上，小路横斜交叉，只见酒招儿飘飘，那儿有卖酒的人家。城中的桃李花儿，为风风雨雨发愁，一片明媚的春色，却在溪头的野花。

【点评】这是一首田园词，却又别有寄托。上片写田园早春景象，清新鲜润，情味盎然。"斜""寒""暮"，隐含凄凉之感。过片三句，于远近之山、斜横之路中，选一"酒家"为落眼点，可见作者欲借酒消愁！意味含蓄，情感微妙。结尾以对比手法，突出了城中桃李的不堪吹折，反衬野外溪头荠菜花一派盎然春意，收得含蓄。

（武首良）

贺 新 郎

别茂嘉十二弟[1]

绿树听鹈鴂[2]。更那堪、鹧鸪声住，杜鹃声切。啼到春归无寻处，苦恨芳菲都歇。算未抵、人间离别。马上琵琶关塞黑，更长门、翠辇辞金阙。看燕燕[3]，送归妾。　　将军百战身名裂[4]，向河梁、回头万里[5]，故人长绝。易水萧萧西风冷，满座衣冠似雪。正壮士、悲歌未彻[6]。啼鸟还知如许恨，料不啼清泪长啼血。谁共我，醉明月。

【注释】(1)茂嘉：作者的族弟，因事贬桂林。　(2)鹈鴂(tí jué)：鸟名，其啼声悲切。　(3)燕燕：《诗经》有《燕燕》诗，"燕燕于飞，差池其羽。之子于归，远送于野。瞻望弗及，涕泣如雨。"《毛传》以为这是卫庄公的妻子送归妾戴妫(guī)的诗。　(4)"将军"句：指汉武帝时李陵屡次与匈奴作战，但后来投降了匈奴。　(5)河梁：苏武被拘匈奴十九年，得归，李陵置酒相送，作《与苏武诗》，有"携手上河梁，游子暮何之？"河梁：桥。　(6)悲歌：荆轲自燕入秦，太子与宾客白衣冠送行至易水，高渐离击筑，荆轲和而歌，"风萧萧兮易水寒，壮士一去兮不复还。"

【今译】听鹈鴂在绿树间哀鸣，鹧鸪悲声才住，又传来杜鹃啼声。啼得春天归去花凋零，找不到一点踪影。世上恨事有多少，这一切，都比不上人间离别情。昭君怀抱琵琶出关塞，陈皇后金阙失宠，黜居长门冷宫。庄姜远送戴妫，悲泣涕落零零。　　李陵沙场百战，降敌却毁了名声，河梁回首遥望，故人一去，孤苦伶仃。萧萧西风吹易水，满座衣冠如雪；荆轲慷慨高歌，余音至今不歇。悲啼的鸟儿，也知道离愁别恨，所以，不啼清泪啼血。谁能与我同醉，共赏皎皎明月？

【点评】这是一首送别词。起首五句，因景起兴。鹈鴂、鹧鸪、杜鹃，凄切惊魂之声此起彼伏，暗示离别之意。"春归芳歇"，为送别设色。"算未抵"

宋词观止

句,顶住上文,切入正题,将历史上五件生离死别的悲剧一气列出,打破上下片界限,气势贯通,若江河直下,愈写愈悲愤,愈写愈凄怆,至"易水"三句,真有声裂竹帛之感。"啼鸟"二句,承接上文,又遥应篇首,"啼血"二字将作者浓烈的愁与恨渲染到无以复加的地步,产生动人心魄的效果。鸟尚"啼血",人何能堪? 结拍以问句收束全文,极顿挫跌宕,余意不尽。

【集说】稼轩词自以《贺新郎》一篇为冠。沉郁苍凉,跳跃动荡,古今无此笔力。(陈廷焯《白雨斋词话》)

中间不叙正位,却罗列古人许多离别,如读文通《别赋》,亦创格也。悲壮。(许昂霄《词综偶评》)

稼轩《贺新郎》词《送茂嘉十二弟》,章法绝妙,且语语有境界,此能品而几于神者。然非有意为之,故后人不能学也。(王国维《人间词话》)

(武首良)

沁 园 春
灵山齐庵赋⁽¹⁾,时筑偃湖未成⁽²⁾

叠嶂西驰,万马回旋,众山欲东。正惊湍直下,跳珠倒溅,小桥横截,缺月初弓。老合投闲⁽³⁾,天教多事,检校长身十万松。吾庐小,在龙蛇影外⁽⁴⁾,风雨声中。　　争先见面重重。看爽气朝来三数峰。似谢家子弟⁽⁵⁾,衣冠磊落,相如庭户,车骑雍容⁽⁶⁾。我觉其间,雄深雅健,如对文章太史公⁽⁷⁾。新堤路,问偃湖何日,烟水濛濛。

【注释】(1)齐庵:作者在上饶灵山修筑的一所茅庐。　(2)偃湖:作者打算在齐庵附近开凿一湖,尚未开成。　(3)老合投闲:年老合当过闲散的生活。　(4)龙蛇:形容盘曲的松树枝干。　(5)谢家子弟:东晋著名士族谢家的子弟讲究举止风度,其服饰端庄,落落大方。　(6)"相如"二句:《史记·司马相如列传》记载,"相如之临邛,从车骑,雍容闲雅甚都。"　(7)太史公:司马迁。

【今译】重叠的山峰，如万马千军，奔腾直向西，骤然回旋又向东。湍急的流水，飞流而下，溅珠落玉。一桥横卧小溪上，像新月，像弯弓。年老应当闲居，可是天教多事，命我管理十万挺拔青松。我的小小茅庐，就在松林旁，松涛恰似风雨声。 早晨爽气清，群峰争来见我。我像那谢家子弟，风度翩翩英俊，又似司马相如，气派娴雅雍容。我觉得松林野趣，就像面对太史公——雄深雅健味无穷。新堤路上的偃湖，何日才能筑成，让我尽情欣赏，烟水蒙蒙的美景。

【点评】这是一首写景词。作者以跳跃奔腾、生动活泼的形象描绘静态的自然景物，气象恢宏、磅礴。上片，写山势，以奔马作喻，"西驰""回旋""欲东"，极富动态。写桥"横截"，如"缺月""初弓"，形象鲜明，曰"天教""检校""十万"长松，疏放中隐含郁闷。下片，以"谢家子弟"拟写山的峻拔灵秀，"相如庭户"拟写山的巍峨壮观，"太史公文章"拟写山的深邃幽雅，赋予山强烈的主观色彩，意态鲜明。全词运用比兴手法，贴切传神，特别是以人拟山、以文拟松的写法，不落俗套，别创新格。

【集说】且说松而及谢家、相如、太史公，自非脱落故常者，未易闯其堂奥。刘改之所作《沁园春》，虽颇似其豪，而未免于粗。（杨慎《词品》）

（武首良）

摸　鱼　儿

　　淳熙己亥[1]，自湖北漕移湖南[2]，同官王正之置酒小山亭[3]，为赋。

　　更能消几番风雨。匆匆春又归去。惜春长怕花开早，何况落红无数[4]。春且住。见说道、天涯芳草迷归路。怨春不语。算只有殷勤，画檐蛛网，尽日惹飞絮。　　长门事[5]，准拟佳期又误，蛾眉曾有人妒[6]。千金纵买相如赋，

脉脉此情谁诉⁽⁷⁾。君莫舞⁽⁸⁾。君不见、玉环飞燕皆尘土⁽⁹⁾。闲愁最苦。休去倚危栏,斜阳正在,烟柳断肠处。

【注释】(1)淳熙己亥:宋孝宗淳熙六年(1179)。 (2)漕:转运使的省称。当时作者从湖北转运副使改任湖南转运副使。 (3)王正之:名特起,作者同僚。小山亭:在鄂州(今湖北武昌)湖北转运副使的官署内。 (4)落红:落花。 (5)长门事:司马相如《长门赋序》中说:汉武帝的陈皇后失宠后,住在长门宫。她用黄金百斤请司马相如作一篇表现她自己悲愁的文章。于是相如写了《长门赋》。汉武帝读后悔悟,陈皇后再次得宠。 (6)蛾眉:代指美人。 (7)脉脉:含情欲吐的样子。 (8)君:指好忌妒的人,即当权的主和派。 (9)玉环、飞燕:玉环,是唐玄宗宠妃杨贵妃小字;飞燕,汉成帝皇后,姓赵。二人都得宠而善妒。

【今译】还能经受几回风雨?春天就匆匆归去。惜春长怕花开早,无数落花乱心绪。深情呼春留步,听说芳草萋萋,漫遮天涯无归路。恨阳春不语,楼阁寂寂空无人,唯有画檐蛛网,整日里殷勤留春,频频粘连飞絮。

长门宫中幽独,只因有谗人嫉妒。就算千金买得相如赋,只怕佳期早过,脉脉此情向谁诉?寄言猖狂小人,不要忘形狂舞,玉环飞燕最得宠,如今都已化尘土。闲愁郁闷无处吐,此心悲怆最苦。不要再去登高凭栏,残阳正在烟柳迷茫处。

【点评】这首词借惜春不已、留春不住的落寞、尤怨抒写作者遭谗被妒、衷情难诉的激愤“闲愁”。“几番风雨”“落红无数”,已使人触景伤怀,闷闷不乐;而春归无路、天涯踯躅,更教人悲从中来,不能自已。“蛾眉曾有人妒”点出遭人谗毁的境遇,也照应上片中“怨春”之“怨”,说明词人并非泛泛惜春,而是伤心人别有怀抱,借惜春以寄慨。词人口说“闲愁”,肠断,看似缠绵多感,哀怨欲绝,实则以花间丽语抒发英雄失路的无限悲凉。全词以愁怨为主调,结句斜阳烟柳与起首风雨春归相呼应,情景浑然,尤见功力。

【集说】“更能消几番风雨”一章,词意殊怨,然姿态飞动,极沉郁顿挫之

致。起处"更能消"三字,是从千回百转后倒折出来,真是有力如虎。(陈廷焯《白雨斋词话》)

《摸鱼儿》发端之"更能消几番风雨,匆匆春又归去",结语之"休去倚危栏,斜阳正在、烟柳断肠处。"……独茧初抽,柔毛欲腐,平欺秦、柳,下轹张、王。(邓廷桢《双砚斋词话》)

回肠荡气,至于此极,前无古人,后无来者。(梁令娴《艺蘅馆词选》)

(刘怀荣)

青 玉 案

元 夕⁽¹⁾

东风夜放花千树⁽²⁾。更吹落、星如雨⁽³⁾。宝马雕车香满路。凤箫声动⁽⁴⁾,玉壶光转⁽⁵⁾,一夜鱼龙舞⁽⁶⁾。　　蛾儿雪柳黄金缕⁽⁷⁾。笑语盈盈暗香去。众里寻他千百度,蓦然回首⁽⁸⁾,那人却在,灯火阑珊处⁽⁹⁾。

【注释】(1)元夕:农历正月十五日,又称元宵、元夜。　(2)花千树:形容元夕灯火之多。　(3)星如雨:指焰火纷纷,乱落如雨。　(4)凤箫:乐器名,以其形参差像凤翼,亦名参差,或以为其声如凤鸣而得名。　(5)玉壶:月亮。　(6)鱼龙:一种变幻的戏术,也叫鱼龙杂戏,或鱼龙百戏。　(7)蛾儿雪柳:妇女装饰品。周密《武林旧事·元夕》,"元夕节物,妇人皆戴珠翠、闹蛾、玉梅、雪柳……"孟元老《东京梦华录》正月十六日条,"市人卖玉梅、夜蛾、蜂儿、雪柳……""闹蛾""夜蛾"当即蛾儿。　(8)蓦然:忽然。　(9)阑珊:零落稀疏的样子。

【今译】犹如满天星斗飘落人间,又如东风吹绽鲜花无数,今夜的都市啊! 满眼是车马和人流。还有那动人的凤箫声乐,在明月的注目里,吹奏起一夜的鱼龙狂舞。　　一群群浓妆淡抹的女子,留下幽幽的清香,欢笑着从我眼前远去,我找遍了全城,猛然回头时,却见那灯火零落的地方,她正静静地立着,望着我默默无语。

401

宋词观止

【点评】元夕灯火,热闹非凡,更有满城的观灯仕女,装束入时,巧笑含情,顾盼生辉,然而词人"千百度"所寻的却不是这些;灯火的盛况引来了"宝马雕车",人山人海,然而"那人"偏不慕众人趋之若鹜的繁华,独自立于"灯火阑珊处"。词作从词人与"那人"的悠然心会,写出了他们共同的脱俗、清淡与高雅的品性,而词人对"那人"的寻觅、追慕,又隐约地表现了他在屡遭排斥的失意之际所抱的一种人生态度,即不与世人同流合污、坚守高洁的情操。全词实际上借观灯自抒怀抱,自写心志,不仅仅是一般的儿女情词。

【集说】稼轩"蓦然回首,那人却在灯火阑珊处",秦、周之佳境也。(彭孙遹《金粟词话》)

稼轩心胸发其才气,改之而下则犷,起二句赋色瑰异,收处和婉。(谭献《谭评词辨》)

自怜幽独,伤心人别有怀抱。(梁令娴《艺蘅馆词选》)

(刘怀荣)

丑 奴 儿

书博山道中壁(1)

少年不识愁滋味,爱上层楼。爱上层楼,为赋新词强说愁(2)。 而今识尽愁滋味,欲说还休。欲说还休,却道天凉好个秋。

【注释】(1)博山:据《大清一统志》,博山在江西广丰县西南三十余里。作者退居信州(今江西上饶)时,常往来博山道上。 (2)强:勉强。

【今译】年轻的时候,不知道什么是忧愁,总爱登上高楼。登上高楼,为了填一首新词,没愁却说愁。 如今饱经忧愁,想诉说又不愿开口。不愿开口,却对人说:你们看,天气凉爽,好一个清秋。

【点评】此词全是赋体,旨在总结人生体验。从"少年"时代的"不识愁"

而"强说愁"到"而今识尽愁",其中包含多少人世沧桑!"欲说还休"正是世无知音,说亦无用。"却道"句陡然一转,貌似自我宽解,实则悲慨郁结,不得不强自解脱。

（杨恩成）

石　孝　友

石孝友,字次仲。生卒年不详。南昌(今属江西)人,乾道二年(1166)中进士,以词名于世。有《金谷遗音》。

眼　儿　媚

愁云淡淡雨潇潇。暮暮复朝朝。别来应是,眉峰翠减,腕玉香销。　　小轩独坐相思处,情绪好无聊。一丛萱草,几竿修竹,数叶芭蕉。

【今译】一缕愁云淡淡,几场风雨潇潇。朝朝暮暮,暮暮朝朝。自从分别以后,应该是眉儿不描,粉儿不施,玉腕香销。　　独坐小窗前,悄悄想心事,心情好无聊。看一丛萱草,几竿翠竹,几叶绿芭蕉。

【点评】这是一首闺情词,开篇便点出"愁"字,又借淡云疏雨烘托出气氛。"别来"三句,设想对方因思人而憔悴。第二片承前,仍是想象对方暮暮朝朝苦苦相思。说"情绪好无聊",又以"萱草""修竹""芭蕉"造境,作"无聊"之注脚。以景作结,且又是虚景实写,情、景两到,蕴涵深厚。

(杨恩成)

陈　亮

陈亮(1143—1194),字同甫,一作同父,学界称"龙川先生",婺州永康(今属浙江)人。宋光宗绍熙四年(1193)登进士第,授建康府签判,未赴任而卒。一生力主抗金,因书论言辞激切,触怒朝廷,几度被诬下狱。能诗善词,与辛弃疾有交往,属辛派词人。其词激昂奋厉处,几与稼轩比肩;其婉约词亦绮丽可喜。有《龙川词》。

水　龙　吟

春　恨

　　闹花深处层楼[1],画帘半卷东风软。春归翠陌,平莎茸嫩[2],垂杨金浅。迟日催花[3],淡云阁雨,轻寒轻暖。恨芳菲世界,游人未赏,都付与、莺和燕。　　寂寞凭高念远,向南楼、一声归雁。金钗斗草[4],青丝勒马[5],风流云散。罗绶分香[6],翠绡封泪[7],几多幽怨。正销魂,又是疏烟淡月,子规声断。

【注释】(1)闹花:盛开的花。　(2)平莎:一望无际的莎草。莎(suō):香附子。　(3)迟日:长日。　(4)金钗:女子的首饰,这里借指女子。(5)青丝:用青丝做的马缰绳。　(6)罗绶:罗带。　(7)翠绡:翠色的丝巾。

【今译】百花深处楼台掩映,温柔多情的东风把画帘儿轻轻扬起。春又回到了田原,无边莎草绿茸茸,垂杨叶儿吐鹅黄。春日渐渐变长,催促百花齐放。淡云散去春雨歇,温暖中透出微凉。只恨这芳菲世界,游人还没有享受,都让燕子黄莺给欣赏了。　　寂寞中凭栏念远,南楼外一行大雁,鸣叫着飞向北方的天。春日里姑娘们斗草,引得小伙子停马观看,这风流事已烟消云散。香罗带还留着泪痕,多少离恨,多少幽怨。正在伤心的时候,又是轻烟缥缈、淡月朦胧,杜鹃声催人肠断。

【点评】题为"春恨"。上片重在描写春景的明丽迷人,歇拍处顿然一转,点出"恨"字,且以莺歌燕舞反跌出游人未赏之恨,使明丽之景蒙上一层幽恨,自然流丽,情辞相称。下片起头直写望大雁北归所产生的寂寞念远之情。"金钗"六句,遥接"芳菲世界,游人未赏",写寂寞春愁,兼怀远人。所恨之由,全在"风流云散"四字。"正销魂"两句,以景作结,点染之间,含无穷幽怨。

【集说】同甫《水龙吟》云:"恨芳菲世界,游人未赏,都付与,莺和燕。"言近指远,直有宗(泽)留守大呼渡河之意。(刘熙载《艺概》)

按同甫,永康人。淳熙间,诣阙上书。孝宗欲官之。亟渡江归。至光宗,策进士,擢第一。史称其千言立就,气迈才雄,推倒智功,开拓心胸,授金书建康府判官厅事,未至官而卒。其《策》言恢复事,甚剀切。无如当事者志图逸乐,狃于苟安,此《春恨》词所以作也。"闹花深处层楼"见不事事也;"东风软"即东风不竞之意也;"迟日""淡云""轻寒""轻暖",一曝十寒之喻也。好"世界"不求贤共理,惟与小人游玩,如莺燕也。"念远"者,念中原也。"一声归雁",谓边信至。乐者自乐,忧者徒忧也。(黄苏《蓼园词选》)

(杨恩成)

念奴娇

登多景楼(1)

危楼还望(2),叹此意、今古几人曾会。鬼设神施,浑认作、天限南疆北界(3)。一水横陈,连岗三面(4),做出争雄势。六朝何事,只成门户私计(5)。 因笑王谢诸人,登高怀远,也学英雄涕(6)。凭却江山,管不到,河洛腥膻无际(7)。正好长驱,不须反顾,寻取中流誓(8)。小儿破贼,势成宁问疆对(9)。

【注释】(1)多景楼:在今江苏镇江北固山上甘露寺内,北面即长江。(2)危楼:高楼,此指多景楼。还:同环。 (3)浑:都。 (4)连岗三面:东、西、南三面山岗环绕。 (5)门户:指天然屏障。 (6)"王谢"三句:晋室南渡以后,不少士大夫曾极力主张恢复中原。刘义庆《世说新语》,"过江诸人,每至美日,辄相邀新亭,藉卉(坐在草地上)饮宴。周侯中坐而叹曰,'风景不殊,正自有河山之异。'皆相视流泪。唯王丞相愀然变色曰:'当共戮力王室,克复神州,何至作楚囚相对!"这里用此典故。王谢,泛指当时社会上流人物。 (7)河洛:黄河、洛水,泛指中原地区。腥膻:借指异族占领区。 (8)中流誓:《晋书·祖逖传》载祖逖率兵北伐,"渡江,中流击楫而誓曰:'祖逖不能清中原而复济者,有如大江!'辞色壮烈,众皆慨叹。" (9)"小儿"两句:淝水之战时,谢安得驿书,知前秦兵已败。"时方与客围棋,摄书置床上,了无喜色,围棋如故。客问之,徐答曰,'小儿辈遂已破贼。'"当时率东晋军队与前秦苻坚作战的是谢安的弟弟谢石、侄儿谢玄,故称"小儿辈"。势成:大局已定。强对:强敌。按照词意,这两句标点可以为,"小儿破贼势成,宁问强对?"

【今译】登上高耸的多景楼,叹息此时的心情,从古到今谁能理解?天公造就了雄奇江山,却被看作一道天险,划分了江南、江北!大江横亘,三面连山,已经做出了争雄天下的态势。偏安江东的六朝,不知道为什么,竟想出

用它守护江南这条可悲的私计？　　可笑那些社会名流，有时候登高怀远，也学英雄大丈夫，装模作样洒几滴眼泪。凭借这样的天险，却管不了中原大地，任凭敌人长久占据。从这里，正好长驱，用不着瞻前顾后，就在中流对江盟誓。英雄破贼已成定局，还用得着再问：北方有强敌？

【点评】此词为借景抒怀而作，虽有怀古伤今之叹，却没有丝毫伤感。乐观奋进的气概，直可振懦启昏。上片，起二句，从"叹"写起，并以此涵盖全篇，大有心雄万古而世无知音的气概，可与稼轩《永遇乐》的起句分庭抗礼。所不同者：稼轩起笔悲壮，而龙川则沉雄。"鬼设"两句，就江山险胜落笔，再点明"叹"之缘由，在于如此江山险胜竟被"古今"之人认作南北分疆界限，一扬一抑，感慨万千。"一水"三句，又承"鬼设神施"，以江山作了"争雄"之势反衬偏安江南的统治者的卑琐。才雄气迈，横扫古今。"六朝"两句，明写六朝统治者鼠目寸光，暗则指斥当今执政者自私自利。下片，换头紧接上片歇拍，仍写六朝事。用"新亭对泣"的故事，讥讽当今的豪门贵族。一"学"字，直撕破主和假派面具。"凭却"两句一收悲慨之气，充天塞地。"正好"以下，用祖逖中流盟誓和谢石叔侄击败强秦的故事，激励当时志士仁人一往无前，收复收地。较之稼轩《永遇乐》结句，更显出其雄豪之气，顶天立地。

（杨恩成）

好　事　近

咏　梅

　　的皪两三枝⁽¹⁾，点破暮烟苍碧。好在屋檐斜入，傍玉奴横笛⁽²⁾。　　月华如水过林塘，花阴弄苔石。欲向梦中飞蝶，恐幽香难觅。

【注释】(1)的皪(lì)：鲜明。　(2)玉奴：南朝齐东昏侯妃潘氏小字玉儿，世亦称玉奴。此处泛指美人。

【今译】烟霭浓,暮色苍,几枝疏梅分外亮。清瘦的枝条探过屋檐,把吹笛的美人轻轻依傍。　　石苔上花影婆娑,月华如水映照着林塘。想化作梦蝶向花飞去,又怕难觅她的幽香。

【点评】题为咏梅。起两句点出暮烟中两三枝醒目的梅花,色调十分明亮,令人为之惊喜。"好在"二字更赋予梅以人之灵性,斜入窗依傍美人,画出一幅美人傍梅吹笛图。过片由暮至夜,月华如水,花影映苔石,境界静谧,梅花自然更加迷人。词人不禁生此奇想:在梦中化作蝴蝶而飞上梅枝。这种细腻微妙的心理,不事雕琢,娓娓道出,胜过无数曲折之笔。

(刘锋焘)

宋词观止

张 镃

张镃(1153—1211?),字功甫,号约斋,西秦(今陕西)人。南宋"中兴四将"之一张俊之后。世居临安(今浙江杭州)。官奉仪郎,直秘阁。宁宗嘉定四年(1211)谪象州,卒于贬所。性豪侈而有清赏。工词,擅长咏物,细腻入神,风致潇洒,亦工诗。有《玉照堂词》。

菩 萨 蛮

芭 蕉

风流不把花为主,多情管定烟和雨。潇洒绿衣长,满身无限凉。 文笺舒卷处⁽¹⁾,似索题诗句⁽²⁾。莫凭小阑干,月明生夜寒。

【注释】(1)"文笺"句:芭蕉舒展的叶片像展开的文稿纸笺一般。(2)索:求取,讨取。

【今译】那独特的风韵仪表,何必靠花来装点? 烟雨空蒙风萧萧,才显出情深意远。绿衣长长,风致潇洒,一身清凉洁雅。　　叶片像展开的纸笺,仿佛在寻找知音,为她题写词句诗篇。不要凭栏眺望,明月下芭蕉生夜寒。

【点评】词以拟人手法简洁传神地描写芭蕉之情韵。抒情含蓄蕴藉,妙趣天成。起两句,写芭蕉的独特个性和非凡魅力。"潇洒"两句,从芭蕉独具的潇洒、清凉之中,委婉地表露出词人的心境,物象与情思妙合为一。换头两句,笔触由外到内,直探芭蕉心灵深处,细腻传神,曲尽其妙。结句收得舒缓有致,融无限感触于明月夜寒之中,意蕴丰厚,回味无穷。

(杨秋玉)

宋词观止

俞 国 宝

俞国宝,临川(今属江西)人。生卒年不详。宋孝宗淳熙年间(1174—1189)太学生。其词多抒游子思乡之情,善以景物传情。有《醒庵遗珠集》,今不传。《全宋词》录其词五首。

风 入 松

题 酒 肆[1]

一春长费买花钱。日日醉花边。玉骢惯识西湖路[2],骄嘶过、沽酒楼前。红杏香中箫鼓,绿杨影里秋千。

暖风十里丽人天。花压鬓云偏[3]。画船载取春归去,馀情付、湖水湖烟。明日重扶残醉,来寻陌上花钿[4]。

【注释】(1)这首词据南宋周密《武林旧事》记载,题写在西湖桥边一家酒店的屏风上。 (2)玉骢:白马。 (3)鬓云:鬓发。 (4)花钿(diàn):用金翠珠宝等制作的花朵形首饰。

【今译】这一春用了不少买花钱,天天醉倒西湖边。连马儿都认得路,驮着我,嘶叫着来到酒楼前。红杏花香中看歌舞,绿杨荫里荡秋千。 十里长堤暖风吹,处处丽人翩翩。花儿压得鬓发偏,画船载着春归去,剩下的留给湖水风烟。明天又带着今日的残醉,到湖边来寻找新欢。

【点评】这是一首春词。上片起两句,貌似叙事,实则总写西湖春景令人流连忘返,故而才又费钱买花,日日醉倒之事。"玉骢"两句,不写人游兴方酣,日日来游;却写马儿识途。避实就虚,颇富情趣。"红杏"两句,正面描绘西湖春景,涵盖一春情事,声情并茂。过片两句,写西湖游人如织的盛景,华艳富赡。"画船"两句,写春归人去,略带伤春之意。构思新巧,而又运笔跌宕。"明日"两句,写恋春之情。重扶残醉,来寻花钿,如痴如醉,惟妙惟肖。全词溢彩流美,引人入胜。

【集说】淳熙间,寿皇以天下养,每奉德寿三殿,游幸湖山。……一日御舟经断桥旁,有小酒肆颇雅洁。中饰素屏书《风入松》一词于上。光尧(宋高宗)驻目称赏久之,宣问:"何人所作?"乃太学生俞国宝醉笔也。……上笑曰:"此词甚好,但末句未免儒酸。"因为改定云:"明日重扶残醉",则迥不同矣,即日命解褐云。(周密《武林旧事》)

起处自然馨逸。(沈际飞《草堂诗余正集》)

"金勒马嘶芳草地,玉楼人醉杏花天。"有此香艳,无此情致。结二句余波绮丽,可谓"回头一笑百媚生"。(陈廷焯《白雨斋词话》)

(杨恩成)

宋词观止

刘 过

刘过(1154—1206),字改之,自号龙洲道人,吉州太和(今江西泰和)人。出身寒微,曾上书朝廷陈述收复中原方略,不用。浪迹于江湖,与辛弃疾唱和,又曾为韩侂胄门客。以布衣终老。工诗,尤善词,世目为"辛派词人"。其词以豪肆矫健为特色,亦不乏清逸蕴藉之作。刘熙载谓其词"沉著不及稼轩,然足以自成一家",有《龙洲词》。

唐 多 令

重过武昌(1)

芦叶满汀洲。寒沙带浅流。二十年、重过南楼(2)。柳下系船犹未稳,能几日、又中秋。　　黄鹤断矶头(3)。故人曾在不。旧江山,浑是新愁(4)。欲买桂花同载酒,终不似、少年游。

【注释】(1)《宋六十名家词·龙洲词》又题作:"安远楼小集,侑觞歌板之姬黄其姓者,乞词于龙洲道人,为赋此《唐多令》。同柳阜之、刘去非、石民瞻、周嘉仲、陈孟参、孟容,时八月五日也。"武昌:今湖北武汉,南宋时为荆湖北路首府。　(2)南楼:安远楼,在武昌黄鹤山上。　(3)黄鹤断矶头:黄鹤:黄鹤山,在武昌。其西北有黄鹤矶,黄鹤楼在其上。　(4)浑是:全都是。

【今译】芦叶布满江边沙洲,寒沙映带着清浅的江流。二十年后我重游南楼。柳下还没有系稳小船,过不了多久,又是中秋。　黄鹤矶头耸立着黄鹤楼,朋友们是否重游过?旧江山如今全是新愁。想买桂花、美酒,泛舟,却少了年轻时的兴头。

【点评】改之为人疏狂、豪迈,然其重游南楼时亦不免家国之恨,身世之叹。"旧江山浑是新愁",乃一篇之警策。即令稼轩赋此题,未必能过之。

【集说】刘此词,楚中歌者竞唱之。(徐釚《词苑丛谈》引《山房随笔》)

情畅语俊,韵叶音调,不见扭造,此改之得意之笔。(沈际飞《草堂诗余正集》)

因再游黄鹤楼而追忆故人不在,遂举目有江上之感,词意何等凄怆!系舟未稳,旧江山浑是新愁,读之下泪。(李攀龙《草堂诗余隽》)

刘过《唐多令》轻圆柔脆,小令中工品。词以写情,须意致缠绵,方为合作。无清灵之笔,意致焉得缠绵。彼徒以典丽堆砌为工者,固自不解用笔。(李佳《左庵词话》)

415

(杨恩成)

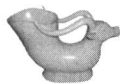

姜夔

姜夔(1155—1221），字尧章，号白石道人，饶州鄱阳（今江西鄱阳）人。少时流寓江、汉间，后移居吴兴，漫游苏、杭、扬、淮，依人做客，以布衣终老。白石精通音律，工词，为南宋大家。其词承北宋婉约一派，融晚唐诗家及江西诗派瘦硬笔法为一体，形成清刚峭拔、既富骨力又具情韵的清空词风，擅长以清劲之笔调，含蓄之手法创造清幽冷隽的意境，备受后世推崇。张炎以"清空""骚雅"涵盖其风格。其十七首词皆旁注工尺谱，为研究宋代词乐提供了宝贵资料。有《白石道人歌曲集》，又名《白石词》。

暗　香[1]

辛亥之冬[2]，予载雪诣石湖[3]。止既月，授简索句，且征新声[4]。作此两曲，石湖把玩不已[5]，使工妓隶习之[6]，音节谐婉，乃名之曰《暗香》《疏影》。

旧时月色。算几番照我，梅边吹笛。唤起玉人，不管清寒与攀摘。何逊而今渐老[7]，都忘却、春风词笔[8]。但怪得、竹外疏花,香冷入瑶席⁽⁹⁾。

　　江国。正寂寂。叹寄与路遥,夜雪初积。翠尊易泣⁽¹⁰⁾。红萼无言耿相忆⁽¹¹⁾。长记曾携手处,千树压、西湖寒碧⁽¹²⁾。又片片、吹尽也,几时见得。

【注释】(1)暗香:此为作者自度曲,源于北宋林逋《山园小梅》"疏影横斜水清浅,暗香浮动月黄昏。" (2)辛亥之冬:南宋绍熙二年(1191)冬。(3)石湖:诗人范成大晚年退居苏州郊外石湖村,自号石湖居士。姜夔于绍熙二年冬曾去拜访过范成大。 (4)征新声:征求新的词调。 (5)把玩:指拿在手里反复看。 (6)隶习:学习。 (7)何逊:南朝梁诗人。其《咏早梅》诗为后人所称赏。此为作者自比。 (8)春风词笔:生花妙笔。 (9)瑶席:精美的座席。 (10)翠尊:翠绿色的酒杯。此处代指酒。 (11)红萼:红花。此指梅花。 (12)千树压西湖寒碧:写西湖梅花盛开的景象。宋代西湖孤山上梅树很多,所以说"千树"。

【今译】月光和从前一样,不知道有多少次照着我,在明亮的月辉下,我曾在梅边吹笛。还呼唤我的心上人,不顾冬夜的清寒,一同把梅花攀摘。如今我渐渐老去,面对绽放的寒梅,竟写不出咏梅妙句。只奇怪那多情的梅花,隔着一带竹篱,竟能把冷香送到座席!

　　江南一片沉寂,我想折枝梅花寄给你,怎奈路远、雪大、风急。望着美酒,悄然流泪,连梅花都陷入了回忆。想起了我和你曾手拉着手儿在西湖边漫步,盛开的千树梅花,拥抱着碧凉的湖水。可一切都成为过去,几时能再见到你?梅花一片片飘落,只留下美的记忆。

【点评】这是一首怀旧词。起首五句,用逆起笔法,回忆昔日与情人在月下梅边吹笛、折花的风流韵事。境界清旷,人情娴雅。"何逊"两句,轻轻荡开,写今日落寞情怀,尤见思念伊人之切。"但怪得"三句收合,以梅送冷香,反跌出睹梅忆旧、如醉如痴的神情。过片四句,用陆凯寄梅典故,道出与昔日情人音讯隔绝的苦痛。"翠尊"两句,以梅花默默忆旧,反衬自己怀人。对面落笔,尤见灵动,又以物情见人情,更富韵致。"长记"三句,仍从梅花落

笔。梅花尚且记得昔日的赏心乐事，何况人！结拍又归到今日无限惆怅，妙在遥想梅片片飘落，无花可赏，孤魂难慰。词人忆旧之情，全从梅花的神韵托出，情艳而不着色相，空灵含蓄，引人入胜。

【集说】诗之赋梅，唯和靖一联而已。世非无诗，不能与之齐驱耳。词之赋梅，唯白石《暗香》《疏影》二曲，前无古人，后无来者，自立新意，真为绝唱。（张炎《词源》）

朱希真之"引魂枝，消瘦一如无，但空里疏花数点"，姜白石之"长记曾携手处，千树压，西湖寒碧"，一状梅之少，一状梅之多，皆神情超越，不可思议，写生独步也。（邓廷祯《双砚斋随笔》）

落笔得"旧时月色"四字，便欲使千古作者皆出其下。又云：咏梅嫌纯是素色，故用"红萼"字，此谓之破色笔。又恐突然，故先出"翠尊"字配之。说来甚浅，然大家亦不为，此用意之妙，总使人不觉，则烹锻之功也。（刘体仁《七颂堂词绎》）

前半阕言盛时如此，衰时如此。后半阕想其盛时，想其衰时。（周济《宋四家词选》）

（杨恩成）

疏　影

苔枝缀玉[1]。有翠禽小小，枝上同宿。客里相逢[2]，篱角黄昏，无言自倚修竹[3]。昭君不惯胡沙远[4]，但暗忆、江南江北。想佩环、月夜归来，化作此花幽独[5]。　　犹记深宫旧事，那人正睡里，飞近蛾绿[6]。莫似春风，不管盈盈，早与安排金屋[7]。还教一片随波去，又却怨、玉龙哀曲[8]。等恁时、重觅幽香，已入小窗横幅[10]。

【注释】(1)苔枝缀玉：梅花像玉一样缀在苔梅枝上。苔梅有两种：一种苔藓很厚；一种苔如细丝，长尺余。见周密《武林旧事》卷七。　(2)客里相逢：指作者客居于范成大处，偶与梅花相见。　(3)无言自倚修竹：此处将花比作倚修竹的美人。　（4）昭君不惯胡沙远：此处把梅花比作远嫁匈奴而不习惯边地生活的王昭君。　（5）想佩环月夜归来：杜甫《咏怀古迹五首》之三咏王昭君，其中有"环佩空归月夜魂"。佩环：环佩，原指女子所用的装饰品，此处代指昭君。　（6）"犹记"三句："宋武帝女寿阳公主人日卧于含章殿檐下。梅花落公主额上，成五出花，拂之不去。皇后留之，看得几时。经三日，洗之乃落。宫女奇其异，竞效之。今梅花妆是也。"（《太平御览·时序部》引《杂五行书》）这里即用此典故。蛾绿：女子的眉。　（7）安排金屋：用汉武帝"金屋藏娇"故事。　（8）玉龙哀曲：指笛曲《梅花落》。玉龙：笛名。（9）恁（nèn）时：那时。　（10）横幅：画幅。

【今译】苔枝上的梅花，恰似晶莹的美玉。一对翠羽鸟儿，在枝头相偎相依。旅途中和你相逢，你斜倚翠竹，像黄昏时寂寞的美女。此景此情，多么像王昭君不习惯异域，却只能静静地怀念大江南北、中原故地，又像是她在月夜归来，化作这幽独的苔梅。　　还记得深宫旧事，公主正在安睡，你却悄悄飘近蛾眉。东风太无情义，不管梅花多么轻盈，它也要逼摧。要尽早给梅安排华居，免得片片梅花随水去，又要埋怨《梅花落》曲。到那时要想找到梅花的幽香，它定早已进入画幅里。

【点评】此词为《暗香》的姊妹篇。一片惜梅之心，溢于言表。起三句，写梅的风姿，以翠鸟陪衬，对比鲜明，历历如画。"客里"三句，言梅花寂寞，正写出词人黄昏赏梅时的心境。怜花怜己，令人心魂飘荡。"昭君"五句，以梅花比人，神情兼备。过片三句，写花之恋人。"莫似"三句，正面点出惜花之情。"还教"以下，写梅花飘落，流露出无限怅怨。唯其贪用典故，似不如《暗香》空灵。

【集说】二词如绛云在霄，舒卷自如；又如琪树玲珑，金芝布护。（许昂霄《词综偶评》）

"还教"二句，跌宕昭彰。（谭献《夏堂词活》）

何逊、昭君，皆属隶事，但运气空灵，变化虚实，不同獭祭钝机耳。（周尔塘《绝妙好词》）

（杨恩成）

419

宋词观止

点绛唇

丁未冬过吴松作⁽¹⁾

　　燕雁无心,太湖西畔随云去。数峰清苦⁽²⁾。商略黄昏雨⁽³⁾。　　第四桥边⁽⁴⁾,拟共天随住⁽⁵⁾。今何许。凭栏怀古。残柳参差舞。

【注释】(1)丁未:宋孝宗淳熙十四年(1187)。吴松:即吴淞江,俗称苏州河,是太湖的支流。　(2)清苦:谓山峰荒凉冷落。　(3)商略:商量。(4)第四桥:《苏州府志》,"甘泉桥一名第四桥。以泉品居第四也。"　(5)天随:唐诗人陆龟蒙号天随子。他居松江时,放扁舟,挂蓬席,游于江湖间。

【今译】太湖水天一色,浩渺无际,燕雁在云中飞来飞去,从来不留恋任何一地。黄昏里,青山云烟缥缈,仿佛在酝酿一场细雨。　第四桥边,我曾打算和天随子终生长住。今日过松江,却找不到他的遗迹!倚栏怀古,悠悠思绪,看残柳风中乱舞不齐。

【点评】词人过松江而吊古伤今。故所见之景,无不凄清。燕雁自喻,言己飘忽不定,随缘自适。曰"数峰清苦",乃因词人境遇"清苦"之故。下片以残柳参差舞状吊古伤今之情,写尽古今沧桑。通篇以景托情,极淡远洒落之致。

【集说】"商略"二字诞妙。(卓人月《古今词统》)

　　白石长调之妙,冠绝南宋;短章亦有不可及者。如《点绛唇》一阕,通首只写眼前景物,至结处云:"今何许?凭栏怀古,残柳参差舞。"感时伤事,只用"今何许"三字提唱,"凭栏怀古"以下,仅以"残柳"五字咏叹了之,无穷哀感,都在虚处。令读者吊古伤今,不能自止,洵推绝调。(陈廷焯《白雨斋词话》)

(杨恩成)

扬 州 慢

淳熙丙申至日⁽¹⁾，予过维扬⁽²⁾。夜雪初霁，荠麦弥望⁽³⁾。入其城，则四顾萧条，寒水自碧，暮色渐起，戍角悲吟⁽⁴⁾。予怀怆然⁽⁵⁾，感慨今昔，因自度此曲⁽⁶⁾。千岩老人以为有《黍离》之悲也⁽⁷⁾。

淮左名都⁽⁸⁾，竹西佳处⁽⁹⁾，解鞍少驻初程⁽¹⁰⁾。过春风十里⁽¹¹⁾，尽荠麦青青。自胡马窥江去后⁽¹²⁾，废池乔木，犹厌言兵⁽¹³⁾。渐黄昏，清角吹寒，都在空城。　　杜郎俊赏⁽¹⁴⁾，算而今、重到须惊。纵豆蔻词工，青楼梦好，难赋深情⁽¹⁵⁾。二十四桥仍在⁽¹⁶⁾，波心荡、冷月无声。念桥边红药⁽¹⁷⁾，年年知为谁生。

【注释】(1)淳熙丙申至日：宋孝宗淳熙三年(1176)冬至日。　(2)维扬：即扬州。　(3)荠麦弥望：望中到处是野生的麦子。　(4)戍角：军营中的号角声。　(5)怆(chuàng)然：悲伤，凄怆。　(6)自度此曲：自己创作了《扬州慢》这个词调。　(7)千岩老人：萧德藻(字东夫)晚年居湖州(今属浙江)，自号千岩老人。姜夔是他的学生，又是他的侄女婿。《黍离》：《诗经》篇名。内容是写周朝的一位志士看到周的故都宫殿一片荒凉、残破，不忍离去。后世便以《黍离》之悲指亡国之痛。　(8)淮左：扬州在宋代属淮南东路。古时以左指东，故淮南东路也称淮左。　(9)竹西：扬州城东禅智寺旁有竹西亭，是扬州著名风景区。唐杜牧诗云，"谁知竹西路，歌吹是扬州！"(10)初程：初次路过。　(11)春风十里：代指扬州的街市。唐杜牧《赠别》诗，"春风十里扬州路，卷上珠帘总不如。"(12)胡马窥江：宋高宗建炎三年(1129)和绍兴三十一年(1161)，金兵曾两次南侵，扬州均遭受严重破坏。因扬州南临长江，故称胡马窥江。　(13)"废池乔木"两句：遭战火洗劫后，只剩下废池与古树，连它们都不愿谈起那两次战事。　(14)杜郎：指唐代诗人

杜牧。他曾任过扬州刺史,并留下许多在扬州游赏的诗作。俊赏:尽情游赏。

(15)"纵豆蔻词工"三句:纵使杜牧有写"豆蔻""青楼梦"诗的才华,也难以表达今日目睹扬州残破景象时的感情。豆蔻:杜牧《赠别》诗有"娉娉婷婷十三余,豆蔻梢头二月初"的句子青楼:妓女们生活的地方。杜牧《遣怀》诗有"十年一觉扬州梦,赢得青楼薄幸名"的句子 (16)二十四桥:一说唐代扬州有二十四座桥;一说相传古代有二十四位美人曾在扬州的一座桥上吹箫,后称此桥为二十四桥。杜牧《寄扬州韩绰判官》诗,"二十四桥明月夜,玉人何处教吹箫?" (17)红药:红芍药花。

【今译】淮东的都会扬州,风光最数竹西清幽。我初次路过这里,在此解鞍稍稍停留。走遍昔日十里长街,望中尽是野麦青青。自从金兵南侵过后,荒废的池苑、古树,都厌恶提起战争。黄昏渐渐降临,清寒的画角声,长久地回荡在空城。   杜牧曾在这里游赏,如今他重来此地,该是多么吃惊!他纵然能写出豆蔻诗,能写出感人的青楼梦,也难以写出此时的悲怆心情。二十四桥还在,清冷的月亮,在桥下的水中荡动。不知桥边的红芍药,年复一年为谁而生?

【点评】词的上片写扬州两次遭受战火洗劫以后的荒凉景象;下片化用杜牧诗意,抒发昔盛今衰之感慨。"渐黄昏"三句和"二十四桥"两句,前后映照,尤觉清婉。

【集说】"犹厌言兵"四字,包括无限伤乱语。他人累千百言,亦无此韵味。(陈廷焯《白雨斋词话》)

"二十四桥仍在,波心荡、冷月无声。"是"荡"字着力。所谓一字得力,通首光采,非炼字不能,然炼亦未易到。(先著、程洪《词洁》)

此词作于淳熙三年,寇平已十有六年,而景物萧条,依然有废池乔木之感。(郑文焯《郑校白石道人歌曲》)

(杨恩成)

鹧鸪天

正月十一日观灯[1]

巷陌风光纵赏时。笼纱未出马先嘶[2]。白头居士无呵殿[3]，只有乘肩小女随[4]。　　花满市，月侵衣。少年情事老来悲。沙河塘上春寒浅[5]，看了游人缓缓归。

【注释】(1)正月十一日：即宋宁宗庆元三年(1197)正月十一日(据夏承焘《姜白石词编年笺校》)。　(2)笼纱：纱做的灯笼。　(3)白头居士：作者自称。呵殿：随从、护卫。　(4)乘肩小女：让小女骑在自己肩上。　(5)沙河塘：在杭州城东。唐时为防御钱塘潮水涌入城内，开沙河以阻之。

【今译】大街小巷的风光，游人尽情玩赏。纱灯笼还未点亮，马儿已开始嘶唱。白头居士没有护卫，把小女儿架在肩上。　　花灯满市明月朗朗，想起年轻时的风流，老来谁不悲伤。沙河塘上春寒浅，赏完了满市花灯，归去时还流连回望。

【点评】白石词向来以清空、蕴藉为特色。这首词以纪实为主，写观灯的所见所感。语言朴实如话，颇具民间词之风格。富家子弟纵情游赏，而作者肩乘小女，并由此生出"少年情事老来悲"的怅叹，不乏身世沉沦之感慨。

【集说】姜白石《鹧鸪天》云："笼纱未出马先嘶"。七字写出华贵气象，却淡隽不涉俗。又云，白石词"少年情事老来悲。"宋朱服句，"而今乐事它年泪。"二语合参，可悟一意化两之法。(况周颐《蕙风词话》)

(杨恩成)

杏花天影

丙午之冬，发沔口[1]。丁未正月二日[2]，道金陵。北

423

宋词观止

望淮楚,风日清淑⁽³⁾,小舟挂席,容与波上。

绿丝低拂鸳鸯浦。想桃叶、当时唤渡。又将愁眼与春风,待去。倚兰桡⁽⁴⁾、更少驻。 金陵路。莺吟燕舞。算潮水,知人最苦。满汀芳草不成归,日暮。更移舟、向甚处。

【注释】(1)沔口:汉水入长江处。 (2)丁未:宋孝宗淳熙十四年(1187)。 (3)清淑:犹言清丽。 (4)兰桡:船的美称。

【今译】柳丝轻拂着江水,让我想起在渡口等船的你。我不由自主地把目光向春风投去。在船儿起程时,又倚在船边,凝神睒思。 船儿向金陵驶去,一路上两岸莺歌燕舞。只有潮水,知道我的痛苦。汀洲芳草萋萋,人却不能归去。日暮的时候,更不知该把船儿停在哪里?

【点评】这是一首旅途怀人词。起三句,由岸上的绿丝引出对心上人的思念。"又将"一句,倚船凝思,"将愁眼与春风",写出词人思念佳人之深切,山水阻隔,唯有托春风寄愁。言相思而寄愁眼于春风,白石词真可谓善于空里传情,不着色相。过片写旅途所见,景丽情苦,直用"潮水知人"点破。赋物以性灵,而人情更不堪言。煞拍三句,人不成归,船移何处,一片迷茫怅惘之情,溢于言表。

【集说】石帚词换头处,多不放过,最宜深味。(周尔墉《绝妙好词》)

(杨恩成)

踏 莎 行

自沔东来⁽¹⁾,丁未元日至金陵⁽²⁾,江上感梦而作。

燕燕轻盈,莺莺娇软⁽³⁾。分明又向华胥见⁽⁴⁾。夜长争得薄情知⁽⁵⁾,春初早被相思染。 别后书辞,别时针线。离魂暗逐郎行远[6]。淮南皓月冷千山[7]，冥冥归去无人管[8]。

【注释】(1)沔:今湖北汉阳。姜夔早年曾流寓于此。　(2)丁未元日:宋孝宗淳熙十四年(1187)元旦。　(3)燕燕、莺莺:指心爱的人。　(4)华胥:梦里。　(5)争得:怎得。　(6)郎行(háng):情郎那边。　(7)淮南:指合肥,宋时属淮南路。　(8)冥冥归去:离魂在夜里归去。

【今译】你像燕子般体态轻盈,你像夜莺般声声娇软,分明梦中来到我跟前。难眠的长夜薄情郎怎能知晓? 春天的相思早把我纠缠。　分别后往来的书信,分别时的针针线线,你的离魂暗暗陪伴着我。淮南的明月清冷地照着千山,春夜你独自归去又有谁照管?

【点评】题为感梦,实写相思之情。上片,梦见情人。"燕燕"三句,形声具备。"夜长"两句,写恋人见郎吐心曲,亦是情深。下片睹物怀人,叹孤身客旅。书信、针线,勾起往日忆念。路遥、月冷,念恋人独归,意笃情深。全词怀念情人,没有丝毫浮艳猥亵情调,而情味深厚,极为精妙雅正。

【集说】白石之词,余所最爱者亦仅两语,曰:"淮南皓月冷千山,冥冥归去无人管。"(王国维《人间词话》)

(薛新富)

齐 天 乐

丙辰岁[1],与张功父会饮张达可之堂[2]。闻屋壁间蟋蟀有声、功父约予同赋,以授歌者。功父先成,辞甚美。予徘徊茉莉花间,仰见秋月,顿起幽思,寻亦得此。蟋蟀,中都呼为促织[3],善斗。好事者或以三二十万钱致一枚,镂象齿为楼观以贮之。

庾郎先自吟愁赋[4]。凄凄更闻私语。露湿铜铺[5],苔

侵石井,都是曾听伊处。哀音似诉。正思妇无眠,起寻机杼(6)。曲曲屏山(7),夜凉独自甚情绪。　　西窗又吹暗雨。为谁频断续,相和砧杵。候馆迎秋,离宫吊月(8),别有伤心无数。豳诗漫与(9)。笑篱落呼灯,世间儿女(10)。写入琴丝(11),一声声更苦。

【注释】(1)丙辰岁:宋宁宗庆元二年(1196)。　(2)张功父、张达可:张镃,字功父;张达可,不详。　(3)中都:指南宋京城临安(今浙江杭州)。(4)庾郎:指北周文学家庾信,有《愁赋》,今不传。　(5)铜铺:铜做的铺首,装于门上衔门环。　(6)机杼:纺织的工具。　(7)屏山:刻画着山水的屏风。　(8)离宫:皇帝出巡时居住之所。　(9)《豳》(bīn)诗:即《诗经·豳风·七月》,其中有描写蟋蟀的诗句,"七月在野,八月在宇,九月在户,十月蟋蟀入我床下。"漫与:借景抒情,率然成章。　(10)"篱落"两句:写孩子们夜里点灯捉蟋蟀。　(11)写入琴丝:谱成乐曲。当时有《蟋蟀吟》曲。

【今译】庾信当年曾吟诵愁赋,今又听到蟋蟀凄凄私语相诉。露水沾湿的门边,布满青苔的石砌井口,到处都可听到它在低唱,仿佛在倾诉人间的哀愁。这时候,长夜无眠的少妇,正思念丈夫,要为他织寒衣,起身寻找机杼,面对屏风上的起伏山峦,夜凉孤身,勾起了无限的忧愁。　　风吹细雨扑打着西厅的窗户,你为谁频频断断续续吟唱,和着捣衣的砧杵。孤身在旅馆逢秋,月光也为离人伤情,牵动了伤心者无数。想起《豳风·七月》的诗篇,说你按时令移迁,可笑的是笑语从篱落外传来,原来是儿童们点着灯笼,正在把你搜寻。假如把你的心声谱成琴曲,那声音肯定更凄苦幽怨。

【点评】这是一首咏蟋蟀词。全词以蟋蟀的鸣声起兴,咏物而不滞于物;同时,又将听蟋蟀者的怨情深深融入辞章,切合无垠。起首两句,以庾郎自况,更衬以蟋蟀的鸣叫,奠定了哀怨的基调。"露湿"三句,写蟋蟀的声音所在。"哀音"三句写蟋蟀哀吟之感人。"曲曲"两句,写听蟋蟀者的绵绵思绪。换头,用"又"字承上,继写蟋蟀雨夜哀吟。"候馆"三句,由思妇想到游子,再写听蟋蟀者。"豳诗"两句陡转,写无知儿女捉蟋蟀之欢,宕开一笔,反衬出伤心人对蟋蟀的同情。文笔灵便,顿生波澜。末尾两句,又归到蟋蟀凄苦的悲吟,照应"序"中"约予同赋,以授歌者"。深沉悲苦,词尽而意不尽。

【集说】作慢词(中节)最是过片不要断了曲意,须要承上启下。如姜白石词云:"曲曲屏山,夜凉独自甚情绪。"于过片则云:"西窗又吹暗雨",此则曲之意脉不断矣。(张炎《词源》)

白石《齐天乐》一阕,全篇皆写怨情,独后半云:"笑篱落呼灯,世间儿女。"以无知儿女之乐,反衬出有心人之苦,最为入妙。用笔亦别有神味,难以言传。(陈廷焯《白雨斋词话》)

将蟋蟀与听蟋蟀者层层夹写,如环无端,真化工之笔也。(许昂霄《词综偶评》)

（薛新富）

八 归

湘中送胡德华

芳莲坠粉,疏桐吹绿,庭院暗雨乍歇。无端抱影销魂处,还见篠墙萤暗[1],藓阶蛩切[2]。送客重寻西去路,问水面、琵琶谁拨[3]。最可惜、一片江山,总付与啼鴂。　　长恨相从未款[4],而今何事,又对西风离别。渚寒烟淡,棹移人远,缥缈行舟如叶。想文君望久[5],倚竹愁生步罗袜。归来后、翠尊双饮,下了珠帘,玲珑闲看月。

【注释】(1)篠墙:竹墙。　(2)蛩:蟋蟀。　(3)水面琵琶:白居易《琵琶行》,"忽闻水上琵琶声,主人忘归客不发。"　(4)款:留,引申为招待。(5)文君:司马相如娶卓文君。此处借指胡德华之妻。

【今译】雨后轻风吹过,莲花飘落粉色的花瓣,梧桐脱下绿叶。我站在空寂的庭院里,看墙头微弱隐现的萤光,听阶前蟋蟀的鸣声凄切。江边送客西去,水面上琵琶声声,令人不忍离别。杜鹃的啼叫声声传来,最可惜,寒霜将

宋词观止

降，百草众芳又要凋谢。相聚的时光如此的短暂，西风中又要匆匆离别。淡淡的轻烟笼罩着江渚，我伫立在静寂的岸边，凝望那远去的一叶扁舟。想念家中的娇妻，伫倚翠竹深情地企盼，露湿罗袜月儿斜。等着你急急归去，夫妻团聚，美酒共饮，放下珠帘，一同望那明亮的圆月。

【点评】这是一首送别词。上片前六句渲染气氛，烘托送别环境。芳莲坠粉，疏桐落叶，是白昼之秋景，冷寂凄清；"庭院"四句，荧光暗淡，蛩声凄切，是夜晚之景象，亦是冷寂凄清。"送客"一句，点明"销魂"之由，场景引向江岸别浦。"问水面"一句，道出不忍离别之情。"最可惜"两句，再写逢秋而别之凄怆。过片三句恨相别之速。"渚寒"三句，以景传情。行舟远去，映衬着江岸伫立的送行之人。"想文君"五句由实入虚，想象友人妻子久盼夫归，翠尊双饮，同赏圆月。如此作结，以夫妻团聚之喜悦掩去朋友离别之愁恨，和婉而不哀伤，颇见疏宕之致。

【集说】历叙离别之情，而终以家室之乐，即《豳风·东山》诗意也。谁谓长短句不源于三百篇乎？"翠尊双饮"三句括尽康伯可《满庭芳》。翻用太白《玉阶怨》，妙。（许昂霄《词综偶评》）

声情激越，笔力精健，而意味仍是和婉，哀而不伤，真词圣也。（陈廷焯《白雨斋词话》）

麦丈（孺博）云：全首一气到底，刀挥不断。（梁启超《饮冰室评词》）

（刘锋焘）

琵 琶 仙

《吴都赋》云："户藏烟浦，家具画船。"唯吴兴为然[1]。春游之盛，西湖未能过也。己酉岁[2]，予与萧时父载酒南郭[3]，感遇成歌。

双桨来时，有人似、旧曲桃根桃叶[4]。歌扇轻约飞花[5]，蛾眉正奇绝。春渐远、汀洲自绿，更添了、几声啼鸩(6)。十里扬州(7)，三生杜牧(8)，前事休说。　又还是、宫烛分烟(9)，奈愁里、匆匆换时节。都把一襟芳思，与空阶榆荚。千万缕、藏鸦细柳，为玉尊、起舞回雪。想见西出阳关，故人初别。

【注释】(1)吴兴：今浙江湖州。　(2)己酉：孝宗淳熙十六年(1189)。(3)萧时父：萧德藻之侄。　(4)旧曲：指旧游。曲：坊曲。桃根桃叶：晋王献之有爱妾名桃叶，其妹名桃根。宋词人常以"桃叶桃根"称歌女姊妹。(5)约：掠、拦。　(6)鸩：鹈鸩，鸟名，常鸣于暮春，其声悲切。　(7)十里扬州：杜牧诗："春风十里扬州路，卷上珠帘总不如。"(8)三生：谓过去、现在、未来三世人生。　(9)宫烛分烟：指清明节。

【今译】澄静的湖面，荡来一只画船。有个人像我昔日的恋人。甜润的歌喉婉转，团扇把飞花轻轻掠拦。春天渐远，汀洲绿遍，又添了几声鹈鸩的哀怨。遥想当年，在繁华如锦的扬州路，我如杜牧年少时放荡寻欢。往事早已成云烟，思念也无用处。　又到了清明时节，愁闷中节令偷偷地变换。把满腹的心思，都倾入空阶下的榆钱。千万缕柳丝翩翩起舞，飘絮落在酒杯前。想起与故人分别，就像西出阳关。

【点评】这是一首春游感怀词。"双桨"五句，推出湖面的画船及船上的歌女，并由歌女而忆旧日恋人。一个"似"字把歌女的艳冶与恋人的美艳融合起来，也将自己对恋人的思念泄露殆尽。"春渐远"四句，抒写伤春之情。歇拍三句，语极沉痛。换头，叹年华暗换。"都把"两句，言满腹相思无从诉说，只得付与飘落满地的榆钱。看眼前细柳起舞，飞絮满天，不由得想起与故人折柳赠别时难分难舍的情形。将无限绵渺之柔情包蕴于清虚疏宕之中。

【集说】离情当如此作。全在情景交炼，得言外意。(张炎《词源》)
"春草碧色，春水绿波；送君南浦，伤如之何"四语约是此篇。融情会景，与少游《八六子》词共传。(沈际飞《草堂诗余正集》)

429

宋词观止

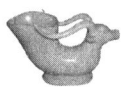

"都把一襟芳思"至末,句句说景,句句说情,真能融情景于一家者也。曲折顿宕,又不待言。(许昂霄《词综偶评》)

(下片)四句顺逆相足。(周济《宋四家词选》)

(刘锋焘)

章 良 能

章良能（？—1214），字达之，丽水（今属浙江）人。淳熙五年（1178）中进士。累除著作佐郎，历官枢密院编修、起居舍人、宗正少卿等。嘉定元年（1208）试礼部侍郎兼直学士院、御史中丞。第二年，同知枢密院事。官至参知政事。有《嘉林集》百卷，不传。《全宋词》存其词一首。

小 重 山

柳暗花明春事深。小阑红芍药[1]，已抽簪[2]。雨余风软碎鸣禽[3]。迟迟日，犹带一分阴。　　往事莫沉吟。身闲时序好，且登临。旧游无处不堪寻。无寻处，惟有少年心。

【注释】(1)小阑：阑，同栏，花栏。　(2)簪：如簪一样的花蕾。　(3)碎鸣禽：语出杜荀鹤诗《春宫怨》"风暖鸟声碎，日高花影重"。这里指鸟鸣声细碎而响亮。

宋词观止

【今译】柳暗花明，正是春意阑珊时。花栏里娇美的红芍药，已经抽出了花蕾。和风细雨中，鸟雀声呢喃细碎。更妙的景致，是这春日迟迟的时光里，点缀着阵阵漾漾小雨。　往事不要再提起。如想登临游赏，不妨等到美丽的季节，身闲心宽的时机。旧游的踪迹依然如故，随处都可寻觅。唯有一颗少年心，不知在哪里重觅？

【点评】这是一首写景抒情的佳作。上景下情，做法明晰，致意清婉。上片抓住春深和雨后的特征，写眼前风物令人留恋，切合人到中年后的复杂心境意绪：春天美景可赏心，也可感恨，所以起言春深花发，次言雨后鸟鸣。"迟迟"两句，又妙点春雨后景致的润泽妩媚。过片，起句陡峭，其间暗合一段曲折的心理过程——旧地重游时对往事的感怀。但"身闲"两句，又承上片春日景色，抒及时行乐之意。"旧游"两句，似承实转，收结全词，包容无限的人事、心事、情事。全词层层转折，次次荡开内心世界的波澜，如风过碧水，有万千波纹。

【集说】外大父文庄章公，自少好雅洁，性滑稽；居一屋必泛扫圬饰，陈列琴书，亲朋或讥其龌龊无远志。一日，大书素屏云："陈蕃不事一室而欲扫除天下，吾知其无能为矣。"识者知其不凡。间作小词，极有思致，先姚能口诵数首《小重山》云云。（周密《齐东野语》）

语意甚婉约，但鸣禽日碎，于理不通，殊为意病，唐人句云"风暖鸟声碎"，然则何不曰："暖风娇语碎鸣音"也。（陈霆《渚山堂词话》）

（杨敏）

韩淲

韩淲(1159—1224),字仲止,号涧泉。许昌(今属河南)人。韩元吉之子。有《涧泉集》。

鹧鸪天

兰溪舟中(1)

雨湿西风水面烟。一巾华发上溪船。帆迎山色来还去,橹破滩痕散复圆。　　寻浊酒,试吟篇。避人鸥鹭更翩翩。五更犹作钱塘梦(2),睡觉方知过眼前。

【注释】(1)兰溪:在浙江中部。　(2)钱塘:此指今杭州。

【今译】细雨润湿了西风,兰溪上薄雾轻烟。一头华发,登上了小船。两岸青山迎着我来,又目送我扬帆远去,橹打波痕散了又合。　　斟满一杯浊酒,试吟几首诗篇。鸥鹭避人去,悠然起舞翩翩。五更时还在梦杭州,醒来时,就在眼前。

【点评】此词是作者沿兰溪赴杭州时在舟中所作。起头先写兰溪清淡景致。"一巾"一句,登程。"帆迎"两句,写沿途景致,闲逸之至。过片,舟中饮酒赋诗。"避人"一句,欲与鸥鹭相交,而鸥鹭避人远去。疏放之情,自在言外,"五更"两句,以简洁笔法写夜行,于不自觉中写出淡泊闲趣。

（刘锋焘）

史 达 祖

史达祖(1163—1220),字邦卿,号梅溪,汴(今河南开封)人。屡试不第,为人作幕。因力主抗金,颇受当国太师韩侂胄赏识,入中书省为堂吏。韩败,史坐与韩交往,受黥刑,贬死于贫困中。其词以咏物见长,托寓家国之恨及身世之感。艺术上以穷极物态、音韵宛转细腻而著称于词坛。有《梅溪词》。

双 双 燕

咏 燕

过春社了,度帘幕中间,去年尘冷。差池欲住(1),试入旧巢相并。还相雕梁藻井(2),又软语商量不定。飘然快拂花梢,翠尾分开红影。　　芳径,芹泥雨润(3),爱贴地争飞,竞夸轻俊(4)。红楼归晚,看足柳暗花暝。应自栖香正稳(5),便忘了天涯芳信(6)。愁损翠黛双蛾,日日画栏独凭。

【注释】(1)差(cī)池：毛羽不齐。　(2)相(xiàng)：仔细看。藻井：饰有彩绘的天花板。　(3)芹泥：长有芹草的泥地。　(4)轻俊：轻盈、俊俏。(5)栖香：睡得很香甜。　(6)天涯芳信：《开元天宝遗事》中有燕子为思妇传信的故事。

【今译】已经过了春社，燕子才飞进帘幕，旧巢边灰尘清冷。燕子抖动着双翅，想入巢双栖双并又仔细看看藻井，呢呢喃喃地交谈，还没有商量定。轻快地掠过花梢，翠尾分开了花影。　花径上芹泥酥润，贴着地面争飞，向人炫耀自己俊俏轻盈。看够了柳色青翠，花儿朦胧的黄昏，很晚才回到红楼。睡得香甜安稳，忘了捎来天涯音讯，愁得她呀天天独自凭栏凝神。

【点评】此词吟咏春燕，形神俱佳。起首三句，先点出春燕归来的时间。春社归来，去年尘冷，一暖一冷，展现春燕给人间带来无限春意。"差池"两句写燕子欲入旧巢双栖的神态，栩栩如生。"还相"两句，写燕呢喃细语，遗貌取神。于雕梁藻井之间软语商量，华丽温馨，意趣盎然。"飘然"两句，写双燕戏春，明丽如画。"芳径"四句，写燕衔泥神态，体物入微。"红楼"两句，写双燕晚归，以人情察物情，深得化工之妙，"应自"以下，突然转折，写思妇念远。先嗔怪双燕栖香正稳，再写思妇画栏独凭。以燕之成双反衬人之孤独。至此，方知以上所写春燕归来全是思妇所见所感命意。人情物态，合二而一。

【集说】形容双燕，亦曲尽其妙也。（黄昇《花庵词选》）

不写形而写神，不取事而取意，白描高手。（卓人月《古今词统》）

仆每读史邦卿"咏燕"，以为咏物至此，人巧极天工错矣。（王士禛《花草蒙拾》）

贺黄公谓姜论史词，不称其"软语商量"，而称其"柳昏花暝"，固知不免项羽学兵法之恨。然"柳昏花暝"，自是欧秦辈句法，前后有画工、化工之殊，吾从白石，不能附和黄公矣。（王国维《人间词话》）

（杨恩成）

绮罗香

咏春雨

做冷欺花,将烟困柳,千里偷催春暮。尽日冥迷⁽¹⁾,愁里欲飞还住。惊粉重、蝶宿西园⁽²⁾,喜泥润、燕归南浦。最妙它、佳约风流⁽³⁾,钿车不到杜陵路⁽⁴⁾。　沉沉江上望极,还被春潮晚急⁽⁵⁾,难寻官渡⁽⁶⁾。隐约遥峰,和泪谢娘眉妩⁽⁷⁾。临断岸、新绿生时,是落红、带愁流处。记当日、门掩梨花,剪灯深夜语。

【注释】(1)冥迷:昏暗迷茫。　(2)"惊粉重"两句:意谓蝶粉沾雨便飞不动,只好栖于园中。　(3)佳约风流:指男女约会。　(4)钿车:以金为饰的华丽车子。　(5)春潮晚急:化用韦应物《滁州西涧》"春潮带雨晚来急"诗意。　(6)官渡:公用的渡口。　(7)谢娘:泛指歌妓。

【今译】你用寒冷欺负百花,用烟雾困住娇杨弱柳,绵延在千里大地,偷偷地催促春天老去。整天都是阴暗迷离,愁闷中看到你要停歇,谁知你偏偏又留住。粉蝶也受了惊扰,落在园中飞不起来,喜欢湿润泥土的燕子,成双成对地飞到南浦。风流的约会被你妨碍,泥泞中车子无法上路。　江边远眺,沉沉烟雾,黄昏中春潮汹涌,很难找条船儿摆渡。远处隐隐约约的山峰,像她含泪紧皱着眉头。站在陡峭的江岸,想到春草碧绿时,这儿正是落花含愁,随水漂流的地方。还记得去年这时候,门掩梨花静悄悄的,你我深夜灯前还在细语。

【点评】这首词借咏春雨吐怨。境界凄迷,写景入画。起三句,以侧入之笔,描绘春雨渐渐,烟雾朦胧的阳春烟景。然"欺花""困柳""催春暮"则将春雨人化,直吐胸中幽怨。"尽日"两句,写春雨时断时续,融入盼雨去而雨仍留的失望心情。"惊粉重"一句,写雨惊粉蝶;"喜泥润"一句,写燕戏春雨;"最妙他"两句,写人之愁。"惊""喜",体察物情;"妙"以物情反衬人情,细

致入微。过片,怀人。隐括唐人诗句,以关合春雨。"隐约"两句,设想对方之失望,却从雨中山色落想,愈见思念之切。"临断岸"两句,借流红带愁,抒写伤春之情,意余言外。"记当日"两句,推开一笔,回忆昔日春雨之夜与伊人剪灯夜话,以反衬今日之孤苦。咏雨、怀人,情词俱到。雨中烟景,历历如画。

【集说】语语淋漓,字字润泽,读此将诗声彻夜雨声寒,非笔能兴云乎。(李攀龙《草堂诗余隽》)

词中四字对句,最要凝炼,如史梅溪云:"做冷欺花,将烟困柳。"只八个字已将春雨画出。(孙麟趾《词迳》)

愁雨耶? 怨雨耶? 多少淑偶佳期,尽为所误,而伊仍浸淫渐渍,联绵不已,小人情态如是,句句清隽可思。好在结二语写得幽闲贞静,自有身分,怨而不怒。(黄苏《蓼园词选》)

史达祖"春雨"词,煞句"记当日门掩梨花,剪灯深夜语"。就题烘衬推开去,亦是一法。(李佳《左庵词话》)

诗难于咏物,词为尤难。体认稍真,则拘而不畅;模写差远,则晦而不明。要须收纵联密,用事合题,一段意思,全在结句,斯为绝妙。如史邦卿《东风第一枝》咏春雪云(词略),《绮罗香》咏春雨云(词略),《双双燕》咏燕云(词略)……此皆全章精粹,所咏了然在目,且不留滞于物。(张炎《词源》)

(杨恩成)

东风第一枝

春　雪

巧沁兰心,偷黏草甲,东风欲障新暖。谩凝碧瓦难留,信知暮寒轻浅。行天入镜(1),做弄出、轻松纤软。料故园、不卷重帘,误了乍来双燕。　　青未了、柳回白眼。红欲断、杏开素面。旧游忆著山阴(2),厚盟遂妨上苑(3)。寒炉重暖,便放慢春衫针线。恐凤靴、挑菜归来(4),万一灞桥相见。

【注释】(1) 行天入镜：韩愈《春雪》，"入镜鸾窥沼，行天马渡桥。"(2)"旧游"句：用王徽之雪夜乘兴访戴逵故事。 (3)"厚盟"一句：司马相如应约梁王兔园之宴，因雪而迟到。 (4) 挑菜：唐代以二月初二日为挑菜节。宋人沿袭此民俗。

【今译】轻轻地沁入兰草心，悄悄地粘在小草上，一场早春的雪，想挡住东风的温暖。不要怀疑碧瓦上难留它的身影，到底是寒意还很轻淡。在如镜的春空中飘扬，显得那样轻软。故园中的人儿，恐怕不会卷起珠帘，误了前来送信的双燕。 青青的柳枝，被春雪染白，红红的杏花，也被春雪儿化淡。在这银装素裹的世界，想起有人雪夜访友，也会耽误朋友赴宴。熏炉要重新点上，做春衫的针线，也可以放慢。挑菜的姑娘归来时，也许会在灞桥和雪花见面。

【点评】起三句，以侧入笔法，用春兰、小草衬托春雪。"巧""偷""欲障"，精雕细刻。"谩疑"两句，写早春之气已生，故碧瓦难留、暮寒轻浅。"谩疑""信知"，呼应得体。"行天"两句，正面写雪，细处勾勒春雪之韵。"料故园"三句，透过一层，融入流寓之叹。换头，拟人状物。柳芽方青，蒙雪而白；杏花红艳，因雪而化淡，言情体物，温馨之至。"旧游"两句，以古人踏雪清游，侧面写雪。"熏炉"五句，写春雪疏淡，时降时停，却从闺情入笔，极富情韵。

439

【集说】结句尤为姜尧章拈出。(黄昇《花庵词选》)

史邦卿《东风第一枝》咏雪，《双双燕》咏燕，姜白石《齐天乐》咏蟋蟀，皆全章精粹，所咏了然在目，且不留滞于物。(张炎《词源》)

柳杏二句，愧死梨花、柳絮诸语。(沈际飞《草堂诗余正集》)

(杨恩成)

宋词观止

高 观 国

高观国,字宾王,山阴(今浙江绍兴)人,生卒年不详。常与史达祖唱和,一时并称。其词多写恋情及闲适情趣,风格婉丽,《古今词话》称其词"工而入逸,婉而多风"。有《竹屋痴语》。

少 年 游

草

春风吹碧,春云映绿,晓梦入芳裀[1]。软衬飞花,远连流水,一望隔香尘。 萋萋多少江南恨,翻忆翠罗裙[2]。冷落闲门,凄迷古道,烟雨正愁人。

【注释】(1)芳裀:茂美的草地。 (2)翻:同反。

【今译】春风把你吹绿,你和淡淡的春云,交相辉映。晓梦中,我漫步芳裀。你轻轻地托着飞花,远远地连着春水,放眼无边的绿野,隔着薄薄的香尘。 你那无边的茂密,包容了多少江南幽恨,反而让人想起她那翠绿的罗裙。在冷落的门前,在凄迷的古道,烟雨蒙蒙正愁人。

【点评】题是咏草,却不露一"草"字,可谓咏物高手。所选意象,均与草有关,故所咏之物无不带上吟咏者的主观色彩。

(杨恩成)

菩 萨 蛮

　　春风吹绿湖边草,春光依旧湖边道。玉勒锦障泥(1),少年游冶时(2)。　　烟明花似绣,且醉旗亭酒(3)。斜日照花西,归鸦花外啼。

【注释】(1)玉勒:白玉装饰的马笼头。锦障泥:用锦做成,垂于马腹两侧,遮挡泥土。　(2)游冶:指男女交游。　(3)旗亭:酒楼。

【今译】春风吹绿了湖草,湖边小道春光依旧好。骏马玉鞍,正是尽兴游乐时。　　烟光明丽花似绣,豪饮在酒楼。直到斜日西照花,花外啼归鸦。

【点评】这是一首春日感怀词。起两句中的"依旧"二字将昔日之春光与今日之春光叠合,将思绪引向过去,接着又引出"玉勒"两句,忆起难以忘怀的昔日冶游情景。过片,回归今日。一个"且"字,引出今日情怀之不佳。"斜日"两句,以景之伤感衬人情之怅惘,何其落寞!

(刘锋焘)

卢祖皋

卢祖皋,字申之,又字次夔,号蒲江,永嘉(今浙江温州)人,生卒年不详。宁宗庆元五年(1199)中进士,累官至权直学士院。尝与"永嘉四灵"以诗相唱和。亦能词。多以伤春、惜时、自叹潦落为主,风格清丽纤雅,为南宋格律词派重要作家。有《蒲江词稿》。

江 城 子

画楼帘幕卷新晴,掩银屏,晓寒轻。坠粉飘香[1],日日唤愁生。暗数十年湖上路,能几度,著娉婷? 　　年华空自感飘零,拥春酲[2],对谁醒!天阔云闲,无处觅箫声。载酒买花年少事,浑不似,旧心情。

【注释】(1)坠粉:落花。 (2)酲(chéng):醉酒后疲惫如病的感觉。

【今译】卷起楼上的帘幕,窗外是一片新晴。再掩起屏风,只因轻轻春寒。飘香的落花，天天唤人愁生。暗暗屈指一数，十年西湖路上，有几次陪着她，欣赏阳春烟景？　　白白地悲叹，年华随水飘零。和沉醉拥抱，谁能让我清醒？天辽阔，云悠悠，听不见昔日醉人的箫声。买花载酒去游春，是年轻人的事，我全然没那份心情。

【点评】此词为伤别之作。上片写景。起三句，写久雨初晴。一个"卷"字，不只对帘幕而言，更将新晴卷进画楼上人心中。"坠粉"两句，睹落花而生春愁。一个"唤"字，妙在将坠粉拟人化。"暗数"三句，伤久别，坐实前句。下片抒情。过片叹岁华流逝，佳人远去。"天阔"两句，从杜牧"二十四桥明月夜，玉人何处教吹箫"诗句化出，神思缥缈，情景化一。末尾三句，连连怅叹，怀昔伤今，怅惘低回中含不尽伤感。

【集说】卢申之《江城子》后段……与刘龙洲词："欲买桂花重载酒，终不似，少年游。"可称异曲同工。然终不如少陵之"诗酒尚堪驱使在，未须料理白头人"为倔强可喜。（况周颐《蕙风词话》）

（杨恩成）

宋词观止

严仁

严仁,字次山,号樵溪,邵武(今属福建)人。生卒年不详。与严羽、严参并称"邵武三严"。工词,其词多写伤春之情、闺闱之趣,语言清丽工巧。有《清江欸乃集》,今不传。

醉桃源

春　景

拍堤春水蘸垂杨,水流花片香。弄花嚼柳小鸳鸯⁽¹⁾,一双随一双。　　帘半卷,露新妆,春衫是柳黄。倚阑看处背斜阳⁽²⁾,风流暗断肠。

【注释】(1)嚼(zǎn):衔。　(2)背:背向。

【今译】拍岸的春水,抚摸着轻柔的垂杨。流水中花片飘香,戏花衔柳的小鸳鸯,一对对,一双双。　　半卷的帘儿下,露出姑娘的新妆,薄薄的春衫是柳黄色的。倚着栏杆背对斜阳,为那风流事暗暗悲伤。

【点评】这是一首闺情词。上片写春景之明丽可爱,下片写人触景伤情。虽是常见题材,却无愁山怨水之故态。妙在以明丽之景传可伤之情,语言质朴而情意更真。画帘半卷,新妆微露,已含逢春失意之心。倚栏杆、背斜阳,犹如一幅美人背面图。

【集说】严仁词《醉桃源》云:"拍堤春水蘸垂杨,水流花片香。弄花嘬柳小鸳鸯,一双随一双。"描写芳春景物,极娟妍鲜翠之致,微特如画而已。正恐刺绣妙手,未必能到。(况周颐《蕙风词话》)

(杨恩成)

宋词观止

葛　长　庚

葛长庚,字白叟,自名白玉蟾,号嫔庵,又号海蟾,闽人,居琼州(今属海南)。生卒年不详。入武夷山修道。嘉定(1208—1224)中,征赴阙,官太一宫,封紫青明道真人。工画梅竹,亦能词。有《海琼集》。

南　乡　子
爱阁赋别二首(选其一)

夜月照千峰,影满荷池静袅风。明日今宵还感慨,梧桐,叶叶随云飏碧空。　　聚散与谁同? 野鹤孤云有底踪? 别处要知相忆处,无穷,总在青山夕照中。

【今译】夜月映照着群峰,荷塘中有无数倒影,风儿细细,夜儿寂静。明晚的这个时刻,又要感慨无穷。一片片梧桐叶儿,随风在碧空飘荡。　　团聚、分散,没有人陪同。野鹤、孤云,有什么固定行踪?要知道,旅途上的无穷思念,总在那青山夕照中。

【点评】题是"赋别",但所别对象并非亲朋故旧,而是曾与作者"前度几相逢"的"爱阁"。上片写爱阁夜景,虽未点醒题目,一切景物都是词人月下阁中独坐时的所见所感;下片,直抒别意,一往情深。所谓"与谁同"者,意在聚也爱阁,散也爱阁。"别处"三句,意味隽永。"青山夕照",乃是设想道别后情景,虚景实写,尤觉灵动。

（杨恩成）

宋词观止

刘 克 庄

刘克庄(1187—1269),字潜夫,号后村,莆田(今属福建)人。以荫补官,为建阳(今属福建)令时,因涉嫌作诗讪政,免废多年。理宗时,赐同进士出身,以龙图阁学士致仕。工诗,作品极丰,宗法晚唐,为江湖诗派的重要作家。善词,宗稼轩而更趋散文化。其词多感慨时事,渴望收复中原,常以"壮语"入词,豪气淋漓,亦不乏激愤悲壮。张炎谓其"负一代词名"。有《后村长短句》。

玉 楼 春

戏 林 推[1]

年年跃马长安市[2],客舍似家家似寄。青钱换酒日无何[3],红烛呼卢宵不寐[4]。　　易挑锦妇机中字,难得玉人心下事[5]。男儿西北有神州[6],莫滴水西桥畔泪[7]。

【注释】(1)戏林推:一作"戏呈林节推乡兄"。推:推官,为节度使、观察使或州郡长官的僚属。　(2)长安:借指南宋都城临安。　(3)青钱:铜钱。

古时的钱因成分不同,有青钱、黄钱之分。无何:不管其他事。 (4)呼卢:赌博时的叱喝声。程大昌《演繁露》卷六谓樗蒲(掷骰子)用五子,"凡一子悉为两面,其一面涂黑,黑之上画牛犊","一面涂白,白之上则画雉","投子者五皆现黑,则其名卢。……此在樗蒲为最高之采"。故后世称赌博为呼卢喝雉。 (5)"易挑"两句:意谓妻子的爱情是真挚的,妓女的心事就很难捉摸。锦妇机中:用苏蕙故事。《晋书·窦滔妻苏氏传》,"滔,苻坚时为秦州刺史,被徙流沙,苏氏思之,织锦为回文旋图以赠滔。宛转循环以读之,词甚凄婉。"挑:挑花纹。玉人:原指美人,此指妓女。 (6)"男儿"一句:意谓好男儿应以收复中原为己任。 (7)水西桥:这里泛指妓女们聚集之地。

【今译】年年在京城里游荡,旅舍就像你的家,家却像旅店一样。你白天在酒楼上消磨,晚上又去通宵赌博! 妻子的深情容易得,妓女们的心事难捉摸。西北的大好河山,等着有志男儿收复,不要和妓女卿卿我我。

【点评】题为"戏林推",却不流于戏谑,而是以严肃的态度规劝对方,讥讽中蕴含着光复神州之壮气,真可唤醒许多昏昏欲睡者。

【集说】玉楼春云:"男儿西北有神州,莫滴水西桥畔泪。"忆秦娥云:"宣和宫殿,冷烟衰草。"伤时念乱,可以怨矣。(冯煦《宋六十一家词选例言》)

后村玉楼春云:"男儿西北有神州,莫滴水西桥畔泪。"杨升庵谓其壮语足以立懦,此类是已。(况周颐《蕙风词话》)

(杨恩成)

清 平 乐
五月十五夜玩月

风高浪快。万里骑蟾背[1]。曾识姮娥真体态[2]。素面元无粉黛[3]。 身游银阙珠宫[4]。俯看积气濛濛。醉里偶摇桂树[5],人间唤作凉风。

宋词观止

【注释】(1)万里骑蟾背:传说月中有蟾蜍(chán chú),所以作者说他是骑在蟾背上,乘万里长风飞上月宫的。 (2)姮(héng)娥:嫦娥。传说她是后羿(yì)的妻子,因为偷吃了西王母送给后羿的长生不老药,飞升到月宫,成了月中神仙。 (3)素面:洁白的面庞。 (4)银阙珠宫:月宫。 (5)桂树:段成式《酉阳杂俎》说月中有一棵五百丈高的桂花树。故有时也将月亮称作桂魄。

【今译】我跨上蟾背,乘长风到月宫,原以为认识嫦娥真容,这时才发觉,她并没有涂脂抹粉,也那样白嫩洁净。 我在月宫漫游,俯视人间一片云雾蒙蒙。沉醉时偶然摇一下桂树,便给人间送去一阵阵习习凉风。

【点评】咏月而不拘泥于眼前,不落尘俗,且有超凡绝俗之致,方为佳作。此词得之矣。起两句写天高月朗,已是想落天外,扶摇直上。首起便令人觉其笔触不凡。"曾识"两句,写月之皎洁。先用"曾识"(即原以为)二字故意宕开,接着便用"原无"二字翻进,一开一合,一人间,一天上,超旷之至。换头写遨游月宫,俯视人间。天上"银阙珠宫"与人间"积气濛濛"相比照,愈显得天上之爽洁、人间之污浊。妙在此情并不直接道破:结尾两句,本是人间凉风习习,却从天上月宫桂树落笔,唯觉神思超宕,不着一点尘俗气。不特超出稼轩,也可与东坡携手比肩。

(杨恩成)

一 剪 梅
余赴广东(1),实之夜饯于风亭(2)

束缊宵行十里强(3),挑得诗囊。抛了衣囊。天寒路滑马蹄僵。元是王郎,来送刘郎。 酒酣耳热说文章,惊倒邻墙,推倒胡床(4)。旁观拍手笑疏狂。疏又何妨,狂又何妨!

【注释】(1)余赴广东:指作者赴广东潮州任通判。 (2)实之:作者的诗友王迈,字实之。 (3)束缊(yùn):用乱麻扎成火把。 (4)胡床:一种可以折叠、转缩的坐具。

【今译】点一支火把夜行,走出了十多里路,才发觉竟挑了诗囊,抛了衣囊。路滑天寒马蹄响,原来是王郎匆匆赶来送刘郎。 酒兴正浓的时候,高谈阔论起文章。惊动了邻人,推倒了胡床。旁观者笑我疏狂,这有何妨?狂放,又何妨!

【点评】后村以文为词,较稼轩有过之而无不及。即以此首而论,盖词人因落梅诗有"东君谬掌花权柄,却忌孤高不主张"之句而革职闲居,一肚皮怨气不吐不快。今又远官潮州,更其愤怒。遂以疏狂之态示执权柄者,以显己之狂放不羁。似此情怀,岂宜以婉转缠绵出之! 疏放之词,乃疏放胸襟之外现。

(杨恩成)

满 江 红
夜雨凉甚,忽动从戎之兴(1)

金甲雕戈(2),记当日、辕门初立(3)。磨盾鼻(4),一挥千纸,龙蛇犹湿(5)。铁马晓嘶营壁冷,楼船夜渡风涛急(6)。有谁怜、猿臂故将军,无功级(7)? 平戎策(8),从军什(9),零落尽,慵收拾。把茶经香传(10),时时温习。生怕客谈榆塞事(11),且教儿诵花间集(12)。叹臣之壮也不如人,今何及!

宋词观止

【注释】(1)从戎:从军。 (2)金甲雕戈:铁甲衣和雕饰着文采的兵器。(3)辕门初立:开始在军队中担任职务。辕门:军门。刘克庄从二十三岁起,曾做了几年军幕。 (4)磨盾鼻:以盾鼻当砚磨墨。 (5)龙蛇:形容笔势飞舞。 (6)楼船:高大的战船。陆游《书愤》诗有,"楼船夜雪瓜洲渡,铁马秋风大散关。"此句出自此。 (7)猿臂故将军:指汉代李广。他臂长如

猿,善射,与匈奴交战七十多次,最后却没得到任何封赏。功级:古代论军功要以杀敌首级多少来评定。 (8)平戎策:平敌策略。 (9)从军什:写军中生活的诗篇。 (10)《茶经》《香传》:指茶余饭后的消遣文字。《茶经》:唐陆羽撰。《香传》:关于香料的著作。宋代人侯氏《萱堂香谱》,丁谓《天香传》,沈立《香谱》,洪刍《香谱》,叶庭珪《南蕃香录》等。 (11)榆塞:泛指北方边塞。 (12)《花间集》:唐五代词集。五代蜀人赵崇祚编。选录晚唐五代十八位词人的五百首词,其内容多为描写男欢女爱生活。

【今译】想起了当年在军营披甲执锐。把盾鼻当砚,笔势如龙蛇飞腾,千篇文书顷刻一挥而成。每当拂晓,军营里,战马嘶鸣,战船破浪乘风。最终,有谁同情身经百战的英雄,竟没有任何赏封。 平敌的策略,军中的诗篇,如今已经散落,也懒得收整。常看看《香谱》《茶经》。最怕客人谈起北方边塞的军情,只能教孩子把《花间集》勤诵。我只能叹息:壮年时尚且不如人,如今更不行!

【点评】题为抒发"从戎之兴"。上片回忆"当日"军中作幕,豪壮淋漓,歇拍却一声长叹,悲从中来。下片写今日落寞闲居。"平戎策,从军什,零落尽,慵收拾","时时温习""茶经""香传","教儿诵《花间集》",全从反面命意,大有一腔热血无处可洒之叹惋。直如放翁所云:"心在天山,身老沧洲!"

(杨恩成)

卜　算　子

　　片片蝶衣轻⁽¹⁾,点点猩红小⁽²⁾。道是天公不惜花,百种千般巧。　　朝见树头繁,暮见枝头少。道是天公果惜花,雨洗风吹了。

【注释】(1)片片蝶衣轻:花瓣像蝴蝶的翅膀那样轻盈。 (2)猩红:红色。

【今译】一片片花瓣，像美丽的蝴蝶，姿态多么轻盈。一朵朵花儿，颜色鲜红。谁说天公不爱花？它把花儿打扮得千姿百态更多情。　　早晨，还看见枝头上花儿繁盛；到黄昏时候，已经看不到枝头花儿簇拥。谁说天公真爱花？一场雨、一阵风，花儿就落得一干二净。

【点评】周密《绝妙好词》谓此词题为"海棠为风雨所损"。常州派论词重在寄托。此词语言明白如话，而寄托遥深。爱花与摧残花，皆是天公行径。掩卷细思，自然得之。

（杨恩成）

宋词观止

吴 潜

吴潜(1196—1262),字毅夫,号履斋,宣州宁国(今属安徽)人。宋宁宗嘉定十年(1217)进士。官至参知政事、右丞相兼枢密使。因力主抗金,受谗,贬死循州(今广东惠阳)。与姜夔、吴文英等有交往。有《履斋诗馀》。

满 江 红

豫章滕王阁[1]

万里西风,吹我上、滕王高阁。正槛外。楚山云涨,楚江涛作。何处征帆木末去[2],有时野鸟沙边落。近帘钩、暮雨掩空来,今犹昨[3]。　　秋渐紧,添离索[4]。天正远,伤漂泊。叹十年心事,休休莫莫。岁月无多人易老,乾坤虽大愁难著[5]。向黄昏、断送客魂消,城头角。

【注释】(1)豫章:郡名,治所在今江西南昌。滕王阁:唐高祖李渊之子——滕王李元婴任洪州都督时建造。为江西名胜。　(2)木末:原指树梢,此指天边。 (3)"近帘钩"两句:意谓今日之景与当年王勃赋《滕王阁》诗时的情形一样。王勃《滕王阁诗》有"珠帘幕卷西山雨"一句。 (4)离索:离群索居孤独之感。 (5)乾坤:天地。

【今译】万里西风,把我吹上高高的滕王阁。槛外正是云浪翻滚,江涛大作。不知谁的客船,向天边驶去,几只野鸟,不时在沙滩降落。暮雨浸卷帘幕,这情景犹如当年,王勃赋诗滕王阁。 秋色越来越深,心中添一缕寂寞。人在天涯,伤四处漂泊。可叹十年心事,无法说也不想说。留下的岁月已不多。人更容易衰老,天地虽然广阔,愁却没个着落。面对黄昏,让旅客销魂的是城头上的画角。

【点评】此词为登临抒怀而作。首起两句,点醒节令(西风)、地点(滕王阁),曰"万里",已微露伤感之情。"正槛外"四句,为登阁所见之景,境界辽阔。"近帘钩"两句,今昔合写,思绪茫然。过片四句,正面写悲秋。"叹十年"以下至"愁难着",再抒心中感慨。"向黄昏"三句,归到眼前,以景传情,余音不绝。

(杨恩成)

江 城 子
示表侄刘国华

家园十亩屋头边。正春妍。酿花天。杨柳多情,拂拂带轻烟。别馆闲亭随分有(1),时策杖,小盘旋。 采山钓水美而鲜(2)。饮中仙。醉中禅(3)。闲处光阴,赢得日高眠。一品高官人道好,多少事,碎心田。

【注释】(1)别馆闲亭:别墅庭院。 (2)采山钓水:在山中采野蔬,在水边垂钓。 (3)饮中仙,醉中禅:杜甫《饮中八仙歌》写李白时说他,"天子呼来不上船,自称臣是酒中仙。"写苏晋时说他,"醉中往往爱逃禅"。作者借用这两个人的形象来抒发饮酒的乐趣。

【今译】十亩田园，就在屋子旁边。正是阳春三月，酿出百花争妍。多情的杨柳，随风翩翩起舞，惹雾含烟。田园的乐趣，随处都有，拄根拐杖，在乡野流连。　山中采取野味，水中钓来鲜鱼儿。喝醉了酒，我就是神仙，还可以逃禅。闲居的岁月，太阳老高了，还可以安眠。都说一品官好，但有多少事，让人撕裂心田。

【点评】题是赠人，实是抒发作者闲居时的情怀。词人着意写田园风光之美以及生活在田园中的悠闲之趣。结拍三句，道出了一个正直官员的心曲。

（杨恩成）

黄 孝 迈

黄孝迈,字德夫,号雪舟。生卒年不详。刘克庄曾跋其词云,谓其清丽,叔原、方回不能加其绵密。今存词四首。

湘春夜月[1]

近清明。翠禽枝上消魂。可惜一片清歌,都付与黄昏。欲共柳花低诉,怕柳花轻薄,不解伤春。念楚乡旅宿,柔情别绪,谁与温存。　空樽夜泣,青山不语,残月当门。翠玉楼前,惟是有、一波湘水,摇荡湘云。天长梦短,问甚时、重见桃根。者次第、算人间没个并刀[2],剪断心上愁痕。

【注释】(1)据清人万树《词律》,《湘春夜月》是黄孝迈自度曲。　(2)者次第:这情景。者:同“这”。

宋词观止

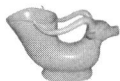

【今译】临近清明的时候，翠鸟儿在枝头啼鸣，那叫声让人听了真伤神。只可惜一片清歌，都付与了黄昏。想和柳花说说心事，又怕它太轻薄，不懂我的伤春。多么希望在南国的旅馆中，一腔柔情别绪，能有人与我温存。

酒杯已经空空，泪水也已流尽，望着青山不语，一缕残月当门。想那翠玉楼前，也只有一汪清水，映照着流云。在短短的春梦里，问一声：什么时候，才能再见到心上人？这万千思绪，真想从心头剪去，无奈利剪无处寻。

【点评】这是一首伤春伤别词。上片乃一片晚春景象。"欲共"三句，神思超宕，别有情味。下片由景入情，由实转虚，乃是透过一层写法，尤觉缥缈。结句朴而真，愈见深厚。

【集说】风度婉秀，真佳词也。（万树《词律》）

情有文不能达、诗不能道者，而独于长短句中可以委婉形容之；如黄雪舟自度《湘春夜月》云云。雪舟才思俊逸，天分高超，握笔神来，当有悟入处，非积学所到也。刘后村跋雪舟乐章，谓其清丽，叔原、方回不能加其绵密，骎骎秦郎"和天也瘦"之作。后村可为雪舟之知音。（查礼《铜鼓书堂遗稿》）

时事日非，无可与语，感喟遥深。（梁令娴《艺蘅馆词选》引麦孺博语）

（杨恩成）

黄 公 绍

黄公绍,字直翁,邵武(今属福建)人。生卒年不详。宋度宗咸淳元年(1265)中进士。隐居樵溪。善词,其小令风格明快清丽。有《在轩词》。

青 玉 案

年年社日停针线(1),怎忍见、双飞燕。今日江城春已半,一身犹在,乱山深处,寂寞溪桥畔。　　春衫著破谁针线?点点行行泪痕满。落日解鞍芳草岸,花无人戴,酒无人劝,醉也无人管。

【注释】(1)社日:古时春秋两季祭祀土神的日子。春社在立春后第五个戊日。秋社在立秋后第五个戊日。词中的社日指春社。停针线:唐宋时,社日妇人不作针线,谓之忌作。

【今译】年年社日这一天,都要放下手中针线。怎忍心看见一对对飞燕?

今年社日这一天标志着春天已过了一半。我还在乱山深处,寂寞小溪桥边。

这穿破了的春衫,上面有你的针线。一行行、一点点,泪痕还可见。黄昏停马在芳草岸,花,没有人戴,酒,没有人劝,喝醉了也没人管。

【点评】这是一首春愁词。首两句,设想家人见双燕而思远人。对面落笔,意在笔先。"今日"一句,承上启下,往复跳宕。"一身"三句,才言自己耽延于旅途之上。"一身""乱山""寂寞溪桥",不言愁肠百转而其情自见。换头,睹春衫而思家人。"落日"四句,写旅途之孤独,层层递进,语淡情深。两"针线",前虚后实,神思飞动。

【集说】"花无人戴,酒无人劝,醉也无人管",与晁补之《忆少年》起句:"无穷官柳,无情画舸,无根行客"同一警绝。(先著、程洪《词洁绝》)

无名氏《青玉案》:"日落解鞍芳草岸,花无人戴,酒无人劝,醉也无人管。"语淡而情浓,事浅而言深,真得词家三昧,非鄙俚朴陋者可冒。(贺裳《皱水轩词筌》)

(杨恩成)

宋词观止

吴 文 英

吴文英(1200—1260)字君特,号梦窗。四明(今浙江宁波)人。终生未仕,往来于江浙间,时依权贵为清客,以布衣终老。梦窗通音律,善词。其词作注重字句雕琢,精于造句,被张炎称作"七宝楼台"。词中喜欢堆砌典故,反使词旨晦涩。周济《宋四家词选》将其与辛弃疾、周邦彦、王沂孙并列为四家,以总领两宋词人。有《梦窗甲乙丙丁稿》。

唐 多 令

惜 别

何处合成愁?离人心上秋⁽¹⁾。纵芭蕉不雨也飕飕⁽²⁾。都道晚凉天气好,有明月,怕登楼。　　年事梦中休⁽³⁾,花空烟水流,燕辞归、客尚淹留⁽⁴⁾。垂柳不萦裙带住,谩长是⁽⁵⁾,系行舟。

【注释】(1)心上秋:这是用拆字法把愁字析为心、秋二字。　(2)"纵芭

蕉"句:古人常用芭蕉雨暗寓凄凉心境。此则谓纵使不下雨,芭蕉叶飕飕作响,也会使人生出凄凉之感。 (3)年事:年岁,年华。 (4)淹留:久留。(5)谩长是:老是白白地。

【今译】什么是愁?离家人心上一个秋!纵然没有雨打芭蕉,心里也是冷飕飕的。都说秋夜凉爽天气好,只是因为有朗朗明月,我最怕这时候登楼。 岁月在梦中消失,落花随烟水漂流,燕子已经告别这里,我却还耽延在旅途中。柳丝不能留住人,为什么老是,把我的船儿挽留?

【点评】此词为客中送客而作。上片写客中之愁。首两句似有轻滑之嫌。"纵芭蕉"一句,景情相因,顿使愁情跃然纸上。"都道"三句,再申逢秋而悲之意,景清丽而情悲苦。下片,抒发羁旅之愁,一情一景,凄迷哀怨。"燕辞归"以下,悲淹留他乡。"垂柳"三句,想入非非,抒写思家之苦,细致入微。意在笔先,在气格而不在字面。

【集说】此词疏快不质实。(张炎《词源》)

所以感伤之本,岂在蕉雨?妙妙。垂柳句原不熟烂。(沈际飞《草堂诗余正集》)

张皋文《词选》独不收梦窗词……以梦窗与耆卿、山谷、改之辈同列,不知梦窗者也。至董氏《续词选》只取梦窗《唐多令》《忆旧游》两篇。此二篇绝非梦窗高诣。《唐多令》一篇几于油腔滑调,在梦窗集中,最属下乘,续选独取此两篇,岂故收其下者以实皋文之言耶?谬矣。(陈廷焯《白雨斋词话》)

(杨恩成)

风 入 松

听风听雨过清明,愁草瘗花铭[1]。楼前绿暗分携路[2],一丝柳、一寸柔情。料峭春寒中酒,交加晓梦啼莺。

西园日日扫林亭,依旧赏新晴[3]。黄蜂频扑秋千索,有当时、纤手香凝。惆怅双鸳不到,幽阶一夜苔生。

【注释】(1)瘗(yì)花:葬花。铭:文体的一种。 (2)分携路:分手的路。
(3)赏:此指一个人独赏。

【今译】听风声雨声过清明,饱含着愁闷,写一篇葬花铭。楼前分手的路
口,已经绿荫葱茏。一丝丝垂柳,一寸寸柔情。春寒中朦胧醉去,惊残晓梦
的是窗外的啼莺。我每天都在西园中打扫林亭,却依旧是独赏新晴。一只只
蜜蜂,不住地扑向秋千索,原来,那上面有你当时的香气聚凝。我为自己的
孤独惆怅,这园中没有你的脚印,只有苔藓厚厚一层。

【点评】此词为怀人之作。起首便风风雨雨送走清明,落寞难以为怀,聊
以葬花铭遣之,极幽怨。"楼前"两句,方点明愁之因由在于与伊人"分携"之
后,又是杨柳绿阴时节。"料峭"两句,本想于醉中忘却烦恼,却被啼莺惊残
晓梦。恰如游龙掉尾,骤然一振,方知前面所言之情,所写之景,乃是"晓梦"
惊醒之后所感所见,饶有兴味。下片,言盼望伊人来归,却依旧孤独。"黄
蜂"两句,一片痴神痴理。"惆怅"两句,以苔生幽阶带出无限凄凉情意。回
映起句,声情并茂。

【集说】情深而语极纯雅,词中高境也。(陈廷焯《白雨斋词话》)

此梦窗极经意词,有五季遗响。"黄蜂"两句,是痴语,是深情。结处见
温厚。(谭献《谭评词辨》)

思去妾也,此意集中屡见。《渡江云》题曰:"西湖清明",是邂逅之始;此
则别后第一个清明也。"楼前绿暗分携路",此时觉翁当仍寓西湖。风雨新
晴,非一日间事,除了风雨,即是新晴,盖云我只如此度日。"扫林亭",犹望
其还赏,则无聊消遣,见秋千而思纤手,因蜂扑而念香凝,纯是痴望神理。
"双鸳不到",犹望其到;"一夜苔生",踪迹全无,则惟日日惆怅而已。(陈洵
《海绡说词》)

结句亦从古诗"全由履迹少,并欲上阶生"化出。(许昂霄《词综偶评》)

(杨恩成)

宋词观止

浣　溪　沙

　　门隔花深梦旧游,夕阳无语燕归愁。玉纤香动小帘钩(1)。　　落絮无声春堕泪,行云有影月含羞。东风临夜冷于秋(2)。

464

【注释】(1)玉纤:纤细的小手。　(2)临夜:到夜间。

【今译】一堵墙隔开了我和你,我能看到园中盛开的百花,旧情却只能在梦中回忆。在夕阳下沉默伫立,连归来的燕子都感到这里的愁苦和压抑。当你用小手掀起帘儿,慢慢地挂上银钩,风儿便送来幽香缕缕。　　到处是无声的落絮,那是春天在伤心流泪。一缕飘动的流云,遮住了半边明月,那含羞的娇容,多么像你,像你! 东风啊东风,你为什么,为什么到夜间还比秋风要冷凄?

【点评】这是一首怀旧词,但所怀之人并非远在天涯,而是近在咫尺。起首一句统摄全篇。“夕阳”句以下,全写咫尺天涯之恨,纯从心灵深处溢出。“落絮”两句,移情于物,愈显人情之哀伤,通篇句句有景,句句含情,质朴中唯觉空灵动荡。

【集说】《浣溪沙》结句贵情余言外,含蓄不尽。如吴梦窗之“东风临夜冷于秋”,贺方回之“行云可是渡江难”,皆耐人玩味。(陈廷焯《白雨斋词话》)

　　“梦”字点出所见,惟夕阳归燕,玉纤香动,则可闻而不可见矣。是真是幻,传神阿堵,门隔花深故也。“春堕泪”为怀人,“月含羞”因隔面,义兼比兴。东风回睇夕阳,俯仰之间,已为陈迹,即一梦亦有变迁矣。“秋”字不是虚拟,有事实在,即起句之“旧游”也。秋去春来,又换一番世界,一个“冷”字可思。此篇全从张子澄“别梦依依到谢家”一诗化出,须看其游思飘渺、缠绵往复处。(陈洵《海绡说词》)

"愁草瘗花铭",琢句险丽。"惆怅双鸳不到,幽阶一夜苔生。"此则渐近自然矣。(许昂霄《词综偶评》)

(杨恩成)

浣 溪 沙

波面铜花冷不收(1),玉人垂钓理纤钩(2),月明池阁夜来秋。　　江燕话归成晓别,水花红减似春休,西风梧井叶先愁。

【注释】(1)波面铜花:喻水波清澈如镜。铜花:铜镜。　(2)纤钩:指弯月。此句写美人凝望水中的弯月,犹如渔翁垂钓一样。

【今译】池水像一面明镜,在这冷清的月夜,玉人独坐池头,端详着水中的弯月,像渔翁凝望着钓钩。夜深沉,心似秋。　　南归的燕子,清晨和我在这儿分手。这满园的美景,似乎霎时间结束。西风吹过梧桐树,梧叶最先知愁。

【点评】这是一首闺愁词。上片写玉人伫立池边,怅望一弯纤月,妙在不写举首望月,而写凝望水中之弯月。无限情思,俱从倒影中映出。下片抒情,却不从眼前景入笔,而是从与江燕晓别写起,再叹红减春休,最后归到西风井梧深夜,回应上片歇拍"月明池阁夜采秋"。写景清丽,回环往复。颇有清空一气之致。诚如周济所言:"梦窗每于空际转身,非具大神力不能。"

【集说】"玉人垂钓理纤钩",是下句倒影非谓真有一玉人垂钓也。纤钩是月,玉人言风景之佳耳。"月明池阁"下句醒出。甲稿《解蹀躞》"可怜残照西风,半妆楼上。"半妆亦谓残照西风。西子、西湖,比兴常例,浅人不察,则谓觉翁晦耳。(陈洵《海绡说词》)

(杨恩成)

465

宋词观止

望 江 南

三月暮,花落更情浓。人去秋千闲挂月,马停杨柳倦嘶风。堤畔画船空。　　恹恹醉(1),长日小帘栊(2)。宿燕夜归银烛外,流莺声在绿阴中。无处觅残红。

【注释】(1)恹恹醉:醉意朦胧,神情恍惚。恹恹:形容精神不振。(2)长日:整天。

【今译】三月花将尽凋零,更惹起蜜意浓情。人儿离去,明月下秋千静静。杨柳影婆娑,疲倦的马儿风中嘶鸣,堤边游船空空。　　神情恍惚醉朦胧,整日守着小帘栊,归宿的燕儿急匆匆。屋内烛光明。流莺婉转啼声声,远在绿荫中。美好的春光已流逝,何处觅踪影?

【点评】这是一首伤春怀人词。起首两句,因景起情,感受独特。曰"情浓",实指愁情更浓。"人去"两句,清丽淡雅,不难联想到画面背后那一幕幕情浓意蜜、柔情似水的"相见欢"!过片笔锋陡转,写今日的无限怅惘和不尽思念。"宿燕"两句,通过鸟与人的对比,烘托出人的寂寞孤栖处境。歇拍与上文的"花落"相对应,感慨绵邈不尽。

(张瑞今　杨秋玉)

八 声 甘 州

陪庾幕诸公游灵岩(1)

渺空烟四远(2),是何年、青天坠长星(3)。幻苍崖云树(4),名娃金屋(5),残霸宫城(6)。箭径酸风射眼(7),腻水染花腥(8)。时靸双鸳响(9),廊叶秋声(10)。　　宫里吴王沉醉,倩五湖倦客,独钓醒醒(11)。问苍天无语,华发奈山青(12)。水涵空(13)、阑干高处,送乱鸦、斜日落渔汀(14)。连呼酒、上琴台去(15),秋与云平。

【注释】(1)灵岩:山名,在今江苏苏州西南,上有春秋时吴国的遗迹,山顶有灵岩寺,相传为吴王夫差所建馆娃宫遗址。庾幕:幕府僚属的美称。此处指苏州仓台幕府。 (2)渺:辽阔邈远。 (3)青天坠长星:谓灵岩山是天上的星辰坠落幻化而成。 (4)苍崖云树:青山丛林。 (5)名娃:美女。此处指西施。金屋:华贵的屋宇,借指灵岩山上的馆娃宫。 (6)残霸:指吴王夫差。夫差先后破越败齐国势强大,曾一度与晋国争霸中原,后为越国所败,霸业有始无终,故云。 (7)箭径:采香径。范成大《吴郡志·古迹》云,"采香迳(径)在香山之傍,小溪也。吴王种香于香山,使美人泛舟于溪以采香。今自灵岩望之,一水直如矢,故俗又名箭泾。"酸风:冷风。 (8)腻水:宫女濯妆之脂粉水。杜牧《阿房宫赋》,"渭流涨腻,弃脂水也。"花腥:花的气味。 (9)靸(sǎ):拖鞋,这里作动词用。双鸳:鸳鸯履,指妇女穿的鞋子。

(10)廊:响屟(xiè,木底鞋)廊。《吴郡志·古迹》云,"响屟廊在灵岩山寺。相传吴王令西施辈步屟,廊虚而响,故名。" (11)"倩五湖"两句:谓只有寄托江湖,弃官不做的范蠡才是清醒的。五湖倦客:指范蠡。赵晔《吴越春秋》载,范蠡助勾践灭吴后,"乘扁舟,出三江入五湖,人莫知其所适"。独钓:指隐居生活。 (12)华发奈山青:山色总是青青的,无奈自己已年老发白了。

(13)水涵空:水映长空。 (14)渔汀:水边捕鱼处。 (15)琴台:在灵岩山上,吴国遗迹,相传为西施弹琴处。

【今译】万里长空,没有云的踪影。不知是何年,青天坠下长星,幻化成苍崖云树,吴王藏娇的宫城!箭径冷风刺眼,胭脂水,染得花儿味腥。响屟廊上,当年宫女履声细细,如今,只剩一片秋叶声。 吴王沉醉馆娃宫,只有泛舟五湖的范蠡,始终头脑清醒。问苍天,苍天不说话,满头白发,山色青青,历史总是无情。碧水映长空,站在高处栏杆旁,目送乱鸦斜日坠落远处渔汀。连声唤:加满酒!踏上琴台遗址,秋色与云平。

467

宋词观止

【点评】这是一首怀古词。起三句破空而来,赞叹灵岩山胜境。接着又引出馆娃宫、采香径、响屐廊。描绘之中,凭吊历史遗迹,虚实相映,真幻叠合,亦真亦幻,犹如波谲云诡,让人难以分辨,极见作者才思之卓荦。过片,承上书写吊古之意以及范蠡功成身退之感慨。"问苍天"两句,转回自身,见其无奈与沉痛之情。"水涵空"两句转写景,以辽阔凄清之景象烘托吊古之情。结拍三句,更转一境,悲秋伤时之感与满腔豪情壮气尽皆融入寥廓苍茫之秋色。以景结情,奇谲振爽,境界高远。

【集说】词中句法,要平妥精粹。一曲之中,安能句句高妙?只要拍搭衬副得去,于好发挥笔力处,极要用工,不可轻易放过,读之使人击节可也。……如吴梦窗《登灵岩》云:"连呼酒,上琴台去,秋与云平。"……皆平易中有句法。(张炎《词源》)

"箭径"六字,承"残霸"句;"腻水"五字,承"名娃"句。此词气骨甚遒。(陈廷焯《白雨斋词话》)

过片三句,不过言山容水态,如吴王范蠡之醉醒耳。"苍波"承"五湖","山青"承"宫里",独醒无语,沉醉奈何,是此词最沉痛处。(陈洵《海绡说词》)

麦孺博云:奇情壮采。(梁令娴《艺蘅馆词选》)

(刘锋焘)

潘牥

潘牥(1205—1246),字庭坚,号紫岩,闽县(今福建闽侯)人。端平二年(1235)中进士,通判潭州。有《紫岩集》,近人赵万里辑《紫岩词》一卷。

南 乡 子
题南剑州妓馆(1)

生怕倚阑干(2)。阁下溪声阁外山。唯有旧时山共水,依然。暮雨朝云去不还。 应是蹑飞鸾(3)。月下时时整佩环。月又渐低霜又下,更阑。折得梅花独自看。

【注释】(1)南剑州:今福建南平。 (2)生怕:最怕。 (3)蹑飞鸾:意谓歌妓像仙女一样美丽。

【今译】最怕去倚栏杆,阁下是小溪流水声,远处是绵绵群山。只有旧日的山和水,依旧似从前,心上人儿一去不还。 她大概乘鸾上了天,在月光下整理佩环。月儿渐渐落下,寒霜降落人间。夜色已经深沉,留我折一枝

梅花独自看。

【点评】这是一首怀人词。上片一起两句,便有人去楼空之感叹。"唯有"三句,写眼前山水依旧,悲叹伊人一去不返。过片两句,设想其人所去之处,化用杜甫《咏怀古迹》中"环佩空归月夜魂"一句,映带出所怀之人动人的风采。遗貌取神。"月下"三句,又归到眼前,写月下怀人直至夜久更阑,只能手持梅花以寄相思。不著色彩而浓情蜜意益然。不失清空灵动之美。

【集说】此词有许多转折委宛情思。(先著、程洪《词洁辑评》)

阁下溪,阁外山句,便已婉挚,况复足山水一句乎!结凄切。(沈际飞《草堂诗余正集》)

按溪山句,梅花句,似非忆妓所能,当或亦别有寄托,题或误耳。而词致俊雅,故自不同凡艳。(黄苏《蓼园词选》)

小令中能转折,便有尺幅千里之妙。歇拍尤意境萧瑟。(况周颐《蕙风词话》)

(杨恩成)

刘 辰 翁

刘辰翁(1232—1297),字会孟,号须溪,庐陵(今江西吉安)人。宋理宗景定三年(1262)中进士,曾任濂溪书院山长(除讲学外,并总领院务),后荐居史馆,除太学博士,均坚辞不就。宋亡,隐居不仕。工诗,其评点杜甫、王维、李贺、陆游诸家诗,不乏真知灼见。其词为南宋末年一大家,世以"辛派词人"目之,以其词"风格遒上,略与稼轩旗鼓相当"(况周颐《餐樱庑词话》)。尤其宋亡以后诸作,悼念故国,感情深挚。有《须溪词》。

踏 莎 行

九日牛山作(1)

日月跳丸,光阴脱兔(2),登临不用深怀古。向来吹帽插花人(3),尽随残照西风去。　　老矣征衫,飘然客路,炊烟三两人家住。欲携斗酒答秋光(4),山深无觅黄花处(5)。

【注释】(1)九日:农历九月初九日重阳节。　(2)"日月"两句:比喻时光飞逝。　(3)向来:从前,以前。吹帽插花人:指仕途得意的人。《世说新

语·识鉴·武昌孟嘉》注引《孟嘉别传》:"晋孟嘉为征西大将军桓温参军。九月九日温游龙山,宾僚咸集,皆戎服。有风吹嘉帽落,初不觉。温令孙盛作此文以嘲之。嘉即时以答,四座嗟服。" (4)答:答谢。 (5)黄花:菊花。

【今译】日月像飞逝的弹丸,光阴如脱笼的小兔。登高望远的人啊,用不着深情地怀古。历史上多少得意的人,都被落日西风带走了。 风烛残年还漂泊在旅途,乱山深处有炊烟,三两户人家在那儿住。想对着秋光饮一杯,这莽莽深山里,却找不到菊花来伴酒。

【点评】这首词写旅途的寂寞愁苦,并融入个人仕途失意之惆怅。"登临"三句,故作洒脱,愈见悲痛。下片以深山、炊烟为背景,抒写旅途寂寞兼及客路悠悠,仕途坎坷之情,疏淡中见出心境之凄凉。

（杨恩成）

柳 梢 青
春 感(1)

铁马蒙毡(2),银花洒泪(3),春入愁城。笛里番腔(4),街头戏鼓,不是歌声(5)。 那堪独坐青灯(6),想故国,高台月明(7)。辇下风光(8),山中岁月(9),海上心情(10)。

【注释】(1)根据词意,这首词当作于南宋灭亡以后。 (2)铁马蒙毡:战马身上披着一层毡(为了防寒)。铁马:指元朝南侵的骑兵。 (3)银花:银白色的花灯。 (4)笛里番腔:笛子吹奏出少数民族的乐曲。 (5)"街头"两句:意指元军庆祝胜利,击鼓狂欢。 (6)青灯:油灯。因光青莹,故名。 (7)故国:指南宋都城临安(今浙江杭州)。 (8)辇(niǎn)下:京城。 (9)山中岁月:南宋灭亡后,作者不愿仕元,便在山中隐居。 (10)海上心情:南宋灭亡后,南宋的一些志士从海路逃亡到福建、广东沿海,继续进行抗元斗争。作者心里十分向往,故云。

【今译】满街是元朝的骑兵,装点节日的盏盏银灯,都洒下伤心的泪水,春天竟在这个时候,来到愁云笼罩的京城。笛子吹奏出异族的曲调,大街上鼓声咚咚,这哪里是什么歌声！　　谁能忍受孤独地对着青灯！临安城啊临安城,昔日楼台歌舞月儿明！想起京城的美丽风光和今日山中的隐居生活,谁能不向往那沿海志士的浴血斗争！

【点评】题是春感,却以家国时事为主,一脱伤春叹老的旧调。直叙其事,直抒其情,不肯稍加隐晦,亦不事雕琢。"辇下"三句,沉痛之至。

（杨恩成）

宋词观止

卫元卿

卫元卿,洋州(今陕西洋县)人,生卒年不详,尝领乡荐。《全宋词》收其词两首。

谒 金 门⁽¹⁾

花过雨,又是一番红素⁽²⁾。燕子归来愁不语,故巢无觅处。　谁在玉楼歌舞?谁在玉关辛苦?若使胡尘吹得去⁽³⁾,东风侯万户⁽⁴⁾。

【注释】(1)这首词《阳春白雪》卷七作李好古,《花草萃编》卷三作李好义,张端义《贵耳集》卷上作卫元卿。　(2)红素:红花白花。　(3)胡尘:指北方少数民族统治者发动的战争。　(4)侯万户:封为万户侯。侯:作动词用。

【今译】一场春雨过后,又是一片红花白花。燕子归来却犯愁,因为找不到旧时的家。　谁在边疆浴血奋斗?谁在玉楼轻歌曼舞?如果东风能吹走战尘,就应该封它万户侯。

【点评】此词为忧时之作。上片写春色依旧而江山全非。妙在以"燕子归来愁不语,故巢无觅处"将时局之混乱含蓄点出。下片起首连连质问,斥责当政者不以国家民族利益为重。结两句以设想之词,寄托胸中义愤,失望之极,沉痛之极。

(杨恩成)

宋词观止

周　密

　　周密(1232—1298)，字公谨，号草窗，又号四水潜夫、弁阳老人、华不住山人。祖籍济南，流寓吴兴(今浙江湖州)。德祐间为义乌(今属浙江)令。早年曾与张枢、杨缵等词人结为西湖吟社，又曾与吴文英结盟西湖，后人并称之为"二窗"。宋亡不仕，寄情山水，主盟临安词坛。其词以吟咏山水为主，间及亡国之思。风格多样，最受时人称赏。杨缵谓其"乐府妙天下"，吴文英将其比作张先，王沂孙将其比作姜夔，皆因其词格律严谨，字句精美。其一生著述颇多，有《齐东野语》《武林旧事》《癸辛杂识》。有词集《蘋洲渔笛谱》，又名《草窗词》。

一　萼　红

登蓬莱阁有感⁽¹⁾

　　步深幽，正云黄天淡，雪意未全休。鉴曲寒沙⁽²⁾，茂林烟草，俯仰千古悠悠⁽³⁾。岁华晚，飘零渐远，谁念我，同载五湖舟⁽⁴⁾？磴古松斜，崖阴苔老，一片清愁。　　回首天涯归梦，几魂飞西浦，泪洒东州⁽⁵⁾。故国山川，故园心眼，还似王粲登楼⁽⁶⁾。最负他、秦鬟妆镜⁽⁷⁾，好江山、何事此时游！为唤狂吟老监⁽⁸⁾，共赋消忧。

【注释】(1)蓬莱阁：在今浙江绍兴市卧龙山下，今已不存。　(2)鉴曲：鉴湖旁。　(3)"俯仰千古悠悠"：纵观古往今来，产生了伤今怀古的情思。

(4)五湖舟：用春秋时越国大夫范蠡功成身退与西施泛舟五湖事，指归隐山水。　(5)"几魂飞西浦"两句：作者自注，"阁在绍兴，西浦、东州皆其地。"几：多次。　(6)王粲登楼：东汉末年，关中大乱，王粲离长安，避乱荆州，曾写过一篇《登楼赋》，抒发故乡故国之思，情极哀怨。　(7)秦鬟：绍兴东南的秦望山，以其形似女子鬟髻，故名。妆镜：指鉴湖。　(8)狂吟老监：唐诗人贺知章。他晚年辞官归隐故乡绍兴，自号四明狂客，又因其曾任秘书监，所以作者称他狂吟老监。

【今译】走在幽暗的山道上，正是黄云惨淡、雪意还未全消的时候。鉴湖畔，沙滩送寒，烟雾笼罩着茂森修竹。俯仰人世，古往今来，沧海桑田，感慨悠悠。岁华将晚，人也老，却依旧到处漂流。谁能和我五湖泛舟？石阶那样古老，苍松歪歪斜斜，山崖阴森，遍地青苔，弥漫着一片清愁。　　回想当年漂泊天涯，也曾经将这里思念。多少次，魂飞西浦，睡梦中，泪洒东州。美丽的故国山川，望眼欲穿的故园，今日登临此地，像当年王粲登楼。最可惜灵山秀水，大好河山，为什么要在国破家亡时候来游？请唤来狂吟老监，和我一同赋愁消忧。

【点评】此词为感慨时局艰危而作。开篇从登临写起。"步深幽"三句，已非平时寻幽探胜。"云黄天淡"，"雪意未休"，已为全词定下凄凉黯淡的抒情基调。"鉴曲"三句，写登临所见。"茂林烟草"，"俯仰千古"，化用《兰亭序》句意，曲达"俯仰之间已为陈迹"之哀伤。"岁华晚"四句，既叹一己之飘

477

宋词观止

零,又伤世无知音。此意全凭"谁念我"三字呼起,令人怅叹不已。"磴古"三句,由情入景,古、斜、阴、老,以我观物,意象凄凉。下片抒情。换头三句,忽然宕开,追忆昔日漂泊天涯时对蓬莱阁的思念之情。"故国"三句,切入今日,暗写江山易主之悲。以王粲作赋比况今日登临情怀,起伏跌宕,动人心魄。"最怜他"四句,以江山之美好反跌出登临之悲。哽哽咽咽,不忍卒读。"为唤"两句,突然振起,强自宽解。貌似疏狂,其情更悲。全词掩抑沉郁,无愧压卷之誉。

【集说】公谨《一萼红》一阕,苍茫感慨,情见乎词,当为草窗集中压卷。虽使美成、白石为之,亦无以过。(陈廷焯《白雨斋词话》)

草窗擅美在缜密,如此章稍空阔,愈益佳妙。(周尔墉《周评绝妙好词笺》)

(杨恩成)

玉　京　秋

长安独客(1),又见西风,素月丹枫,凄然其为秋也,因调夹钟羽一解(2)。

烟水阔,高林弄残照,晚蜩凄切(3)。碧砧度韵,银床飘叶(4)。衣湿桐阴露冷,采凉花、时赋秋雪(5)。叹轻别。一襟幽事,砌蛩能说。　　客思吟商还怯(6)。怨歌长、琼壶暗缺(7)。翠扇恩疏(8),红衣香褪,翻成消歇。玉骨西风(9),恨最恨、闲却新凉时节。楚箫咽。谁寄西楼淡月。

【注释】(1)长安:代指南宋京城临安。　(2)夹钟羽:中吕调。燕乐二十八调的七羽之一。《玉京秋》即用此调。　(3)蜩(tiáo):蝉。　(4)砧:捣衣石。银床:井栏。因其色银白,故名。　(5)秋雪:芦花。　(6)商:夹钟商,属双调。 （7）"琼壶暗缺"：琼壶,唾壶。《世说新语》载：晋王敦酒后咏魏武"老骥伏枥,志在千里。烈士暮年,壮心不已",以如意(佩饰)击唾壶为节,壶口尽缺。 （8）"翠扇恩疏"：喻时过境迁,为人所弃。 （9）玉骨：以玉为骨。苏轼《洞仙歌》："冰肌玉骨,自清凉无汗。"

【今译】烟波渺茫空阔,高高的林梢,挂着夕阳残照。秋蝉在枝头哀鸣,捣衣石谱出秋韵,井栏旁落叶飘萧。露水打湿了衣襟,手持雪白的芦花,写一篇秋恨可好？只叹息轻易离别,满腹的心思,只有阶下的秋虫知道。想吟一曲商调,倾吐旅途的愁苦,心里竟然胆怯,把玉壶口儿敲掉。翠扇已经不用,花儿也红褪香消。这时节,西风乍起,玉骨本自清凉,只能把风儿的好心辜负了。是谁用凄凉哽咽的洞箫,寄来西楼淡月？

【点评】这是一首悲秋词。起三句,大笔挥洒,境界苍莽,有声有色,迷离中不失雄浑之气。"碧砧"两句,字斟句酌,仿佛秋韵全在砧面与落叶之上。"衣湿"五句,写心境之凄然,神情如画。过片承上启下,抒写客思之绵长,怯琼壶之暗缺,欲语还休。"翠扇"六句,错采杂金,凄艳之至。以西风之不识时而至,曲达独客之悲苦。结尾两句,以景作结,幽怨绵绵。

【集说】此词精金百炼,既雄秀,又婉雅,几欲空绝古今。一"暗"字,其恨在骨。（陈廷焯《白雨斋词话》）

南渡词境高处,往往出于清真。"玉骨"二句,髀肉之叹也。（谭献《谭评词辨》）

（杨恩成）

闻 鹊 喜

吴 山 观 涛[1]

天水碧,染就一江秋色[2]。鳌戴雪山龙起蛰[3],快风吹海立[4]。 数点烟鬟青滴[5],一杼霞绡红湿[6],白鸟

明边帆影直⁽⁷⁾，隔江闻夜笛。

【注释】(1)吴山：在今杭州西湖东南，一面临钱塘江，一面靠西湖，为杭州之名胜。观涛：观潮。　(2)染就：染成。　(3)"鳌戴"一句：谓翻滚的海潮，好像巨鳌顶起了雪山，又好像过了冬眠期的巨龙在搅动着海水。(4)快风：指大风。　(5)烟鬟：淡烟笼罩的苍山。　(6)杼：织布梭子。绡：生丝织成的绸子。　(7)明边：明处。

【今译】碧空万里，染蓝一江秋水。浪潮涌来，像巨鳌顶起了雪山，又像狂龙搅动着海水。强劲的海风，吹得大海竖立。　　点点远山苍翠欲滴，一抹晚霞被海水浸湿。鸟儿自在地飞翔，帆影出现在天际。夜静时，隔江传来一声长笛。

【点评】作者曾有《观潮》一文，状钱塘江大潮"震撼激射""吞天沃日"之雄豪景象。此词亦咏吴山观潮，读来别是一般风味。起两句写江潮欲来前之景象。一个"染"字，活画出秋江之澄静。三、四两句写潮生，波澜壮阔，绘声绘色，令人惊心动魄。过片，写风息潮平，淡烟远山，青翠欲滴，一抹红霞，映照碧水，鸥鸟翻飞，帆影点点。"隔江闻夜笛"一句，以动衬静，意犹未尽。

（刘锋焘）

文 天 祥

文天祥(1236—1283),字宋瑞,号文山,吉水(今江西吉安)人。理宗宝祐四年(1256)中进士,官至右丞相兼枢密使。宋亡,聚兵抗元,兵败被俘,囚于燕京,不屈而死。其词多抒发爱国情怀,慷慨悲壮,大义凛然,其词"风骨甚高,亦有境界,远在圣与、叔夏、公谨诸公之上。"(王国维《人间词话》)有《文山乐府》。

念 奴 娇⁽¹⁾
驿中言别友人⁽²⁾

水天空阔,恨东风、不借世间英物⁽³⁾。蜀鸟吴花残照里⁽⁴⁾,忍见荒城颓壁⁽⁵⁾。铜雀春情,金人秋泪⁽⁶⁾,此恨凭谁雪?堂堂剑气,斗牛空认奇杰⁽⁷⁾。　　那信江海余生,南行万里⁽⁸⁾,属扁舟齐发⁽⁹⁾。正为鸥盟留醉眼⁽¹⁰⁾,细看涛生云灭⁽¹¹⁾。睨柱吞嬴⁽¹²⁾,回旗走懿⁽¹³⁾,千古冲冠发。伴人无寐,秦淮应是孤月⁽¹⁴⁾。

【注释】(1)一作《酹江月》。这首词用韵也与苏轼《念奴娇·赤壁怀古》相同。　(2)驿中:指金陵(今江苏南京)驿馆。友人:指作者的好友邓剡。这首词是作者被俘后北押途中在金陵创作的。　(3)不借:不帮助。英物:英雄。　(4)蜀鸟:指杜鹃。吴花:吴宫花草。因金陵是三国时吴的都城,故云。　(5)忍见:不忍见。　(6)"铜雀"两句:写亡国之痛。铜雀:即铜雀台。杜牧《赤壁》,"东风不与周郎便,铜雀春深锁二乔。"意思是说,如果东风不帮助周瑜,那么大乔、小乔(周瑜妻)就会被曹操捉去送到铜雀台上。文天祥借此典故暗指元兵掳掠宋室妃嫔北上归于元宫。金人:即汉武帝在建章宫所树立的捧露盘的仙人。因用铜铸成,也称铜仙、金人。魏明帝曾将其移出汉宫,拟运往魏都。文天祥借此故事暗示元兵掠劫宋室文物宝器。　(7)"堂堂"两句:剑气:《晋书·张华传》载斗牛之间常有紫气,张华邀雷焕仰视。焕曰:"宝剑之精,上彻于天耳。""斗牛空认奇杰":意谓自己辜负了宝剑。　(8)"那信"两句,1276年,作者使元被拘留,后来在镇江逃脱,经海路南归。那信:想不到。　(9)"属扁舟齐发":属:托付。此指将生命托付于小舟。　(10)鸥盟:与海鸥结盟为友,借指抗元的朋友。留醉眼:指与朋友相约抗元而不忍心离别。　(11)"细看"一句:指局势对南宋朝廷不利。　(12)睨(nì)柱吞嬴:用蔺相如持和氏璧睨柱的壮气压倒了秦王嬴政的故事。事见《史记·廉颇蔺相如列传》。睨:斜视。

(13)回旗走懿:事见《三国志·诸葛亮传》裴松之注。关于诸葛亮之死,裴注引《汉晋春秋》曰,"杨仪等整军而出。百姓奔告宣王(即司马懿)。宣王追焉。姜维令仪反旗鸣鼓,若将向宣王者。宣王乃退……于是仪结阵而去,入谷,然后发丧。宣王之退也,百姓为之谚曰,'死诸葛走(吓跑)生仲达'(司马懿字)"。作者用这个故事来表现自己不妥协的抗元斗志。(14)秦淮:流经南京的秦淮河。

【今译】水阔天空,只恨东风不帮助世间的英雄。花间残照,杜鹃哀鸣,怎忍心面对残破的金陵!铜雀台上的春恨,金铜仙人的秋泪,这亡国的仇恨,靠何人洗清?光射斗牛的宝剑,错把我当作英雄。　不曾想到当年从海上逃生,只靠几只小船南行。正当我和朋友相约奋起挽救危亡时,想不到时局的变化像风云一样不定。蔺相如持璧斜视厅柱,壮气震慑了秦王嬴政。

诸葛亮虽死,也能吓退司马懿的追兵,千古正气在我胸。今日告别江南后,只能在不眠的长夜里遥望秦淮河上月明。

【点评】此词为抒发亡国之痛而作。起两句,以沉痛之笔,写亡国之痛。"蜀鸟"两句,言金陵城遭兵火洗劫后的破败景象,境界苍凉。"铜雀"三句,喟叹亡国之恨无人雪耻,春情、秋泪,皆是伤时忧国之感。"堂堂"两句,陡然一跌,生出无穷遗恨。下片三句,紧承上片歇拍两句,追忆当年镇江脱险事,"正为"两句,一扬一抑,起伏跌宕。"睨柱"三句,以昂扬志气,抒发矢志不渝之壮怀,正气凛然。"伴人"两句,悠悠长叹,以景作结,抒发对故国故园的怀恋之情,一如其《金陵驿》诗结尾:"从今别却江南路,化作啼鹃带血归。"全词壮气充中,慷慨悲壮。

【集说】陈子龙语:"文文山'驿中与友人言别',赋百字令,气冲斗牛,无一毫委靡之色。"(王弈清《历代词话》引)

(杨恩成)

宋词观止

邓剡

邓剡,字光荐,号中斋(一说名光荐,字中甫),庐陵(今江西吉安)人。生卒年不详。宋理宗时中进士,曾任礼部侍郎。文天祥抗元时,剡曾为军幕。宋亡,不仕。有《中斋词》。

浪 淘 沙

疏雨洗天清,枕簟凉生。井梧一叶做秋声。谁念客身轻似叶,千里飘零。　　梦断古台城⁽¹⁾,月淡潮平。便须携酒访新亭⁽²⁾。不见当时王谢宅,烟草青青。

【注释】(1)台城:三国时吴国的后苑城。旧址在今南京鸡鸣山南。此处代指南宋故都。　(2)新亭:旧址在今南京市南。三国时吴筑。东晋时为著名游宴之地。

【今译】疏雨洗清了长空,人间有了凉意,梧桐叶发出了秋声。谁能想到漂流千里的人,身只像一叶轻!　　梦中回到古台城,月光淡、潮水平。还带上美酒,顺便去登临新亭。看不见当年繁华景象,只有苍烟草青青。

【点评】此词为作者流落他乡、追怀故国之作。上片,客中悲秋;下片,梦游故国。以悲凄之境,抒亡国之哀思,情境相得益彰。

【集说】《雪舟脞语》:"怀君忆旧,情见乎词。"(张宗橚《词林纪事》)

(杨恩成)

宋词观止

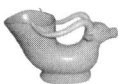

王沂孙

　　王沂孙,生卒年不详,字圣与,号碧山,又号中仙,会稽(今浙江绍兴)人。他生活在宋末元初,亲历了南宋覆亡和异族统治,元至元中,一度为庆元路(今浙江鄞州)学正。平生身世及思想感情,如厉鹗云:"残蝉身世香莼兴,一片冬青冢畔心。"(《论词》)有词六十余首,多以咏物寄托一腔故国之悲。周济论曰:"碧山胸次恬淡,故《黍离》《麦秀》之感,只以唱叹出之,无剑拔弩张习气。"(《宋四家词选·序论》)陈廷焯亦云:"感时伤世之言,而出以缠绵忠爱……"(《白雨斋词话》)他的词勾勒纤微,字句烹炼,托旨婉深,辞情哀苦,为南宋末一大家。有《碧山乐府》。

眉　妩[1]

新　月

　　渐新痕悬柳[2],澹彩穿花[3],依约破初暝[4]。便有团圆意[5],深深拜[6],相逢谁在香径。画眉未稳,料素娥、犹带离恨[7]。最堪爱、一曲银钩小,宝帘挂秋冷。　　千古盈亏休问。叹谩磨玉斧,难补金镜[8]。太液池犹在[9],凄凉处、何人重赋清景。故山夜永。试待他、窥户端正⁽¹⁰⁾。看云外山河⁽¹¹⁾，还老尽、桂花影。

【注释】（1）毛先舒《填词名解》卷三"眉妩"条："汉张敞为妇画眉，人传'张京兆眉妩'。词取以名。"此调首见于姜夔词。　（2）新痕：新月纤小，光照微弱。　（3）淡彩：淡淡的月光。　（4）初暝：初夜。　（5）团圆意：牛希济《生查子》词，"新月曲如眉，未有团圆意。"这里反用其意。（6）深深拜：唐人即有拜新月之俗。王昌龄《甘泉歌》，"昨夜云生拜新月。"施肩吾《幼女词》，"学人拜新月。"李端《拜新月词》，"开帘见新月，便即下阶拜。"宋人也有对新月置宴的记载，见《后山诗话》。　（7）"画眉"两句：吴文英《声声慢》，"新弯画眉未稳。"将新月比作嫦娥没有画好的眉毛，同时又设想是嫦娥因离愁别恨懒怠梳妆。　（8）"叹谩磨"两句：段成式《酉阳杂俎·天咫》载，"太和中郑仁本表弟与王秀才游嵩山。将暮，忽闻林中鼾睡声。寻之，见一人布衣甚洁白，枕一襆物方眠。呼之起，问所自，其人笑曰，'君知月乃七宝合成乎？月势如丸，其影日烁其凸处也。常有八万二千户修之，予即一数。'因出襆，有斤凿数事，玉屑饭两裹。"《乾淳起居注》载，"九年八月十五日曾觌进《壶中天慢》云，'云海尘清，山河影满，桂冷吹香雪。何劳玉斧，金瓯千古无缺。'上皇大喜曰，'从来月词，不曾用金瓯事，可谓新奇。"作者用本朝故实而反意，易"千古无缺"为"难补金镜"，盖以缺月难补双关残破的山河难以收复。谩：空。金镜：比喻月亮。

（9）太液池：陈师道《后山诗话》载，宋太祖尝夜幸后池，对新月置酒，当直学士卢多逊作应制诗，中有句"太液池边看月时，好风吹动万年枝。"太祖大喜，尽以坐间饮食器赐之。此句以昔日的昌盛欢乐反衬今日的凄凉衰颓。太液池：汉唐宫中池名，借指宋朝宫中的池苑。　（10）端正：犹言整齐美丽，指圆月。韩愈《和崔舍人咏月二十韵》诗，"三秋端正月，今夜出东溟。"　（11）"云外山河"：《酉阳杂俎》载，"佛氏言，月中所有，乃大地山河影也。"此既指月，亦双关故国山河。云外：极言其远。

【今译】一痕新月，冉冉升空，悬在柳梢，淡辉穿过花丛，被黄昏笼罩的大地，又透出一丝光明。新月是团圆的象征，对着夜空深深拜，不知谁和我一

宋词观止

样,与新月在花径相逢？月儿纤细,难道不是嫦娥,正颦眉伤离？像玲珑的银钩,斜挂宝帘,在清冷的秋空,最惹人怜惜。　　不必问千古万代,这月的阴晴圆缺,这月下苍茫人寰的盛衰兴亡有人说:玉斧在手,便能修月复圆。望着月下那破碎的山河,残缺的故土,纵有锋利的玉斧,又怎能修复！当年宋太祖,赏月的太液池,如今已经荒凉,还会有谁赋诗祝酒？故国的山河沉沉入夜,唯我痴痴久久地仰视,看着清虚空旷的弯月,焦急地渴望,那再度重圆的美景。怎知不是徒劳？待一轮圆月映出山河无限,清辉泼洒万家团圆,只恐月中的桂树,已老尽婆娑的倩影。

【点评】新月是一个象征,凝聚了作者深埋在心中复杂的思想感情,无比的眷念和无尽的哀伤隐痛皆寄寓其中。上片分三层写新月。第一层以"渐"字领起,以"悬""穿""破"诸动词写新月微移之状。"新痕""淡彩""依约"则就形色光影写月之纤巧,复以花、柳衬其美,笔端深深含情。"便有"一句承前,径直吐露兼爱怜与企盼的情怀,又以"深深拜"勾勒殷切之状。第二层以己度月,将一己之情移之于月,进一步写月的神态。情、景、物、我融融合一。第三层重诉爱怜,带出银钩挂宝帘的比拟。过片一声长叹,似将上片一笔抹杀,其中饱含的痛苦,转为下片的掩抑致慨。下片仍句句写月,却语语双关。作者在历史与现状、幻梦与破灭、憧憬与绝望之中挣扎沉浮,低回怅叹,曲曲道出满腹难言的哀苦。"难补金镜"叹出极度的失望,复以本朝故事比出昔盛今衰,倍加凄凉。然仍有"窥户端正"的期待,却终沉沦于绝望。作者借题发挥,言在此而意在彼,使这首咏物之作成为抒写亡国之痛、故国之思,蕴涵丰厚,情词深婉的佳作。

【集说】"千古"句忽将上半阕意一笔撇去,有龙跳虎卧之奇。结更高简。
(陈廷焯《白雨斋词话》)

碧山咏物诸篇,并有君国之忧,此喜君有恢复之志,而惜无贤臣也。(张惠言《词选》)

(何依工)

齐 天 乐

蝉

一襟余恨宫魂断(1)，年年翠阴庭树。乍咽凉柯(2)，还移暗叶，重把离愁深诉。西窗过雨。怪瑶佩流空，玉筝调柱(3)。镜暗妆残(4)，为谁娇鬓尚如许(5)。　铜仙铅泪似洗，叹携盘去远，难贮零露(6)。病翼惊秋，枯形阅世(7)，消得斜阳几度(8)。馀音更苦。甚独抱清高(9)，顿成凄楚。谩想薰风(10)，柳丝千万缕。

【注释】(1)"一襟"一句：马缟《中华古今注》，"昔齐后忿而死，尸变为蝉，登庭树嘒唳而鸣。王悔恨，故世名蝉为齐女焉。"　(2)凉柯：秋天的树枝。　(3)瑶珮、玉筝：用以比喻蝉声。　(4)镜暗妆残：意谓青春已逝，借以喻秋蝉。　(5)娇鬓：娇美的蝉翼。　(6)"铜仙"三句：用唐李贺《金铜仙人辞汉歌》诗意。后人以此喻亡国之恨。蝉以清露为饮，玉盘既被移去，蝉即断饮。　(7)"病翼"两句：状秋蝉处境之艰难。　(8)消得：禁得起，经得住。　(9)清高：此指高洁的情操。　(10)薰风：南风，借指夏天，此时正是蝉的生命最旺盛时期。

【今译】一腔余恨，多么像含恨而死的齐后之魂，年年在庭树，在翠阴。蝉刚刚还在枝头上，转眼又移到叶底，把离愁重吟。一场雨过西窗，是谁在敲击玉佩，弹奏起哀筝，空里流怨，袅袅余韵。镜上落满灰尘，残妆已不是青春，你还在为谁展示娇鬓！　你一定在悲叹铜仙，泪如泉涌，玉盘被移出旧宫，再难把玉露贮盛。病翼在秋风中颤动，枯槁的形骸，依旧残留人间，经受时世的折磨，也不知还能够禁得起几番斜阳凄风？余音更苦痛！你为何独守高洁情操，落得如此凄凉处境！也说不定，你在留恋曾经吹拂柳丝的南风。

【点评】题是咏蝉，实则以蝉自喻，寄托家国之恨。上片起首两句，开宗

宋词观止

明义,点醒一襟余恨,年年萦怀。托齐后宫魂,寄寓故国之思。"乍咽"三句,写蝉含恨苦吟,游栖不定。"乍咽""暗移",辗转流徙,凄苦万状。"西窗"三句,写雨后蝉鸣。着一"怪"字,非责怪,乃是惊异雨后蝉声凄越。"镜暗"两句,既叹蝉之青春不再,又惊异其"娇鬟"尚存,以"为谁"二字提顿,遥接前面的"怪"字,词意跌宕回旋。过片三句,于用典中驰骋想象,以秋天无露可饮、生计之艰,暗喻一己处境之凄凉,又兼及亡国亡家之恨,含蕴深厚,浑化无迹。"病翼"三句,紧承前盘移露难贮,写秋蝉饱经人世沧桑,危在旦夕。病翼、枯形、几度残阳,语极沉痛。怜蝉亦是伤己。"余音"三句,先写蝉将终前之哀吟,再叹其抱节守志,不趋流俗而落得凄楚的悲凉遭遇。与作者宋亡不仕,持守节操之品格相关。若隐若现,吞吞吐吐。结两句,陡然一转,追思夏日盛时之欢欣。低回荡漾,愈觉其哀。堪称咏物词中之佳篇。

【集说】此家国之恨。(周济《宋四家词选》)

此是学唐人句法、章法。"庾郎先自吟愁赋",逊其蔚跂。(谭献《谭评词辨》)

字字凄断,却浑雅不激烈。(陈廷焯《白雨斋词话》)

详味词意,殆亦黍离之感。"宫魂"字点出命意。"乍咽还移",慨播迁也。"西窗"三句,伤敌骑暂退,燕安如故。"镜暗"二句,残破满眼,而修容饰貌,侧媚依然,衰世臣主,全无心肝,千古一辙也。"铜仙"三句,宗器重宝,均被迁夺,泽不下究也。"病翼"两句,是痛哭流涕,大声疾呼,言海岛栖流,断不能久也。"余音"三句,遗臣孤愤,哀怨难论也。"漫想"二句,责诸臣到此,尚安危利灾,视若全盛也。(王鹏运《花外集·跋》)

(杨恩成)

蒋 捷

蒋捷,字胜欲,号竹山,阳羡(今江苏宜兴)人,生卒年不详。度宗咸淳十年(1274)中进士。宋亡,隐居太湖中竹山,守节以终。与王沂孙、周密、张炎并称为"宋末四大家"。其词"炼字精美,音词谐畅,为倚声家之榘矱"(法度)。语多创获,洗练自然,兼具豪放与婉约两种风格。其抒发故国家山之痛,上承辛弃疾之余风,下启清初陈维崧一派。但由于隐居生活的限制,其词较少正面反映时世巨变。有《竹山词》。

一 剪 梅

舟 过 吴 江⁽¹⁾

一片春愁待酒浇,江上舟摇,楼上帘招⁽²⁾。秋娘渡与泰娘桥⁽³⁾,风又飘飘,雨又萧萧。 何日归家洗客袍?银字笙调⁽⁴⁾,心字香烧⁽⁵⁾。流光容易把人抛,红了樱桃,绿了芭蕉。

【注释】(1)吴江:在今江苏苏州市南、太湖东。 (2)帘招:酒旗。(3)"秋娘渡与泰娘桥":吴江境内的两个地名。 (4)银字笙:"制笙以银作字,饰其音节。"(沈雄《古今词话·词品》)调(tiáo):调拨乐器。 (5)心字香:做成"心"字形的香。

【今译】心头的一片春愁,等着美酒去浇。船在江上晃悠,岸边有酒旗相招。过了秋娘渡,来到泰娘桥,风飘飘,雨潇潇。 什么时候才能回到家?佳人焚香调笙,洗去心头的烦恼!无情的岁月,容易把人抛。眼前又是红樱桃,绿芭蕉。

【点评】这首词抒写旅途漂泊之愁,却以清丽浏亮之笔法出之。上片写春愁难解,起伏跌宕;下片写旅途思家,叹息"流光"使人老。以"红了樱桃,绿了芭蕉",将无形的流光与时序的变化为具体可见之事物,灵动流丽,自然谐畅。

(杨恩成)

虞 美 人
听 雨

少年听雨歌楼上,红烛昏罗帐。壮年听雨客舟中,江阔云低,断雁叫西风[1]。 而今听雨僧庐下,鬓已星星也[2]。悲欢离合总无情,一任阶前[3],点滴到天明。

【注释】(1)断雁:孤雁。 (2)星星:形容白发稀疏。 (3)一任:听任。

【今译】年轻的时候,在歌楼上听到雨声,红烛映照罗帐,醉眼蒙眬。壮年的时候,在客船上听到雨声,江阔云浓,孤雁叫西风。 如今在僧舍里,听见雨声,已是白发星星。人世的悲欢离合,总是那么无情。听任阶前的雨声,点点滴滴,一直到天明。

【点评】题是听雨，却纵写一生坎坷，历历如画。"少年"听雨，一派风流香软之气；"壮年"于落拓不遇中"听雨"，凄清苍凉；晚年于僧舍听雨，境况枯寂，孤独幽冷，于身世之叹中融入世道沧桑之感，毛晋谓竹山词"磊落横放，与辛幼安同调"。观此词堪同幼安《丑奴儿》"少年不识愁滋味"相比肩。

【集说】"悲欢离合总无情"两句，此种襟怀，固不易到，然亦不愿到也。（许昂霄《词综偶评》）

(杨恩成)

霜 天 晓 角

人影窗纱，是谁来折花？折则从他折去[1]，知折去，向谁家？　　檐牙枝最佳[2]，折时高折些。说与折花人道；须插向，鬓边斜。

【注释】(1)从：任随，听任。　(2)檐牙：屋檐边。

【今译】人影映上窗纱，原来是有人来摘花。折花，让他随便折吧！不要管她摘了花去谁家！告诉她屋檐边那一枝，是最好的花，折的时候，折高一点。戴的时候，要斜插在鬓边。

493

【点评】竹山词以炼字精深而著称。此词却明白如话，似从不经意处流出。然细细品味，却于尺幅短札中，细腻地刻画了人物形态。

(杨恩成)

宋词观止

张　炎

张炎(1248—1314),字叔夏,号玉田,又号乐笑翁,祖籍凤翔(今属陕西),寓居临安。为南宋初年中兴名将张俊之后代,词人张镃曾孙,张枢之子。宋亡后,流落而终。工词,为南宋末年重要词人。其词师法周邦彦、姜夔,属格律词派,以婉丽为宗,格调圆润。早年词多写山林清游之雅趣,宋亡后词风转为苍凉凄怨,多身世家国之叹。所撰《词源》一书,论述词律与作法较系统,品评前人词作亦自成一家之言。有《山中白云词》。

浪　淘　沙

题陈汝朝百鹭画卷

玉立水云乡(1),尔我相忘(2)。披离寒羽庇风霜(3)。不趁白鸥游海上(4),静看鱼忙。　　应笑我凄凉,客路何长!犹将孤影侣斜阳(5)。花底鹓行无认处(6),却对秋塘。

【注释】(1)玉立:亭亭玉立。　(2)尔我:你、我。　(3)披离:散乱,不整齐。　(4)不趁:不追随。　(5)将:带着。　(6)鹓行:朝廷官员排成的行列。鹓(yuān):鹓鶵,凤凰一类的鸟。无认处:找不到自己的位置。

【今译】洁白的鹭鸶,亭亭玉立在水云乡,把一切烦恼遗忘。用一身散乱的羽毛,抵挡世间的风霜。我不愿追随白鸥到大海去遨游,只静静地站在水边,看鱼儿碌碌奔忙。　它们会笑我凄凉,还在漫漫旅途上,拖着长长的身影,陪伴着夕阳。在官场还没找到自己立足的地方,却已面对秋水池塘。

【点评】这是一首题画词。作者在题咏白鹭的同时融入了个人的身世之叹,并借题发挥,用白鹭的悠闲来反衬自己风尘仆仆于宦途之上,却又一事无成。"犹将"三句,未免黯淡凄凉。

(杨恩成)

解　连　环
孤　雁

楚江空晚⁽¹⁾,恨离群万里,恍然惊散⁽²⁾。自顾影、却下寒塘⁽³⁾,正沙净草枯,水平天远。写不成书,只寄得相思一点⁽⁴⁾。料因循误了,残毡拥雪,故人心眼⁽⁵⁾。　谁怜旅愁荏苒⁽⁶⁾?谩长门夜悄⁽⁷⁾,锦筝弹怨。想伴侣犹宿芦花,也曾念春前,去程应转。暮雨相呼⁽⁸⁾,怕蓦地玉关重见⁽⁹⁾。未羞他双燕归来,画帘半卷。

495

宋词观止

【注释】(1)楚江:泛指南方。　(2)恍(huǎng)然:失意的样子。(3)顾影:看着自己的影子。　(4)"写不成"两句:大雁飞行时,其队形如字。孤雁则不能,因而也就写不成书信,只能寄托一点相思。　(5)"料因循"三句:意谓因拖沓而耽误了在艰苦环境下坚持节操的故人传达心事。料:估计。因循:拖沓,疲沓。残毡拥雪:用苏武食雪裹毡毛的故事。　(6)旅愁荏苒:旅愁与日俱增。　(7)"谩长门"一句:杜牧《早雁》,"仙掌月明孤影

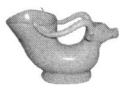

过，长门灯暗数声来。"作者化用此诗意，借以渲染孤雁的哀怨。　　（8）暮雨相呼：崔涂《孤雁》诗，"暮雨相呼失，寒塘欲下迟。"　　（9）蓦（mò）地：忽然。

【今译】南天的黄昏，一只孤独的大雁，正为离群失意，只好让孤影做伴。想在寒塘边栖身，这里却是沙滩空旷，百草枯干，平水连着远天。孤雁啊孤雁，你写不成书信，只能寄来一点点相思。你呀你，肯定是因为太拖沓，所以才耽误了守节志士的心愿。　　谁能知道你的愁苦一天比一天多？漫漫长门夜，锦筝弹吐哀怨。这时候，伴侣们，正宿在芦花边。也许正叨念：春天到来前，你也会飞回北边。暮雨中发出呼唤。最惊喜突然间，在玉门关外重相见。到那时也不会因为燕子双双入画帘，而你却感到羞惭。

【点评】题为咏雁，却处处与人关合，雁即人，人亦形同孤雁。上片起首三句便写出离群雁所处境界之清冷空寂。"自顾影"三句，进一步描绘环境对孤雁之不利。"寒塘"已生出无限凄凉，而"顾影"自怜的孤雁竟找不到一块有遮蔽的栖身之地。环境之险恶，孤雁处境之艰难，仅用"沙净草枯，水平天远"八字写尽。"写不成"两句，乃孤雁自悲自叹之词。"相思"乃一句之关键，既是孤雁思群，又是词人思念故人，人雁合一，苦不堪言。"料因循"三句，乃词人替孤雁设想之词，虽有责怪孤雁之意，然一个"料"字，使语气稍加缓和，更显得幽怨缠绵。下片，"谁怜"一句，一提顿，显出词人同情孤雁之心，紧接着又化用杜牧"仙掌月明孤影过，长门灯暗数声来。"诗句，写孤雁漂泊旅途之苦状。"想伴侣"三句，写孤雁思群，并用透过一层之笔法，写群雁对孤雁之思念，从对面落笔，委曲婉转。"暮雨"以下，再进一层，设想孤雁归群时之惊喜，于孤凄中稍现出一丝喜悦。下片全是心理描写，又以景语传达心声。明是咏雁，实则以孤雁自况，表达婉转曲折，不露痕迹。

【集说】钱塘张叔夏尝赋孤雁词，有"写不成书，只寄得相思一点。"人皆称之曰"张孤雁"。（孔齐《至正直记》）

起是侧入而气伤于傈。"写不成书"二句，若槜李之有指痕；"想伴侣"二句，清空如话；"暮雨"二句，若浪花之圆趿，颇近自然。（谭献《谭评词辨》）

"写不成书，只寄得相思一点。"沈昆词："奈一绳雁影，斜飞点点，又成心

字。"周兴誉词:"无赖是秋鸿,但写人人,不写人何处。"三词咏雁字,名目巧思,皆不落恒蹊。(继昌《左庵词话》)

"写不成书"二句,写孤字入妙,即怀人之作,亦极缠绵幽渺之思,况咏孤雁? 人雁双关,允推绝唱。下阕"伴侣"以下数语,替孤雁着想,沙岸芦花,念其故侣,空际传情,不让唐人"暮雨相呼疾,寒塘欲下迟"之句,借喻人事,亦"停云"之谊、故剑之思也。结句以双燕相形,别饶风致,且自喻贞操也。(俞陛云《玉田词选释》)

（杨恩成）

高 阳 台

西 湖 春 感

接叶巢莺⁽¹⁾,平波卷絮⁽²⁾,断桥斜日归船⁽³⁾。能几番游? 看花又是明年。东风且伴蔷薇住,到蔷薇,春已堪怜。更凄然,万绿西泠⁽⁴⁾,一抹荒烟。　　当年燕子知何处? 但苔深韦曲⁽⁵⁾,草暗斜川⁽⁶⁾。见说新愁⁽⁷⁾,如今也到鸥边。无心再续笙歌梦⁽⁸⁾,掩重门、浅醉闲眠。莫开帘,怕见飞花,怕听啼鹃。

【注释】(1)接叶:树叶很密。　(2)平波卷絮:春水泛涨,水面上漂浮着柳花。　(3)断桥:在西湖孤山旁,里湖和外湖之间。　(4)西泠(líng):桥名,在孤山下。　(5)韦曲:在唐京城长安南,因韦氏世居于此,故名。这里借指南宋都城近郊。　(6)斜川:在江西星子县和都昌县之间的鄱阳湖中。晋陶渊明归隐后常来此游览。这里借指风景名胜之地。　(7)见说:听说。　(8)笙歌梦:指再去回味昔日繁华的生活。

【今译】密密的叶底黄莺啼鸣,柳絮在一湖春水中翻卷。直到黄昏落日,归船划过断桥边。还能游览几番? 要看花就等明年。东风且给蔷薇做伴,到蔷薇花开放的时候,春色已让人伤感。更凄惨的是西泠桥头绿色浓浓,仍笼罩着一缕荒烟。　　当年的燕子飞到何处? 眼前只有深深的绿苔,萋萋

宋词观止

荒草无边。如今，听说这春愁，也把无忧的鸥鸟感染。无心回忆昔日的狂欢，只能关住一道道门，饮几杯解愁的酒，带着浅醉闲眠。不要掀开窗帘，我怕看见落花，更怕听见啼鹃。

【点评】此词为抒写家国之恨而作，当写于南宋亡后。上片，写西湖暮春景象。起首三句，从写景入笔：密叶啼莺、平波漂絮、断桥落日，不言情而黯然伤神之情已包融景中。"能几番游"两句，点明春色将残。虽淡淡道出，而其情更哀。"东风"一句，忽发欲留春色之痴想，而"到蔷薇"一句，又幡然省悟。起伏跌宕，一波三折。"更凄然"三句，归到眼前所见之荒凉景象，语极沉痛。下片抒发游湖之感慨。"当年"三句，紧承上片歇拍而来，因"苔深""草暗"，故而燕子不来。昔盛今衰，亡国之痛，一并流溢笔端。"见说"两句，故作宕开之笔，写江山之恨，无处不有。"无心"两句，翻进，直抒胸臆，感叹繁华难再。"莫开帘"三句，于无可奈何中点出自己今日寂苦之状。全词融写景、议论、抒情于一体，以疏淡之景寄托亡国之哀思。颇具婉转含蓄之妙。

【集说】玉田《高阳台》一章，凄凉幽怨，郁之至，厚之至，与碧山如出一手，乐笑翁集中亦不多觏。（陈廷焯《白雨斋词话》）

"能几番"二句，运掉虚浑。"东风"二句，是揩注，惟玉田能之，为他家所无。换头见章法，玉田云："最是过变，不可断了曲意"是也。（谭献《谭评词辨》）

词贵愈转愈深。稼轩云："是他春带愁来，春归何处，却不解带将愁去。"玉田云："东风且伴蔷薇住，到蔷薇春已堪怜。"下句即从上句转出，而意更深远。（沈祥龙《论词随笔》）

（杨恩成）

清　平　乐

候蛩凄断⁽¹⁾，人语西风岸。月落沙平江似练，望尽芦花无雁。　　暗教愁损兰成⁽²⁾，可怜夜夜关情。只有一枝梧叶，不知多少秋声？

【注释】(1)候蛩:蟋蟀。 (2)兰成:梁朝诗人庾信小字。

【今译】蟋蟀声声,催人魂断,在西风岸边,诉离情。落月映照着沙滩,江水像洁白的绸缎。无边的芦花丛中,没有栖雁。 这景象,折磨着流落他乡的兰成,夜夜都为此伤情。只有一枝梧叶,却不知道它能吟唱出多少秋声?

【点评】这是一首悲秋词。上片写肃杀之秋景,下片抒发触景而生之愁情。写景则寂寥空阔,精炼含蓄;抒情则以少胜多,"一枝梧叶","多少秋声",景语情语,妙合无垠。

【集说】姑苏汾湖居士陆行直辅之有家妓名卿卿,以才色见称。友人张叔夏为作古清平乐赠之,云"候蛩凄断,人语西风岸。月落沙平流水漫,惊见芦花来雁。可怜瘦损兰成,多情应为卿卿。只有一枝梧叶,不知多少秋声。"后二十一载,行直以翰林典籍致政归,则叔夏、卿卿皆下世矣。行直作《碧梧苍石图》并书张词于卷端,且和之云:"楚天云断,人隔潇湘岸。往事悠悠江水漫,怕听楼前新雁。深闺旧梦还成,梦中独记怜卿。依约相思碎语,夜凉桐叶声声。"(汪砢玉《珊瑚网》)

"只有一枝梧叶"二句,淡语能腴,常语有致,唯玉田为然。(许昂霄《词综偶评》)

(杨恩成)

甘　州(1)

辛卯岁(2),沈尧道同馀北归(3),各处杭越(4)。逾岁,尧道来问寂寞,语笑数日,又复别去。赋此曲,并寄赵学舟(5)别来尧道作秋江、赵学舟作曾心传。

记玉关踏雪事清游(6)。寒气脆貂裘(7)。傍枯林古道,

长河饮马,此意悠悠。短梦依然江表(8),老泪洒西州(9)。一字无题处,落叶都愁(10)。　载取白云归去(11),问谁留楚佩(12),弄影中洲。折芦花赠远,零落一身秋。向寻常野桥流水,待招来、不是旧沙鸥(13)。空怀感,有斜阳处,却怕登楼。

【注释】(1)甘州:《八声甘州》。此词作于作者北游元都南归后的第二年,即1292年。　(2)辛卯岁:元世祖至元二十八年(1291)。　(3)沈尧道:沈钦,作者的词友。北归:从元都燕京(今北京)回到南方。　(4)杭越:杭,杭州。越,越州,治所在今浙江绍兴。　(5)赵学舟:赵与仁号学舟。作者的词友。　(6)玉关:玉门关,词中代指边地。　(7)敧:周济《宋四家词选》作"敝"。　(8)短梦:作者北游元都,目的是想获得一官半职,但却未能实现。江表:江东。　(9)西州:古城名,在今南京西,此处代指杭州。《晋书·谢安传》载羊昙为谢安所重。安死后,昙郁郁不乐,行不由西州路(谢安扶病还都时经过此地)。一日,醉酒后不觉至州门,痛哭而去。作者用此典故暗寓家国之恨。　(10)"一字"两句:用红叶题诗典故,是说自己所处环境凄凉,竟连题诗的红叶都没有。(11)白云:指与白云为伴,暗指隐居。陶弘景《诏问山中何所有诗作答》,"山中何所有? 岭上多白云。只可自怡悦,不堪持赠君"。　(12)楚佩:楚女湘夫人的佩饰。这里借湘夫人怀念湘君(见《楚辞·湘君》)来指朋友间的友情。(13)旧沙鸥:旧朋友。

【今译】还记得,我们一起在塞外踏雪赏游,寒风吹透貂裘。在枯林旁、古道边,长河饮马兴致悠悠。一场短梦醒来,依然人在江东,老泪洒在旧国都。落尽满山红叶,却一个字都没有题上,连落叶都失望、发愁。　带一片白云归去,把思念留在中洲。折一枝雪白的芦花,赠给远行的朋友。如今的我,像深秋,一无所有。在常去的野桥流水边,招来的不是旧友。愁,又有何用? 能在斜阳映照的地方远望,却怕登楼。

【点评】这是一首赠别词。上片,起首五句追忆昔日北游情事。枯林古道、长河饮马、踏雪赏游,清劲中不乏旷放之气。"短梦"两句,顿然一转,写南归后的凄楚心境。一张一弛,起伏跌宕。"一字"两句,翻用红叶题诗典故,道出愧对旧友来访之情,亦点醒小序中"来问寂寞",意在言外。下片抒发赠别之情。"载取"三句,故作提顿,曲尽依依不舍之情。"折芦花"两句,抒写别情,构思新巧。"向寻常"两句,写别后之思念,显出二人感情之深挚。"空怀感"三句,翻用王粲《登楼赋》,思友之中融进故国不堪回首之意。以景作结,情在言外。

【集说】一气旋折,作壮词须识此法。白石嘤求稼轩,脱胎耆卿,此中消息,愿与知音人参之。"一字无题处"二句,恢诡。结有不著屠沽之妙。(谭献《谭评词辨》)

上阕"短梦"以下四句,能用重笔,力透纸背。为《白云词》中所罕。"折芦花"二句,传诵词苑,咸推名句。(俞陛云《玉田词选释》)

(杨恩成)

南　浦

春　水

　　波暖绿粼粼,燕飞来,好是苏堤才晓⁽¹⁾。鱼没浪痕圆⁽²⁾,流红去,翻笑东风难扫。荒桥断浦,柳阴撑出扁舟小。回首池塘青欲遍,绝似梦中芳草⁽³⁾。　　和云流出空山,甚年年净洗⁽⁴⁾,花香不了?新绿乍生时,孤村路,犹忆那回曾到。余情渺渺,茂林觞咏如今悄⁽⁵⁾。前度刘郎归去后,溪上碧桃多少⁽⁶⁾。

宋词观止

【注释】(1)苏堤:即杭州西湖上的苏堤。　(2)没:潜入水中。(3)"回首"两句:化用谢灵运"池塘生春草"诗句。　(4)甚:为什么。(5)茂林觞咏:化用王羲之《兰亭集序》:"此地有崇山峻岭,茂林修竹","一觞一咏,亦足以畅叙幽情"句意。　(6)"前度刘郎"两句:唐刘禹锡有《游玄都观》《再游玄都观》诗。前诗有"玄都观里桃千树,尽是刘郎去后栽"之句;后诗有"种桃道士今何在,前度刘郎今又来"之句。此处两意合用,借以抒发友朋聚散的感慨。

【今译】粼粼绿波透出春的暖意,燕子归来的时候,正是苏堤春晓。鱼儿在春水中嬉游,泛起一圈圈涟漪,落红偎依着春水,只笑东风难清扫。小桥边、渡口旁,柳阴中撑出小船儿。春草快绿遍池塘,就像梦中的芳草。白云伴你流出空山,为什么,年年如此,洗出花香,洗出娇娆?春绿刚生的时候,就想起村外弯弯小路,那一年,我也曾到。今日重来,情怀渺渺。茂林修竹,一觞一咏,如今少了朋友,它也静悄悄。那次和朋友分手后,不知溪边碧桃开了多少!

【点评】此词赋春水,兼及怀旧。上片起三句,写春水融融之状。"暖"字、"绿"字,人情物状毕现。"苏堤才晓"之"晓"字,万物复苏之情俱融其中,暗中关合"春水"。"鱼没"三句,虽就鱼和落红入笔,然"浪痕圆""流红去",仍与春水黏合。侧入笔法,更富妙趣。"荒桥"两句,以游人无处不在,写春水之媚人悦性。"回首"两句,翻用古人之诗句,写池塘春水之明丽。过片四句,忽然宕开一笔,生出奇想,追溯春水之源。以山涧小溪,春水春花,年复一年,流水花香,来赞美春水孕育花香不了(无尽)之神功。以提顿命义,不从正面落,愈见出词人对春水赞美之情。"新绿"以下,转入怀旧,孤村、小路、茂林、修竹,溪上碧桃,风景依旧,而余怀渺渺,虽未写春水,但"茂林觞咏"仍使人想见作者当年与朋友曲水流觞之雅兴,是为睹春水而伤怀。题为"春水",却多用侧写技巧,不即不离,空灵活脱。

【集说】"荒桥断浦,柳阴撑出扁舟小",赋春水入画。(周密《绝妙好词》)

"鱼没"五字静细。"和云流出空山",神化之句。碧山(王沂孙)"春水"一篇不能及此。"前度"二句,婉约清丽。(陈廷焯《云韶集》)

"春水"词,为玉田盛年所作,以此得名。论其格局,先写景,后言情,意亦犹人。审其全篇过人处,能运思于环中,而传神于象外也。论其字句,上阕言春水浮花,而云东风难扫,俱见巧思;言春水移舟,而云断涧生波,且自柳阴撑出,以写足春字。用春草碧色作陪,更用池塘诗句,以夹写之,皆下语经意处。转头处,"和云"六字,赋春水之来源,句复偶傥。"花香"二句,水流花放,年复一年,喻循环之世变,钱武肃所谓"没了期"也。含意不尽,后路以感旧作结,融情景于一家,结句复以桃溪点缀春水,到底不懈。(俞陛云《玉田词选释》)

(杨恩成)

宋词观止

文 及 翁

文及翁，字时学，号本心，绵州（今四川绵阳）人，生卒年不详。徙居吴兴。宝祐元年（1253）中进士。历官国子司业、礼部郎官兼学士院权直、秘书少监，出知袁州。德祐元年（1275），自试尚书礼部侍郎除签书枢密院事。元兵将陷临安，弃官而去。宋亡，累征不起。《全宋词》存词一首。

贺 新 郎
西 湖

一勺西湖水，渡江来、百年歌舞，百年酣醉。回首洛阳花世界，烟渺黍离之地[1]。更不复、新亭堕泪[2]。簇乐红妆摇画舫，问中流、击楫谁人是[3]。千古恨，几时洗。

余生自负澄清志[4]。更有谁、磻溪未遇[5]，傅岩未起[6]。国事如今谁倚仗，衣带一江而已[7]。便都道、江神堪恃。借问孤山林处士[8]，但掉头、笑指梅花蕊。天下事，可知矣。

【注释】(1)黍离之地:昔日宫殿已经禾黍丛生,破败不堪。　(2)新亭堕泪:语出《世说新语》,意谓举目有江山之恨。　(3)中流击楫:用祖逖北伐、临长江中流盟誓故事。　(4)澄清志:《后汉书·范滂传》,"滂登车揽辔,慨然有澄清天下之志。"意谓变混乱为太平。　(5)磻(pán)溪:在今陕西宝鸡东南。相传吕尚钓于磻溪而遇周文王。　(6)傅岩:古地名,在今山西平陆东。相传傅说(yuè)为奴隶时,曾在此筑墙,被商王武丁发现,任为大臣。(7)衣带一江:言长江犹如衣带般窄小。　(8)林处士:即北宋初年隐士林逋。他长期隐居西湖孤山,种梅养鹤。

【今译】一勺西湖水,竟让人们渡江以来,百年歌舞,百年沉醉! 回头看看中原,早被烽烟笼罩,荒草遍地。有几个人,能为江山落泪? 一湖浓妆艳抹,一湖画船笙歌,能在长江中流盟誓,不知还有谁? 千古恨,几时洗?
我自负平生有澄清天下壮志。却想不到老死磻溪! 更不敢奢望能够傅岩再起! 国家今天依靠谁? 休说有长江天堑,那不过是一条衣带而已。竟有人认为江神能把我们护卫! 去问问孤山林处士,连他都扭头一笑,指指几树繁梅。天下事,可知矣。

【点评】这首词有感于国势日非、风雨飘摇而作。一腔郁闷,无处可泄,遂借西湖山水,直斥沉醉于歌舞酣饮之最高当权者。作者虽有澄清天下之志,却无中流誓师之机遇。"一勺西湖水","衣带一江而已",以平淡之语道出愤激之情,但觉抑郁悲凉之气逼人。

505

【集说】文及翁登第后,期集游西湖。一同年戏之曰:"西蜀有此景否?"及翁即集赋《贺新郎》云云。(张宗橚《词林纪事》引《古杭杂记》)

(杨恩成)

宋词观止

王　清　惠

王清惠,生卒年及籍贯不详,南宋末年为后宫昭仪。德祐二年(1276)元兵攻陷临安,与谢、全二后被俘,北入元都,后自请为女道士,号冲华。

满　江　红

题　驿　壁

太液芙蓉(1),浑不似、旧时颜色。曾记得、春风雨露,玉楼金阙。名播兰馨妃后里(2),晕潮莲脸君王侧(3)。忽一声、鼙鼓揭天来,繁华歇。　　龙虎散,风云灭(4)。千古恨,凭谁说。对山河百二(5),泪盈襟血。驿馆夜惊尘土梦,宫车晓辗关山月。问姮娥、于我肯从容(6),同圆缺。

【注释】(1)太液芙蓉:唐大明宫里有太液池。白居易《长恨歌》,"太液芙蓉未央柳"。　(2)"名播"一句:意谓名声在后妃中如同兰花一样远扬。(3)晕潮莲脸:因含羞而脸庞红润。　(4)鼙(pí)鼓:军中的战鼓。

(5)"龙虎"两句:龙虎,指南宋君臣。风云,指政治声威。 (6)山河百二:泛指宋朝江山。 (7)肯从容:容许我跟随。

【今译】后宫的芙蓉花,全不像从前的模样。这情景,让人想起曾经沐浴着春风雨露,人蒙浩荡皇恩,玉楼金阁,富丽宫殿。名声在后妃中像兰花般芬芳。娇艳的脸庞,如莲花般红润光鲜。一声惊天动地的战鼓,忽然从天而降,繁华消散得精光。 君臣离散,政局混乱,这千古遗恨,能够向谁诉说?面对着大好河山,任血泪流淌。在北行的驿馆中,从风尘梦里惊醒,宫车滚滚,伴随着山月凄凉。问一声月中嫦娥:能否允许我长久和你做伴,一同缺,一同圆?

【点评】此词为抒发故国故土之情而作。首起两句,便含无穷哀思。"浑不似"三字,哽咽深痛。"曾记得"四句,言旧时繁华,亦花亦人,浓丽之极。"忽一声"二句,顿收合,回至今日,坐实"浑不似"之因。下片四句,音节急促,感情跌宕起伏。"对山河"四句,言北行途中凄凉境况。"宫车"一句,悲凉之至。结尾三句,忽生奇想:愿与月同圆缺,实则是不愿入元都感情之委婉流露。直欲催人泪下。

【集说】至正丙子,元兵入杭,宋谢、全两后以下皆赴北。有王昭仪名清惠者,题词于驿壁,即所传《满江红》也。文文山读至末句,叹曰:"惜哉夫人,于此少商量矣。"为代作二首,全用其韵。其一云:"回首昭阳离落日,伤心铜雀迎新月。算妾身不愿似天家,金瓯缺。"其二云:"世态便如翻覆雨,妾身原是分明月。算乐昌一段好风流,菱花缺。"(张宗橚《词林纪事》引《词苑》)

(杨恩成)

507

宋词观止

图书在版编目（CIP）数据

宋词观止/杨恩成本书主编. –– 西安：陕西人民
教育出版社，2019.1

（中国古典文学观止丛书/尚永亮主编）

ISBN 978 – 7 – 5450 – 6410 – 0

Ⅰ. ①宋… Ⅱ. ①杨… Ⅲ. ①宋词 – 诗词研究
Ⅳ. ①I207.23

中国版本图书馆 CIP 数据核字（2018）第 297258 号

中国古典文学观止丛书
宋词观止
杨恩成　主编

出　　版	陕西新华出版传媒集团 陕西人民教育出版社
发　　行	陕西人民教育出版社
地　　址	西安市丈八五路 58 号
责任编辑	李怡萱　董方红
装帧设计	张　田
经　　销	各地新华书店
印　　刷	北京市松源印刷有限公司
开　　本	787 mm×1092 mm　1/16
印　　张	33.25
字　　数	460 千字
版　　次	2019 年 1 月第 1 版
印　　次	2019 年 1 月第 1 次印刷
书　　号	ISBN 978 – 7 – 5450 – 6410 – 0
定　　价	128.00 元